复旦百年经典文库

世界文学史

杨 烈 著
林骧华 编

复旦大学出版社

本书由复旦大学出版基金资助出版

杨烈先生（1912-2001）

第二卷：	（另本）大友黑主	〔另本〕大友黑主
第七卷：	（另本）坂上是則	〔另本〕坂上是則
第十四卷：	野馬塵埃裡,真耶柳葉耶	野馬塵埃裡,真耶柳葉耶。
第十五卷：	無題（?）	無題
	水沫難消失,浮萍一樣身	水沫難消失,浮萍一樣身,
第十七卷：	（另本）壬生忠岑	〔另本〕壬生忠岑
	白雲降歸山,重重如絮積,	白雲降歸山,重重如絮積,
	日歸復日歸,老矣頭顱白,	日歸復日歸,老矣頭顱白。
		曰（不是"日"）
第十八卷：	抑為我身故,傷悲暗苦時,	抑為我身故,傷悲暗苦時。

相華兄：前寄上《古今和歌集》譯后記,不知收到否？近日再讀該集,又發現有几處錯字或錯号,請你煩為改正一下,列如上表。

《莎氏劇集》進展若何？《麥克白斯》及譯后記已付排否？

有暇希示知！謝々！

此祝

撰安！

杨烈 1982.10.29.

杨烈先生手迹

总　目

世界文学史 …………………………………………………… 1

附录 ………………………………………………………… 567
　杨烈先生的学术思想 …………………………… 林骧华　569
　杨烈先生学术年表 …………………… 林骧华　杨东霞　574
　诗人杨烈与他的浪漫主义情怀 ………………… 童真在　579

世界文学史

序言

这部书是把全世界作为一个整体,从古代、中世、近代、现代分为四个时期①,按国别文学产生的先后,依次编排。今日世界各国交通方便、交际频繁的时代,把全世界作为一个整体的看法实在是太需要了。

其实,世界文化原是一个整体,国别之间、民族之间的文化以及文学原本是互相影响、互有关系,甚至同出一源的。举一些小小的例子来说。古埃及的纸草叫"巴比鲁斯",古希腊文的纸叫 παπυρος,拉丁文叫 papyrus,英文叫 paper,德文叫 Papier,法文叫 papier,俄文的纸也有一个词叫 папирус。从这点看来,非洲的文化很早就影响了欧洲。再举一个例。人间最普通的几个字:弟兄、母亲、父亲,从印度的梵文,西经古波斯的《阿维斯特经》文,再西进入欧洲的古希腊文、拉丁文、德文而至于英文,它们的发音都是相近的。梵文念 bhratar、matar、pitar,古波斯文念 bratar、matar、pitar,古希腊文念 φραгпр、μητηρ、πατηρ,拉丁文念 frater、mater、pater,德文念 bruder、mutter、vater,英文念 brother、mother、father。从这点看来,从南亚、西亚到东南欧、西北欧,都有共同的民族和文化的根源,这就是一般所说的印欧民族(亚利安民族)及其文化。

再就政治、军事方面而言,欧亚两洲也是从古就有互相关系的。印欧民族的迁徙,已是远古的事。就以有史以来的事例来看,也是交涉频繁的。公元前 5 世纪,波斯就曾两次进攻过欧洲的希腊,结果是失败。公元前 4 世纪,希腊在亚历山大统帅之下又进攻亚洲的波斯,并成立了地跨欧亚非的一大帝国。5 世纪中叶,匈奴人就从亚洲进入了欧洲,而且威胁过罗马。8 世纪初,阿拉伯人从北非渡过直布罗陀而进入了西班牙,并在那儿建立了伊斯兰国家。13 世纪初,蒙古人进入欧洲,并统治俄罗斯近二百年。十字军东征,前后八次,亦共达二百年,使

---

① 编者注:根据杨烈先生原先计划,现代部分另编一卷,并邀请了几位同事参与。但不及成书,仅有一部分手稿。

欧亚文化得到传播和交流。1453年奥斯曼土耳其攻下了东罗马的京城君士坦丁堡,进而占领东南欧,并建立了奥斯曼帝国近五百年。而欧洲呢,从15世纪、16世纪文艺复兴之后,商业遍及世界,促成工业发展,在科学、文化、军事诸方面都跃居优势,遂向全世界发展,向各大洲侵入。单以欧亚关系而言,欧洲自文艺复兴以后,反而向亚洲进攻,把亚洲沦为殖民地半殖民地。但是事情总是在不断变化的。20世纪初叶,殖民地、半殖民地的人民逐渐觉悟,起来革命,推翻欧洲的殖民主义的统治而独立,开辟了历史上的一个新时代。

这一新时代的特点,是人民觉醒起来当家做主,把人类的命运掌握在人民自己手里。但是,现在才开头,要完全达到这一目标,还需要做很多的工作。现在,从全世界的整个人类看来,还有相当大的一部分人仍处在愚昧状态之中,这对于创造人类的理想的未来,还是一大障碍。要扫除这一障碍,最重要的方法便是使人民能有文化、有知识、聪明起来,懂得并能掌握自己的命运。文学就是一个很重要的方法。我写《世界文学史话》的目标,也就在于向广大的读者介绍作为一个整体的全世界的文学概况,从而使大家去读更多的作品,了解人类各地各民族的思想感情,互相了解,互相帮助,共同携起手来为全人类的理想而奋斗。

杨　烈　1984.11.14.

目　录

序言 …………………………………………………………………………… 3

古　代

第 一 章　古代埃及文学 ……………………………………………………… 9
第 二 章　巴比伦·亚述文学 ………………………………………………… 30
第 三 章　希伯来文学 ………………………………………………………… 61
第 四 章　古代波斯文学 ……………………………………………………… 78
第 五 章　古代希腊文学 ……………………………………………………… 95
第 六 章　古代罗马文学 ……………………………………………………… 126
第 七 章　古代印度文学 ……………………………………………………… 149
第 八 章　古代中国文学(存目) ……………………………………………… 170

中 世 纪

第 九 章　阿拉伯文学 ………………………………………………………… 173
第 十 章　中世波斯(伊朗)文学 ……………………………………………… 193
第十一章　中世欧洲文学 ……………………………………………………… 229
第十二章　中世印度文学 ……………………………………………………… 240
第十三章　中世中国文学(存目) ……………………………………………… 255
第十四章　中世日本文学 ……………………………………………………… 256
第十五章　中世朝鲜文学 ……………………………………………………… 288
第十六章　中世越南文学 ……………………………………………………… 298

近　代

第十七章　近代意大利文学 …………………………………………………… 309

第十八章	近代西班牙文学	328
第十九章	近代法兰西文学	342
第二十章	近代英吉利文学	371
第二十一章	近代德意志文学	397
第二十二章	近代俄罗斯文学	420
第二十三章	近代美国文学	453
第二十四章	近代欧美其他各国文学	472
第二十五章	奥斯曼土耳其文学	488
第二十六章	近代波斯文学	513
第二十七章	近代印度文学	517
第二十八章	近代中国文学(存目)	528
第二十九章	近代日本文学	529
第三十章	近代朝鲜文学	551
第三十一章	近代越南文学	558

古　代

第一章 古代埃及文学

　　世界四大文明古国的发源地都在大河流域,这证明文化的发生和河流有密切的关系。埃及的古代文化便是受尼罗河之赐。尼罗河每年的定期泛滥给两岸的土地带来了天然的肥料,给居住在那里的人民带来了丰收,因而使埃及古代的人民有了产生文化的条件。

　　在远古的时候,今日非洲的撒哈拉沙漠是一片密茂的森林和草原。尼罗河的若干支流流经这里,气候也很温和。这里住着原始的人类,他们以狩猎为生。后来气候发生变化,天气炎热起来,这片地上的植物被烧焦,终至变成沙漠。原来住在那里的人只好向东迁入尼罗河谷。由于尼罗河的肥美,宜于农耕,人们便定居下来,过着原始的氏族生活。由于生产技术的进步,兴建了很多的农事设备,如河渠陂塘,因而劳动力便有了大量的需要。为了争取更多的劳动力,便不断发生战争,抢夺战俘作为奴隶。这样便产生了奴隶制的社会以及随之而来的奴隶制国家。

　　埃及在历史上出现的时候,已是由氏族社会过渡到奴隶社会的时期。

　　古代埃及有三千年之久,而且埃及的古代文化是光辉灿烂的。关于古代埃及的分期,是一个很复杂的问题。自从曼涅托的埃及诸王名表以来,两千年间异说纷纭,至今日仍然没有一定的分法;而且各王朝年代的起讫,更是说法不一。现参照诸史家的意见,将这古代分为三段:

　　古王国时代(前3200—前2151),包括第一王朝到第十王朝。第一王朝从公元前3200年美尼斯统一上下埃及算起。其实,在这以前至少还有几百年的时间是可考的;那时期埃及全国分为约四十个各自独立的州。有的史家单把第三到第六王朝(前3000—前2400)算作古王国时代,并特称为金字塔时代。有的史家把第七到第十王朝算为古王国和中王国之间的过渡期。古王国时代形成了强大的、中央集权的专制政体。它的首都在尼罗河下游和三角洲接壤处的孟非斯。

　　中王国时代(前2151—前1570),包括第十一王朝到第十七王朝。其中第十五王朝到第十七王朝(前1710—前1570)是亚洲的游牧民族喜克索斯人侵入埃及后建立的王朝;所以有些史家把这一时期独立起来,称为牧羊王朝。中王国时代是重新强大起来的时代。尤其第十一、十二两王朝曾侵入努比亚和叙利亚。中王国的首都主要是在尼罗河上游的底比斯。

新王国时代(前1570—前525),包括第十八王朝到第二十六王朝。有的史家单把第十八王朝到第二十王朝算作新王国时代,而且因为这时代埃及大事向外侵略扩地而称它为军事帝国时期。第二十一王朝到第二十六王朝,也被有些史家分为独立的时代,而且被称为古代晚期。至于第二十六王朝之后到多勒米王朝之前的二百年间(前525—前323),还有五个王朝,即第二十七王朝到第三十一王朝,但这些王朝大都是波斯等外族侵入埃及后的统治,所以不必计算在内。实际上,埃及的古代由于公元前525年波斯侵入便告结束了。新王国时代是古代埃及最后一个繁荣时代,走上侵略的国际舞台,争夺霸权。第二十一王朝以后,可说是日益衰弱的时期。新王国时代的首都主要仍是底比斯,曾有几次迁都;最后的第二十六王朝的首都在三角洲中的赛伊斯。

古代埃及的文字和文学。远在公元前3500年以前埃及便有了文字。当时的文字是象形文字,差不多等于图画。画一个人形就是"人"字。画一个人跪着向上举手,便是"崇拜"。画一只鹅就是"儿子",因为埃及的鹅最爱父母。画一只兀鹰就是"母亲",因为兀鹰都是阴性的。画一只蜜蜂就是"蜂"字或"蜜"字或"国王"。画两个人握手就是"友谊"。画一个人用手指着自己的嘴巴,再加上特定的定性字,可以表示"吃""笑"或"说",甚至可以表示"知道""判断"或"决定"。但是这种文字的写和读都吃力而缓慢。后来僧侣们(就是当时的知识分子)因为使用文字的时候太多,便发明了一种简单的书写字体,笔画简单些,例如要写"房子"这词,就不必再画一个房子,只要画四条线加上一个门就行了。这就叫僧用文字。埃及古代遗留至今的文学作品,多半是用僧用文字写在纸草上的。到了新王国的晚期,因为平民用文字的需要增加了,又产生一种更简单的文字,写起来好像今天的速记术记号一样。这就叫民用文字。

由象形文字而僧用文字而民用文字的过程,好像是文字简化了,其实是进化了。开始一图一意,过后便产生了可以代表多种意义的符号(自然还得加上定性字),再过后便产生了字母。埃及古代文字终于创造出二十四个字母。这些字母在中王国时代传入腓尼基,以后传到希腊。希腊仿照埃及字母而创造了他们自己的字母,影响后来的拉丁文以及近代欧洲俄英德法各国的文字。例如,尼罗河边有一种芦草,埃及人用以作纸写字,这种纸草叫"巴比鲁斯"。希腊文的纸也叫 παπυρος,拉丁文的也叫 papyrus,俄文的也叫 папирус,英文的也叫 paper,德文的也叫 Papier,法文的也叫 papier。(纸草在公元 7 世纪才被羊皮所代替。)

但是,埃及古代的文字不是继续不断地流传下来的。公元前 525 年埃及为波斯灭亡之后,埃及古代文字遂趋湮没。尤其自亚力山大帝国以后,希腊文成了古代东方诸国的通用文字,而埃及也不能例外。所以就是古代的希腊人和罗马人也已经很少读得懂古代的埃及文字了。像希腊史家希罗多德(前 484—前 425)那样博闻强记的人,游历过许多埃及城乡,然而他就读不懂埃及古代的文字。此后两千多年,埃及被各外族相次占据,沦为牺牲,埃及古代文字竟长期被湮没,没有人能读懂了。直到 1799 年拿破仑的一位工兵在罗塞塔地方掘出一块碑,碑上刻有文字。19 世纪初,法国考古学家商博良从这块碑石上的希腊文和埃及草书对照,才开始读懂了埃及古代的文字。此后一百余年来,靠了许多考古学家的研究,埃及古代的文字和文化才有可能被我们所了解。

埃及古代的文学比文字还要早些产生,因为在没有文字之前已有口头流传的民歌民谣了;所以埃及古代的文学在公元前 4000 年时便已产生。不过,当时流行的口头民歌是否在以后被文字记载下来了,无法知道。我们今天所读的只限于用文字记载下来而又被发现了的。

《金字塔诗歌》是现在我们能读到的最早的作品,是在撒哈拉沙漠附近的、属于第五王朝和第六王朝的五座金字塔中的墙壁上所刻的诗歌,经由考古学家马思伯乐所发现的。这些诗歌都是在很早的时期写的,甚至有个别的诗歌是在上下埃及统一以前写的。它们主要是陪葬诗,使死了的国王在阴间仍然能够凭了这些诗歌逢凶化吉,打退蛇蝎,甚至可以和生前一样永远享受快乐,或者升到地神阿西里斯那里去。还有些是颂歌,歌颂太阳神或黎明或王家之蛇等。

颂太阳神(《金字塔诗歌》第 573 号)

安详地醒来吧,
　洗净你自己吧①,安详地啊!
安详地醒来吧,

---

① 日轮冲破黑暗出来,犹如自己洗净。

>　　东方的荷鲁斯神①,安详地啊!
> 安详地醒来吧,
>　　东方的神灵,安详地啊!
> 安详地醒来吧,
>　　哈拉苦特神②,安详地啊!
> 在夜间的船上安眠,
> 在早晨的船上起身,
> 只有你纠察众神,
> 没有神能够及你。

《普塔霍特普的书》是一本很古的教训书,原本现在巴黎。普塔霍特普是第五王朝的一位法老(埃及国王)伊斯的儿子。他的父亲请了一位年老学者来做他的老师。这位老师便搜集或写下一些教训、格言或文范之类来教育王子。这本书写成于公元前 2700 年左右,距现在已四千多年了。

这书的绪言中有老师说明自己太老的话:

> 谨奏闻伊斯王陛下:臣已届衰龄,至于耆老。四肢疼痛,近又喘哮。衰耄无力,口齿不灵,已不能谈论。眼皮已皱,耳亦不聪……健忘之甚,至于不省昨日之事。枯骨颓龄,徒自伤感,鼻亦失灵,呼吸不畅。起居困难,不辨好坏,嗜好之类,亦已无有。

这书中的教训和格言,举例如下:

> 孝顺篇:孝顺的儿子才能活到老年并取得恩惠;因此我自己就成了世上的老人并活到一百一十岁,受到国王的恩惠和上级的赞扬。不孝顺的以愚盲为知识,以罪恶为德行;他的日常生活就是死亡,这是聪明人所知道的;而且灾祸要跟随着他,因为他继续走他的错路。
> 戒傲篇:如果你由卑微而成为伟大,由贫穷而成为富有,并因此而成为

---

① 古代天空神、太阳神。
② 黑里欧波里斯的太阳神的名字。

你城里的第一位伟人；如果你因为你的财富而出名并成为伟大的主人，你的心也不可因为你的财富而骄傲，因为只有神才是财富的主宰。不要轻视那些和你的过去一样的人；待他们要如同待你的同辈。

快乐篇：只要你还活着，就让你的面孔永远快乐吧；有谁一旦进了棺材还能出来呢？

与这书同时还有很多格言，举例如下：

无论在什么地方，快乐总是好的，但是一点不幸就会使一位伟人沉沦。

一句好话比奴隶手中的宝玉还要光彩，因为奴隶的宝玉是从污泥中拿出来的。

聪明人以他的知识为得意；他的心肠端正；他的嘴唇香甜。

类似的教训书，此外还有不少，如《阿门涅赫特一世的教训》《黑拉克列欧波里斯王对他的王子美里·卡·拉的教训》《梅利克勒王的教训》等。

《死人之书》是古代埃及流传最广的书，所以往往有谈到古代埃及文学的人便拿这书作代表。实际上，这本书并不是一本有完整体系的书，只是一些咒文、格言、祈祷文和颂歌等的无一定次序的合编。作品的时间也不一样：古、中、新王国时代的都有。这些作品主要是用象形文字或僧用文字写在纸草上的。现存的载有《死人之书》的纸草，最早的属于第十八王朝。这些零章单篇的纸草最初编纂成书是在第二十六王朝。当时编纂成书，可能是为了出售。后来这种编纂也有很多种版本，内容收集最多的共有长短近二百章。《底比斯订正本》由布吉英译于1901年，是现今比较普通的版本，其中共收长短一百零八章。

古代埃及的人相信人死之后灵魂还生存在地下世界，并且要到地神阿细里斯那里去受审判，把死者的心挖出来在天秤上称。他们并相信人死了将来还要复活。即在未复活之前，他们在地下世界仍要生活的。所以他们想出香料涂尸的木乃伊的方法来把他们的身体保护着，不让腐朽，以备将来再用。（根据希罗多德所说，涂尸共分三等。最贵的大约要花现在的一千英镑，次等的也要花三分之一。穷人却只用没药洗洗，然后在盐里腌七十天。有的就只利用埃及的天气彻底晒干，然后放进干燥的坟墓。有的则只浸浸沥青而已。古埃及人把死后涂尸看得很重，连犯人死了也要涂尸。这风俗一直继续到公元700年左右。）但人们又恐怕死者到阿细里斯神那里去的路上发生危险或身躯被蛇蝎等所咬伤,他们便在死者的棺内放下用纸草写的咒文或祈祷文,有的则刻在坟壁或棺壁上。他们以为凭了这些就能保护死者沿途平安,或驱除蛇蝎等类。另一方面,也放上一些格言和颂歌,希望得到神的保护,使死者免祸得福,甚至可以升天。这些作品一代一代地收集起来,便成了这样一本《死人之书》。下面举几个例子:

  打退毒蛇章:喂,你毒蛇列列克,不准走过来。你当心色布神和曙神。马上停住,你可以吃老鼠,它是拉神最讨厌的东西;并且你还可以啃死猫的骨头。

  保心章:我的心在我身上,永远不准运走。我是众心之主,是心的屠杀者。我生活在正义和真理之中,我的身体就在它们之中。我是众心的主宰荷鲁斯神,它就居住在我的身体之中。我一生都在命令,我的心有它的身体。不准把我的心从我的身体运走,不准伤害我的心,也不准因运走我的心而割伤我的身体。把我的身体放在我的父亲色布神和母亲鲁特神的身体之中。我不曾做过神们讨厌的事;我不要遭受失败,我要成为胜利者。

  向阿细里斯神祈颂章:啊,阿细里斯神,宇宙之主,地下之神,赫拉·苦蒂(哈马岂斯)之神,我称颂你。你的形象千变万化,你的德性伟大庄严。你是安努(黑里欧波里斯)的普塔·塞克·特姆神,是隐秘之国的主宰,是赫特·卡·普塔(孟非斯)和那里众神的创造者,是地下世界的指导者。当你再度化身在鲁特神身上的时候,众神都称赞你。伊息斯女神安静地拥抱着你,她从你的路口上把恶魔赶走。你把你的脸转向阿门特神,你使地上发光就像精铜一样。日轮从地平线上升起的时候,那些倒下去了的人们(死人)要起来观看你,他们要呼吸空气,他们要观看你的脸面;他们见着你们的时候,他们的心就平静安宁。啊,你是宇宙,你是无穷!

  故事是古代埃及文学中的一笔宝藏,教训、格言以及《死人之书》里的咒文和祈祷文等很少是真正的文学作品。而故事却广泛地流传在人民大众之间,又经过人民大众的加工锻炼,终于记在纸草上,成为非常动人的文学作品。故事的产生,古、中和新王国时代都有,大多是用僧用文字写在纸草上的。现在选几个特别有名的加以介绍:

《魔术师的故事》：库佛王有一天想听魔术师的故事，便叫大臣和王子们来到面前，要他们每人讲一个这类的故事。

大儿子卡佛拉讲一位国王到一个侍臣家去玩了几天，侍臣的妻子和国王的一位侍从勾搭上了，每天在花园里一间别室中取乐，并在池中洗澡。侍臣便用蜡制成一条鳄鱼，叫人放到他们洗澡的池中并念动魔咒，这鳄鱼变成了真的，把侍从咬死。侍臣的妻子也在国王同意之下被带到外面去烧死了。

二儿子包佛拉讲一位国王一天闷闷不乐，要寻开心，便叫侍臣去叫众宫女到花园池中划船取乐。正在欢乐之际，一位宫女的珠宝忽然掉到水里去了。这时若停止划船，便会叫国王扫兴。于是这位侍臣便念动魔咒，把水取一大块出来，把她的珠宝拣起，再把这块水放下去。于是大家继续欢乐。

三儿子荷尔得得夫讲一位国王听说一个魔术师把砍断了的动物的头重新接起来的故事，便叫人去召他进宫。当他被带到国王面前时，把一只鸭的头砍掉，他念动魔咒，鸭的身首便飞跑拢来结合了。再砍掉一只鹅头，也同样结合起来了。

《命定的王子》：从前埃及有一位国王没有儿子，求神的结果，便有了一个儿子。但预言家说，这王子命中注定将死于鳄鱼、毒蛇或狗。于是国王为儿子筑一高房，把儿子放在房顶上。有一天小王子看见远远一只狗在地下跑，他很喜欢，要求要一只。国王不忍拒绝，便命令给他一只小狗仔。

王子大了，要求出外旅行，到了一个沙漠国家，那国的公主正在招亲；有谁能爬上公主的高楼，就可以和她结婚。许多公子王孙都未达目的，这位埃及王子装作普通官吏的儿子，却去爬上了高楼。但沙漠国王嫌他出身低微，想自食其言，由于公主的坚持，终于结婚，并得了府第、奴隶、田产、牲畜和很多好东西。

王子把他的命运告诉了妻子，妻子想杀掉这只狗，王子却不忍杀它。

过了很久，王子的一位从者出城去郊游，在河中发现一条鳄鱼。城中正好有一位大力士，他每天夜里去把它拴住，太阳出来他才回家。

过了很久，一天晚上，王子正开始睡觉，他的妻子正端了一碗牛奶来放在他身边。忽然洞里钻出来一条蛇，奴隶们把牛奶喂了蛇，蛇醉了，仰卧在地上，女主人用短剑把它杀了。

过了很久，王子出郊外田地上散步，他带的狗忽然飞奔起来，王子随后追去，随狗跑进河中，于是那条鳄鱼出来了，它向王子说，"我是你的命运，我追随着你……"(纸草破损,没有下文)。

《安普和巴塔两兄弟》:安普和巴塔是亲亲的两弟兄。安普是哥哥,娶了妻子,并且有房子。巴塔却一无所有,只辛勤工作,耕地放牛。有一天巴塔的嫂嫂引诱他。遭到他的拒绝,嫂嫂回头却向她的丈夫安普讲巴塔引诱她。安普便持刀躲在牛棚后面,打算等巴塔赶牛回来时一刀把他杀死。但牛却看见门后藏有人,便告诉巴塔,巴塔转身逃走,安普从后追赶。正在危急时,巴塔呼喊太阳神求救,神便在他们之间设下一条河,河中满是鳄鱼,巴塔才免于难。于是两弟兄隔河对话,巴塔把真情告诉安普,并抽出一把小刀把自己的肉割下一块,抛入河中,以明心迹,随即昏倒。安普至此才恍然大悟,隔河痛哭。巴塔醒来,隔河向安普说:"别难过。你回家之后,千万要照顾我的牛群。我要到茉莉花谷去居住,在那儿把我的灵魂放在茉莉花上。将来如果有人把花砍倒,我将掉在地下,那时你喝的酒要发浑发臭,你就要来耐心地寻找我。找到之后,把它放在水杯内,我将复活。"

安普回家之后把妻子杀了,抛给狗吃。

巴塔在茉莉花谷居住下来。众神怜他孤独,特送一位美丽的公主和他同居。他们彼此相爱。巴塔有一天告诉她说,他的灵魂放在茉莉花上,要是花被砍掉,他将死去。

有一天,巴塔出去打猎去了,海潮涨了起来。海神看见公主很美,想要讨她,茉莉花把公主的头发抛了一束给海神,海潮才退去。

海潮把头发漂流到法老的漂布者那儿,因此法老的衣服都带头发的香气。法老追究到根源,便下令要寻找这头发的主人。特请国内谋臣智士来研究,知道这头发的主人是众神的公主,住在茉莉花谷。法老派兵去拘拿,都被巴塔杀光。后来派了一位女人,带去许多美丽的装饰品,才把公主诱拐来了。

公主和法老快乐地同住宫中。有一天法老问到她丈夫的情形,她说:"派人去把茉莉花砍倒吧。"于是法老派人去砍倒了茉莉花,巴塔便死在那里。

这时安普在家所喝的酒果然发浑发臭。他便起程到茉莉花谷去寻找巴塔的灵魂。寻找了三四年,最后在地下找到了巴塔的灵魂的种子。带回去之后,把它放在一杯水中,夜间果然巴塔复活了。两兄弟抱头痛哭,诉说衷肠。

过后,巴塔变成一条牛,叫安普骑进王官。法老喜欢这头牛,便送安普很多金银，把牛留下来。有一天，这牛接近了公主，便向她说："你要使我死，我却仍然活着，我现在是一条牛了。"公主很怕，有一天她请求法老杀死了这头牛。牛的两滴血滴在宫门左右，长起了两株树。有一天，法老和公主去参观这两株树，树又向公主说："你想杀死我，我仍活着，我现在是树了。"公主又请求法老砍倒这两株树。砍时，一块木片飞进公主口中，公主吞下便怀了孕，生下一个儿子，后来当了法老，这法老就是巴塔。

巴塔当了法老，召集宫中大臣，说明经过，裁判了公主。又把安普找来作继位王兄。巴塔作了三十年的法老，死后传位给安普。

《遇难船的水手》：一位聪明的奴隶水手，在回家之后向他的主人讲述航船遇难后的经过。一百五十名水手乘了一条大船，驶过海到法老的矿山去。海上遭到暴风，船破沉没。这位水手抓住一块木板，才得以漂流到一个荒岛。在岛上遇见了一条大蛇，大蛇保护他并和他谈了很多奇怪的事情，说他要在岛上滞留四个月，然后才有船来带他回去。届时果然有船来，他上船离开这岛之后，这岛便不见了。

《森涅赫的冒险》：森涅赫是法老阿门涅姆赫特时的一位高官。他由于恐惧宫廷的阴谋而逃到叙利亚的沙漠王国，和游牧民族住在一起。沙漠王国的国王接待他，并把女儿嫁给他。丰衣足食，过着平安幸福的生活。"有无花果和葡萄；酒比水还多；蜂蜜充足，橄榄很多；树上果实累累；有小麦和大麦，有各种牲畜无穷。"并且封他为一族的酋长，他也为沙漠王国立了不少功劳。很多年之后，儿子们也长大了，各人也作了酋长。

森涅赫年纪大了，思念家乡，也想念自己在埃及本国的妻儿，便带信给埃及国王，要求回到埃及去："愿埃及国王赐恩于臣，得以居王福荫之下。我问候居在宫中的家妇，愿知诸儿女消息。如此，贱躯将复青春。老年至矣，衰弱潜来，眼皮沉重，两臂式微，举步艰难，寸心迟钝。死亡日迫，不久将入永生之城。"

国王得信后，叫他回国，并恳切劝慰他："把你所有的财产抛弃。你回到埃及来……我要你作众臣僚的首领。你一天一天地进入老年了；你的精力已衰了，你想想下葬的日子吧。……人们将要为你送葬，要亲视你下葬日的木乃伊，你的木乃伊要装入金棺，头要涂成蓝色，柏树的天幕要罩在你上面。牛队来拉你的棺车，歌者走在你前面，跳着葬舞。蹲在墓门的司仪要为你高唱供奉的祈祷文；他们要在你的墓穴口为你屠杀牺牲；你的金字塔要用白石雕刻,和王子王孙为邻。这样,你就不会死在异乡;也不会由阿姆人来葬你;你被葬时也不会被包在羊皮里;当你走入坟墓时,人们要顿足,在你身边哀悼。"

森涅赫于是别了异乡的妻儿、财富和尊荣,回到了埃及,在法老宫中和从前的妻儿们住在一起,过着晚年的安宁的生活。

古代埃及的史诗当以《彭塔·奥尔史诗》为代表。彭塔·奥尔是公元前14世纪时底比斯的一位作家,生当第十九王朝法老拉美西斯二世的时候。拉美西斯二世在公元前1312年率领埃及大军侵入叙利亚,越过奥伦特河,进攻加迭式城的喜泰国军。当时的喜泰国是北方强国,它的国王就在加迭式城。但是拉美西斯二世误听了敌人散布的假消息,以为喜泰国王已经逃走,他便把埃及大军的先头部队迅速渡过奥伦特河,孤军深入,向城进逼。殊知这时喜泰军蜂拥而来,埃及军队死伤很多。拉美西斯二世单枪匹马,陷入重围,靠了他的英勇奋战,才把敌人打退,和埃及大军的后续部队得以重新会合。第二天再行进攻,终把敌人打败。

彭塔·奥尔这首史诗写于加迭式战后四年,即公元前1308年,是献给他的一位朋友图书馆长的,不是献给国王的。但拉美西斯二世却很赏识这诗,用象形文字把它刻在他的几处王宫的墙壁上,现在还存留着一部分。这诗被人称为"埃及的伊利亚特"。其实希腊的《伊利亚特》的时代比埃及的这首史诗还迟些。

现在从这些残编中译出三段,以见一斑:

国王陛下遭遇到了敌人,那可恶的喜泰人。在突围时,他只有一人,身边并没有旁人。国王陛下四周一望,看见有二千五百骑兵在拦住他的去路,他们是那卑鄙的喜泰国王的轻骑兵,还有其他许多和他同盟的国家的。……敌人每辆战车上就有三个兵……但是国王面前却没有军官、没有骑士、没有弓箭手的队长,也没有步兵。于是国王陛下说道:"我的射手们和骑兵们把我抛弃了,没有一个人和我一起战斗。我的父亲阿门神啊,你现在到哪儿去了?一个父亲竟会忘记他的儿子吗?……或行或立,我没有向着你吗?我没有向你请教吗?……我不曾替你建造许多石头大厦吗?我不曾用战利品来充实你的神庙吗?不曾为你建筑一座亿万斯年的神庙吗?"

……

"我像孟都神一样向他们跑去,顷刻之间我斩杀他们。我打死他们,我杀死他们,以致他们彼此叫喊道,'这是一个神人'。"……他们(敌人)不知道如何张弓,如何执矛。只要他们一看见他,他们就赶快逃跑,但是国王像一只猎犬那样追赶他们。他杀死他们,以致他们无所逃命。

……

"我独自和此地的千万人作战。我有两匹战马;当我独自在敌人万军之中的时候,它们很听从我的手的指挥。所以,当我回到王宫的时候,我赐它们在拉神面前永远饱吃饲料……;至于紧紧追随着我的那位盔甲兵,我把我的武器以及我身上穿的军装赐给他。"

抒情诗表现古代埃及人民对自然对祖国的热爱、男女间的爱情以及苦工劳动时的叹息和愤怒之情。

《色琐斯托里三世颂歌》:这是在卡封旧都发现的纸草,歌颂卡封国王、第十二王朝的色琐斯托里三世。其中的一节是:

这古都的君王真伟大啊,
　他好似一座堡垒,可以防备世上凶恶的敌人之手。
这古都的君王真伟大啊,
　他好似夏天风凉时泛滥季节的树荫。
这古都的君王真伟大啊,
　他好似冬天的又干燥又温暖的角落。
这古都的君王真伟大啊,
　他好似一座山,可以在骚乱时避开狂风的袭击。
这古都的君王真伟大啊,
　他好似塞克默特女神,可以抵抗来犯国境的仇人。

《尼罗河颂》:这首诗写于第十九王朝法老麦伦普塔一世的时候,作者恩纳是一位很有名的作家。全诗现存两卷纸草,在英国博物馆。本诗在1868年首先由马思伯乐译为法文。过后又被库克译为英文,共十四段。下面是第一段和第十三段:

啊,尼罗河,我称颂你!
你流经这个国度,
和平而来,给埃及以生命:
阿蒙神啊,你领导黑夜走向白天,
这种领导使人心欢喜!
泛滥了拉神创造的花园。
把生命给予一切走兽;
不断地灌溉着大地;
你在天上的行程降临下土;
你爱粮食,你赐五谷,
你把光明给予每个家庭,啊,普塔神!

尼罗河的洪水啊,我们向你供奉:
我们杀了牛来献给你:
我们为你举行了盛大的宴会;
我们把野禽作你的牺牲;
我们把野兽捕来献给你,
我们为你燃起纯洁的火把;
我们把礼品献给所有的神,
因为他们都是尼罗河上的神。
馨香上达于天,
牛群鸡鸭都被焚化!
……

《吐特默斯三世颂》:这是马里埃特在卡尔纳克发现的。吐特默斯三世是第十八王朝的法老,他曾南侵努比亚,北侵叙利亚乃至两河流域。他在亚非两洲的所谓战功是非常煊赫的。这首诗是借阿蒙神之口来称颂吐特默斯三世的武功:

我来叫你平定叙利亚的君王们,
在你的脚下,他们躺满全国;

我叫他们看你的光荣,如睹真光之主,
你,阿蒙的世上肉身,用光辉刺瞎他们。

我来叫你平定亚细亚的人民,
现在你把亚述的首领作了俘虏;
你披着王袍,我叫他们看你的光荣,
全身铠甲辉煌,战斗在你的战车上。

我来叫你平定岛国的民族们……

我来叫你平定里比亚的弓手们。
希腊群岛都臣服在你的魄力之下;……

我来叫你平定大海的四隅,
凡海水回旋的地带都在你的掌握;
你像高翔的鹰,我叫他们看你的光荣,
你那无远弗届的眼光,谁也休想逃脱。

《爱情牧歌》:是一首热烈的爱情诗,原本现存英国博物馆,编入哈里斯纸草第五百号。内容是叙述一位青年男子在期待他所热爱的女郎,心情焦急,唯恐失望。过后两人会面,酬答了他的爱情,彼此热烈接吻,拥抱跳舞。

"我要睡到我寝室里去了,
我要害一场大病了。
我的邻舍要进来存问我了。
如果我的妹妹和他们一道进来,
  她会使医生们感到羞愧。
因为只有她才知道我害的什么病。

我的妹妹的家,在房门前有一个池,
房门一开,我的妹妹发怒地跑出来,

我惟愿能做她的看门者,
她也好向我吩咐命令,
我也好听到她的声音,
　　纵使是她发怒的声音,
我将像一个小孩,在她面前战栗!"

"我和你在一起。亲爱的,把你的心给我……
如果你打算要抚摩我柔软的腿,
我决不会拒绝你。
你到我这儿来,如果你要吃东西,
我就会给你吃得高兴,
如果你要我用衣服把你穿起来,
那么我真地有很多衣橱。
如果你渴望爱情,
你可以抱着我的胸膛……

你的爱情灌入我的心中,像酒注入水里,
像香料和进了软膏,像牛奶和蜂蜜混合。
你赶快跑来看你的妹妹,
像雄马看见了雌马,
像鹞子攫取鸽子。"……

"我的悲叹和歌唱混合在一起,
因为我的妹妹的身体全是莲花的嫩芽,
她的胸膛是一杯芳香,
她的四肢敏捷,在路上疾驰,
她的脸发出杉树的香气。"

《米蒂莉狄丝,拉麦尼的女儿》:这是一首情歌,向一位女祭司歌唱的,中间也充满了热烈的爱情。原文刻在石碑上,此碑现存巴黎卢佛尔宫,编入碑石第C一百号。

香甜的、亲爱的、哈迪·荷尔神的女祭司,
　　米蒂莉狄丝,
在国王的眼中,她是香甜的、亲爱的。
南方的国王,北方的国王,
孟科普里利亚,受有天赋的生命。
在男人眼中她是香甜,在女人眼中她是可爱。
她是一位绝世无双的少女啊!
她的头发比黑夜还黑,
也比葡萄树上的果实还黑。
她的嘴唇比宝石还更鲜红,
也比捣碎了的凤仙花还更鲜红。
她的乳峰坚挺在她的胸上……

下面是一首在水车上车水的农民所唱的歌:

背上勒着棕绳,肩上用力车水!
几千年来人们必须在水车上工作,
把不是从天上降下的水车到高处,
　　啊,萨利·萨巴底大神啊!
赤热的骄阳发出无情的阳光,
我们站着车水,使田地能有收成,
我们的心碎了,没有谁可怜我们,
　　啊,萨利·萨巴底大神啊!

下面是农民们搬运法老的粮袋上船以便运回京城时所唱的歌:

我们消磨整天的日子
来搬运麦袋和粮袋,
仓房已经装不下了,
但谷麦还是要装载。
大船沉下了江心

满载的谷物丧失,
虽然我们的心快裂开了,
还得搬运、抬起、又再搬运。

另一方面,统治阶级却在享乐无厌之余,也有些好景不长的悲哀之感,因此他们在大吃大喝、舞姬满庭的时候,仍要诗人、奴隶在旁唱出"人生应及时行乐"之类的歌:

身躯萎谢,欢乐沉寂。
　有人还在此地,有人先已死亡。
金字塔埋葬了古时的神们,
　你悲叹的那些人们,哪儿去了?
大人先生们,他们到西方去了,
　不可能从那儿带消息回来,
以安慰我们烦恼的心,我们的心
　也将随日暮时太阳的道路而消失。
那么和我们一起欢笑吧,抛开忧愁,
　穿上华丽的衣服,用没药涂你的头吧;
没有人能同死者一道欢乐,
　今天享乐吧,因为死亡没有明天。

散文也是古代埃及文学的一种形态。从现在发现的一些纸草上的若干片段散文看来,古代埃及人也还有过一些优美而生动的散文。并且很珍贵的是有一些描写古代埃及奴隶的苦况和暴动的片段。

下面是在一张纸草上的片段,描写奴隶们的苦难:

虫子吃了一半庄稼,河马又吃了其余一半。田里有老鼠,蝗虫也来了,牲畜也冲进了谷物田里,麻雀也在偷吃。收进仓库里的又被偷儿们偷了去。牲畜们打谷耕田也累死了。现在官吏却乘船来到岸边,来收庄稼。农民们真倒霉啊!官吏们拿着棍棒,棕榈树的黑枝。他们高叫:"交出你们的谷物吧。"如果没有谷物交出,官吏们便打农民,把他绑起来抛进运河,于是他便沉下去了。他的妻子和儿女们也当他的面被绑起来。邻居们跑开去救他们的谷物。

下面一段是描写工匠们和渔夫们的苦难：

我看见工匠在他的炉旁——他的手指和鳄鱼的一样。即使到了夜间，他还是做着比他的两膀所能完成的更多的工作。当石匠完工的时候，他在石旁无力地倒下去了。夜晚了，剃头匠还在街上徘徊，寻找顾客；他磨破他的十指仅仅为了填满肚子。运货物到三角洲的船夫工作超过了体力，苍蝇蚊子把他叮死了。作坊里的织工比任何女织工还苦得多：蹲在地上，用膝头支住肚子，他已经不能呼吸。信使在出门之前，先把财物赠给妻子和儿女，怕的是在途中遇到了狮子和亚细亚人。皮匠整天在咒骂，到头还是吃皮子。洗衣匠把他洗的衣物晒在岸上，但他的邻居就是鳄鱼。渔夫就更糟糕——他和鳄鱼更近。

公元前2350—前2150年左右，还在古王国时代，埃及曾经发生过一次规模很大的奴隶暴动。富人们和僧侣们都被打倒，穷人们一度成了统治者。关于这些经过，有位官吏写了一段散文，这样记载着：

穷人胜利了；他们高呼"打倒特权势力"！每一个穿细布衣服的人都挨打，从来不见天日的人都爬到了很高的地位。要工作的人就必须武装起来。尼罗河高涨了，但没有人工作，因为每个人都说："世上不知道要发生什么事情。"牛群羊群到处浪游而没有牧人，庄稼被破坏了，没有衣服，没有香料，没有香油。仓库成了废墟，看守者被杀死，人们吃草、喝生水。妇女们拒绝生孩子。孩子们喊道："我的父亲为什么要生我？"人们从城市逃出来，又支起帐篷，因为门、墙、庙宇都被烧光了。

从前没有地方安枕的人，现在有一张床了。从前找不到树荫的人，现在躺在树下了，而从前有过树荫的人现在在风吹雨打中逃走。从前没有一片面包可吃的人，现在有了整个仓库。从前没有办法打扮他的面孔的人，现在有了若干箱的香油。从前只能在尼罗河上照照自己的面孔的女人，现在有了镜子。从前不知道七弦琴的人，现在有了竖琴。

但是，老爷们都在饥饿和哭泣。金字塔里的东西都被拿走，那些秘密已被公开。法老的收入没有了，而谷物、鱼、鸟、细布、青铜和香油以及一切好东西原都属于法老。连大官也没有奴隶，因为已经没有奴隶。从前要旁人为他们修建坟墓的人们，现在他们得自己工作。在什么地方去找树脂来清洁死人的尸体呢，在什么地方去找香油来涂抹它们呢？死尸被抛入河中，尼罗河已变成一座死人之城。庙宇中的神也受欺骗，因为人们献祭用鹅而不用公牛。傲慢的人说道："如果我知道神在哪里，我会很高兴地带牺牲给他。"没有人在笑，笑声已经沉寂了。啊，如果这世界真有一个末日，倒宁愿有一个吵闹扰攘的末日。

在古代埃及也有过一次自上而下的改革，那是新王国时代第十八王朝的法老阿门赫特普四世（即"埃赫那吞"，前1424—前1388）所发动的宗教改革，把日神提高到众神之神的地位。有一段散文是他写来赞颂日神的：

啊，与世界同在的阿吞大神，你光耀地升起，直到光明的天上。你在你的壮丽之中升起并领导世界。你高高照耀在大地之上，你怀抱万物，但当你的光线徜徉在地上的时候，你本身却高高在上。当你离开我们而转向西方时，地上就变成黑暗，好似末日来临。人们沉睡在房间里，如果偷儿偷走了他们枕头下面所放的东西，他们也看不见他。

但当你转来的时候，黑暗逃跑了，两个大地［按：似指上下埃及］在你的光线中欢乐。人们都起来了，因为你拉起他们。他们盥洗，他们衣著，然后举起手来向你祷告，你光耀的神！村庄开始工作，连牧场上的牲畜也在欢欣，田地和草地长得青青，羔羊们举足轻跳，鸟儿们从巢中鼓翼而起，它们用翅膀来赞颂你。由于你的照耀，一切道路都畅通无阻，船在尼罗河上来往行驶，鱼在水中跳跃，因为你的光线照入深海。你使孩子在它的母亲的子宫内生长，安慰它使它不哭，过后你给它呼吸。当它生出来，一个儿子，你张开它的嘴，并赐给它所需要的一切。小鸡在蛋壳里的时候，你给它空气，你又给它力量以啄破蛋壳：它出来了，它啄食东西，它跑开了。

你所创造的一切都是伟大的。地上有人有兽，不论大小，一切行走在地上的和飞翔在天空的生物，叙利亚和努比亚的土地以及埃及的土地，你把每一个人安放在他的地位上并给他以他所需要的一切。你把人们分成各族，语言不同,身材不同,肤色不同。

你在地下世界创造了尼罗河,又按照你的意旨把它引流到地上来以养育人类,你真是万物之主。在天上你又安置了一条尼罗河,它可以下降并在山间波涛汹涌有似海洋,又可以灌溉田地,满足它们的需要。你把天上的尼罗河赐予山地以及在山地行走的牲畜。但是,地下世界的尼罗河,你却正赐给了埃及。

你创造了遥远的群星,你可以上升到它们之间而观察你所创造的一切,你是唯一的。所有的人们都仰望你,你白天的太阳。你居住在我心里;没有谁了解你有如你的儿子"埃赫那吞"那样了解你。你使他参预你的计划,你是生命,我们因此而生。自从你为世界建立了根基,你又养育了人类,这是为了你的儿子和他的爱人、王后,你的儿子由你而生,他的爱人永远生存,永远昌盛。

在古王国时代,埃及曾远征过埃塞俄比亚。一位省长名叫亚美尼的负责指挥这次远征,并负责管理骆驼运输队,把夺得的黄金经过沙漠地带运回来。他对于他本省的政绩有一段很自得的叙述:

全省从北到南都已播种。国王的家属很感谢我,因为我把大量牲畜献给他们。我仓库里的东西没有被偷的。我自己劳动,全省都在热烈劳动。我从不虐待小孩,也不压迫寡妇。我从不骚扰渔夫,也从不扰乱牧人。我当政的时期没有发生饥馑,即使歉收也不会造成灾荒。对于寡妇和结了婚的女人,我同等地赐予;在我裁判的时候,我不牺牲穷人以便利富豪。

在中王国末期,喜克索斯人统治埃及的时候,阿赫默斯起来赶走这些喜克索斯人。有一段文字描写在三角洲地带围攻塔尼斯的情况,作者就是参加这一战斗的战士。他写道:

我乘战船到北方去作战。当国王上了战车的时候,我有责任和他相辅而行。当塔尼斯要塞被围的时候,我在国王前面徒步作战。在名叫塔尼斯湖的水上发生了水战。国王赐我以奖励。由于勇敢,我得到了一只金项圈。塔尼斯要塞被攻下了。

此外尚发现散文一小段,是一僧侣致某一作者的信,也许是在某作者作品上批的评语。今天读起来也可略窥古代埃及人对修辞和文学评论的见解。僧侣写道:

> 从你口里流出来的毫无意义,因为你的文章非常杂乱。你把文句撕成碎片,就和你的脑子里一样。你不曾用心去找出文句的力量。如果你向前蛮冲,你不会成功的。我把你的文章的目标给指出来了,然后把你的描写退还给你。如果有人听你的文章,那简直杂乱一团;没受过教育的人是听不懂的。就好像一个站在低地的人和一个骑在骆驼背上的人讲话一样。

古代埃及的书信被发现的较多。公元 1887—1888 年在埃及特尔·阿玛尔纳村发现的几百块泥版,其中很多是书信。该村在上埃及的一个山麓,村旁有一坑,坑中发现了这些遗物,因此被称为"特尔·阿玛尔纳的泥版"。这些泥版现被分存于伦敦、柏林和基泽的博物馆。

这些泥版上的很多书信,是在公元前 15 世纪、前 14 世纪的时候,由叙利亚和巴勒斯坦的属国以及两河流域诸国国王们写给埃及法老的。文字是巴比伦式的楔形文字,泥版写字也是巴比伦的方式。这证明当时的叙利亚和巴勒斯坦等西亚诸国和巴比伦的关系非常密切。

这些书信的内容,主要是说北方新兴的喜泰国不时来侵犯叙利亚和巴勒斯坦一带的埃及属国,因而飞书法老告警,请求援兵。另外一些是北方各邻国致书法老,要求礼品及议婚嫁等事。

> 《阿岂兹上法老书》:属国臣阿岂兹谨呈于日神之子、我主国王安努姆尼亚(阿门赫特普三世)陛下。臣匍伏大王陛下叩头七次。大王威加敝邑,臣不胜惶恐。微臣向受大王管教,愿大王庇护。王之管教,臣决无二心。今者,敌人之祸竟已来临。臣之子民向受大王管教;属国亦列大王万邦之林;敝邑卡坦那(在今大马士革之南)亦属大王之城;臣亦向属大王教化之列。且大王兵马战车,亦向仰给于属国;举凡粮草饮料、牛羊油蜜,凡大王兵马战车之降临于敝邑者,无不供应。大王质诸朝中大臣,即可证实。噫,大王,大王兵马战车之前,万邦震恐。今者,属国正遭敌人攻击,如大王以属国向列大王管教之邦,恳即于本年之内速派兵马战车前来,攻取马尔哈斯全土(属

喜泰国），以属大王管教。噫，大王，敌人奴隶之兵已……六日之前，敌人已出兵攻入胡巴地带，而阿细奴实遣派之。本年之内大王如不速令兵马战车前来……以御阿西奴而击之使遁……则各方势将反叛矣……

《巴比伦王致法老书》：卡朗杜尼亚（巴比伦）国王卡林马辛谨致书埃及国王阿门诺非斯（阿门赫特普）三世足下：余甚平安。愿足下、合府、尊夫人等、贵国及贵国之兵马战车等……均甚平安。

顷奉来书，欲娶余最幼之女伊尔塔碧，小女竟蒙忆念，至感。曩者，先父曾遣使表示此意。足下大集士兵，接受此意，且赠先父以厚礼。

今者，余特遣专使。第六年时，足下欲余如此，且足下于第六年时赠予黄金三十曼拉而非白银。余亦报答以黄金如数。贵国专使卡西睹此黄金即知其价。余特遣派专使，彼于余之意见曾受有详细之指示。盖余知……彼受指示所……之礼品……乃黄金三十曼拉，此乃足下……联姻之馈赠。……

第二章 巴比伦·亚述文学

亚洲西南部,黑海和波斯湾之间,从古有两条河向东南流入波斯湾;这两条河最初是分别流入波斯湾的,后来由于河流的泥沙冲积,河口逐渐成为陆地,而两条河也合流入波斯湾,所以今日被人称为双子河。两条河几乎平行,但东北的底格里斯河流经较多的山地,所以水流迅速;西南的幼发拉底河流经较多的平地,所以水流缓慢。两河之间所冲积成的平原,古代希腊人称之为"美索波达米亚",就是"两河之间"的意思。

这两河之间的土地宜于耕种,两河的河水也足资灌溉,所以是适宜于先民生息的地方,因而也就是古代文明的发源地之一。根据现在的历史知识,我们知道在两河流域最早居住的人是苏美尔人,他们住在两河流域南部,似乎也不是土著的人。从他们的体形看来颇类于蒙古人,所以有些史家就认为苏美尔人是从东部伊朗高原侵入的蒙古人。何时侵入,则已无可查考。

苏美尔人在公元前三四千年时已在两河流域南部定居,而且发展了高度的文化。他们主要靠农业,挖运河以从事灌溉,使用铜器,随着各个肥沃中心或交通中心而发展成许多城邦国家,每个国家都由僧侣和国王统治,这已是奴隶制社会了。苏美尔人的城邦国家中,最有名的是吴尔、乌鲁克、埃利都、拉加什、温马、纳尔萨和尼普尔等。

公元前 3000 年左右,西部阿拉伯沙漠中的游牧民族塞姆人开始向苏美尔人侵略,最后征服了苏美尔人,却吸收了苏美尔人的文化。他们征服苏美尔人后,到中部城邦启什的名王萨尔恭(约前 2350)时,便把新旧各城邦共组成一大帝国,成为统一的国家,并向西北侵略,直至地中海边。并在"美索波达米亚"中部建一都城阿卡得,所以这一帝国被称为"阿卡得帝国"。后来这帝国为东部山地侵入之民族所灭。

到公元前 2000 年左右,"美索波达米亚"中部的一城邦巴比伦,在混乱中驱逐了山族而重新统一起来,把南部原苏美尔人和阿卡得人的土地和北部当时已建国的亚述全体统一起来，成一大帝国，这就是历史上鼎鼎大名的巴比伦帝国。巴比伦帝国承继并发扬了苏美尔人和阿卡得人的文化，成为古代"美索波达米亚"的黄金时代，尤其是在名王汉谟拉比（前1792—前1750）统治时期，形成了古代典型的奴隶国家。农工商业发达，文字、宗教、法律都齐备，有名的《汉谟拉比法典》便由他完成。

但是，黄金时代并不久长。汉谟拉比死后，东部高原的游牧民族卡息特人竟侵入巴比伦，而且统治了六百年之久。

在"美索波达米亚"的北部，远在公元前3000年左右，已有一支塞姆人在亚述地方建立城邦国家；一两千年来，他们都在中南部的统辖之下曲折多难地生存着。直到卡息特人统治的初年，亚述人独立了，从此逐渐强大，在公元前1100年左右侵入"美索波达美亚"南部。到了公元前750年左右竟征服了两河流域全部及地中海东岸；公元前651年更侵入埃及。亚述遂成为两河流域及西南亚洲的空前大帝国。文化是继承巴比伦帝国的文化，军事和政治却有它更严密庞大的组织。

亚述帝国的都城是底格里斯河上的尼尼微，名王亚述巴尼拔（前668—前626）在那儿建立了一个世界上最早最大的图书馆，书籍都是泥版，上刻楔形文字。

亚述巴尼拔死后不久，亚述帝国在外族围攻之下破灭了：公元前612年波斯人、米太人、加勒底人的联军攻破了尼尼微，使它成为废墟，到公元前605年亚述帝国灭亡了。

加勒底人的军队指挥官尼布甲尼撒（前604—前562）于征服亚述及地中海东部后，自立为两河流域之王，建都巴比伦，是为后巴比伦帝国，又叫加勒底帝国。在尼布甲尼撒统治时期，是后巴比伦的黄金时代，有名的"空中花园"就是他为王后建造的。公元前538年为波斯人所灭。

古代巴比伦·亚述的文字是楔形文字，写在泥砖上等晒干或烧干后加以保存。两河流域因为是冲积平原，缺乏石头，多的是泥土，所以一切用具和住房都利用泥砖，写字也不例外。当泥砖还是湿软的时候，用一支方尖笔在上面写字，自然成为楔形。这种楔形文字最初发生于苏美尔人时代，后来传给巴比伦、亚述，同时也传给两河流域以外的国家，如以栏、波斯、喜泰及西亚诸国，所以就是楔形文字也有多种。

公元前538年波斯侵占巴比伦后，囊括西亚成一大帝国，帝国内各民族几乎都用楔形文字,然而各有各的语言和文字。甚至在后来希腊人侵入两河流域及西亚之后,连希腊文也有楔形化的了。楔形文字到公元前80年便绝迹。这大概是罗马帝国扩大的影响,羊皮纸或芦苇纸草代替了泥砖的原故。

楔形文字中断了一千多年,到了17世纪才又为西欧的旅行家和考古学家所重新发现并加以认识。楔形文字的发现和认识是从波斯开始的。17世纪,在波斯的一个古城波斯波里斯,发现很多石柱碑刻之类。1711年一位法国旅行家名叫沙尔丹发表了一套整齐的楔形文字。经过若干人的研究,断定其中一共有三种文字:第一类是古波斯文,第二类是以栏文,第三类是巴比伦·亚述文。

1802年哥廷根的一位中学教师格罗特芬才开始读懂了第一类的古波斯文。以后由他本人以及其他很多专家,尤其是英国劳凌生的补充和发展,才得以由古波斯文对照而读通巴比伦·亚述文。这个古代文化摇篮之一的文字就是这样经过曲折的道路而被读懂的;正如古代埃及文字是由罗塞大碑石的希腊文对照而读懂的一样。

巴比伦·亚述的文学,和文字一样,也来自苏美尔人,因为在公元前三四千年苏美尔文化已有高度发展。后来属于塞姆族的巴比伦人来到了两河流域,接受了苏美尔人的文化,把文学也接受并加以发扬。到了巴比伦的黄金时代,即名王汉谟拉比前后,巴比伦的文学也发展到了高峰,文学形态方面也有多种多样。如歌颂宇宙和诸神的伟绩的史诗,有关英雄的剧诗,发抒虔诚的抒情诗,宗教哲学诗,历史传说和编年史等。

亚述帝国一般说来是以军事和政治见称,但他们也能接受并保存巴比伦文化,也有承先启后之功,例如亚述名王亚述巴尼拔在尼尼微所建立的大图书馆,其中的泥版书有很多就是文学作品,当时的或者古时的,有的是从其他文字翻译来的。这图书馆遗留给今天的许多断简残编,已是非常可贵的遗产。

巴比伦·亚述的宗教也是承自苏美尔人。苏美尔人最初到两河流域时所建立的是城邦国家,每一个城有它所崇拜的神,而且不只崇拜一个神:如乌鲁克崇拜阿鲁(天神),尼普尔崇拜恩里尔(地神),埃里都崇拜埃阿(水神)。拉加什崇拜的宁吉尔苏、拉尔萨崇拜的沙马什、苦搭崇拜的勒尔加尔,都是日神,不过有的是日全神,有的是朝日、春日,有的是仲夏日、中午日罢了。吴尔崇拜辛神(月神),巴比伦崇拜马尔都克(智神),亚述崇拜亚述(大神)和伊喜塔尔(女神、女战神)。后来巴比伦统一了两河流域,于是巴比伦的神马尔都克也提升资格成为众神之神。再后来到了亚述帝国时代,亚述和伊喜塔尔也成了众神之神了。除了地方神以外,也有各种自然力和动物的神,那真的就是拜物教了。

巴比伦·亚述的宗教也和巫术、医术、占星术和占卜术混在一起,也就是科学的成分和迷信混在一起。例如剖羊肝以占祸福,当然是迷信,但含有解剖学的萌芽。用天上的星以预测人间的吉凶,自然是迷信,但却含有后来天文学的基础,而且就在巴比伦·亚述当时,天文学的知识也已相当丰富了。

史诗大多是关于创造宇宙的神话,半人半神的英雄们的伟绩等。现在选几首作为代表:

《宇宙创造之歌》:这诗原也出于苏美尔,所以来源很古。在苏美尔时代,表现为创造王国的众神。到了巴比伦统一后,表现为巴比伦的神马尔都克战胜怪物蒂阿玛,象征着春天的日神消灭了冬天的怪物,而得到幸福和平。本诗原文共占七块泥版,但今天保存下来的,只有第四块才是完整的,其余或多或少都是残缺的。

第一泥版

当时在上面,天还没有命名①,
在下面,陆地也还没有命名。
神们的最初的生育者阿普苏,
猛姆和神们全体的母亲蒂阿玛,
把他们所有的水集合起来②。
原野还没有出现,生物还没有萌芽。
那时候连一个神也还没有出生,
也没有一个名字,
也没有谁来确定人间的命运;
过后诸神便在空中被创造出来。
……

诸神被创造出来之后,大起骚乱,阿普苏等恐惧,共谋计策以抑制诸神。

---

① "命了名"就是"存在";"没有命名"就是"还不存在"。
② 阿普苏(深渊)、猛姆(水)、蒂阿玛(海),都具有水,都代表原始的存在。

于是,诸位大神的生育者阿普苏,
高声大叫,向他的使者猛姆说:
"啊,猛姆,我的快乐的心肝,
来,让我们向蒂阿玛走去。"
他们前去,他们蹲在蒂阿玛面前,
对于诸神的事,起了一个计策,……
阿普苏开口向蒂阿玛说:
"……他们的行为在反对我,
白天我不得休息,晚上我不能睡眠,我要摧毁他们的行动,
以使骚乱平息,我们才能再度安眠。"
蒂阿玛听到这话,
她大发雷霆,并大叫要报复……
她心存恶意。
"我们所造的诸神,都摧毁了吧,
他们的行为充满悲哀,我们才得安宁。"
……

但是,战斗的结果,阿普苏和猛姆分别被诸神所擒、杀,诸神以埃阿为首,他们的胜利象征对混沌的征服。但是,蒂阿玛仍健在,她重建大军,进行再战。她的军队尽是些凶残有毒的牛鬼蛇神。她的大将就是她的丈夫金古。

第二泥版

诸神听到蒂阿玛要来进攻,感到恐慌,便到他们的父亲大神安夏尔那里去求救。安夏尔便派他的儿子马尔都克来抵抗蒂阿玛:

"你是我的坚强勇敢的儿子,
……快去上战场!
……你一出场,和平便出现。"
我主(马尔都克)听到他父亲的话,满心欢喜。……
"愿你出唇的话决不收回,
愿我此去完成你的心愿!"……

"啊,我儿,你充满一切智慧,
用你优越的咒语把蒂阿玛平定;
赶快前去!
你不会流血,你一定会回来。"……

第三泥版

诸神正在集会大宴,安夏尔遣使者向宴会诸神致词,其中厉谴蒂阿玛的叛乱、牛鬼蛇神的军队、以金古为首的怪敌。

第四泥版

……
于是我主(马尔都克)走向前来,用眼光刺透蒂阿玛;
他知道了她的配偶金古的企图,
当他(马尔都克)定睛一看,他(金古)就站立不稳。
他的头脑慌乱,他的行动失措,
在他身旁的神们和拥护者们,
都看到了这位英雄和领袖的(可怕)。
……
于是蒂阿玛和诸神的领袖马尔都克都站出来。
他们向前战斗,他们前进作战。
我主撒出网子把她包围,
他把携带来的妖风直向她的脸吹去。
蒂阿玛的嘴吹得大大张开。
他把妖风吹进她的口里,使她不能合嘴。
可怕的风胀满了她的肚子,
她的心不能动,她的嘴大大张开。
他就把刺枪刺进去,刺破她的肚子,
切断她的肝肠,割碎她的心脏。
他战胜了她并且摧毁了她的生命;
他把她的尸体抛在地上,站在它上面。
……

我主把蒂阿玛的尸身踩在下面。
他用无情的武器把她的头骨打破,
他把她的血管割裂,
叫北风把它们吹到秘密的地方去。
他的父亲们眼看他的成功,十分欢喜,
送了他各种各样的礼品。
于是我主休息并望着尸体。
他把怪物的肉分开,做成奇异的东西。
他把她分成两半,好像分割一条肥鱼;
他拿了一半去把天空遮起来。
他设立门闩,安置卫兵,
命令他们不准雨水流出来。

……

第五泥版

他(马尔都克)为诸位大神安置地位,
他确定群星和它们的对等星,并确定双星。
他确定年,并把它分成段落。
他确定三颗星来管理十二个月份。
一年的日子他都给制绘图形。
他确定木星的地位来调整群星的范围,
使它们不致走错或错入歧途。
他确定恩里耳、埃阿和阿鲁三神的地位①。
他在两方面开了两扇大门,
他对左门和右门都加了坚固的门闩。
在(天空)中央他确定了天顶,
他叫月神发光,把夜间交他管理;
他叫他控制夜间来计算白天;
每个月他经常替他戴上王冠(新月)。

---

① 三神代表黄道上的三段。

……
在每月的开头当你高升在天空的时候，
有六天的时辰你要露出头角。
到了第七天，王冠就要分开。
在第十四天上，你要相对而立，那是（月）半。
这时候，日神在天体上和你（对立）。

第六泥版

……
他（马尔都克）开口对埃阿神，
把他心里的意思告诉他；.
"我要取出我的骨血。
我要创造人……
我要创造人来居住在（地上），
规定他们要敬神，要建庙宇。"

第七泥版

……
愿人们记住这些故事，愿老年（人）讲述它们！
愿聪明和智慧的人都记住它们，
愿父亲把这些故事重述并教给他的儿子！
愿牧牛者和牧羊人都侧耳而听，
欢祝众神之主马尔都克，
愿他的土地肥美繁荣。
他的话语坚定，他的命令不可改变。
他所说的，没有任何神能够取消，
他发出目光，决不回头。
他一发怒，没有任何神能够抵抗，
但是他的心很宽仁，他的思想很广博；
……

《天上的叛变》：这是一首史诗的片段，原文只一泥版，存伦敦英国博物馆中。全部约三十行，现可读者仅五至二十二行共十八行。大意说，在神有了子孙之后，在人未创造之前，天国本很和谐，但忽然一部分神(天使)造反，被逐往地上。

> 大神连说三次，赞美诗开始。
> 圣歌之神、宗教与崇拜之主
> 请一千名歌唱者和音乐家就座：并设合唱队
> 他们对他的圣诗要集体应唱……
> 他们轻蔑地大声一吼，打破了他的圣诗
> 破坏了、混乱了、打扰了他的颂赞圣诗。
> 这位金冠之神，为了要召集他的拥护派，
> 便吹起喇叭的狂风，可以把死人吹醒，
> 可以禁止那些叛逆的天使，不准回来，
> 他停止他们的职务，把他们送到敌神那儿去。
> 在他们的空处，他便创造人来填补。
> 第一个有生命的人和他同住。
> 他给他们以力气，决不能忽略他的话，
> 要仿照蛇的声音，因为蛇是他的手造的。
> 这位圣言之神从他的五千神中赶出这坏的一千，
> 他们在他的天上的儿子中发出了邪恶的坏话！
> 亚述大神，眼看这些神的邪恶，他们抛弃忠诚，
> 从事叛乱，亚述大神拒绝和他们一道出去。

《吉尔加美什之歌》：这是巴比伦·亚述文学中最杰出的史诗。它提出了人间极重要的生死问题，同时其中也包括古代最有名的洪水故事。

这首史诗的若干部分也来源于苏美尔人的乌鲁克城，所以来源很古。这首诗的最早的编辑版本可能是属于第一巴比伦王朝时期(即名王汉谟拉比所属的时期，约自公元前19世纪到前15世纪)。但它的最完整的最综合的编辑本却是亚述名王亚述巴尼拔的图书馆里所保存的一本。全诗共有十二泥版，相当于一年的十二月。第六泥版就叙述到夏季之末，天干无雨，草木尽落，这是由于吉尔加美什拒绝了女神伊喜塔尔之爱而受的报复。第十一泥版却叙述到洪水大发，

这正是相当于冬季风暴高潮时期,雨季达到高峰的时期。

总之,全诗是以英雄吉尔加美什为中心,连串着许多片段的神话和故事。其中主要部分有四:(一)吉尔加美什在乌鲁克的残酷统治,第二位英雄恩启都的出现和两位英雄的友谊。(二)吉尔加美什和恩启都的功勋。(三)吉尔加美什为求长生不老术而历访各地,包括洪水故事。(四)结尾部分,包括吉尔加美什和亡友恩启都的幽灵的谈话。

史诗开始时叙述着,"三分之二是神、三分之一是人"的吉尔加美什残酷地统治着乌鲁克城。居民们忍无可忍,便向诸神控诉,诸神便创造另一英雄恩启都来和他对抗,以解救人民。恩启都到了乌鲁克,和吉尔加美什角力,双方力量和勇敢都相当,由于彼此敬佩反成了盟友。他们共同去杀死柏树林的妖怪,为民除害兴利。这时女神伊喜塔尔看见吉尔加美什如此英勇,就爱上了他,但他拒绝了,因此引起女神的愤怒,便向天上诸神控诉。诸神放一只凶牛到乌鲁克,喷出一口火焰就能杀死几百人。但这凶牛也被英雄们打死了,恩启都撕下牛腿,摔到女神的脸上,因此女神大怒,又向天上诸神控诉,结果天上诸神决定恩启都必死,于是恩启都得了致命的病。他向吉尔加美什抱怨自己的命运,不光荣地死在病床上,而不能光荣地死在战场上。吉尔加美什一方面痛悼朋友之死,一方面也感到自己将来也要死亡。

> "六天六夜我都在不停地痛哭,
> 到第七天,我埋葬了他的尸骨。
> 死亡的恐惧笼罩了我,我在荒原上徘徊漫步。
> 朋友遭到的痛苦命运,
> 也在威胁着我。
> 我怎能压制自己的忧伤?我又怎能倾诉自己的悲苦?
> 我亲爱的朋友已经变成了灰土。
> 难道我也会和他一样,
> 在死亡的床榻上长眠千古!"

吉尔加美什受到死亡的威胁,他决意去寻找一位祖先乌特·拿比西丁,因为这位祖先曾经历过淹没全世界的洪水而独自活了下来,并且现在得了永生;所以吉尔加美什决定去找他,寻求永生之道。

吉尔加美什怀念亡友恩启都，
在沙漠里悲泣狂奔：
"我还不是要像恩启都那样死去吗？
绝望侵入我的心里，
我畏惧死亡，奔波在荒漠上，
到乌特·拿比西丁、乌布尔·杜都的儿子那里去。
我登上长途，兼程前往。"

他克服种种困难，避过蝎子精，穿过地洞，穿过诸神的妖园，与船夫乌尔·斜那比一起渡过了死水，不顾神人们的劝告和警告，他终于到了幸福岛，在那里会见了乌特·拿比西丁，向他提出永生的问题。但是，乌特·拿比西丁却这样回答他：

"难道我们建造永恒的房子吗？
难道我们打永恒的印章吗？
难道兄弟们会永远分离吗？
难道人间的仇恨是永恒的吗？
难道河流会永远泛滥吗？
蜻蜓会在香蒲上飞翔一世吗？
而且太阳的光芒能永远照耀着它的脸吗？
自古以来就没有永恒的东西，——
沉睡者与死人无异，——
他们的样子不是一副死相吗？
神们规定人的生死，
不过他们不给人知道死亡的日期！"
……

吉尔加美什向这远离人世的乌特·拿比西丁说：

"我注视着你，乌特·拿比西丁！
你的面孔没有什么不同。你和我一样。
你并没有什么不同。你和我一样。

……
你怎样进入诸神之群而获得了永生?"

乌特·拿比西丁回答时,便讲了洪水的故事。说有一天,诸神决定要用洪水毁灭人类,并发誓不留下一个活人。但是,慈善之神埃阿却向乌特·拿比西丁泄露了这消息,叫他造一只大方舟。乌特·拿比西丁就按照指示造了一只大船。乌特·拿比西丁继续说:

"我把我所有的东西都装上船。
把我所有的银子都装上船。
把我所有的金子都装上船。
把我所有的生物都装上船。
把我的全家和家族都装上船;
田里的牲畜、田里的野兽、所有的匠人,都装上船。
……
预定的时间到了,
黑夜的统治者在黄昏时下了可怕的暴雨。
……
我进了船,关上了门。
我把整个船宫和货物都交托给仆楚·苦加,
他是船夫,他负责操舵。
当天色黎明时,
在天空中升起了黑云,
阿达得(雷神)在云中雷鸣;
……
一天,暴风怒号……
暴风雨狂怒起来……
来势凶猛,好像要向人猛扑。
弟兄们彼此不得相见;
在天上的(诸神)也彼此不能认识。
旋风一来,诸神也惊惧万状,

他们逃上阿鲁神的高天；
诸神像狗一样蹲伏在围墙里。
……
一连六天六夜
暴风雨、旋风、暴风继续吹扫大地。
第七天一来，暴风和旋风停止袭击，
像战士们（？）战斗之后一样。
大海平静了，妖风怪雨停止了，旋风缓和了。
我看看白天，怒吼已经平静下去。
而全人类都变成了泥土。
……
我打开一面窗子，光线直射我的面孔，
我低下头，坐下来，开始哭泣，
眼泪流过我的面孔。
大约有十二（里）之遥，出现了一个岛。
在纳息尔山峰前，我的船停住了。
纳息尔山峰挡住了我的船，使船不能动。
一天、两天，纳息尔山峰挡住。
三天、四天，纳息尔山峰挡住。
五天、六天，纳息尔山峰挡住。
到了第七天，
我放出一只鸽子，让它自由。
这鸽子飞来飞去，
找不到一个休息的地方，它又回来了。
我放出一只燕子，让它自由。
这燕子飞来飞去
找不到一个休息的地方，它又回来了。
我放出一只乌鸦，让它自由。
乌鸦出去，发现水在减退。
它吃、它叫（？），但它却没有回来。"
……

诸神看见人间的惨象,也很失悔。但战神恩里尔发现竟有一个人活了下来,非常生气。这时慈爱之神埃阿便劝他。

> 埃阿张开口说话,
> 向战神恩里尔说道:
> "你是诸神的领袖(和)战士。
> 但你为什么不经考虑便吹起旋风?
> 对于罪人应当治罪,
> 对于恶人应当除恶,
> 但是仁者不毁全体,慎勿(全毁)!
> 不吹旋风,
> 狮子也会来减少人类。
> 不吹旋风,
> 豺狼也会来减少人类。
> 不吹旋风,
> 饥荒也会来笼罩大地。
> 不吹旋风,
> 伊拉(瘟神)也会来毁坏大地。"

恩里尔被说服了,同意给乌特·拿比西丁以永生的特权,和诸神一样。吉尔加美什知道人类得不到永生之权了,但乌特·拿比西丁却又告诉他潜到海底去取一种长春草,吃了该草,虽不能永生,却可以青春长在。吉尔加美什经过许多困难,得到了长春草;启程返国,打算和人民共享此福。但在途中下水池洗澡时,草被蛇吃掉(因此,蛇每脱皮,青春复至);从此人生老死,便成定局了。但他在回到自己乌鲁克的城墙时,想到人类光荣事业将永垂不朽,而人也虽死犹生,便得到了安慰。

《伊兹杜巴尔之歌》:这一史诗可以说是吉尔加美什型的史诗,诗中英雄伊兹杜巴尔的行事和吉尔加美什有些相类的地方。

全诗由八块泥版组成,于1871年为亚述学家 G·斯密斯所发现。泥版藏于杜尔·萨尔金城(即柯尔萨巴得城,在尼尼微之北不远)的亚述巴尼拔王的图书馆中,八块分藏二壁窟,每窟藏四块,每块上分六栏。大约是公元前600年时代的遗物,但以其内容来看,可能远在公元前 2000 年左右已经有写本流传(哪怕是片段的)。

诗中的英雄伊兹杜巴尔也是加勒底乌鲁克城(即诗中所称的埃列支城)的王子。他的父亲国王被东方的以栏人所灭。以后伊兹杜巴尔报了父仇,杀死了以栏人,自己戴上了王冠,为民除害。后来伊兹杜巴尔听说有一位奇怪的仙人,名叫黑阿巴尼,是世界上最聪明的人。伊兹杜巴尔派了两个女人去引诱他,才把他引到乌鲁克城来。此后他便和一位美女结婚,而且作了伊兹杜巴尔的忠臣。

这时女神伊喜塔尔看上了伊兹杜巴尔,要嫁给他作王后,但他拒绝了,并且嘲笑她,说她的前夫坦姆兹、飞鹰阿拉拉、牧人国王塔布鲁等都是早死的。女神大怒大恨,用很多疾病、危险、灾难来折磨他。于是他只好去找加勒底上古十王之末的卡西萨得拉帮助。沿途带着黑阿巴尼,吃了不少苦,终于黑阿巴尼死在路上。卡西萨得拉在生时已入天国,现在还在那儿。伊兹杜巴尔在天国找到了他,从他那儿得到了医治。伊兹杜巴尔的病医好了,但和卡西萨得拉的女儿穆阿又相爱了,一方面想回到祖国帮助人民,一方面又为爱情所羁,欲别不能。

现选译若干片段,以见一斑。

第一泥版第二栏,写埃列支城被以栏人攻陷:

> 敌人从缺口或从城墙上蜂拥而来,
> 埃列支在危险之中向诸神
> 大声求援,但是毫无效果,
> 而以栏的军队,疯狂地
> 追人杀人,把这古城洗劫,
> 像魔鬼样地大呼,杀人抢劫。
> 每个倒下的人都被敌人斩首,
> 给埃列支的城门带来了血腥的死亡。
> 城门上堆满了人头,他们是爬上去的,
> 而城门外呢,却遍地堆着
> 难闻的掠夺品,沉没在血泊里。
> 在旁边,站着胜利者的书记,
> 仔细地登记屠夫的姓名,并核对名单;
> 对于每个人头,他们标着价值。

以栏人的剑就这样无情地发光,
埃列支的最好的血就这样在河里流。
有些人从埃列支城墙逃脱了出来,
有些人狂暴地跃入了幼发拉底河,
有些人躲藏在河岸的草丛里,
有很多人沉入了黄色的河水。

第四泥版第一栏,写巴比伦的奇怪风俗,每年一度的少女买卖市集。美女可售高价,并有可能过较好的生活;丑女则售低价,甚至贴补买方以金钱才能脱售,因此丑女之命运当然更坏了。诗人在这里感叹,抒发爱情的意义。

少女们都来了,每个人都如何地快乐多嘴啊!
已到了这个时日,要她们站立着
去迎接来自苏美尔全土的买主们;
这个日子要结束她们的少女时代,并给她们
带来快乐或愁苦。啊,这些年青的姑娘们
如何带着悸动的心去接那些围聚的人群
以听取她们的命运被宣布啊;然而这是错的吗?
习惯已很古老,阿卡得认为这是好习惯
她们都年轻、鲜艳、正在少女时代;
丑姑娘也同样会找着丈夫,
她们的年轻生命就这样免于羞辱。
老处女走过那些人群也不会吃苦,
——她们心中未曾唱出的歌,由于
找到了爱情,也会结束那不欢的灾祸,
从前曾经不安宁的向往也会结束。

但是,爱情!啊你是什么?你岂是可以
用黄金收买的东西?金钱岂能张开
你那光辉的翅膀去覆翼人类的心?
啊,不能!你出现在我们的灵魂里,就赐予

甜蜜的快乐,这是自私自利所不能给予的,
你给予爱情,然后你才能接受爱情;
你并不要求什么财富、地位或名誉。
真正的爱情,不论在王宫里或茅屋里,
都是同样甜蜜的快乐,最神圣的东西。
因此我们崇拜伊喜塔尔,因为她为我们
带来幸福,纵使我们躺在爱人的
亲爱的怀中而不自觉;权力的王冠,
无限的金钱、地位、名誉,或者
生命能给的东西,或者舌头能说的话语,
都不能达(得)到一颗忠诚热爱的心,
天上的希望、地狱的恐怖都不能使它动摇。

第五泥版第一栏,女神伊喜塔尔向伊兹杜巴尔求爱。

"啊亲爱的,吻我!我钟爱你!
听我说吧!我放弃了神的国土
以及那儿的一切虚荣,我在那儿作王后
我统率天使们,拥有无敌的政权,
我的宝座光辉,我的荣光伟大;
但是我的心就只盯住这儿,为了你,
没有了我的伊兹杜巴尔,我不能生活!
我的丈夫的爱情和简单的话语,远远
超过了神的约束。啊国王,让我
休息在你的胸膛,那么,幸福就会缠住
那些属于你的一切幸福的日子。
我的爱情以及天上的光荣都属于你。
啊伊兹杜巴尔,我的国王!这种人世的爱情
比人类所知道的爱情还更伟大,
因此我抛弃那儿在天上的王座,
而现在你的王后跪在你爱情的脚前。"

第五泥版第二栏,国王拒绝,伊喜塔尔大怒。

"你青年时代,你的心曾为坦姆兹而痛哭,
多年来你的爱情袭击着他的疲倦的身体;
过后,你又爱上飞鹰阿拉拉,你又撕毁
他的翅膀。他不能再快活地飞翔,
也不能飞过树林以达天空。
你离弃他,让他鼓着翅膀而死。
你又曾爱过一头强壮的狮子,你摧毁了
他的力气;由于你残酷的喜乐,你又拔掉
他的爪子,拔了七只,也不听他可怜的叫声。
过后你又爱过一匹光荣的战马,
他服从了你,直到他的力气全消:
因为你曾经一直骑他十四小时
而不休息,也不给他吃的和喝的,
终于他在你下面倒下来了;
这匹马回到他女主人锡里里处的时候,
已精神恍惚,头也抬不起。
你又爱过牧人国王塔布鲁,
从他的不断的爱情里,你榨取了
药汁(?),直到他为了平息你的爱情,
他才设法请求天上的有力诸神
来可怜他每天的供应。
在你的指挥棒下,他跳下地来,
变成了一只鬣狗;过后他被赶出
他的本城——被他的狗所撕碎。
过后,你又爱过伊苏纳鲁,奇态而又粗鲁,
他是你父亲的佣人,他服侍你,
每天他替你洗你的漂亮的碟子:
他的眼睛就在你的眼前被挖出来。
你的爱人站在你的面前,带着锁链,

你把毒药放在他的食物里。
……
难道今天又是我的爱后伊喜塔尔的日子？
你的爱情要回报我的，正如你对旁人
所作的一样，你的行为已完全证明。"

王后大怒，从他的面前走开，
在无言的愤怒中，她回到王宫大厅；
骄傲地从地上横扫到天空；
她的神国的侍从们惊恐地快飞。

第七泥版第二栏，写伊兹杜巴尔和黑阿巴尼一道出外，在山间和龙战斗，黑阿巴尼受伤而死，临死时向伊兹杜巴尔说出了他对于生死的看法：

……"亲爱的朋友，不必忧伤，死亡
这东西终于要来的，我们为什么恐惧呢？
是那地下世界的雾气把你的占师接了去！

诸神带领我们，也不征求我们的同意，
他们给予生命，又在现世的一切纷争中
把生命拿回去，我要结束我在世上的生命；
自从有生以来我经历了欢乐和忧愁；
要到地下的可怕世界去，而且一去不返，
黑阿巴尼的脸色现在确转为忧愁。
我对你的爱情就是我唯一的痛苦，
因为我只有为此而忧伤。"

第八泥版第二栏，写伊兹杜巴尔到了快乐厅，生活很好，但想到还要去找卡西萨得拉去求医治，以便回到埃列支去帮助人民。两种思想在心里斗争：

……"当我想到西杜里（少女）的话，

她的心具有浓厚的爱情，在这快乐厅里
会使我得到安慰，那么我为什么要离开
去受苦受难，也许还有死亡和灾祸？
但是，我是否就这样抛弃祖国和王位呢？
为了一样也是不行！噫！就单为了我的名誉！
我的光荣应该保持！还有我的王室国家！
哎呀！这个'名誉'不过'命运'的梦啊！
朝思暮想的东西却不能使
心中快活。人们的称赞，或无心的冷笑，
于我都无所谓，我是孤单的！孤单的！
……
我渴望和平和安息，我必须动身
去寻找它，离开这诱人的漂亮住所吧，——
我要寻求诸神的永生。
人的名誉并不像表面那样堂皇，
它和'昔日'一道睡去，是一个消失了的梦。
我的责任呼召我回到祖国、王座！
去找卡西萨得拉吧，只有他的帮助
才能拯救我的人民免于可怕的命运，
因为这命运生于憎恨的魔鬼，而且悬在人民头上。"

抒情诗，在古代巴比伦·亚述，可以说和宗教的虔诚信仰分不开的。古代的苏美尔人、巴比伦·亚述人几乎都把得到神的欢心和谅解作为人心平静的唯一原因，因此也形成奴隶社会的一种道德：对统治者只有祈求，使受压迫者不生反抗。统治者的祷辞更体现了这种精神。

下面是苏美尔时代拉加什城的统治者古底亚（前 2450）向该城的神宁吉尔苏的夫人所作的祷辞：

啊我的王后，光辉的天神的女儿，
你赐予指示，你占据天上头等地位，
你给大地以生命，

……
你是王后,是建立拉加什城的母亲;
你所照顾的人民是富于权力的,
你所照顾的崇拜者,他的生命要延长。
我没有母亲——你是我的母亲;
我没有父亲——你是我的父亲。
我的父亲……你在神圣的地方生我,
我的女神包乌,你知道什么是善。
……
你给我以生命的气息,
在我母亲保护下,我要托你之福,恭敬地生存。

下面是亚述国王艾萨尔哈登(前680—前669)的一段祷辞:

愿我的帮助者诸神欣纳我的虔诚的工作,并愿诸神衷心祝福我的国度。愿我的僧侣的种子①永远昌盛,如像巴比伦城的埃·萨吉拉②的基础。愿我的国度对人群有益,如像生命之树！愿我根据法律和正义来治理人民！愿我得享高年,有子孙,充满生命,日子丰盈！愿我家属繁衍,家道兴旺,子孙长远,愿我的后裔发达！愿我的僧侣宝座的基础安如磐石！愿我的统治与天地长存！愿我每天行走于快乐愉悦之中、于幸福之中,脸色发光,充满愉快,愿仁慈的命运、优渥的恩惠,伴随着我统治,保护我的僧侣的地位！

下面是亚述国王亚述巴尼拔(前668—前626)的一段祷辞:

啊阿尔贝拉的夫人③,我是亚述巴尼拔、亚述的国王,你的手的创造物,受你生父④的(召唤),来重修亚述的庙宇并建筑巴比伦的各城。我已决定去到有关荣誉的神圣地方,然而以栏国王条曼却不尊敬诸神。但是,我(求

---

① 指家属,古代巴比伦·亚述帝王都出身僧侣。
② 萨吉拉神庙。
③ 女神伊喜塔尔的一称号。
④ 即亚述大神。

你),女神中之女神、战争王后、诸神的公主……为我向你的生父亚述大神吁请,(因为条曼)已把他的军队摆上战场,已集中他的武器向亚述前进。你,诸神中的战士,像……要在战场中心追赶他,用暴雨和恶风消灭他。

下面是新巴比伦王尼布甲尼撒(前605—前561)的一段祷辞:

我爱你的神圣的面容,如同爱我的宝贵的生命一样!在你的城巴比伦以外,在一切住地之中我没有选择我的住处。既然我爱你的神圣的威严,而且对你的统治很热心,所以请你垂听我的祷辞,倾听我的请求,因为我是装饰你的国王,使你的心欢喜,是谨慎的治理者,又到处美化你的住地。啊仁慈的马尔都克,在你的命令之下,愿我所建的房屋永远坚固,愿我充满了它的光辉,愿我在其中享有高龄,有众多的子孙,而且在其中接纳全世界各地国王的贡物。……

下面是对太阳神的赞美诗,原文是阿卡得文,又有亚述文对照。这诗是属于拉尔萨城的,赞美莎玛什:

我主,黑暗中的发光者,他刺黑暗之面,
慈悲的神,他扶起被压倒的人,他支持弱者,
诸大神把他们的眼光指向光明,
深渊里的天使长们每个人都热切注视你的脸。
称颂的语言,同声一致,由你指导。
他们的众多的头寻求南方的阳光。
像新郎一样,你休息得快乐幸福。
凭你的照耀,你远达天空的各边。
你是大地的旗帜。
啊神!住得辽远的人注视你而欢欣。
诸大神确定了……
众星辰的养育者,他喜爱……
凡没有把手指向你……
……

下面是对于火的赞美诗,这是亚述时代的泥版。

啊火,伟大的主宰,他是世界上最崇高的,
天上的高贵儿子,他是世界上最崇高的,
啊火,凭你光辉的火焰
你使黑暗的屋子光明。
对于可名的万物,你是组织者!
对于铜和铅,你是熔化者!
对于银和金,你是精炼者!
对于……,你是净化者!
在夜间你击退坏人的攻击!
但,崇拜神的人,对他的行为你给予光亮!

下面是一首忏悔圣歌,也属于亚述时代。

啊我主! 我的罪众多,我的害很大;
众神发怒,用疾病来苦我
并用病痛和忧愁(来苦我)。
我昏倒了:但没有人伸出他的手!
我呻吟:但没有人来看我!
我大声呼号:但没有人听我!
啊我主! 别抛弃你的仆人!
在大风暴的深水中,求你握住他的手!
他所犯的罪过,求你为他改正!

宗教、哲学诗,从迷信到道德、哲学,在巴比伦·亚述文学中这方面的诗是很多的。吉凶祸福、医病赶鬼,一切都在宗教上来解决,似乎没有医学;所以凡是生了病,大都用符咒和魔术的办法来医治,这方面的诗特别多。

下面是七鬼诗,巴比伦·亚述人对于"七"这个数字认为有特别的魔力,这和中国人巧合——七七四十九。

> 他们是七个,他们是七个!
> 在海底他们是七个!
> 在天顶他们是七个!
> 他们出生在洋河的宫廷里。
> 他们不是阳性;也不是阴性!
> 他们没有妻子!他们不生小孩!
> 他们没有统治!他们不知道政府!
> 他们不听祷辞!
> 他们是七个,他们是七个!说两遍,他们还是七个!

下面是一段赶鬼治病的魔术,原文是阿卡得文。

> 拿一块白布。把玛米(mamit)放在里面,
> 放在病人的右手里。
> 又拿一块黑布;
> 用它包住他的左手。
> 那么一切恶鬼
> 以及他所犯的罪过
> 就会离开他,
> 永不转来。

下面是《虔诚的受难者》,这是在巴比伦·亚述文学中很有名的一首宗教、哲学诗。他哀叹善人受苦,他抱怨神们不公,这是对于迷信宗教的一种怀疑,是人类智慧的一点进步,但最后仍对神有幻想,神最终仍来治好了他的病。这首诗起源于巴比伦,流传大概很广,因为今天我们至少有三个关于这诗的流行版本:一本在亚述巴尼拔的图书馆里,两本在西帕尔的神庙里。本诗共由四块泥版组成,每块约有一百二十行,但全诗只有三分之一被保存至今,而其中还有很多不完全的行,好在全诗的意义还可以看懂。

> 我已经达到并超过了我的天年;
> 我无论走到哪里——总灾祸重重。

悲哀越来越多,正义已经不见,
我向神哭号,但他不和我见面;
我向女神祈祷,但她也不抬头。
占卜僧也不能凭观察决定我的未来,
巫术师也不凭贡献来承认我的请愿,
我请示神托僧,但他也不显示什么,
驱邪长也不行仪式以使我摆脱咒诅。
这一类的好事从不曾有过;
我无论去到哪里,烦恼总跟随着我。

……

我只关心请求和祷告;
祈祷是我的日常行为,献祭是我的法律,
礼拜众神的日子(是)我心中的欢喜,
崇拜女神的日子甚于财宝;
为国王祷告,——那是我的欢欣;
为国王庆祝,——那是我的喜悦。
我教导全国来保卫神的名字,
我训练人民来尊敬女神的名字。
我尊崇国王和尊崇神一样,
我教导人民对王宫敬畏,
我认为这些事情是神所喜欢的。

……

可是,自己以为是好的,神却不喜欢,
自己所轻蔑的,神却很喜爱;
有谁能把握得住天上诸神的意志呢?
神的计谋充满神秘(?)——谁能了解?
凡人们怎能懂得神的道路?
昨天还活着的人,今天死了;
顷刻之间他陷于悲痛,突然之间他遭毁灭;
一会儿他还在唱歌在游戏,
转瞬间他像哀悼者那样痛哭。

人类的心灵变幻无常,和昼夜交替一样;
他们一遇饥饿,就和死尸一样,
他们一遇富有,就以为富比神明;
如果事情顺利,他们便侈言要登天,
如果一遇不幸,他们就说要下地狱。
……
一个恶魔从他的(魔窟)出来了;
生病的皮肤由黄色变成苍白。
病魔打我的颈项,毁我的背,
它把我的身材压弯,和白杨一样;
像沼泽里的植物,我被拔起,躺在地上。
食物也变苦而腐朽,
疾病却继续前行。
虽然不吃东西,却不(?)饥饿;
(它汲干了)我的血液。
营养也停止……
我的肌肉消失,我的身体苍白。
我躺在床上,不能离开床榻。
房间成了监牢;
我的手无力,像是身上的镣铐,
我的脚长伸,像是身上的束缚,
我的沮丧是痛苦的,痛苦很严重。
多节的鞭子打我,
很尖的枪刺我。
病魔整天追逐着我,
整夜它不许我有任何休息,
我的关节脱落,好似扭伤,
我的四肢受伤,已经无力。
我像公牛在厩房里过夜一样,
我像羊子一样浸在粪便里;
我的关节病使驱邪长束手无策,

>   我的兆头使占卜师也弄不清楚，
>   驱邪者也不能解释我的病的性质，
>   我的病的范围，占卜师也不能确定。
>   没有神来帮助我，来握我的手，
>   没有女神可怜我，来到我身边。
>   坟墓已经大开，我的葬礼已准备好，
>   虽然还没有死，追悼会已经开过。
>   我的同乡人已经向我说过"哀哉飨饷"了。
>   我的敌人听到这消息，红光满面；
>   好像快乐的消息向他报告，他的肝喜悦，
>   我知道这一天，当我的全家，
>   在他们的神的保护下安息的时候，他们是悲惨的。

下面是一段指导行为的格言诗，这诗劝人注意精神生活：

>   你不可诽谤——要说纯洁的话！
>   你不可说坏话——要说仁慈的话！
>   诽谤和说坏话的人，
>   沙玛什神将要在你头上会见它。
>   不要说大话——要守口如瓶；
>   如果在发怒——不可说出来。
>   怒中说话，不久你就要后悔；
>   悄悄地抚慰你的哀愁。
>   每天去朝拜你的神，
>   用纯洁的香去上贡献和做祷告，
>   在你的神前，保持纯洁的心！
>   每天早晨，要向他
>   祷告、请求、鞠躬致敬，
>   这样，凭神的帮助，你会发达。
>   从泥版上去学习智慧。
>   敬畏（神），可得恩惠，

贡献可以增加寿命,
祷告可使罪过得赦免。
敬畏诸神的人,不会哭号。
敬畏诸神的人,将得长寿。
对你的朋友和伴侣,不可说坏话,
不可说下流话——要说仁慈的话!
如果你允许了,(要付出你所允许的〔?〕)。
……
不可强暴地压迫他们;
他的神因此会向一个人动怒;
这使沙玛什不喜欢——他会报以恶意。
施食物给人吃,施酒给人喝,
寻求善行,避免(恶事〔?〕),
这是使神喜欢的,
使沙玛什喜欢——他会酬报的。
(对仆人)要帮助,要仁慈,
(你要保护)家中的使女。

历史传说和编年史,这些主要是帝王们所刻的泥版和石碑上的铭文,有些是历史,有些是夸大的叙述。

《提格拉斯·辟列萨尔一世的铭文》(前1115—前1077):这铭文是写在一根八面柱和一些泥版上的,在亚述城被发现,现存英国博物馆中。铭文主要记当时亚述王侵略邻国的战功等,所以很有历史价值,有些片段描写生动,也有文学价值。

……
在我主,亚述赋予强力的勇敢仆人中,我征集了三十辆战车,战士队和军队中的一些精选部队,他们都是久经战阵的。我向广大的米尔提司国前进,因为它不服从我;它是由一些大山和艰险的土地所构成的。容易的地方我乘战车越过;困难的地方,我就步行。在阿鲁玛地方,那是艰险的土地,而且很不宜于通过我的战车,我就下战车来,步行在军队的前面。就像……在崎岖的山峰上,我胜利地前进。我扫过米尔提司国,好像扫过一些干草堆一样。在战斗的过程中,我抛散他们的战士们像抛散糠屑一样。我掠夺了他们的动产、财富和珍品。他们的很多城,我用火烧掉。我要他们作宗教仪式,要供献和贡品。……

《亚述尔那细尔拔尔的编年史》(前884—前859):这一铭文被发现在卡拉城的一个古庙的废堆里。原文分三栏,共三百八十九行,主要仍在叙述侵略邻国的战功。其中第一栏第八十九至九十三行叙述战争之残酷性质,非常确实而坦白:

……那些反叛我的酋长们,我把他们的皮剥了,堆成一个战胜纪念标;在堆里面的一些,我让他们腐朽;在堆顶上的一些,我把他们绑在火刑柱上;在堆旁边的一些,我挨次把他们烧死;看见了我的国土的时候,我剥了很多人的皮;我把他们的皮挂在城墙上;国王(邻国的)的军官们、叛徒们,我就砍掉他们的手脚;我把阿希雅巴巴(叛军首领)带到尼尼微;我剥掉他的皮,把他的皮钉在城墙上;……

《沙尔曼利萨尔二世(或称三世)的黑方尖碑铭文》(前859—前825):这方尖碑是用黑大理石刻的,五英尺高,在卡拉城的几个大丘中发现,现存英国博物馆。碑上的铭文也是叙述亚述王的战功;碑的每边分为五格,每格刻有人像,是代表各国来进贡的国王及其侍从们,其中第二格是以色列王耶胡。碑文四边,各边在图上图下均有铭文,全部共一百九十行,按年纪事。沙尔曼利萨尔二世共统治三十五年,文中叙述至三十一年事,显然此碑是他在位第三十二年所立。下面一段是记他在位第二十五、二十六年的战功:

……在我的第二十五次战役,我跨过幼发拉底河,正是它发洪水的时候。我接受所有喜泰人的君主的贡物。我越过阿玛鲁国。我下临到卡呼延人的国的卡蒂的诸城。我围攻并取下了迪姆尔城,这是他的坚城。我杀死了他们的战士。我运走了战利品。我毁掉、挖掉并烧掉无数的城。在我回国的时候,我占据了姆鲁城作为我私有,这是阿谷西的儿子阿拉麦的坚城。我划出它的入口。在城中我建立了一个王宫,作为我自己的行宫。

在我的第二十六年,我第七次越过阿玛鲁国。我第四次到卡呼延人的国的卡蒂的城。我到了坦那昆城,这是土耳卡的坚城。我主亚述的天威使他震动,他出城时他跪下扶我的脚。我收了人质。我接受了他的贡物银、金、铁、公牛、羊等。我离开了坦那昆城。我又到拉门纳国。那儿的人自动集合。他们占据了一个难登的高山。我攻击并占领了山峰。我杀死了他们的战士。我从山间运下他们的战利品、公牛、羊等。我毁掉、挖掉、烧掉他们的城。我又到卡齐城。他们跪下来扶我的脚。我接受他们的贡物银、金。我立卡蒂的兄弟启利为他们的王。我回国的时候,我下临到阿玛鲁国。我砍下杉树栋梁,把它们运走,运回亚述城来。

《萨尔恭二世柯尔萨巴得王宫的大铭文》(前 722—前 705):萨尔恭二世共统治十七年,文中叙述十五年战功,显然是十六年所立:

……这是我登位以来十五年间我所作的事情:我在卡鲁平原打败了以栏国王孔巴尼甲斯。我围攻并占领了撒马利亚城,并俘虏居民二万七千二百八十人。我取了他们的五十辆战车,但其余的东西我留给他们了。我委我的副官管辖他们;我的前王之一所加于他们的义务,我重新修订。加沙国王汉伦和埃及国王谢伯琪在拉比联军来反对我,并和我作战;他们向我迎来,我使他们逃跑。谢伯琪在我的队伍之前溃败,他逃走了,从此没有人看到他的踪迹。我亲手擒获了加沙国王汉伦。我课埃及法老以贡物;阿拉伯王后参西;塞比安的伊塔玛尔,(我课他们贡纳)金子、该国的香草、马匹和骆驼。

《尼布甲尼撒二世的铭文》(前 604—前 562):这铭文是刻在一根玄武岩短柱上的,共分十栏,全文六百一十九行。此短柱在巴比伦城被发现。尼布甲尼撒是新巴比伦王,在位共四十五年,曾两度围攻耶路撒冷而终于攻陷,也是好大喜功的国王之一。但本铭文中却主要叙述王宫、庙宇以及公共建筑的修建和宗教等。

尼布甲尼撒,巴比伦王,光荣的王子,马尔都克的崇拜者,最高之神的崇敬者,拉布神的赞美者,被称颂者,有知识者,他增加了神的队伍;他是诸神权威的崇拜者,坚而不毁;他保留指定日子,作为装饰毕·萨加图和毕·齐达两神庙之用,而巴比伦和波尔西巴的庙宇显著增加;我是被称颂的首领、和平之主、毕·萨加图和毕·齐达两神庙的装饰者、拿波颇拉萨尔的勇敢的儿子、巴比伦的国王。……

第三章　希伯来文学

在地中海东岸的南部有一条狭长的地带，名叫巴勒斯坦。巴勒斯坦的东部有一条自北南流的河，名叫约旦河，从北面的加利利海（湖）南流注入死海（湖）。在地中海与约旦河之间的这一狭长地带，就是巴勒斯坦。巴勒斯坦的沿河沿海地带比较肥沃，宜于农耕，而有些山区地带，尤其是南部，就只宜于畜牧业。因此，在有史以来，这儿便居住着农耕和畜牧的人，社会制度基本上已入于奴隶制。现在把此地古代住民的历史分四期叙述：

迦南时代（前3200—前1200）。最初在这个地带居住的人叫迦南人，这个地带当时也叫迦南（巴勒斯坦是后来的名字）。迦南人是土著呢，还是从外地迁来的呢？这已不可考。他们出现在历史舞台上的时候便以农耕和畜牧为生。公元前18世纪达到了它的文化的高峰。但后来在埃及称强的时代，迦南地方时时成为埃及的侵略对象。现在遗留下来的文书和一些发掘的古城，都证明了埃及对迦南的统治的影响。

在公元前14世纪左右，有幼发拉底河下游的一支塞姆族人，以亚伯拉罕为首，从吴尔出发，经过阿拉伯的草原，来到了迦南地方，和迦南人杂居，散布于约旦河两岸的地带。在今日被发现的阿玛尔纳文书看来，他们被称为哈比鲁人，可能即是希伯来人的同音字。亚伯拉罕的子孙中以雅各为首的一支，后来到了埃及，在埃及住了二百年，子孙繁衍成为一大族。雅各又名以色列，所以这族也名叫以色列族。希伯来则是后来希腊人对他们的称呼。

以色列建国时代（前1225—前933）。以色列族在埃及大受压迫，乃在领袖摩西率领之下逃出埃及，回到迦南；和迦南人发生过多次战争，可以说征服了迦南，成为迦南地方的统治者，同时也和迦南人逐渐同化了。

以色列人在迦南定居之后，西南海边又来了新的敌人，就是从克里特岛来的非利士人（巴勒斯坦之名即由他们而来）。以色列人的领袖扫罗被选为王（前1028），和非利士人大战，败死疆场。后来以色列人的另一领袖大卫（原是扫罗的部将,被疑,逃到敌方),打败了非利士人,继扫罗为王(前1013—前973),建都耶路撒冷。大卫死后由其子所罗门为王(前973—前933),外和埃及、推罗修好,内则大兴土木,终至引起民怨,因此他死后以色列便分裂了。

按照传统的说法,大卫和所罗门是以色列历史上的名王,神圣文武,聪明睿智,其实大卫为人颇为残酷,而所罗门的奢侈无度也不得称为明君。

以色列、犹太分立时代(前933—前579)。所罗门死后,由于生前奢华重税已失民心,其子罗波安继位时,北方各族领袖耶罗波安便独立,另建以色列国;而南方各族以犹太族为中心,仍拥戴罗波安为王,是为犹太国。于是便形成南北分立,而且时时彼此争战,媚外虐内,予强邻以可乘之机。北方的以色列于公元前722年为亚述所灭;南方的犹太也于公元前579年为新巴比伦所灭。

耶罗波安称王时建都于示剑,后到名王暗利(前887—前843)时乃建都于撒马利亚。犹太国都仍在耶路撒冷。

撒马利亚和耶路撒冷被攻破时,人民大都被虏至亚述和巴比伦。是为犹太人散居各地之始。

隶属外邦时代(前586—公元395)。

前586—前538——为后巴比伦所统治。

前538—前332——为波斯所统治。尼希米重建耶路撒冷城。

前332—前198——为希腊亚力山大(前332—前323)和多利买埃及(前323—前198)所统治。

前198—前168——为塞琉卡所统治。

前168—前63——犹太人屡起宗教、政治反叛,终为庞培纳入罗马控制。

前63—公元395——罗马统治。希律被元老院委派为王(前37—前4)。耶稣生(前6—前4)。公元2世纪时沦为殖民地,犹太人迁出耶路撒冷。

宗教、《圣经》和《塔尔穆得》等。以色列人最初仍是拜物的多神教的信仰者。当初他们从幼发拉底河而来,当然全把他们在巴比伦的弟兄那些神带来,所以在许多神话和传说上都和巴比伦的有关,如创造世界和洪水的传说都和巴比伦的很相同。迦南人也是多神教。以色列人当初和东方各民族一样,是拜山川木石的民族。当然,后来随着宗法式的家长制度而有了祖先崇拜,但祖先崇拜显然仍不是一神教。

当初,耶和华不过是以色列人的诸神之一。即在摩西领他们出埃及时,还再三教导他们不可敬拜别的神,然而他们还是敬拜别的神和偶像,因而还引起了耶和华的愤怒和降罚。

即使摩西教以色列人崇拜耶和华,也是仅认为耶和华是以色列人的神而已,并不否认别的民族也可以有他们自己的神。至到后来,尤其是公元前 579 年"巴比伦俘囚"以后,犹太人便进一步认为只有耶和华才是独一无二的真神,其他各民族的神都被否认了。所以一神教的出现是比较晚的事情。

犹太人在波斯、希腊、罗马统治以后,散布到世界各地了。他们始终认为他们是耶和华的选民,将来他一定要派救世主"弥赛亚"来救他们的。这便形成了犹太教。

犹太教的经典是《圣经》。《圣经》分为新、旧约两部分。《新约》是耶稣以后的教训和使徒行传等,属于基督教扩大了的范围,这儿暂时不谈。至于《旧约》,就是以色列人的神话、传说、历史、宗教、法律、文学的文献的总集。但是,这一总集也不是一下子编成的。最早开始作编辑工作的是在公元前 9 世纪,公元前 8 世纪时又有人编辑,而在公元前 7 世纪时才有综合的编辑。最初编的是《摩西五书》,其余的是随年代之推移而逐渐增编进去的,最迟的在公元前 1 世纪、前 2 世纪的时候。但是,也有人怀疑,认为即使最早的《摩西五书》也仍然是公元前 5 世纪时才编成的,那么,其余部分就更迟了。至于内容,历代被人篡改、伪加、歪曲,那是更不用讲的。所以研究《圣经》的编辑时代和内容真相,已成为一专门的学问了。

《圣经》最初是用古塞姆语的文字写在羊皮纸和纸草上的。后来又有人用阿拉美亚的方体字抄写《圣经》。公元前 3 世纪时,《圣经》中的《摩西五书》在埃及被七十多位学者译成希腊文,叫作《七十家译圣经》;后来,其余部分也译成了希腊文。

《旧约》编成全书,很可能是在"巴比伦俘囚"之后的苦难时代。犹太人迭被外族所统治并被迁徙各地,缅怀往昔,绻念祖国,多有禾黍荆棘之感。发为诗歌以表哀愁,或发奋编写书籍以留传统,或搜集遗文以存古典,终于完成了这部《旧约》。

现在的《旧约》共分为三十九本,但以前犹太人的《旧约》却只分为二十四本,列入三部:

① 《法律书》即《摩西五书》:《创世记》《出埃及记》《利未记》《民数记》《申命记》。

② 《先知书》:共八本,分为二群:

(a) 《前先知书》:《约书亚记》《士师记》《撒母耳记》《列王记》。

(b)《后先知书》:《以赛亚书》《耶利米书》《以西结书》《小先知书》(即《十二书》,由以下十二书合为一本:《何西阿书》《约珥书》《阿摩斯书》《俄巴底亚书》《约拿书》《弥迦书》《那鸿书》《哈巴谷书》《西番雅书》《哈该书》《撒迦利亚书》《玛拉基书》)。

③《(圣)文书》:共十一本,分为三群:

(a) 诗歌书:《诗篇》《箴言》《约伯记》。

(b) 五卷书:《雅歌》《路得记》《耶利米哀歌》《传道书》《以斯帖记》。

(c) 其余书:《但以理书》、《以斯拉记》和《尼希米记》(二书合为一本)、《历代志》。

(智慧三书:《箴言》《约伯记》《传道书》。)

此外,同时,犹太人还写了很多解释《旧约》经文的《传释》。这类书被称为《塔尔穆得》(《教训书》),大多关于法律和经文的解释。有的是在巴比伦写成的,有的是在犹太本土写成的。

《塔尔穆得》包括《米希拿》(《学问书》或《第二法律》)和《格玛拉》(补篇)。当"巴比伦俘囚"之后,犹太人有很多在巴比伦定居下来,他们缅怀故国和耶和华,便把他们祖先遗下的敬神传统和仪式口传下去,世代相传,并声称这些传统和仪式是耶和华在西乃山上向摩西传说的。到了公元2世纪时,在巴比伦出了一位圣僧犹大,他把这些口头传说的东西记录下来并加以编辑整理,就成为《米希拿》,这是巴比伦《塔尔穆得》的本文。过后有许多僧侣就这《米希拿》加以各种注解,到公元5世纪时又有人把这些注解搜集起来,和《米希拿》放在一起,成为巴比伦《塔尔穆得》的补篇。

公元4世纪时,在犹太本土的僧侣们也把历代口头传下来的传统和仪式录辑下来,这就是犹太本土《塔尔穆得》;但犹太本土《塔尔穆得》不及巴比伦《塔尔穆得》完整,后者的价值也较高。

《米希拿》共分六卷,包括六十三条:

第一卷:《根本法律》共十一条,

第二卷:《祝祭法律》共十二条,

第三卷:《论女人》共七条,

第四卷:《论损害》共十条,

第五卷:《论圣物》共十一条,

第六卷:《论洁净》共十二条。

神话。希伯来的神话多和巴比伦的相同,如创造宇宙及人、洪水故事等。这证明希伯来人的祖先确从两河流域而来,正如希伯来人自己的传说,《创世记》第十一章末尾有这样一段:

> 他拉生亚伯兰、拿鹤、哈兰。哈兰生罗得。哈兰死在他的本地迦勒底的吾珥,在他父亲他拉之先。……他拉带着他儿子亚伯兰……出了迦勒底的吾珥,要往迦南地去。[按:吾珥即吴尔的另译。]

《创造宇宙和人的神话》,在《创世记》的第一章和第二章的一部分,全文如下:

> 起初上帝创造天地。地是空虚混沌,渊面黑暗,上帝的灵运行在水面上。上帝说,要有光,就有了光。上帝看光是好的,就把光暗分开了。上帝称光为昼,称暗为夜。有晚上,有早晨,这是头一日。上帝说,诸水之间要有空气,将水分为上下。上帝就造出空气,将空气以下的水与空气以上的水分开了。事就这样成了。上帝称空气为天,有晚上,有早晨,是第二日。上帝说,天下的水要聚在一处,使旱地露出来,事就这样成了。上帝称旱地为地,称水的聚处为海,上帝看着是好的。上帝说,地要发生青草,和结种子的菜蔬,并结果子的树木,各从其类,果子都包着核,事就这样成了。于是地发生了青草,和结种子的菜蔬,各从其类,并结果子的树木,各从其类,果子都包着核,上帝看着是好的。有晚上,有早晨,是第三日。上帝说,天上要有光体,可以分昼夜,作记号,定节令、日子、年岁,并要发光在天空,普照在地上,事就这样成了。于是上帝造了两个大光,大的管昼,小的管夜,又造众星。就把这些光摆列在天空,普照在地上,管理昼夜,分别明暗,上帝看着是好的。有晚上,有早晨,是第四日。上帝说,水要多多滋生有生命的物,要有雀鸟飞在地面以上、天空之中。上帝造就出大鱼,和水中所滋生各样有生命的动物,各从其类,又造出各样飞鸟,各从其类,上帝看着是好的。上帝就赐福给这一切,说,滋生繁多,充满海中的水,雀鸟也要多生在地上。有晚上,有早晨,是第五日。上帝说,地要生出活物来,各从其类,牲畜、昆虫、野兽,各从其类,事就这样成了。于是上帝造出野兽,各从其类,牲畜各从其类,地上一切昆虫,各从其类,上帝看着是好的。上帝说,我们要照着我们的形象、按

着我们的样式造人,使他们管理海里的鱼、空中的鸟、地上的牲畜,和全地,并地上所爬的一切昆虫。上帝就照着自己的形象造人,乃是照着他的形象造男造女。上帝就赐福给他们,又对他们说,要生养众多,遍满地面,治理这地,也要管理海里的鱼,空中的鸟,和地上各样行动的活物。上帝说,看哪,我将遍地上一切结种子的菜蔬,和一切树上所结有核的果子,全赐给你们作食物。至于地上的走兽,和空中的飞鸟,并各样爬在地上有生命的物,我将青草赐给他们作食物,事就这样成了。上帝看着一切所造的都甚好,有晚上,有早晨,是第六日。天地万物都造齐了。到第七日,上帝造物的工已经完毕,就在第七日歇了他一切的工,安息了。上帝赐福给第七日,定为圣日,因为在这日上帝歇了他一切创造的工,就安息了。

《洪水的神话》,在《创世记》的第六到第八章里,现在节录如下:

耶和华见人在地上罪恶很大,终日所思想的尽都是恶,耶和华就后悔造人在地上,心中忧伤。耶和华说,我要将所造的人和走兽并昆虫,以及空中的飞鸟,都从地上除灭。因为我造他们后悔了。惟有挪亚在耶和华面前蒙恩。……耶和华对挪亚说,你和你的全家都要进入方舟,因为在这世代中,我见你在我面前是义人。……因为再过七天,我要降雨在地上四十昼夜,把我所造的各种活物,都从地上除灭。挪亚就遵着耶和华所吩咐的行了。……洪水泛滥在地上四十天,水往上涨,把方舟从地上漂起。……水势比山高过十五肘,山岭都淹没了。凡在地上有血肉的动物,就是飞鸟、牲畜、走兽和爬在地上的昆虫,以及所有的人都死了。……只留下挪亚和那些与他同在方舟里的。……过了四十天,挪亚开了方舟的窗户,放出一只乌鸦去,那乌鸦飞来飞去,直到地上的水都干了。……他又等了七天,再把鸽子从方舟放出去。到了晚上,鸽子回到他那里,嘴里叼着一个新拧下来的橄榄叶子,挪亚就知道地上的水退了。

史话和故事。在史话和故事中,有很多是有文学价值的;它们虽不一定完全合乎史实,但从它们可以生动地认识希伯来人的生活面貌和思想感情,甚至社会制度。

《约瑟被卖到埃及》:从这个史话里,我们可以看到希伯来人从畜牧业到(或

兼)定居农业的情况,自由人被卖为奴隶的情况,埃及牧羊王朝的专制情况,甚至看到埃及大臣的妻子对家庭生活不满的情况:

> 约瑟十七岁与他哥哥们一同放羊,……约瑟将他哥哥们的恶行,报给他们的父亲。以色列原来爱约瑟过于爱他的众子,因为约瑟是他年老生的,他给约瑟作了一件彩衣。约瑟的哥哥们……就恨约瑟……约瑟作了一梦,告诉他哥哥们,他们就越发恨他。约瑟对他们说,请听我所作的梦。我们在田里捆禾稼,我的捆起来站着,你们的捆来围着我的下拜。……他们就因为他的梦和他的话,越发恨他。后来他又作了一梦,也告诉他的哥哥们说,看哪,我又作了一梦,梦见太阳、月亮与十一个星,向我下拜。……他哥哥们都嫉妒他。……约瑟的哥哥们往示剑去,放他们父亲的羊。以色列对约瑟说,你哥哥们不是在示剑放羊么,你来,我要打发你往他们那里去。……他们远远的看见他,趁他还没有走到跟前,大家就同谋要害死他。……他们……举目观看,见有一伙米甸的以实玛利人,从基列来,用骆驼驮着香料、乳香、没药,要带下埃及去。……哥哥们就……讲定二十舍客勒银子,把约瑟卖给以实玛利人,他们就把约瑟带到埃及去了。……

《摩西领以色列人出埃及》:从这个史话里,我们可以看到希伯来人在埃及作奴隶作苦工的情况,希伯来劳动女人的健康和生产小孩迅速的情况,希伯来人反抗埃及人的斗争情况,摩西团结希伯来人以逃出埃及的斗争情况。

> 耶和华说,我的百姓在埃及所受的困苦,我实在看见了,他们因受督工的辖制所发的哀声,我也听见了,我原知道他们的痛苦。我下来是要救他们脱离埃及人的手,领他们出那地,到美好宽阔流奶与蜜之地,就是到迦南人……之地。……故此我要打发你去见法老,使你可以将我的百姓以色列人从埃及领出来。……以色列人从兰塞起行,往疏割去,除了妇人孩子,步行的男人约有六十万。……有人告诉埃及王说,百姓逃跑,法老和他的臣仆就向百姓变心,说,我们容以色列人去不再服侍我们,这作的是甚么事呢。法老就预备他的车辆,带领军兵同去,并带着六百辆特选的车,和埃及所有的车,每辆都有车兵长。……埃及人追赶他们,法老一切的马匹、车辆、马兵与军兵,就在海边上靠近比哈希录对着色力洗分、在他们安营的地方追上

了。……摩西向海伸杖,耶和华便用大东风,使海水一夜退去,水便分开,海就成了干地。以色列人下海中走干地,水在他们的左右作了墙垣。埃及人追赶他们,法老一切的马匹、车辆和马兵,都跟着下到海中。……耶和华对摩西说,你向海伸杖,叫水仍合在埃及人并他们的车辆、马兵身上。摩西就向海伸杖,到了天一亮,海水仍旧复原,埃及人避水逃跑的时候,耶和华把他们推翻在海中。水就回流,淹没了车辆和马兵,那些跟着以色列人下海法老的全军,连一个也没有剩下。

《耶弗他许愿》:这故事反映了以色列人在士师领导时代的外患,以色列人对信誓的尊重和处女为父为国的牺牲:

> 耶弗他就向耶和华许愿,说,你若将亚扪人交在我手中,我从亚扪人那里平平安安回来的时候,无论什么人,先从我家门出来迎接我,就必归你,我也必将他献上为燔祭。于是耶弗他往亚扪人那里去,与他们争战,耶和华将他们交在他手中。他就大大杀败他们,从亚罗珥到米匿,直到亚备勒基拉明,攻取了二十座城,这样亚扪人就被以色列人制伏了。耶弗他回米斯巴到了自己的家,不料,他女儿拿着鼓跳舞出来迎接他,是他独生的,此外无儿无女。耶弗他看见她,就撕裂衣服,说,哀哉,我的女儿啊,你使我甚是愁苦,叫我作难了,因为我已经向耶和华开口许愿,不能挽回。他女儿回答说,父啊,你既向耶和华开口,就当照你口中所说的向我行,因耶和华已经在仇敌亚扪人身上为你报仇。又对父亲说,有一件事求你允准,容我去两个月,与同伴在山上,好哀哭我终为处女。耶弗他说,你去吧,就容她去两个月,她便和同伴去了,在山上为她终为处女哀哭。两月已满,她回到父亲那里,父亲就照所许的愿向她行了,女儿终身没有亲近男子。此后以色列中有个规矩,每年以色列的女子去为基列人耶弗他的女儿哀哭四天。

《参孙殉国》:这故事反映出以色列人在士师领导时代和非利士人斗争的艰苦、士师参孙的爱国主义和至死歼敌的勇敢精神:

> 大利拉使参孙枕着她的膝睡觉,叫了一个人来剃除他头上的七条发绺。于是大利拉克制他,他的力气就离开他了。……非利士人将他拿住,剜了他

的眼睛,带他下到迦萨,用铜链拘索他,他就在监里推磨。然而他的头发被剃之后,又渐渐长起来了。非利士人的首领聚集,要给他们的神大衮献大祭,并且欢乐,因为他们说,我们的神将我们的仇敌参孙交在我们手中了。……他们正宴乐的时候,……将参孙从监里提出来,他就在众人面前戏耍。他们使他站在两柱中间。……那时房内充满男女,非利士人的众首领也都在那里。房的平顶上约有三千男女,观看参孙戏耍。……参孙就抱住托房的那两根柱子,左手抱一根,右手抱一根,说,我情愿与非利士人同死,就尽力屈身,房子倒塌,压住首领和房内的众人。这样,参孙死时所杀的人,比活着所杀的还多。

《大卫打死歌利亚》:这故事反映扫罗王时代以色列人和非利士人之间的艰苦斗争和大卫少年英勇爱国:

非利士人站在这边山上,以色列人站在那边山上,当中有谷。从非利士营中出来一个讨战的人,名叫歌利亚,是迦特人,身高六肘零一虎口,头戴铜盔,身穿铠甲,甲重五千舍克勒。腿上有铜护膝,两肩之中背负铜戟,枪杆粗如织布的机轴,铁枪头重六百舍克勒,有一个拿盾牌的人在他前面走。歌利亚对着以色列的军队站立,……向以色列人的军队骂阵。你们叫一个人出来,与我战斗。扫罗和以色列众人听见非利士人的这些话,就惊惶,极其害怕。大卫对扫罗说,人都不必因那非利士人胆怯。你的仆人要去与那非利士人战斗。扫罗对大卫说,你不能去与那非利士人战斗,因为你年纪太轻,他自幼就作战士。大卫对扫罗说,你仆人为父亲放羊,有时来了狮子,有时来了熊,从群中衔一只羊羔去。我就追赶他,击打他,将羊羔从他口中救出来;他起来要害我,我就揪着他的胡子,将他打死。你仆人曾打死狮子和熊,这未受割礼的非利士人向永生上帝的军队骂阵,也必像狮子和熊一般。……他手中拿杖,又在溪中挑选了五块光滑石子,放在袋里,就是牧人带的囊里,手中拿着甩石的机弦,就去迎那非利士人。非利士人也渐渐的迎着大卫来,拿盾牌的走在前头。非利士人观看,见了大卫,就藐视他,因为他年轻,面色光红,容貌俊美。……非利士人起身,迎着大卫前来,大卫急忙迎着非利士人,往战场跑去。大卫用手从囊中掏出一块石子来,用机弦甩去,打中非利士人的额,石子进入额内,他就仆倒,面伏于地。这样,大卫用机弦甩石,胜了那非利士人,打死他。

《所罗门智断》:这故事反映所罗门王的聪明和母爱的纯真:

> 一日有两个妓女来,站在王面前。一个说,我主啊,我和这妇人同住一房,她在房中的时候,我生了一个男孩。我生孩子后第三日,这妇人也生了孩子。我们是同住的,除了我们二人之外,房中再没有别人。夜间这妇人睡着的时候,压死了她的孩子。她半夜起来,趁我睡着,从我旁边把我的孩子抱去,放在她怀里,将她的死孩子,放在我怀里。天要亮的时候,我起来要给我的孩子吃奶,不料,孩子死了;及至天亮,我细细的察看,不是我所生的孩子。那妇人说,不然,活孩子是我的,死孩子是你的。这妇人说,不然,死孩子是你的,活孩子是我的。他们在王面前如此争论。王……就吩咐说,拿刀来,人就拿刀来。王说,将活孩子劈成两半,一半给那妇人,一半给这妇人。活孩子的母亲为自己的孩子心里急痛,就说,求我主将活孩子给那妇人吧,万不可杀他。那妇人说,这孩子也不归我,也不归你,把他劈了吧。王说,将活孩子给这妇人,万不可杀他,这妇人实在是他的母亲。

宗教、哲理诗。大多是对耶和华的赞颂和人生哲学及祷告之辞,从这些可以看出:古希伯来人的宇宙观和人生观基本上还未脱离先民的对自然神秘的崇拜:

《摩西歌颂耶和华》:这一颂歌是摩西领以色列人逃过红海后对耶和华的歌颂:

> 耶和华阿,你的右手施展能力,显出荣耀。耶和华阿,你的右手摔碎仇敌。你大发威严,推翻那些起来攻击你的,你发出烈怒如火,烧灭他们像烧碎秸一样。你发鼻中的气,水便聚起成堆,大水直立如垒,海中的深水凝结。……你叫风一吹,海就把他们淹没,他们如铅沉在大水之中。耶和华阿,众神之中谁能像你,谁能像你至圣至荣,可颂可畏,施行奇事。

《摩西临死教训以色列人之诗》:这是摩西死时教训以色列人永远行善,不要违背耶和华:

诸天哪,侧耳,我要说话,愿地也听我口中的言语。我的教训要淋漓如雨,我的言语要滴落如露,如细雨降在嫩草上,如甘霖降在菜蔬中。我要宣告耶和华的名,你们要将大德归与我们的上帝。他是磐石,他的作为完全,他所行的无不公平;是诚实无伪的上帝,又公义,又正直。这乖僻弯曲的世代,向他行事邪僻,有这弊病,就不是他的儿女。愚昧无知的民哪,你们这样报答耶和华么;他岂不是你的父、将你买来的么;他是制造你、建立你的。你当追思上古之日,思念历代之年;问你的父亲,他必指示你,问你的长者,他必告诉你。

大卫颂美耶和华:大卫脱离一切敌人和扫罗之手而为王,颂美上帝:

耶和华是我的岩石,我的山寨,我的救主,我的上帝,我的磐石,我所投靠的。他是我的盾牌,是拯救我的角,是我的高台,是我的避难所。我的救主阿,你是救我脱离强暴的。……耶和华是活神,愿我的磐石被人称颂,愿上帝、那拯救我的磐石、被人尊崇。……耶和华阿,因此我要在外邦中称谢你、歌颂你的名。耶和华赐极大的救恩给他所立的王,施慈爱给他的受膏者,就是给大卫和他的后裔,直到永远。

赞颂诗选:在《诗篇》中有不少是赞美或歌颂的诗,兹选录数首如下:

不从恶人的计谋,不站罪人的道路,不坐亵慢人的座位,惟喜爱耶和华的律法,昼夜思想,这人便为有福。他要像一棵树栽在溪水旁,按时候结果子,叶子也不枯干,凡他所作的,尽都顺利。

耶和华阿,谁能寄居你的帐幕,谁能住在你的圣山。就是行为正直、作事公义、心里说实话的人。他不以舌头谗谤人,不恶待朋友,也不随伙毁谤邻里。他眼中藐视匪类,却尊重那敬畏耶和华的人。他发了誓,虽然自己吃亏,也不更改。他不放债取利,不受贿赂以害无辜。行这些事的人,必永不动摇。

耶和华是我的牧者,我必不至缺乏。他使我躺卧在青草地上,领我在可安歇的水边。他使我的灵魂苏醒,为自己的名引导我走义路。我虽然行过死荫的幽谷,也不怕遭害,因为你与我同在。你的杖,你的竿,都安慰我。

上帝啊,你受的赞美,正与你的名相称,直到地极。你的右手满了公义。因你的判断,锡安山应当欢喜,犹大的城邑,应当快乐。你们当周游锡安,四围旋绕,数点城楼,细看他的外郭,察看他的宫殿,为要传说到后代。

上帝阿,求你将判断的权柄赐给王,将公义赐给王的儿子。他要按公义审判你的民,按公平审判你的困苦人。大山小山,都要因公义使民得享平安。他必为民中的困苦人伸冤,拯救穷乏之辈,压碎那欺压人的。太阳还存,月亮还在,人要敬畏你,直到万代。

以色列出了埃及,雅各家离开说异言之民。那时犹大为主的圣所,以色列为他所治理的国度。沧海看见就奔逃,约旦河也倒流。大山踊跃如公羊,小山跳舞如羊羔。……大地阿,你因见主的面,就是雅各上帝的面,便要震动。

教训诗选:在所罗门的《箴言》中有不少教训诗,兹选录数首如下:

得智慧,得聪明的,这人便为有福。因为得智慧胜过得银子,其利益强如精金,比珍珠宝贵,你一切所喜爱的,都不足与比较。……你就坦然行路,不至碰脚。你躺下,必不惧怕,你躺卧,睡得香甜。忽然来的惊恐,不要害怕;恶人遭毁灭,也不要恐惧。

诡诈的天平,为耶和华所憎恶;公平的砝码,为他所喜悦。骄傲来,羞耻也来;谦逊人却有智慧。正直人的纯正,必引导自己;奸诈人的乖僻,必毁灭自己。

耕种自己田地的,必得饱食;追随虚浮的,却是无知。……愚妄人的恼怒,立时显露;通达人能忍辱藏羞。说出真话的,显明公义;作假见证的,显出诡诈。说话浮躁的,如刀刺人;智慧人的舌头,却为医人的良药。

设筵满屋,大家相争,不如有块干饼,大家相安。……喜乐的心,乃是良药;忧伤的灵,使骨枯干。

懒惰人说,道上有猛狮,街上有壮狮。门在枢纽转动,懒惰人在床上也是如此。懒惰人放手在盘子里,就是向口撤回,也以为劳乏。

当面的责备,强如背地的爱情。朋友加的伤痕,出于忠诚;仇敌连连亲嘴,却是多余。……铁磨铁,磨出刃来,朋友相感,也是如此。

叙事诗：包括战胜纪功和叙述事件的诗，以《约伯记》为代表。《约伯记》是《旧约》中唯一的一首长叙事诗。诗中叙述奴隶主约伯为人如何善良虔诚，忍受灾难而不悔，终于蒙上帝的眷顾而恢复昌盛。这首诗，无疑地，说教气味很厚，劝人对现世苦难采取忍受态度；约伯既是奴隶主，这诗的教训对象当然是奴隶、平民，所以这诗基本上是反动的，约伯也是非现实的骗人的形象。不过，诗中有两点是值得注意的。通过约伯和友人们的辩论，知道约伯原来也不是什么绝顶的义人，而是高利贷者、欺负寡妇孤儿的人。通过约伯对当时世态的指责，反映出当时社会的不公平，好人吃亏，坏人得利。文长不录。

抒情诗：《旧约》中抒情诗很多，兹选录若干如下：

雅各临终作歌：这是雅各死时向十二个儿子说的话，大多数都因恶行受到指责，只有犹大、约瑟等受到祝福。兹录约瑟受祝福一段如下：

约瑟是多结果子的树枝，是泉旁多结果的枝子，他的枝条探出墙外。弓箭手将他苦害，向他射箭，逼迫他，但他的弓仍旧坚硬，他的手健壮敏捷；这是因以色列的牧者、以色列的磐石、就是雅各的大能者、你父亲的上帝，必帮助你，那全能者，必将天上所有的福、地里所藏的福，以及生产乳养的福，都赐给你。你父亲所祝的福，胜过我祖先所祝的福，如永世的山巅，至极的边界，这些福必降在约瑟的头上，临到那与弟兄迥别之人的顶上。

大卫弓歌：这是大卫吊扫罗王和扫罗的儿子约拿丹的歌：

以色列阿，你尊荣者在山上被杀，大英雄何竟死亡。不要在迦特报告，不要在亚实基伦街上传扬，免得非利士的女子欢乐，免得未受割礼之人的女子矜夸。基利波山哪，愿你那里没有雨露，愿你田地无土产可作供物，因为英雄的盾牌，在那里被污丢弃，扫罗的盾牌，仿佛未曾抹油。约拿丹的弓箭，非流敌人的血不退缩，扫罗的刀剑，非剖勇士的油不收回。扫罗和约拿丹，活时相悦相爱，死时也不分离，他们比鹰更快，比狮子还强。以色列的女子阿，当为扫罗哭号。他曾使你们穿朱红色的美衣，使你们衣服有黄金的装饰。英雄何竟在阵上仆倒，约拿丹何竟在山上被杀。我兄约拿丹哪，我为你悲伤；我甚喜悦你，你向我发的爱情奇妙非常，过于妇女的爱情。英雄何竟仆倒，战具何竟灭没。

亚萨哀诉耶路撒冷被屠毁之诗：

上帝阿，外邦人进入你的产业，污秽你的圣殿，使耶路撒冷变成荒堆，把你仆人的尸首，交与天空的飞鸟为食，把你圣民的肉，交与地上的野兽，在耶路撒冷周围流他们的血如水，无人葬埋。

被掳于巴比伦者之哀歌：

我们曾在巴比伦的河边坐下，一追想锡安就哭了。我们把琴挂在那里的柳树上。因为在那里，掳掠我们的要我们唱歌，抢夺我们的要我们作乐，说，给我们唱一首锡安歌吧。我们怎能在外邦唱耶和华的歌呢。耶路撒冷阿，我若忘记你，情愿我的右手忘记技巧。我若不纪念你，若不看耶路撒冷过于我所最喜乐的，情愿我的舌头贴于上膛。

《所罗门的雅歌》：《旧约》中有几首抒情诗，称为《所罗门的雅歌》，其实是一般农牧民的情歌，兹录数段如下：

我良人对我说，我的佳偶，我的美人，起来，与我同去。因为冬天已往，雨水止住过去了。地上百花开放、百鸟鸣叫的时候，已经来到，斑鸠的声音在我们境内也听见了，无花果树的果子渐渐成熟，葡萄树开花放香。我的佳偶，我的美人，起来，与我同去。我的鸽子阿，你在盘石穴中，在陡岩的隐密处，求你容我得见你的面貌，得听你的声音，因为你的声音柔和，你的面貌秀美。

我妹子，我新妇，你夺了我的心；你用眼一看，用你项上的一条金链，夺了我的心。我妹子，我新妇，你的爱情何其美，你的爱情比酒更美；你膏油的香气胜过一切香品。我新妇，你的嘴唇滴蜜，好像蜂房滴蜜；你的舌下有蜜有奶；你衣服的香气如利巴嫩的香气。我妹子，我新妇，乃是关锁的园，禁闭的井，封闭的泉源。

王女阿，你的脚在鞋中何其美好；你的大腿圆润好像美玉，是巧匠的手作成的。你的肚脐如圆杯，不缺调和的酒；你的腰如一堆麦子，周围有百合花。你的两乳好像一对小鹿，就是母鹿双生的。你的颈项如象牙台；你的眼目像希实本、巴特拉并门旁的水池；你的鼻子仿佛朝大马色的利巴嫩塔。你的头在你身上好像迦密山；你头上的发是紫黑色,王的心因这下垂的发绺系住了。

以赛亚讽刺巴比伦王歌：耶和华允许以色列人将从巴比伦回到本土,那时以赛亚将作此歌以讽刺曾经强大的巴比伦王：

明亮之星,早晨之子阿,你何竟从天坠落；你这攻败列国的,何竟被砍倒在地上。你心里曾说,我要升到天上,我要高举我的宝座在上帝众星以上,我要坐在聚会的山上,在北方的极处,我要升到高云之上,我要与至上者同等。然而你必坠落阴间,到坑中极深之处。凡看见你的,都要定睛看你,留意看你,说,使大地战抖、使列国震动、使世界如同荒野、使城邑倾覆、不释放被掳的人归家,是这个人么。列国的君王俱各在自己阴宅的荣耀中安睡。惟独你被抛弃,不得入你的坟墓,好像可憎的枝子,以被杀的人为衣,就是被刀刺透、坠落坑中石头那里的；你又像被践踏的尸首一样。

以赛亚诅咒埃及歌：

海中的水必绝尽,河也消没干涸。江河要变臭,埃及的河水,都必减少枯干；苇子和芦荻,都必衰残。靠尼罗河旁的草田,并沿尼罗河所种的田,都必枯干,庄稼被风吹去,归于无有。打鱼的必哀哭,在尼罗河一切钓鱼的必悲伤,在水上撒网的,必都衰弱。用梳好的麻造物的和织白布的,都必羞愧。国柱必被打碎,所有佣工的,心必愁烦。

以赛亚哀叹推罗、西顿歌：

他施的船只,都要哀号,因为推罗变为荒场,甚至没有房屋,没有可进之路,这消息是从基提地得来的。沿海的居民,就是素来靠航海西顿的商家得丰盛的,你们当静默无言。在大水之上,西曷的粮食,尼罗河的庄稼,是推罗的进项,他作列国的大码头。西顿哪,你当惭愧,因为大海说,就是海中的保障说,我没有劬劳,也没有生产,没有养育男子,也没有抚养童女。这风声传到埃及,埃及人为推罗的风声,极其疼痛。推罗人哪,你们当过到他施去,沿海的居民哪,你们都当哀号;这是你们欢乐的城,从上古而有的么。其中的居民,往远方寄居。推罗本是赐冠冕的,他的商家是王子,他的买卖人是世上的尊贵人;遭遇如此,是谁定的呢。

耶利米哀犹大将亡歌:

万军之耶和华曾如此说,敌人必掳尽以色列剩下的民,如同摘净葡萄一样;你要像摘葡萄的人摘了又摘,回手放在筐子里。现在我可以向谁说话作见证、使他们听呢;他们的耳朵未受割礼,不能听见;看哪,耶和华的话,他们以为羞辱,不以为喜悦。因此我被耶和华的忿怒充满,难以含忍,我要倾在街中的孩童和聚会的少年人身上;连夫带妻,并年老的与日子满足的,都必被擒拿。他们的房屋、田地和妻子,都必转归别人;我要伸手攻击这地的居民,这是耶和华说的。因为他们从最小的到至大的,都一味地贪婪;从先知到祭司,都行事虚谎。

耶利米哀耶路撒冷居民被掳歌:

先前满有人民的城,现在何竟独坐,先前在列国中为大的,现在竟如寡妇。先前在诸省中为王后的,现在成为进贡的。他夜间痛哭,泪流满腮;在一切所亲爱的中间,没有一个安慰他的。他的朋友,都以诡诈待他,成为他的仇敌。犹大因遭遇苦难,又因多服劳苦,就迁到外邦;他住在列国中,寻不着安息;追逼他的,都在狭窄之地将他追上。锡安的路径,因无人来守圣节就悲伤;他的城门凄凉,他的祭司叹息;他的处女受艰难,自己也愁苦。他的敌人为首;他的仇敌亨通;因为耶和华为他许多的罪过、使他受苦;他的孩童被敌人掳去。锡安城的威荣,全都失去;他的首领,像找不着草场的鹿,在追赶的人前无力行走。耶路撒冷在困苦窘迫之时,就追想古时一切的乐境。

《耶路撒冷人自叹之歌》:

黄金何其失光,纯金何其变色,圣所的石头倒在各市口上。锡安宝贵的众子,好比精金,现在何竟算为窑匠手所作的瓦瓶。野狗尚且把奶乳哺其子,我民的妇人倒成为残忍,好像旷野的鸵鸟一般。吃奶孩子的舌头,因为干渴贴住上膛;孩童求饼,无人拿给他们。素来吃美好食物的,现今在街上变为孤寒;素来卧朱红褥子的,现今躺卧粪堆。……锡安的贵胄,素来比雪纯净,比奶更白,他们的身体,比红宝玉更红,像光润的蓝宝石一样。现在他们的面貌比煤炭更黑,以致在街上无人认识;他们的皮肤,紧贴骨头,枯干如同槁木。饿死的,不如被刀杀的,因为这是缺了田间的土产,就身体衰弱,渐渐消灭。慈心的妇人,当我众民被毁灭的时候,亲手煮自己的儿女作为食物。

《圣经》中的《新约》,记载耶稣的言行和使徒们传道的经过。后来传到罗马帝国,初受压迫,继而反被罗马皇帝利用,封为国教,遂成为基督教。罗马帝国后期,亦产生了所谓基督教文学,此在以后罗马文学一章中当再提及。

第四章　古代波斯文学

古代波斯又叫作伊朗,因为它处于伊朗高原之故。伊朗高原是四面有高山环绕的台地。南面和西南有弧形的南伊朗山脉,西北部有札格罗斯山,东南面有布拉古伊山脉和苏里曼山脉,在北面有科佩特·达伽山脉和兴都库什山脉。除了面向波斯湾和阿拉伯海的南部山坡气候比较温润外,伊朗高原的中部则是干旱的大陆性地区,拥有大量的碱水湖和盐性沼地。因此境内河流极少,这极少的河流的水量又极少,不但不能航行,而且每每把水量消失在沙漠和草原里。所以这儿很早就有了灌溉体系,利用雪山的溶水和地下的水。在不太干燥的地区的山坡和河谷,都有森林,这儿人们可以从事果木业。干燥地区的草原和山坡的青草不多,就只能牧放小角牲畜群。

伊朗高原的居民在长时期中都仿佛生活在几乎四面都有山脉拱卫着的要塞里。伊朗诸部落首先走上历史舞台的,是西南部的以栏人。

以栏国:早在公元前3000纪,以栏便出现在历史舞台;由于它和两河流域接壤,所以一直和苏美尔、阿卡得、巴比伦、亚述长期地战争着。显然当时的以栏已经是一个相当强大的国家,因为只有在亚述帝国的强大军事压力之下,以栏才勉强被赶进山区里去(公元前645年)。

以栏人的个别部落在山中过着游牧生活,但在河谷中的已过着定居的农业生活了。从近代的发掘看来,以栏人已有石器、铜器,制陶术和纺织业也有高度的发展。有了商业,也有了文字,这文字后来为两河流域传来的楔形文字所代替。

米底亚帝国:在公元前8世纪至前6世纪时,在里海南方和西南方产生了一个独立的米底亚国,领土包括札格罗斯山区和山区以东的肥沃平地,即伊朗高原的西北部。米底亚人经常和亚述作战。公元前835年沙尔曼利萨尔三世侵入米底亚。提格拉斯·辟列萨尔三世也侵略过米底亚人,并掳走许多战利品和奴隶俘虏。后来艾萨尔哈登又来侵米底亚。同时米底亚人也和亚述人发生贸易关系,因而也接受了巴比伦·亚述文化。

迪角塞斯(前708—前655)在部落联盟上被选为米底亚的领袖。经过弗拉阿尔特斯(前655—前633)和居阿克萨克塞斯(前625—前585)的经营,米底亚成了一个大帝国。而且国王居阿克萨克塞斯在公元前612年和巴比伦联盟,竟灭了亚述,毁了尼尼微城。于是米底亚帝国拥有伊朗山区、亚述、亚美尼亚和卡帕多其亚。公元前585年和吕底亚发生战争,结果定了和约。

波斯帝国:在米底亚人出现的同时,在西南部原以栏人居住的地带上,出现了波斯人。到了公元前6世纪中叶形成了相当大的波斯王国。公元前550年国王居鲁士打败了米底亚,把它合并在波斯王国之内。他又继续征服吕底亚和巴比伦。他的儿子冈比兹又于公元前525年征服了埃及。大留士一世(前521—前485)建立波斯帝国,镇压了奴隶们的起义,巩固了这一奴隶制国家的政权,成为古代波斯的极盛时代。但他进攻希腊却失败了。薛西斯(前485—前465)继立为帝,也曾进攻希腊,但又失败了。此后波斯帝国渐入衰途,直到公元前331年为希腊的亚力山大所灭。

巴息亚帝国:在历经亚力山大和塞琉卡王朝的统治之后,伊朗境内东北部的巴息亚人在公元前3世纪建立了独立王国,即安息王朝。到了公元前2世纪,国王米特里达特斯一世征服了米底亚、波斯、以栏和巴比伦等地,建立帝国。数百年内,和塞琉卡、亚美尼亚、罗马常有战争。于公元后226年为新波斯帝国的建立者阿尔达希尔一世所灭。

新波斯帝国:即萨桑王朝,乃波斯帝国王朝之后裔。享国四百余年,经常和罗马帝国及东罗马帝国战争。7世纪时为阿拉伯人所灭。

宗教:古代波斯的宗教是祆教,也叫拜火教。它是一个二元论的宗教,把宇宙一切都分成善恶两边。善的最高神是阿胡拉·玛兹达,意思是"聪明的主",它代表光明、幸福,其象征就是火。恶的最高神是昂赫拉·玛纽,它是黑暗、死亡和灾祸的根源。善恶两神的长期的斗争,就是全宇宙和全人类生活的基础。这一宗教教人要站在善神一边,要正直、谦逊和真诚。

据传说,这一宗教创始于一位先知名叫查拉图斯特拉,希腊人把它称作佐罗阿斯特,后来这个教就被称为佐罗阿斯特教。先知佐罗阿斯特到底是何时何地的人,没有一个定论,大致认为他是公元前7世纪前后的人;至于他的出生地,有的认为是米底亚,有的认为是伊朗东部甚至中央亚细亚。

总之,到了大留士一世时代,这宗教被利用来巩固奴隶制的阶级社会和专制国家,把善神阿胡拉·玛兹达说成是国王的保护者和授与者,即所谓"王权神授",因此它成了波斯的国教。

居鲁士、大留士等的波斯阿赫美尼王朝为希腊所灭,后来与塞琉卡帝国对峙的巴息亚帝国(安息王朝),也受了希腊文化的影响,因此对佐罗阿斯特教采取了不重视的态度,此教于是中衰。

至到公元 3 世纪的新波斯帝国(萨桑王朝)又才恢复了对佐罗阿斯特教的崇拜,并且搜集古代经文,并加以注解和翻译,从而发扬光大,成为圣典。

但是,到了 7 世纪,阿拉伯人从西南方侵来,短期内便把新波斯帝国灭亡,对于佐罗阿斯特教也采取压迫的态度。原来的信徒大都改信了回教,只有极少数的虔诚教徒,抱着一些经典,逃到了印度,至今在孟买诸地还能找到少数这种教徒。但在全世界而言,佐罗阿斯特教算是一个已亡的古代宗教了。

经典——《阿维斯塔》:《阿维斯塔》是佐罗阿斯特教的圣经。据传说,在佐罗阿斯特生时和阿赫美尼王朝,由佐罗阿斯特本人和他的门徒们写下了不少的经文和颂诗,是用古波斯文写的。但是经过亚力山大的破坏,已所余无多,再经过安息王朝的轻视,到萨桑王朝时已所余无几了。萨桑王朝是阿赫美尼王朝的后裔,也要继续利用这一宗教为他们的奴隶主政权服务,于是约集各方高僧名侣,搜罗古今遗文,翻译成中古波斯文,并加上许多注解,编纂成书,便成为一部圣经《阿维斯塔》。

《阿维斯塔》圣经共分为五部:

(1)《赞颂》(《雅士纳》),是七十二首祈祷颂歌,其中包括五首有名的《圣歌》(《迦特》)。这是最好、最主要的部分,大多是佐罗阿斯特时代的作品,甚至据说还有他本人写的在内。

(2)《全部首领》(《维斯拍勒》),也是一本祈祷颂歌,其中共有二十四首。

(3)《反魔鬼法》(《防敌打》),是一本仪礼和伦理的法典,共有二十二篇。

(4)《赞美歌》(《雅什特》),是赞美神的神话圣诗,共二十一首。

(5)《小阿维斯塔》(《柯尔达阿维斯塔》),这是为信徒们私人用的一本祷告书。

《阿维斯塔》的本文加上一些评注,共合成一本书,叫作《增得阿维斯塔》(《阿维斯塔与评注》)。这些评注经文的文献多半都是萨桑王朝的东西。此外的评注还很多。

古代波斯的文学几乎只能从这些宗教文献中选录一些。兹从《阿维斯塔》经中选录若干段。

《赞颂》之三十——属《圣歌》

阿,愿倾听的灵魂,我将说出值得聪明人记忆的事,
对阿胡拉的称颂,对善行的赞美,
凭正义记住的事,凭星光或祭火所看见的事。

用耳倾听好音;用眼光、用心目来查看;
每人要在大难之前为自己分辨两种信仰。
要再三考虑,以便快乐地完成。

最初两种精神互相认识,极似双生,
一个的思想言行是善,另一个的是恶。
正人明辨两者,选善不选恶。

两个双生精神合在一起时,他们就产生了
最初的生命和无生,最后形成生存的状态,
恶的追随虚伪,善的追随正义。

虚伪者在双生精神间选择,他行恶事,
但,穿坚强广大的星辰彩衣的圣洁精神
和阿胡拉·马兹达喜欢的诚实人,却选择正义。

恶人不能正确分辨善恶,
因为昏乱迷着他们,所以他们选择恶行,
因而他们趋向愤怒,使人类害病。

圣主把统治、善行和正义带给害病的人类,
爱情把坚强和恒久给予病躯,
以致他能通过熔金考验和善恶报应而生存下来。

所以,当那些恶人的惩罚到来的时候,
阿,马兹达,您将以善行帮助善人建立统治,
因为善人们把恶人们交在正义的手里。

愿我们成为那些使生命进步而有益的人们,
随正义而集合,阿胡拉·马兹达,到这儿来
以便使我们思想发达,十分成熟,熔成智慧。

愿愉快的毁灭降到虚伪者的身上,
但,那些取得好名的人,将分享已允许的酬报
在善行、圣主和正义的美好天堂里。

阿,世人们,如果你们注意圣主规定的圣训,
快乐与痛苦,虚伪者的永罚,正义者的祝福,
那么,从此以后,你们都将得到幸福。

《赞颂》之四十四——属《圣歌》

阿,阿胡拉·马兹达,我请求您:真实告我!
当我愿向您这样的神祈祷时,我该如何祈祷?
阿,马兹达,您这样友好,会教导我这种人吗?
您会通过友好的正义给我们以支援吗?
您会告诉我们:您将如何带着善意降临吗?

阿,阿胡拉·马兹达,我请求您:真实告我!
在至善生命的开头,是否每个人
都从报应那儿获得他的份额?
圣主对人们都怀正义,用精神视察终穷,
——是否他是人们的好友,医治人们的生命?

阿,阿胡拉·马兹达,我请求您:真实告我!
谁是正义的父亲,他首先给正义以生命?

谁建立阳光的白昼,星耀的天空与银河?
除您之外,有谁建立月圆月缺的规律?
这些以及旁的事情,我都愿意知道!

阿,阿胡拉·马兹达,我请求您:真实告我!
谁在下面承担起大地和浮云
使他们不致下坠?谁造水流和植物?
谁使迅速的雷电和风云结合在一起?
谁是善行的创造者?

阿,阿胡拉·马兹达,我请求您:真实告我!
谁制造均匀的光明和黑暗?
经过勤劳的警醒之后,谁又制造睡眠?
谁制造黎明、正午,以和夜间对照?
每天的变化成为聪明信徒的利益的导师。

阿,阿胡拉·马兹达,我请求您:真实告我!
我要去宣扬的信息是真正的吗?
爱情会凭事实来支持正义吗?
您用善行为这些信徒们驻定王国吗?
这些信徒以外,您为谁制造赐福的神牛?

阿,阿胡拉·马兹达,我请求您:真实告我!
谁用权力造成高贵的爱情?
谁用指示使儿子们孝敬父亲?
是我想用丰富的精神,努力承认您
作为一切善事的制造者!

阿,阿胡拉·马兹达,我请求您:真实告我!
我愿知道您的目标如何,我好加以注意;
我凭善行向您请求的意见又是如何?

根据正义的生命真知——
我的为幸福鼓舞的灵魂,如何能得到善报?

阿,阿胡拉·马兹达,我请求您:真实告我!
我将如何使那些人物成为神圣?
您这未来王国的、怀有善意的主宰,
曾向他们允诺过未来王国的真正幸福,
允诺那些人物要和正义与善行同居一处。

阿,阿胡拉·马兹达,我请求您:真实告我!
爱情将如何实实在在地笼罩那些人们?
对于他们,您的精神曾宣称为教义,
由于他们,我才首先被选,而我又爱他们,
一切其他的人,我用对敌精神看待他们。

阿,阿胡拉·马兹达,我请求您:真实告我!
我将如何执行您所启示的事物?
我将依靠您,使我的言辞变为有力,
正义的信徒们凭了我的言辞
可以在将来和健康与不朽同在。

《赞颂》之四十五——属《圣歌》

现在我要讲说:请侧耳而听,
你们从远近各方而来,要寻求我的言语;
现在我明教你们,要牢记恶师和他的罪过;
因为恶师是虚伪,用他巧舌的言词
引人误入歧途,所以不许他再毁灭第二生命。

现在我要讲说,在生命的开头
更神圣的精神便向那更敌对的精神讲话,
"无论是我们两方面的思想、

教义、计划、信仰、言论、事业、
个性,以及灵魂,都不一样。"

现在我要讲说!关于聪明的阿胡拉·马兹达
在生命的开头所讲的话:
"凡那些不按我想的和我说的
而实行我的话语的人,
在生命的尽头将要得祸。"

现在我要讲说什么是最好的生命:
阿,马兹达,我凭正义发现您,您创造了我;
马兹达是创造善行的父亲;
产生善事的爱情是他的女儿;
而鉴察一切的阿胡拉是不可欺骗的。

世人最该倾听的话语,我就是宣话人,
现在我要讲说阿胡拉·马兹达对我所说的话:
"为了求得这个神秘的话语而服从我的人,
他们都将依靠良善精神的事业
而要得到健康和不朽。"

现在我要讲说,称颂圣主是最好的事情,
阿,正义之神,他最慷慨以对待世上的人。
阿胡拉·马兹达用他的神圣的精神来倾听,
我对他称颂,我才受到善行的教导。
他用他的智慧来教导我去作善行。

世上改变信仰的人,不论已改的或将改的,
都让他们得到他们的报偿的份额吧;
善人们的成功的灵魂永远生存在不朽之中;
同时恶人们却要永久受苦,

这些都由阿胡拉·马兹达在未来王国中去完成。

你要争取马兹达,用如下之类的称颂诗歌:
"用我自己的眼睛,我现在要观看
言行的良善精神的上天;
我凭正义认识了阿胡拉·马兹达,
让我们在天上的歌颂之宫里对他崇拜。"

你要为我们争取满足他,马兹达和他的善行,
因为他凭他的意志,决定我们的幸运和不幸。
但愿阿胡拉·马兹达通过他的王国
赐恩与牧人们,使他们人畜旺盛,
因为他们热爱善行,全凭正义。

阿,每一位信徒,你将如何用爱情的颂歌
去赞美他,那永远被称颂的阿胡拉·马兹达;
因为他凭正义和善行已经允诺我们:
在他的王国里我们将得到健康和不朽;
但我们要凭精进和恒心才能达到天堂。

所以,在将来,任何轻视恶人的人,
以及轻视查拉图斯特拉的人,以及一切旁的人,
查拉图斯特拉的忠实信徒以外的、怀疑的中立派,
都将被救主兼主人的查拉图斯特拉用慷慨的性格,
视为朋友、弟兄或父亲,——阿,阿胡拉·马兹达!

《赞颂》之五十三

查拉图斯特拉。众所周知的最好的财产是查拉图斯特拉·斯辟塔玛的财产,即是圣主因正义而给他的永恒的幸福的光荣。对那些实行并学习他的善行的语言和经典的人们,(也是如此)。

让他们在对他的愉悦的称颂中,凭思想言行来寻求圣主的欢乐,并(寻

求)对他的崇拜,甚至对卡维·维斯塔斯巴,和查拉图斯特拉的儿子斯辟塔米得,以及弗拉肖斯特拉(的崇拜),为圣主所派遣的救主(骚希昂)的修行,修直道路。

阿,普鲁奇斯塔,你是赫卡塔斯巴和斯辟塔玛的后裔,是查拉图斯特拉的最小的女儿,他(先知)已指定这人,凭善行、正义和圣主,和你结合成为伴侣。所以,用你自己的智慧考虑吧:凭明察来实行专爱(阿拉买提)的神圣工作吧。

贾马斯巴。我要认真地引导她走向信仰,使她会服侍她的父亲和她的丈夫、农人们和贵族们,正如一位正直的女人(服侍)正直的人那样。愿圣主永远赐她的善身……以善行的光荣遗产。

查拉图斯特拉。我要给教训与新娘和你(新郎),并给以忠告。把教训记在心上并努力学到在你们身上认真注意善行的生活。你们每一位都要努力在正义上超过对方,因为对于优胜者将有奖赏。

男人和女人阿,事实就是这样!你们结合虚伪以寻求无论什么幸运……对那些追随虚伪的人,哀哉,只有恶劣的食物;那些伤害正义的人将失去欢乐。这样,你们自己毁坏了精神生活。

如果最忠诚的热心和结婚夫妇同在,这一结合的酬报就会赐给你们;同时,虚伪的追随者的灵魂在深渊中惨叫和发抖,将坠入地狱之中。如果你们从这一结合分开,你们的最后言词就是灾祸!

那些作坏事的人,让他们受骗,那些行为堕落的人,让他们完全哀号。凭良善的主宰,愿他给你们以杀戮和流血,而给快乐的家人以和平。愿最伟大的他带忧伤给他们,加上死的锁链;愿这事很快实行吧!

心存恶信仰的人将得到败坏的局面。那些藐视高贵的人,藐视正义的人,他们丧失他们自己——剥夺他们的生命和自由的正直之主究在何处?圣主啊,统治是你的,因此你能够给生活正直的穷人以较好的分量。

《赞美歌》之十

斯辟塔玛,您不要破弃您的诺言,
对罪人作的诺言,对义人作的诺言,
他们在您的法律中都是同伴,
因为米特拉为罪人,也为义人。

（我们崇拜）宽广的牧场的主宰米特拉，
他的言语真切，他的意见聪明，
他有一千只耳朵，形象也很优美，
他有一万只眼睛，身份也很高贵，
他从广遍世界的瞭望塔上注视，
他强壮、不睡眠、永远守望；
他不被任何人所欺骗，
不论那人是一家之长、一村之长，
一镇之长或一州之长。
如果一家、一村、一镇
或一州之长向他谎言，
  那么凶猛而愤怒的米特拉，
  就要摧毁这家、摧毁这村，
  摧毁这镇、摧毁这州，
并摧毁这些家、这些村、这些镇，
这些州的首长们和这些州的首要人物们。

凶猛而愤怒的米特拉，
只要发现在什么地方有人骗他，
他便立刻奔到那儿，
他不理睬谎言，因为他的心已经硬了。

所有那些谎言者的骏马就这样
把他们的骑者抛下马鞍：
虽然他们在跑，他们却不动一步，
虽然他们在骑，他们却不动一步，
虽然他们在奔，他们却不前进一尺。

米特拉的敌人，
制造了大量的魔毒，
米特拉的敌人投出了长枪

看阿,那长枪飞回去了!

米特拉的敌人
制造了大量的魔毒,
虽然他投出得很远而准确,
虽然他达到了他的敌人的身旁,
但他却不能打击伤人。

米特拉的敌人
制造了大量的魔毒,
米特拉的敌人投出了长枪,
看阿,那长枪在风中歪邪了。

创造主马兹达为他
在阿尔布兹山上建造了宫殿,
光荣而被群山环绕,
那儿夜间和黑暗都不能上去,
寒冷和彻骨的风也吹不上去,
疾病也带不来死亡的事,
也来不了恶魔所生的污秽;
向那个伟大的山上
也看不见黑云升起。

真正的光荣离开了他那个人,
他游离了最正直的道路,
在他的深心里有忧愁。
这样,他以为"米特拉是不光荣的,
是盲目的:一切恶事,
一切谎言,他都看不见"。
但是,我呢,我却内心如此想,
"在天下确实没有什么地方

有一个世人,他会认为
恶行可以匹敌神灵的
米特拉的善行"。

《赞美歌》之十三
阿,查拉图斯特拉,我凭借诸天的
光明和荣耀,从毁灭中站到
那神圣而光耀的诸天之上,
而诸天围绕着整个世界;
像一座神灵修造的宫殿,
修建起来,它的界限被引得很远,
其形式像发光的金属,
照耀着世界的三层。
那个诸天就像一件衣服,
用诸星来绣花,由神灵织成,
马兹达用这件衣服来穿着他和他的天使们,
米特拉、拉希奴、阿拉买提;
每边都没有开始
哪儿也没有尽头。

《赞美歌》之十七
良善的阿喜,她是崇高的神,
她于是这样说,"真诚而神圣的
查拉图斯特拉,走近前来,
你在这儿靠着我的战车"。
斯辟塔玛走近来靠着她,
查拉图斯特拉靠着她的车子。
于是她从上面拥抱他,
用左手和右手,
用右手和左手;
这样,她用语言告诉他:

"查拉图斯特拉,你很美,

阿,斯辟塔玛,你是好样的;

你四肢美好,你两臂修长。

光荣赐给你的身体,

天国的幸福赐给你的灵魂,

我这样说的,一定如此。"

古代波斯的散文,以《居鲁士入巴比伦的文告》和《大留士在贝希斯吞的刻石》为代表。前者是居鲁士大王用掘干河水、乘巴比伦人节日欢乐之夜偷袭入巴比伦后,所发的文告。后者是大留士大王在征服各国之后,在贝希斯吞岩石之上所刻的纪功碑,比我国秦始皇的几次刻石纪功还早三百年。贝希斯吞岩及此刻碑,至今尚屹立在底格里斯河东北札格罗斯山中。兹各摘录如下:

《居鲁士入巴比伦的文告》

我是居鲁士①,宇宙之王,大王,强王,巴比伦王,苏美尔和阿卡得之王,世界四方之王,大王、安商城王冈比兹②之子,大王、安商城王居鲁士③之孙,大王、安商城王铁斯普之子孙,永恒王国的后裔,这王国的统治为恩里尔④和纳布⑤所热爱,他们衷心愉快祝福此统治。

当我和平进入巴比伦,并欢欣喜悦地在王官建立起主人住所的时候,伟大君主马尔都克(神)使巴比伦居民广大的心倾向于我,而我也每天注意对他的崇拜。我的众多的军队和平而庄严地进入了巴比伦。对整个苏美尔和阿卡得,我不容许存有敌人。我善意地注意巴比伦的内部事务和一切殿堂。巴比伦居民从他们的困苦枷锁中(得到解放)。我修复了他们被破坏的住宅并驱散了他们的悲伤。

伟大的君主马尔都克喜欢我的行为,并仁慈地祝福崇拜他的国王我,和我的亲生儿子冈比兹,和我所有的军队,而我们也衷心愉快地在他面前对他

---

① 居鲁士(前558—前529),第一个波斯国王,阿赫美尼王朝的建立者。
② 安商原是以栏的城,后来这一名词表示"波斯"。居鲁士之子亦名冈比兹。
③ 这是另一居鲁士,是此文告的作者的祖先。他曾是波斯民族的领袖,公元前639年他曾呈献贡物给亚述国王亚述巴尼拔。
④ 恩贝尔,地神,苏美尔诸神的最高神。
⑤ 纳布,智慧与文字之神。

伟大的神性献上赞颂。从高海①到低海②,居住在各王宫的一切君王们……居住在天幕中的西方各国的君王们,——他们都带来了他们的隆重的贡物并在巴比伦吻我的脚。从……城到亚述城和苏萨城③:亚加得、艾什努纳、查姆班、麦吐尔努、得尔,以及古甸国的各处,在底格里斯河彼岸的城,从古建立在那儿的移民地,以及生活在他们中的神,我都恢复他们的地位,我要为他们建造永久的住宅。

我收集所有的人民并给他们建立住宅。纳波尼得④干犯诸神之主的愤怒,把苏美尔和阿卡得的神们带回巴比伦,我奉伟大主神马尔都克的命令,把这些神安全地安置在他们自己的神殿之中——是愉心悦目的住所。被我送回到他们自己的神殿之城的神们,在恩里尔和纳布面前每天祝我长寿,理解我的善事,并向我的君主马尔都克说:尊敬您的国王居鲁士,和他的儿子冈比兹……(以下残缺)

《大留士在贝希斯吞的刻石》

我是大留士,大王,万王之王,波斯之王,各州之王,希士塔士巴之子,阿尔沙姆之孙,阿赫美尼……从古以来我们就享有荣誉,从古以来我族就是君王。我族八人直到我都是国王。我是第九个。我们九个都一连贯地作国王。凭奥拉马兹达(神)的意志,我作了国王。奥拉马兹达给我以王国。

凭奥拉马兹达的意志,下述各州都属于我,我作了他们的国王:波斯、以栏、巴比伦、亚述、阿拉伯、埃及、沿海(州)、吕底亚、依奥尼亚、米底亚、亚美尼亚、卡帕多奇亚、巴尔息亚、得拉吉安纳、阿列亚、花剌子模、大夏、索格颠拿、坎达拉、斯奇菲、萨塔吉底亚、阿拉荷锡亚、马加,共二十三州……

大留士国王说:"这就是我作国王以后所作的事情。"

我族的居鲁士的儿子冈比兹曾在此作过国王。冈比兹有一个兄弟名叫巴尔底亚,和冈比兹同母同父。冈比兹杀了巴尔底亚。当冈比兹杀死巴尔底亚的时候,人民都不知道巴尔底亚死了。这其间冈比兹到了埃及。当冈比兹到了埃及的时候,人民起来暴动,国内有大骚乱,连波斯、米底亚和其他

---

① 高海,地中海。
② 低海,波斯湾。
③ 苏萨,以栏王国的都城。
④ 纳波尼得(前555—前538),巴比伦最后国王。

各州也一样。

于是出了一个人,属马吉族,名叫高马塔。他起于匹什雅瓦得,在阿尔卡得里什山之间。他起事的时候,是三月十四日。他这样欺骗人民说:"我是居鲁士的儿子、冈比兹的兄弟巴尔底亚。"那时所有的人民都叛变,并离开冈比兹而转向于他,连波斯、米底亚和其他各州也一样。他(高马塔)夺取了王国。他夺取王国的时候,是四月九日。随后冈比兹自杀而死。

高马塔从冈比兹那儿夺取的王国,从古以来就属于我族。而高马塔夺取了冈比兹、波斯和其他各州,剥夺他们,把他们占为己有,作了国王。没有一个波斯人,没有一个米底亚人,没有一个我族的任何人,能够夺取高马塔的王国。人民很怕他,他杀死很多从前认识巴尔底亚的人,以便没有人知道他不是居鲁士的儿子巴尔底亚。谁也不敢讲一点反对高马塔的话,直到我来的时候。过后,我向奥拉马兹达祷告。奥拉马兹达帮助我。这是九月十日的事:我同一些人把马吉族人高马塔和他的主要信徒杀死在米底亚州的尼赛亚区的、名叫西卡雅瓦提什的一个城寨里。我夺取了他的王国。凭奥拉马兹达的意志,我作了国王。奥拉马兹达给了我王国。从我族被夺走的王国,我又收回来,恢复了他本来的面貌。马吉族人高马塔所毁坏的圣殿,我又恢复过来。马吉族人高马塔从人民那儿夺取的牧场(?)、财产和住宅,我都归还给人民。我把全国恢复它本来的面貌,连波斯、米底亚、和其他各州也一样。凡被夺取的,我都归还。凭奥拉马兹达的意志,我完成了这事情。我做到了这些事,使我们的王室恢复原来的地位,使马吉族人高马塔不能窃取我们的王位。

这就是我作了国王以后所作的。

大留士国王说:

当我杀死了马吉族人高马塔之时,有一个人,名阿辛那,乌帕达尔马之子,在以栏暴动了。他向人民说:"我是以栏的国王。"这时以栏人骚动起来,并转向这个阿辛那;他在以栏成了国王。

……

一个名叫纳提塔比鲁斯的巴比伦人,自称为尼布甲尼撒,他作了领袖。……我进军到巴比伦。纳提塔比鲁斯的军队用船只守住底格里斯河。我用木筏载了一个分队去袭击敌人的阵地。奥拉马兹达帮助我:凭奥拉马兹达的意志,我成功地渡过了底格里斯河。……在巴比伦附近,我们作了战。……我完全打败了纳提塔比鲁斯的军队,……于是我进军到巴比伦。我占领了巴比伦,并捉住纳提塔比鲁斯而把他杀了。

……

我离开了巴比伦:当我达到米底亚的时候,称为米底亚国王的弗拉阿尔特斯带着军队来和我对抗:我们作了战,而且凭奥拉马兹达的意志,我完全打败了弗拉阿尔特斯的军队。……以后,我派军队去追赶,军队捉住了弗拉阿尔特斯并把他带到我面前来。我割掉他的鼻子、耳朵和嘴唇。他被枷锁在我的门口;全国都看见他。过后,在艾克巴丹纳,我把他们钉死在木架上;在艾克巴丹纳的他的主要随从们,我则把他们监禁在一个要塞里。

……

大留士国王说:

这就是我凭奥拉马兹达的意志在一年之中所完成的事。奥拉马兹达和其他一切存在的神都帮助我。所以,奥拉马兹达和其他一切存在的神都帮助我,因为我不是坏人,不是说谎者,不是骗子,无论我和我族都不是。……努力为我王家作事的人,我要施恩于他们,那些为害的人,我要严惩。

大留士国王说:

你们将来作国王的,对那些说谎言的人和骗子,不要作朋友,要严惩他们。

大留士国王说:

你们将来看见我写的这些文字或这些图画的人,不要破坏它们,而要尽力保护它们。

如果你们看见这些文字和图画而不破坏它们,并尽力保护它们,那么奥拉马兹达就是你的朋友,并使你的家族繁衍,并且使你长寿,而对你的所行所为,奥拉马兹达都要称赞。

如果你们看见这些文字和图画而破坏它们,并不尽力保护它们,那么奥拉马兹达就要打击你,使你的家族毁灭,而对你的所行所为,都要推翻。……

第五章 古代希腊文学

爱琴文化(克里特·迈锡尼文化)：19世纪70年代,希腊考古学家德国人谢里曼在小亚细亚发掘出了特洛亚城之后,便转往巴尔干半岛去发掘,在迈锡尼城发现了许多古墓,其中遗物显示曾有很高的文化。20世纪初英国人伊文斯又在克里特岛的诺萨斯和费斯多斯发掘出了两座王宫,其中有很多宝贵美丽的遗物。经过许多考古家和历史家的研究,断定这些遗物是公元前3000年和前2000年的东西,是和埃及、巴比伦古代文化同时的。他们称这一文化叫克里特·迈锡尼文化,又因为地区在爱琴海,又称为爱琴文化。

希腊人的侵入：约在公元前15世纪到前12世纪的时候,有一种属于亚利安民族的游牧民族从北方侵来,占据了爱琴海周围的陆地和海中各小岛。这一侵入民族就是希腊民族。当希腊人在爱琴海沿岸及各岛定居之后,分为四族散居各处：爱奥尼亚族、多利亚族、依阿利亚族、亚该亚族。

爱琴海周围,即巴尔干半岛的东方和南方、小亚细亚的西方和南方,都有良好的港湾,各岛之间的往来非常方便。气候温和,土地肥美,很适宜于人类生存发展。自从他们以游牧民族的氏族社会来到爱琴海地带之后,氏族制度逐渐破坏。氏族分裂为大家族,大家族结成公社,最初公社成员共同领有土地,逐渐由公社土地产生了个人土地。把土人俘虏变为耕作的奴隶,过后小土地所有者也逐渐沦为奴隶。奴隶主为了巩固对奴隶的统治,便产生国家。

城邦国家：希腊的国家不大,普通只有一个城和附近的土地,所以称为城邦国家。这些国家有二十多个,其中最著名的是雅典、斯巴达、哥林多、底比斯、亚哥斯等。城邦的统治者是贵族,他们拥有政治、军事、法律、宗教的全权。其次是平民,他们常和贵族作斗争。再其次就是奴隶,奴隶则不是自由民,也时常有奴隶暴动发生。

这些城邦国家间的国际活动,即希腊人全体的共同活动,是他们在奥林匹斯山所集中举行的祭神竞技大会,最初一次在公元前776年,以后每四年举行一次。(今日世界运动会仍叫奥林匹克运动会,即由此而来)。

雅典的繁荣时代:希腊各邦中,以雅典为最有代表性。文学、哲学、科学都很有成就。雅典位于亚狄加,属爱奥尼亚族,相传最初的统治者是提秀斯王。公元前700年时,名王匹锡斯特拉图颇提倡文学,曾编纂荷马之诗云云。过后又由王公政治转入贵族政治,贵族政治以选举执政官来掌握政权。经过平民的斗争和执政官梭伦(前640—前558)的立法,到了公元前6世纪中,雅典国家开始以民主政治代替贵族政治,但这种民主政治是奴隶所有者的民主政治,自由民才享有政治权利,而大多数的奴隶则不能享有。

公元前5世纪初头,发生了希腊和波斯的战争,而雅典是希腊各邦的领袖。希腊人因为保卫自己的祖国和自由,带着激励奋发的情绪作战,因此战胜了波斯帝国,雅典在希腊各邦中的重要性大大增加。

希、波战争后,雅典贵族派和民主派的斗争尖锐化起来,民主派终于胜利,出现了雅典最繁荣的伯里克利(前490—前429)执政时代。这时的政治虽叫做民主政治,但仍是少数奴隶主的民主政治。它保卫、巩固并发展了奴隶制度。

伯里克利末年和他死后,雅典和斯巴达发生了战争,即有名的伯罗奔尼撒战争,到公元前404年才以雅典的投降而告终。这次战争是贵族政治的斯巴达和民主政治的雅典之间的斗争。这一对外战争又伴随着内部的富人和穷人、奴隶主和奴隶之间的内部斗争。而且奴隶暴动的事也时常发生。总之,一方面是富者和穷者的斗争,另一方面是奴隶主和奴隶的斗争,这就是希腊(尤其是雅典)社会的基本矛盾。

希腊化时代:伯罗奔尼撒战后,希腊各邦中,斯巴达、底比斯、雅典互争雄长数十年,精力消耗殆尽,于是给北方马其顿人以可乘之机。马其顿人受北方凛冽的自然环境的影响,养成坚强耐劳的习惯,善于克服困难。他们自认属于希腊系统。

公元前4世纪时马其顿已形成奴隶社会的国家,国王腓力(前359—前336在位)乘希腊内讧,想独霸全希腊,便南向进军。公元前338年,腓力打垮雅典和底比斯的同盟军,而获得希腊霸权,便召集哥林多会议,全希腊奴隶主政权都来参加,除了议决加强对奴隶的统治外,并议决对波斯宣战。

公元前336年腓力死去,由他的儿子亚力山大(前356—前323)继位。他首先平定希腊某些国家的暴动,然后率师东指,十余年间攻占小亚细亚、叙利亚、埃及、美索波达米亚、波斯、中亚细亚、印度边境,但于公元前323年夏患疟疾死去。

他死后,他所征服的广大领土,便为他的部将瓜分为三大王国:(1)希腊·马其顿王国,由卡桑得尔为王,公元前 146 年为罗马所并;(2)叙利亚王国,由塞琉卡为王,公元前 65 年为罗马所并;(3)埃及王国,由多利买为王,公元前 30 年为罗马所并。

由亚力山大起至此三大王国先后被罗马吞并的二三百年中,在这东方广大的地区内,希腊文化得到广泛的传播和尊重,因此在这些地方的这些年代就被称为希腊化时代。这时代的中心城市是埃及的亚力山大利亚,而不是雅典了。

希腊神话:古代希腊初期,约当公元前 15 世纪到公元前 12 世纪,希腊还处于氏族社会,还没有阶级,人们生活全凭集体地和大自然斗争,以克服困难。他们对于自然中的一切灾难和困难,都不能作科学的解释,便用很多幻想的神话和英雄故事来表现他们的世界观和人生观。这就是以后所说的多神教。他们认为一切事物都有神在其中。例如:

创造世界的神:如天神乌朗诺斯、地神该亚等。

起初,万物都是混杂的一团,地也不存在。土地、海和空气混在一起;地不坚硬,海水不流动,空气不透明。在这一团混杂之上,名叫混沌的一位漫不经心的神在统治,他的面孔无法描写,因为没有光可以照见他。他和他的妻子黑夜女神共同统治,她名叫尼克斯或诺克斯,她的黑衣服和更黑的面孔不会照亮周围的阴暗。

这两位神统治多年,感到厌倦,便叫他们的儿子厄勒布(黑暗)来帮助。他的第一个举动,就是推翻父王混沌而代替他;于是,他希望同一个伴侣过得更快活,便和自己的母亲尼克斯结婚。他俩统治混沌的世界,后来他们的两个美丽孩子以塞(光)和赫麦拉(白日)联合推翻他们,取得了最高王权。以塞和赫麦拉又叫他们自己的孩子爱洛斯(爱)来帮助,他们共同努力又造出了朋度(海)和该亚(地)。

开头,大地并不如现在这样美丽。在山边没有树木摇动它们的高枝;在山谷没有繁花盛开;在平原不长青草;在空中没有飞鸟。一切都是寂静、光秃而不动。爱洛斯首先看到这些缺点,就紧握他那赐命的箭刺入大地的胸膛。立刻,棕色的地面盖上繁华的绿色;彩色的鸟在新生的树间飞跃;各种动物在草原上游玩;飞速的鱼在净流中回游。现在,一切都是生命、愉快和活动。该亚也兴奋起来,对她身上所完成的一切装饰感到惊喜;为了锦上添花,她又创造了乌朗诺斯(天)。

混沌、厄勒布和尼克斯的权力为以塞和赫麦拉所夺,而他们俩也不曾长享王权;因为比祖先更强的乌朗诺斯和该亚又把他们赶走,自己建立统治。他们在奥林匹斯山上也不曾久住,他们很快就生了十二个巨大的孩子,即巨人们。乌朗诺斯很怕他们的大力,想阻止他们用大力来反对他,便在他们生下来之后立即将他们抛入黑暗的塔塔鲁斯深渊,并紧锁在那里。

该亚抗议,但归徒然。该亚大怒,誓要报复,便下到塔塔鲁斯,促巨人们共叛父亲。巨人中的最年幼者克隆奴斯(时间)很勇敢,愿执行该亚的计划。他悄悄地来到父亲处,打败了父亲,占据了空王位,想要永远统治宇宙。乌朗诺斯受辱而怒,便咒诅他的儿子,预言儿子将来也要被他的孩子们所代替。

克隆奴斯解放了巨人们,把自己的妹妹西比里作为配偶,并分世界的一部给每一弟兄自由管理。在这诸神住处的奥林匹斯山上和山麓,现在才有了和平和安全。但是,忽然一个晴朗的早晨报告他有了一个儿子,他的安宁就被打破了。他忽然想起他父亲的咒诅。他赶快跑到妻子那儿,把婴儿一口吞吃了。

时间过去了。婴儿一个一个地消失在贪馋的克隆奴斯的大胃口里。西比里终于决定用巧计来得到她丈夫所拒绝的宝贝;她最幼的儿子宙斯生下来时,她把他藏起来了。

时间过去了。当他发觉年轻的宙斯继续存在时,他立即想办法来搞掉他;但是,在他实行他的办法之前,他已被儿子攻击并被儿子打败了。

宙斯在经过很多苦战之后,终于取得了最高权力,而且成了奥林匹斯山上的诸神之神。

奥林匹斯山的十二主神:大神宙斯是众神之王,天后希拉是司婚姻的女神,海神波赛顿,女神雅典娜司和平、智慧、战争、防卫,战神阿列斯,女神阿弗罗狄特司美丽、爱情、欢笑,月神阿尔蒂米斯是司美丽之女神,火神赫非斯特司锻冶,女神赫斯蒂亚是司火灶、佑人之天使,使神赫尔密斯司商业、技艺,女神狄米特尔司农业和栽植,太阳神亚波罗司医药、音乐、诗歌、美术。其他尚有地狱神哈得斯,酒神狄翁尼索斯等。

半神式的英雄:

普洛米修士：从宙斯处盗取火种给人类，使人类聪明，但被宙斯处罚，被铁链锁在高加索的山岩上，每天有大鸟来啄食他的肝脏，最后为海勾力士所解救。

海勾力士：是希腊人最崇拜的英雄，他为民除害，打死了很多害人的野兽和怪物，解救了普洛米修士。他又挑开了地中海和大西洋的大门直布罗陀海峡。

安退斯：是地神该亚的儿子，是百战百胜的英雄，每当和人战斗发生困难时，便向地下靠一下，从他母亲那儿获得一股新力量，终于战胜敌人。但他后来遇到海勾力士，被海勾力士举到空中去扼死了。

柏秀斯：杀死非洲看守佳果的麦朵萨而取得水果。这麦朵萨原是怪物，凡人逢着她就要变成石块。

提秀斯：是亚狄加地方爱琴国王的儿子。国内有一个强盗，名叫普洛克拉斯提，他每请客人吃饭，总要叫客人到他床上去睡。比床长的，便砍掉他两只脚；比床短的，便拉长他两腿。这样把客人杀死，盗取钱财。提秀斯把普洛克拉斯提按到自己床上，也太长，便把他两腿砍掉而杀死了他。提秀斯有一次出海去杀死一个怪物，回来时忘了挂吉利的白帆而挂着黑帆，在海边接船的父亲爱琴，见黑帆而以为儿子已死，便跳入海中自杀，因此这海就名叫爱琴海。

史诗、叙事诗、英雄史诗：希腊的史诗，普通即指荷马的史诗：《伊利亚特》和《奥德赛》两大长诗。荷马是否真有其人，是很多人争论的问题。据古希腊史家希罗多德所说，荷马生活于公元前850年左右，他当时是一个贫苦流浪的歌者。至于出生地就不大可考，大约在小亚细亚西部沿海一带。不过，以我们看来，纵使真有其人，也不过是一位当时许多民歌的编辑者罢了。荷马史诗的绝大部分可以说都是由流行于当时的民间歌谣编纂而成，反映了当时的社会情况。荷马的《伊利亚特》的前几卷还描写有氏族社会的情况，而以后的各卷却常常描写到奴隶的事情，所以可以说：荷马史诗大概产生于希腊氏族社会转变到奴隶社会的阶段，具体时间大概是公元前12世纪到公元前8世纪。

《伊利亚特》：写希腊人围攻小亚细亚一个城特罗亚的故事。特罗亚是爱琴文化最后期的城市。这故事大概根据希腊人入侵爱琴海沿岸时的战争事实，由民间唱为歌谣而流传下来，到荷马时才整理起来的。故事内容如下：

贴撒利国王皮琉士和女神特迪斯结婚，邀请了所有的女神，却没有邀请仇恨女神阿留斯。阿留斯恼羞成怒，便在男女诸神欢宴时抛下一只金苹果，苹果上写了一行字：送给最美丽的。

众女神都各自以为自己最美，应该得这一只金苹果。天后希拉、智慧女神雅典娜和美丽女神阿弗罗狄特三个争得最厉害。宙斯不愿裁判,把她们介绍到特罗亚国王普赖安的儿子巴里斯那里去,请巴里斯裁判。三个女神都向巴里斯发出诺言来行贿,希望巴里斯判断她为最美丽的人。希拉允诺巴里斯要成为全世界的王;雅典娜允诺巴里斯要成为伟大的英雄和勇士;阿弗罗狄特允诺巴里斯将得到世间最美丽的女人。巴里斯选择了最后一个,把金苹果判断给了美丽女神阿弗罗狄特。

阿弗罗狄特履行了诺言,帮助巴里斯拐走了斯巴达王美尼劳斯的妻子、美人海伦。美尼劳斯要报仇雪耻,夺回美人,便联合希腊诸邦,向特罗亚开战。推举美尼劳斯的哥哥、迈锡尼王阿加美农为全军最高统帅。据说战争从公元前1194年绵延到公元前1184年,为时共十年。双方许多英雄都参加了战争,而奥林匹斯山上的诸神也分成两派,各助一方。希腊人方面最出名的英雄是皮琉士的王子阿岂里斯,特罗亚方面最出名的英雄是普赖安的王子赫克托尔。

《伊利亚特》所描写的是战争的第十年,即最末一年的最末五十天。当阿岂里斯领导希腊人向特罗亚攻击时,特罗亚人不敢出城应战。但后来阿加美农和阿岂里斯为了争夺女俘而关系破裂,阿岂里斯便拒绝参战。于是特罗亚人向希腊人反攻,希腊人陷于危殆,而阿岂里斯仍然坐视不救。可是阿岂里斯的好友巴特罗克鲁斯借了阿岂里斯的甲胄前去援助希腊人,却被赫克托尔杀死,并夺去了甲胄。阿岂里斯于是大怒,他的母亲、女神特迪斯请火神赫非斯特斯为阿岂里斯重新制出一套最好的甲胄。

阿岂里斯穿上新甲胄奔入战场,杀死了很多特罗亚人,最后和赫克托尔相遇。赫克托尔的父母在城墙上要求赫克托尔退进城去,别和阿岂里斯战斗,但赫克托尔不愿屈服,和阿岂里斯猛勇地战斗。但是,他的矛刺不透阿岂里斯的甲胄,经过长时间的搏斗之后,阿岂里斯杀死了赫克托尔。赫克托尔临死前曾要求阿岂里斯不要侮辱他的身体,但阿岂里斯无情,把赫克托尔的尸体系在马车轮上,拖回本营。赫克托尔的父母和特罗亚人在城楼上目睹此情,号啕大哭。赫克托尔的妻子闻之,也大叫不已。

由于神的指使,普赖安携带了一切珍珠宝物,夜间悄悄地来到阿岂里斯的军营,向他苦苦哀求,赎还赫克托尔的尸体,并要求允许十二天的休战,以便特罗亚人哀悼并祭葬赫克托尔。阿岂里斯感于老人的哀求,一一答应了。史诗便在赫克托尔的庄严葬礼中结束。

后来续史诗的人不少,统称为"史诗大系"。其中有的说道:

过后不久，阿岂里斯在一次攻击特罗亚的城门时，被巴里斯的箭射中踵部而死。（据传说，阿岂里斯幼时，由母亲携往地下王国的水里去沐浴，凡这水沐浴过的地方，就很难受伤。但当他母亲放他入水时，仍提着他的踵部，所以踵部未曾着水，因此踵部容易受伤）。

又说道：

赫克托尔死后，特罗亚人坚壁不出；阿岂里斯死后，希腊人也无力攻城。于是，希腊方面的谋士、伊塔卡王奥德赛便献木马计谋。造一匹大木马。放在特罗亚城外，木马中藏着很多勇士，同时其余的希腊人纷纷上船扬帆回国。特罗亚人以为从此太平，把大木马运入城内。可是，到了半夜，勇士们钻出木马来，打开城门，而那些假装回国的希腊人也全部转来，冲进城去，大烧大杀，就这样在作战十年之后攻陷了特罗亚城。

《伊利亚特》全诗共一万五千多行，被后来的人分为二十四卷。兹摘录第二十二卷中的、赫克托尔和阿岂里斯战斗前的对话一段：

阿岂里斯向特罗亚进逼，赫克托尔立于城门口，正在考虑战斗与退入城内的问题。

"我的路在哪里？是否要退进城墙？
荣誉和羞耻使我想起这不光彩的思想：
是否让骄傲的波里达玛在城门口宣言，
说他的意见被我遵从得太晚，
如果他的意见在前夜及时被遵守，
可免赫克托尔的败退，很多人可以得救？
那样聪明的忠告被我轻蔑地否认，
我在被杀死的同胞中感到我的愚蠢。
我觉得我听到了我受难的祖国的呼声，
但是祖国的多数无赖之子却非难我的聪听，
说我的勇敢鲁莽，责备战争的机会，
而且责怪那些他们不能具有的品德。
不行……如果我要回来，我必须光荣地回来，
我的祖国的恐惧要埋葬在尘埃：
如或我要毁灭，也让祖国看见我战死沙场，

看见我勇敢战斗,保卫祖国的城墙。"

阿岂里斯向赫克托尔追绕城墙三匝之后,赫克托尔停下来,决意一战,便向阿岂里斯发言,阿岂里斯回答:

"阿,皮琉士的儿子,够了!特罗亚已经看见
她的城墙被追绕三圈,她的领袖被人追赶。
但是现在我心中的神叫我要试一试
你的命运或我的命运:我杀死你,或我战死。
但是在这战斗的开头,让我们稍事停息,
让白日的运转停止片刻;
让天上的有力诸神被邀请来裁判
这暴风雨般的争执中的公正条件,
(所有下界的永恒的见证,
以及珍贵誓言的忠实的保证人)!
我向他们发誓:如果我在战斗中获胜,
约芙大神借我的双手要你高尚的生命,
我不会用卑劣的侮辱来追求你的尸体,
而只夺去你的武器(这是战胜者的权利),
其余的我要还给希腊,毫无损失;
现在请你相互发誓,我不要求别的。"
"(这位可怕的领袖从他轻蔑的眼睛里
发出怒光而回答说),别谈到发誓,
因为你很可恶,而且一定可恶,
所以阿岂里斯不和你发誓,也不订立条约:
这是羔羊和豺狼所订的条约,
这是人们和狮子所作的联合,
我向诸神发誓,只有永存的状态一个,
就是永远的仇恨和永远的憎恶:
没有思想,只有愤怒,只有不停的斗争
直到死亡消灭了愤怒、思想和生命。"

《奥德赛》：描写希腊武士之一、伊塔卡国王奥德赛（即攸里塞斯）从特罗亚战争之后，返国途中漂流十年之久，到处遭到苦难和惊险。全诗差不多一万五千行，也被后人分为二十四卷。详细内容是这样的：

一至四卷写奥德赛出门多年不归，了无消息，他的妻子彭涅罗皮在家中被各邦王子包围求婚，在她家中任意吃喝，俨然主人。她在家中用各种方法骗那些求婚者，希图拖延时日，以待丈夫回来。（例如，她对求婚者约，织成外衣一件，然后再嫁，但她昼织而夜解，永远不能完成）。她的儿子提勒马卡斯出外寻父，跑了好些地方，也没有得到确切消息。

五至八卷叙奥德赛自攻破特罗亚城后与同伴船行回家，因海神波赛顿和他作对，遇到很多风波，漂流各地十年，最后达到费埃西亚国，国王和公主对他都很好，设宴招待他，席间有歌者唱攻打特罗亚的故事和木马计谋。奥德赛因为他本人就是当日的英雄，抚时感事，竟至流泪。

九卷至十二卷，奥德赛便向费埃西亚国王自述当时战争经过及十年来漂流的经过，很多意外惊险的故事。如：

他们首先被大风吹到一个吃莲花的地方，有三人吃了莲花竟丧失了回家之念，于是其余的人就赶快离开此地。

奥德赛率领剩下的十二人上船，又被大风吹到赛克罗卜斯岛，即独眼巨人岛；奥德赛和同伴们躲到一位巨人波利非玛斯的岩洞里，巨人回洞，就把一块大石堵住洞口，吃掉两个人，便昏昏睡着了。如果乘睡把巨人打死，那就无人能搬开大石，大家就都要饿死在洞中。于是奥德赛在第二天用酒灌醉巨人之后，用火棒烧瞎了巨人的眼，巨人大发雷霆，说不放他们出去，可是第二天巨人必得放羊出洞吃草，巨人站在洞口用手抚摩走出的羊子。奥德赛等人把每三只羊系成一排，羊肚下面系一个人，这样他们又逃出了险境。

他们又漂流到风神伊奥鲁斯的岛上，他们受到热诚的招待。临行，风神送他一只风袋，凡不利的暴风、邪风都装在袋里，只留西风在外以便平安地送他们回家，可是船近祖国的时候，奥德赛打起瞌睡来，部下们便解开了风袋，于是狂风乱吹，他们又被吹到大海中去了。

他们又到了魔女萨西的岛子，若干人吃了萨西的魔酒变成了猪，奥德赛得了赫尔密斯神的灵草，才抵消了萨西的魔术，使同伴们再变为人。

过后他们又经美女神赛伦斯的岸边。赛伦斯半段是美人，半段是鸟身，她们的歌声富于魔力，使经过的人听了歌声便要住下而忘了回家。奥德赛为了提防，便先用蜡把同伴们的耳朵封起,他叫人把他自己捆绑在船上。奥德赛听到赛伦斯的歌声便向岸上挣扎,可是同伴们牢牢地捆住他,这样他们又过了险境。

过后又遇到很多大风浪,船也打破,同伴们也失掉,最后他一个人漂流到费埃西亚国,国王设宴招待他,他就在席间讲了这些十年来的故事。

十三卷至十六卷,叙述费埃西亚国王派船送他回国。回乡之后,他乔装乞丐去打听家中情形,才知道妻子被求婚者逼迫的情形和儿子外出寻父的情形。这时儿子也回来,他们便在牧猪奴家中相会,共谋杀死求婚者之计。

十七卷至二十卷,奥德赛回家会见妻子。因初婚外出,忽忽二十年,外貌已变,彭涅罗皮把他当成真的乞丐向他打听丈夫的消息,他也假造消息说他快要回来了。同时,求婚者逼迫益甚,她把奥德赛的大弓挂在庭中,答应求婚者说,谁能开这大弓便嫁给谁。

二十一卷至二十四卷,写各求婚者都不能开弓,而奥德赛上前开弓把求婚者一一射死,露出本来面目,夫妻重圆。以后赫尔密斯神又把这些死魂引到地狱。最后描写这些死者的家属和奥德赛和解。

海西奥特:与荷马同时而且齐名的另一位史诗诗人。荷马是生长在小亚细亚的人,海西奥特是生长在希腊本土的比阿细亚的人。相传他小时在赫里康山放羊,遇到诗神,诗神鼓励他作诗,叫他"说些真的事情"。所以他的作品都是叙述日常生活、实践中的伦理道德。

他的主要作品有二。《工作与时日》是约有八百行的教训诗。《神的传统》是约有一千行的神话诗。《工作与时日》的内容可分为三部分。第一部分是教训他的兄弟的诗,第二部分叙述日常的农业工作,第三部分是叙述时日有吉有凶。名句如"有时日子像继母,有时却像母亲","趁太阳晒干草"等。

海西奥特的诗才远不如荷马,但很多年来都把他们二人并称,而且海西奥特自己还说他们二人曾经在攸比亚国王的葬仪上作过诗歌比赛,他还胜了荷马,得了一只三脚台的奖品。

抒情诗:主要是抒发个人或集体的情感,和史诗之主要为叙事者不同。

荷马与海西奥特之后的二百年间,史诗随君主政治而逐渐衰亡。公元前七世纪以后,民主政治(当然是奴隶主和平民的)逐渐兴起,诗人们不再歌颂以往的神或半神式的英雄,而歌唱国家的光荣或个人的心声,充满了喜怒哀乐的感情,打动人们的心弦。它的对象是人民大众,爱国者、工匠、牧人、爱人、享乐者等。

抒情诗发展的两种体裁：伊奥尼亚诸邦首先从君主政治解放而较早获得自由，所以新诗体也由他们创出。当时新诗有两种体裁：悲歌与讽刺诗。

悲歌：不一定表现悲哀，时常用于悲壮之战歌或宴会之歌。

卡林努斯（前730—前678）是悲歌的最初创始人。他生于伊奥尼亚的以弗所，他的一首有名的战歌尚留于今：

> 你还要沉睡到何时？你何时才会奋起？
> 　你何时才会恐惧近邻对你的责备？
> 呸！同志们，你在幻想你自己会得到和平，
> 　同时刀枪已蹂躏了我们的整个国境！
> 羞耻！紧握你的盾牌！遮好你的胸膛！
> 　向着敌人前进，高举你的投枪！
> 别想到后退，别表现懦弱，
> 　死时也投出最后一枪，打出最后一着！
> 阿！为我们的一切而战，是高尚而光荣，
> 　为我们的国家、我们的孩子、我们的爱人！
> ……

泰迪乌斯（约前660/640前后），生于亚狄加，属伊奥尼亚。他是第二位悲歌诗人。据传说，斯巴达人和麦森尼人发生战争（即第二次麦森尼之战，前685—前668），斯巴达人来向雅典人求援，请雅典派一位将军去指挥。雅典人由于嫉妒，就派了这位跛子诗人泰迪乌斯去，但他却完成了将军们不能完成的任务：他写了很多战歌来鼓励士兵，而终于战胜。他的诗两行不齐，称为跛子诗体。兹录第一首：

> 祖国的声音召唤勇敢的人
> 　去建立光荣的战斗功勋；
> 懦弱者或奴隶必受咒诅！
> 　因为他们怕死，逃避战争。

讽刺诗：

阿尔岂洛库斯(前728—前660),是创立讽刺诗的第一人,生于伊奥尼巴的亚洛士岛。他是女奴隶的儿子,所以自小便离开家乡,跑到北方塔索斯殖民地去,想在那儿发展。可是事与愿违,在塔索斯时参加了一次战争,却弃盾而逃,表现懦弱。于是又回到家乡,幼小时的爱人和爱人的父亲都拒绝他,他就愤而写诗来讽刺。据说他的讽刺诗如此厉害,以致他的爱人全家都受不住而自杀了。

舆论的愤怒迫使他离开家乡,来到斯巴达。斯巴达是崇尚勇武之邦,对这位懦弱者的弃盾而逃,加以嘲笑。

他到处流浪多年,最后在奥林匹斯山竞技大会上诗歌比赛获胜,这才恢复了他的声名。

他回到家乡已经很老。他为了争取勇敢战士之名而参加战争,竟死于战争。于是全希腊才觉得他是不朽的诗人,说他仅次于荷马。

抒情诗完成期的两大派别:依阿利亚派,即独唱派,以勒斯博斯岛为中心;多利亚派,即合唱派,以斯巴达为中心。

公元前七世纪时,依阿利亚的勒斯博斯岛人塔潘达把从前的四弦琴改为新型的七弦琴,以为诗歌的伴奏乐器,于是真正的对琴而歌的独唱抒情诗才出现。

过后,塔潘达为多利亚的斯巴达所招请,于是这种奏琴伴唱诗从勒斯博斯到斯巴达,流遍希腊各邦。

过后,克里特岛的合唱舞蹈歌又输入斯巴达,和塔潘达所传授的奏琴伴唱诗相结合,便成为合唱抒情诗。

依阿利亚派,即独唱派:著名诗人有三位:

阿尔克乌斯(前611—前580):是勒斯博斯的首都米迪伦尼的人。他的诗大都歌唱政治和战争,同时也歌唱醇酒和爱情。他的诗辞文雅而富于热情,反对暴君,赞扬自由。他自己一生曾参加过多次战争,最后且因参加反对暴君米尔席鲁斯而被捕,后被放逐异国,流浪而死。

《国家的构成》

什么是国家的构成?

不是高耸的城楼,不是坚实的土墩,

 不是厚厚的城墙,不是围了壕沟的城门;

不是拥有大小塔楼的美城:

 不是:……是人,是有高尚头脑的人,

人有能力，远远超过蠢笨的畜牲，
　　　　畜牲住在森林、山洞、丛林，
　　正如野兽超过冷的岩石和粗的荆榛，
　　　　人们知道他们自己的责任，
　　也知道他们的权利，知道了又敢于承认；
　　　　他们挣脱锁链，打倒暴君，
　　也防止远远射来的暗箭伤人。

萨福(前630/610—前572)：是全希腊甚至全世界最大的女诗人。她也生于勒斯博斯岛的首府米迪伦尼。阿尔克乌斯称她为"无瑕的、笑脸香甜的、戴紫罗兰花环的""勒斯博斯的夜莺"。全希腊把她和荷马并称，称荷马为"诗人"，称她为"女诗人"。又称她为"第十文艺女神"，或"希腊女神们的花"。

萨福的身世为世人所知者很少。据说她的父亲是小亚细亚的富裕酒商，她母亲早死；她曾和人结婚，生了一个女孩，女孩六岁时萨福的父亲也死了。萨福有三个弟兄，老大据说为追逐一个女人而跑到埃及，花了很多的钱，萨福写了一些诗劝他。

萨福本人呢，据说生得身短面黑而活泼聪明，据说她曾有过很多恋爱故事，阿尔克乌斯就追求过她，她的弟子中也有和她发生爱情的。后来到了罗马时代，更把萨福的恋史说得丑陋不堪，甚至到了公元1073年竟认为她的诗伤风败俗而在罗马和君士坦丁堡烧掉了。但到了公元1816年德国人维尔克尔(1784—1868)才推翻罗马的妄说而恢复了她的名誉。

有几桩关于萨福的故事：相传她爱上了勒斯博斯岛上的一位船夫法昂，法昂吃了爱神所赐的药青春不老。萨福单恋着他，直追到南意大利，后来失望，在爱奥尼亚海的留卡狄亚岛的南端的悬岩投身自杀了。该地遂被称为"爱人跳海处"。至今该地仍被水手们称为"女人角"。

又说她曾陷身为豪门家奴，后被赎出当名妓，留埃及。有一次在尼罗河中洗澡，一只鹰把她的鞋攫去了，飞带到埃及法老面前，埃及法老因鞋太美，便下令搜索鞋的主人，搜得后便立为王后。

这些都近于神话。另一说，她曾和阿尔克乌斯联合反对当时勒斯博斯的统治者匹特乌斯，谋泄被放逐于西西利岛。总之，她的一生似乎走遍了东部地中海各地，而她的诗也传遍了那些地方。

她的诗简洁、优美、热情、光彩，文字和谐，音调铿锵，而于爱情的描写更是古今独步。

据说伟大的希腊政治家梭伦，有一次听到他的侄子朗诵萨福的一首诗，他大受感动，大叫"读熟之后就可以死了"。

据说，有一位医生对萨福描写的爱情的象征很有研究，一次去替叙利亚国王的儿子看病，查出儿子的病源是暗中爱上了他的后母，于是国王满足了儿子的愿望，把自己的爱妻赠给了儿子，儿子的病便好了。

这些神话式的传说，不必管它。让我们读一点她的美丽的诗篇：

> 现在，你快来，把我解放，
> 免于苦闷忧伤；要彻底满足
> 我心中的愿望；阿，你自己
> 要作我的朋友，为我帮忙！
>
> ……
>
> 像不朽的神们一样，那个幸福的青年，
> 他愉快地坐在你的身边，
> 永远听着你柔和地讲话，
> 永远望着你甜蜜的笑脸。
>
> ……
>
> 阿，母亲，真是徒劳，
> 　我不能织布了，因为我一织布，
> 我就心荡神摇，
> 　想着爱人去了。
>
> ……
>
> 特米士古把这只桨、这套网，
> 　还有渔夫的柳条篮子，都放在儿子的坟上；
> 以纪念匹拉根一生的命运，
> 　他的一生艰苦凄凉。

阿那克里翁（前563—前478）：生于伊奥尼亚的特阿斯，却是依阿利亚诗风的承继者（但缺少依阿利亚诗的庄重和深度），他的诗的主要内容为文艺女神、风趣、醇酒、爱情,是古代的享乐诗人。

公元前540年特阿斯被波斯王居鲁士所占据,他移居塞雷斯,又移至萨摩斯岛,岛上国王波里克拉特斯保护文学艺术,阿那克里翁在萨摩斯宫廷颇受重视。过后国王被波斯暗害,阿那克里翁又被迎到雅典,作国王希巴库斯的桂冠诗人,在雅典又继续其放纵的生活。过后希巴库斯遭暗杀,他才回到故乡,以八十五岁的高龄为葡萄核所哽死。

1544年出版了他的诗集,其中包括许多他死后的伪作。拜伦、歌德对此享乐诗人的诗也很欣赏,因为在提倡人本主义这点上,它对文艺复兴是有影响的。

多利亚派,即合唱派:著名诗人有五位,附一位:

阿尔克曼(前671—前631全盛时期):生于小亚细亚的吕底亚,本为奴隶,被带到斯巴达来(或说其父为奴隶,被带到斯巴达之后才生的),斯巴达的主人发现了他的诗才而把他解放,遂得以发挥他的天才。他写了很多优胜颂歌、结婚赞歌、恋爱诗;他的功绩在于把以往宗教仪式用的合唱歌通俗化,他算是合唱抒情诗的创始人。

斯特西科鲁斯(前632—前560):原名提夏斯,相传是海西奥特的儿子。他生于西西利岛的希麦拉。他最初写竖琴合唱歌。他的功绩在完成了合唱歌的规矩,即三段合唱歌:左转章、右转章、尾章。他的诗明白易懂,到处传诵,当时讥讽目不识丁不学无术的人,就用这句话:"连斯特西科鲁斯的三行诗都不懂"。

此时的合唱抒情诗,多以祝歌、酒神颂歌、少女合唱歌、优胜颂歌等各种形式而发达完成,遂打开了以后西蒙尼得斯和平达等伟大诗人的道路。

西蒙尼得斯(前556—前467):生于伊奥尼亚的克阿斯,但他的性质是属于多利亚,而且为多利亚合唱派得到很高的名声。壮年游雅典及特撒利,后定住于雅典,在国王希巴库斯的保护下写诗。希巴库斯被杀后,移居特撒利,寻得新的保护者。晚年西蒙尼得斯移居西西利岛上的叙拉古,为国王希隆的上宾,死后备极哀荣。

斯特西科鲁斯把合唱诗从神界扩展到英雄,西蒙尼得斯把合唱诗从英雄扩展到人间。他擅长于优胜颂歌,这是祝贺那些在国家大竞技中获胜的选手们的歌。他也善于把悲歌用于葬歌或碑铭。他特别宜于写庄严的合唱诗。

西蒙尼得斯一生顺利,一生得五十六次诗赛奖,最后一次已是八十高龄了。晚年他和悲剧诗人埃斯库罗斯和合唱诗人平达共在希隆的宫廷共享盛名,他在公元前467年死的时候,已是九十高龄了。

《希腊人战死在特莫披里》

在特莫披里战死的人,
他们高贵而死,目的尊荣,
在祭坛之下,没有一个坟,
前来的人不带悲伤和怜悯,
　只带歌颂与回忆之情。
　伟大庄严的供奉,
铁锈不能污损,
时间也只能让它永存。

此地神圣:勇敢的人在此安眠,
希腊的光荣在此筑起圣殿。
这儿还有一个人,经得起一切考验,
就是列昂尼达,他戴有斯巴达的王冠,
他死后留下宝石般的遗产,
　即美名和勇敢,
　他的名字将永远流传,
　从永远直到永远。

平达(前522—前442):生于比阿细亚的首府底比斯,后到雅典专攻合唱歌,终于发挥了超越前辈的天才。当希波战争发生时,他的故国底比斯是站在波斯方面的,但留在雅典的平达终为撒拉米之战的胜利所鼓舞,而歌唱希腊的胜利,从此他一跃而为希腊知名的诗人。他的诗充满了爱国热忱,称颂雅典为"希腊的柱石"。底比斯很不喜欢他,罚他一千元的罚金,雅典却替他代付了。他晚年受希隆的招请而赴西西利,活到八十岁才死。

平达在生涯的五十年中写过各种合唱抒情诗,现今留存完整的有四十五首优胜颂歌。这些颂歌是对在希腊四个地方所举行的全希腊竞技大会上的优胜者所作的颂歌。这些颂歌几乎无例外地用那三段合唱歌的规律。这些歌一面歌颂选手英雄,一面结合古代神话;他很重视庄严神圣和真正的勇敢。

平达在诗坛上有两重的重要性：一方面他保存了阿尔克曼和斯特西科鲁斯以来的合唱抒情诗的传统，一方面又开拓了雅典的剧诗的道路。

巴基里得斯(前507—前430)：生于克阿斯，是西蒙尼得斯的外甥。他和平达和西蒙尼得斯三人同在西西利的叙拉古的希隆宫中任职。巴基里得斯才力不如平达，但他的诗平易俊美，不如平达的艰深，易为群众接受，所以也和平达齐名。但他的作品散失殆尽，在1896年才在埃及古墓中发现纸草三板，上有他的诗二十章，于是他才又闻名于世。所发现的断片中有一首赞美奥林匹斯竞技会中获胜的马，也是优胜颂歌之类。此外还有一些警句和小诗，如：

　　试金石考验黄金的真纯，
　　战无不胜的真理考验人的价值和聪明。

伊索(前620—前550)：生于弗里嘉，本为奴隶，随人浪游四方，后以其知识而获自由。曾到雅典求学，并在那儿住过一些年份。他又曾被邀请赴吕底亚王克里苏的宫廷。克里苏遣他到德尔腓神坛祭亚波罗，并散发金钱给人民，伊索却把钱扣起来，于是被愤怒的人群抛到悬岩下去了。

伊索创造了很多寓言故事，但是都由口传下来，直到苏格拉底在狱中的时候才把它们写成诗句。所以我们也把他算作古希腊的寓言诗人。

剧诗(诗剧：悲剧和喜剧)：希腊的神话、史诗、抒情诗，都散开产生于希腊各地，唯希腊的剧诗则集中产生于雅典；这是因为在希波战役之后雅典成了希腊的盟主、文化的中心，对内实现了民主，对外提高了民族自豪感。所以公元前5世纪的一百年中，可以说是希腊文化的黄金时代，而其代表就是雅典，剧诗就是这一文化在文学上的集中表现。也就是历史上所称的伯里克里繁荣时代。

早在公元前六世纪时，雅典已有戏剧表演，被称为希腊悲剧之父的特斯匹斯，就是开始创造希腊戏剧的人；不过当时的戏剧还是在街上或广场上或高地上演出，内容仍是合唱、跳舞、诗歌朗诵，题材大多是与酒神、快乐之神狄翁尼苏有关，而且多半是在纪念节日或宗教仪式举行时才演出的。

每年春天，正当葡萄酒酿成而葡萄藤长出了新芽、田野里出现了花朵的时候，雅典人就要举行盛大的节日，来纪念狄翁尼苏，因为他唤醒了大自然，带来了春天和快乐。四月的大狄翁尼苏节，即所谓城市的狄翁尼苏，真是热闹非凡。这个春天的节日称为开酒节，人们大喝新酒，大唱酒神颂歌。

合唱团通常围着祭台唱歌跳舞,每个团员都以羊皮作装束,身体是人身,角(耳)、脚和尾则是山羊的(有时是马的),用榭树叶作胡须,头上戴长春藤花冠。合唱团随着指挥者唱出各种的歌,这些歌就称为"山羊之歌"。当"山羊"的行列停留下来时,便由合唱团产生的队长来指挥唱歌,这队长也就是主要的演员,他讲述狄翁尼苏的故事,合唱团便和以赞美狄翁尼苏的歌。起初只有一个演员登场,后来又由合唱团里产生一位演员来和他对话,后来又发展到三人以上的演员。这就是希腊悲剧的产生发展过程。

每年冬天到了十二月的时候,乡间的狄翁尼苏纪念节又来了。这时正是葡萄秋收之后,大家已把葡萄榨取好了,只等来年新酒的酝酿。所谓"秋收冬藏",正是人们喜笑颜开的时候,大家嬉戏唱歌,舞蹈成行,这种愉快的行列表演,后来便成为喜剧。

悲剧和喜剧逐渐地改善,内容从狄翁尼苏扩展到英雄、半神的事件,再发展到人间的生活。演员也有增加,动作(戏剧)越来越占重要地位,合唱渐次成为配合的作用,于是戏剧便由抒情诗脱胎而出了。但演员的言辞仍多用歌唱,故称为诗剧。

希腊诗剧作家主要有下列四人:悲剧作家埃斯库罗斯、索福克勒斯、欧里庇得斯,和喜剧作家阿里斯托芬。

埃斯库罗斯(前525—前456):生于雅典西北的以留席斯。据说他幼时曾梦见酒神叫他写悲剧,于是他埋头苦学,专心写剧。他二十五岁时参加比赛,但未获胜。三十五岁时正值希波战争,他和他的哥哥都参加过。在马拉松之战,他哥哥战死,他自己也受伤。以后他还参加过撒拉米之战和普勒提亚之战,立有功勋,得过奖章。

他自公元前499年参加戏剧竞赛以来,在公元前484年才初次获得一等奖,一生共得过十三次奖,至到公元前468年为新进之索福克勒斯所击败时为止。于是他应西西利国王希隆之邀而赴叙拉古,在那儿颇受优待,以七十岁的高龄死于西西利。据传说,当埃斯库罗斯正在西西利的格拉地方坐着写作时,有一鹰攫一龟飞过,把他的秃顶误认为圆石,便把龟抛下以使龟壳撞破而食龟肉,但结果却把埃斯库罗斯的脑袋打破了。这传说不一定可靠。在格拉他的墓碑上刻着他自题的四行挽歌,说到他生前的战功,却一字没有提到他的诗剧。

雅典人优弗立翁的儿子埃斯库罗斯,

成了格拉麦田里的泥土,在坟里休息。
马拉松的森林可以说出他的武功,
长发的波斯人也知道这些战绩。

埃斯库罗斯自身是演员,是舞台监督,又是作者。他的贡献就是创造了第二演员,使戏剧脱出了合唱诗阶段。

他一生共写了七十多个剧本,但流传到今天的只有七本:包括于三部曲《奥勒斯特》(这是古代希腊流传到今天的唯一完整的三部曲)中的三本,《阿加美农王》《供养者》《恩惠者》;其他四本是《波斯人》《七将攻底比斯》《哀求者》《被缚的普罗美修士》。其中以三部曲和《被缚的普罗美修士》为最成熟、最有名。

三部曲是写亚尔各斯国王兼攻特罗亚的希腊联军总帅阿加美农的儿子奥勒斯特的报仇故事:

第一部《阿加美农王》写希腊军在进军特罗亚途中,王为了求得顺风把他的女儿伊斐琴尼亚杀来作牺牲以贡献于神。十年征战期间,阿加美农的妻子克里腾涅斯特拉在家把表弟当作情夫,日夜取乐。十年征战之后,阿加美农回来了,克里腾涅斯特拉假意欢迎,进入王宫之后便把他杀掉,她向人宣布说是为女儿报仇。

第二部《供养者》写阿加美农的儿子奥勒斯特奉亚波罗神的命令为父报仇,他回家来杀死了母亲的情夫,最后和母亲碰面。于是他的母亲袒露出胸膛,向他说"儿阿,住手。从前你还没有长牙齿的小嘴吸我的奶的时候,每每昏昏入睡,这胸膛就常常作过你的枕头呀"!奥勒斯特在迟疑片刻之后仍把母亲刺死了。

第三部《恩惠者》写复仇女神们口吐火焰、头发都是蛇,她们来追逐奥勒斯特,使他不得安宁。奥勒斯特逃入亚波罗神庙,也不能免。最后他才诉之于最高法院,亚波罗为他辩护。十二个裁判者,六人判他有罪,六人判他无罪,最后由首席裁判者雅典娜投票决定他为无罪。

《波斯人》写波斯国王薛西斯远征希腊,薛西斯王母亚托萨得了凶兆,而撒拉米之战败。

《七将攻底比斯》写底比斯王伊底普的儿子艾特奥克里斯和波里尼塞斯不和,发生战乱,兄弟对战而皆死。

《哀求者》写埃及的丹老士有五十位女儿,要避免和她们所不愿意的五十名表兄结婚,便逃到亚尔各斯来寻求保护。亚尔各斯王招待她们并保护她们。

《被缚的普罗美修士》是一个三部曲的第二部。第一部《持火的普罗美修士》、第三部《被释的普罗美修士》都已失传。普罗美修士是人民热爱的英雄,是人的最好的朋友,他把火送给人,教人劳动,给人以智慧,因此使人从动物分开出来。宙斯知道了普罗美修士偷火给人间,便把他锁在黑海边高加索山岩上去永远受苦。海神和海神的女儿们以及遭希拉妒嫉的少女伊奥都来劝他妥协,但他终不屈服,并预言将来伊奥的子孙要推翻宙斯的王位而解放他自己。这时宙斯又派传达之神赫尔密斯来质问他谁是这位女人,他也不说出,并咒诅宙斯。这一段充满了为正义而斗争的不屈不挠的英雄气概:

> 好似你要掀起一阵波涛,
> 但你要苦我,也属徒劳。
> 别以为,凭宙斯的恐怖
> 就可以软化我的头脑,
> 像妇人举着朝天的手掌
> 向我的仇人苦苦哀告,
> 以求解除我的脚镣手铐。
> 根本办不到。

索福克勒斯(前 496？—前 406):生于雅典附近的科隆努斯村,他父亲很有钱,所以他受过良好的教育。他十五岁的时候,正是希腊在撒拉米战胜了波斯人。他当时被选为儿童合唱队的指挥,演奏纪念凯旋之歌。到了成年,他开始社会活动,成了伯里克里的友人。二十几岁时开始写悲剧,公元前 468 年参加悲剧竞赛,竟打败了老前辈埃斯库罗斯而获得了头奖。此后六十年中一帆风顺,写了一百多个剧本,但完整流传到现在的也只有七篇。

索福克勒斯是希腊悲剧的精华。埃斯库罗斯的悲剧表现伟大崇高,索福克勒斯的悲剧表现优美和谐;前者多写神,后者多写人;前者只许有两个演员,后者却许有三个乃至四个演员;前者主张三部曲制,后者废除三部曲制而让每个戏剧可以独立。

索福克勒斯现存的七个剧本是:《伊底普斯王》《伊底普斯在科隆努斯》《安提恭尼》《艾勒克特拉》《特拉基亚的女人们》《亚贾克斯》《腓洛克特提斯》。《伊底普斯王》和《安提恭尼》都是很好的剧本,而《伊底普斯王》是希腊悲剧中的最好的作品。

《伊底普斯王》的故事：伊底普斯是底比斯王奈乌斯的儿子，母亲叫约卡斯塔。生时，预言家说这孩子将杀父娶母。奈乌斯便派佣人将孩子携出杀死。佣人不忍，便交一牧人带到哥林多去。哥林多王无子，便把伊底普斯抚养大。他长大后听到这一预言，自以为哥林多国王及王后就是他的生身父母，于是他尽量避免预言的实现而出外游。

当他走到近底比斯的一个三叉路口，遇着他真正的父亲乘车而来，因让路问题发生纠纷，他无意中把父亲杀了；父亲的仆人也只有一人逃脱。原来他的父亲奈乌斯因为国内出了一个狮身人首的怪物斯芬克斯，拦路叫人猜谜，猜不中的便被吃掉。奈乌斯此时正出外求神指示驱妖办法，不料在这三叉路口竟被自己的儿子杀了，彼此都不知道是谁。

伊底普斯继续前行，走进底比斯国境，遇到斯芬克斯，便去猜谜。谜是"上午用四足、中午用二足、下午用三足走路的是什么动物"？伊底普斯猜中是"人"，斯芬克斯便坠岩而死了。底比斯人大喜，又见自己国王已被路人所杀，便拥伊底普斯为王，同时娶了原来的王后，这样无意中把自己的母亲变成了妻子。

索福克勒斯的剧本开始时，已是伊底普斯王治国多年以后的事。那时国中大疫，伊底普斯王派王后的弟弟克里昂去求神问办法。神的指示说，要把杀死奈乌斯的凶手驱逐，大疫才能停止。于是伊底普斯决定找出这位凶手，又派克里昂去找预言者来问，谁是凶手。预言者最初不肯说，伊底普斯便怒骂他，于是他便宣布说伊底普斯就是凶手，并说他犯了母子相奸的罪。伊底普斯不信，反疑是克里昂想夺王位，在那里捣鬼，便和克里昂对骂。这时王后约卡斯塔来了，劝开了他们；于是约卡斯塔劝伊底普斯不要相信预言，说先王奈乌斯就不是被儿子杀死的，而是被路人在三叉路口杀死的，这就证明预言已有一半不确了。

一提起三叉路口，这反把伊底普斯的回忆引起了，因为他曾经干过这样的事：在三叉路口杀过人。但这时哥林多来了使者，说国王病死。于是他又安心下来，因为他认为哥林多王是自己的生身父，既是病死，就不会被他自己杀死了。但他还担心"娶母"一层，不愿回哥林多去，于是使者为了使他安心，就说哥林多王后原本不是他的母亲。

伊底普斯为了彻底弄清当年的凶手，便派人把当年逃回来的那个仆人叫来。这个仆人和哥林多的使者把一切真相对质说穿。这时约卡斯塔内心发现预言家的"杀父娶母"的预言竟无可避免地已经实现，便离开舞台回内室去自杀了。伊底普斯在痛心之余也挖出了自己的双目,把政权交给克里昂,自己准备盲目行乞。剧本至此结束。

这个剧本布局紧凑,情节一步跟一步地发展,使读者无法罢休。古代希腊的宿命论(相信命运有一切的决定力)到索福克勒斯的这一剧本中发展到最高峰。伊底普斯能猜透斯芬克斯的谜,却猜不透自己的谜;越想找出凶手,越找到自己头上来;约卡斯塔和哥林多的使者,想要使伊底普斯安心,却偏说出使他不安心的话;想要证明他不曾"杀父娶母",却偏说出一些他犯了"杀父娶母"的证据。总之,越想和命运斗争,越逃不出命运的手掌。这就是宿命论。

《伊底普斯在科隆努斯》写伊底普斯盲目之后,在底比斯仍住了几年,为克里昂及自己的两个儿子所逐,由女儿安提恭尼引着乞食到亚狄加,在雅典北郊的科隆努斯安顿下来,受着雅典王的招待。

《安提恭尼》写克里昂和伊底普斯的两个王子发生内争,又起外患,结果两个王子失败战死;克里昂得了王位,禁止任何人收葬王子的尸首。这时安提恭尼由于伊底普斯客死,安葬之后回到底比斯来,不顾一切到战场去收拾哥哥的尸首,结果被判死刑。这剧中的安提恭尼非常感动人。

《艾勒克特拉》写阿加美农的女儿艾勒克特拉和弟弟奥勒斯特合作为父报仇的故事。

《特拉基亚的女人们》写海勾力士出外远行,他的妻子德安尼拉在家听说丈夫在外爱上了另外的女人。她听信马怪涅苏斯的话,把一件衬衫染了马怪的血,寄给海勾力士以图挽回他的爱情,谁知丈夫一穿便中了毒,痛苦不堪,遂自焚死。

《亚贾克斯》写希腊军攻特罗亚时的勇将之一的亚贾克斯,因希腊的首领们将阿岂里斯的甲胄判给了奥德赛而大怒发狂,便杀死了希腊人的羊群,以为是杀死了各首领。待到清醒之后,觉得太不名誉而自杀了。

《腓洛克特提斯》写英雄腓洛克特提斯得到了海勾力士所遗赠的弓。当希腊军征特罗亚时,奥德赛煽惑众人,趁腓洛克特提斯足部受伤而睡去之后把他丢掉。后来神的启示说,要攻下特罗亚必须要腓洛克特提斯的弓,于是阿岂里斯的儿子涅奥普托勒姆斯才去把腓洛克特提斯请到特罗亚前线来。

欧里庇得斯(前480—前406):于撒拉米海战之年生于亚狄加的费勒,父亲是相当富裕的商人,也是名门贵族出身。他十八岁时便写好了第一本剧,可是三十九岁时(前441)才第一次得到悲剧奖,平生只得过四次奖。他为人沉默安静,不喜活动,终生不曾任过公职,只读书和写作,买书读书是他的安慰,有很多藏书,有学究气味,当时被人称为"舞台哲学家""诗人中的贤人"。公元前408年,他应马其顿王的邀请,到了马其顿首都培拉的宫廷,不久就死在那里了。

埃斯库罗斯对神是崇拜,对传统是遵守;索福克勒斯对神是怀疑,对传统是调和;欧里庇得斯对神是反对,对传统是批判。埃斯库罗斯伟大崇高,索福克勒斯优美匀称,欧里庇得斯刻画个性,尤善于描写人间感情。所以,埃斯库罗斯把人写成神圣,索福克勒斯把人写成理想,而欧里庇得斯把人写成真正有血有肉有感情的人。比较起来,欧里庇得斯更接近于近代精神,即人本主义的精神,而且更多影响于近代的作家。在欧里庇得斯的作品中,日常生活可以成为题材,恋爱、嫉妒、苦难、背信,这些人间所有的事实都可成为题材。一句话,他更能反映现实,是较高的现实主义者。

欧里庇得斯的剧本据说有九十几本,现存的只有十九本,其中以《美底亚》《希波里吐斯》《伊斐琴尼亚在奥里斯》《伊斐琴尼亚在陶里斯》《特罗亚妇人》等为最好。

《美底亚》写希腊一王子雅森乘船亚尔果号到科尔基斯地方去盗取金羊毛,得到科尔基斯公主美底亚的恋爱和魔术的帮助,才得以盗取金羊毛。于是美底亚不得不背弃家人和雅森一道逃回希腊,并结婚,生了两个小孩。后来雅森看见哥林多王的女儿、美丽的格朗色,便抛弃美底亚而和格朗色结婚。

剧本从雅森和格朗色在哥林多结了婚开始。美底亚知道这一消息时,心情矛盾万分:受辱的妻子的愤怒,温柔的母亲的慈爱,女人心中的钢铁情感,不顾一切的复仇之念,都交织在心头。

哥林多王听说美底亚要复仇,便勒令她带两儿马上离开,她要求一天的展缓。在这一天之中,她装作已经原谅一切的模样,叫儿子给格朗色送衣服及金圈等礼物。但这些礼物上有毒,格朗色一穿戴便全身燃烧而死,她的父亲去救也被烧死。美底亚过后又杀死了自己的两个儿子,并责备雅森的背信,然后化为复仇之鬼,乘龙车从屋顶飞上天去了。

剧中美底亚在杀死儿子前对儿子们的最后的话是很感动人的:

  呵,可爱的手,可爱的嘴,可爱的眼睛,
  王家的风度,勇敢的面孔,清秀光明,
  唯愿你们幸福,但不在此地此城,
  你们在此地究何所有,你们的父亲偷人,

>神呵,两颊上红光满面,抚摸也很柔嫩,
>呵,小孩子的幼稚温馨。怎么,我岂瞎了不成?
>我寻找这些可爱的地方,总看不清。
>罪恶的翅膀,加速了我的伤心,
>是呵,我知道我正要干出什么罪行,
>但是,愤怒的呼号高过一切的心声,
>愤怒总使人干出最悲惨的事情。

《希波里吐斯》是一部恋爱悲剧。希波里吐斯是一位纯洁高尚的青年,他的继母斐得拉爱上了他,她终因不成功而自杀。希波里吐斯的父亲误解了他而咒诅他,他遂受神的处罚坠马车而死。

《伊斐琴尼亚在奥里斯》写阿加美农征特罗亚时,出师至奥里斯,因风不顺不能行船,乃牺牲女儿伊斐琴尼亚以祭神,但在她将死之时为美神阿尔蒂米斯所救。

《伊斐琴尼亚在陶里斯》写伊斐琴尼亚被救之后,被带到黑海沿岸的陶里斯国去作阿尔蒂米斯神殿的持斋女。若干年之后,她的弟弟奥勒斯特报父仇而杀了母亲,因要赎罪,奉亚波罗之命到陶里斯来盗取天降之女神像,却被陶里斯人抓住了,将要处死。但他认出了掌刑人是他的姊姊伊斐琴尼亚,于是姊弟二人同心合力把神像偷了回来。

[按:以上二剧题材,为18世纪奥地利大音乐家格鲁克制为歌剧,在巴黎上演。《伊斐琴尼亚在陶里斯》的题材也被德国诗人歌德用来写诗和散文。]

《特罗亚妇人》写特罗亚城破后那些高贵女人们的命运。她们都成了希腊人的奴隶,静候征服者的支配。王后赫丘巴被派给奥德赛作奴隶,她的女儿之一卡桑德拉被配给阿加美农。赫克托尔的妻子安德罗马克被送给阿岂里斯的儿子,即在自己丈夫的仇人家中服务。这消息传来,赫丘巴晕倒地上,卡桑德拉发疯了,安德罗马克忍辱带着孩子前去希腊,但她的儿子又因为赫克托尔生前太勇敢的缘故而被希腊人夺去杀了,据说是铲除祸根。至于那位战争的起因海伦,却巧言令色说服了要杀她的前夫,幸福地登船回希腊去了。

阿里斯托芬(前448—前385):生于雅典附近,家庭并不富有,少年时代便作剧作家的助手,实地学习舞台装置,举凡悲剧、喜剧、抒情诗,他都在学习。公元前427年开始参加喜剧竞赛,以后四十余年间便从事于喜剧活动,得到很大的名声。他的名声不只限于雅典,而且遍及于全希腊、西西利,乃至闻名于国外的波斯。在伯罗奔尼撒战争期中,当斯巴达派人向波斯王联合以对抗雅典的时候,波斯王就问阿里斯托芬属于何方,他说"阿里斯托芬所支持的一方就会胜利"。这可见阿里斯托芬的声名之大了。

原来希腊喜剧发生的时间比悲剧还早,不过喜剧的作品没有流传下来,中间又被悲剧所冲淡,到阿里斯托芬才算是喜剧的"中流砥柱"。从喜剧发生到阿里斯托芬的约一百年间,算是"旧喜剧时期"。

阿里斯托芬死后的公元前4世纪的中叶(约有七十年),是"中喜剧时期"。这期的作家很多,但流传至今的作品却一本也没有。最著名的作家是安提芬尼斯,一人就写了三百本,多是阅读的戏剧,但也一本没有流传下来。

公元前4世纪末期以后的希腊化时代的喜剧,算是属于"新喜剧时期",其中最著名的作家是米南德。

旧喜剧的目的在嘲笑讽刺,新喜剧则主要在教训,中喜剧则介乎两者之间。

阿里斯托芬写过五十四本喜剧,但流传至今的只有十一本。其中以《鸟》《云》《蛙》《骑士》等为最有名。

《鸟》写雅典人拍色特鲁斯偕一同伴欧尔匹得斯出去旅行,想找一个理想国。他们最后走到空中的飞鸟世界,认为可以劝说鸟类来建立一个空中鸟国,先去会见鸟界的领袖燕雀,请他召集一个鸟群大会,拍色特鲁斯用力说服了鸟群,终于建立起了一个空中鸟国。从此人间(雅典)的许多牧师、诗人、预言家、音乐家,都来拜访,并派特使来庆贺。同时天上诸神则大闹饥荒,因为鸟国建立,阻挡了人间供奉的烟火。神们不得已才派代表来和鸟国的代表交涉,结果订立和平条约,宙斯的王后之一下嫁于拍色特鲁斯,全剧在这婚宴中闭幕。

《云》写雅典人斯屈普席亚得斯因儿子的奢华而大负其债,为了想赖掉债务而叫儿子去向苏格拉底学诡辩术。儿子学虽成功并把债权人击退,但儿子却以同样法术对待父母。于是斯屈普席亚得斯大怒,去把苏格拉底的房子烧了。这是攻击当时诡辩学派的作品。

《蛙》写三大悲剧诗人死后,雅典剧坛感到寂寞,酒神狄翁尼苏便到阴间去寻找。在阴间,埃斯库罗斯和欧里庇得斯比赛,结果埃斯库罗斯获胜,便被带回世上来。这剧是阿里斯托芬对三大悲剧家的批评。

《骑士》是讽刺雅典的民主政治的。

希腊化时代(亚力山大时代)的诗歌：希腊化时代的文化中心是埃及的亚力山大港,所以又叫做亚力山大时代,通常是指自马其顿亚力山大兴起(公元前4世纪末期)到三分王国先后被罗马合并为止,共约三百年。

现在介绍这时代的几位有名的诗人和一本选集：

米南德(前341—前292)：前面提到过,他是古希腊"新喜剧时期"的诗剧作家。他是雅典人,家富有,多读书,主张享乐,善社交,爱豪华,交名妓,是一位花花公子。公元前292年在匹留斯港游水时淹死。他写过百多本喜剧,但都散失。1898(1905?)年在埃及沙漠中发现一些断片的小诗：

> 全部哲学就在于此……
> 最易忽然兴亡的是人,
> 没有其他生物能和人相比。

> 人们咒诅一切的坏事,
> 人们自己的坏脾气是最坏的事体。

> "理解你自己",这格言是不够的;
> 要理解他人而且充分理解,这才是我的建议。

特奥克里吐斯(活跃于前283—前263)：生于西西利的叙拉古,是一位田园诗人或牧歌诗人。他所创造的牧歌,大都收集在他的诗集《田园小景诗集》里。他的诗毫无感伤情调,而是将牧人歌唱的民谣加上优秀的文学价值。西西利的天惠很丰、土地肥沃的理想牧场,是牧歌诗人的乐土。他住过亚力山大,他的诗也为亚力山大人所喜爱。他的牧歌大都以对话的形式描写牧人生活的各种情况,其中最优秀的多以恋爱为主题,却没有后世牧歌的那种感伤情调。

比昂(约与特奥克里吐斯同时)：生于小亚细亚伊奥尼亚的士密拿,后移居西西利去学习牧歌,他的情歌和牧歌都甜蜜优美。据说他为他的敌手竞争者所毒死。

莫斯库斯(与比昂同时或稍晚)：生于叙拉古,是比昂的学生,他的诗《哀悼比昂》很有名,是哀悼老师比昂的。

卡里马库斯(前250前后)：是生于亚力山大的诗人兼学者。他从一个市郊教师成为亚力山大图书馆馆长,又成为当时文化艺术的代表人物。他写抒情诗,也写史诗,也写散文,他的作品有八百之多,不过都不长大,因为他说过"一本大书是一件大祸"。兹录他的一首《墓志铭》:

  他们告诉我说你已经死了,呵,赫拉克里吐斯,
  他们给我听痛苦的消息,流痛苦的热泪。
  我痛哭,我回忆我们曾经常常整天在一起,
  我们的谈话使太阳疲劳,把它送到天西。

  现在你睡在这里,我亲爱的从卡里亚来的老客人,
  变成一小撮骨灰,老早老早已经休息安宁,
  只有你的快乐的笑声,你那夜莺,仍然警醒。
  因为死亡夺去了一切,它却不能夺去你的声音。

《希腊诗选》:是一部搜罗丰富的诗集。时代从公元前600年到公元600年,包括一千多年。内容有四千多首短诗,如短歌、短小田园诗、警句诗、短小情诗等。

最初的选集者是公元前1世纪的麦列嘉,以后又经过一些人的增益。最后的一位编者是东罗马君士坦丁堡茹斯底年大帝时代(527—565)的亚加提亚斯。兹录二首:

    《爱情的药方》
  也许饥饿能治疗你的爱情,
    也许时间能大大改变你的热忱;
  如果两者都是毫无效果,
    我劝你用绳索自尽。

    《爱情之歌》
  酒杯非常高兴:当琴罗斐丽屈身饮酒的时候,
  它接触了她的嘴唇,它自夸它很荣幸。
  愉快的酒杯呵!我唯愿,她如同痛饮美酒,

用她的嘴唇接触我的嘴唇,饮尽我的灵魂。

古希腊散文:古代希腊的文学,都以诗歌的形式来表现,散文用于历史、演讲和哲学等方面,因此从文学的角度来看,散文是比较次要的。但这些散文美好,也可算文学作品,所以我们简单地介绍几位散文作家:

希罗多德(前484—前425):生于小亚细亚多利亚的哈里卡纳苏,但是他后来却学会了伊奥尼亚的方言。他父母都有社会地位,壮年遍游地中海周围各国以及美索波达米亚,各处考察其历史、地理、风俗习惯,三十七岁时便定居于雅典,写他的伟大的历史著作,颇得雅典人的好评。这时他和伟大的悲剧家索福克勒斯似颇亲密。公元前443年,他随伯里克利的移民团到意大利,在那边继续写书。

希罗多德被称为"历史之父",他遗下九卷《历史》,写吕底亚的兴亡、波斯的兴起、希波战争的经过以及希腊的光荣的胜利。他的文体明白、亲切,富于诗意;历史事实叙述中,时有轻松活泼的小故事:

《薛西斯和水手》

据说,薛西斯放弃了雅典,来到斯特里蒙的岸边的艾翁城。从此他不再陆行,把军权交给希达涅斯,叫他带兵到赫勒斯旁,而他自己乘一艘腓尼基船回亚细亚。他上船之后,海上起了暴风;由于跟随薛西斯的波斯人很多,船的局势非常危险。国王非常恐慌,高声问水手,人们是否安全。

回答是"决不安全,除非去掉一些群众"。

于是薛西斯高声叫道,"波斯人,现在让我看,你们谁是爱国王的;我的安全看来依靠你们"。

他刚一说完,波斯人便先向他鞠躬,然后跳下海去。船轻了,薛西斯安全登陆亚细亚。他刚一上岸,他用金冠赏赐水手,因为他救了国王的命;但是,因为水手使很多的波斯人丧了命,所以水手被斩首。

修席底得斯(前471—前400):生于亚狄加的一个村里,受过良好教育,并懂军事学。少年时代听到朗诵希罗多德的《历史》,他就流下眼泪而发愤想写历史。公元前430年伯罗奔尼撒战争兴起,他认为是大显身手的机会,他不但参军去写战地报告文学,而且他还当了雅典军方面的队长,可是后来贻误军机,被判流放。

他退隐到色雷斯,住了二十年,专心写他的《伯罗奔尼撒战争史》。他的态度公正不偏,一本史实。他的文体简洁大方,甚至到了崇高的地步。例如,描写公元前430年伯罗奔尼撒战争时,一方面斯巴达人在城外劫掠而一方面雅典城内大疫流行的情况。下面是他描写雅典大疫后的结束语:

> 灾难的本质就是如此,它重压着雅典人;死亡在城内逞威,劫掠在城外进行。在悲痛中他们永记不忘的,当然就特别是这一诗句了,据老人们说这句诗老早就被人唱着了:
> "多利亚战争来,死亡就离不开。"

色诺芬(前435—前355):生于雅典,出自名门,后为哲学家苏格拉底的学生。公元前401年他随同一万名斯巴达和希腊的志愿军,到小亚细亚去帮助波斯王弟小居鲁士向巴比伦进军,以图推翻王兄、当时的波斯王亚塔薛西斯。在巴比伦附近兄弟两军大战,弟弟被哥哥亲手杀死,弟军遂败。色诺芬所属的一万名希腊军虽未遭受重大损失,但军官们被捕,军心混乱,色诺芬于是起来鼓励他们及下级队长们,他自己并被推选出来领导他们,经过万难而回到希腊。

过后,他被雅典放逐。斯巴达收容他住在艾里斯;他在那里住了多年,过着和平幸福的生活,努力写他的历史书,至八十高龄才死。

他的历史著作有两部。《希腊史》是续完修席底得斯的《伯罗奔尼撒战争史》一书的。《远征记》是写他从征波斯并领导希腊兵返国的经过,行文明快,有声有色,多年来作为希腊文初级选本。现从《远征记》选录一段,即色诺芬在巴比伦附近鼓励希腊军的队长们负起责任,领导希腊军回国,他自己也愿担任一分领导工作:

> 还有,我们的身体比他们更能忍受寒冷和劳苦;由于神们的帮助,我们有更坚决的意志;同时,神们和以往一样赐我们胜利,敌人就比我们更容易受伤和死亡。很可能,你们当中还有旁的人怀有同样的看法,那么,天啦,就别等旁的人来鼓励我们去作高尚的事业,让我们自己首先去激励旁的人发扬他们的勇气。你们要努力作最勇敢的队长,比现在的领导者更能负责领导。至于我,如果你们愿意带头行动,我愿意追随你们;如果你们指派我作领导者,我不会因我年轻而推辞,我会认为自己足够成熟,可以保护自己而

不致受伤。

狄摩西尼(前384—前322)：是古希腊的最伟大的演说家。在雅典的黄金时代,民主政治正盛,演说术便是最重要的政治工具,所以当时演讲术很流行,有很多设教授徒的教师。后人选了当时十个最有名的演说家作为后世学习的模范,其中最大的一个是狄摩西尼。

狄摩西尼和哲学家亚里士多德同年生同年死,但他们二人的政治立场却相反。亚里士多德是马其顿王腓力的宾客,是亚力山大的老师;狄摩西尼却是腓力和亚力山大的死敌。

狄摩西尼生于亚狄加,少年时便口吃。为了学演讲,曾下过苦功:到海边去对着波涛声练嗓子,用小石放在口中来纠正发音,登高山以增加肺活量,对镜子练习姿势,勤修苦练,终成古今第一大演说家。他的演讲辞简洁流畅,说理明白,谴责力强,气势猛烈,排山倒海。

当腓力南侵希腊,狄摩西尼用演讲来鼓励雅典人起来抵抗,这些演讲辞称为《反腓力演讲集》。雅典人虽然吃了败仗,但对狄摩西尼仍很尊重,提议赠他以金冠,但另一演说家艾斯基涅却反对。二人用演讲斗争了六年,狄摩西尼终于获胜。艾斯基涅被逐到罗得斯,在那儿设演讲学校,他把他的演讲辞读给学生听,学生们都惊异他为什么会失败;但他又读了狄摩西尼的演讲辞,学生们却都大叫而站起来了;艾斯基涅于是情不自禁地说:"如果你们听到那家伙亲自讲出来,你们将怎么办？"

马其顿终于征服了雅典。狄摩西尼被迫流亡,虽曾一度乘机恢复,终无结果,且被本国人逼迫出亡,服毒自杀。后来雅典人为他立了一个铜像,以纪念他的忠诚,上面刻有两行诗：

倘君强壮似聪明,
希腊难降马其顿。

柏拉图(前427—前347)：古希腊唯心论哲学的集大成者。他的著作几乎全部流传下来,以《对话编》为最著名。此《对话编》中共有三十五篇,其中以《辩护篇》《费德拉篇》《飨宴篇》《费德鲁斯篇》《理想国篇》诸篇为最有名。行文流畅处颇有文学价值。

亚里士多德(前384—前322)：是古代希腊哲学的最高发展,他徘徊于唯心唯物之间。他对当时一切学问都有研究,著作很多,有《伦理学》《政治学》《诗学》等。他的《诗学》是古代最初的一本文学理论书,内容讨论史诗和悲剧。

第六章　古代罗马文学

伊特鲁里亚文化：在古代约在公元前8世纪左右，在亚平陵半岛上住着各种文化水平不同的民族，有的可能是土著，有的是从外面移来的，因为亚平陵半岛气候温和、土地肥沃。这些民族是北部的高卢族，西部的伊特鲁里亚族，东部、中部和南部的意大利族，第伯河下游拉丁姆地方的拉丁族。南部意大利海岸和西西利岛沿岸则住有一些希腊移民。

当时这些民族中，意大利族人口最多，住地最广。东部沿亚得里亚海的是落后民族，长期维持氏族生活而没有城市；西部沿第勒尼安海的则较开化，经营商业，也有城市。拉丁人也较开化，也有城市。高卢人则较落后。

其中文化最高的要算伊特鲁里亚族，他们当时已过着个别的城市公社生活，和海外交通贸易，也照例在海上劫掠，把俘虏作为奴隶，当时伊特鲁里亚已进入奴隶社会。他们用石头筑墙，用牛耕地。他们有很精细的手工业。留到今天的遗物很多：内容丰富的墓穴，城墙的遗迹，银铜器皿，涂色的花瓶，装饰品，雕像等。他们也有文字遗留下来，但现已无人读懂。

伊特鲁里亚的隆盛期约在公元前700年到前500年，是城市联盟的政体。到公元前5世纪时，由于内部的联盟不固，外部和希腊人的竞争不利，便逐渐衰弱下来，失去了意大利盟主的资格，但它的文化还起到主导作用，一直到罗马人兴起，它才完全失去了作用。

罗马的建立：在拉丁姆诸城中，罗马的地位优越、特别发达。根据传说，罗马建立于公元前753年。相传，特罗亚战争时期特罗亚方面的一位英雄伊尼亚，在城陷时逃出了城，经过千辛万苦才到达拉丁姆。后来他的儿子在拉丁姆建立了阿尔巴·隆加城，从此伊尼亚一族就做了这城的王。到阿姆留斯王时，他的王位是篡夺而来的，他的前王遗下一对双生子罗姆鲁斯和勒姆斯。阿姆留斯要斩草除根，便下令将双生子抛入第伯河。双生子却被一只母狼带去养大，后来杀死阿姆留斯，另建新城。这时弟兄不和，罗姆鲁斯杀死了勒姆斯，便按罗姆鲁斯的名字叫新城为罗马,据说这是在公元前753年。

王政时代(前753—前509):共有七个国王,故又叫七王时代,最初一位就是罗姆鲁斯。这是由氏族社会形成国家的开始。罗马最初是家长制的氏族社会。父亲对家族成员有生杀之权,也可以卖为奴隶。这些家长式的贵族渐渐把土地当成私有,贵族们又联合起来,组织政权,产生国王。贵族长老们组成三百人的元老院,男子们都参加会议,决定主要问题:选举领袖、宣战、媾和等。

贵族之外的被征服的人叫做平民,虽是自由民,却毫无政治权利。被保护人也是平民。

奴隶在当时还不占多数,还多半是家奴。所以当时的主要阶级矛盾是贵族与平民之争。

王政时代常发生贵族与平民之争,原因多半是债务。据说在公元前6世纪时,国王塞尔维乌斯·图里乌斯曾为平民施行改革,允许平民参加兵役和一些政治权利。他把贵族和平民按财产分成五个阶级,此外的叫普罗列塔利亚。

共和时代(前509—前28):王政时代第七国王叫塔昆纽斯,暴虐无道,贵族们把他赶走了,成立共和政体,从贵族中选举两个执政官,任期一年,只有在战争时期才有无限的权力。这就是罗马的共和制度,是贵族的共和制度。

罗马的共和时代,可说是军事征服时代。由于战争不断胜利,俘虏越来越多,奴隶的人数就越来越多;随着贸易范围的加大,贩卖而来的奴隶也越来越多。所以几百年中,罗马竟形成古代奴隶国家的集大成者。几百年中,奴隶曾起义多次,而贵族与平民也不断地在斗争。

罗马共和时代又可分为前后二期:

共和前期即侵略时期(前509—前146):尽管国内贵族与平民不断斗争,但他们却有一个共同目标:向外侵略发财。所以三百多年中,罗马竟逐渐征服了意大利半岛和地中海沿岸各国。

征服意大利半岛时期(前509—前265):从公元前5世纪起,罗马人便和邻近诸民族开始了很多战争,首先从伊特鲁里亚夺回第伯河下游右岸之地。公元前390年高卢人经过伊特鲁里亚侵入罗马,大加破坏,最后取得了一千斤黄金的赎金才肯回去。(有名的鹅救罗马的故事即此役中插曲)。于是罗马人重建罗马,比从前更巩固。公元前340年,镇压并解散了拉丁城市同盟,使为罗马的附庸。公元前327年到前290年,经过了最坚苦而耻辱的困难,才征服了东南部的意大利族的萨姆奈人。随后又征服了北伊特鲁里亚。公元前280年征服了东南沿海的希腊诸城。

征服地中海沿岸时期(前264—前146)：罗马经过三次迦太基战争(前264—前241、前218—前201、前149—前146)，终于毁灭了非洲的劲敌迦太基，并占领西班牙。这是罗马历史上有关国运的最严重的战争。尤其是第二次战争期间，迦太基的名将汉尼拔带兵深入罗马腹地，转战十余年，给罗马的威胁最大。此外，公元前2世纪上半纪，罗马先后征服了马其顿、希腊，并大败叙利亚。

这样，经过三百多年的战争，罗马由一个城市的主人变成了地中海的主人。三百多年的这些战争都带有掠夺性质；奴隶主(大地主、高利贷者、剥削被征服民族的商人)才需要这种战争。在征服意大利半岛时期中，农民还得到一点好处，可是在征服地中海沿岸时期中，农民一无所得，反引起罗马农民和手工业者的破产。

共和后期即内战时期(前145—前28)：三百多年侵略的结果，奴隶大大增加；由于奴隶的生活越来越苦，在各地发生了多次奴隶起义。其中最大一次是公元前74到前71年斯巴达克斯领导的起义，纵横意大利半岛，罗马为之吃惊。但由于社会条件的不足，奴隶起义都归失败，未能消灭奴隶主社会。

另一方面，由于对外侵略的一百余年中，农民没有得到好处而且多数破产，所以这时在意大利本部便掀起了农民运动，要求分配土地。有名的革拉古兄弟的改革和牺牲，就是为农民争取土地的改革而遭受豪门贵族反对的结果。

公元前111年的朱古达的战争，暴露了罗马军队和军官的腐化和缺点。执政官兼非洲战事总司令马留才改革军制，变以前的有产者组成的军队为雇佣军队。这延长了军役时期，可以专门训练而大大增强战斗力，但另一方面却造成了军人拥兵专政的可能。马留、苏拉、庞培、该撒，都是在军事基础上夺得政权的人。这些军人争夺政权，便形成了百余年的内战局面。所谓前三雄和后三雄，都是这种内战局面的暂时妥协。前三雄之一的该撒聪明而谨慎，他虽出身贵族，却能得民众的欢心，尤其能获得兵士的拥戴，所以他征服高卢，收复埃及，集军政大权于一身，实际上摧毁了共和制度而为罗马帝国打下了基础。

帝政时代(前27—公元476)：又分为三期：

帝政初期、元首制时期(前27—公元14)：即奥古斯都统治时期。后三雄的奥大维用军队镇压了奴隶起义和农民的骚动。奴隶主阶级惊恐之余，便放弃共和制而欢迎奥大维的个人独裁，元老院赠他以"奥古斯都"(伟大神圣)的称号。可是他鉴于该撒之被共和分子所杀，不愿公开称帝，只愿被称为"第一人"即"元首"之意。此即所谓"元首制时期",共四十余年。奥古斯都时期的四十余年是罗马奴隶主阶级的黄金时代,国内暂获安宁,大举文娱活动,对外也大都顺利,莱茵河到多瑙河一带收归版图。

帝政前期(14—192):这近二百年中,除尼禄等一二位糊涂的皇帝外,大都是所谓英明的好皇帝。如图拉真(98—117)是罗马帝国版图最大时的皇帝,马尔库·奥里留(121—180)是和中国后汉交通的"大秦王安敦"。但这时期内部仍有奴隶起义,外部仍有和蛮族的斗争。大体上虽是奴隶主阶级的承平时代,但人民大众的生活状况和国家的财政情况是一直在恶化的。可说是盛极而衰的时代。

帝国后期(193—476):帝国到3世纪便进入衰弱的危险阶段;内部暴发了奴隶和手工业者的起义,外部有蛮族的入侵,而罗马帝国此时已国力空虚、无法应付。

到了284年,宫廷卫兵指挥官戴克里先作了皇帝之后,便极力加强独裁以镇压奴隶起义,从此罗马帝国成为专制君主帝国。313年,康士坦丁大帝又承认基督教,作为精神上帮助统治帝国的工具;330年,他又在东方建立拜赞廷为东都,以加强统治。但他死后,由于奴隶的不断起义和北方蛮族的不断入侵,罗马国势日益衰弱,终于476年西部罗马帝国就被灭亡了。

王政时代的文学:神语、传说。王政时代大半是不可考证的,罗马的神话也就是附会在这些时代。罗马人对于文学没有什么创造性,大多是模仿希腊,因此神话也是模仿希腊,只是神的名称不同而已。如希腊奥林匹斯山的十二主神,罗马也一一都有:

希腊神名:	罗马神名:
宙斯	周比得、约芙(天王)
希拉	朱诺(天后)
波赛顿	涅普穹(海神)
雅典娜	明涅娃(和平、智慧女神)
阿列斯	马尔斯(战神)
阿弗罗狄特	维纳斯(美丽、爱情女神)
阿尔蒂米斯	狄安娜(月神)
赫非斯特	弗尔干(火神)
赫斯蒂亚	维斯塔(灶神)
赫尔密斯	麦丘利(使神)

狄米特尔	色里斯(农业女神)
亚波罗	亚波罗(太阳神)

罗马神话虽全部借自希腊,但在传说方面也有其独自的东西。如双生子建国的传说,色克斯吐斯·塔昆纽斯强奸留克利霞因而激起民变、颠覆了王政的传说,都很有名。双生子建国的传说前已提及,现将强奸留克利霞的传说略述如下:

据传说,王政时代的末王塔昆纽斯为人民痛恨,都想推翻他而没有机会。适有一次战事,国王的诸王子和侄子们都带兵去围攻一个城阿狄亚。围攻期间,诸王子和侄子们互相争论,都说自己的妻子最美最好,便约定悄悄回去偷看,以定输赢。结果大家同意侄子科拉丁努斯的妻子留克利霞最美最好。王子中的一位色克斯吐斯·塔昆纽斯,看过留克利霞之后,便起了欲念,私自由营中逃回,独自偷进留克利霞的房中,先杀死奴隶,然后强奸了她。她悲痛之余,速叫丈夫回来,把真相告诉之后便自杀了。此事引起罗马人的愤怒,便把国王轰走,成立了共和。

共和前期(侵略时期)的文学:共和时代由于侵略的结果,奴隶大增。其中希腊有学问的奴隶不少,他们以希腊的文学去引起罗马人对文学的写作;所以罗马的文学是从模仿希腊而开始的。

本时期三百多年中的文学,可分为诗歌、散文、喜剧、悲剧四类,兹各举若干作家以说明:

里维乌斯·安德罗尼库斯(前285—前204):诗人。他是塔伦吞的希腊人。公元前272年,罗马人征服该城时,把他当作俘虏带回罗马。后把他释放。他首先翻译荷马的《奥德赛》为拉丁文。

尼乌斯·涅维乌斯(前274—前201):诗人。生于坎潘尼亚,曾参加过第一次迦太基战争。他此后即以这次战争为题材,写了一些诗。他对于贵族们的侵略政策颇表不满,遂被监禁。后由保民官释放,才得出狱,但仍不得不逃到迦太基的乌狄卡,后来死在那里。

他虽然也写悲剧和喜剧,但他的杰作是以第一次迦太基战争为题材的诗。他的诗当时颇享大名,是第一个拉丁诗人,到公元2世纪时还引起皇帝奥里留的赞叹。他的诗流传到今天的只有少数断片了。

昆吐斯·恩纽斯(前239—前169):诗人。生于卡拉布里亚的一个小城。那儿通行着希腊语和拉丁语,所以他精通这两种语言,宜于翻译。他曾参加过第二次迦太基战争,战后在撒丁岛上任队长。在这儿和检查官加图认识,加图便把他带回罗马,在罗马从事教育和写作的工作。他的最有名的作品是《年代记》,是记述罗马光荣历史的长诗,全书十八卷,约六百首诗,现存者约六百行,因此他被称为"拉丁的荷马"。他也翻译希腊悲剧、喜剧为拉丁文。他是第一个把希腊诗的"六步韵"适用于拉丁诗的人。

检查官加图(前234—前149):散文作家。生于拉丁姆的吐斯库伦,曾参加第二次迦太基战争。后曾回乡生产,但不久又被召至罗马,担任过很多重要的军政工作:公元前204年在西庇阿之下作会计官,前195年作执政官,前194年作西班牙总督,前184年作检查官,前150年作驻迦太基大使,并挑起第三次迦太基战争。

加图是罗马最初的彻底国家主义者。他被认为拉丁散文的创始者,因为他的同时代人都用希腊文写作。加图猛烈攻击希腊文化,认为它会"腐化一切"。加图的作品最有名的是《论农业》,还保留至今,是教导人怎样管理田产和奴隶的农政书。

提图斯·马丘斯·普劳图斯(前254—前184):公认为罗马的最大最好的喜剧家。他生于翁布里亚,过后到罗马去演戏,又经商,但失败了,于是为人雇佣,类似奴隶性质,但利用暇时来写剧本,晚年又回到剧场生活,享受很高的名誉。他曾到过很多地方,会见过各式各样的人物,所以在他的剧本里的人物是多种多样的。他出身很穷,属于下层阶级,所以他的喜剧是很民主的,精神上是属于平民的,描写奴隶特别逼真。

他的喜剧仍是模仿希腊喜剧,尤其是米南德的新喜剧,甚至舞台背景也在希腊,剧中人的名字也是希腊人名。这大概是"借他人酒杯,浇胸中块垒",因为当时如果直接明白地讽刺罗马人是要获罪的。

他的作品据传有一百二十部喜剧,但完整流传至今而据考证是他的真作的,只二十部。其中最好的有几部:

《安腓特里翁》写底比斯国王安腓特里翁出征之后,神王周比得伪装国王来和王妃恋爱的故事。

《金壶记》描写守财奴。这剧情节很好,宜于上演。

《寄生虫》描写寄食者,反映罗马当时生活之一面。

《双生子孟里克米》描写一对双生子令人发生种种有趣的误会。

《说谎者》写灵巧的奴隶骗过奴隶商并夺取娼妇的事。这剧中反映了罗马各种人物的生活：平民、骑士、好人、坏人。

《吹牛的兵士》描写一位吹牛的希腊兵士，很幽默。故事叙述有一个兵士从雅典带走了一位少女到以弗所。爱这位少女的青年因公出差在外。青年的奴隶乘船去告知青年，但在途中又为兵士所获，一同带往以弗所。这奴隶乃写信去叫青年到以弗所来，住在兵士左邻的一位老绅士家里。这奴隶在两家隔壁打一通孔，让这一对青年爱人相会。少女的看守者从屋顶上发现了这对青年男女在拥抱，却被这位奴隶巧妙地骗过，信以为是这少女的双生姊妹。同时，这奴隶又和老绅士同谋，去雇请两位女人来假装老绅士的妻和婢女，这奴隶和这两位女人合作，愚弄这兵士，使他相信老绅士的妻子在热爱他，于是兵士自动地用了许多礼物把自己的少女遣走，并赐她这位奴隶。于是兵士闯进老绅士家里来，却被抓住，说他强奸人妻，挨了一顿痛打，弄到人财两空，孑然一身。

下面是兵士和他自己的奴隶的一段对话：

兵士：如果你和过去一样干活，你会有充足的东西好吃；我总会把我的饭菜分给你吃。

奴隶（极力奉承）：在卡帕多基亚的时候，如果你的刀不钝，你真会一下子砍死五百人呵！

兵士：他们是一些不顶用的步兵，我饶了他们。

奴隶：我要告诉你，人人都知道，你是世界上独一无二的勇士，勇敢、漂亮，没有人能超过你。所有的女人们都在爱你，这是有道理的，因为你太漂亮了。比方昨天那些姑娘们，她们抓着我的衣服不放。

兵士（故作镇静）：她们向你说什么来着？

奴隶：她们老是问到你。有一个问"这人是阿岂里斯吗"？我说"不是。是阿岂里斯的兄弟"。于是另一个又向我说，"我的天，他好漂亮呵，又是一个老爷。你看，他的头发多美呵。和他一道睡觉的女人真太幸运了"。

兵士：她们真地这样说吗？

奴隶：可不是？她们还有两个人要求我今天把你带到那儿去走走，就好像你在游行检阅那样。

兵士（故作镇静）：一个人长得太漂亮了，竟有这样的麻烦。

奴隶：老爷，一点不错。连我也麻烦了；她们向我要求、催促、恳求，让她们来看你；她们老是派人来叫我，弄得我都不能专心侍候你了。

普布留斯·泰伦休斯(前190—前159)：喜剧作家。生于非洲迦太基,幼年以奴隶身份被带到罗马。他的主人给他受良好的教育,并恢复了他的自由。从此他和罗马的上层阶级的文学界往还,提倡模仿希腊喜剧,尤其是米南德的新喜剧,他甚至以后被该撒称为"半个米南德"。

他模仿希腊喜剧,同时也接受希腊的人本主义的哲学思想,马克思就很喜欢他的这一名言:"我是一个人：我认为人间的一切都和我很亲近。"

公元前160年他去希腊旅行,回来之后在前159年死去了。

他的喜剧遗留至今的共有六篇：

《安德罗斯的妇女》描写潘菲鲁斯和奴隶女格里克良恋爱,中经挫折而终于结婚。

《岳母》写一对青年结婚,女的在婚前为另一男子所侮辱而怀了孕,所发生的一些风波。

《自苦者》写克棱尼亚因父亲太严而跑去从军,但又悄悄地跑回来会爱人；严格的父亲于是把儿子送到亚细亚去而自己责备自己。

《阉人》描写一群青年人中的错综复杂的恋爱关系。

《福尔米俄》写德米福有两个妻子,一在雅典,一在勒姆诺斯。雅典妻子所生的儿子安提福和勒姆诺斯妻子所生的女儿,由于食客福尔米俄的帮助,相爱而结婚,中间经过一些波折。

《两弟兄》是公认为他的最好的作品。描写得米亚是一个很严格的乡下地主,他的弟弟米奇阿却是一个住在城中的自由享乐而不结婚的人。得米亚生了两个儿子,大儿子伊斯铿奴斯过继给米奇阿作儿子,受到米奇阿的宽容放纵,二儿子斯特岂福却在乡间过着艰苦的生活。剧中写这两对兄弟生活观点和方式的不同所发生的许多纠纷。

巴库维乌斯(前220—前130)：悲剧作家。生于布伦第西,是恩纽斯的外甥,也是他的学生,并随着他来罗马。巴库维乌斯在罗马住过多年,晚年移居塔伦吞。他也是画家。他写的悲剧有十三本,大都模仿希腊悲剧,至今仅存若干片段。

亚岂乌斯(前170—前85)：悲剧作家。生于翁布里亚,父亲是解放了的奴隶。青年时在塔伦吞拜会过巴库维乌斯,很受他的赏识。过后到罗马,住了很久,写了四十多本剧,大都模仿希腊悲剧,至今也只存一些片段。

共和后期(内战时期)的文学：共和后期,由于奴隶起义和大小地主之间的斗争,形成内战的局面;对现实批判、作政治斗争,使散文在这时期发达起来,而诗歌也渐趋于拉丁化。

马尔库斯·图里乌斯·西塞罗(前106—前43):生于拉丁姆而受教育于罗马,过后又到希腊去受更广泛而专门的教育,尤其是修辞学。凭他演说的才能,他得到了政府的高位,公元前63年他做了执政官,他在元老院中以一系列的有名演讲攻击当时的反共和国的大阴谋家卡提林。这些演讲词是他最好的代表作。

过后在庞培和该撒的斗争中,西塞罗站在庞培方面,后来该撒胜利,西塞罗只好暂时退出政治舞台。公元前48—前44这几年是他专心于文学的时代。公元前44年该撒被刺,西塞罗又出来用演讲攻击该撒的同党安东尼及其妻福尔维亚,于是安东尼派人把他刺杀。死后,福尔维亚用发针刺穿他的舌头,恨恨地问他还骂人不。

西塞罗为人虽然动摇彷徨,在政治上却始终是共和政治的拥护者,在学问上又是一位了不起的人物。哲学、文学、政治、法律,他都有研究。他的演讲词尤为他的事业的中心。他的演讲辞现存完整的有五十七卷,残缺的有二十卷。其中最著名的有三卷:《反维勒斯集》《反卡提林集》和《反腓力[指安东尼]集》。《反维勒斯集》包括六次演讲,是他任西西利会计官时反对西西利执政官维勒斯作的。《反卡提林集》包括四次演讲,是他在元老院反对卡提林时作的。《反腓力集》包括十四次演讲,大都是攻击安东尼和他的妻子福尔维亚的。此外他还遗下书信八百多封,都是优美的拉丁散文。

《反卡提林第一演讲》

卡提林呵!你要滥用我们的忍耐直到何时?你的疯狂要压制我们的正义直到多久?你决心要把你那罪恶的放肆的傲慢发展到什么地步?你看不见守卫巴拉丁山的夜警吗?看不见城中的卫兵吗?看不见人民的震惊吗?所有的聪明高贵的人都在集中商议;元老院的坚定不移的地位,罗马元老们的谴责的眼光;这些难道你都没有看见?难道你仍然大胆妄为、不知羞耻?你不觉得你的阴谋已被看穿了吗?你不觉得元老院现在已完全明白、了解了你的全部罪行吗?请指给我看,有哪一位元老不知道你昨夜所干的事,不知道你们会合的地点,不知道你所召集的党徒,不知道你所计画的罪行?元老院是知道的,执政官也亲眼看见,然而,可恶而下流的卖国贼却还活着!

不是吗？还活着！他混在元老院里；他和我们一道商量；他用沉着的眼光观察我们；他先采步骤以防卫他的罪行；他存心杀人，并冷静地规定我们谁该被杀。然而，我们对国家大事粗心大意，如果能够避免他的猖狂的凶狠，我们就自以为是罗马人的行为了。

格·茹留·该撒(前100—前44)：说该撒是伟大的政治家和军事家，这在历史上我们已经读得很多了，但他却同时还是一位文学家。他的散文简洁生动，多年来成为拉丁文的初学范本。他遗留至今的有两本战纪：《高卢战纪》和《内战纪》。前书共七卷，记他在高卢的七年战争(前59—前52)，后书记他和庞培的内战经过。兹摘录《高卢战纪》：

《战胜涅尔维人》

当那些藏在树林里的人看见我军辎重马车队的前锋的时候，这是他们预先规定采取行动的时候，他们马上在树林中排成战线、列成阵势而且互相鼓励，于是他们用全力一下冲出来攻击我们的马队。后者容易被打散而陷入混乱。涅尔维人用不可置信的速度冲向河边，他们简直像同时在树林中、在河边、在冲近我们。他们又以同样速度冲向我们山上的营帐，并冲向构筑工事的人。

该撒一时要做许多事：要挂起军旗，告示人们必须投入战斗；要吹喇叭以传号令；要叫筑工事的人离开；要召回那些远出寻觅筑垒材料的人；要发出战斗命令；要鼓励士兵；要发出口令。……

战斗结束了，涅尔维的国家和名称几乎化为零了。他们的老人们……相信征服者毫无困难、被征服者毫无保障，于是他们向该撒派出使者并向该撒投降。他们在叙述他们的苦难时，说他们的六百名元老只剩下三名；六万名武装人员只剩下五百人。该撒为了对可怜人和哀告者表示怜悯，便极小心地赦免了他们，叫他们安居乡土，并命令他们的邻国要控制自己和自己的附庸，不要伤害和侮辱他们。……

格·撒鲁士特·克立斯普(前86—前35)：生于萨宾的一个小城，出身于平民家庭，受过良好家庭教育，倾心于希腊文学，尤其是修席底得斯的历史。他青年时代便到罗马，后来曾参加过该撒的政治组织。公元前52年被选为保民官，

50年遭逐出元老院,46年随该撒出征非洲,作努米底亚的总督。他的书有三部:《卡提林的阴谋》《朱骨打之战》《历史》。

提吐斯·卢克里修·卡鲁斯(前96—前55):生平事迹不详,但他是共和后期(内战时期)的伟大的唯物主义的哲学诗人,马克思也很重视他。他的长诗《物性论》给了我们很多物理学说、哲学思想,叫我们只管乐生,不用怕死,因为一切都得服从于自然的规律,也就不用迷信。这些材料放进诗里颇不容易,但由于他的热情,却写得很生动。

《物性论》共分六卷。第一卷开始是赞美至仁至善的维纳斯,她是生命的唯一而永恒的化身。过后便确立物质的基本法则:万物不是无中生有,都是由极小的原始物体结合而成。第二卷更发展这种思想。第三卷谈生死问题。卢克里修反对灵魂不灭说,他认为人的精神和灵魂随肉体而生死,所以死是不可免的。第四卷说明我们的感觉是一切认识的根源。第五卷展开了壮丽的世界创造的画面,叙述地球之形成史和生物之出现。他描写原始社会的发展。原人和动物很相似,他们没有法律,全靠武力,营共同生活。过后却渐渐用他们的力量征服了自然,学会用火,利用兽皮。于是出现了家庭,由于契约的结果又形成了社会。第六卷是解释各种自然现象:雷雨、地震、气候的变化、瘟疫的流行等。

格·瓦勒留斯·卡图鲁斯(前84—前54):生于内阿尔卑斯高卢的凡隆纳城。青年时代便来到罗马,很快就成了卓越的抒情诗人。他的抒情诗歌唱的方面很多,而主要是歌唱他对于勒斯比亚的爱情。勒斯比亚本名克罗底亚,被卡图鲁斯叫作勒斯比亚,当然是意味着萨福的故乡之意。她是保民官的妹妹,是执政官的妻子,美丽聪明,喜欢社交。当克罗底亚和卡图鲁斯发生爱情时,她已经三十岁,他才二十二岁。最初爱情很浓,不久她便抛弃了他。诗人在他的《诗歌》中就充满了爱情的陶醉、烦恼、憎恨。他和克罗底亚破裂之后,于公元前57年到小亚细亚去了。

他的抒情诗是当时罗马政治危机尖锐时个人主义的表现,也是对当时社会的个人主观反映。他的诗给后来的罗马的和欧洲的抒情诗人以很大的影响:如提布鲁斯、普洛伯修斯、拜伦、歌德、普希金等。《给勒斯比亚》一节:

> 谁能够永远坐在你的身旁,
> 　望着你,听着你的声音,
> 谁就是和神仙一样,

>　　他的幸运赛过金银。

　　帝政初期(奥古斯都时期)的文学：这四十余年是罗马奴隶社会的黄金时代。这时期散文渐衰，诗歌进入黄金时代，代表诗人为维吉尔、贺拉斯、提布鲁斯、普洛伯修斯、奥维德等五人；散文方面仅李维一人。

　　普布留斯·维吉尔·罗马(前70—前19)：是史诗诗人。生于意大利北部内阿尔卑斯高卢的曼都亚城附近，是中小地主的儿子，小时受过良好的教育，在米兰、拿波里等市学过希腊文、修辞学、哲学等。学成之后便归故乡。公元前31年，奥大维和安多尼斗争的结果，北意各地土地被没收来分给老兵，维吉尔的土地也被没收，他才到罗马来起诉。到罗马后，不但被分给了新的土地，而且以他的诗才结交了当时的名流，甚至奥古斯都大帝。从此他走上了顺利的创作道路，成为罗马最伟大的史诗诗人。

　　公元前37年他发表了他的田园诗集《牧歌》，又名《诗选》，是仿希腊诗人特奥克里吐斯的对答牧歌体。公元前20年又发表了他的《农耕歌》，是农村工作的教训诗，共二千二百行。以上二诗中都反映出他对于故乡风景的爱好和对祖国泥土的热情。

　　他的代表作是史诗《阿伊尼得》，仿照荷马用神话体裁以歌颂罗马的光荣和奥古斯都的伟大，并证明罗马祖先是出于特罗亚人；全诗共分十二卷，约有一万二千行，共花了十一年的工夫。

　　公元前19年他往希腊和小亚细亚旅行，想到特罗亚去实地观察之后，再来修改他的长诗《阿伊尼得》。可是到了雅典之后，奥古斯都约他回罗马，路上得病，刚在布伦第西登陆便死了，葬于拿波里。大理石的墓碑上还刻有两行诗句：

>　　我歌唱英雄、耕种、羊群；曼都亚给我以生命；
>　　布伦第西给我以死亡；拿波里给我以一座坟。

　　《阿伊尼得》的故事是这样的：阿伊尼斯本是特罗亚城的一位勇士。城破后他在混乱中逃出城，在外漂流了七八年，集合了一些从人，向神所允许的意大利去重新建国。途中遇到大风雨，船只大半沉没，只剩下少数漂流到非洲的迦太基。迦太基的女王狄多听他叙述了他在特罗亚城的英勇故事和木马计谋，便爱上了他，阿伊尼斯也很爱这女王，但由于神的警告，阿伊尼斯才不得不离开迦太基。女王苦苦相留,结果失望自杀。阿伊尼斯向西西利岛航行,和女巫西比尔会面,女巫把他引入地狱,在地狱中看到许多奇怪的事,又看见了特罗亚阵亡的诸英雄和狄多的灵魂。过后女巫又引他到极乐世界去,在那儿看见了他的父亲,他父亲告诉他将来拉丁民族的光荣前途,叫他努力,并把他的后嗣都指给他看,那就是后来罗马的诸帝王。

阿伊尼斯离开了西西利,航行到第伯河口,在拉丁姆国登陆,国王拉丁努斯很优待他,并把公主许嫁给他。但由于人神的嫉妒和挑拨,打了几十百仗,才终于结婚。阿伊尼斯承继为拉丁姆国王,他的子孙就是后来的罗马人。

昆图斯·贺拉斯·弗拉库斯(前65—前8):是抒情诗人。生于南部意大利阿普利亚的凡努西亚,父亲是解放了的奴隶。幼年在罗马受教育,学希腊文,十八岁到雅典留学。公元前42年,正值奥大维和布鲁图斯在腓力比大战,贺拉斯青年热情,毅然参加了共和派的布鲁图斯方面,战败逃走。战后家产被没收。后得特赦回到罗马,靠做会计书写工作谋生,暇时写诗出卖以补助生活。这时他引起了维吉尔的注意,在公元前39年把他介绍给当时的大政治家兼文艺保护人米肯纳,公元前34年又被介绍给奥古斯都大帝。在维吉尔死后,贺拉斯被认为国家诗人。有一个时期,奥古斯都大帝曾要诗人作大帝的秘书,但诗人重视他的自由和独立,谢绝了这一位置。

公元前35年他发表了他的《讽刺诗集》,责备周围人们的缺点和罪恶:骄傲自大、奢华贪婪。他也讥讽诗人们的无才、暴发户的庸俗。他的诗名因此大振。

公元前30年他发表了《抒情诗集》。他在诗中歌颂奥古斯都的胜利,并献诗给米肯纳,又称颂意大利的乡村生活,也批评一些个别的人。

公元前23年他发表了他的代表作《诗歌集》,内容多种多样,有歌唱恋爱和宴会的轻快诗,有徘徊于田园之乐的低吟诗,有追述罗马光荣的爱国诗,也有歌颂奥古斯都大帝的颂赞诗。

公元前19年以后,他写了很多书信体的诗,大都讨论关于人生和文学的问题,其中《诗法》一篇是后人把它独立起来的,它原是写给比梭兄弟的信,讨论诗的艺术,于后世影响很大。

贺拉斯的诗在近代英国很引起崇拜。吉朋在旅行时总要带上贺拉斯的诗集。胡卡在家中吵架后总要带着贺拉斯的诗集到郊外去躲避。萨克雷在他的作品中,总以懂得拉丁文而能引用贺拉斯诗句者为标准人物。贺拉斯的萨宾故居,时时有英国人去凭吊,而附近的人则窃窃私语,说贺拉斯是英国人。此外,贺拉斯在近代的意大利和法兰西也颇引起注意。摘录小诗《春天》的一节：

>现在冬天解冻,阳春的温暖化尽了冬天的严霜;
>　滑雪车拉着久干的木船来到岸旁。
>牛马不愿在厩房,农夫不愿在火炉旁,
>　草地不再因白霜而闪闪发光。

阿尔比乌斯·提布鲁斯(前54—前19)：哀歌诗人,生于拉丁姆的骑士家庭中。最初他的土地被奥大维没收,给予老兵,过后又发还一部分。他参加当时另一个文学集团麦撒那集团。他喜欢和平的田园生活：丘陵山谷、田庄草地、葡萄园。却不喜欢政治活动,从不提起奥古斯都。他最讨厌战争、贪心和奢侈。

他的《哀歌》三卷是写给两位女人的：先是德利亚,后是涅美西斯。他的诗都歌咏恋爱,文体优美,而富于忧伤情调。摘录《给德利亚的哀歌》的一节：

>啊,要说我能离开你,我就太粗鄙;
>　但是,德利亚啊,我已没有勇气!
>像一只陀螺,被儿童们熟练地游戏,
>　在平地上叫我永远旋转不已。

色克斯图斯·普洛伯修斯(前49—前15)：抒情诗人,生于翁布里亚。幼年学法律,过后在罗马作律师,但他不喜欢法律工作,转而写诗。他的诗也以恋爱为题材,他的对象是肯提亚。但他的诗较刚劲,不如提布鲁斯的优美。他参加米肯纳的文学团体,拥护奥古斯都。

普布里乌斯·奥维德·纳索(前43—公元19)：抒情诗人,生于萨姆纽姆的苏尔摩城,父亲是骑士阶级的地主。少年时上罗马学法律,过后到雅典留学并游历小亚细亚。回国后他却从事写诗,无意于法律。他没有参加米肯纳的文学团体,却和提布鲁斯一样参加了麦撒那的文学团体。他在当时的社交界和宫廷中都是风头人物。

他是乐天派的人物,一生结过三次婚,又和科林纳闹着恋爱,对于人生采放纵欢乐的态度。他最初发表的《爱情诗集》便是以科林纳为对象而写的,很受读者欢迎。过后又写《女英雄》,是二十一封想象的情书,由过去的女英雄向她们的丈夫或爱人所写的书信。如彭涅罗皮写给攸里色斯,萨福写给法昂,美底亚写给雅森等。

公元前1年他发表了震动古今的《恋爱术》,以他自己的经验,以学者、诗人的态度写出许多人所不敢写的问题,指导人从事精神的爱和浪漫的爱。那时候是奥古斯都大帝时代,承平日久,风俗趋于享乐,所以这书很受欢迎。但却触怒了奥古斯都,因为奥古斯都的独生女儿幽丽亚过分浪漫,为奥古斯都放逐而死。所以奥古斯都认为奥维德的诗伤风败俗,严厉地追究他。奥维德乃又写一部《恋爱治疗法》以自解,但仍不能消除奥古斯都的怒气。

过后奥维德便转换他的题材于神话。他的最伟大的诗篇是十五卷的《变形记》,叙述人变成各种动、植、矿物的故事,采用许多希腊神话穿插其间。如:

克勒斯正在寻找失去的女儿普洛色宾,发现一个顽童正在辱侮她,克勒斯便把顽童变成壁虎。

亚波罗在做牧羊人时,正在抽烟,盗神麦丘利来偷羊,被巴图斯一人看见了。后来巴图斯泄漏秘密,便被变成一块火石。

亚波罗追求达芬尼,达芬尼跑到河边求救,被她的父亲河神变成了桂树。

弗吕嘉国王米达斯要求巴库斯给他点石成金之术,后来竟使一切东西都变成金子,引起种种恶果。

匹格马良刻了一个女像,觉得她太美了,竟爱上了她。他天天祈祷女神维纳斯,维纳斯竟使女像变成了真人,做雕刻家的妻子。

同时,奥维德又在写《年历》,预定十二卷,每月一卷,先就月名解释意义,次述月内星象气候、祭日起源,更引史迹民俗以证明。但正写到第六卷,于公元8年奉奥古斯都之命立即离开罗马,到黑海西岸多脑河口的托密城去过放逐生活。所以《年历》并未写完。

他的放逐据说仍是因为《恋爱术》一诗的关系。在放逐期中,他又写了《忧愁》五卷,和《黑海来书》四卷,大都发抒他的苦闷。他多次要求奥古斯都准他回罗马,待奥古斯都已有转机时却又忽然死去;提比留继位,奥维德继续请求,但终无结果。公元19年死在托密,葬在托密,连运回祖国安葬的要求都没有得到允许。

提吐斯·李维(前59—公元17):历史散文家。生于巴塔维昂,他的身世我们知道得很少。他最初似乎是学修辞学的。公元前31年他到罗马来,目的也不大清楚。到罗马之后被介绍给奥古斯都的宫廷,奥古斯都很重视他的才干,在皇宫里配给他若干房间,供他自由支配,希望他写出一部罗马的历史来。

从此,他专心著述四十余年,写成了一部《罗马全史》共一百四十二卷,从罗马建国到公元前9年,共七八百年的历史。公元17年他死时,他还想再写八卷共成一百五十卷,以写到他死的时候,但却没有完成便长逝了。

他的一百四十二卷罗马史遗留至今的只有三十五卷了,但两千年来他一直被认为罗马最大的历史家,虽然他的历史观点和方法还有缺点。

从文学的角度来看,李维是奥古斯都时代最大的散文家,和维吉尔是最大的诗人一样。

帝政前期的文学:这近二百年是罗马帝国盛极而衰的过渡。过剩的财富和夸耀,无用的宴会和滥醉,迷信和堕落,使罗马帝国虽表面广大强盛,而内部已趋腐化。皇帝得位,多凭军人拥立。"罗马精神"已经凋谢,强健活泼的力量已经消失。文学也被称为白银时代的文学,可以六位诗人和八位散文家为代表,兹分述如下:

费得鲁斯(公元前1世纪末—公元1世纪初):诗人。他的身世很少知道,只知道他起初是马其顿的奴隶,幼年被带到罗马给奥古斯都作奴隶,过后被释放。

费得鲁斯是平民诗人,他代表下层阶级说话,反对上层社会,攻击特权阶级的压迫,反对富人的寄生生活。他的诗模仿伊索,是寓言诗,讽刺各种不平的现象。他的诗早年失传,至到1561年才在法国东北的里姆斯地方发现,至今仍有一百二十篇。兹录《狐狸与山羊》一首:

坏人坠入困境,
自己总想逃命,
仍想利用旁人,
来为自己捞本。
狐狸落入深井,
山羊口渴难忍,
前来井边问讯:
"井水是否充盈?"
狐狸乘机答应:
"泉水舒服得很,
从来我未见闻。

朋友快来痛饮。"
山羊十分愚蠢,
闻言即行下沉。
狐狸踏着羊身,
乘机向上攀登。
山羊留在陷阱,
狐狸竟大开心。

奥鲁斯·伯尔修斯·弗拉库斯(34—62):诗人。生于伊特鲁里亚的伏拉特里,十二岁时随母亲到罗马求学,入斯多噶派科尔努图斯之门,因此颇重视道德。同时又因他出身于贵族阶级。所以对当时社会的道德堕落,也只能一般地加以非难而不攻击个人。他的诗只存有六首,攻击当时诗文的浅薄庸俗,也攻击当时的自私自利的祷告者。恩格斯也很重视他,说他是罗马帝政时期用讽刺来攻击当时社会的很少的哲学家之一。摘录《第二讽刺,刺祷告者》数行:

唯愿我有钱的老伯父早点去世,
唯愿神明指点我分得埋藏的金子,
我所监护的有病少年,唯愿他马上就死,
我好把他的财产承继,可怜的少年呵,
他活着受苦,不如死了还更有益,
涅留斯凭三次结婚,增加了储备,
而现在……他又是鳏夫一位。

马尔克·阿尼乌斯·卢卡努斯(39—65):是帝国前期的尼禄帝时代的伟大的史诗诗人。他是塞内加的外甥,生于西班牙的科多华,自小便到罗马受教育,并到过希腊。他的诗才引起自命诗人尼禄帝的赏识,把他引为近臣。但在一次诗歌比赛中,卢卡努斯战胜了尼禄,从此尼禄禁止他公开朗诵诗。实际的原因是卢卡努斯有民主色彩,拥护共和,对帝制不利。过后卢卡努斯参加反帝的阴谋,失败自杀,时年才二十六岁。

他留给我们的诗,是未完成的《法萨里亚》十卷,描写该撒和庞培的内战史实,法萨里亚就是二人决战处的地名,因以名诗。他比较偏袒庞培,因为庞培是共和主义者。因此卢卡努斯享有千载的美名。但丁很重视他。在十七世纪的英国,卢卡努斯也受人爱读。法国资产阶级大革命时代,也把卢卡努斯认为共和主义的典范,把他的一句诗"宝剑赐与人,使不作奴隶"(四卷 579 行)刻在国民军的军刀上。十九世纪的英国革命诗人雪莱也从《法萨里亚》得到灵感而写诗。在俄国,十九世纪的"十二月党人"运动也颇受他的影响。

伐勒留斯·马尔恰尔里斯(40—104):诗人。生于西班牙的比尔比里斯。还在尼禄帝时,他便到罗马学法律。后改变方针,从事文学活动。到多密善帝时,他已成为举世闻名的诗人了。在罗马住了三十四年,晚年回西班牙,并死在那里。他的诗多为警句体。在这方面他不但是罗马之雄,恐是世界之冠了。他无所谓道德标准,只尖锐地反映当时罗马的社会生活。文辞不拘雅俗,合适便用。一方面他奉承达官贵人,一方面也同情贫民奴隶。他的诗在中世纪仍被爱读,到文艺复兴时更受重视。德国的勒新和俄国的普希金也都重视他。他的诗现共存十四卷。

《胆小的迪克》

迪克逃敌,竟致断气,怕死而死,岂不滑稽。

《咏抄袭者》

保罗买诗朗诵,说是自己写的,
买物属于自己,这是法律指示。

《强求者》

最好施恩,其次拒绝,施拒都好,你却不决。

普布留斯·巴比纽斯·斯塔修斯(61—95):诗人。生于拿波里。生平事迹很少可考。据说他的父亲是有名的文法学家,并且做过皇帝多密善的老师,因此斯塔修斯得入朝接近皇帝。但据说他的死也是由于偶然触怒皇帝而被皇帝用铁笔尖刺死的。一说他晚年仍回到拿波里老死。

他留下的诗有史诗《底比斯》十二卷,共费十二年功夫,叙述底比斯之战。还有史诗《阿岂里得》,未完成。记阿岂里斯生平。另有短诗三十二首,集为《树林集》。

得岂努斯·尤尼乌斯·尤文纳里斯(60—140)：诗人。生于拉丁姆的阿昆努姆城，幼年到罗马受过良好的教育，最初学修辞学。曾作过律师。大约四十岁之后才开始写讽刺诗。正值图拉真和哈德良两帝当朝，当时罗马社会繁华奢侈达于极点。所以尤文纳里斯对社会丑恶作尖锐的攻击，尤其对过去的皇帝自提比留到多密善作无情的攻击，以致最后哈德良悄悄地把诗人派到埃及去指挥一队驻在那儿的罗马士兵，这是一个打击，诗人在埃及忧伤而死。

在中世，在文艺复兴时代，尤文纳里斯很被重视。尤其在法国第一次资产阶级大革命时代，简直把他当成反抗专制君主的象征。

尤文纳里斯遗留至今的讽刺诗十六篇，内容大致如下。① 一般时弊，② 攻击多密善帝，③ 浮夸的都市生活和闲静的田园生活之对比，④ 暴露多密善帝的恶行，⑤ 穷人在富人餐桌上所受的侮辱，⑥对荒淫女性的痛骂，⑦ 对罗马文坛萎靡不振的讽刺，⑧ 对名门子弟的训戒，⑨ 被富者玩弄饿死的尼伏鲁斯，⑩ 对人间失望的长叹，⑪ 寄友人的处世哲学，⑫ 祝海上遭难的友人卡图鲁斯的安全，⑬ 对受骗友人的安慰，⑭ 自我修养之必要，⑮ 对埃及诸神的调笑并论良善社会的起源，⑯ 论军队生活的利害得失。

《讽刺罗马》

那么，在这儿，我离开我热爱的家，
呵，它已不再是我的了！让奥吐留斯去住吧，
让卡图鲁斯去住吧；坏人们轻视真理，
把真作假，黑白两色也可互相变化。
修建神殿，举行葬仪，哄抬物价，
经营河流、港口，冲洗沟渠，想得金沙。
喂，朋友，我怎能仍然留在罗马？
我不能让我的刚直嘴唇来说假话；
当我听到大人先生们的恶劣诗篇，
我不能屈意强笑奉承，伪装抄写。

卢丘斯·安尼乌斯·塞内加(前4—公元65)：散文家。生于西班牙的科多华。幼年到罗马，在他的父亲老塞内加的教导之下学习修辞学，过后他自己倾向于哲学研究。他最初相信毕达哥拉斯(希腊公元前6世纪哲学家，轮回论者)的

学说,不吃动物,因为那曾经是人的灵魂。过后他成了斯多噶派哲学家的首领。

他的大姨父做过十六年的埃及总督,所以他进了政界,很快就爬到很高的位置。但因他演讲才能太好,一次在议会演说,竟遭到卡里古那皇帝的忌刻,想要把他处死,但由于他体弱,大概活不长,所以才得免于难。

过后克老丢斯皇帝登位,由于皇后的逸言,塞内加被放逐到科西嘉,居住八年。后赖皇帝后妻的帮助才能回国,作皇子尼禄的老师。尼禄登位之后,他做了执政官,五年之间还过了些太平日子。但由于后来塞内加被牵涉到谋叛案,受诏自杀。自杀时割破血管不够大,流血太慢,乃入热水浴室窒息而死;他的妻子也以同样方法同时自杀,但尼禄把她的伤口封好,得以不死,又活了几年。

塞内加是一位大哲学家,伦理道德方面的著作很多(虽然他本人的行为不够完全合他的标准),现在还留下很多道德论文和道德书信,这些是他的比较有价值的散文。此外有《自然研究》八卷,用宗教眼光来研究自然,殊无价值。还有悲剧十本,也是用希腊陈旧的题材,而词句单调,多在说教,不宜于上演。

格乌斯·匹特罗纽斯(？—65):散文家。生平事迹不详,只知道他是尼禄帝的娱乐主管,专司皇帝的享乐事宜,有类于宦官之类,最后也是奉诏自杀。他写了一部很有名的冒险小说,叙述三个流浪者浪游各地的故事。这是古代最好的一部小说,书名叫《萨迪里康》,现在还保留有一部分,其中有一段描写一个解放了的农奴发了财,尽量模仿贵族的生活。他大开宴会,招待各国来宾,各人叙述些奇事。这三位流浪者也参加这一次宴会,讲英雄故事。

老普林纽斯(23—79):散文家。生于内阿尔卑斯的可莫城,后到罗马求学。二十三岁时到日尔曼去指挥罗马驻在那儿的骑兵。过后尼禄帝派他作西班牙的总督。回罗马后,他的老友维斯帕乡已作了皇帝了。

老普林纽斯一生好学不倦,写了很多书,但流传下来的是三十七卷的《自然史》。那是一部百科全书式的著作,天文、地理、动物、植物、矿物、医药、政法、文学、艺术,无所不包。虽内容颇多荒诞不科学之处,但作为古代学问的总库是可以的。

公元79年维苏威火山爆发,他亲身去观察,走得太近,被硫黄薰死了。

马尔库斯·法比乌斯·昆体连努斯(35—95):散文家。生于西班牙,受教育于罗马。过后在罗马做了二十年的演说学教授,门徒中有多密善帝的侄儿。他得到皇帝的照顾,每年给他约值四千美金的薪俸。

他写了一部书《演讲原理》，共十二卷。他认为演说家要从幼年学起，不单训练说话，而且要首先学做一个好人，这就存在着他的卓越的教育学原理。他在近两千年前便主张不用体罚来教导儿童。他主张说服儿童做好人，当儿童做错了也不用处罚他。所以昆体连努斯也是教育家。

科尔涅留斯·塔西图斯(55—120)：散文家。出生于外省，少年时代似乎来罗马学演讲术。在维斯帕乡帝时代，他和罗马驻不列颠总督阿格里科拉的女儿结婚，从此进入政界，做过会计官和执政官。公元 97 年才从政界退出，专从事历史写作。他最初写《阿格里科拉》，记述他岳父在不列颠的事迹和战功。过后写《日尔曼尼亚》，记述日尔曼人的风俗习惯，一再提出警告，说日尔曼人的清新刚毅的性格，足为荒淫腐败的罗马人之患。过后写《历史》，记述 69—96 年自罗马皇帝加尔巴到多密善的二三十年之间的混乱状况；本书共约十二或十四卷，但现有的只前四卷及第五卷之一部。过后他又写了《编年史》，记述 14—66 年的五十多年间的历史；这是他的代表作，全书十六卷，但现存的却缺了七至十卷。此外还有《讨论演讲术》，是模仿西塞罗的作品。

小普林纽斯(61—114)：散文家。也生于可莫城。幼年丧父，过继为其叔父老普林纽斯的儿子。到罗马后做昆体连努斯的学生，与塔西图斯为友。曾做过一个时期的律师。公元 100 年被选为执政官，同在图拉真帝时代再度被选为执政官。公元 111 年被任为比提尼亚和朋图斯的总督。他被选为执政官时的演讲，是在元老院发表以歌颂图拉真帝的，至今尚存。他在比提尼亚做总督时和图拉真帝的通信，是他遗留至今的文学遗产。此外尚有他和亲友的通信。以上所有的书信，编为十卷。

隋托纽斯·特朗启尔(70—140)：散文家。生地不详。他生于维斯帕乡帝时代而与塔西图斯同时。是小普林纽斯的朋友，公元 111 年曾随他到比提尼亚去过。他的文学生涯开始于图拉真帝时代。过后在 119—121 年作过哈德良帝的私人秘书，但由于对皇后不尊重而去了职。

他的著作现仅存《十二帝纪》，共八卷，是传记体的历史。十二帝即该撒、奥古斯都、提比留、加里古那、克老丢斯、尼禄、加尔巴、奥图、维特留斯、维斯帕乡、提图斯、多密善。时间是自公元前 60 年到公元 96 年。

《克老丢斯的愚蠢》

人们首先惊异克老丢斯的无所用心和心不在焉的态度。皇后麦撒林纳刚死不久,他坐到餐桌时就问:"皇后为什么不来吃饭呢?"很多他判处了死刑的人,第二天他又下令约他们来吃饭和游玩,而且还派人去责备他们,说他们是懒汉,走路也不快点。他口边经常挂着的一句话:"怎么,你以为我是傻瓜吗?"

一个在法庭上起诉的人,把克老丢斯拉到旁边并对他说,"我梦见你被人杀了"。过一会,当被告来向皇帝提出答辩的时候,原告装作发现了凶手,把被告指为他梦中所看见的人。于是这人就好似现行犯被捕了一样,立刻被带出去处决了。

卢丘斯·阿普勒乌斯(124—180):散文家。生于非洲的马道城。幼年在迦太基学修辞学,过后到雅典受教育,为了求学把家产都卖光了。回到罗马后做律师、哲学家、神官、诗人。过后在故乡与一个很富的寡妇结婚,家道由此中兴,但他妻子的原先的财产继承人眼看财产落空,便告阿普勒乌斯用魔术骗取寡妇之爱,阿普勒乌斯在法庭上为自己辩护不是为了金钱而是为了爱情,结果胜诉,这一篇《辩护状》至今还存在。

但他的名声主要由于他那本小说《金驴记》,又名叫《变形记》。全书十一卷,以魔术为主要骨干。主人公卢丘斯是一位青年,自述他的奇遇。他为了经商到了特撒利的一个市镇,寄居于老人米隆之家,主人的妻子就是一个魔术家。卢丘斯和女仆福提斯发生了爱情,因此她叫他在门缝偷看主妇作怪,主妇用某种脂粉向脸上一涂,就变成了猫头鹰。卢丘斯求福提斯引他去偷那魔术药品,不料弄错了盒子,把粉一涂就变成了驴子,只好到驴棚里去住。当夜被贼人抢去,受了很多磨折。过后贼人又抢来一个美女。同时贼营里有一位老女仆向美女讲丘比得和普赛希的恋爱故事(这故事从此在欧洲各国大为流行),驴子也听到。过后由美女的未婚夫想尽办法才把美女和驴子一道救出来。以后驴子又经过了许多主人和受了许多痛苦。最后女神伊利斯(虹神)可怜他,叫他吃玫瑰花,他才又变成了人形。

帝政后期文学:帝国后期已入于危机和衰颓时期,反映在文学上也是如此。其间虽也有比较杰出的作家如奥里留·涅麦仙努斯(3世纪的牧歌诗人)、得岂谟斯·马格努斯·奥松纽斯(310—400,抒情诗人)、阿眠努斯·马尔克林努斯(330—400,历史家)、克老丢斯·克老颠努斯(365—404,自然与神话的诗人)等,可是他们的作品都没有什么深刻的内容。或是对皇帝及其近臣们的歌颂,或是牧歌,或是歌唱旧神话的题材。在这些诗里没有提出什么问题,也没有什么生动的人物形象。所以就略而不提了。

此外,在这时期基督教被封为国教,有不少的基督教文学的作家,但他们只能算是中世纪基督教文学的先驱,此处也略而不提了。

第七章 古代印度文学

达罗维荼文化时代(公元前3000年以前)：印度是亚洲南部的一个大半岛，形状像一个大等腰三角形，尖端向南插入印度洋中。半岛的东北以喜马拉雅山和中国西藏相隔，西北以苏里曼山和伊朗相隔，以兴都库什山和阿富汗相隔，所以印度半岛本身几乎是一个自成单位的地区。西北的印度河和东北的恒河是适宜于人类生息的地区，所以印度最古的民族达罗维荼人就是这地区的土民，在公元前3000年以前曾有过高度的文化。近来在印度河中游发掘出来的摩痕觉·达罗城，以及在旁遮普发掘出来的哈拉帕城，便是这一古代文化的遗迹。

《吠陀》时代(前2000—前1000)：但在公元前2000年左右，从北方来了亚利安民族。他们征服并赶走了原来的达罗维荼人，把他们大多数赶入中南部印度的高地中。从此文底耶山脉以北地带基本上成了亚利安民族的住地了。亚利安民族侵入印度时可能还是游牧民族，征服印度北部后，可能由于把俘虏作奴隶以及旁的原因，渐渐建立了奴隶社会制度，人民分成了四个阶级，即四种姓。第一等是婆罗门(僧侣)，第二等是刹帝利(贵族)，第三等是吠舍(平民)，第四等是首陀罗(奴隶)。体现这种阶级制度的思想体系，便是婆罗门教。婆罗门教是多神教，崇拜全知全能的梵天(婆罗门)大神，相信天堂和轮回，而且有僧侣来主持烦冗的礼拜仪式。这些历史事实主要来自印度古代梵文经典《吠陀经》，所以这时代称为《吠陀时代》。另一个来源是《摩奴法典》。

列国时代(前1000—前321)：这时代在印度北部，尤其是恒河流域，形成了一些各不相属的奴隶制国家，其中最有名的是摩揭陀国和临儿国。这些国家互相攻伐，但终没有一个统一起来的国家，所以称为列国时代。列国时代的最大国家摩揭陀，曾有悉苏那伽王朝和难陀王朝。前一王朝的大事件，有瓶沙王的征服鸯伽国，乌达耶的兴建华子城；后一王朝则正逢希腊亚力山大大帝东征到印度河流域来(前326)。佛教的产生也在列国时代。佛教的创始人瞿昙悉达多(前557—前477)是印度释伽族迦比罗卫国的王子。他在二十九岁时抛弃国家，外出求道。六年之后在恒河下游的伽耶地方菩提树下顿成正觉,被人称为"佛",即"大彻大悟者"。他宣传众生平等,反对婆罗门教的等级观念,所以在下层民众中很快就传开来了,而主根便生长在摩揭陀国。

统一时代(孔雀王朝,前321—前184):摩揭陀国的大臣月护(孔雀,旃陀罗笈多)驱走了希腊亚力山大所留下的马其顿总督,而把北印度统一起来,建立了孔雀王朝,是为印度最初的统一国家。到宾头沙罗时又收入阿富汗和俾路支,合并德干。再到阿育王时,征服羯䣛伽国,宏佛教,并传佛教入中国、日本、缅甸、暹罗、南洋,并与缅甸、叙利亚、埃及通商。阿育王时代是古代印度疆域最大的时代。南方越过了文底耶山,几乎完全统一了印度半岛,只剩鸡罗一地未入版图。两大史诗即属此时代。

分裂时代(前184—公元320):五百年间,内忧外患纷至沓来,其间且经过外族如大夏、月支薰加贵霜等的统治,虽然是部分地区的统治。

笈多王朝(320—535):摩揭陀国内的旃陀罗笈多王二世(超日王)兴起,再统一北印度,遂成笈多王朝。这时是梵文古典文学的黄金时代,虽版图不及孔雀王朝之大而文化却尤有过之。

《吠陀经》:"吠陀"的意思是"知识"或"神圣的知识";中译原译为"明""智"或"明论"。内容是宗教文学,共分四部:《梨俱吠陀》是赞美歌之集,赞诵"明",在四部中是最古而最重要的;《娑摩吠陀》是赞美歌音节(旋律)之集,歌咏"明";《耶柔吠陀》是祷式仪典之集,祠祀"明":《阿达婆吠陀》是咒巫等术之集,术"明",长短共七百三十一首诗。

每一部都有它自己的仪式的注解——婆罗门,这些是后来宗教仪式已极混乱而《吠陀》经文已不明了的时候写的。这些注解的目的是使《吠陀经》适应于越来越少的社会关系。和《吠陀经》文学有关的是后出的宗教、哲学注解:《森林书》《奥义书》等。

《梨俱吠陀》,根据其中所遇见的地名来判断,它最后形成于旁遮普和恒河的上游地带。传至今日的最后形式的《梨俱吠陀》形成于公元前2000纪之末,而其中赞颂歌的基本部分可能已存于公元前2000纪之中叶,有些可能还更早。《梨俱吠陀》共有一千零一十七首诗,外附加十一首,共为一千零二十八首。约一万零六百诗节,约有四万行。其中,长诗有长达五十八节的,短的只有三节的,多数是十节或十二节。韵律有十五种,用得最多的只有三种。较后的《吠陀》文学证明:《梨俱吠陀》形成之前,印度文化的中心已从印度河流域稍移向东南,移到恒河和朱木那河之间的地带。

《创造》——录自《梨俱吠陀》

宇宙之初,无所谓有,无所谓无:
　　既无空间,外亦无天。
覆盖何物,何处覆盖,何物覆盖?
　　岂真有水,水深莫测?

无有死亡,亦无不朽;并无象征,
　　昼夜划分,亦无此人。
只有一物,本无呼吸,自性呼吸,
　　除此之外,别无何物。

原本黑暗:太初万物,隐于黑暗,
　　无从分辨,一切混沌。
所存万物,本皆空幻,无影无形,
　　温暖伟力,使其诞生。

谁知此物,谁能于此,将其说明?
　　何时诞生,何时降临?
世界先有,诸神来迟,谁能知晓
　　何时最早,此物成形?

宇宙创造,他是根源,是否曾经
　　创造一切,或竟未曾。
他有眼睛,在高天上,控照世界,
　　他知世界,或竟不知。

《耶摩与耶弥对话》——录自《梨俱吠陀》

我愿意争取朋友,达到仁爱之情。
　　唯愿渡过空间广海而来的哲人,

忆念着世界和未来的年代，
　　有一个儿子，作为他的父亲的子孙。

是呵，不朽的诸神热望你将此事完成，
　　你是现存人间的唯一后生。
那么，让你的灵魂结合着我的灵魂，
　　你就是可爱的丈夫和我结婚。

我耶弥得到了耶摩的爱情，
　　我就可在同一床上和你共寝。
我是要服从丈夫的妻子，
　　让我们和车轮一样迅速相亲。

诸神的天使在我们周围巡行，
　　他们并未休息，也未闭上眼睛。
你这多情者别来找我，快去寻找别人，
　　像车轮一样，迅速和他相亲。

我不愿把我的手臂来拥抱你的全身，
　　和自己的姐妹接近，人们说是罪行。
别来找我，你去和别人欢度青春；
　　美人呵，你的弟兄不向你要求这种事情。

耶弥，你去拥抱旁人！
　　让旁人也拥抱你，像绕树的藤。
去争取他的心，也让他取得你的痴情，
　　他和你可以作成幸福的联姻。

《颂慷慨》——录自《梨俱吠陀》
诸神不曾叫人饿死；饱食的人也有各种的死法。
慷慨者的财富不应浪费，不施舍的人无人安慰他。

富于食物的人,当穷人来向他乞讨一块面包来吃,
甚至对多年的仆人他都硬着心肠,这种人无人安慰。

让富人满足贫穷的乞求者,把眼光放得更远。
财富有时属甲,有时属乙,像车轮滚着向前。

《心中自我》——录自《奥义书》

一切是婆罗门。凡人认可观世界为始、为终、为生息于婆罗门中者。

人是有意志的众生。在这世他的意志是什么,在来世他也是什么。所以让他有这意志和信仰:

懂道理的人,他的身体是灵魂,他的形式是光明,他的思想是真理,他的本质像太空,无所不在而眼看不见,一切工作、一切愿望、一切香甜的气味都从他而来;他拥抱一切,他从不言语,他从不受惊,他是心中自我,他比米粒还小,比麦粒还小,比芥种还小,比蘸草子或蘸草子核还小。他也是心中自我,比地还大,比天还大,比星空还大,比一切世界还大。

佛经:佛经就是佛教的经典,我国一向称为藏经。有时又称为大藏经、一切经、或三藏经。藏字是梵语 Pitaka 的意译。Pitaka 原意为竹箧之类可装花果等的用具,佛典集成之后,亦如花果收集于竹箧,故取名藏。经字是梵语 Sutra 的意译。Sutra 原意是线,原用以贯穿花束,使不致于散失,佛说教理也像一线贯穿,所以译为经。佛典共分三类:经藏、律藏、论藏,是以称为三藏。佛说教理解行之法,才能称为经,其余称律、称论。但后来推而广之,认为三者都可称经了。

藏经的编纂工作:据传释迦牟尼死后,有愚痴比丘善贤很高兴,以为从此不受戒律的拘束,可以自由行动了。佛弟子大迦叶听到这一消息,乃召集五百大德比丘,于王舍城附近开始编定佛说,以防非法非律之流行。这就是第一次结集。结集也是梵语 Samgiti 的意译,原意会诵。因为当时尚无书写记录,不过大家会诵、定其辞句使不分歧而已。这是开头,以后再经二次三次等之结集,复经千百年之多次整理,遂成规模宏大的藏经。

藏经在西历纪元前后分成两派。北方藏经用梵语记录下来,南方藏经初以口传至锡兰,后乃以巴利语记录下来。北派传入尼泊尔、中国、蒙古、朝鲜、日本等地。南派由锡兰传入缅甸、暹罗、越南等地。后在 9 世纪时,回教徒侵入印度,

印度本土佛教示微，北派僧徒多挟其佛典逃入尼泊尔。尼泊尔原系信仰佛教，地处喜马拉雅山之间，侵略者难于闯入，且地势高寒，易于保存典籍而不坏。直到19世纪之初，梵文佛典始为英国驻尼泊尔官吏所发现而公之于世。此后陆续发表，佛典始遍知于世。至于巴利文佛典，当首推1893年暹罗国王秋罗隆高恩五世即位二十五年纪念日所刊行全部佛典为最完备。

北派（梵文）藏经的翻译，有汉文、藏文、蒙古文、满文、日文等文字之直译或重译，而其中以汉文的翻译为规模最宏大而体系最完备。至今有许多汉译本已成世界孤本。所以研究佛经，汉文译本实为主体。

我国翻译佛经之工作，自后汉明帝时起至元朝初年，凡一千二百年间翻译不绝。而此一千二百年的长时期，又可分为新旧二期。旧时期之译家，最著名的有后汉的安世高、支娄迦谶，吴之支谦，西晋之竺法护，东晋之佛陀跋陀罗，姚秦之鸠摩罗什，北凉之昙无谶，北魏之菩提流支，陈之真谛等，都是一代大师，而以鸠摩罗什为代表。他们大都由印度西域等国来我国，故此时期可称为外国法师主译时期。新时期之译家，则唐代玄奘独擅盛名，因为他留学印度十七年，博究五印度之方言，精通教义之奥蕴。其后译家如义净、金刚智、不空等也都有其独到之处。故此期可称为中国法师主译时期。中国佛经，由于新旧二期之翻译，三藏于是大备。

我国藏经之目录及编纂，首推东晋道安编定之《综理众经目录》，共辑六十种，至今犹存二十余种。其次为唐开元十八年（730）智升所撰《开元释教录》，其于典籍区分、翻译来历，叙述简当。先大分为经、律、论藏等部，更一一区别大乘小乘。大乘经中用五大部之式，以般若、宝积、大集、华严、涅槃，顺次排列为常。再其次为明代藕益（智旭）所撰之《阅藏知津》，他遍阅大藏，锐意改革其组织，分大乘经为华严、方等、般若、法华、涅槃五部。最近20世纪20年代日本之《大正新修大藏经》，另起炉灶，将一切佛典分为内外篇。内篇分经、律、论三部，经中废大小乘分别，平列为阿含、本缘、般若、法华、华严、宝积、涅槃、大集等类。自余杂经统为经集类，密教经又别为一类。律、论中亦平列各种，不分大小。益以中国、日本二类撰述。最后以史传目录等为外篇。

其在我国，当以《阅藏知津》一书所分为较合理。日本排印缩刷藏经即采取其式而编辑，兹表解如下：

印度撰述者：

　　经藏：大乘：华严、方等、般若、法华、涅槃，

　　　　小乘：
　　律藏：大乘：
　　　　　　小乘(附疑伪)：
　　论藏：大乘：宗经论、释经论、诸论释，
　　　　　　小乘(附杂部外道疑伪)：
　　秘密藏：
中国撰述者：
　　杂藏：经疏、论疏、忏悔、诸宗、传记、纂集、护教、目录、音义、序赞诗歌，
日本撰述者：
　　杂藏：(略)

　　佛经文学众多，势难遍读。作为基本概论之书，则《(妙)法(莲)华经》和《(大方广佛)华严经》二书足够了。

　　《法华经》中有用诗体翻译的，如《方便品第二》中，"今我亦如是，安隐众生故，以种种法门，宣示于佛道，……我今所得道，亦应说三乘"。也有讲比喻故事的，如《譬喻品第三》中，"舍利弗。若国邑聚落有大长者。其年衰迈，财富无量。……利益天人，度脱一切。是名大乘"。《化城喻品第七》中的十二因缘法，则是佛学的常识，"无明缘行。行缘识。识缘名色。名色缘六入。六入缘触。触缘受。受缘爱。爱缘取。取缘有。有缘生。生缘老死忧悲苦恼。无明灭则行灭。行灭则识灭。识灭则名色灭。名色灭则六入灭。六入灭则触灭。触灭则受灭。受灭则爱灭。爱灭则取灭。取灭则有灭。有灭则生灭。生灭则老死忧悲苦恼灭"。至于《从地踊出品第十五》全篇，和《如来寿量品第十六》全篇，均可读。

　　《华严经》中亦多有用诗翻译者，如《世间净眼品第一之一》，"佛于无量大劫海，生死烦恼永已尽，能教众生清净道，佛为一切智慧灯，……普为众生雨法雨，是名普音称法门"。其他如《梵行品第十二》全篇，亦可读。

　　此外，《百喻经》也是一本很有名的佛教文学故事的比喻书。是尊者僧伽斯那撰，萧齐永明十年(492)天竺三藏求那毗地译。此书有民国三年金陵刻经处刻本，末有如下一跋："会稽周树人施洋银六十圆敬刻此经，……余资六圆，拨刻《地藏十轮经》。"当是鲁迅出资刻印。

　　两大史诗：是《摩诃婆罗多》和《罗摩衍那》。这两部史诗最初是由印度各地民族用各地语言写成的，后来渐渐聚集拢来而译成梵文而统一成两大长诗的形式；所以，作为整体说来，每大长诗中都有很多离题很远的插曲，因此宁可说它们

是两本诗集;同时也因此它们包含着很多人民口头艺术创作因素。

《摩诃婆罗多》的意义是《婆罗多后裔的大战》,它规模宏大,有十万零七千双行诗,但是它的重要主题只占五分之一。它的时代是属于远古;诗中所写的情况可能有历史根据,约当公元前10世纪至前9世纪左右。主题是讲般度族和俱卢族两个贵族家族为王权而斗争,这两族是神话中的国王婆罗多的后裔。在最后的决战里,俱卢族溃灭了。般度族胜利了。有些很重要的部分嵌在长诗中,但和长诗的内容没有直接的关系。也有很多属于印度教的宗教,哲学的东西被嵌进去了。嵌在其中的插曲有古代印度诗中的珠宝:《那罗的故事》(见长诗第三篇《那罗和陀摩衍蒂》)和《莎维陀里的故事》。

印度文学传统认为《摩诃婆罗多》是一部统一的作品,它的作者是传说中的圣人克哩什那——德伐依巴雅那·毗雅娑。根据《摩诃婆罗多》,长诗的作者毗雅娑是渔夫之王的美丽女儿莎谛雅瓦蒂和游方圣人巴罗夏罗两人的儿子。

《摩诃婆罗多》的最主要的版本:1834—1839的加尔各答版;1863年的孟买版;这些版本都是根据北部传本编订的。后来还有根据南部传本编订的古姆哈科那姆版本,和1931年的玛特拉斯新版本。目前流行的英译全本是普拉塔普·钱得拉·罗伊译的,出过两版;还有曼玛塔·纳特·杜特编订的散文英译本,依波里特·福舍编订的不完全的法文译本,这些译本都是根据北部传本编订的。1927年,在印度朋纳开始出版了《摩诃婆罗多》的精校本,它根据两种传本:流行的版本与手抄本,是北部与南部的两种传本。到现在为止,这个版本已出了《摩诃婆罗多》前面的六篇。(全部共十八篇,再加一个附篇)。

《罗摩衍那》的意义是《罗摩的战功》或《罗摩之歌》,它有二万四千行诗,比《摩诃婆罗多》短,但它的结构组织却严密得多。它产生的时间较晚(公元前6世纪到前2世纪),一般认为是由圣人兼诗人跋弥仙人(或译瓦尔米基,亦译蚁垤)所写的。其实,《罗摩衍那》和《摩诃婆罗多》一样,是把古老故事加工而成的。主题仍是为王位的斗争。在《罗摩衍那》中,由于那人民的、史诗的传统为婆罗门所改篡,思想上确有教训普通人在上级面前服从、谦逊的意图。

《摩诃婆罗多》和《罗摩衍那》都被正统的印度人认为是圣书,是解决宗教、哲学、道德各种问题的指导书。但在今天我们看来,这两首史诗使我们认识到公元前1000纪古代印度的日常生活状况,并能够在很大程度上用来研究这一时期印度的历史与文化,特别是文学。

《那罗和陀摩衍蒂》是《摩诃婆罗多》中的一段插曲,描写一对爱人的悲欢离合的长诗。那罗是一国的国王,陀摩衍蒂是另一国的公主,彼此年青貌美,互相知名爱慕,但是无由通情见面。一天那罗捉到一只天鹅,天鹅要求释放它,它可以为那罗去向公主传达情意:

    陀摩衍蒂听了这只鸟的传语,
心情十分激荡;她的灵魂
早已飞到那罗的身旁,但她却坐在家里呆望,
憔悴悲伤,用叹息来打发时光,
眼睛向上,心事重重,面色仓皇。
以致不久之后,她四肢无力,
被爱情困伤,失眠躺在床上,
集会也无雅兴,宴会也不欢畅。
昼夜都不安宁,叹气常常,
叹息又久又长,直到她的侍女们
看见她音容暗淡,大变了样,
已不如以前的芬芳。于是向王父述说,
陀摩衍蒂已爱上了那罗国王。

经过诸神相助,那罗终于悄悄进入了陀摩衍蒂的住所,那罗表明神的意志,向陀摩衍蒂求爱:

    她低着头,听着诸神的姓名,
于是高雅地微笑,向他发出言论:——
"呵,大王!请向我发誓,定要真诚,
我就会想方设法,用我的全身
和我所有的一切来报偿你的恩情;
因为我和我的所有都是你的,全属你一人。
国王,请你应允。天鹅唱出了
你那高雅的姓名,这姓名点燃了我的热情;
可爱的国王呵,为了你,只是为了你,
各国的国王已到此光临。英俊的国王呵,

如果你真地拒绝了我贡献的热烈爱情,
那么,只有毒药、烈火、洪水、打结的绳,
才是医治我的悲哀的药水可饮。"

二人结了婚。但由于偶然的事故(赌博——掷骰子),那罗失了国,和陀摩衍蒂共同遁入森林。当陀摩衍蒂在森林中熟睡时,不幸的偶然命运又使那罗离开了她。她单独在森林中又遇见了一个猎人:

猎人看见她的优美,只有很少的衣服
遮着半身,还有平润丰美的腰肢,
还有乳房丰盈,完美无缺的形体,
面孔香甜而有青春,头发光如明月,
黑黑的眼睛,被长卷的眼睫毛扫射纵横;
听着她温柔的叹息和甜蜜的言语,
猎人起了火热的欲情;他敢于
向王后求婚,开头用低声的细语,
过后用热爱的奔腾向她逼近;
王后立刻看出了他的打算
和他的卑劣心情,而她是如此纯真,
如此贞洁,如此忠诚,像一支燃烧着的火炬
燃着愤怒的轻视之火,对着这个猎人,
她的真纯的灵魂燃烧着他,
这坏人心怀狡猾,却意志无能,
跟望着她,她虽然衰弱
却贵不可侵,高尚地谴责恶行,
是一盏红光烈焰的贞洁的明灯。
她虽然如此荒凉,如此孤零,
被丈夫所弃,国家也被人侵吞,
然而她仍像骄傲的公主大发雷霆,
抛开一切哀求的言辞,用愤怒
咒诅那人,她说,"我心中总是纯贞

对尼夏达的国王真有深情,
愿你这卑劣的野兽追寻者
倒在地下,死得石硬"!
　　　　她刚说完,
猎人就断了气,倒在地下,死得石硬,
像一根树干被雷电摧毁,突然下倾。

以后经过千辛万苦和各种曲折,那罗和陀摩衍蒂又终于团圆欢聚,恢复了王位。

《薄伽梵歌》:也是《摩诃婆罗多》中之一插曲。《薄伽梵歌》文辞典雅,思想高洁,在印度古代文学中堪称瑰宝。兹录其中《善人与恶人》的一节,以见一斑:

　　无畏精神、生活圣洁、坚定瑜伽智慧、施舍、自制、牺牲、研诵经文、严肃、正直、不伤生、真理、不怒、礼让、和平、不欺、怜悯众生、不贪、温和、谦逊、不移、活跃、原谅、坚忍、纯洁、勿嫉勿骄,这些是生而具有圣灵的人的品质。
　　虚伪、骄傲自满、愤怒和粗暴以及无知,这些是生而具有恶灵的人的品质。

《罗摩衍那》的内容,主要是写荼沙罗达国王的太子罗摩为后母所谗,不得不携带贤淑的妻子希妲遁入森林,以便让王位承继权与后母之子。其间,希妲为坏人诱去兰卡,罗摩经过神人等的帮助而夺回了希妲。后来,老王父死去,罗摩仍和希妲一道回国为王,治理得天下太平。

罗摩的声名为天下所知,
他出身老伊喜瓦古王世系。
他有柔和的灵魂,是有力的首领,
他熟悉经文,有显赫的光荣。
他的脚步走在道德的路上,
为人和顺、纯洁、言语堂皇。
他的每一个雄图都得到成功,
敌人的死亡就证明他的力量无穷。

他身材高大,肩膀宽广,四肢强壮,
幸运之神在他身上盖下了印章。
……
他天性聪明,他的老师的教训
又训练他,使他的意志归于纯正。
善良、坚决、纯真,而且健康,
他保护人群,使免于错误和损伤。
他给人以帮助,一定落实,
正义的事业,他总是支持。
吠陀的经文,他读了又读,
其中的知识,他记得烂熟。
他操练很好,能力挽强弓,
对艺术和法律,也很精通。
他灵魂高尚,又有幸福的命运,
为人温和而又富于同情。
……
老王荼沙罗达想把王国的重任,
给又贤又长的儿子来共同担承,
因为这儿子有一切的国王品质,
可以分掌王权,作摄政的太子。
但是,年青的后妃凯克姨,
带着嫉妒的眼光,又恨又气,
眼看这庄严而华丽的王室国家
就要成为这位王太子的天下,
她就向这位不幸的国王要求两点,
这是国王在老早以前向她的许愿:
一是罗摩必须逃入森林,
二是她自己的孩子作王位继承人。

老王迫于以往的诺言,只好让罗摩带着妻子希妲离开国都,遁入森林:

国王和人民都很伤心,
对英雄的马车送别一程。
但是罗摩太子到了斯林加维拉,
在这愉快的村庄,他立刻下马,
这村庄旁,流着恒河的圣水,
他叫马车夫迅速回归。
他会见尼夏达的国王古哈,
就在恒河对岸住下。
从此,他们从森林走到森林,
跨过许多河流,穿过许多树荫,
直到他们来到岂特拉苦达山麓,
巴拉特瓦雅才叫他们停住。
在那里,罗摩得到拉克希曼的帮助,
在那里建起了一间小小的茅屋,
他和希妲穿着树皮和鹿皮,
在森林里过着他们的日子。
……

他们经过许多艰难险阻之后,仍回国做王,治理得天下太平:

他回到了美丽的阿约底雅城,
掌握了他父亲王国的国政。
没有疾病和饥荒来损害人民,
他的人民都富裕而幸运,
丰衣足食,快乐欢腾,
身体康健,满意称心。
没有寡妇哀哭她的热爱的夫君,
也没有哀悼儿子早死的父亲。
他们不怕风暴或盗贼入侵,
也不怕火灾和水灾来荒废国境:
黄金时代似乎又已来临,

来祝福罗摩的统治的年辰。
天上的国王伟大而光荣,
要让罗摩生下许多王族的子孙。
他的统治,惠爱于人,
千龄万载,万载千龄,
当他在世上结束了他的生命,
他最终将入另一世界,属婆罗门。

《五卷书》(《世俗寓言》)和《有益的教训》:古代印度人民智慧的无价之宝,也表现在人民的故事、歌谣和童话。这些故事的最有名的集子是《五卷书》,约成于公元初年。相似的另一集子是《有益的教训》,成书的时期稍后,但内容相似。在这两个集子中,人物都被写成动物。它们是用散文写的,但每一个故事都包含有诗歌在内。《五卷书》和《有益的教训》以及其他类似的集子,都经过篡改,目的是抽掉这些故事中的社会的抗议的因素;然而在很多故事中,仍然保存了对特权者的讽刺:如在第二卷书中的鸽子们团结起来一致动作,把猎人的网给飞走了,这说明被压迫者团结一致可以反抗压迫者。国王们没脑筋,婆罗门都愚蠢而贪婪,普通人都聪明、勇敢、诚实。这两个集子中的歌谣早在六世纪已在印度各地普遍流传;在今天仍为广大人民所喜爱和熟悉,而且译成了很多种外国语。

《有益的教训》最初是用梵文写的,在公元六世纪被译为波斯文。公元850年从波斯文译成阿拉伯文,因此而译为希伯来文和希腊文。它在印度本土大为流行,以致莫卧儿王朝的皇帝阿克巴尔(1556—1605)深感于其中格言的智慧和寓言的机智,便叫他的大臣阿卜杜尔·法则尔来翻译。这位大臣把这书译成很亲切的文体,加上解释而出版,把书名题作《智慧轨范》。现在在印度,《有益的教训》为老幼所喜欢,而且有各种地方语的译本。

《五卷书》已有中译本。兹录《有益的教训》中的一段,《狮子和老兔子的故事》:

在曼达罗山上住着一头狮子,名叫"凶心",它经常捕食各种野兽。事情变得严重,以致群兽开了一次大会,向狮子提出尊敬的抗议,其中如下说:
"您为什么要残杀我们全体呢?如果您高兴,我们将每天自动供给您一只兽作食物。"狮子回答说,"如果这一安排更适合于你们,那也可以。"从此每天配给它一只兽,给它吞食。有一天轮到一只老兔子要供应狮子作食品,老兔子一边走却一边想,"我要死,也得从容缓慢一点死"。

"凶心"狮子饿得要命,看见老兔子来了,它就吼道,"你怎敢这样迟才来"?

老兔子答道,"兽王,您不能怪我。我在路上被另外一匹狮子所阻住了,它要我发誓在通知您以后还要回去"。

"凶心"狮王大怒道:"马上去看。这匹混账狮子住在什么地方。"

老兔子遵命领路,一直走到一眼深井旁,于是它停下来说道,"请大王到这儿来亲自看它"。狮子前进,看见井水中它自己的影子,它就愤怒地向影子扑去,因而淹死了。

马鸣(2世纪时人):是佛教诗人兼戏剧家。他的史诗《佛所行赞》最有名。他的剧本《沙利普陀罗·普罗伽罗那》共有九幕,内容是佛陀的两个弟子沙利普陀罗和普罗伽罗那之间的对话。此剧抄本片段曾在新疆吐鲁番发现,是贵霜王朝时代的遗物。依传说,马鸣是贵霜王朝加赋色伽王的教师,所以他应是2世纪时人。写《大乘起信论》的马鸣或说是另一人,稍后,或说即是他。

《智慧》——录自《佛所行赞》

我认识到老和死的不可免除,
    我走上了为解脱而抛弃一切的道路。
我抛开了亲友,老早抛弃了欲情,
    我深知欲情将导致不幸。
只要我能为世上造福,
    我不避毒蛇、暗箭,或暴风吹成的大火。
世人不因欲望已得满足而停止,
    却想尽力去统治海外的土地;
就像大海一样,大水盈岸还不满足,
    还要从入海的百川尽量纳入。
欲情令人毁伤,似猎人的乐声引鹿遭殃,
    似灯光引虫在焰中死亡,似鱼钩肉饵使鱼上当。
我渴望最高的国土,既无生老病死之苦,

也不存在忧愁、战争与恐怖。

拜沙(3世纪时人)：是剧作家。1912年在印度南部马拉巴的崔万陀拉姆城发现的十三个剧本(后来又发现二本)，据大多数梵文学者考订，认为是拜沙的作品。虽然还有异说，但大多数承认第一剧本《婆娑婆达多之梦》大概是他写的。兹录此剧本中《真爱》一段于下：

(场面是国王和他的弄臣毗度娑伽相聚闲谈。新娶的王后帕得摩婆提在背后听他们谈话。据传已死的先前的王后婆娑婆达多乔装在新后处，作新后的伴侣。还有一侍女侍从她们)。

毗度娑伽　　陛下，现在园中无人。我恳求您回答我一个问题。

国　　王　　随便你。

毗度娑伽　　已死的婆娑婆达多，或现在的帕得摩婆提，二者中您更爱谁？

国　　王　　你为什么把这难题来难我？

帕得摩婆提　(从隐处)我的天！他真是调皮的人，他竟把国王难住了。

婆娑婆达多　(自语)真的，我也同样为难呵。

毗度娑伽　　告诉我，不要怕。一个已经死了，另一个也听不见。

国　　王　　我不能，我不能讲出来。你是一个道地的话匣子。

帕得摩婆提　呀，国王这一犹豫，快说出来了。

毗度娑伽　　我发誓，我不会告诉人。您看，我已经紧闭我的嘴，牙齿已经把舌尖咬断了。

国　　王　　不行，我不敢说出来。

帕得摩婆提　你看这弄臣！他仍然愚蠢，还不懂国王的意思。

毗度娑伽　　请告诉我。我以我们的永恒友谊发誓，我决不泄漏给任何旁人。

国　　王　　喂，你太顽固，我逃不过你。那就听吧。帕得摩婆提美丽、高尚、可爱，完全配得上我。但我对婆娑婆达多的爱却永不动摇，而且我不会被新人吸引开去。

婆娑婆达多　(自语)我终于等到我的报酬了。真的，我隐姓埋名留在此地，确有好处。

侍　　　女	王后，国王不仁慈呵。
帕得摩婆提	女孩子，快别这样说。国王是很仁慈的；因为他仍然怀念他的旧爱人婆娑婆达多。

迦梨陀娑和《沙恭达罗》等：迦梨陀娑是印度古代后期的最伟大的诗人兼剧作家。他的生卒年月至今仍无法确切考证。一般都把他算作公元 5 世纪的人物，那正是印度笈多王朝的极盛时代。这时印度中兴，文化艺术至为繁荣，而迦梨陀娑便产生在这时代。他的身世虽不大可考，但他流传至今的作品还有几本诗剧和几篇长诗：

诗剧：《胜鬘和火天友》写国王火天有对舞女胜鬘的爱。《优里婆湿》写国王普卢阿婆对天上少女乌婆西的迷恋。《沙恭达罗》取材于古代史诗《摩诃婆罗多》，近代德国诗人歌德仿此以写他的诗剧《浮士德》的序曲。

叙事诗：《罗怙世系》写神圣英雄罗摩的家世。《鸠摩罗出世》写战神鸠摩罗的父母湿婆和乌玛的婚姻。

抒情诗：《云使》写放逐者药叉请行云为妻子带信去。行云过处的自然风景非常美丽生动。德国近代诗人席勒仿此以写他的剧本《马利亚·斯徒亚特》。《时令之环》(《六时杂咏》)写一年六季之美。

诗剧《沙恭达罗》可说是他的代表作，在中国早有译本。内容描写一位奴隶社会的国王下乡打猎，偶然发现一位民间女子沙恭达罗非常美丽，便谈情说爱，终于发生关系，女子受了孕，国王就回宫廷去了。以后女子被送到宫廷，国王竟已完全忘却。后来国王恢复回忆，终于团圆。其中描写人间感情的崇高优美，在父女朋友之间充满了人间最深挚的感情。第四幕干婆送女儿沙恭达罗赴王宫时的临别赠言，充满了父女的深情和人生哲学和教训，这是一向被人们重视的段落。

至于他的诗，无论是抒情诗或叙事诗，都是辞藻清丽而富于深情和想象，艺术价值很高。

一二百年来，欧洲学者开始研究梵文文学，1789 年《沙恭达罗》被译成英文，过两年又转译为德文，遂引起歌德和席勒的重视。歌德有诗歌唱沙恭达罗，还有一首赞扬《沙恭达罗》和《云使》的诗：

还有什么东西更可爱可亲！

> 同沙恭达罗、那罗应该接吻；
> 弥迦杜陀,这云彩使者,
> 谁肯把他从灵魂里割舍！

席勒在写给洪堡特的信中说:"在古代希腊竟没有一部诗能够在美妙的女性的温柔方面,或者在美妙的爱情方面与《沙恭达罗》相比于万一。"

《沙恭达罗》在全世界已有几十种译本。迦梨陀娑的其他著作也同样有许多外文译本。《云使》在几百年前就有了西藏文译本。

兹录季羡林译《沙恭达罗》第四幕最后一段：

沙 恭 达 罗　（含笑）父亲！我想去向我的妹妹春藤告别。
干　　　　婆　孩子！我知道你是爱它的。它就在右边。
沙 恭 达 罗　（走上去,拥抱蔓藤）蔓藤妹妹呀！用你的枝子,也就是用你的胳臂,拥抱我吧！从今天起我就要远远地离开你了。父亲！你就把这蔓藤当我一般看待吧！
干　　　　婆　孩子！
　　　　　　　　正遂了我早先为你打算的心愿,
　　　　　　　　你用自己的功德找到一个郎君匹配凤鸾。
　　　　　　　　为了你,我现在用不着再去耽心,
　　　　　　　　我想把附近的那棵芒果跟蔓藤结成姻缘。
　　　　　　现在你就上路吧！

沙 恭 达 罗　（走向二女友）朋友呀！蔓藤就交托在你们俩手里了。
二 　女 　友　我们这两个人交托给谁呢？（洒泪。）
干　　　　婆　阿奴苏耶！毕哩阎婆陀！不要再哭了！小姐们要安定沙恭达罗的心情。（大家绕行。）
沙 恭 达 罗　父亲呀！什么时候那一只在茅棚周围徘徊的由于怀了孕而走路迟缓的牝鹿生了小鹿,请你一定向我报喜。不要忘了啊！
干　　　　婆　孩子！我不会忘记的。
沙 恭 达 罗　（作欲行又住状）啊哈！这是什么东西总是跟在我脚后面

牵住我的衣边?(转身向周围看。)

干　　　婆　每当小鹿的嘴给拘舍草的尖刺扎破,
　　　　　　你就用因拘地治伤的香油来给它涂。
　　　　　　你怜惜它,用成把的稷子来喂它,
　　　　　　它离不开你的足踪,你的义子,那只小鹿。

沙恭达罗　孩子呀!你为什么还依恋我这个离开我们同居的地方的人呢?你初生不久,你母亲死后,我把你抚养大了,现在我们分别后,我的父亲会关心你的。你就回去吧,孩子,你回去吧!(哭。)

干　　　婆　孩子呀!不要哭了!要坚定一点!看你眼前的路吧!
　　　　　　你的睫毛往上翻,眼前看不仔细。
　　　　　　要坚定起来,不要让眼泪流个不息。
　　　　　　这条路凹凸不平,不容易看清。
　　　　　　你的脚踏上去一定会忽高忽低。

舍楞伽罗婆　尊者!"送亲人送到水滨",这是经上的规定。这里就是湖边了。请你给我们指示后就回去吧!

干　　　婆　让我们到那棵无花果树荫里去休息一会吧!(大家都作走去状。)

干　　　婆　我们应当告诉豆扇陀些什么事情呢?(沉思。)

阿奴苏耶　朋友呀!在我们净修林里,没有一个有情的动物今天不为了你的别离而伤心。你看呀!
　　　　　　那野鸭不理藏在荷花丛里叫唤的牡鸭,
　　　　　　它只注视着你,藕从它嘴里掉在地下。

干　　　婆　孩子舍楞伽罗婆!你把沙恭达罗带给国王的时候,把我的话告诉他——
　　　　　　要仔细考虑到:我们是克己的隐士,你又出自名家。
　　　　　　她爱你完全是自然流露,决不是有什么亲眷来作伐。
　　　　　　在你的后宫粉黛群中,要给她一个应得的地位,
　　　　　　此外她的亲眷不再要求什么,一切都由命运去安排吧。

徒　　　弟　尊者!我要牢牢地记住这指示。

干　　　婆　(注视着沙恭达罗)孩子呀!我现在还要嘱咐你几句话。

　　　　　　　我们虽然是林中的隐士,但是我们也是洞达世情的。
徒　　　弟　尊者!对圣智的人们没有什么见不到的事情。
干　　　婆　孩子呀!你到了你丈夫家里以后——
　　　　　　　要服从长辈,对其他的女人要和蔼可亲!
　　　　　　　即使丈夫虐待你,也不要发怒怀恨在心!
　　　　　　　对底下人永远要和气,享受也要有节制,
　　　　　　　这才算得是一个主妇,不然就是家庭祸根。
　　　　　　乔答弥以为怎样?
乔　答　弥　这是给新婚女子的指示。(对沙恭达罗)孩子呀,不要忘掉了啊!
干　　　婆　过来,孩子!拥抱我和你的朋友吧!
沙恭达罗　父亲呀!我的亲爱的朋友也要回去吗?
干　　　婆　孩子呀!她们也要结婚的。她们不应该到那里去。乔答弥会陪你一块儿去的。
沙恭达罗　(抱住父亲的腰)现在离开父亲的身边,正像一棵梅檀树的细条从马拉雅山拔掉,我怎能够在陌生的土地上生存下去呢?(哭。)
干　　　婆　孩子呀!为什么这样怕呢?
　　　　　　　你现在是一个出自名族的丈夫的当家的妻子,
　　　　　　　他位高权重,随时都有重要的事情来烦搅你。
　　　　　　　你不久就要生一个圣洁的儿子,像太阳升自东方,
　　　　　　　孩子呀!由于离开我而产生的烦恼你将不会在意。
沙恭达罗　(跪在他脚下)父亲呀!我向你致敬。
干　　　婆　孩子呀!愿我对你的希望都能够实现。
沙恭达罗　(走向二女友)两位朋友呀!你俩一块儿来拥抱我吧!
二　女　友　(照办)朋友呀!假如那位王仙迟迟疑疑一时想不起你来的话,那么你就把镌着他自己的名字的戒指拿给他看。
沙恭达罗　听到你们这样怀疑,我的心就一跳。
二　女　友　朋友呀!不要害怕!爱情总是疑神疑鬼的。
舍楞伽罗婆　(瞭望)尊者!太阳已经升到山顶上,小姐应该赶快走了。
沙恭达罗　(再一次抱住父亲的腰)父亲呀!我什么时候再能看到净

	修林啊?
干　　　婆	孩子呀!
	长时间身为大地的皇后,
	给豆扇陀生一个儿子,勇武无敌。
	把国家的沉重的担子交付给他,
	再跟你的丈夫回到这清静的净修林里。
乔　答　弥	孩子呀!你们启程的时间已经过了。劝你父亲回去吧!不然的话,她会很久不让他回去的。您请回吧!
干　　　婆	孩子呀!我在净修林里的工作给打断了。
沙恭达罗	父亲可以无忧无虑地去做净修林里的事情。我却注定要忧虑满怀。
干　　　婆	啊咦!你怎么这样使我心慌意乱呢?(叹息)
	看到你以前采集的生在门前的祭米,
	孩子呀,我的忧愁如何能够减低?
	走吧!愿你一路平安!

(乔答弥、舍楞伽罗婆、舍罗坠陀随沙恭达罗下。)

二　女　友	(含情脉脉地望了许久)哎,哎!沙恭达罗给树木遮住了。
干　　　婆	阿奴苏耶!毕哩阇婆陀!你们的朋友走了。抑制住悲痛,随我来吧!(一齐走。)
二　　　女	父亲呀!没有沙恭达罗,我们走进净修林感到非常空虚。
干　　　婆	因为你们爱她,所以才这样想。(若有所思地走来走去)好哇!送走了沙恭达罗,我现在又可以舒服一下了。因为什么呢?
	因为女孩子究竟是别人的。
	我现在把她送给她的夫婿。
	我的心情立刻就轻松愉快,
	像归还了一件寄存的东西。

(全体下。)

第八章　古代中国文学（存目）

［编者注］原著此章叙述中国古代周秦、两汉、魏晋南北朝文学，计二十一页。因本书篇幅限制，兹从略。

中 世 纪

第九章　阿拉伯文学

蒙昧时期：阿拉伯半岛位于亚洲西南，除南端的也门比较肥沃外，其他地带很多沙漠。肥沃地带适于农耕，所以也门在公元前已出现了农业定居的较高的文化生活。沙漠地带周围的草原和沙漠中间的绿洲适宜于牧畜，所以在公元前阿拉伯中部和北部早已出现了游牧的生活。阿拉伯人因此分成了两种：定居的阿拉伯人（如也门人）和游牧的阿拉伯人（即贝陀因人——意即"沙漠住民"或"草原住民"）。

阿拉伯人最初出现在历史舞台时，不大被人注意。大约在公元前，阿拉伯人处在氏族社会阶段（贝陀因人在公元很多世纪仍处于氏族社会），公元前后由氏族社会转入奴隶社会。在公元前2世纪，在也门已产生奴隶制国家兴米亚里王国，直到公元6世纪。在北方，在靠近巴勒斯坦和叙利亚沙漠地带（外约旦），5世纪末也有加桑内德王国存在，作为东罗马帝国的附属国；在靠近美索波达米亚和叙利亚沙漠地带，在4世纪已有拉赫米德王国存在，继续到7世纪初，它是作为波斯萨桑王朝的附属国。这些附属国到底属于什么社会制度，还不能判明。

这些文化水平较高而又形成定居建国的阿拉伯人，除经营农耕之外，还营交通：对内和贝陀因人贸易，在麦加或麦地那用武器和手工业品以换取贝陀因人的牲畜；对外则作东西各外国商品的转运者，把印度、波斯、埃塞俄比亚、东罗马各国的商品互相转运。从也门经麦加、麦地那到巴勒斯坦的一线，便是当时很重要的一条陆路交通线。阿拉伯人赶着骆驼队穿过沿途不少的沙漠地带，这便是有名的骆驼商队。穆罕默德（571—632）便是生于麦加的、以赶骆驼队运输行李穿过沙漠为职业的人。阿拉伯人自称为"萨拉森人"，意即"沙漠之人"。他们建立的国家在我国新、旧《唐书》中被称为"大食帝国"。

回教时期：又可分为以下四个时代：

穆罕默德（571—632）时代：阿拉伯人的历史，自穆罕默德降生而创立回教以来，称为回教时期。前此阿拉伯人奉多神教，后此阿拉伯人奉一神教即奉回教的阿拉真主。

穆罕默德原是赶骆驼队的人。那时社会阶级矛盾日趋尖锐,氏族贵族与氏族成员之间、奴隶主与奴隶之间,利害冲突日烈,社会产生危机。遂有要求统一向外发展以解救危机的意识。此种意识通过穆罕默德所提倡的一神教而实现出来。穆罕默德在四十岁时开始在麦加传教,因与前此之多神教冲突。最初宣传效果不大,且有生命危险,乃于622年逃往麦地那,颇得贝陀因人之信奉,后于630年率一万余名贝陀因人攻入麦加,建立回教。此后便进行统一阿拉伯半岛的工作,632年卒。

四哈立发时代:穆罕默德去世后,由其亲友门徒代理领袖地位,名哈立发(即"代理"之义),先后有四哈立发:

阿布贝克(632—634在位),穆圣的岳父,

奥玛尔(634—644在位),最早的门徒之一,

奥斯曼(644—655在位),倭马亚家族,

阿里(655—661在位),穆圣的女婿。

他们以麦加为根据地,继续征服巴勒斯坦、叙利亚、美索波达米亚、波斯、埃及、北非及地中海若干岛屿。随着武力达到之地而宣传回教。

倭马亚朝(661—750):阿里被倭马亚家的摩亚威耶刺死,后者自立为哈立发,从此成为世袭皇帝,遂名倭马亚朝,迁都于大马士革。在倭马亚朝时期,阿拉伯人的发展达到极点;东部征服了中亚细亚,进入天山南路与印度河流域,西部占领整个北非,越海进入西班牙,并跨过比里牛斯山而入法兰克,在732年败于法兰克人,回教扩充才告终止。然已为横跨欧亚非三洲之大帝国矣。在此庞大土地征服之后,也开始发展封建制度了。

阿拔斯朝(751—1258)及三哈立发鼎立:倭马亚朝末年,波斯、叙利亚各地人民纷起反抗暴政,阿拔斯家的阿布阿拔斯率兵攻陷大马士革,推翻倭马亚朝,迁都巴格达,是为阿拔斯朝。色尚黑,即中国旧、新《唐书》上所称之"黑衣大食"。

阿拔斯朝哈立发的权力削弱了。占有许多农奴和奴隶的大土地所有者的势力加强,出现许多地方王朝,形成封建割据局面,其中最大的有夏天王朝、撒曼尼王朝和伽色尼王朝。

11世纪中,色尔柱土耳其人从中亚细亚侵入波斯和美索波达米亚,征服各地方王朝,1055年入巴格达,自立土耳其苏丹(国王)。哈立发只管宗教,完全成为苏丹的臣下了。(以后又迭为蒙古人及奥斯曼土耳其人所侵)。

750年阿拔斯攻陷大马士革之后，原倭马亚朝后裔有逃至西班牙者，遂在科尔多瓦重建哈立发，是为"白衣大食"。至9世纪时相当强盛，还征服了地中海的西西里诸岛。但到11世纪也分裂为许多封建王国。终于1031年被摩洛哥的苏丹取而代之了。

穆圣女婿阿里的后裔法提玛家族辗转逃至北非。909年在突尼斯、阿尔及利亚建立哈立发。969年进至埃及，建都福斯塔得（或称开喜拉，即后来之开罗），是为"绿衣大食"。991年进而攻占叙利亚，势力强盛，为回教哈立发之存在最久者。1517年为奥斯曼土耳其人所灭。

宗教与文化：阿拉伯人在蒙昧时代原信奉多神教，崇拜偶像。在麦加的卡柏古庙，即天方，亦称天房，高三十八英尺，长十八英尺，宽十四英尺，石墙无窗，一门银制高七英尺，庙中有一块黑色陨石被视为神圣，成为各方崇拜的对象。回教兴起后，崇拜一神，即真主阿拉，穆罕默德不过是阿拉所派遣的先知。回教原名伊斯兰教，伊斯兰意为"归服真主"，归顺真主的人称为"穆斯林"。

伊斯兰原来是"和平"之意，和"战争""仇恨"是相对的。回教的经典《可兰经》中说，"阿拉的仆人在路上小心翼翼地走着，蒙昧的人呼喊他们，他们答曰'和平'"。这就是"伊斯兰"有别于蒙昧的人（未信回教的人）的起点。后来"伊斯兰"一字引申而含有谦恭、服从的意思，因为只有如此才能导致和平。《可兰经》中说，"你们归于阿拉，你们服从（伊斯兰）阿拉！"又说，"我今日为你们完成了你们的宗教，完美了我对你们的恩典，我愿你们以伊斯兰为宗教！""奉伊斯兰以外的宗教者，阿拉不接受。"于是"伊斯兰"便专指穆罕默德的宗教了。

伊斯兰的教义，认为阿拉是宇宙万物的泉源，无所不知，无所不能，独一无二，无有匹敌。又认为，物质世界以外，尚有一个精神世界；精神世界中有善、恶两种精灵；善者服从阿拉的命令，且引人于善，称为天使；恶者诱人于恶，称为恶魔。因此，人在现世生活之后，还有来世的生活，即末日、审判之日、宗教之日。行善者的归宿是乐园，作恶者的下落是火狱。

因此，信仰伊斯兰教的人，除了信仰独一无二的真主以外，还要行下列四项善功：(1) 一日礼拜五次（向着天方的方向），(2) 天课，即出慈善税以周济穷人，(3) 斋戒、斋月（回教历第九月），(4) 朝天房，能去的人一生至少要朝麦加天房一次。

此外尚有一些伦理教训，如应当互相祝福，不可妄入人住宅，入宅必须问安；以及践约、坚忍、公平、宽恕、廉洁、忍耐、孝敬父母、救济穷人、优待奴隶、诚实、谦逊、不吃不洁动物、不饮烈性饮料等。

阿拉伯人的文化是继往开来的、中世纪最伟大的文化之一，它继承了古代希腊、罗马、波斯、叙利亚甚至印度的古代文化，综合之而阿拉伯化，再以之传于近代的欧洲和东方；它在历史上的作用是很大的。在艺术、文学、语言学、历史、地理、数学、天文、医学、伦理学和哲学的各个方面，都达到了当时学术水平的最高成就。巴格达不仅是当时东西商业的枢纽，同时也是当时学术的中心。在巴格达、开罗和科尔多瓦等城市都有学校和图书馆，欧洲的基督教徒也多有到科尔多瓦留学的。

阿拉伯语言是阿拉伯文化的尖兵，当时阿拉伯语流行于西亚、北非一带，至今仍然如此。阿拉伯语当时是哈立发政权下的官方语言，宗教和文学都得用它。它当时对西亚、北非的作用，就如拉丁语对欧洲的作用一样。

蒙昧时期（英雄时代）的文学：

贝陀因人的性格、生活和诗：初期的阿拉伯人大多生长在沙漠地带，以牧畜为业，逐水草而居，生活在穹窿之下、旷野之中，性格粗豪、勇敢、慷慨、忠于友谊、尊重祖先、同仇敌忾、血族报仇。他们的生活也多半是爱情、喝酒、赌博、打猎、唱歌、玩乐和美妙的言谈。这些在他们初期的诗歌和故事中到处都可以找到表现，而这些又集中表现在他们的两位英雄人物身上：显法拉和夏兰。

显法拉从小被某外族人俘虏，长大后知道了真情，便立志报仇，誓将杀死一百个某外族的人，然后才回到本族。他杀了仇人九十八个之后被仇人们捉住，在搏斗时一手被砍掉，他用另一手杀死一人，于是杀了九十九个。此后他被杀害。他的头骨散在地上，一仇人经过时踢它一脚，一块骨片刺入仇人的脚，伤势发作而死，遂杀一百。

他在那首有名的歌《阿拉伯人的有韵歌》中，描写了自己的英雄性格：

> 每个人有豪壮的心，愿响应光荣的号召，
> 而在首先出击时，我却是勇士们中的最勇敢的；
> 但是，如果他们伸出手来分取战利品时，
> 贪心的家伙却是最快，而我却是最慢的。
>
> 我的慷慨的意志使我高尚而超过他们，
> 怀有施舍之心的人，才真正是最好的人。

受恩不报的人，我要尽力避开，
他们即使是我的邻舍，我也不理他们。

夏兰在写给他的表弟马立克的一首诗中，描写了他自己的性格：

落在他身上的劳苦，他从不抱怨；他却想多干；
他千方百计，总要很好地完成他的志愿。
在烈日下他穿过沙漠，在星光下他穿过另一个，
像野驴那样孤独，他昼夜乘着赤裸的危险。
大风狂吹时，他超越到最先的风头前面，
迅速前进，决不松懈，决不停下来睡眠。
他很快冲向敌人，时时警戒不倦，
他的心经常警醒，在打盹时只微闭双眼。

夏兰还有一首（或说是后人伪造的）《复仇之歌》。德国近代诗人歌德在读了它的拉丁文译本后非常赏识，遂把它译成了德文，并在他的《东西诗篇》中予以好评。《复仇之歌》写诗人的叔父为某外族人所杀，他起而报仇。诗人先写死者的英雄性格，如何遭覆殁，他先前如何战胜过这同一敌人，最后写诗人的可怕的复仇。录《复仇之歌》：

首先，我的长枪大喝敌人的鲜血，
然后，再深深地刺入敌人的身体。
很久禁止喝酒了[①]，现在我喝酒就算合理：
禁令被解除之前，我的战斗非常激烈。
安木尔的儿子啊，为我斟酒，我要大喝大醉，
自有叔父之仇以来，我久已把饮酒荒废。

《文学串珠》与十大诗人：据说 8 世纪有一个人名叫汉马德（约 694—772），他把蒙昧时期流传下来的七位大诗人的七首长诗搜集起来，编成此集。这些诗

[①] 阿拉伯人习惯，大仇未报，决不饮酒。

据说都在麦加附近的奥库兹市集上经过当众朗诵而得了奖的,然后用金字写在布上悬挂在天方墙上,所以称为《文学串珠》。这诗集经过流传修改,在8世纪、9世纪又分别为人加进去了三位大诗人的诗,所以由七子诗集变而为十子诗集了。兹将此十位诗人略介绍如下:

伊姆鲁·乌尔·凯斯(520—565?):伊姆鲁是肯达族的王子,父亲被人杀死,他乃起而报仇。一说,伊姆鲁做了诗人,被父亲所不喜而被放逐。流浪多年之后忽闻父亲被人杀死,他叹道:"我父亲浪费了我的青春。我现在老了,他却把血仇的担子放在我的肩上。今天喝酒,明天就干吧!"他痛饮七夜之后,戒酒吃素,斋戒不沐,一心复仇。

他的这首长诗措词精美,形象壮丽,诗调圆润,描绘多彩。长诗前半充满青春愉快光荣之感,后半则流浪旷野,多悲壮荒凉之情。兹举片段如下:

> 一次,在山上,她嘲弄我并向我发誓,
> "我将永不回来,此刻我就要离开你",
> 别忙!如果你决心要远离,
> 法提玛,你就别把我残忍地轻视。
> 因为我的感情杀死了我,所以你要离开呢?
> 还是因为你的意愿是我的心律,所以你要离开呢?
> 不行,如果你对我如此不欢喜,
> 那你就撕去我的长袍,让它坠地。
> 但是,啊!你那要命的双眼真如流水!
> 刺透了我的心,它已完全被摧毁。

塔拉法·布·阿尔·阿布德(6世纪中期):塔拉法是波斯湾附近巴莱因地方的人,幼而具有讽刺才能,浪荡好玩,为父亲所逐,后曾悔改,但又资财用尽;乃写一长诗,得富裕亲戚之赏识。554年希拉国王亨德即位,诗人与叔父共赴希拉,均以诗见赏于亨德。由于塔拉法放浪轻佻,甚至喜欢了国王的妹妹:

> 看啊,她又回到我这儿来了。
>   我可爱的羚羊,她的耳环在发光;
> 如果国王不坐在这儿,

>我要把她的嘴唇压在我的嘴唇上!

于是塔拉法同叔父一道被亨德打发回故乡,各给一信致故乡官长。及出城门,叔父开信一看,乃令故乡官活埋此持信者,叔父遂将信投掷河中,塔拉法不肯开人信件,回故乡后遂被杀死,时年尚未及二十。

塔拉法在他的长诗中,认为现世享乐、美酒、打仗、爱情才是人生的大事:

>你责备我:爱那飞逝的欢乐,爱去打仗,
>你这责备我的人啊,你能否使我免于死亡?
>如果你不能使我不死,就让我去直面死亡,
>并在死前亲手将我的财富用光。

>只有三件事使高尚的青春欢畅,
>此外,我不管何时葬歌对我高唱:
>第一件是,从严肃的场合溜开,去喝发泡的酒浆,
>我痛饮的美酒,有红的、黑的,并不发亮;
>第二件是,一听到紧急的呼声,便骑上骏马去打仗,
>骏马有弓形的腿,飞奔如饮水受惊的渴狼;
>第三件是,整天留在有羊毛头发的少女的篷帐,
>听帐外的狂风暴雨,在帐内消磨悠久的时光。

阿穆尔·布·库尔吐姆(6世纪中期):阿穆尔是一个疯狂的民族夸大者、血仇主义者,他的长诗亦表现此点。

哈立斯·布·喜里萨(6世纪中期):哈立斯的长诗殊无甚兴趣,据说是因为编者汉马德和诗人是同族人,所以把他编入。

安塔拉·布·夏达德(6世纪末期):安塔拉的母亲是北非的黑人奴隶,诗人因此失去了对表妹的爱情的权利;及至本族被敌人攻击时,诗人拒绝参加战斗,说道:"奴隶不知道如何作战;他的工作是挤骆驼的奶并包扎它们的乳房。"于是诗人的父亲才释放他为自由人。他的长诗也是歌颂战争和本族优越感的。

祖海尔·布·阿比·苏尔马(6世纪末期—7世纪初期):祖海尔的生平不

详,据说他活到一百岁,还见过穆罕默德。他的长诗主张民族和解,消除战争,教人为善去恶,颇富于道德和哲学的气味。

> 你知道战争,也尝过战争:不是凭传说而得的聪明。
> 别唤起那个可怕的妖精!如果你让她吃人,
> 她就像磨石一样,大吼大叫而把血液狂吞,
> 从她的子宫里,一再把灾祸产生。

> 我厌倦于人生的重担;在活了八十岁之后
> 一个人当然非常厌倦,而现在这事于我已很明显:
> 死亡像一只夜盲的骆驼,蹒跚向前:——
> 死亡到时,被杀者死,其他老弱的也不能免。
> 一个人,用残酷的方式对待下级人员,
> 他将被他们践踏,并将感到他们的牙齿很尖。

拉比得·布·拉比亚(6世纪末期—661):拉比得在七子中是最年轻的。他虽然信了伊斯兰教,但他的长诗仍表现他是一个真正的贝陀因人,他描写沙漠、草地的生活和景色的诗,仍是蒙昧时期的美好的诗:

> 春天赐福,星辰使大雨倾盆,
> 雷云也赐予多少的洪恩,
> 青草怒放,驼鸟在山腰把小驼鸟产生,
> 美丽的羚羊也产出年轻的一群;
> 大眼的母牛在新生的牛犊旁安身,
> 年轻的牛犊围着母牛,绕成环形。
> 时雨的洪流把尘封的废墟冲刷纵横,
> 它们像新写的文字,每根线条都很清新,
> 又像妇人手臂上曲折的刺身花纹,
> 撒上煤烟,每条线都很鲜明。
> 我停下来发问,问那永恒沉默不变的事情,
> 它们的语言无人能懂,这质问何益于人?

纳比迦(本名萨雅得·布·穆阿维亚,6世纪后半):纳比迦最初是希拉王国(在今伊拉克)的宫廷诗人,很为国王所敬爱;后因奉命写诗称颂王后,诗辞引起国王嫉妒(或说仇人捏造诗辞以诬陷他),他逃到了迦桑王国(在今叙利亚),也颇受国王重视;但诗人仍缅怀希拉,向希拉国王写诗申诉求赦,后来果然得回希拉,重叙旧好。

> 国王啊,他们说,你责怪我;
> 我因此而忧愁不乐。
> 我像病人样夜间失眠:看护铺开我的床,
> 似乎要堆上蔷薇花在我的床上。
> 唯恐你对我存有疑心,
> 我现在求助于神灵,
> 我发誓,那个人说我虚伪,
> 其实他才更爱谎言,更不诚实。
> ……
> 所有其他的国王都是群星,你才是太阳:
> 太阳升起的时候,啊,天空一片光亮!
> 你不会抛弃一个困苦的朋友;
> 我可能有罪:罪是人人都有。
> 如果你冤枉我,你不过冤枉一个奴隶,
> 如果你饶恕我,那就等于饶恕你自己。

阿沙(本名买孟·布·凯斯,6世纪末—7世纪初):阿沙是阿拉伯的行吟诗人,走遍半岛,行歌就食,是以声名遍于各方。据说,穆罕默德和麦加的古莱氏人斗争时,阿沙欲往助穆罕默德,古莱氏人闻之,在半路截住他,许送他一百只骆驼,请他回故乡,阿沙同意了。古莱氏人的代表向古莱氏人说:"啊,同胞们,这就是阿沙,我的天,如果他成了穆罕默德的门徒,他就要写诗来鼓励阿拉伯人来反对你们。所以,快收集一百只骆驼给他吧。"

阿沙的诗善于描写酒和酒会。据说,阿沙死后,酒徒们常常到他的坟墓处去集会,都要把杯中余酒倾奠诗人。

> 我常常很早就跑到酒场，
> 那儿有厨子和堂官，服务周详，
> 我跑进英勇的军队，像印度弯刀兵那样；
> 他们都知道，穿鞋的和赤脚的都要死亡。
> 我安心地欢迎他们，用爱神树枝欢迎他们，
> 把坛口喷出的甜酒传送给他们，
> 一杯一杯地干杯，但谁能把酒喝尽，
> 他们高呼"再斟满一杯"，决不停饮。
> ……
> 在跳舞会上，美女们到处华丽地滑转，
> 每人拖着又长又白的衣裙，酒皮囊在她身边旋转。

阿尔卡玛·布·阿巴达（6世纪后半）：阿尔卡玛当与纳比迦同时，因为他也有一首诗写给迦桑国王哈立斯，请国王释放诗人同族的一批战俘，其中包括诗人的弟兄或侄子。

此外尚有一些小诗人和女诗人，从略。

回教时期的文学：

《可兰经》：穆罕默德在麦加和麦地那两地传教先后二十三年。二十年中托称阿拉降给他的圣旨用以颂神教人的，原来很多，但并未收集、整理、保存。穆圣死后，这些圣纸还只是一些零散的纸片，或仅是保存在圣门弟子的记忆中，而没有收集在一个本子里。哈立发阿布贝克时代，命人从事搜集，主持搜集者为赛德·撒比特，收集好后，存在阿布贝克处。

阿布贝克死后，交给奥玛尔。奥死后，由他的女儿哈福赛保存。奥斯曼继任哈立发后，由哈福赛处取出，命赛德·撒比特、伊本·祖白尔、赛德·阿斯三人抄集成册；然后又抄录多本，分发到各个城市，这就是标准的《可兰经》。

据阿拉伯文，《可兰经》原是"阅读"的意思，它成了伊斯兰教的《圣经》。流传至今的《可兰经》分为 114 章。最长的一章是第二章《黄牛章》，共有 286 节诗。最短的是第 103、108、110 三章：103 章《午后章》、108 章《丰富章》、110 章《帮助章》，各均只有一节诗。第六章《家畜章》最能全面地代表伊斯兰教的原理原则，原文意义明显，阿拉伯人与非阿拉伯人都容易懂。

在麦加时代所降的经文，大都短小精悍，热烈诚挚，有文学风味；在麦地那时

代所降的经文,大都冗长重复,多带教训与道德的气味。兹录第九十三章《光明章》:

> 光明在白天,黑暗在晚上,
> 真主不抛弃你,他也不受冲撞。
> 将来属你,一定胜于已往,
> 真主总对你慷慨,使你不致失望。
> 他发现你是孤儿,就使你有个家长。
> 发现你错了,就给你指出方向,
> 发现你贫穷,就使你富足安康。
> 所以,你虐待孤儿,就不应当,
> 向你求助的人,别把他赶走他方;
> 至于真主的恩惠,要四方传扬。

倭马亚朝文学:即中世阿拉伯的古典时期文学,它的基础仍是蒙昧时代的诗歌,并加上《可兰经》的诗体。大体上继承蒙昧时期的口头诗歌的传统,保留着世俗的、充满生之愉快的性质。它们歌唱战功、爱情、快乐、饮酒。代表诗人有下列四位:

阿克塔尔(640—710):曾长久居住于美索波达米亚,信奉基督教,但却是大马士革哈立发宫廷中的得意诗人,而且被哈立发夸为"阿拉伯人中的最大诗人"。哈立发曾劝他改宗伊斯兰教,但诗人宁愿信基督教,以便更适于保存其贝陀因人的性格。他的诗优美、纯洁、风流、合体。题材多歌颂哈立发者。

法拉兹达克(本名汉曼·布·加里布,641—732):生于巴士拉,祖父和父亲均秉有贝陀因人的粗豪之气,诗人却放浪不羁,青年时即被逐出巴士拉,逃到麦地那,在麦地那又被驱逐出境。他的诗多半关于他的表妹纳瓦尔,他强迫她和他结了婚,但常常吵嘴,至于离婚,但他又后悔:

> 纳瓦尔既被我离了婚,
> 我像库撒那样失悔。(库撒曾自断其弓)
> 她是我失去了的天堂,
> 我像亚当把上帝的意旨违背。

> 我存心拨出我的眼睛,
> 阳光普照,我仍似在夜里。

("法拉兹达克的失悔"已成谚语,意为"痛悔"或"失望")

贾利尔(？—728):是伊拉克总督哈贾吉的诗人。诗人歌颂哈贾吉太好,以致引起了大马士革的哈立发的嫉妒;但诗人后到大马士革又以歌颂引起哈立发的宠信。同时,贾利尔又是一个很厉害的讽刺诗人,他讽刺了很多同行(包括法拉兹达克,而阿克塔尔又是支持法拉兹达克的)。

奥玛尔·布·阿比·拉比亚(643—719):他是麦加的富商,代表南部阿拉伯城市富豪阶级生活,他的诗歌颂醇酒、爱情、官能享受:

> 朋友们,不要责备我！趁今天还平安,
> 请你们和我在一起,在象轿的旁边。
> 不要责备我对柴纳布的爱情,
> 因为她已经俘虏了我的心。
> 我对别的女人的歌颂,都是开玩笑:
> 只有她一人当权,其他的都消失了。

阿拔斯朝(黑衣大食)文学:蒙昧时期与倭马亚朝文学,以贝陀因人的沙漠情调为基础。及到阿拔斯朝建立于巴格达,波斯人或波斯化的阿拉伯人占据了政权的中心,他们轻视英雄时期的旷野派文学,而提倡以波斯或希腊文化为基础的城市文学,于是产生了新诗派。新诗派具有封建宫廷和城市的双重性质,因为巴格达已成为封建贵族享乐的城市。

新诗派的代表共有五人:

穆迪·布·伊亚斯(750年前后):原籍巴勒斯坦,他却生长于库法。倭马亚朝之末,他已开始活动。及阿拔斯朝起,他见知于哈立发曼苏尔,在巴格达过享乐生活。他的诗歌唱爱情和酒,他的最有名的诗是和他的女友(农夫之女)别离的诗,《农夫之女》:

> 呼罗汪啊,你的两只手掌,
> 请帮我痛哭这时间的苦痛悲哀！

你要知道,时间永远在把生命
和每个活着的灵魂分开。
如果你尝过别离的痛苦,
你会像我一样凄凉痛哭。
天哪!同样艰苦的命运
马上就要把你拉到别处。

以往我的朋友和爱人很多,
她们我已经全部失掉。
农夫之女啊,愿你别后平安!
愿你永不会像我有这样的烦恼。
啊呀,我的眼睛将看不见她,
她的眼睛也不能再看见我了!

阿布·努瓦斯(本名哈桑·布·哈尼,756—813):"阿布·努瓦斯"意为"垂肩之双发髻",因他有此双发髻而得名。他父亲是大马士革的人,是军人;他母亲是波斯人。他受教育于巴士拉和库法,后到沙漠修学一年,然后到巴格达。以诗才见知于哈立发哈伦·阿尔·拉喜德及其嗣子阿尔·阿敏。后被他所讽刺的一位朝中贵人所杖死。

努瓦斯是一个自由思想者,藐视伊斯兰教及其信徒,反对以前的诗体,提倡新诗体。他诗才横溢,题材多种多样:打猎、爱情、喝酒、讽刺等,代表当时上层阶级的奢侈生活。他被视为当时最大的诗人,他的诗后来被阿拉伯人屡次搜集编纂,有一个集子的原稿现今还存在维也纳,其中约收有五千首诗,分为十类:饮酒、打猎、歌颂、讽刺、青年的爱情、淫猥、谴责、挽歌、遁世。诗仍以饮酒和爱情两项为多:

喂!来一杯,把它斟满,告诉我那就是酒,
因为我能在公共处喝酒,就不在阴暗处喝酒!
我必须保持清醒的每一时刻,都贫穷而可诅咒,
但当我醉态蹒跚时,我却非常富有。
别怕说出爱人的姓名,别让无聊的伪装来遮丑:

在欢乐之上罩上面纱,没有一点好处。

阿布·阿尔·阿他喜亚(748—828):是生于库法的阿拉伯人,少时曾贩卖陶器以谋生。后至巴格达,以诗才为哈立发马迪和哈伦·阿尔·阿尔·拉喜德先后所优待。据说初亦写爱情诗,并曾向马迪之一女奴求爱而被拒,遂陷于悲观失望,乃转而写哲学诗:他的诗代表中下阶层的宗教情绪:

生儿为了死亡,造房为了毁灭!
所有的人们都在走向消灭。
我们自己也要回到先前的泥土里,
我们又能为谁建造住宅?
死亡啊,你不用甜言,也不用暴力,
但你一来时,就没有人能够逃避。

穆塔拉比(本名阿布·尔·泰伊布·阿合马德·布·侯赛因,915—965):生于库法,父亲是担水夫。幼时曾到大马士革求学,并游历叙利亚各地,后到沙漠中学习贝陀因人的生活和正确的阿拉伯语言,欲作先知,因而赢得"穆塔拉比"之名("欲作预言者"),但被捕下狱。释后,辗转到阿勒颇,见知于诸侯赛弗·阿尔·道拉,甚得亲信,为宫廷诗人九年(948—957)。后被谗言,乃逃到埃及,为执政卡弗尔(黑人)之诗人,因求西顿市长之位未得而离去,因讽刺卡弗尔而不得不逃走,961年回库法。后又投设拉子地方的阿多得·阿得·道拉之门。965年从设拉子回库法时,道中为其所讽刺之人之亲戚所杀死。

穆塔拉比的诗颇为雕琢,阿拉伯批评家们对他评价很高。他的一首描写贝陀因女人的诗,可见一斑:

以前,我的眼泪总因怕羞而不敢流出,
但是现在,眼泪却再也忍耐不住,
以至于每根骨头好似都哭得透出皮肤,
而每条血管好似都涨成了忧愁的瀑布。
她未戴面纱:在分别时脸上有一层苍白色显露:
那不是面纱,但她的面孔却在阴暗之处。

当眼泪流过面孔时,面孔就像发光的金属,
在其上嵌镶了两条晶莹的珍珠。
她拖着三条黑色的发辫,
因而她立刻使黑夜变成四个,非常黑暗;
但当她把她的面孔举到天上的时候,
我就看见有两个月亮在天空高悬。

阿布·阿尔·阿拉·阿尔·玛阿里(973—1057):生于阿勒颇之南约二十英里、在到大马士革的路上的玛阿拉村。幼因天花失明,在父亲教育之后,到阿勒颇求学。993年还乡,乡居十五年,靠教授诗歌、哲学、古学以谋生。1007—1010年居住巴格达,当时巴格达仍是东西学术文化的中心,举凡基督教、犹太教、佛教、袄教,以及各种哲学思想,都流行于巴格达,玛阿里饱求知识,此于他的思想有重大影响。

1010年由巴格达回乡,遂闭门隐居素食,终其一生。

他的作品有两个诗集和两个书信集。1029年以前的诗(主要是去巴格达以前的),集为《钻木火花》,与当时流行的穆塔拉比式的诗无大差异。此集曾于布拉克(1869)、贝鲁特(1884)、开罗(1886)等处先后出版。第二个诗集名为《鲁祖米亚》,诗韵很难,意新技熟,但具有悲观思想,感于生死无常,仍主张伦理宗教。此集于孟买(1886)和开罗(1889)出版。

《书信第一集》谈各种文学与社会问题,于贝鲁特(1894)出版,英译本于牛津(1898)出版。《书信第二集》于1900年用英译文在《王家亚洲学会杂志》上分期发表。

玛阿里是"诗人中的哲学家和哲学家中的诗人"。他的诗有悲观色彩,对封建社会的道德和社会关系以及封建主的内讧,都给予谴责。他否认神灵启示的教义,他鞭打那些想从各种迷信中取得益处的人们。他自称为一神教者,但是他的神只是非个人的命运观念。他的道德规律是:和罪恶斗争,遵从自己的良心和理智,限制欲望,反对杀生。他远离封建王宫而生活。他作品中的悲观主义,反映了人民大众对封建压迫的消极抵抗。《暝想诗集》:

我以为,我受监禁,多至三重,
别问我的任何消息,无可补充——

失去了视力,关闭在房中,
这恶劣的身躯又是我精神的牢笼。

任何黎明带不来东升的太阳,
黑暗完全笼罩了一年一年的时光。
世界永恒不动,不论在东方还是西方,
然而世上的事物却变幻无常。

笔头飞走,命令被完成,
墨水洒在皮纸上,按照命运的决定。
科斯罗斯能否拯救他周围的大臣?
该撒能否从坟墓里拯救他的元老们?

你的最好的顾问就是理智,
把她作为向导,按照她的意志行事,
别接受圣书上规定的法律,
那儿没有你所寻找的普通真理。

生命的外形就是身体,
它不过是装着你的罐子!
装着蜂蜜的碗,价值很低,
碗内的东西却很珍贵。

阿拔斯朝还有一批诗人,须略为介绍:

阿布·汤曼·哈比布·布·奥斯(807—846):汤曼生于加利利海东北,后到埃及企图作诗人,失败后到大马士革,再到摩苏尔。又往谒亚美尼亚王,得厚赏。833年以后,大半时间居住在巴格达,住哈立发莫塔森的宫廷。845年到玛拉·翁·努曼,遇到诗人布吐里。翌年死于摩苏尔。他以编辑《勇敢之歌》前集出名,据云选诗之才胜于作诗之才。

布吐里·阿尔·瓦立得·伊本·乌拜得·阿拉(820—897):布吐里与汤曼为同乡同族,少时被汤曼荐于地方当局而得奖金。后至巴格达,写诗颂哈立发莫塔瓦基尔,并为宫廷诗人。但他的诗却大半歌颂阿勒颇,而他的爱情诗又多献给阿勒颇的一位女人名阿尔娃。他又是《勇敢之歌》后集的编辑者。

伊布努·尔·穆塔兹(861—908):穆塔兹为哈立发之子,是富于独创性的诗人,写有两篇小说型的长诗,并写有一部重要的《诗论》。哈立发死,诗人登位,数小时后为叛乱者杀死。

阿布·费拉斯(932—968):费拉斯是军人诗人。曾被俘于拜赞廷,写有哀诗多首。

乌玛尔·伊布努·阿尔·法里德(1181—1235):法里德是神秘诗人。生于开罗,在麦加住过一些时候,死于开罗。据说他的诗都写于狂热之时。

阿里·阿尔·土格拉伊(?—1120):土格拉伊是波斯人后裔,曾作塞尔柱克苏丹的掌玺官("土格拉伊"),因以为姓氏。他的唯一的诗《非阿拉伯人的有韵歌》(1111),模仿显法拉的诗《阿拉伯人的有韵歌》(6世纪),后者写沙漠粗豪生活,前者写作者在巴格达时的悲运。

阿拔斯朝还有一种韵体散文,也得介绍一下:

韵体散文在蒙昧时代早已有之,多用于宗教,甚至《可兰经》也运用之,但在10世纪以后逐渐发展为民众文学之用。有些人为了谋生,到处赶集说书,凡有人集会之地,便由这种民众文学家来演说故事,便用这种韵体散文。此种说书体之故事,阿拉伯文叫"玛卡玛",亦为"集会"即"集人而听"之义,颇类中国之章回小说之"话本",但每章又可独立,联结起来又成为长篇故事。代表作家有二:

巴迪乌·阿尔·萨曼·阿尔·汉玛当尼(?—1007):汉玛当尼生于汉玛当(即艾克巴坦纳),年轻时即离开家乡,游遍波斯各地,即以此种说书本领以谋生,因而留下了有名的《玛卡玛》,其主角即一流浪说书之人。

阿布·穆罕默德·阿尔·卡辛·阿尔·哈立立(1054—1122):哈立立生于巴士拉。他的《玛卡玛》据说是"阿拉伯语言中仅次于《可兰经》的财宝"。

哈立立的《玛卡玛》的主角是阿布·财得。据说,哈立立有一天与众学者共坐一室,有一老人狼狈而来,即阿布·财得。老人自称由萨鲁伊城来,该城为希腊人攻陷(事实上该城于1101年为十字军攻陷),女儿为敌人所掳。老人讲说故事,有声有色,哈立立遂以之演成《玛卡玛》云。

老人回忆青年时代故乡之快乐时及目前之苦况时,唱以诗歌:

哈桑是我的宗族,萨鲁伊是我的出生地,

那儿我住着高楼大厦,有太阳般的光辉和品质,
是一个天堂,既香甜,又快乐,又美丽!
我在那儿所过的生活啊,充满了一切欢喜!
我在草地上拖曳着长袍,时间悠闲地流逝,
在人间的花丛里欢乐,一切欢乐我曾亲自尝试。

如果悲哀能杀死人,我已被缠住我的悲哀杀死,
如果以往的快乐能被赎回,我的心血就没有价值,
卑劣的鬣犬们侮辱狮子,狮子被迫受欺,
我如果年年过着如此屈辱的生活,死了倒更好些。
命运应该受到责备,不然就无人失去应有的升级:
如果命运正直,人们的生活就决不会受到损失。

西班牙(白衣大食)的倭马亚哈立发及以后的文学:

750年大马士革的倭马亚朝被阿拔斯朝推翻时,倭马亚朝后裔之一拉希曼辗转逃经北非而入西班牙,于756年在科尔多瓦立为哈立发。传至拉希曼三世(912—961)时,国势文学均达高点。1031年由于内战与革命,遂至倾覆。

此后分为若干封建地方王朝,如科尔多瓦、塞维里、格朗拿达、托勒多等。

11世纪后半,由非洲摩洛哥人入西班牙建立阿尔莫瓦立得斯王朝(1056—1147);12世纪初,由摩洛哥西南的贝贝尔人侵入西班牙,建立阿尔莫哈得斯王朝(1130—1269);后因西班牙人诸王国之反攻,回教徒只剩下格朗拿达的纳席里得斯王朝(1232—1492)。及至格朗拿达的回教徒为基督教的西班牙人所征服,西班牙的回教势力算是全部结束了。回教西班牙的诗人,可提到两位:

阿布杜·阿尔·拉希曼:他是科尔多瓦倭马亚朝的第一位哈立发(756—788在位),他很爱写诗,他的《枣椰子树》诗是各方传诵的。据说,在他的科尔多瓦宫廷有一株寂寞的枣椰子树,是从叙利亚移植来的,他睹树而思念故乡而叹身世之飘零:

枣椰树啊,你在西方是一位客人,
因为你的家远在东方,和不幸的我一样。
无声而惆怅的树子啊,哭吧!

但你不会哭,你没有同情我的心肠。
啊,你如果有眼泪可流,你会哭泣,
为了你的同伴,在幼发拉底河旁;
但是,那边的高大树林,你已记不起了,
和我一样,我在恨敌人时也把老友遗忘。

伊本·载登(1003—1071):他是封建地方王朝科尔多瓦的宫廷诗人,但由于他爱上了公主瓦那达而遭驱逐。他后来到了封建地方王朝塞维里,作了塞维里王穆塔迪得(1042—1069在位)的宫廷诗人。他的著名的诗,是他写给瓦那达的一首爱情诗,描写自然风景处,足以代表"西班牙阿拉伯诗歌的特征"云:

今天,我的热望念头在这儿又想起了你;
四周的景色在发光,天空是一片清丽。
西方来的微风吹得软弱无力,
为了可怜我的忧愁,西风也已憔悴。
银色泉流的笑声好似来自少女的喉底,
像一串断线的项链把珍珠散落在地。
啊,好似我们甜蜜的青春时的日子,
那时候,悄悄地欢乐在放纵的时间里,
我们在目迷五色的花间游戏,
花朵在露珠下把头低垂。
哎呀,现在花儿们眼看我失眠不睡;
它们分担我的感情,和我一道哭泣。

绿衣大食及马穆留克王朝时期的文学与《天方夜谈》:

绿衣大食时期正当阿拔斯朝之后期,文学主流仍在巴格达与大马士革方面,埃及地方的大作家很少;如写《大衣之歌》的布细立(1211—1294)就是生于埃及的宗教诗人;传说诗人患了瘫痪病,梦中见穆罕默德以大衣覆之,病遂痊愈,因写此诗颂之。

及蒙古人自中亚入侵以来,1258年陷巴格达,然而于1250年接替了埃及的土耳其马穆留克王朝却于1260年大败蒙古人于约旦河西的艾因贾鲁(歌利亚泉），得以保全埃及的回教政权。同时马穆留克王朝又能抗拒由西而来的十字军压迫，因此在13—15世纪的二三百年间，马穆留克王朝便成了回教的净土（1250—1517）。

但马穆留克王朝崇尚武功，不重文艺，仅于显耀武功的动机之下广营建筑，此足为艺术之一朵花。文学方面仅以编成《一千零一夜》为最大之功绩。《一千零一夜》又译名为《天方夜谈》，为若干世纪以来的故事之总集；最初来自波斯（可能来自印度），其后加上伊拉克、叙利亚、埃及各地方之故事而总汇编成。《天方夜谈》可以说是阿拉伯文学的最后而最大的成就。此后，在16世纪初（1517）奥斯曼土耳其人征服了整个阿拉伯世界，阿拉伯文学遂告中衰了。

第十章 中世波斯(伊朗)文学

波斯在6世纪中(即萨桑王朝末期)已成为早期封建国家,虽然还保存一些前封建的关系。7世纪中,波斯为阿拉伯人所据,波斯的封建主和阿拉伯的封建主联合了起来,这促使波斯封建制更加发展。农民在这种情况之下,生活仍然很苦,是以时常发生起义。这些起义削弱了阿拉伯的哈立发政权,同时也为一些封建主所利用,因此产生许多地方封建王朝。

9世纪至10世纪时,有以布哈拉城为中心的萨曼尼王朝(892—999),它占据了波斯的东北部。萨曼尼王朝虽以布哈拉和撒马尔罕为中心(两城都在波斯境外),但它却在回教阿拉伯人统治之下,激发起了波斯人的民族意识,恢复了波斯语言,提倡文化艺术,著名的哲学家、科学家、医学家阿维辛纳(原名伊本·辛纳,980—1037)即生于此朝。此王朝起于伊斯迈尔·伊本·阿赫马德(892—907),终于阿布德·阿尔·马立克二世·伊本·努赫二世(999),为加志尼王朝所灭。

10世纪到11世纪初有布依德王朝(935—1055),据有波斯的西南部,于945年进入巴格达,夺去哈立发之政权,使它只成为宗教上之领袖。巴格达、伊斯发罕、列伊等市都是此国的中心。它是当时最大的国家之一。

此外有达希尔国家(821—873),在呼罗珊和中亚接壤处;还有萨法尔国家(861—900),在东南部。

10世纪末到11世纪初,有加志尼王朝(977—1043),它以阿富汗的加志尼城为中心,灭萨曼尼王朝,占有波斯的东部。1043年为色尔柱土耳其人赶出波斯,尚继续延至1187年。

10世纪末,加志尼王朝灭了萨曼尼王朝。不久,以色尔柱为首的一部土耳其人占了重要地位,又向加志尼王朝进攻,并消灭布依德王朝,此后便占领波斯,1055年入巴格达,取消哈立发的地位,但自己却信奉了回教,承认哈立发仍是宗教上的领袖。色尔柱土耳其人的统治的后期,也有各地封建王朝兴起。色尔柱土耳其王朝起于鲁肯·阿尔·丁·土格里尔·贝格(1037—1063在位),末期诸王国于 12 世纪末及以后,先后为花剌子模等国所灭。

11 世纪末存在于中亚的花剌子模,于 12 世纪末亦渐趋强盛,名王穆罕默德于 13 世纪初曾出兵拟征服波斯,嗣以蒙古人成吉思汗大军自东而来,始回师抵御,但终于 1220 年死于里海一岛上。

总之,从萨曼尼王朝以来,直至蒙古人入侵之初,波斯境内计有五六个较大的王朝,而地方封建霸主则有四十个之多。

13 世纪之初,蒙古部落内部阶级迅速形成,成吉思汗为了蒙古贵族的利益发动远征,其西侵的部分首先征服了花剌子模。1237 年成吉思汗死去,他的一个孙子旭烈兀向波斯进攻,1258 年占领了巴格达,处死了最后一位哈立发。便以波斯为中心组成伊儿汗国(1256—1349)。

14 世纪中又出现了五个地方封建王朝,其中以穆萨法王朝(1313—1393,据以斯法罕城为中心)为较著。则东部以呼罗珊王朝为较著。北方,有自土库曼入侵的黑羊王朝(1410—1469)和稍后的白羊王朝(1387—1502)。

15 世纪,在波斯境内又来了帖木尔王朝(1381—1469)。帖木尔原是蒙古中亚细亚的一位跛子指挥官,他利用蒙古帝国的崩溃和随之而起的封建内乱,首先统一了察合台汗国,然后向外进攻,1380—1393 年他征服了整个波斯,都城却在原花剌子模的都城撒马尔罕。1405 年帖木尔死后,他的帝国也随之瓦解。他的王朝仅保有中亚细亚的领地。

(1) 萨曼尼王朝的文学:

波斯在阿拉伯人统治之下,文化都受到阿拉伯人的控制。只有到了 9 世纪以后的萨曼尼王朝,才恢复波斯的语言和文学。代表作家:

鲁达奇(原名阿布·阿布德·阿拉·贾法尔·伊本·穆哈马德,870—940):生于撒马尔罕附近的卢达克区,据说生而盲目。生平不详,只知道他作萨曼尼国王纳斯尔·伊本·阿赫马德(913—943 在位)的宫廷诗人多年,而于 937 年被逐,三年之后死于故乡。传说,国王每年春夏季要离开都城布哈拉去住离宫,而于冬季回返。有一年国王却要在离宫过冬,以待到来年的春夏季。国王的文武侍从们很想回到布哈拉,因为他们的家庭都在布哈拉。于是他们许诺送重金给鲁达奇,请他写一首诗以感动国王,使国王能回都城。鲁达奇立刻写了一首怀念布哈拉的诗,国王读了,立刻回京。

鲁达奇的诗仍受阿拉伯诗人努瓦斯的影响,歌颂人生的欢乐,尤其是歌颂美酒;但他在老年被放逐之后,却多写衰年的穷愁了。分别举例如下:

把酒给我,你可以称它为宝石熔化在杯中,
也像宝刀出鞘,照耀在中午的日光之中。
……
如果世上无酒,人心都要变成悲惨荒凉的沙漠,
如果我们已经断气,有了酒也能使它复苏。

啊,每颗牙齿都已因老年而破碎脱落!
从前的牙齿,那简直像明灯的光耀;
每颗都雪白发光,像阳光中的珍珠玛瑙,
像雨点在发光,像晨星在闪烁;
现在一颗也不留,由于衰老而脱落。

阿布·沙苦尔(10世纪中):是鲁赫一世的宫廷诗人。他的诗带有不可知论的倾向,如:

我的智慧知道这一道理:
我只知道我一无所知。

阿布·阿尔·哈桑·沙喜德(?—937):也是萨曼尼王朝的宫廷诗人。他是哲理诗人,如:

知识和财富就像水仙花和蔷薇,
它们的开花决不在一起;
有知识的人没有财富,
有财富的人却很少知识。

岂萨依(904—?):也是萨曼尼王朝的宫廷诗人。他青年时代的诗歌颂自然之美,晚年却有些哀愁:

玫瑰花是宝贵的礼品
从天堂送给我们;

在玫瑰花的伊甸乐园里
我们的品质变得更为神圣。
为什么把玫瑰花拿来卖钱？
我请问那卖玫瑰花的商人，
你所获得的只是金银，
而不是比玫瑰花还更高贵的灵魂。

就像野兽一样，我过了我整个的一生，
我现在是亲属们的奴隶，是妻儿们的牺牲。
在我五十年的生涯中，我得到了什么呢？
公平的天秤上一量，万罪千灾的可怜人！

阿布尔·卡西姆·费多西(934—1020)：生于土司城郊的名门而产业无多的贵族之家，曾受良好教育。他的青年时代正当萨曼尼王朝的盛时，他鼓吹东西波斯人(西波斯在布依德王朝治下)的团结，宣传爱国主义，建立离阿拉伯而独立的民族国家，克服各封建主与各地方政权之间的不和。这种中央集权的公正政权的思想贯彻了他的伟大史诗《帝王之书》。这诗的初稿成于994年。在定稿之前，诗人的祖国已大起变化。由于封建内讧和农民起义，萨曼尼王朝迅速衰弱，999年加志尼人攻入布哈拉，萨曼尼王朝便结束了。

1010年费多西完成了二稿，呈献给当时加志尼王朝的苏丹马赫穆德，加上一些对马赫穆德的颂辞。然而，据说，马赫穆德却不重视它，给以很轻的报酬，诗人便写了一首极为辛辣的讽刺诗给马赫穆德，这诗至今仍附于书末。据说，马赫穆德下令把诗人抛在战象脚下踏死，诗人只好逃走，流浪各处，好容易到了巴格达。到了晚年才回故乡土司，死在土司，葬在自己的花园里。回教僧侣认为诗人是异端分子，因为诗人歌颂了回教以前的神祇和帝王，立于反对回教的立场，不让诗人埋葬在公墓。1934年苏联和波斯都举行了诗人诞生一千周年纪念会，在诗人的假想墓上重建了新墓。土司现名费多西城，在波斯(伊朗)东北。

费多西的史诗《帝王之书》之前，已早有人用散文写过这一题材，如塔巴里(？—923)用阿拉伯散文写过《通史》；更有人用史诗写过这一题材，如达启启(萨曼尼王朝末年)所写的《帝王之书》。费多西虽继承并利用了这些前人的工作，但诗人的杰作却是富于独创性的。他吸收了人民口头的许多传说，输入了爱国主义的精神和人民对祖国的热爱。前后共花去了三十五年的辛勤劳动。

《帝王之书》包括五十个波斯传说中的和历史上的(萨桑王朝的)帝王统治。事实上,《帝王之书》分成三个不相等的部分。第一部分是神话的部分(公元前3223—前782),描写前十位帝王的事迹。其中有人民起义的插曲,即铁匠科瓦所领导以反对龙王札霍夫的斗争。本史诗中的英雄卢斯当已在这部分出现。

第二部分是英雄的部分(公元前782—前50),主要叙述卢斯当,他无意中战死亲生儿子所拉布。

第三部分是历史的部分(公元前50—公元651),主要叙述萨桑王朝,直到阿拉伯人的侵入。这部分中有很多有趣的插曲:对萨桑王朝巴赫罗姆·古尔国王的理想化,萨桑王朝的臣属巴赫罗姆·丘宾的反叛,马兹达克的人民起义等。

英雄卢斯当的死,写得很英勇。卢斯当是由他的异母弟弟舒格哈得暗害死的。舒格哈得挖了七个陷阱坑,坑底安装很多尖锐的刀剑。卢斯当和他的战马坠入第一陷阱,人马俱受伤,但人马同时跃起,但又坠入第二陷阱,如是七次,终于跳出第七陷阱,但人马遍体鳞伤,精疲力竭。卢斯当准备死了,但他故意叫舒格哈得将他的弓箭拿来,他要装作射箭者的姿态而死,以吓唬禽兽、以免死尸被禽兽所食。当舒格哈得拿弓箭来给卢斯当时,卢斯当一箭把舒格哈得射死,然后自己才死去。

> 那是一个又深又黑又危险的地方,
> 到处直立着长剑和刀枪,
> 落下去就受重伤,没机会逃亡;
> 于是人马同时陷落到中央,
> 受了很多剑刺和刀伤,
> 周身四体,一幅可怕的模样。
> 宝马拉库什让卢斯当骑在背上,
> 奋力一跳,跳出到深坑的上方;
> 但有何用处?仍又下降,
> 人马一齐又陷入另一个陷阱的中央,
> 又跳起来,再次下降,屡起屡降;
> 七次掉下去,七次受重伤,
> 继续奋斗,终于跳到第七个坑旁,

人马都精疲力竭,遍体鳞伤。
当战士的头脑逐渐冷静,能够思想,
他弄清楚了是谁干的这阴谋勾当,
他呼喊舒格哈得前来,并向他讲:
"你是我的兄弟,为什么搞这种冤枉?
你是我父亲的儿子,你用欺诈的伎俩
来毁灭我的生命,难道这就是你搞的名堂?"
舒格哈得这样回答,面孔紧张:
"你流了很多人的血,都要算账,
天神命令要向你报仇,现在已到时光。"
……
舒格哈得拿来了弓箭,并不闲荡,
带着奸笑的面孔,得意非常,
因为他很高兴看见这灾难一场。
卢斯当把弓箭放在前方,
用紧急的手把弓弦拉得开张,
那卑鄙的家伙看见这个景象,
十分惊慌,连忙向树后躲藏,
但这有何用处,箭已穿透树人俩,
他们这样一起被戳穿而死亡。

(2) 加志尼王朝的文学:

加志尼王朝的名王是苏丹马赫穆德,他的都城在加志纳(今之阿富汗),据说他是文治武功的全才,在宫廷中有四百名诗人,诗人的领袖即是那有名的翁苏里。兹将翁苏里及几位诗人略为介绍如下:

翁苏里(原名阿布·阿尔·卡辛姆·哈桑·伊本·巴尔卡的阿赫马德,？—1050):生平不详,只知道他是苏丹马赫穆德的宫廷诗人的领袖。他的一首歌颂马赫穆德的兄弟的颂诗《问与答》,其中描写一支宝剑的一段,可代表他的诗风:

那个像火样的水状物体,像彩缎的钢铁利器,
躯体没有灵魂,血液却在流动,那是什么东西?

动它,它就像一条河;舞它,它就是闪电的光体;
投它,它就是射出的箭;折它,它就像强弓弯起。
你看啊,它是洒满了微小珍珠的一面镜子;
你看啊,宝石的碎片如何交织在丝绸里!

明留乞里(约11世纪):他有一首诗称赞翁苏里:

翁苏里,在我们当代的艺术中,是伟大的导师,
是信仰和崇高的灵魂,有纯良的心,有大智慧,
他的声音和他的智力一样,都是天生而独立;
而他的智力又像他的优美而独创的诗。

阿萨迪(约11世纪):据说有父子两个阿萨迪,也有人说是一个。史诗《加尔夏斯卜惊险艳遇记》为大阿萨迪完成于1066年。小阿萨迪也编了一本《波斯字典》,很有文学价值。

法鲁希(约11世纪):是翁苏里的门人中的最有才华者。他的诗善于描写自然和爱情。有一首挽诗很有名:

你最好趁着青春,
立刻沉醉于爱情,
因为你一上年纪,
优点都化作埃尘。

(3) 色尔柱王朝的文学:

阿布·伊斯迈尔·阿布德·阿拉·伊本·穆罕默德·阿尔·安撒利(1005—1088):回教神秘派的诗人,他最有名的一本书是《祷文集》,其中插入不少宗教诗:如,

真主啊,可怜我,赐我的灵魂以生命,
赐我以忍耐,使我不致忧伤受损:
我怎么知道什么东西最好,应该追寻?

> 只有你知道:告诉我以你知道的事情!

纳细尔·伊·库思劳(1004—1088):青年时代曾学习各门自然科学和各种语言,并拜访过印度拉合尔与苏丹马赫穆德治下的加志尼的王廷。1045 年起曾作过刚建立起来的色尔柱土耳其王朝的财政税务官吏。1050 年,据他自己说,他梦见穆圣,因而往麦加朝圣前后四次,并到埃及开罗,信奉了回教埃及一派的学说。回乡之后继续宣传,遂与波斯回教(属巴格达的阿拔斯派)不合,因而逃往山中(1060),隐居二十余年,而以 84 岁高龄死去。

他的诗很多,大多是宗教、伦理、道德的教训诗;晚年也写抒情诗,多半歌颂并怀念埃及的故人,反对巴格达波斯的压迫者,并歌唱隐居之地的美景等。如:

> 要有自知之明;如果你有自知之明,
> 你就也能知道将善恶区分。
> 首先要熟悉你的内心,
> 然后才能指挥你的全身。

阿布·萨义德·伊本·阿比·阿尔·开尔(967—1049):是四行诗的作者。是我默·迦亚谟的先驱。

巴巴·塔希尔(与上一人同时):也是四行诗的作者。

卡特朗·伊本·马赫穆德(?—1072):生平不详,只知他服务于大不里士(波斯西北)色尔柱的委任者署中。他的诗长于描写,1042 年大不里士遭地震,诗人曾有诗记之:

> 上天降祸于大不里士的人民:
> 上天使大不里士毁灭,而不使它繁荣,
> 高山变成深谷,深谷变为山陵,
> 灰尘化为飞沙,飞沙化为灰尘。
> 树木弯曲如弓,泥土四散飞分,
> 水涨发出声音,山岳向前行军。

法克尔·阿尔·丁·阿萨德·古尔甘尼(1048 前后):生平不详。1048 年他写了一首浪漫的叙事诗《魏斯和拉明》，献给色尔柱苏丹图格里尔的大臣阿布·阿尔·法斯·穆萨法尔。这诗在 12 世纪被译成格鲁吉亚文，后来被奥立发·瓦德罗普爵士译成英文。魏斯致拉明的一段诗：

  赠君以无数之荣华，
  多于春日之群花，
  多于山原之黄沙，
  多于雨点之如麻，
  ……

  马苏德·伊·萨德·伊·萨尔曼(1047—1121)：诗人的父亲在加志尼王朝时在旁遮普首府拉合尔置有产业，所以诗人少时生活快乐。但由于政局的变动，他被捕入狱，产业被没收，在狱中多年，写成《狱中诗》。1099 年被释回拉合尔，恢复其产业。但为人所逸，旋于 1105 年又入狱，直到 1113 年乃复被释，但已衰朽不堪了。晚年退隐。《狱中诗》：

  当我被关在牢房，已作楚囚，
  我好似一人在荒野暗中寻求。
  牢房的门像坟墓一样地漆黑，
  狱吏的面孔讨厌得像一只猪头。

  阿布·阿尔·法拉吉·鲁尼：与马苏德同时，同为拉合尔人，他们彼此曾有文字的往来。
  阿布·巴克尔·阿兹拉基(约 12 世纪)：他是色尔柱尼夏普尔的总督吐格罕沙(？—1186)的宠任诗人。他有描写吐格罕沙的花园的诗：

  在春天，郁金香的花容可以看见，
  在秋天，银莲花的眼睛在到处偷看；
  树木都似乳香，树叶都如绿宝石一般，
  草色都如青宝石，泥土像龙涎香那样香甜。
  一个巨大的水池在花园的前院，

> 深沉如哲学家的灵魂,奥妙如诗人的灵感。

莪默·迦亚谟(约1040—1123):生于尼夏普尔,该城号称波斯的小大马士革,当时它确是波斯呼罗珊的一个重要城市。他的父亲似乎是一个帐篷制造者,因为"迦亚谟"在波斯文是此义。他的童年在巴尔哈度过。十八岁时丧父,不得不辍学谋生。他以显著才能见知于布哈拉的统治者沙姆士·阿尔·姆尔克。过后,诗人得出入于色尔柱苏丹马立克·沙一世(1072—1092)的宫中。1076年他被任为伊斯法汉的天文台台长。他领导改良波斯旧历。1092年马立克·沙死后,诗人失去宫廷的支持。到了老年时,为了免于不信神的指责,他曾去麦加巡礼,1103年从麦加回来。

迦亚谟的前半生是在色尔柱王朝的比较平静的环境中度过的。他的晚年遭逢内乱,多遭不幸。终死于故乡。

迦亚谟是无比的四行诗(鲁拜)的大师。他遗留至今的一本诗集《鲁拜集》,共收四行诗约五百首。此集在19世纪经英国人菲兹杰拉尔德(1809—1883)译为英文,始大行于世。中文亦有郭沫若先生译本。

迦亚谟的诗,在唯心的观察中有物质的潜流。他写存在的永恒和天体诸星,也写时间的万能,但他又激烈反对来世生活的主张。他号召人们享受现世生活的快乐。他的诗也反对世上的不公平的制度。很多诗渗透着悲观主义和神秘哲学。他谴责僧侣的虚伪和伪善,歌颂自由而轻快的享乐者,轻视宗教法规。诗句精警,语言简练。

> 一卷诗兼酒一壶,
> 与卿歌唱共欢娱,
> 荒原即使无兼味,
> 也算天堂在世途。

> 酒屋门前聚酒徒,
> 晨鸡一唱便高呼,
> 开门痛饮能多久,
> 大限来时免得无。

栽培龙种望成龙,
智慧生成化育功,
如此收成如此得,
我来如水去如风。

一世君王一日程,
帐篷暂住即终生,
君王退席佣夫起,
另设佳筵待客人。

千万人行入黑门,
无人回报此行程,
千秋此事成奇事,
世上人人步后尘。

昨日功成今日欢,
明朝胜败有谁言,
请君痛饮今朝酒,
莫问何由去不还。

阿布·阿尔·马吉德·伊本·阿丹姆·萨奈伊(1046?—1141):生于加志尼。年长后曾到呼罗珊各地旅行,到过麦加。在加志尼王朝马苏德三世(1099—1115)时开始写诗,向巴赫拉姆·沙(1117—1151)献诗,尤其是他的杰作史诗《真理之园》(1131)。晚年回到故乡,并死于故乡。他是回教遍在神秘派的诗人之祖,但也写爱情诗。兹各举例如下:

穆斯林们,世上的生命大厦开着两道门:
贵族平民,好人坏人,都要通过它们。
两道门对一切人类,贵贱不分,
一道门由命运闩紧,另一门闩紧也由命运。

什么是爱情？是巨大的海洋，
　　海水是耀眼的火光，
海水又是一群山岗，
　　漆黑如夜,群聚在远方。

长诗《真理之园》叙事简洁生动,如开头：

在一本书里我曾经读到一个故事，
说神灵在一个夜间出去,走到荒原里。
一更时间过了,他忽然感到睡意，
他赶快找一个地方,以便睡眠休息。
他不再前行,发现一块石头遗留在地，
他把石头作为枕头,很快就沉沉入睡。
他睡了一会儿；过后就很快醒起，
看见一个魔鬼在他的身旁站立。

纳斯尔·阿拉(？—1144)：生于加志纳,乃散文故事作家。前此,阿尔·穆加发曾将印度的动物故事译成阿拉伯文,至此,纳斯尔·阿拉又把它译成波斯文,并于1144年将它献给加志尼王巴赫拉姆·沙(1117—1151)。

12世纪尚有若干散文作家,兹从略。

阿尔·马立克·尼夏普尔的穆伊齐(1049—1148)：穆伊齐的父亲是苏丹马立克·沙(1072—1092)的宫廷诗人。父亲在死时(1073)把自己的儿子作为诗人介绍给马立克·沙,但这位年青诗人初未引起苏丹的注意。有一年苏丹出外欣赏新月,穆伊齐即席吟诗一首：

新月啊,有人说你像爱人儿的娥眉，
有人说你像一只弯弓,属于王子，
有人说你像黄金铸成的马蹄，
有人说你像一只耳环,悬在天空之耳。

苏丹很喜欢这首诗,遂送他一匹马,他又吟道：

> 当国王看见烈火燃烧在我的胸中，
> 他就把我从地上高举到月亮，使我地位优崇；
> 当他听到我吟出如水的淡诗，诗味不浓，
> 他就赐给我一匹宝马，行走如风。

诗人在这四行诗中把地、水、火、风四大元素都包含进去了。于是苏丹乃赐予金钱和称号，从此诗人成为宫廷的名诗人了。甚至有人列出中世波斯三朝的名诗人为：萨曼尼朝的鲁达奇，加志尼朝的翁萨里，色尔柱朝的苏丹马立克·沙治下的穆伊齐。

1092年马立克·沙死了，诗人遂开始流浪生涯。1096年桑贾尔被委为呼罗珊的总督，诗人又开始了好运，1117年桑贾尔继位为苏丹，诗人便作了宫廷的桂冠诗人至老死。

穆伊齐也写抒情诗，但他的主要作品是颂扬诗。当苏丹马立克·沙和他的大臣尼赞·阿尔·姆尔克在一月之内相继死去时，诗人深深哀痛，写了一首有名的悼诗：

> 帝国失去了伟大，人民接近了危亡，
> 因为帝国和人民都丧失了公正的帝王；
> 此事的影响在东西各处都难于衡量，
> 此事的回声在海陆各地都令人惊惶。

奥哈得·阿尔·丁·阿里·安瓦里（？—1190）：生于谋夫以西之阿比瓦得，学于土司，学识渊博，见知于苏丹桑贾尔（1117—1157），成为宫廷诗人，但他内心耻于这种倚靠强者的生活。1157年桑贾尔死去，诗人的命运恶化。据说，他根据他的天文学知识预言将有暴风雨，届时却是晴天，因此人们亦遂怀疑及其诗才云云。晚年过隐居学者生活，1190年死。

当古兹族人侵入波斯东北而把桑贾尔作为俘虏的时候，诗人悲痛之余，写了一诗《呼罗珊的眼泪》：

> 和风啊，吹吧，吹到撒马尔罕，
> 当你下次访问那幸福国度的时间，

> 呼罗珊的哀声已沉入了灾难：
> 请给土兰的国王带去我们的可怜书卷，
> 翻开它，会发出我们灵魂的一切哀怨，
> 关上它，就表示知道了受苦者的心愿。

阿里·卡康尼(？—1185)：生于里海西岸之希尔凡，早岁即学诗。曾为希尔凡统治者的诗人，但不几年便要求外出以巡礼麦加。沿途人民城郭，都写入他的诗中。

1157年从麦加回来，益为群小诗人所谗，希尔凡统治者阿赫提桑也不喜欢诗人对其他王廷的称赞，便把诗人关在沙比朗要塞。诗人于此写成其有名的狱中诗：

> 黎明时，像华盖翻腾而起的是我那如烟的叹气，
> 我那熬过夜的眼睛像出浴的朝阳自血海升起。
> 痛苦的筵席已经备好，我自己是点燃的柳枝，①
> 以便我那滤酒的眼睑可作滤酒的滤器。

卡康尼终于被释，但已妻死子亡；他写的挽诗，真挚动人。晚年欲再投明主，寄情于诗歌之中，且欲于诗歌之中"恢复增得·阿维斯塔之法律"于波斯故国。但终于无成，于1185年(或云稍晚)死于大不里士。

尼扎米·阿尔·丁·伊里亚斯·伊本·优素福(1147—1203)：据《苏联大百科全书(二版)》29卷603—604页所称，尼扎米生卒均于阿塞拜疆，应为苏联阿塞拜疆诗人，苏联并于1947年为他作了诞生八百周年纪念活动，重修了他的坟墓，而且在巴库有一个尼扎米纪念馆。但西欧学者和伊朗学者则认为尼扎米是波斯诗人，因为他用波斯文写作。

尼扎米早年丧失父母，因而性格孤僻自傲，早期作品多带教训味道，最初诗集亦名《神秘的宝库》(1179)。但过后又转变为写人生享受和自然之美的浪漫作家。史诗《科斯劳和喜林》(1180)就是写波斯萨桑王朝国王科斯劳和亚美尼亚的公主喜林的爱情故事，此史诗题献给阿塞拜疆的统治者，并得重赏。过后又写史

---

① 点燃的柳枝是滤酒之物。

诗《莱那与马吉伦》(1188)，写贝陀因人的爱情故事。其次又写史诗《亚力山大之书》，写亚力山大的冒险故事。最后写史诗《七美图》(1197)，写波斯萨桑王朝国王巴朗古尔的七个妻子。以上的五部著作称为尼扎米的《五宝》，为后来波斯文史诗的典范。

法里得·阿尔·丁·阿塔尔(1136—1230)：生卒年月异说纷纭。相传所写作品甚多，大都为寓言、哲理诗。

成吉思汗于1221年洗劫尼夏普尔。据说诗人在1230年4月26日在尼夏普尔为入侵之蒙古人所杀死。他的作品是色尔柱土耳其王朝和蒙古王朝之间的桥梁。

(4) 蒙古伊儿汗王朝的文学：

穆斯里·阿尔·丁·设拉子的萨迪(1184—1291)：萨迪生于波斯南部的设拉子，青年时代曾是虔诚的伊斯兰，四十岁时却转为遍在神秘派，始终是严肃、愉快而有道德的人。

蒙古人威胁色尔柱朝波斯时，萨迪正在巴格达。为了逃避，萨迪走遍了印度、阿拉伯、叙利亚、北非、小亚细亚等地。他也曾在耶路撒冷的沙漠中巡行。后又值十字军，被虏而被囚在的黎波里的战壕中挖掘战壕，一位阿勒颇的富商又把他赎了出来。

经过长年的流浪之后，在1256年又回到设拉子，于是开始写他的主要作品：教训诗《水果园》和格言故事集《蔷薇园》。此外还写了很多抒情诗。

《水果园》为十章所组成，每章以一主题为中心而用格言故事诗的形式表达出来，如第一章论正义，第二章论宽大和慈悲等。

《蔷薇园》分为八章，每章也包含一个主题而以若干不连贯的段落组成之，每一段落大都开始于一个格言或故事，末尾则多为几行短诗。这些段落甚至时常全是一首抒情诗。其中大量利用民歌。

萨迪作品中的现实生活画图和讽刺因素，乃是人民反对封建专制的表现。

萨迪作品的整个范围中，有两条矛盾的线索：一方面反对暴政，叫人尊重劳动者，歌颂人民的勇敢和英雄主义及其纯朴；另一方面却主张和命运妥协，顺应现存秩序。

萨迪生当色尔柱和蒙古两朝交替之间，而当时的诗人又不能不向国王或地方霸主献诗。萨迪曾向色尔柱王朝最后的国王阿塔贝格献诗：

现世不会永存；唯有正义的标记才会永存：
愿您为良善与正义而工作，为高尚事业而勤奋。
不要轻视你的奴隶们的言论：最伟大的君王们
也要倾听他们的最卑微的仆人们的谏诤。
当一个人死后，人们都称赞他，这人才算幸运，
因为人们留在身后的，别无其他，只有议论。

萨迪又向蒙古朝国王旭烈兀所委派的设拉子地方官印基雅努献过诗，时间在1270年：

命运反复无常，经常反复：
聪明人从不留心于世俗。
现在你既有权，就做点有益事务，
不然，时间一去，你就无权再做。
萨迪的抒情诗也写得很优美：
当微风吹着你的红润的脸色时，
相爱的人们的欢乐跳舞又已开始。
你的心决不为我而熔化，坚如铁石，
我的心却沉在你脸上的酒窝里
在那儿沉沉地熟睡。
生命只是一个微小的献礼，
其他的东西就更容易献给你，
你不需要一支画家的笔
来装点你的墙壁：
你自己就是很好的装饰。

宁愿生病，宁愿躺在你的脚下而死，
但不愿失去了你。
到爱情的圣殿去巡礼，
走在荒凉的天空下，你有什么介意，
别离的苦恼怎么会损伤你？

《蔷薇园》第一篇《帝王篇》之十九

他们说,在一个打猎的地方,他们正在为努希罗万烧烤野味。因为没有盐,他们就派一个仆人到镇上去弄一点来。努希罗万对他说,"用公平的价钱去买,不要去抢,不然恶例一开,全镇就成废墟了。"他们问道,"这点小事能造成这么大的损害吗?"他回答说,"本来,世上的压迫开头是很少的,每一个新来者加上一点,就到了今天的地步:一个国王吃了农夫果园里的一只苹果,他的卫队或奴隶们就要把苹果树连根拔起。国王同意抢五只鸡蛋,他的军队就要在他们的铁叉上叉上一千只母鸡。"

《蔷薇园》第五篇《爱情篇》之十四

一个人有一个美丽的妻子,她却死了;但是衰老糊涂的岳母,为了嫁妆之故却定居在他家里。他和岳母住在一起,他却苦恼得要死;但是,由于嫁妆之故,他又毫无办法。这时,他有几个朋友来安慰他,一个问道,"你的亲爱的人死后,你过得怎么样?"他回答说,"妻子去世倒可忍受,岳母留下却不能忍受:摘去了蔷薇花,却给我留下刺;抢去了财产,却留下毒蛇。宁可让眼睛被戈矛刺穿,却不愿见敌人的面。宁可和一千个朋友绝交,却不能和一个敌人相处。"

贾拉尔·阿尔·丁·穆罕马得·伊本·穆罕马得·鲁米(1207—1272):鲁米生于呼罗珊的巴尔喀。大概由于蒙古人入侵,鲁米还在童年便和父亲一道过逃亡生活,穿过波斯、伊拉克、阿拉伯、叙利亚,而终于来到当时小亚细亚色尔柱的首都康尼亚。他的父亲于1230年死在康尼亚;鲁米也终生居在康尼亚,葬在他父亲旁边;在他的墓上人们建了一座堂皇的庙宇,至今还为回教界的人们所经常巡礼膜拜。

鲁米在康尼亚信奉了神秘派,并成为该派的圣者兼诗人,而且成为毛拉威教团的创始人;关于宗教方面,有不少的神话和奇谈与他有关。但作为诗人来说,他主要的作品是《教训对句》和《诗集》。

《教训对句》一书分为六卷,用三四万个有韵对句写成一些教训和寓言,吸收了人民的口头创作。但鲁米在书中主张神秘思想,号召人在命运与暴力之前顺从和解。

《诗集》也充满了神秘主义、诸行无常的思想,也有抒情诗:

在世界上，我唯独选择了你；
你难道要叫我受苦，坐在愁城里？
我的心像是你手中的一支笔，
你正是原因，使我忧愁或欢喜。
除了你所想的，我还有什么别的意思？
除了你所指示的东西，我还有什么看的？
你在我身上栽上蔷薇，又长着刺；
我有时拔除这刺，又闻这蔷薇。
你叫我去东，我不会去西；
你叫我上天，我不会入地。

法克尔·阿尔·丁·伊卜拉欣·伊本·沙立雅尔·伊拉基(1211—1289)：伊拉基生于哈马丹的卡马坚村，五岁上学，即能背诵《可兰经》；十七岁时，随流浪人之演唱集团至伊斯法罕，并浪游波斯各地，终且至印度；在印度住了二十五年，成为圣者巴哈·阿尔·丁·穆尔坦的萨卡立亚的虔敬门徒；圣者死时，欲传衣钵于伊拉基，为人所谗，诬于苏丹，遂逃往海上，转往麦加。之后，再到小亚细亚的鲁姆，从圣者萨得鲁得·丁·康拉威，并开始写自己的书《拉马亚特》(音译)，亦有了若干信徒。1276年色尔柱所委派之鲁姆地方长官姆英·阿尔·丁失势被杀；姆英被杀之前，以一袋金遗伊拉基，请他到埃及开罗，营救其被囚之子，伊拉基到开罗，说服马穆留克苏丹释放姆英之子，并在埃及神秘派之间受到尊敬。后到大马士革，为该地教长，终死于大马士革。

他的书《拉马亚特》歌唱人间的爱情，如：

我疯狂的心再拿着爱情的酒杯，
倚靠在爱情的怀里：
我的灵魂已经放弃，
让与包含一切的爱情之力。

你的可爱的面孔非常美丽，
它袭击我的心，偷入我的心里，
不然，爱情在我的心底

就找不到一个地方,以表示这样的欢喜。

爱情的鸽子飞到我的心里
从我的爱人那儿带来消息,
为了他的原故,我情愿死,
愿和他永远生活在一起。

汉姆德·阿拉(1282—?):生于卡兹文。当蒙古伊儿汗国王阿布·赛义德(1316—1335)和阿尔巴(1335—1336)在位之时,阿拉是卡兹文地方总督吉亚斯·阿尔·丁·穆罕马德的侍臣。这些年,他一方面阅读了费多西的《帝王之书》,一方面创作了自己的《续帝王之书》,此书共有七万五千多个对句,完成于1335年,作者想把它作为费多西的名著的续编。其中第三卷即叙述蒙古人入侵波斯之时代,写来殊为悲壮:

当战争的队伍和悲惨的命运都来时,
他们关闭了城门,屹立如同岩石。
战士们都上城墙,各人站定各人的位置,
每个人都对着蒙古人当面对峙。
三天之间他们使残酷的敌人无法进退,
但是在第四天他们却处于流血的地位。
蒙古人凶猛地进入卡兹文城里,
以前高昂的头而今下坠。
蒙古人不饶过城中的任何一地:
每一个英勇军人的生命都告完毕。
没有谁能拯救全城居民免于一死,
他们都在一个坟墓中聚集在一起。
大人小人,老年青年,不分彼此,
都在尘埃之中躺下他们的无生命的身体;
男人女人,共同命运,永不分离:
这地方化为废墟,被幸运所遗弃。

乌拜得·伊·扎康尼(？—1371)：扎康尼生于卡兹文,但他不喜欢此地;长于设拉子,他很喜欢此地。生当赛克·阿布·伊沙克·印久(1346年被弑)之年,似曾作高官,但仍穷困以死。他的作品是有名的政治讽刺诗《老鼠反抗猫》,共长九十四个对句。内容说猫吃掉了老鼠,却向庙中去向神忏悔;老鼠们派代表携礼物去向猫求和,却又被猫吃掉;老鼠乃组织成军队去和猫军作战,初已胜利,并俘得猫王,但猫王奋勇一怒而把绑索咬断,又把老鼠打败。诗中把猫比喻阿拉伯回教徒,是压迫者。

扎康尼还在1340年写了一首诗,以讽刺世俗伦理教条;又于1350年写了一首爱情诗,求神允他再和爱人会面：

> 请允许我这狂乱的心的愿望,
> 把我带到我的精选的偶像的身旁;
> 让我不要再飘零在他乡,
> 解除我的枷锁,你恩德深长。
> 可怜并照顾我那本土,它最荒凉,
> 请同情我每天早晨的叹息和感伤;
> 请对我施行慷慨,我已痛断肝肠,
> 我是一个不幸的人,到处流浪;
> 从此不要再加痛苦在我的痛苦上,
> 请指出我的道路,我的爱人究在何方。

(5) 从蒙古王朝到帖木尔之间(14世纪中叶)的文学：

马赫穆得·沙比士塔里(？—1320)：生于大不里士,生平不详,以富于神学知识著名,其遗留至今的一首诗,具有一千零八个有韵之对句,以问题体之诗句解说神学问题。

鲁肯·阿尔·丁·奥哈迪(1270—1336)：生于阿塞拜疆之马拉加,初学神秘派诗人,后亦向当地之王公献诗。1306年向沙·优素福献诗失败,后到伊斯法罕。他的最有名的诗为《羌姆·伊·羌姆》(音译,1332)。他尚有散文诗多首,被后人收集成册,计一百一十六首,多为吟咏妇人与宗教之作。

伊本·雅明(1286—1368)：大约生于土耳其斯坦,于1298年随父迁于法留马德村。他父亲也是诗人,1322年死时,推荐儿子为呼罗珊的宫廷诗人。由于内战,诗人亦为俘虏,初期诗稿亦随之散失。但他最后二十五年所写之诗,其遗留至今的尚有五千首之多,题材多种,但以短诗警句为佳:

  有知识的人,并知道他有知识,
  可以神驰骏马,乐游天地。
  无知识的人,并知道他无知识,
  也可免受愚蠢之名的讽刺。
  无知识的人,并不知道他无知识,
  就将永远处于完全的无知。

  克瓦久(1281—1352):生于奇尔曼,早年亦为宫廷诗人。由于蒙古王朝瓦解后之大混乱,诗人流浪各省都会,时而设拉子,时而巴格达,终死于设拉子。平生写诗很多,据说有二万首,唯现存者已大为减少。诗体有颂诗、抒情诗、四行诗等。而以其五大田园对句诗为最有名,大多为浪漫故事诗与宗教诗。

  贾马尔·阿尔·丁·萨尔曼(1330—1376):生于萨瓦城,此城于1220年为蒙古人所毁,并烧毁其巨大之图书馆。此城后重建,萨尔曼的父亲即在此城任行政工作。萨尔曼初亦学行政工作,后改作诗人,但他的诗人生活,主要服务巴格达的贾奈里得王朝的创立者哈桑·伊·布祖尔格(1336—1356)及其子苏丹乌外斯(死于1376年)。除颂诗以外,诗人还写了两首田园诗,还有一些抒情诗和四行诗。他的关于酒和酒店的诗是很美的。下面是一段抒情诗:

  你的辫子使我的头脑发狂;
  你的辫子使我的整个世界颠倒震荡。
  一滴血仍留在我的心房;
  我的眼睛也要把它流入海洋。
  你那高大的身材伴着我这无生命的形象,
  就像在你后面拖着一个影子一样。
  当鹿子在微风中闻到你的芳香,
  它也要在荒野里抛弃它自己的香囊。

  夏姆斯·阿尔·丁·穆罕马德·哈菲兹(1300—1389):生于设拉子。初学神学并精通阿拉伯文学,早在童年即显示非常才能,以致被人称为"哈菲兹"("能记诵《可兰经》之人")。他很早即写诗,献给当地王公。诗名遍国内外,巴格达宫廷和印度德里苏丹都来聘约他,但他未离祖国,死于穷困中,葬于设拉子。

哈菲兹生平事迹可考者很少,传说则有若干:

一说他曾应南印度德干一王子之邀前往印度,已过印度河,再渡一小河时,因不适舟楫,借故而归。

又说,当帖木尔入侵波斯行至设拉子时,听说哈菲兹之大名,即召哈菲兹而问他:"你是否这位诗人,敢于把我的两大名城布哈拉和撒马尔罕赠给你的女友,作为她脸上的两颗黑痣?"哈菲兹随即应道:"正因为我如此慷慨,所以弄到今日之一贫如洗,而不得不来请求你的恩赐以维持生活。"帖木尔闻言大喜,厚赐诗人而遣之。因为哈菲兹曾给一位设拉子姑娘写过一首情诗:

　　如果设拉子的那位小小姑娘
　　　　愿意把我的心放进她的手掌,
　　我就愿把布哈拉和撒马尔罕送给她
　　　　作为两颗黑痣贴在她的脸上!

哈菲兹的父亲原从伊斯法罕迁来设拉子,哈菲兹遂出生于设拉子。当时的地方王朝穆萨法尔王朝只统有设拉子、雅兹德、奇尔曼和伊斯法罕四城。哈菲兹受此王朝的沙·舒贾(死于1384年)及其子沙·曼苏尔的保护。哈菲兹死于1389年,犹及见穆萨法尔王朝之灭亡,并目睹帖木尔的恐怖之来临。诗人写诗叹道:

　　时局又不安宁;
　　我不得不再把疲倦的眼光望着醇酒和妇人。
　　命运太空的车轮是一个奇怪的事情:
　　又轮到谁的高昂的头要被它抛下微尘?
　　……
　　平原上怒吼着骚乱和流血的战争:
　　给我血红的美酒吧,再把酒杯满斟!

哈菲兹以抒情诗见称,他的诗搜集成《诗集》,共有五百多首。有人说,他的抒情诗是波斯最完美的。诗人以极大的抒情力量传达出人间的感情,他们的各种各样的色彩。他的诗表示对现实的不满足,热烈要求美好的事物。他的寓言和比喻大都充分表达了现实和尘世的要求。他要求生活的享受,人格的独立和自由。

《诗集》第十七首

早晨,天空卷起了云堆:
朋友,拿起早晨的酒杯!

露珠在郁金香的脸上流成条纹,
朋友,拿着酒杯满怀痛饮!

草地发出微风袅袅;
快饮清凉的醇醪。

花王已把绿宝玉的王座安排:
发出红宝石的光辉的酒,赶快拿来。

酒店的仓房又已关门,
"快开门哟,你看门的人!"

春光虽然向我们微笑,
我却怪它去得太早。

你承认,你的嘴唇含有盐的力量,
放在烧伤了的胸膛的伤口上。

  哈菲兹,不要丧失
  你的勇气!
  你的幸运的人儿
  将会显示。

《诗集》第173首

我用我的心血写给我最亲爱的人：
"如果你不在我身旁,大地好似在地震。"

"我的眼睛千百次望眼欲穿：
眼泪不只是表示灾难的流泉。"

我没得到她的恩惠,精力白费：
"谁要试一试,终将后悔。"

我问她生活何如;医生这样应答：
"健康离她很远;痛苦离她很近。"

东风吹开了我的月亮的面罩;
早晨太阳在云霞中照耀。

我说："如果我走过你的家门,人们会讥讽。"
我的天！爱情总逃不掉讥讽者的嘲弄。

  允许哈菲兹的要求：
  "给一杯生命的甜酒！"
  他要求一只酒杯,
  装满着你的恩惠！

(6) 帖木尔王朝及15世纪文学：

穆罕马得·西林·马格里比(1350—1407)：约生于伊斯法罕附近,似曾游历马格里布,但大部生涯是在大不里士度过,并死于大不里士。他是神秘派诗人,他的诗集据说共有二千三百首诗,诗中多形而上学的概念。

毛兰纳·阿布·伊沙克·哈拉吉·布沙克(？—1424/7)：初为弹棉花匠,后以聪慧而为伊斯坎达的宠臣。伊斯坎达是帖木尔的孙子,曾为法尔斯的总督。布沙克所写多为仿制的歪诗。

尼马·阿拉(1330—1431)：生于阿勒颇，二十四岁时曾巡礼麦加，遂信神秘派。后游波斯东北，定居于奇尔曼附近之马罕，并死在此地，其墓至今仍为巡礼之所。他曾为帖木尔之子沙·鲁克的宠臣。他的诗集仍留至今，属宗教性。

卡西姆·伊·安瓦尔(1356—1433)：生于大不里士附近，也是神秘派诗人。他曾游历各地，尤其纪兰，后到波斯西北，初居尼夏普尔，后居哈拉特。沙·鲁克在1426年曾被谋刺杀，诗人涉嫌被逐。乌鲁格·贝格这一国王兼天文家曾保护他于撒马尔罕，但不久他回到呼罗珊而定居于哈尔吉尔，并死于此地。

阿拉·土尔希兹的卡体比(？—1435)：生于尼夏普尔省之土尔希兹村。曾献诗于赫拉特的帖木尔王朝，但未成功；后至希尔万之伊布拉欣的王廷；再周游各国王廷，终于回到伊斯法罕，乃专心于神秘派宗教，后死于阿斯塔拉巴得。所作多抒情诗，但无甚特色。

阿赫马得·贾米(1414—1492)：生于呼罗珊之贾姆，学于撒马尔罕和赫拉特，并在赫拉特住了大半生，并死在那里。贾米还在贾姆时便已学神秘派教义，在赫拉特学习了各种学问，并曾朝拜麦加。他一生写作多种，有诗有文。生前享有盛名，且为各王朝皇室王公所重视：与帖木尔王朝、黑羊王朝、白羊王朝，甚至土耳其的各王公多有往来。

贾米的主要著作是《出自神圣宫殿的紧密友谊之气息》，是六百名左右的神秘派活动家的传记。

他的伦理小说集《果树园》是仿萨迪的《蔷薇园》写的，也分八部，称为八园，每园也用散文说教，写成故事，间以诗歌。第七园是对波斯各诗人的评论，可作为文学批评看。

贾米写有三部诗集(1479,1489,1491)，每部前面，诗人自有序言。

贾米又写了七首叙事诗《七王座》，多献与各王朝。

贾米是多种多产的作家，也是波斯集大成的诗人；但他的抒情诗也很好：

　　没有了你美丽的眼睛，全城都带愁容，
　　我也要飞去杳无人迹的天空。
　　因为你一去了，我就失去热情，
　　虽在人群之中，我似乎在个人步行。
　　我的灵魂不怕孤独，
　　走到哪里，都有你的形象同路。

我带着爱情的枷锁,是一个疯狂的恋人,
我带着锁链在世上把你找寻。
我在草地上踏着丝光或者蔷薇;
一切道路指向各方,却不指向你,
道路都塞满了荆棘和野的玫瑰,
如果隔断了我的爱情,我的希望都将崩溃。
哎呀!我说过,我要浪掷我的生命;
没有了你,我就不想生存。
有的神灵向我心中私语,叫我忍耐,
这颗心从今天起我也许要永远离开。

第十一章　中世欧洲文学

西罗马帝国的灭亡和封建社会的建立：自395年罗马帝国分为东西两部之后，西罗马帝国日趋衰弱。内部的奴隶起义此伏彼起，外部的日尔曼族入侵也无力应付，终于在奴隶与日尔曼族的双重压力下西罗马帝国于476年灭亡了。古代奴隶社会制度被彻底破坏，新从北方来的日尔曼族建立了若干王国，他们不征收从前压在罗马帝国人民身上的重税，不如罗马时代那样残酷地剥削，奴隶的地位也改善了一些，他们虽仍要在地主土地上做工，但他们已有自己的分地和自己的经济，一部分收入由自己支配，因此他们做工的兴趣较奴隶为大，生产力提高，就这样他们由奴隶成为农奴，在奴隶社会的废墟上建立起了比较进步的封建社会。

基督教的得势和教会的统治：基督教原创始于罗马帝国初期的犹太人耶稣。当时犹太人为罗马帝国的臣属，民族主义与不平之感使基督教产生，所以当时耶稣提倡万人平等，具有进步意义。虽耶稣本人为罗马官吏与犹太人的上层分子所害，而基督教在此后二三百年间却由于广大受压迫民众的欢迎而传遍罗马帝国各地，组织秘密教会，深入民间，势力增加很大。罗马皇帝最初采取高压手段，甚至把基督徒拿到竞技场去喂狮虎等野兽。但到了4世纪初君士坦丁大帝时，他想利用基督教以加强摇摇欲坠的帝国，利用基督教只信一神的观念来加强人民对皇帝的拥戴（因为皇帝是上帝的世俗代表），于是便采取保护基督教政策，从此基督教便被利用来作统治的工具了。

476年西罗马帝国灭亡，社会纷乱不已，于是教政便形成了统治人心的唯一组织，它几乎掌握了政教大权。同时又把基督教向日尔曼族各国宣传，各日尔曼族王国也宣誓拥护基督教，于是教宗更成了居于国王之上的教皇了。整个中世纪，教皇权力始终占极高的地位，为封建统治阶级作麻醉人民的工具，甚至教会本身便是封建的大地主集团。

日尔曼族诸王国与查理大帝：西罗马帝国灭亡后，西欧出现了若干日尔曼族王国，法兰克、西哥德、东哥德、勃艮底等。其中以法兰克王国为最重要，它据有今日法国和西德一带地方，及到查理大帝（768—814）灭了勃艮底并征服了伦巴底，版图更及于北部意大利，于是俨然成了昔日西罗马帝国的承继者。此外查理大帝又东征萨克森人，西征西班牙的阿拉伯人，但都不成功。800年他住在罗马的时候，罗马教皇为他加冕称帝，这表示他的皇冠来自教皇。查理大帝很提倡教育文化，开办学校，普及拉丁文等。

查理大帝死后，子孙们互争雄长，到9世纪末遂分为三个王国：西法兰克王国称法兰西，东法兰克王国称德意志，意大利王国。

神圣罗马帝国与政教之争：德意志和意大利虽成为王国，但内部大小封建诸侯林立，王权极不稳固。到了德意志国王奥托一世（936—973）便和教皇勾结，制服了德意志和意大利的封建诸侯，勉强统一了德意两国。962年他到罗马去接受教皇加冕，便作了皇帝，这就是后人称呼的"神圣罗马帝国"。帝国皇冠虽来自教皇，但因为利害关系，皇帝和教皇也时常发生冲突。最突出的一次是1073年教皇格雷哥里七世登位后与皇帝亨利四世之争。

法兰西封建王国：自建国之后，内部的封建领主也多而且强，王权很弱，国王不得不时常和封建诸侯战争，农民们则呻吟于战争与重税之下。987年加洛林王朝告终，一位封建领主卡柏被推为国王。卡柏王朝也只有一小块土地，在塞纳河中部及流经巴黎和奥尔良二城的卢瓦尔河中部。独立的封建诸侯则统治了其余的法国，其中最强大的是10世纪初诺尔曼人所建立的诺曼底公国。

英吉利封建王国：不列颠的土著原为克尔提人，在5世纪日尔曼族西侵时，日尔曼族一支的盎格罗·萨克森人占了不列颠，此后便称英格兰（英吉利）。9世纪时从丹麦来的诺尔曼人又侵入不列颠，盎格罗·萨克森的名王阿尔弗雷得大帝和诺尔曼人作了艰苦的战争。阿尔弗雷得讲求武功，开办学校，把拉丁文书译成盎格罗·萨克森语言。到10世纪英格兰再统一，诺尔曼人也同化了。

1066年住在法国诺曼底半岛的诺尔曼人又侵入不列颠来了，领袖是征服者威廉，和盎格罗·萨克森的英王哈罗德大战于哈斯丁斯。由于盎格罗·萨克森的封建领主们不支持哈罗德，威廉终于胜利地取得了英国的王位，此后却没收盎格罗·萨克森领主们的土地来酬劳自己的骑士，整个英格兰的封建领主的上层发生变动。诺尔曼的征服使英格兰的封建制度加强。

西班牙在8世纪至11世纪：西班牙在8世纪时由阿拉伯人占领，但西班牙人始终未曾屈服。到11世纪时他们渐趋团结，向阿拉伯人（摩尔人）反攻，在反攻中西班牙人形成了三个国家：卡斯提尔、阿拉贡·卡塔隆尼亚、葡萄牙。

基辅俄罗斯大公国：斯拉夫人自古存在于东欧，8世纪至9世纪时已由氏族社会进入封建社会，建立公国，领袖叫大公。9世纪时，北方斯堪的纳维亚人的一支名俄罗斯的侵入斯拉夫。俄罗斯人的领袖路立克于862年占据诺弗哥罗得。879年路立克死，其亲族奥列格及其子伊戈尔继续南侵，并占领基辅，建立基辅俄罗斯大公国。基辅俄罗斯和东罗马帝国有密切关系，988年正式采纳基督教为国教，文字亦采用希腊文而加以修订，在当时的欧洲已有相当高的文化水平，并和西欧各国王公联姻。

到了11世纪和12世纪，基辅俄罗斯分裂成十几个公国，这主要由于兄终弟继制，同时外部也有别钦斯奇人和波洛夫齐人的入侵。

十字军东征：11世纪中，西欧城市开始兴起，手工业工人和商人开始抬高他们的地位，进一步想要和东方的商人竞争通往印度的贸易权。其次，封建领主的产业只传给长子，次子以下就成光棍，但奢华已成习惯，便想冒险到东方去抢劫财富。再其次，农民在重压和连年的灾荒疫病之后，也多离乡别井，抱着逃荒心理想到东方去觅食。最后，教会也想到东方去大发其财，并在人民中提高自己的威信，也想到东方去从土耳其人手里拿回耶稣的墓地耶路撒冷。

综上四因，西欧便在12世纪和13两世纪中掀起了浩浩荡荡但也是乌合之众的一共八次的十字军东征。在教皇号召之下，西欧各国君主、骑士、农民、穷人、小孩，都参加了进去。第一次虽然夺回了耶路撒冷，不久便又失去，以后各次都不过是抢劫掠夺，让大批的人送命而已。

不过，二百年的波涛仍有其意义的。首先，意大利的商业城市如威尼斯和热罗亚在地中海以及东方的贸易中取得了优势，大发其财。其次，十字军带回了东方的各种文物，使欧洲接触了东方的文化而大开了知识的领域。

民族国家的建立：十字军东征以后，西欧各国的商业城市大大发达，他们要求畅通无阻的国内外交通网，所以他们支持国王对内征服那些独立的封建领主以求统一，对外和商业劲敌竞争而掀起外战。由于这些内外战争的结果，国王权力加大，渐渐统一，民族国家就在15世纪形成了。

法兰西：11世纪时还是封建割据的四分五裂的局面，过后由于城市兴起，国王借城市和僧侣（想摆脱封建领主的压迫）之助才渐次加强。到了路易九世（1226—1270）改革司法，削弱了各封建领主的司法权。后来又收回教权，1302年召集三级会议时，已由僧侣、贵族、市民参加。

1337年由于英法两国争夺弗兰德尔的羊毛贸易权,爆发了百年战争。其间1346年克勒西之战、1356年普瓦提埃之战,法国都遭失败。至到1415年阿仁古一战法军大败,英军占了巴黎;这时女杰若安·达克出来,以爱国热情号召法人作战,才挽回局面,至1453年才以英国的失败而结束。百年战争的结果巩固了法国的王权,使法国形成了一个统一的民族国家。

英吉利:英国自1066年诺尔曼征服以后,征服者威廉作了英王,就大大地削弱盎格罗·萨克森的封建领主,加强了王权。1154年亨利二世作司法改革,又削弱了封建领主的势力。1215年英王约翰(1199—1216)在城市和骑士们的压力下接受大宪章。1265年召集的第一次国会,也只有爵士、僧侣(高级)、骑士、富商参加,农民和城市贫民无份。

英法百年战争之后,英国的封建领主之间为了争夺王位又起内争,即所谓红白玫瑰战争,延续了三十年(1455—1485)。内争结果封建领主势力削弱,而英国王权落入都铎王朝的亨利七世。商人们和发羊毛财的新贵族都支持他,以便保护贸易、制服封建领主并镇压人民。这样,英国形成了一个统一的民族国家。

西班牙:西班牙人在1212年和摩尔人(阿拉伯人)在托洛萨大战,摩尔人大败。到13世纪中叶,摩尔人仅余南端的格拉拿达了。14世纪和15世纪,阿拉贡·卡塔隆尼亚变成庞大的海洋国,先后占领了西西利、萨丁尼亚和南意大利。1479年卡斯提尔女王伊萨贝拉和阿拉贡国王费迪南结婚,两国合并。1492年终于征服格拉拿达,西班牙的民族国家在反外族侵略的斗争中完成。

神圣罗马帝国中的德意志和意大利:德意志和意大利属神圣罗马帝国的版图,但也是和教皇冲突最大的地方。自11世纪教皇格雷哥里七世和皇帝亨利四世冲突以来,时常发生斗争,而始终还是皇帝失败。因此德、意两国和英、法、西等国不同,王权始终未加强起来,而独立的诸侯日益加强。所以纵使有城市商业的发达,他们也不寄托希望于皇帝而自己组织起来保卫自己,抵抗骑士的掠夺,如北德的汉萨同盟等。而意大利的威尼斯、热罗亚、佛罗伦萨等城各自独立地发展着海外贸易和工商金融业,各自有其独立的政权,根本和皇帝无关。

1356年皇帝卡尔四世干脆颁布黄金诏书,确定封建诸侯各自在其领土内有独立全权,又规定皇帝由七位选侯选举;许多城市和骑士也各自独立,甚至专事掠夺。帝国在这样分散的情况下,既没有共同的法律,也没有共同的国库;到15世纪,皇帝的权力几乎堕落到极点了。

莫斯科俄罗斯:11世纪至12世纪基辅俄罗斯分裂。过后蒙古人拔都侵入东北部,1240年蒙古人占基辅。1362年基辅又由立陶宛人从蒙古人手中夺去。"大公"尊号移至东北俄罗斯,莫斯科成了东北俄罗斯的中心。后来莫斯科逐渐成为俄罗斯的中心。15世纪和16世纪之交,莫斯科俄罗斯在国内依次合并东北俄罗斯、西北俄罗斯、西南俄罗斯,国外则拒绝蒙古人之命令后获得独立,并合并东部诸汗国。独立后的伊凡雷帝(1530—1584)造成坚强的中央政府和民族国家,他自己成为第一个沙皇。

封建主义时期(5世纪到11世纪)的英雄史诗:

冰岛的《伊达》:冰岛的人民是斯堪的纳维亚的北日尔曼人为逃避压迫而移住到冰岛的,时间大约就是日尔曼人大迁徙的时代。他们到冰岛后,把他们祖先口传下来的歌谣和神话保存下来,渐渐搜集成书,即现在所有的两部《伊达》。《老伊达》是由桑孟得·西格福森(1056—1133)搜集而成的,但是在1634年才被布伦约尔夫·斯文森发现;《新伊达》是由斯诺里·斯图尔拉森(1172—1241)搜集而成的。前者是由三十六篇诗合成的,后者则是散文。内容是神话和英雄传说。它们的价值据说也相当于希腊神话和传说的价值。大神奥丁相当于宙斯;人间则分成三阶级:仆人、自由人、君主。这可证明冰岛早已是有阶级的王权国家。至于英雄传说,更是精彩,如西古尔德、古德伦、布林希尔德,这些英雄都是有名的。兹录《老伊达》中片段:

母亲生我,美中之美,独乐闺房,爱诸兄弟,世家邱奇,黄金赠饰,黄金赠饰,嫁西古尔。

邱奇诸子,唯西古尔,美如青葱,生草丛里,又如赤鹿,赛诸鹿子,又如黄金,胜过银币。

有众弟兄,对我妒忌,人中英豪,作我夫婿;睡不安寝,坐不安席,共愿同谋,杀西古尔。

……

我不叹息,我不哭泣,也不悲哀,如众女子,我坐陪伴,死西古尔。

夜如何其,无月黑漆,我做心忧,伴西古尔;允我自杀,或者烧死,如彼焚烧,白桦树枝,我认为此,胜于万事。(《古德伦的古歌》)

爱尔兰的《萨加》(故事):爱尔兰是克尔提人的最后根据地。他们在日尔曼人大迁徙以前,原在不列颠三岛和欧洲大陆都相当活跃,日尔曼人西侵才把他们压迫到爱尔兰一隅了。在这些年代,在爱尔兰流传着两类的歌谣:乌尔斯他系统,歌唱英雄库楚来恩的英勇故事;芬尼亚系统,歌唱英雄芬和峨相的英勇故事。到了9世纪和10世纪,诺尔曼人又来侵略爱尔兰,爱尔兰的一些学者便逃到欧洲大陆。直到11世纪这些人回来之后,便搜集旧时英雄传说以写成书,至今最有名的是《邓考之书》(1106),和《伦斯塔之书》(1160)。兹录《达巴卡旅店之毁灭》的开头一段,烦琐地描写一个女子,有如中国的旧章回小说:

在伊林地方有一个名大而高贵的国王,名叫伊奥柴德·费得里奇。有一次他来到布里·赖斯河道,在井边看见一位女人,带着发光的银梳,梳上装饰着黄金。她在一只银盆里梳洗,盆边上有四个金鸟和一些小而发光的紫红宝石。她穿着卷曲的紫色大氅和美丽的上衣,大氅内有银穗边缘和光彩黄金的胸饰。她穿着青丝外衣,长而具有头巾,质地坚牢光滑,衣上绣有红色的金线。在外衣的两边的胸上、肩上和臂上都有奇特的扣子。太阳照着她,她的青丝外衣上的金子反映着阳光,对人们很是耀眼。在她的头上有两条金黄色的辫子,每条有四股头发,每股发端穿有一颗珍珠。头发的色彩就像夏天的莺尾花,或者像磨研过的红色金子。

她在那儿解开头发来梳洗,她的两臂伸出衬衣的袖口。她的两手白如夜间之雪,软而且平,两颊清丽鲜红如指顶花。两道眉毛黑如鹿角虫之背。牙齿如落雨的珍珠。眼睛蓝如唐水仙。口唇红如山梨浆果。肩膀高平而柔白。手指清白而细长。两手长大。腰白如水波泡沫,细长柔滑,软如羊毛。两腿光滑温暖,润泽洁白。两膝圆小坚白。两条外胫,短直洁白。两个脚跟,直而且美。如果把一条尺子放在两脚上,除了脚上长肉之外,它们无不均匀。在她高贵的脸上有月亮的光辉;在她平润的眉毛上有高尚的骄傲;在她每一个高华的眼睛里闪着爱情之光。在她每一边的面孔上都有一个酒窝,脸上时而有牛犊血样的紫红色,时而有白雪样的莹光。她的声音中有温柔的女人的高贵;她的脚步缓慢而稳重;有王后般的风度。在世界上的女人中,只有她一人在人们眼中是最高贵、最可爱、最正直的。

英格兰的《伯奥武夫》:日尔曼民族大迁徙时,其中一支盎格罗·萨克森(原居丹麦)侵入了不列颠岛。他们把他们的英雄传说用盎格罗·萨克森文字写了下来,就是现存在伦敦博物馆的《伯奥武夫》。《伯奥武夫》的背景还是丹麦和斯堪的纳维亚。内容是：瑞典南部格特族国王的外甥英雄伯奥武夫，听说丹麦王宫里每夜有妖怪格伦得尔来吃人。伯奥武夫便渡海来到丹麦杀死了格伦得尔，并又杀死了格伦得尔的母亲，然后回国。后来作了格特族的国王，作了五十年，国泰民安，忽然有一只火龙出现为害人民，伯奥沃夫又把火龙杀死，但自己也受伤，后因伤而死。全诗二千多行，兹录伯奥武夫和格伦得尔的母亲在海底战斗并把她杀死的一段：

韦德·格特族的主人
勇敢前奔，决不等待
应允：海洋的波涛
使英雄没顶。过了大半天
他终于到达海底的地平。
这个妖魔好剑成性，残忍贪心，
她统治这海水王国已几百冬春，
她很快发现从上面来了客人，
这人正来袭击她的妖魔国境。
她伸出她那可怕的魔爪，
抓住这位战士；但她不能损伤
他的强壮的身体；当她用可怕的手
想撕破战士的联甲战衣时，
他的胸甲却把她阻止。
于是这个海狼蹲在海底，
把常胜英雄背到她常住的洞穴，
同时，虽然他仍然保持勇气，
对包围他的妖魔们挥动武器，
但也都无益；很多海底野兽
用凶猛的獠牙想把他的铠甲撕碎，
向这位外来人包围密集。但他立刻注意
他现在是在一间他所不知的大厅里，
那儿海水不能对他为害，
从屋顶上也没有毒水

流到他的身体。他看见炉中的火光,
一道一道的火光在闪闪发亮。
于是他知道这个深海的豺狼,
乃是妖怪厨娘。他挥动宝剑,
重重打击,而打击毫不谦让。
宝剑在她的头上雷鸣般响
像把战歌狂唱。但是战士发现
这战斗之光的宝剑却不愿刺伤,
不去刺伤心脏:它的利刃在急需时
使高尚的主人失望,然而他却熟悉
从前的徒手打仗,于是劈开钢盔,
作为工具以摆开战场。这还是第一次,
他的光辉的宝剑竟把光荣失丧。

　　海纪拉克的亲人没失勇气,
谨慎于崇高的事业,坚定站立;
他那恼人的宝剑,虽然装饰有宝石,
愤怒的战士也把它抛掷;它躺在地上
钢刃而笔直。他依靠自己的力量,
全凭手上的气力。当人们在战争中
想要赢得永远不朽的声名,
或不怕死,他就必须如此!
格特族的战士把格伦得尔的母亲抓起,
抓住她的肩膀,以免她从战斗逃避。
于是这位战士满腔怒火
抛掷他的死敌,她就跌倒在地。
然而她也迅速地爬起向他反扑,
和他格斗,紧紧把他抓住,
战士战斗得精疲力竭,偶一失足,
这位最猛勇的战士也跌倒在尘土。
她手执宽而发亮的短剑,
冲向这大厅里的客人,向这独生子

进行报复。——他的肩上
披有锁子胸甲,可以防备死亡事故,
任何刀刃刀尖都无法刺突。
如果他的铠甲对他无所帮助,
如果战斗护网不够坚固,
如果胜利之权不操于聪明神圣的创造主,
那么格特族的战士,伊克西奥的儿子,
他的生命就要在宽广的地上结束。
天上的主宰同意他的事业;
于是战士很容易地又直立起来站住。
他在战斗武器之中发现一把常胜的宝剑,
是伊峨腾的故剑,它的刀刃久经考验,
是无比的武器,是战士们的遗产,
——只有他才能拿着它来回作战,
其他的人们简直都不能试办——
因为它是巨人们所铸造,很利很尖。
这位斯盖尔丁的军官握住它的柄链,
他勇猛而又杀气腾腾,挥动这支宝剑,
不顾生死,愤怒地举剑大砍,
砍着她的颈项,抓牢她的要点,
她的骨节粉碎都完:宝剑刺穿了
那个倒霉的妖怪的肌肉:她终于倒在地面。

德意志的《尼伯龙根之歌》:日尔曼民族大迁徙后,在中西欧的一些国家中所发生的战争纪事和英雄的奇迹。故事内容是尼柔兰的国王齐格孟的儿子齐格飞到乌尔姆斯去向勃艮底国王根舍的美丽的妹妹克林希尔求婚。齐格飞少年时即勇敢善斗,曾杀死一条龙,用龙血沐浴,因此身体非刀剑能入;但沐浴时一片木叶落在背上,那处就没有浴到龙血,所以成了死角。他又得到一把宝刀、一件隐身外套、一根神棒,最后又得到了尼伯龙奇的金银宝库。当齐格飞来到根舍时,正值根舍到爱森兰去求美丽的女王布林希尔作妻子,齐格飞便乔装和他同行去帮助他,约定如果成功,便可以娶克林希尔为妻。诗中写他们经过许多危险,终于成功,两对男女圆满结婚。但后因克林希尔和布林希尔发生冲突,又引起一长串的血仇杀害事件,英雄美人们很多都死了。这儿选录齐格飞向克林希尔求婚的一段如下:

> 在古老的传说里有很多奇事告诉我们,
> 有值得称赞的英雄,有多种的功勋,
> 有可歌可泣的故事,也有节日的欢欣;
> 现在告诉你一件奇事,讲武士的勇敢精神。
>
> 在勃艮底有一位很高贵的女郎;
> 在任何国度没有人比她更漂亮:
> 这女郎叫克林希尔,是很美的姑娘,
> 为了她,很多勇士要把生命提防。
> 她的母亲叫乌德王后,富裕得很,
> 她的父亲叫丹克拉特,留有很多土地给子孙。
> 当他去世的时候,已是强大的人,
> 他还在年轻的时候,已开始伟大前程。
>
> 在尼柔兰有一位富裕的国王的儿子兼承继人,
> 他的父亲叫齐格孟,母亲是美丽的齐格琳。
> 他们居住在坚固的城堡,享有广远的名声,
> 城堡在莱茵河畔,它的名字叫桑登。
>
> 那个王子的名字叫齐格飞,是勇武善良的骑士,
> 在很多国家中,他都证明过他的伟大而好战的性质;
> 他有如此伟大的精力,他骑马游行各地。
> 哈哈!在勃艮底岸边,他发现何等优良的战士!
>
> 王子还不曾遭受过心病的痛苦的折磨。
> 可是人们的言谈很快就进入了他的耳朵:
> 说在勃艮底有一位姑娘,美丽不过;

为了她,他从此就承担了忧愁和快乐。

这位姑娘的美丽四远驰名;
她的思想高尚,超过她美丽的骄矜,
很多人骑马来到根舍的国度,来向她求婚,
他们很愿见到这位姑娘,争取她的应允。

然而,不论有多少人争取她的爱情,
克林希尔却觉得没有谁能感动她的心;
这些人当中,没有一个人的爱情她能答应:
将要作她的主公的那位骑士还很陌生。

但是,当齐格琳的儿子倾吐他高贵的爱情,
其他的人的求婚和他的相比,都是虚文!
他真有资格赢得这样一位美丽的夫人:
很快,高贵的克林希尔就和勇敢的齐格飞共同命运。

法兰西的《罗兰之歌》:日尔曼民族大迁徙后,在西欧成立了一个大封建王国法兰克。查理大帝时是极盛时代,他曾经越过比里牛斯山去攻打西班牙的萨拉森(阿拉伯)人,没有成功,便退回法兰克,命罗兰带领少数人马断后,叫他于必要时吹角求援;因有奸人出卖消息,叫阿拉伯人来截断罗兰,罗兰中了埋伏,仍然英勇苦战,并不吹角号求援,终于和他的从兄弟奥里维埃一道战死;在临死时才吹起角号,声音宏大悲壮,隔山的查理也听到了,回师来救,已太迟了,只救得罗兰的尸体,并把敌人打退。罗兰死了的消息传到他爱人奥德耳里,奥德也一恸而昏死在查理的脚前。全诗三千多行,兹录《罗兰之骄傲》一段:

奥里维埃说道,"异教徒的队伍很强,
我们法兰克人又太少;罗兰,我的同志,
请吹响你的角号;查理就可能听见
而他的大军就会回头向此地来到。"
罗兰说,"要作这样的事,我就是疯了;

我的光荣的本职就要在法兰西丢掉。
我的宝剑要努力砍杀,并不入鞘,
它的剑柄也要染红,为了把后卫作好。
异教徒的命运已经不妙;
我敢说,他们就要死在山上的过道。"

罗兰大胆,奥里维埃聪明,
两人都有高尚勇武的特性;
骑上骏马,铠甲披身,
向前死战,决不回程,
思路勇猛,言论高深。
异教徒骑着马,凶猛地接近。
"罗兰,你看,那些萨拉森的敌人
和我们多么接近,而查理又多么远离我们!
你又不屑于吹响角号以让他听闻。
如果国王在此,我们可免遭恶运。
你望望阿斯普拉隘口,多么阴森,
那儿此刻有我们的必死的后卫亲兵;
今天他们要建立最后的功勋,
将来不再参加人间必死的战争。"
罗兰说,"别作声!那是胆小的事情——
内心懦弱的人死得并不光荣;
我们脚靠着脚,把阵地守稳,
迅速抛出我们的刀光剑影。"

罗兰感到战斗已经到来,
狮虎在他面前也要下拜;
他向法兰克人高声告诫,
并呼喊他的亲切的朋侪。
"我的朋友,我的同志,我的奥里维埃,
皇帝在此留下最勇敢的人材,

留下两万人马在此,他已离开,
他相信我们的雄心对他拥戴。
为了君王,臣下吃苦,这事应该,
冬天的严寒,夏日的酷暑,都该忍耐,
亲冒矢石,不怕血流成海:
你和我一道用矛头去刺杀敌人,切莫徘徊,
用这宝剑,这无比的宝剑确是厉害,
这宝剑是国王亲自给我佩带,
当我战死沙场,有谁作我的替代,
他就可以说,这是忠臣的宝剑,留到现在。"

西班牙的《希德》:是11世纪时西班牙人和侵略者阿拉伯人(摩尔人)的长期战争的故事诗。希德在卡斯提尔(原西班牙古名)原是英勇无比、劳苦功高的大将,但因国王的疑心便被放逐出外。他虽被逐,仍纠合一些群众组织游击队,东西飘忽出没无常地打击摩尔人,并将许多战利品送回卡斯提尔孝敬国王。他最后取得了瓦棱西亚城,独立为王,遣使和故国和好,并订儿女姻亲等故事。这首诗共三千七百多行,被认为西班牙的爱国史诗,评价很高。

俄罗斯的《伊戈尔远征记》:完成于12世纪,不知作者是谁。1795年史诗才被发现,1800年校订出版(错误很多),1812年原稿被烧失。史诗描写塞维尔斯克的王公伊戈尔出征波罗夫齐人,失败被俘。基辅大公斯维雅托斯拉夫支援伊戈尔,史诗描写他的忧愁、责备和号召团结复仇。史诗还描写伊戈尔的妻子雅罗斯拉夫娜的祷告,以及伊戈尔的逃回等。兹录魏荒弩译本史诗中伊戈尔对自己的武士们讲话的一段:

啊,我的武士们
　　　　和弟兄们!
与其被人俘去,
　　　不如死在战场;
弟兄们,让我们跨上
　　　　快捷的战马,
去瞧一瞧

那蓝色的顿河吧。

十字军时代(12世纪、13世纪)的文学：

骑士浪漫文学：由于十字军东征,骑士阶级大为得势,歌颂骑士的文学因而大盛。同时骑士又忠于国王,为国王的侍从,所以和宫廷也发生密切的关系。骑士们除了战争之外,还要进行缠绵的爱情,所以骑士文学同时也是宫廷文学和爱情文学。

《阿瑟王之死》：阿瑟王据说是6世纪时克尔提人的不列颠的国王,在反日尔曼人的斗争中曾立许多战功。后来世代相传,给他加上许多附会,到了12世纪已把他造成一位封建的基督教骑士的标准人物。关于他的故事,以12世纪法国人克勒强所写的为最有名。到了15世纪由英国人马洛里所写成的《阿瑟王之死》,大多是根据克勒强的。故事大体如此：阿瑟王是很英勇的不列颠国王。原先有一天礼拜堂的空地上忽然出现一块大石和一柄插在铁砧中的刀。石上写道："谁能拔出这柄刀,便作国王。"阿瑟拔出了,所以便作了国王。他的王后是美丽的景里维尔。他们手下有很多骑士,武艺都差不多,不分上下,所以围圆桌而坐,称为"高贵的圆桌骑士"。骑士们每天出去做冒险的事,或保护妇女,或抑强扶弱。他们既能英勇地打仗,又能缠绵地恋爱,据说甚至阿瑟王的美妻也爱上了一位骑士,而使阿瑟王烦恼以死。这些骑士中最著名的是高文、郎斯洛等。

《奥卡辛和尼柯勒》：是13世纪时法兰西的一本浪漫小说,描写一位青年爱上一位少女而不愿作骑士。这已反映出封建骑士制的崩溃了。兹录其中一段：

> 有一位公子名奥卡辛：他漂亮、善良、高大,而且全身四肢打扮整洁,他的头发黄而卷小圈,他的眼睛灰蓝而且带笑,他的面孔美好方正,他的鼻子高而端正,他有一切优点而毫无缺点。但是忽然他为爱情所袭击,而他又是一位大少爷,他内心不愿作骑士,不愿武装,不愿在马上比武,不愿做一切与他相称的事。于是他的父母对他说：
>
> "儿啊,去武装吧,骑上马吧,守住你的土地吧,帮助你的同人吧。因为,如果他们看见你在他们之中,他们就会在战争中更勇猛地保卫他们的生命和土地,以及你的和我的。"
>
> 奥卡辛回答说,"父亲,你现在说的什么？如果人们不把我真正热爱的爱人尼柯勒给我,而我就去作骑士,或骑上马,或参加骑士们相互惨杀的战

争,那么上帝就不会把我需要的任何东西给我。"

父亲说,"儿啊,这不可行。让尼柯勒去吧。她是一个奴隶女儿,又是外邦人,是本城的老爷从萨拉森人那儿买来的,把她带到这儿,教养她使她成为基督徒,并把她作为他的教女,将来有一天为她找一个男人,老老实实地去谋她的生活。从其中你得不到什么好处和益处。如果你要妻子,我可以把国王和伯爵的女儿给你。在法兰西没有人像他那样富裕,但是如果你要他的女儿,你就可得到她。"

奥卡辛说,"父亲,说真的,请你告诉我,世界上有什么崇高的位置是我的香甜的爱人尼柯勒所不配的呢?如果她作君士坦丁堡或德意志的皇后,或作法兰西或英格兰的王后,这对她也是不够的。她温柔、有礼、殷勤,而是一切好品行的结合。"

行吟诗人的诗:12世纪、13世纪的南部法国地方的普罗旺斯产生一批行吟诗人,歌唱爱情、浪漫、勇武、快活。这些诗人游唱各地,多结交权门而为公侯门客,甚至王公大人也亲自来写这种诗歌。一两百年风靡法南各地,此后且影响遍于欧洲各国。兹录两首小诗于下:

> 你看,草原又绿了,
> 果园的花又开了,
> 天空和小溪的面貌
> 　　又温和而美丽了!
> 现在每一颗热爱的心
> 　　都得到快乐了。

> 在五月到来之前,
> 　　四月的风轻柔地叹息;
> 夜莺和樫鸟正在细语
> 　　在静静的夜里;
> 浓露的黎明到来时,
> 　　每一只鸟都把同伴唤起,
> 以各自的语言发出快乐的声音,

>它们的快乐传到各地。

俄罗斯的抗敌文学：13世纪俄罗斯东北为蒙古人拔都侵入，西北为瑞典人和日尔曼人侵入。当时产生了两部作品，分别描写对抗蒙古人和瑞典人及日尔曼人的故事。

《拔都侵袭里亚桑的故事》：内容描写拔都的来侵和里亚桑的惶恐，里亚桑公派儿子费陀尔上拔都营厚礼请和，拔都的无理要求，费陀尔的拒绝和被杀，于是英勇作战，战败屠城，以及叶夫巴季的复仇等。

《亚历山大·涅夫斯基传》：亚历山大是西北俄罗斯罗甫哥罗得的大公(1220—1263)。1240年瑞典人入侵，被大公大败于涅瓦河，因而他被称为涅夫斯基。1242年日尔曼人又入侵，在楚德湖"冰上大战"，又打退日尔曼人。

14世纪、15世纪的城市反封建文学（讽刺文学）：

十字军东征后城市渐渐兴起。到14世纪和15世纪，西欧各国王多倚靠城市商人之力量，打击封建领主，而形成王权集中的民族国家。在这一斗争过程中，由于城市反封建的意识反映在文学里来，便形成了讽刺文学。

这些讽刺文学的文体，多半是寓言的形式，其中以《列那狐》为最有名。它借一些禽兽的寓言故事，把封建世界描写成吸血强盗的王国；嘲笑教会团体，嘲笑宗教迷信。机敏的列那狐是战胜封建势力的城市商人的形象化。列那狐对他的侄儿所说的一段话是有代表性的：

>侄儿啊，要正直处世而又眼看这个、耳听那个、口说别个，那太困难了；要诚实是不行的。一个拿蜂蜜的人怎能不舔指头呢？我的良心时常自责，以致我最爱上帝，并爱邻舍如同自己；这是上帝所许可的，也合于他的法律。但是你想想。内部的良心和外表的欲望在打架。于是我安静下来，我感觉我失去机智，我不知道有什么事苦恼我。一切罪过都放在脑后，我对上帝的诚命能够虔诚默思；但只有我独自一人的时候，我才能有这样特别的善良。但是，不久之后，尘世又来烦恼我，我在路上遇见主教和有钱牧师们骑着马、穿戴着很多宝石和华丽的服装，我就又被诱惑了。尘世烦恼我并引诱我，而肉体又要快乐地生活，我就失去一切善行和好意。我唱歌、吹奏、大笑、游玩，无所不乐。我听说，这些主教们和有钱的牧师们讲的说的是一套，做的又是另一套。于是我学着说谎，这是大人们在宫廷上所最常用的；贵族们、

贵妇们、僧侣们和牧师们确实在撒弥天大谎。我也要奉承人和说谎话，不然我就要被关在门外。

我是说，人们有时必须在小事上开玩笑、愚弄人并说谎话；因为总说真话的人在世上是行不通的。

俄罗斯的《硬鳍鲈鲋的故事》：这是 17 世纪的书。俄罗斯较西欧稍晚，但此书仍是讽刺封建社会的不平现象。书中讲鲷鱼控告鲈鲋侵占了罗斯托夫湖，在法庭上鲈鲋拒绝鲷鱼的证人："他们都是有钱人，他们都是一伙，来压迫我们。"用动物作主角的寓言故事，这点也和《列那狐》相似。

但丁(1265—1321)的《神曲》：

但丁生于北部意大利的名城佛罗伦萨，父亲属于贵族阶级，母亲也出自名家。但丁九岁时在街上偶然遇见一位八岁的女孩，但丁便单恋起来。这女子在十九岁时出嫁别人家，五年之后便死去了。从此但丁如痴如梦，思念不已，至到死时。这名少女名叫毕雅特丽斯。

1292 年但丁娶妻，以后生了四个儿子。但丁婚后全心参加政治活动。因为出身关系，他参加了教皇党，尊崇罗马教皇，和尊崇神圣罗马帝国的皇帝党斗争。1289 年皇帝党失败，被逐出佛罗伦萨，但丁这时非常重要，成为国家六人委员会委员之一。但在 1300 年教皇党又分成黑白二派，激烈斗争。但丁参加白派，而白派结果失败，所以在 1302 年但丁被只身流放，在北意诸城流浪。此后但丁便脱离教皇党而转向皇帝党。原来教皇党代表佛罗伦萨的封建贵族阶级的势力，而皇帝党代表新兴的城市工商阶级的势力，后者较为开明进步，所以但丁认为要拯救佛罗伦萨，只有靠皇帝党，尤寄希望于 1312 年加冕的皇帝亨利七世。不幸 1313 年亨利七世病死，这使但丁大失所望。此后一贫如洗，流落外邦，终卜居于拉文纳城。1315 年佛罗伦萨当局愿让但丁回国，但附一条件：缴一笔罚金，头上顶灰，颈下挂刀，游街示众。但丁听说，愤怒极了，写信给朋友说："如要损坏我但丁的名誉，我决不踏上佛罗伦萨的土地；难道别处就不能享受日月星辰的光明么？就不能亲近宝贵的真理么？可以断言，我还不会饿死！"在穷愁潦倒之际，但丁只有读书写诗以为安慰。1321 年 9 月 14 日死在拉文纳。

但丁的著作，一部分是用当时的口语意大利文写的，一部分是用拉丁文写的。用意大利文写的：《新生》是记述少年时代爱情的诗文，《宴会》是继《新生》体裁而写的讨论亚里士多德等的哲学的，《抒情诗集》和《神曲》。用拉丁文写的：

《俗语论》《王国论》和《牧歌》。此外还有《书信集》，是后人收集的。

但丁的最伟大的作品是《神曲》。他的动机似不在创作艺术作品，而是口诛笔伐、劝善罚恶，使正义永垂不朽，唤醒世人向善。但由于他描写的内容，总结了中世的神学和科学，反映了当时人间的现实生活的各方面，尤其对于教皇和僧侣的丑恶加以暴露，客观上起了反封建的现实斗争的作用，所以它是伟大的划时代的作品。恩格斯说："但丁是中世最后的大诗人，又是近代最初的大诗人。"

《神曲》分三部：《地狱》《净土》《天堂》。但丁把幼年所遇见而单恋着的女子叫作比阿特丽丝，幻想她死后已升天国，为了顾念前情，她请托古罗马诗人维吉尔的灵魂来引他去历游地狱、净土，而由比阿特丽丝本人来引导但丁去游天国，使他亲眼看见：生时为恶的坏人死后都在地狱受苦，生时犯错而知改的人死后都在净土修炼，生时为善的人死后都在天堂享福。比阿特丽丝想借此使但丁趁早在生前行善以便将来进入天国。

地狱共分九层，由上而下，越下越苦。第一层是未信基督教的异教圣贤，如亚伯拉罕、摩西、荷马、苏格拉底、维吉尔等。第二层，贪色鬼在狂风中飘荡。第三层，贪吃鬼躺在臭雨冰雹之下。第四层，吝啬鬼和浪费鬼在抱着重物互相撞击。第五层，忿怒的鬼在河中相打。第六层是邪教徒。第七层是强暴者的灵魂，有的煮在沸血中，有的处于火雨和热沙之间。第八层是骗子的灵魂，受着各种骇人的刑罚，凡贪官污吏、圣职买卖者、假冒为善者等都在这一层。第九层是一个冰湖，凡罪大恶极的灵魂都冰冻在里面，凡弑亲、卖国、暗杀宾客、卖主求荣的都在这里受罪。魔王卢锡发（撒旦）居此中心。

净土共分七层，由下而上，越上越好。第一层戒骄，第二层戒妒，第三层戒怒，第四层戒惰，第五层戒贪财，第六层戒贪食，第七层戒贪色。最后顶上是地上乐园。

天堂共九重，由下而上，越上越好。第一重，月球天，住操守不坚之人。第二重，水星天，住行善之人。第三重，金星天，住多情之人。第四重，太阳天，住学者。第五重，火星天，住忠勇战士。第六重，木星天，住贤明君主。第七重，土星天，住节欲之隐士。第八重，恒星天，住圣灵。第九重，水晶天，住天使。最后另加"天府"，为上帝居住之地。

以上三部中，以《地狱》的描写最现实、最富于变化，因而艺术价值也最高。兹录朱维基译《神曲·地狱篇》第十九歌中一段，叙述买卖圣职的教皇们在地狱受苦：

魔法师西门啊！你们这班他的邪恶的
　　门徒和盗贼啊！你们为了金银
　　奸污了那些应该与正道
联姻的上帝的事物！现在号角
　　一定要为你们而吹动：
　　因为你们是在第三断层中。
我们已经登上了下一座坟墓，
　　就在危岩直接俯临着
　　壕沟的中央的那一部分上面。
"至尊的智慧"啊！你在天堂，在地上，
　　在罪恶的地狱，显出怎样的匠心，
　　你的"善"又是分配得多么公正！
我看到铝色的岩石在四边
　　和底下有着许多洞穴，
　　都是一样的大小；每个都是圆的。……
……从每个洞穴的口露出了
　　一个罪人的双脚和到小腿为止的
　　双腿；而其余的都留在里面。
他们大家的脚底都在燃烧：
　　因此腿肉抖动得那么厉害，
　　什么柳条和草绳都会绷断。
好像有油的东西在燃烧时，
　　火焰只是在表面上移动：
　　在那里，从脚跟到脚尖也像这样。
我说道："夫子！那个在扭曲着自己，
　　比所有他的同伴抖得更厉害，
　　又为更红的火焰所吮吸的人是谁？"
于是他对我说："假使你愿意，我把你
　　带到那下面去，靠近那较低的堤岸，
　　你将从他知道他自己和他的罪恶。"……
……于是我们来到了第四条堤岸上；

我们向左边转弯并往下走去,
　　走到有洞的和狭窄的沟底。
和善的夫子还不让我离开他身边
　　他把我带到那个幽灵的洞口,
　　他用双腿那样地表示着悲痛。
我开始说道:"哦,不幸的幽灵,
　　你的上身像木桩一样埋在底下,
　　不论你是谁,假使你能够,说话罢。"……
……那幽灵因此剧烈地扭动他的脚;
　　然后叹了口气,用哭泣的声音
　　对我说道:"那么你要问我什么呢?
假使你这么关心着要知道
　　我是谁,因此你走下了那堤岸,
　　那么你要知道我是穿过'大法袍'的;
我确实是一个'母熊'的儿子,
　　那么急切地想使自己的'仔子'繁昌,
　　我在人世装进了钱财,在这里装了自己。
其他在我之前犯买卖圣职罪的人
　　都在我的头的下面被拖曳着,
　　在石头的裂缝里缩做一团……"
……我不知道在这里是否太残忍,
　　因为我用这种语调回答他:
　　"唉!现在你告诉我,我们的'主'
向圣彼得要求多少钱财,
　　才把钥匙交给他保管?
　　当然他除了'跟我来!'之外并没要求什么。
当选择马提亚来充当那个该死的人
　　所失去的职务时,彼得或是
　　其他的人也并没向他索取金银。
因此你留在这里吧,因为你受到的
　　刑罚是公正的,而且好好守住

那使你胆敢反对查尔斯的不义之财吧。
对于你在欢乐的人间所掌管的
　　'神圣的钥匙'的敬畏在阻止着我，
　　假若不是这样的话，
我还要使用更严厉的言语呢：
　　因为你的贪婪使世界陷于悲惨，
　　把好人踩躏，把恶人提升。
当著述福音者看到
　　那坐在水上的女人和帝王们通奸时
　　他就知道像你们这样的牧羊人；
她生下的时候有七个头，
　　只要她的丈夫爱好美德，
　　她的十只角就得到保证。
你们把金银做你们的上帝：
　　你们和偶像崇拜者有什么不同，
　　除了他们崇拜一个，你们崇拜一百个？
唉，君士坦丁！不是由于你的改教，
　　而是由于第一个富有的'父亲'
　　从你拿去的赠与，产生了多少罪恶！"
当我这样向他歌唱时，
　　不知道啃噬他的是忿怒还是良心，
　　他用他的双脚剧烈地挣扎。……

第十二章 中世印度文学

古代印度的笈多王朝到中世纪的 5 世纪中叶时为白匈奴或嚈哒人所扰,逐渐衰弱,终于在 6 世纪时覆亡,在它的废墟上建立起了许多小国。那些以前是王公贵族的人遂形成一个拉其普特族。

笈多帝国覆亡后,在摩揭陀国又形成一个后期笈多王朝,并在后期采用了帝号,但这后期笈多王朝在 8 世纪的中后期就结束了。

早在 5 世纪或 6 世纪时在一个小侯国萨奈沙建立起了普西亚布蒂王朝,606 年这一王朝的王位到了戒日王手上。戒日王使他的小侯国扩展到恒河上游,成为一个强大的国家,把首都迁到曲女城,称为羯若鞠阇国。经过若干年的出征,戒日王成了"整个北印度的主人"。中国唐朝的玄奘曾到印度各邦游学十余年,在戒日王国内就住了八年(635—643),和戒日王成了朋友。玄奘在他的《大唐西域记》中对戒日王有很高的评价,说他"练兵聚众,所向无敌,象不解鞍,人不解甲,居六载而四天竺之君皆北面以臣之"。戒日王是一个勤劳的国王,玄奘说他"政教和平,务修节俭,营福树善,忘寝与食","孜孜不倦,竭日不足"。玄奘说印度人民也有很高的品德,"于财无苟得,于义有余让。惧冥运之罪,轻生事之业。诡谲不行,盟誓为信"。

戒日王也利用宗教来统治。每过五年,他总要在恒河和朱木拿河神圣的汇合处钵罗耶伽举行一次庄严的无遮大会。戒日王也请玄奘去参加过第六次无遮大会,并请玄奘说法十八天,听者折服,印度佛教徒对玄奘也很尊敬。

戒日王对学术和文学也是极力提倡的。那烂陀寺是著名的佛教研究中心,戒日王给予大量赠款,玄奘就在那里研究过几年,玄奘说它"僧徒数千,并俊才高学也。德重当时,声驰异域者,数百余人。戒行清白,律仪淳粹,僧有严制,众咸贞素。印度诸国,皆仰则焉。请益谈玄,竭日不足。夙夜警诫,少长相成。其有不谈三藏幽旨者,则形影自愧矣。"戒日王奖励研究文学的人,波那·跋陀就是他的宫廷诗人。戒日王本人也是文学家,他写过三本剧本,都有中译本。

戒日王在646年死去，国家就不能维持，王位为大臣阿罗那顺所夺，各地领主割据称雄，陷于混乱。此后三四百年间印度全地分散成若干国家和王朝，分裂局面一直延续到11世纪。这些国家和王朝的统治者，大都是一些拉其普特族人，即印度历代的王公贵人的后裔，因而直至回教徒入侵以前的这一时期可以称为拉其普特时期。

加志尼王朝：963年土耳其人亚拉提真在阿富汗境内建立起加志尼王国，是回教国家。998年苏丹马穆德取得了王位，以后便不断入侵印度。在1000年第一次入侵，一直到1026年北印度全在他的占领之下。他是回教徒，对回教的宗教和文学都大力提倡。

古尔王朝：古尔本是位于加志尼和赫拉特之间的一个回教小国，逐渐长大，灭了加志尼王国，仍继续入侵印度。古尔的穆罕默德于1175年第一次入侵印度，以后征服拉其普特族诸邦，直到1206年他被人刺死为止，北印度一直到孟加拉都属于古尔王朝的回教统治之下。

德里苏丹(1206—1526)：德里苏丹是外来土耳其人回教徒统治北印度三百余年的王国。德里苏丹又分五个王朝时代：

(1) 奴隶王朝(1206—1290)：上述古尔王朝的穆罕默德在1206年死后，在北印度的领土由一个奴隶出身的总督继承统治，号称"苏丹"，是为奴隶王朝之始。经苏丹伊杜米思(1211—1236)、巴尔班(1265—1287)等而于1290年为一位军事统帅卡尔吉取代。

(2) 卡尔吉王朝(1290—1320)：卡尔吉王朝是德里苏丹时期版图最大的王朝，苏丹阿拉·乌德·丁(1296—1316)远征德干，版图达到南印度。

(3) 图格鲁克王朝(1320—1413)：上述卡尔吉王朝的苏丹阿拉·乌德·丁死后，旁遮普总督土耳其人吉亚斯·乌德·丁·图格鲁克攻入德里，自立为苏丹，是为图格鲁克王朝之始。图格鲁克王朝内则横征暴敛，农民破产，外则四出远征，劳民伤财，王朝逐渐虚弱。帖木尔于1398—1399年大举入侵，洗劫德里而去，留部将基兹尔汗任印度总督。

(4) 萨伊德王朝(1414—1451)：1413年图格鲁克王朝末一苏丹死，帖木尔所留部将基兹尔汗自立为王，自称"萨伊德"，建立王朝。

(5) 洛提王朝(1451—1526)：1451年萨伊德王朝迁都，旁遮普总督巴鲁尔·洛提夺取德里，遂建立王朝。

以上图格鲁克王朝后期，德里苏丹的疆土已大为缩小。到萨伊德王朝和洛提王朝,德里苏丹已成为德里诸侯了。北印度分裂为孟加拉、马尔瓦、古扎拉特、克什米尔、梅瓦尔、贡得瓦纳、信德、奥里萨等部分。

但在德里苏丹衰微时期,中印度却建立了一个回教国家,即巴曼尼王国(1347—1526)。同时在南印度出现了一个印度教国家,即维查耶纳伽尔王国(1336—1565)。

中世印度文学仍以梵文文学为主。后期在回教徒侵入后,多有地方语言的文学产生,因编者手边这方面的材料很少,所以只得从略。

中世印度的史诗:

日辉(婆罗维,约500—550):生平不详。他的史诗《山民与有修》取材于史诗《摩诃婆罗多》,叙述伪装山民的大神湿婆和有修之间的战争。《山民与有修》有十八章。第二章描写战争会议,颇为有名。日辉的文体沉着冷静,富于深思。如第二章中的两段:

> 没有武力,麻烦就要来找你;一个为困难所缚住的人,他的路上不会闪耀着伟大的前程和希望;一个前途无望的人,世人总不理他;世人都不理他,这人就一定连王国也要丧失。
>
> 伟人们的头脑,不管如何震动,也经常保持清醒;海水纵然被暴风激荡,也决不混浊。

跋提(?—641):他的史诗《跋提诗》叙述罗摩的历史,形式体现文法的规条。其中叙述拉凡纳在危困时求救于康巴卡纳的一段,可以显示其文体之简明清澈:

> 你在幸福之中,岂不知道罗摩曾对拉克萨萨斯人所做的事情?
> 他曾经跨过海洋,完全包围住我们的城。
> 他曾经光辉地战斗,他的武器把死亡带给拉克萨萨斯人。
> 我一生从没说过奉承的话;我尊敬你是出于亲爱之诚;你一定要杀死我的敌人。
> 你一定要显示你的力量,你一定要保卫我们被蹂躏的城镇;我们曾眼见过你的力量,你从前曾战胜过诸神。

鸠摩罗陀婆(约7世纪):他的史诗《贾纳奇哈拉纳》仍叙述罗摩的故事,生

动活泼。如:

  妇女们在寻找罗摩,大声叫喊:
    "罗摩不在这儿;他已去到哪里?"
  可是,这孩子用交叉的双手遮着他的脸,
    在和她们玩捉迷藏的游戏。

  他们调戏的时候,她假装睡熟;
  于是他羞怯地触摸她的衣服,
  她于是大叫"偷儿",大笑高呼,
  而且狂吻他的嘴唇,热情毕露。

  摩伽(约700,或云9世纪):他的史诗《童护之死》也取材于《摩诃婆罗多》。主题写童护死于黑天之手。全篇与日辉之《山民与有修》相似,有战争场面,也有山境时节的描写。描写战争场面如:

  国王的军队川流不息,
    在大胆猛攻中喧叫不已,
  向着黑天的大军进击,
    战斗的人群涌来涌去,
  就像江河中的流水
    向大海的浮波流逝。

  战车的吼声高入云际,
    和云雨的雷声匹敌,
  孔雀大声高叫,把颈项伸起,
    它们的回声震动大地。

  战鼓频敲,高声紧急,
    喇叭也大声地狂吹,
    海螺尖叫,好似大笑不止,

尸体在地上狂舞,乱挥着手势。

中世印度的抒情诗:

卫黄(伐致呵利,或跋特利呵利,约570—651):是梵文抒情诗中最伟大的诗人。据我国唐代僧人义净的《南海寄归内法传》,说在印度有一位文典学家卫黄,死于651年,曾七次出家,终于还俗。但诗人与文典学家是否一人,尚是疑问。诗人卫黄的诗作是三个《百咏》:《爱欲百咏》《道义百咏》《出世百咏》;其中以《爱欲百咏》为最突出,描写妇女的柔情的娴雅和沉静以及智慧,颇有扣人心弦的艺术手腕。兹各选数段如下:

处患难要坚守,处荣华要温和,在会议室中要雄辩,在战场上要勇敢,喜欢光荣,热爱书籍:这些是高尚的人的本质。

人生不过百年;一半在睡眠;其他一半中的一半又处于幼年和老年;其余的时间又是生病、分居和痛苦。人生真像海波上的泡沫,世人怎能在其中得到快乐呢?

人有时是儿童,有时是热恋的青年,有时失去财产,有时达到荣华的高峰;到了人生的尽头,四肢老朽,满面皱纹,像演员一样,在死亡的帷幕后消失。

人生受死亡的袭击;青春的快乐随老年之来而逝去,满足之念因贪心而消失;内心愉快的恬静因荒唐女人的风情而失去;嫉妒袭击我们的品德,毒蛇袭击树林,奸臣袭击国王;一切权力都是短暂无常。世上哪儿有不互相倾覆的事情呢?

美丽的城市,强大的国王,附属的君王环列两边,学者们的聚会,面如明月的少女,贵族王子高贵环侍,歌人和他们的诗歌——这一切都是回忆,时间创造这些事情,让我们向时间敬礼。

随着太阳的升沉,人生也天天在消逝;在活动劳碌的重担之下苦撑,我们不觉得时间的消失;生老病死,我们眼见而并不畏惧;世人在疏忽与混乱中痛饮过量,尘世已经狂醉了。

我坐在恒河边的雪山的岩石上,永远沉思于婆罗门,熟睡在默想里,而老鹿在我的四肢上无畏地擦着它的角:这样的日子何时能来呢?

啊,地母,风父,火友,水亲戚,苍天兄弟,我最后一次向你们合掌敬礼。

由于和你们结合而产生了很多善行,我已赢得了纯洁而光辉的知识,因而抛开了一切混沌之力,所以现在我已融合而成了最高的婆罗门。

当我们没有看见爱人时,我们只想看见她;看见了,我们的目的就是亲密的拥抱;拥抱了,我们的祷辞又是愿她的身体和我们的合为一体。

微笑,感伤,含羞,恐惧,半投半掩的秋波,侧面的偷视,可爱的话语,嫉妒,争吵,把戏:这些都是女人束缚人的工具。

美人啊,你的射技真是无双。你用弓弦而不用箭,却射穿了我们的心。

温柔的少女具有上升的月亮之美,有莲花似的眼睛,当她们在胸膛的重压下弯下柔弱的腰肢时,她们腰带上的铜铃会丁当作响;如果没有这些少女,人们在浊世上怎能寻得心中的安慰?因为在世上,人们要在恶劣君王的客室中侍候,这种耻辱把人们的最高勇气都压下去了。

女人是无法涉过的大河。如果没有这些女人阻碍过道,跨过人生之海的道路不会如此之长。

阿摩鲁(650—?):是专写情诗《百咏》的抒情诗人。能写悲欢离合的各种感情,感情美妙,思想精深。他的诗集即称为《阿摩鲁百咏》。下面是一对情人的简明对话:

亲爱的女郎。
我的主公。
亲爱的,停止发怒吧。
我发了什么怒啊?
我很抱歉。
不怪你,一切都是我的错。
那你为什么哭?你的声音为什么发抖?
我在谁面前哭呢?
当然是在我面前啊。
我是你的什么人?
是我的爱人。
我不是你的爱人,所以我哭了。

比兰拉(11世纪)：他写的抒情诗是有名的《偷情五十咏》。诗人与一公主私下发生爱情,为国王发觉,处诗人以死刑,诗人在临刑时咏诗,回忆和公主的往日爱情,共五十首;国王为之感动,遂许诗人与公主结婚。云云。

  即使今天,我还看见那搂过我的颈项的美丽手膀,
  当时她两手抱着我在她的胸膛,
  热烈接吻,把她的可爱的脸贴在我的脸上,
  同时她那调情的眼睛半开半闭,使人心荡。

胜天(12世纪)：他是孟加拉王国的诗人,他的名作是《牧牛女之歌》。这是由抒情诗发展成为戏剧的过渡作品,是抒情诗与散文独白的混合。内容是黑天与美丽的牧牛女罗达间所发生的爱情、离异和最后的和好。道白优美,形式健全,情感丰富。兹摘录若干段如下：

  Ⅰ.（罗达的密友告诉她分离的困难。她转而叙述黑天和其他妇女的荒唐胡闹。）
  他身穿黄衣,头戴莲花,又把凉鞋踏在脚下,
  他跳舞时,耳上的珠宝动荡摇晃在微笑的面颊。
  主公就这样和沉湎于爱情的俏妇们玩耍。

  一个牧人的妻子唱歌,主公唱着爱情的调子来回答,
  同时她用饱满胸膛的全部力量拥抱着他。
  主公就这样和沉湎于爱情的俏妇们玩耍。

  另一个拙劣的女人痴望着黑天的脸,这脸好似莲花,
  由于她那调情的眼睛不断斜视,他的感情怒发。
  主公就这样和沉湎于爱情的俏妇们玩耍。

  另一臀部很好的妇人来了,装作要低声说话,
  她挨近他的耳朵,吻着可爱的黑天的面颊。
  主公就这样和沉湎于爱情的俏妇们玩耍。

当黑天去到竹林,一个朱木拿河岸的妇人跟着他,
急于要和他做爱情游戏,把他的衣服紧拉。
主公就这样和沉湎于爱情的俏妇们玩耍。

一个和主公沉醉于爱舞的妇人,他也夸赞她,
跳舞时,手镯声和着甜蜜的笛声,咿哑咿哑。
主公就这样和沉湎于爱情的俏妇们玩耍。

他搂着一个,吻着一个,抚摸着另一个俏皮的女娃,
他痴情微笑地望着另一个,又追求另一个美女如花。
主公就这样和沉湎于爱情的俏妇们玩耍。

Ⅱ.(罗达表示了她对黑天的愿望后,请密友们叫他来喜欢她。)
朋友啊,叫他来喜欢我,……那个多情易变的黑天,
我曾经和他一道出走,在黑暗中无人看见,
以深林为家,和他秘密同居,随后又和他失散,
我到处寻找他,他这人以爱情为笑谈。

朋友啊,叫他来喜欢我,……那个多情易变的黑天,
我很胆小,像一个女孩初次到她幽会的地点,
他风流优美,爱说一套好听的语言,
我言笑温柔,他在臀部穿着松散的衣衫。

朋友啊,叫他来喜欢我,……那个多情易变的黑天,
我的寝床是地下的嫩草,我的胸膛是他的床单,
黑天吻我的时候,他的嘴唇像一只酒盏,
我们互相拥抱的时候,两人的双手彼此交缠。

朋友啊,叫他来喜欢我,……那个多情易变的黑天,
我在做爱情努力的时候,我的全身潮湿出汗,
黑天激动的时候,他脸上的汗毛起立直站,

醉眼朦胧,而当他欲望充满时,他却毫不安闲。

朋友啊,叫他来喜欢我,……那个多情易变的黑天,
我的卷发像松散的花,我的情话缠绵像鸽子和杜鹃,
黑天的胸膛上到处都是爪痕斑斑,
在抚爱他时超过了一切爱情技巧的典范。

朋友啊,叫他来喜欢我,……那个多情易变的黑天,
我脚上发声的脚镯使他的爱欲动作趋于完善,
他在吻我的时候,他抓住我头上的发卷,
他热爱我的时候,我的腰带发出甜蜜的语言。

朋友啊,叫他来喜欢我,……那个多情易变的黑天,
他的莲花般的眼睛微微闭起,他已疲倦欲眠,
饱尝了我的肉体的快乐之后,震人的激荡也已做完,
我的葡萄般的身体也已崩溃,已不能再事承担。

Ⅲ.(黑天之后悔)。
罗达深受冤屈,看见我陷入妇人之群中,她很烦恼,
她走了,而我生怕自己的罪过,也没把她抓牢。
可叹,可叹,她愤怒地去了,她的爱情已被毁掉。

分别太久,如果我遇见她,她怎么办,说什么才好?
为什么活下去?牧女们又有何用?还有什么财宝?
可叹,可叹,她愤怒地去了,她的爱情已被毁掉。

我想到她的愤怒面容,眉毛弯曲,怒锁眉梢,
一朵鲜红的莲花被群蜂在上面飞绕!
可叹,可叹,她愤怒地去了,她的爱情已被毁掉。

她曾经在我心中,我热烈地和她游玩在一道。

现在为什么追随她进入森林？为什么徒然忧伤懊恼？
可叹，可叹，她愤怒地去了，她的爱情已被毁掉。

啊，我的可人儿，我想你的心已因对我发怒而苦恼，
我不能跪下示敬来安慰你，我不知在何处把你寻找。
可叹，可叹，她愤怒地去了，她的爱情已被毁掉。

你出现在我面前，好似无常，既来了又去了。
你从前经常热烈地抱我，啊为何不再把我拥抱？
可叹，可叹，她愤怒地去了，她的爱情已被毁掉。

如果你现在原谅我，我将永不再对你轻佻。
美人啊，再给我快乐吧，我在被欲望燃烧。
可叹，可叹，她愤怒地去了，她的爱情已被毁掉。

喀比尔（1440—1518）：他的诗融合回教和印度教的思想。他谴责印度教徒和回教徒互相仇视。印度近代诗人泰戈尔曾英译《喀比尔诗百首》，兹录李江译的数首如下：

第二首

无须问圣者属于哪一种姓；
因为祭司、武士、商人，以及所有三十六种姓，全是在同样寻求大神。
去探问圣者属于什么种姓那才愚蠢；
理发匠①已经寻求过大神，洗衣妇和木匠——
甚至赖达斯②也都在求神。
仙人斯瓦巴查按种姓他是个皮匠。
印度教徒和伊斯兰教徒同样修得正果，而那里不留差别的迹痕。

---

① 指罗摩难陀的弟子桑纳而言。
② 指罗摩难陀的弟子鞋匠赖达斯。

第四十二首

圣浴场中无他,只有一池清水;我知道它们无用,因为我曾在其中沐浴。

偶像全无生气,它们不能说话;我知道,因为我曾向它们大声疾呼。

《古史记》①和《古兰经》不过是语言而已;拉起那层帷幕,我已看清了。

喀比尔吐露经验之谈;而且他很懂:所有其他事物都不真实。

第六十六首

瑜伽信徒②只染他的袍子,却不用慈爱的颜色浸染他的心灵:

他坐在神殿内,丢开梵天③,却去参拜一块石头。

他在双耳上穿了小孔,他有很多虬髯和蓬蓬的乱发,看来活像一只山羊:

他走进荒野,斩断他的一切欲念,使自己成了阉人;

他剃发,染他的袍子;他阅读《薄伽梵歌》④,于是成了一个惊人的饶舌者。

喀比尔曰:"你绑住自己手脚,你即将进入死门!"

第六十九首

如果安拉在清真寺内,那么这个世界是属于谁的呢?

如果罗摩是在你朝拜圣地时所找到的偶像之列,那么有谁知道外面发生的事呢?

哈里⑤在东方,安拉在西方。看看你的心中,因为在你心中你会找到喀里姆和罗摩;

世间所有男女都是大神活生生的形体。

喀比尔是安拉和罗摩的孩子:大神是我的古鲁⑥,大神是我的庇尔⑦。

---

① 梵语为《富烂那》,也译为《往世书》,是古代印度宗教、哲学、传说的汇集。婆罗门教奉之为圣典。
② 瑜伽派制定一套极端唯心主义的"持心"法,有各种姿态和坐法、调息等,以求进入神往的境界中。
③ 梵语为"婆罗门",为印度教三大神之一。
④ 大史诗《摩诃婆罗多》中的一个重要部分。
⑤ 毗湿奴大神的另一称呼。
⑥ 印度教的师尊。
⑦ 伊斯兰教的圣人。

中世印度的戏剧：

喜增(国王喜增,曷利沙伐弹那,戒日王,590—648)：7世纪几乎统一北印度的萨他泥湿伐罗(坦尼沙,萨奈沙)国的君主,唐玄奘法师到印度正值其时。事实上,戒日王不仅长于军政、崇拜佛事,而且勤于文学；他曾经写诗《八大灵塔梵赞》(《大藏经》中法贤译《佛说八大灵塔名号经》)和戏剧三本：《钟情记》《璎珞记》《龙喜记》。诗人波那也在他宫廷待诏。

《龙喜记》最有名。内容是云乘太子经过许多周折之后和摩罗耶婆地公主结了婚。正在幸福的时候,太子看见龙宫太子要被金翅鸟吃掉的惨状,毅然决定以身代死,终于感化了金翅鸟不再杀生而救了龙宫太子,大家欢喜收场。剧本宣传佛教戒人杀生。

《璎珞记》描写婆彩国王乌堵衍那和王后婆娑婆达多的侍者海女的恋爱故事。女主角最后证实为锡兰公主珠璎(珞)于渡海覆舟之后栖身于乌堵衍那王宫的。

《钟情记》写安伽国的公主婆利耶陀温伽命定要作乌堵衍那王的妃子。中因战事之故变姓名为阿兰依伽,作了曲女城王宫的侍者,国王一见,遂和她发生爱情。王后婆娑婆达多发生疑嫉,将她囚禁；及至知道公主的身份后,才将她释放,并使她与国王结婚。

氏宿授(5世纪,或云8世纪)：他的剧本《罗柯沙沙与印章》是历史剧。写月护王的大臣柴奈伽为获得月护的政敌、难陀王国的大臣罗柯沙沙的合作而努力。〔据历史,在315年月护曾废灭难陀国王〕。全剧严肃整齐,没有女角和爱情,全是政治活动,但写来生气勃勃。主人公柴奈伽曾有一句名言："无论得失如何,勿失清醒头脑。"

人生本(6世纪和7世纪间,或云8世纪)：他的剧本《结发辫》是根据《摩诃婆罗多》的插曲,写英雄主义与复仇。

有吉(8世纪)：是仅次于迦梨陀婆的剧作家。他是毗陀巴的一个婆罗门；他常在乌犍城,但曾在曲女城王耶萨婆曼治下过活。他的剧本美妙庄严,雄伟深厚,流传至今的有三本：《茉莉与青春》,十幕长剧,背景是乌犍城。写大臣女儿茉莉和在城求学的文士青春二人间的恋爱故事。他们相爱之后,国王却要她嫁给一个她不喜欢的国王宠臣,但经过波折,有情人终于成了眷属。《大雄本行》写罗摩前期的冒险。《后罗摩本行》写罗摩后期的冒险。

王冕(10世纪前半)：是曲女城王摩痕陀罗波罗的教师,又是继王摩赫波罗的桂冠诗人。他运用梵文及俗文以写戏剧,且运用方言。他的剧本有四、五本:《儿童的罗摩衍那》,十幕剧。《儿童的摩诃婆罗多》,未完。《雕像》,四幕短剧。《龙脑香穗》,俗文剧。

无名氏(约 850—1000):写《大猴王戏剧》,又名《大戏剧》。

黑君(1100 年前后):作剧本《智月的兴起》,是宗教剧,崇拜毗湿奴。

月天(12 世纪):他写有一剧本,刻在岩石上。

胜天(13 世纪):写剧本以记罗摩的战功。(系另一胜天)

中世印度的故事、童话、寓言:

功德富(6 世纪):关于他的生平,异说纷纭。相传他曾用西北土语白沙支语写成一本故事书,书名叫《故事广记》;后来不知为了什么,据说他自己又把书毁了;总之关于他的传说很多,书本身却是失传了。但此书影响很大,后来的故事书几乎都以它为蓝本。

觉主(佛陀斯婆明,约 8 世纪或 9 世纪):他的《故事广记倡韵要集》(或《故事广记颂集》),是功德富的《故事广记》的尼泊尔梵文译本。书已残缺,只余二十八节,却包含四千五百三十九首诗。

作者不详(1000 年前后):《克什米尔本故事广记》,此书是功德富的《故事广记》的克什米尔的梵文译本,但有增删。

安主(11 世纪):他的《故事广记华聚》亦据功德富的原本而有增删。

月天(11 世纪或 12 世纪):他是克什米尔的婆罗门,其父名罗摩。月天于 1063—1081 年间,根据功德富的《故事广记》写成《故事海》,描写那拉瓦哈拿达特王子的生活和冒险经过。月天以宫廷诗体写此书,他是印度诗人中最受人欢迎而又最有技巧的一人。例如,月天描写海上风暴,简短有力:

> 海岸森林来往摇,
> 惊于风力大声号,
> 波涛起伏多翻覆,
> 赛似人间命运飘。

又如月天描写冈德哈瓦把坠入井中的王子救出时,用简洁的一笔赞扬了这一善行:

如果没有高尚的人像荫凉的道旁树那样对人行善,那么世间就只是一片荒废的森林。

月天的故事《恶婆婆》写得很生动:

在哈斯丁纳普拉地方住着一个婆罗门,名叫湿婆达陀。我就是这位有钱人所生的儿子,我名叫婆苏达陀。我年轻的时候就饱学了一切吠陀知识和所有经典。我父亲看见我长大了,就决定我和一个同样有钱的家庭的女儿结婚。我的母亲是一个性情暴躁而苛刻的人,发起怒来就不会平静。所以,她对于我和妻同居,竟不能容忍。我的父亲忽然离家到一个不知道的地方去了。我由于母亲所处的环境而小心翼翼地侍奉她。在这方面,我寻得我的新妻的帮助,因为她也同样生性胆小。但是我的母亲却决心和所有这些为难,而且处处和我的新妻发生家庭争吵。她天性凶残,轮流地使用愤怒的不理睬的态度和想象的痛苦和控诉。火的天性怎不燃烧呢!因此,不久,我的妻不能忍受婆婆的虐待而出走到不知什么地方去了。我悲伤,我要离开我的家,而亲戚们集合拢来,强迫我和另一女子再婚。我的第二个妻又遭到我母亲的同样手段。于是她采取悬梁自尽的办法离开了人间。我为忧伤所毁,很想飞出家庭。我的亲友们不管我诉说不能和母亲共处,仍然劝我再婚。他们要我考虑父亲长期不在家以及其他不能离家的理由。

于是,我不让他们知道,我设了一个聪明的计策,我用木头雕了一个女人的像。我放出消息,说我又结婚了,说我的妻胆小,关闭在她的房间里。我把房间锁住,在其中放下木像。我雇了一个女仆好似来侍候我的妻。我不让我的妻被我的母亲看见。我对我的母亲这样说:"此后你们两位要各自住在各自的房间内。你不需去看我的妻,我的妻也不需去看你。她不会做家务,所以她不在也对你无妨。"我母亲相信了我。很多日子这样过去了,我母亲对我的假想的妻没有看到一眼,我的妻也经常躲着不见她。

有一天,我母亲用石头打破她自己的头,用血涂抹了全身,在我家的中庭嚎咷大哭。我听见她高声大哭,便和邻舍们冲进中庭,看她发生了什么事情。我问她"什么事"?她激动地回答说:"这全是我的新媳妇干的,我一点也没有惹她。我的出路只有死了;因为我再也忍受不了。"我的亲友们听了这番话都很愤怒,便同我一道进入我假想的妻所住的房间。我们抽开门闩、冲进门时，看见那里只有一个木雕的女人像。于是他们大笑我的计策精明，我的母亲自己出丑。随后他们各人回各自的家去了。我也厌恶地离开了我的家，而且浪游各地，偶然进入了这一赌场。

西婆达沙;特昏授(二人均 12 世纪)：各从功德富的著作中修订成《鬼语二十五则》，亦为克什米尔梵文译本。此故事集的主要内容，描写充斥鬼魂的坟场，其中有很多咒语。

作者不详：《御座三十二故事》，又名《吠克罗摩本行》，故事荒诞，水平低下，但在 1574 年译成波斯文行世后，在印度国内外都有多种译文本问世。

作者不详：《鹦鹉七十故事》，是用简单的散文和简洁的古诗写成，一部分用梵文，一部分用俗文。此集作者及年代无从考查，有人定为 12 世纪。书中讲一只鹦鹉在七十夜中对它的女主人陆续讲了若干短篇故事，去避免她和情人相会见。

中世印度的浪漫传奇：

檀丁(6 世纪或 7 世纪)：从他的《十王子行记》的地理情况看来，檀丁是生存于戒日王之前的人；也有人主张他是 6 世纪的人。他是诗人、小说家、文学理论家。他的诗体是宫廷诗，他的代表作《十王子行记》是长篇冒险小说，包含许多幻想故事和插话。通过王子和宰相之子等十人的冒险经历，描写商人、手工业者的生活。爱情的场面也所在多有。对王公和宫廷贵族的腐化堕落生活也多所揭露。也广泛描写流氓、盗贼、赌棍和娼妓。诗体著作《诗镜》探讨诗的修辞问题，是文学理论名著，但有云非其所作者。

苏般度(6 世纪和 7 世纪之交，或云 7 世纪前半)：他的代表作是《天主授》，用宫廷诗体描写一位美丽的王子和美丽的公主天主授因梦而发生的爱情，经过许多波折而终于结合。书中穿插许多幻想，如能言之鸟、神奇之马、变形化石等。

波那(拜那, 7 世纪)：是印度文学史上第一个有年代可考的诗人。他遗留有两部著作：《曷利沙(戒日)本行》和《伽旦波利》。前者的头两章是作者的自传，以后是对于戒日王的行传和赞颂，因此我们知道作者的身世和他在戒日王宫廷服务。本书是历史与小说的结合，历史方面有历史的价值，描写当时风俗习惯和宗教情况。《伽旦波利》是叙述公主伽旦波利的遭遇；书未完，由作者的儿子续完的。

崔吠可罗摩尊者(10 世纪)：写有《那罗冈布》和《达摩阳娣的故事》，是诗、文相间的小说。

第十三章　中世中国文学(存目)

[编者注] 原著此章叙述中国古代隋唐、五代十国、北宋辽夏、南宋北金、元朝文学,计三十二页。因本书篇幅限制,兹从略。

第十四章　中世日本文学

　　日本民族之历史：日本人自称起于公元前660年之神武天皇。但这只是根据神话和传说的。其最初见于我国史籍者，在《汉书·地理志》中有"乐浪海中有倭人，分为百余国，以岁时来献"；《后汉书·东夷传》记有"大倭王居邪马台国"，并有"建武中元二年(公元57年)倭奴国奉贡朝贺"之事；《三国志·魏志》载有"邪马台国"往来使节。此"邪马台"或即日本人所谓"大和"(Yamato)地方。《宋书·夷蛮传》记有倭王武之表，日本人谓此倭王武即雄略天皇。

　　日本民族最初居于四岛，西部各族渐以大和为中心而集中起来，东部即虾夷族。大概在公元前，大和族即通过朝鲜接受了中国文化，但尚无文字，因而无记录遗留下来。其有事实可考者，实自推古天皇(593—628)时代起，当时圣德太子摄政，努力接受中国文化，并于607年派遣大礼小野妹子为大使入隋，向隋炀帝致国书，称"日出处天子致书日没处天子无恙"(《隋书》)，以后史实乃有可考。

　　时代划分如下：

　　(1) 大和时代(前660—公元794)。

　　a. 前660—公元592，传说时代。此指推古天皇以前。此时日本尚无文字记载，大抵即我国古籍所称之"邪马台国"时代，只能算作传说时代。

　　b. 593—710，近江、飞鸟、藤原时代，即建都奈良以前的政权的时代。593年推古天皇即位，圣德太子摄政(593—621)，积极加强中央皇权，以儒佛两家学说统治国家。645年中大兄皇子刺杀大贵族苏我氏，把政权收归皇室，拥立孝德天皇，自任摄政，改元大化，按照隋唐封建中央集权国家的形式进行改革，是为"大化革新"，其结果使日本过渡到封建社会。

　　c. 710—794，奈良时代。710年日本迁都奈良，是为平城京。封建中央集权制在奈良时代逐渐巩固，但中央政权仍控制在新贵族藤原氏(打败旧贵族大伴氏之后)手中。

　　(2) 平安时代(794—1186)。794年日本京城由奈良迁到平安(京都)，开始平安时代。平安时代的封建社会的生产力继续有所发展。但政治腐败,藤原氏的庄园遍布各地,人民所受剥削加重。各庄园主为保卫自己、统治庄民,遂扩充武力,地方武士势力逐渐抬头。到了平安末期,武士阶层中的豪族平、源两氏形成关西和关东两大集团,各有很多庄园和武士,互相争夺中央政权。最初关西集团平清盛胜利,当权二十多年。后来关东集团的源赖朝消灭平氏,夺取中央政权,并在镰仓成立幕府。

(3) 镰仓幕府时代(1187—1332)。源赖朝在镰仓建立幕府之后,1192年又从京都朝廷取得征夷大将军的称号,成为日本的实际统治者。其基础是武士地主阶级,其政权性质是军事贵族独裁政权。1199年源赖朝死去,幕府实权转入执权北条氏之手,进一步巩固武家统治。到了1230年代,蒙古在中国已建立元朝,遂大举进攻日本,由于台风和九州武士的极力抵抗,蒙古终遭失败。日本虽胜利,但元气大伤,幕府亦无力犒赏武士,武士遂不满,镰仓幕府的基础遂开始动摇。

(4) 室町幕府时代(1333—1573)。

a. 南北朝时代(吉野时代,1333—1392)。镰仓幕府末期,各地方豪族大名地主乘机兼并土地,扩大势力。其中一部希图拥戴天皇,消灭幕府。以楠木正成为代表的大名地主阶层领导不满的武士和农民,大败幕府军,北条氏灭亡,镰仓幕府结束,政权复归皇室。但天皇专心集中皇权,没能满足武士的要求,反而禁止武士的扩张,遂引起武士地主的反对。原北条氏的部将足利尊氏本已投降皇室,至此遂利用武士的不满,起兵进攻京都。1336年足利尊氏废后醍醐天皇,另立光明天皇,自任征夷大将军,设幕府于京都,三代将军足利义满的府邸在京都的室町,因此称室町幕府。同时,后醍醐天皇由京都南逃,在吉野建立朝廷,史称南朝。京都的光明天皇,史称北朝。南北朝对立约六十年。1392年南朝始为北朝所并,再归统一。

b. 室町幕府隆盛时代(1392—1468)。室町幕府的组织大体继承镰仓幕府。室町幕府直接控制的约有二十余国,多在关东、东北、西南地方。足利义满时(1368—1394)幕府隆盛,外与中国明朝通好,严禁倭寇,接受明朝"赐封"。以后的七十年间可谓室町幕府的隆盛时代。

c. 战国时代(1469—1573)。到1467年即应仁元年,因将军和管领诸家继承问题,爆发了绵延十年的"应仁之乱"。乱后京都化为焦土,幕府威信扫地,各地大名互相争战,纷扰一百余年,史称"战国时代"。

(5) 安土、桃山时代(1573—1603)。战国时代扰攘百余年,民生痛苦,希望安息,而争夺的结果有些大名已长成为能号令一方的封建领主。尾张国的织田信长(1534—1582)即成为希图统一国家的封建主。1568年他进占京都,1573年废幕府将军足利义昭,结束室町幕府,1576年迁入新筑成的安土城。在全国六十六国中,他只控制了三十国,还未完全统一。1582年他被刺死,部下大将丰臣秀吉(1536—1598)继续他的统一事业。丰臣秀吉建筑桃山城(即伏见城,为后来大阪城之基地)作为根据地,征服并统一全国。他在统一日本之后,妄图征服朝鲜、中国、印度,但未得逞而死去。史称织田信长和丰臣秀吉掌权之时代为安土、桃山时代。

大和时代(主要是奈良时代)的文学:

奈良朝文学模仿中国。有些直接用汉文,有些则用汉字假名(即用汉字作音训)。前者如《古事记》《日本纪》《怀风藻》等,后者如《万叶集》等。

《古事记》(721):著作者太安万侣(或作麻吕)。本书共分三卷。上卷是神话,从天地开辟说起,至到日子穗穗手见命(580岁)为止。中卷和下卷是传说,从神武天皇说起,到推古天皇为止。神话又分三大神话群:天孙系神话,出云系神话,筑紫系神话,而总以高天原为背景。文字用汉文:

> 天地初发之时,于高天原成神名:天之御中主神,次高御产巢日神次神,产巢日神。此三柱神者,并独神成坐而隐身也。(上卷开头)

> 于是二柱王子等各相让天下。意富祈命让其弟袁祈命曰:"住于针间志自牟家时,汝命不显名者,更非临天下之君,是既为汝命之功,故吾虽兄,犹汝命先治天下",而坚让。故不得辞而袁祈命先治天下也。(下卷)

《日本纪》(自平安时代初期,又被称为《日本书纪》)(720):著作者太安万侣等。本书共分三十卷。初二卷为神代史,第三卷从神武天皇开头,最后至持统天皇(696)为止。是仿照我国《史记》《汉书》体裁而编写的史书,文字也用汉文:

> 古天地未剖,阴阳不分,浑沌如鸡子,溟涬而含牙。及其清阳者薄靡而为天,重浊者淹滞而为地。精妙之合搏易,重浊之凝竭难,故天先成而地定。然后神圣生其中焉。(开头)

> 廿一年冬十一月作披上池、亩傍池和珥池,又自难波至京置大道。十二

月庚午朔,皇太子游行于片罡时,饥者卧道垂,仍问姓名而不言。皇太子视之,与饮食,即脱衣裳覆饥者而言:"安卧也。"则歌之曰……

《怀风藻》(751):汉字传入日本,据云早在 3 世纪时,但现存汉字文书,最早者乃属 6 世纪末。及奈良朝,始有汉诗诗集出现,现存者有《怀风藻》一卷,收诗一百二十篇,为百年以来所作,作者六十四人,其中多为王子、皇孙、重臣、僧侣,可说是贵族文学。兹抄录一首,以见一斑:

山水随临赏,严溪逐望新,朝看度峰翼,夕玩跃潭鳞,放旷多幽趣,超然少俗尘,栖心佳野域,寻问美稻津。(丹墀真人广成《五言游吉野山》)

《万叶集》(奈良后期,8 世纪后半):是日本的最古的一部和歌集。编者为大伴家持(717—785),但异说很多。全书共分二十卷,所收和歌早自仁德天皇(313—399)以至淳仁天皇天平宝字三年(759),实具四百余年之和歌;但其中收歌最多者为持统天皇时(687—696)以后,所以也可以说本书是奈良时代的歌集。

日本人松岛荣一等在其所著《日本史概说》中,对于《万叶集》有如下的论列:"《万叶集》是那个时代水平最高、堪称里程碑的作品。《万叶集》是奈良时代末期完成的诗集,共二十卷,四千余首。初期的作品与《古事记》《日本纪》时代的诗歌紧相衔接,而大部分是从大化革新到奈良时代末期的作品。本集经过多次编辑,据说现有版本是大伴家持出力编成的。从构成其背景的时代的变化与复杂情形和作品的形式、取材、风格与表现的感情之丰富多彩来看,《万叶集》是标志了日本诗歌的最盛期。特别是不仅有天皇、皇族、贵族的作品,还收载了很多农民、兵士、僧侣、艺人和其他无名人民的诗歌,并收罗了乐歌等地方性的民间诗歌,其范围之广,是后世诗集中所看不到的。以舒明天皇、天智天皇、额田女王为代表的初期万叶时代,是从民歌型的《记》《纪》诗歌发展到发挥个性的艺术作品的过渡时期。柿本人麻吕在天武天皇以后成长于宫廷生活的活跃与文雅气氛之中,他的长歌已经登峰造极,从关于壬申之乱的叙事诗起,共有百多首的作品,表明他是万叶时代的头等诗人。在《记》《纪》诗歌中可以看到比较自由的形式,到了这个时代,就主要的成为五言七言的整齐句形,如短歌、长歌、旋头歌等。这种形式的发展当系受了汉诗的影响。在诗歌方面,与思想和造型艺术不同,在大化年代以前,自己已经锻炼出创造力来,所以能够自由地吸收汉诗的形式和描写力来为己用。到了天平时代,大伴旅人和山上忆良等抒情诗人辈出,出现了万叶诗人的最盛时代,但这些诗人多系受到大陆思想影响的有教养的贵族和官僚阶层。忆良的《贫穷问答歌》在主题和形式上都是特别优异的作品,但就《万叶集》全体来说,优秀作品还是以自然与恋爱为主题的言情诗为多,显示了那个时代贵族心情的特质和倾向。诗歌变成发挥个性的和艺术性的作品,同时游宴的诗增加,盛行题咏与风雅的诗歌,也就开始走向了颓废。到了末期,虽然大伴家持单独杰出,但是渐趋纤弱,出现从《万叶集》到《古今集》的过渡作风……"

日本人井上清教授在其所著《日本历史》中对《万叶集》亦有如下之论列:

"《万叶集》中有着当时的人民之歌,它歌唱了美丽的男女的爱情,表诉了被抽作兵丁的痛苦,显示出它达到了日本抒情诗的一个顶点,关于这一点,是有必要例举《东歌》《防人歌》和卷二的《相闻歌》来作说明的。

"山上忆良的《思子歌》应该视作歌唱亲骨肉之间的、深切人情的歌子。还有《贫穷问答歌》。

"柿本人麻吕当时甚至现在都被贵族和宫廷诗人们称为'歌圣',实际上因为他本人也是宫廷诗人。人麻吕只是重叠着空虚的思想和感情,重迭着重语、类语和缘语,而只是在外形上的雄壮。但人麻吕在怀念爱人的歌子中也有一些是有着独特而优越的技巧的。"

《万叶集》歌体分长歌、短歌、旋头歌三种,歌数各有不同,长歌二百六十余首,短歌四千二百余首,旋头歌六十余首。歌的性质分为杂歌、相闻(恋歌)、挽歌三大类;前二者又各分春夏秋冬。文字用汉字假名,音读训读均有。兹录若干首如下:

  大和有群山,群山固不少,天之香具山,登临众山小,一登香具山,全国资远眺,平原满炊烟,海上多鸥鸟,美哉大和国,国土真窈窕。(2首,《[舒明]天皇登香具山望国之时御制歌》)

  自古橿原宫,地近亩火山,代代生皇子,一统天地间,竟舍大和去,更越奈良山,迁到淡海岸,偏鄙为何迁,人谓迁到地,近江大津宫,天皇统天下,曾住此宫中,宫殿今何在,但见蒿与蓬,春草已茂生,春霞雾朦胧,宫殿空遗址,悲叹对长空。(29首,《过近江荒都时柿本朝臣人麻吕作歌》)

  大王天日子,天子建新猷,建都藤原宫,号令施诸侯,高殿祀群神,天地尽神州,淡海田上山,桧木伐为舟,放入宇治川,似藻水上流,役民劳此役,骚扰几时休,忘家亦忘身,如鸭水面浮,我等造宫室,运来木与树,不知从何国,行经巨势路,惟愿我国家,永世安如素,神龟负出图,新京永且固,水筏越泉河,循流行上诉,鉴此辛与勤,神灵应鼎助。(50首,《藤原宫之役民作歌》)

　　天皇有严命,离家事远征,浮舟初濑川,沿河转逆行,河流千度曲,回头万度频,朝行河水上,暮行河水平,行到佐保川,来到奈良京,我见我寝衣,衣上月光明,清辉照白色,如霜夜满盈,石床坚如冰,河水冰凝成,夜寒不得息,努力筑新城,新城千万代,为君此经营。(79首,《或本从藤原京迁于宁乐(奈良)宫时歌》)

　　石见海角旁,无浦又无湾,无湾又无浦,他人不足观,虽则也无浦,虽则也无湾,海边渡津处,荒凉却有滩,滩上生青藻,海中长青藻,朝风阵阵吹,夕浪随风扫,风浪一来时,海藻东西倒,海藻如寝妹,吾妹形枯槁,别妹到此来,仆仆行远道,道中千万折,回头每懊恼,离乡日以远,越山日以高,吾妹依门望,思我多忧劳,吾欲望家门,此山应速逃。(131首,《柿本朝臣人麻吕从石见国别妻上来时歌二首》之一)

　　石见海有石,其名曰辛崎,条条深海松,生长在石基,荒滩生海藻,海藻萎且靡,妹寝如藻萎,可怜令人思,思深如海松,夜寐能几时,自从分别来,心痛不能支,翘首一回顾,红叶乱披离,妹袖纵挥舞,安能见妹姿,遥遥屋上山,山上有云驰,月自云间出,渐向西倾移,惜哉月既隐,日亦早西垂,虽曰丈夫志,吾亦泪沾衣。(135首,同前之二)

　　飞鸟此日皇都地,明日香河上有桥,上游石桥人可渡,下游浮桥影动摇,石桥桥畔生水藻,浮桥桥下长川藻,水藻柔靡断复生,川藻再生不枯槁,当年皇女何所似,似藻温柔且美好,君王朝夕偕皇女,皇女今日岂忘早,回忆红尘世上浮,春花秋叶几时休,春花摘来插头上,秋叶摘来插上头,携手相看看不足,十五满月月如秋,殷勤珍重思君意,时时相见并同游,谁知木陲常游地,竟作留都将永留,相见相欢当年事,今如逝水已东流,然而皇子不胜悲,相思单恋无已时,情思萎靡多摇荡,行行不知何所之,见此难慰心中苦,劝君无术将何为,伏念明日香河水,此音此名可永垂,天长地久不断绝,一念此名便相思,千秋万代无穷爱,皇女馨香明日期。(196首,《明日香皇女木陲殡宫之时柿本朝臣人麻吕作歌一首并短歌》)

　　明日香河水,设关可塞流,塞河流水细,去日缓悠悠。(197首,同前短歌之一)

河名明日香,明日即观光,皇女同名字,念之永不忘。(198 首,同前短歌之二)

出口有所忌,欲言多所畏,明日香上真神原,天门开处不可讳,先王定都在此间,化为神明遂退位,吾闻先王御宇时,曾幸北方信浓地,曾越不破山,曾到关之原,车驾到行宫,号令出行辕,东有吾妻国,军士召来援,人心和万众,抗者丧其元,皇子当时肩重担,身带大刀手弓箭,率领三军出令严,敌闻鼓声惊雷电,号角吹出虎吼声,敌人闻之心胆颤,飘飘大旗遍地红,春来野火随春风,冬林飘风吹大雪,恰如万箭出强弓,乱箭射出令人恐,多如大雪散飞蓬,敌人尚未服,拼命殊死战,相等相持间,忽然敌阵乱,伊势斋宫神风来,吹乱天云白日灰,顽敌因此遭困扰,瑞穗之国太平开,天皇神明治胜国,皇子执政庆悠哉。皇子治天下,本应万万代,国运如花荣,皇子忽不在,皇子宫殿作神宫,皇宫舍人着丧服,有如埴安原上鹿,从早到晚皆匍伏,又如鹌鹑绕大殿,从晚到早皆仰顾,舍人绕殿空徘徊,欲入侍从无归宿,呻吟磋叹尚未终,回忆当年仍痛哭,然而百济原上行,皇子已葬化神明,永为天神镇此国,神上宫中是帝京,香具山上建皇宫,永思皇子万世功,遥望天空虽惶恐,心香一瓣终无穷。(199 首,《高市皇子尊城上殡宫之时柿本朝臣人麻吕作歌一首并短歌》)

皇子升天去,为君昼夜悲,不知岁月逝,恋念到何时。(200 首,同前短歌之一)

天地初分时,即有富士山,神山在骏河,高贵不可攀,翘首望天空,丽日为遮颜,月夜月光照,月亦隐山间,白云不敢行,常降雪而还,传语后世人,勿忘富士山。(317 首,《山部宿祢赤人望不尽(富士)山歌一首并短歌》)

出得田儿浦,遥看富士山,雪飘高岭上,一片白银般。(318 首,同前短歌)

难作盛时梦,青春岂再荣,穷边衰老尽,不见奈良城。(331 首,《帅大伴卿歌五首》之一)

昔日曾相见,当年像小河,此生如有命,往见莫蹉跎。(332 首,同前之二)

何事伤心事,忧劳辗转思,令人徒怅惘,思念故乡时。(333 首,同前之三)

欲插忘忧草,纽中宜插早,难忘是故乡,香具山头好。(334 首,同前

之四)

吾行行不久,归见梦中渊,但愿渊无恙,莫成浅水滩。(335首,同前之五)

此夜风兼雨,此夜雨兼雪,御寒终乏术,黑盐取以啮,更饮糟汤酒,咳嗽兼喷嚏,然而不自量,抚须自夸说,天下除吾外,无人若我慧,值兹寒气来,只有麻衣被,所有布肩衣,尽着身上矣,较我更穷人,寒夜如何济,父母饥且寒,妻子求且泣,试问当此时,如何渡斯世?

天地虽云广,为我却云狭,日月虽曰明,照我却无法,人皆如此苦,抑我独其然,邂逅而为人,与人应并肩,衣破如海松,肩衣布无绵,褴褛已如此,犹在肩上悬,泥土铺稻草,室庐低又小,父母卧枕边,妻子随脚绕,围居伴我眠,忧吟直达晓,灶上无火气,甑中蛛网牢,岂是忘饭炊,呻吟空哭号,短物被斩截,漏船遇波涛,里长携棍来,门前怒声高,怒呼无术答,世间无路逃。(892首,山上忆良《贫穷问答歌一首并短歌》)

世间忧且耻,欲去究安归,不是能飞鸟,何能到处飞。(893首,同前短歌)

世上寿有限,惟愿皆平安,度世无事故,无苦亦无酸,人愿渐相违,痛疮又灌盐,可怜载重马,又把重载添,念我衰老身,又加重病盈,白昼叹到晚,黑夜叹到明,长年病不已,累月忧吟声,此生不如死,此生竟何营,转念顽痴儿,则死不如生,睹此骄儿面,心焰不能平,处处心思烦,唯有泪纵横。(897首,《山上臣忆良老身重病经年辛苦及思儿等歌一首并短歌》)

此心无所慰,唯有哭声闻,啼鸟凌空去,高飞已入云。(898首,同前短歌之一)

逃苦伤无术,常思走出家,转思儿等在,遂觉路途遮。(899首,同前短歌之二)

可叹富家子,罗衣着满身,绢绵多腐弃,欲着已无人。(900首,同前短歌之三)

粗布破衣单,而今欲着难,如斯长叹息,无术遣辛酸。(901首,同前短歌之四)

水沫如微命,翻多寿考心,生如绳索细,长达一千寻。(902首,同前短歌之五)

此身无命数,身在也长贫,却欲千年在,虽然老病身。(903首,同前短

歌之六）

苇屋菟原地，昔有美女郎，生年才八岁，分发学梳妆，青丝垂两肩，隐居在闺房，邻人不得见，窥者如环墙，中有二壮士，壮士属何方，茅渟壮士勇，菟原壮士强，二士相竞争，求女作新娘，一持大刀柄，一把白弓张，赴汤且蹈火，争胜欲为王，阿女语阿母，语重但心长，只为妾身故，男儿动刀枪，生世难相见，相待九泉旁，女乃出门去，悲嗟上北邙，茅渟此壮士，是夜入梦乡，梦见女郎死，醒来亦自亡，菟原彼壮士，闻之泪千行，仰天长哭号，伏地动牙床，身是男儿汉，不负此昂藏，取下腰间剑，寻女亦自戕，亲族谋合葬，永世免相忘，致令后世人，代代话悲伤，两旁列壮士，女墓居中央，三墓相邻近，朝夕好相望，我闻事已古，感恸如新丧，哭之重洒泪，不觉湿衣裳。（1809首，高桥连虫麻吕《见菟原处女墓歌一首并短歌》）

苇屋菟原地，荒坟处女眠，我今来谒见，痛哭泪如泉。（1810首，同前短歌之一）

墓上树枝荣，横斜一面倾，茅渟壮士勇，对彼太多情。（1811首，同前短歌之二）

别妹远行去，妹真太可悲，持弓行道路，把妹作弓持。（3567首，《防人歌》之一，问）

别后仍相恋，此行有苦衷，君行朝猎日，愿作伴君弓。（3568首，《防人歌》之二，答）

防人朝起立，拂晓出家门，放手惜云别，唯闻妹泣声。（3569首，《防人歌》之三）

夕雾芦中起，鸭声阵阵寒，寒声当此夕，念汝意难安。（3570首，《防人歌》之四）

妻已置他乡，思家在远方，欲来寻一见，道路亦何长。（3571首，《防人歌》之五）

我欲甘霖雨，雨来竟沛然，不须言语祝，一定是丰年。（4124首，大伴家持《贺雨落歌一首》）

已是雁来时，雁声引我思，雁鸣云隐去，此念故乡驰。（4144首，大伴家持《见归雁歌二首》之一）

春来斯雁归，莫待秋风吹，红叶满山日，关山度若飞。（4145首，同前之二）

远从天地始,世间即无常,此语世代传,传来永不忘,放眼望天原,盈亏现月光,春来山树颠,花开扑鼻香,秋来红叶落,白露兼风霜,现身亦如此,红颜转老苍,黑发变灰白,朝荣暮即亡,风吹不可见,水逝不可防,世事皆如此,变幻无常方,见此长流泪,泪下百千行。(4160首,大伴家持《悲世间无常歌一首并短歌》)

即使无情树,春花也正香,秋来红叶落,世事总无常。(4161首,同前短歌之一)

现身何所有,见此亦无常,世事关心处,忧多叹息长。(4162首,同前短歌之二)

我赴大王任,来守此岛滨,别母牵衣裳,举手抚衣裙,父须皆已白,泪垂叹息声,鹿儿朝出户,悲哉唯一人,长年不可见,自有恋汝情,今日希言问,可惜多悲辛,妻儿如弱草,彼此相对吟,吟声如春鸟,泣下泪沾巾,相携行别离,牵住又相亲,天皇有严命,上路奔行程,每绕山岬过,回顾万千频,别来道路遥,徒思不安宁,徒恋世人苦,徒悲现世身,不知命何如,海原道路惊,摇船绕群岛,我来祷告神,双亲愿平安,妻待亦太平,住吉皇神在,祈求奉币勤,水手执群桨,出船难波津,晓来摇船出,告我家中闻。(4408首,大伴家持《陈防人悲别之情歌一首并短歌》)

斋祝有家人,安全到海滨,平安船已出,请告我双亲。(4409首,同前短歌之一)

空中有杂云,人谓传书使,欲送礼回家,不知如何理。(4410首,同前短歌之二)

我今来拾贝,欲送家中回,滨浪频频打,高高打岸来。(4411首,同前短歌之三)

岛阴我泊船,欲告我平安,可惜无传使,行行恋不完。(4412首,同前短歌之四)

平安时代的文学:

平安时代四百余年,是日本封建制度的鼎盛时代,因此文学也是贵族文学的高峰。文学发展的趋势,由奈良朝的汉文学模仿而逐渐转移到日本民族文学:① 汉文学的诗文虽有继承,但无发展,而且渐衰,② 由《万叶集》发展而来的和歌(尤其短歌)大为兴隆,③ 中期以后"物语"体小说发展到顶峰,④ 日记随笔文学亦达高潮。

汉文学诗文：平安初期受中国唐朝诗文影响，汉文学仍很盛，李、杜、元、白诸家诗集在日本颇为流行，汉诗作者与诗集亦所在多有。诗人如嵯峨天皇(809—822在位)、空海(773—835)、小野篁(801—852)、菅原道真(844—903)、大江朝纲(884—956)、管原文时(897—981)等。如：

看竹看花本国春，人声鸟哗汉家新，见君庭际小山色，还认君情不染尘。(空海《在唐观昶法和尚小山》)

离家三四月，落泪百千行，万事皆如梦，时时仰彼苍。(菅原道真《自咏》)

翠黛红颜锦绣妆，泣寻沙塞出家乡，边风吹断秋心绪，陇水流添夜泪行，胡角一声霜后梦，汉宫万里月前肠，昭君若赠黄金赂，定是终身奉帝王。(大江朝纲《王昭君》)

丹灶道成仙室静，山中景色月花低，石床留洞岚空扫，玉案抛林鸟独啼，桃李不言春几暮，烟霞无迹昔谁栖，王乔一去云长断，早晚笙声归故溪。(菅原文时《山中有仙室》)

和歌之兴隆：奈良时代几全为汉文学所统治，到了平安朝，民间歌谣逐渐发展，乃成为日本民族自己的文学，这就是和歌；形式上从《万叶集》中的短歌发展而来，但文字已主要用汉文偏旁作假名以标出日本歌谣的声音，基本上是日本民族的东西了。平安朝四百年中，是和歌的黄金时代，歌人歌集都很多。兹以若干部敕撰和歌集为例而略示日本平安朝的和歌概况。

《古今和歌集》(905)：是日本最初一部敕撰和歌集，由醍醐天皇(897—929在位)诏当时著名诗人纪友则、纪贯之、凡河内躬恒、壬生忠岑四人编辑，收古今歌一千一百余首，分二十卷，每首和歌有三十一音，兹录若干首如下：

手折梅花意，赠君君应思，此花香与色，君外有谁知。(纪友则《折梅花赠人》)

夜黑迷途矣，杜鹃何处归，迟迟鸣我宅，不向别家飞。(纪友则《宽平帝时后宫歌会上作》)

衣薄如蝉翼，情高似岭云，浮香浓绕室，四月南风薰。(纪友则《迷路借

宿人家时曾着主人之衣翌日奉还》）

雾中树发芽，春雪降如麻，乡里无花日，偏能见落花。（纪贯之《降雪》）

莫叹樱花落，风吹始落迟，人心飘忽早，不待急风吹。（纪贯之《人谓"无如花落速"》）

志贺山难越，春山游女多，不暇忙让路，花事已蹉跎。（纪贯之《越志贺山道逢游女甚多感而咏此》）

五月黄梅节，空中响万声，杜鹃忧底事，夜夜在啼鸣。（纪贯之《闻杜鹃啼》）

日夕时将夜，小仓山鹿鸣，鹿鸣悲壮里，去尽是秋声。（纪贯之《九月晦日在大堰》）

逢坂关山越，别离伤此行，应逢翻别去，空有慰人名。（纪贯之《藤原是冈赴任武藏郡次官时送行越逢坂关》）

掬水浊涓滴，山泉饮路人，井边难尽意，正是别离辰。（纪贯之《越志贺山时路人围石井饮水交谈须臾即别》）

明日知何处，我身不可思，今朝犹在世，念子遂伤悲。（纪贯之《纪友则逝世时作》）

色泽仍如昔，芬芳似旧时，栽花人不见，梅影恋空姿。（纪贯之《主人已亡但见其家梅花盛开》）

若说偏心话，交情疏远哉，月光难到处，不见有人来。（纪贯之《月光皎洁凡河内躬恒来访》）

请看三笠山头色，红叶满山似火燃，时雨染成逢十月，不由人力及由天。（纪贯之《无题》）

春来雁北归，万里云中道，如遇旧时人，为说君归好。（凡河内躬恒《闻雁声而思在越故人》）

诸君见访来，但见樱花开，他日樱花落，人情未可衰。（凡河内躬恒《赠来赏樱花诸人》）

寒舍藤花发，行人驻足观，行人去复返，再见此花难。（凡河内躬恒《家中藤花盛开行人驻足而观》）

谁道相逢少，年年渡爱河，双星双宿夜，为数亦无多。（凡河内躬恒《七夕》）

立马河边望，勾留欲渡迟，纷纷红叶雨，莫待水深时。（凡河内躬恒《亭

子院御屏风上绘待渡人立马于红叶散落之树下奉命作歌感而成此》)

忽地闻初雁,空中第一声,此心连广宇,思念故人情。(凡河内躬恒《无题》)

任尔风狂吹,白云终不却,千秋万世来,是水从山落。(凡河内躬恒《比叡山音羽瀑布咏》)

都道春天来,春天真到否,黄莺既未鸣,春意复何有。(壬生忠岑《初春》)

吁嗟夏夜短,日暮接黎明,山上鹃啼里,犹闻愤慨声。(壬生忠岑《宽平帝时后宫歌会上作》)

雨湿藤花树,甘心强折枝,因思年内日,春有几多时。(在原业平《三月晦日雨中折藤花赠人》)

多年此地居,今日鞭归马,深草旧时荣,草深成旷野。(在原业平《久住深草里今日晋京留赠伊人》)

莲叶素心真,污泥不染尘,露珠作白玉,何故也欺人。(僧正遍昭《见莲叶露珠》)

独自悲思苦,垣间蟋蟀鸣,夕阳斜照里,石竹一花荣。(素性法师《宽平帝时后宫歌会上作》)

秋至西风紧,凋枯草木同,山风吹惨烈,真箇是威风。(文屋朝康《是贞亲王家歌会上作》)

梅花杂白雪,彼此无优劣,香者自芬芳,人能知辨别。(小野篁《雪降于梅花上》)

昨日复今日,须臾明日来,川流长逝水,岁月去悠哉。(春道列树《年终》)

龟鹤千年后,存亡那得知,祝君无量寿,一任到何时。(在原滋春《藤原三善六十志贺》)

远天翘首望,春日故乡情,三笠山头月,今宵海外明。(安倍仲麻吕《汉土见月》)

当年君手植,密茂草花丛,今日如荒野,声声是夜虫。(御春有辅《藤原利基朝臣为右近中将时所住之处死后无人居住某秋深夜余自外归行经其处遂入一视但见曩日庭前花草早已荒废抚今思昔感而咏此》)

对图思瀑布,心事总难平,但见长河落,不闻怒吼声。(三条町《田村帝

时帝往女侍所观览屏风画面谓瀑布之图甚美希即题作歌以命侍所诸人乃奉命咏此》）

谷底少阳光，春来也不入，花开花落无，哀乐无由集。（清原深养父《见人得时而喜忽又失时而叹自思无忧无喜乃感而作此》）

白雪降还消，此身随以老，壮心能不磨，烈士暮年好。（大江千里《无题》）

落叶满天下，秋来已可知，众生皆扰攘，独觉此身悲。（佚名《无题》）

秋至人间遍，何尝为我来，虫声闻入耳，立地起悲哀。（佚名《无题》）

初雁鸣今晨，此声益足珍，年年秋雁外，相待已无人。（在原元方《初雁》）

红叶今朝色，鲜明竟若斯，劝君先爱惜，莫待落完时。（佚名《宽平帝时后宫歌会上作》）

天涯无限路，此别去他乡，辗转心头梦，思君永不忘。（佚名《无题》）

自君之出矣，不识几时归，君去如朝露，我如朝露晞。（佚名《无题》）

今日秋来矣，垣间蟋蟀鸣，风吹山柿树，夜夜有寒声。（佚名《山柿树》）

灯蛾徒扑火，何事自烧身，一往情深处，无明覆灭因。（佚名《无题》）

世事原如梦，人生也似真，是真还是梦，知者有何人。（佚名《无题》）

故人离此去他乡，我特来寻旧作场，只有白花开满地，恨无人赏此花香。（佚名《无题》）

满野繁花正早春，群花看遍尚如新，无钱打点空惆怅，只见花名不见人。（佚名《答诗》）

初濑川原是古川，一双杉树立川边，年年相对相生后，仍是双杉也可怜。（佚名《无题》）

兹将平安朝《和歌八代集》列名于下，略示盛况：
①《古今和歌集》(905)
②《后撰和歌集》(951)
③《拾遗和歌集》《拾遗和歌抄》(1000年前后)
④《后拾遗和歌集》(1086)
⑤《金叶和歌集》(1127)
⑥《词花和歌集》(1152)

⑦《千载和歌集》(1188)

⑧《新古今和歌集》(1205)——(此属镰仓初年)

"物语"小说之发展及其顶峰：平安时代初期，假名文字发达起来，日本文字可以用来记载人们口头传说的东西了。人们所谈所歌的事物，记录下来就是"物语"。它的范围比一般所谓"小说"宽泛得多，举凡神话、传说、历史、故事，都是题材。"物语"自平安朝以来，风起云涌，到了《源氏物语》，就到了顶峰。

①《竹取物语》(约 860—900)，作者源顺(?)。

②《伊势物语》(约 900，歌物语)，作者在原业平。

③《大和物语》(约 950—985，歌物语)，在原滋春。

④《宇津保物语》(约 967—980)，源顺(?)

⑤《落洼物语》(约 967—980)，源顺。

⑥《源氏物语》(约 1000)，紫式部。

⑦《狭衣物语》(约 1050—1120)，宣旨大二三位。

⑧《滨松中纳言物语》(平安末期)。

⑨《堤中纳言物语》(平安末期)。

日本人松岛荣一等在其《日本史概说》中，对"物语"文学有如下之论列：

"物语"(故事)文学却作为显示当时贵族文学特征的新文学形式而发达起来。这种散文文学最初表现为诗歌故事，如《伊势物语》(以在原业平的诗为中心的短篇故事共一百二十五篇组成)、《大和物语》(以三百首和歌为中心，叙述后撰集时代诗人的恋爱故事，共一百七十余篇，完成较《伊势物语》稍后)等，与和歌有密切的关系。这种作品用在原业平那种被藤原氏的权势压倒的优秀抒情和歌诗人做主角，大受贵族的欢迎。在这种诗歌故事的系统以外，还在延喜时代以前产生了记述传奇式的口授故事的文学，如被称为"物语始祖"的《竹取物语》(10世纪初叶日本的神话故事，作者不明。对上级贵族颇加讽刺)。另一方面又出现了纪贯之所著的《土佐日记》(纪贯之在934年，承平四年十一月交卸土佐守后由土佐到京城途中写的日记。他假托女名，用平假名充分表现其思想感情，与呆板的半公式的贵族日记完全不同)。这种系统不同的物语与日记的丛生，表示在那个时代开始出现了对散文的强烈要求。在物语于藤原氏的繁荣时代中空前地发达以前，有一个很长的准备时期。那时纪贯之一定要冒充女作家来写《土佐日记》，但是那个时代的作品文字简洁古朴，并包括各色各样的内容。其中有混合描写传奇故事与现实贵族生活的《宇津保物语》(10世纪时日本的长篇故事，作者尚不明确。对贵族的颓废生活痛加指责),又有采用欺凌继子的民间故事来描写贵族社会的《落洼物语》(10世纪至11世纪)。……当时的人们要求在物语里面叙述说教式的故事。这种说教式的物语所带的通俗性与大众性,表示物语在那个阶段,就作者和读者来说,都不是以宫廷为中心的贵族世界的作品了。虽然多数物语还比较粗率,但是代表道长时代文学的紫式部所著《源氏物语》,却达到了最高的艺术水平。《源氏物语》以主角光源氏的恋爱生活和命运为题材,充分表现了贵族的生活感情与理想,并基本上暴露了多彩的贵族生活后面的古代贵族的不安、忧愁、宗教幻想、淫荡与颓废。《源氏物语》既为成熟的艺术作品,又发展为与《竹取》《伊势》或《宇津保》《落洼》等性质不同的物语。它和清少纳言(966?—1025?)所著的《枕草子》同为代表藤原氏摄关政治下的宫廷社会的典型作品。《枕草子》是表达宫女的敏锐感觉的随笔,文字简洁,富于变化,而《源氏物语》则为曲折很多的文章,它们更进一步地发展了那个时代的日本散文。"

《源氏物语》已是日本古典文学的代表作了。作者紫式部(972—?)是越前守藤原为时的女儿,紫式部并非她的本名,据说她的哥哥做过式部丞的官,所以人称她"藤式部",就像中国人称"何水部""杜工部"那样;据说,藤花的边缘是紫色,所以又称她"紫式部";另说,因书中人物"紫上"之故而称为"紫式部",不知谁是。她嫁与藤原宣孝,生了一个女儿大二三位。1001年丈夫死时,她还不满三十岁。后到宫廷作女教师之类的官,在寡居的悠长年代里,把宫廷中所见所闻写下来,成了这部巨著《源氏物语》。

日本史学家井上清教授在其《日本历史》一书中,对《源氏物语》有如下的论列:

"《源氏物语》:自由地使用了假名的女性,对于创作《源氏物语》等文学是有功绩的,但同时也不能不承认《源氏物语》的文学价值。然而它不是国民文学,而是在平安贵族的虚假繁荣中产生的文学,不是以健全的立场来批判地认识与表现社会和人生的真实,这一问题是有必要弄明白的。在某些部分固然也有其优异的地方,但其全体的结构与线索都是描写平安贵族的萎靡生活的。

"在日本文学中,女性的功绩可以说以万叶之歌和平安朝的假名传奇达到了顶点。"

《源氏物语》的主人公是光源氏,书中人物达三百余人,主要人物也有三十人以上,事件延续前后七十年。全书共五十四帖。前篇从《桐壶》到《河竹》共四十四帖;后篇从《桥姬》到《梦浮桥》共十帖。前篇记主人公源氏君的灿烂的一生,后篇记源氏君的儿子薰大将的失意的半生。全书现实地描写了藤原氏全盛时期的贵族的奢华生活,特别是描写了女性上流社会中的虚荣、嫉妒、猜疑、怨恨乃至阴谋和恐怖。是现实主义的大作。

兹录钱稻孙译《源氏物语》第一帖《桐壶》如下:

是哪一朝代来,女御更衣好多位中间,有一位并非十分了不得身份,却出众走时的。从开初就自负不凡的几位,都道刺眼儿,褒贬妒忌于她。同品级的,再次级一些的更衣们呢,愈加不得安停了。连个朝晚的承值,都要惹人多心,敢是别气别的,一径儿憔悴下来,怯弱得时常去娘家,偏生地皇上越发看着可怜不过,也不怕人讥弹,竟是创开了新例的宠待。殿上公卿们都侧目起来,道是好不耀眼的隆宠!那唐土也就为的这等事儿上,把个天下都乱坏了的,渐渐不是味儿,落做了天下人担愁的话柄,没来由的烦恼正多,只奈何不得悉恩的深厚,不好不混着敷衍。父亲大纳言已经亡故,母堂夫人么,原是有来历的旧家人,百般礼数都张罗得不比双亲俱在、当代荣华人家的差了,只是缺个出面的着力主子,一朝有起事来,还觉单薄没处仗靠。

多管前世的恩情也不浅,早诞生了一位人间少有、清秀如玉的皇子。皇上计朝数日地等待已久,催着叫抱进来一看,好个清奇的孩儿相貌。一皇子是右大臣家的女御所生,望重国中,自是无疑的储君,可是比到这一位的容光来,是再也比不上的,因此皇上心里也就是一般儿的慈爱,却把这一位呢,当做自家私宝,珍惜无限。生母本来就不是平常值侍之流。品望高贵,原是位尊体崇的,无奈官家一味胡缠之余,但凡游乐时节,不管有个什么事儿,首先总要传她上去。有时寝殿晏起,就此留住,直不许离开御前,自然也就显得轻易了,自从生了皇子以后,官家也加意持重起来,以致一皇子那女御倒起了疑心,莫非东宫都,一个不好,会叫这位皇子去住了。其实入宫在人之先,恩宠并不寻常,况且已有子女,所以独是这位的微言,皇上还是不好意思不听的。这边虽说仗的荫庇,却不少吹毛求疵的人,自家身子又软弱,意怯心烦,也且自多愁。官院是桐壶。不断地御前上下,必得路过好几位的门前,人家操心,确也难怪。有时上殿太频繁,跨板、过廊、这儿那儿路上,会见些怪事儿,做弄得接送宫娥的衣都沾污得不可以堪。还有时,关进在穿堂里,两头约齐地锁上了门,窘事儿真不少。遇事只添来数不清的为难,十分愁苦,皇上看着可怜,叫后凉殿原有更衣们的值事房迁往别处,腾给她做值殿休憩之处。这一层仇怨，又是没个了期的。皇子三岁那年，着裤典礼，不劣于一皇子那时，提尽了内藏寮、纳殿里的上料，办得异常隆盛。这也直多闲话的，及至见到这位皇子长成得容貌性情那么难得，也就没得说的。懂点儿事的，都傻瞠着眼惊叹：人世里竟有这般人物！

那年夏天，贵人自觉病情恍忽，要请假出宫，直不蒙准许。年来习常沉重，御眼里见惯了，总是说再看看情形，哪知日重一日，才五六天，就病得不轻，太君进来哭奏，方许出去。还怕这时候，再落个不好看，留下皇子，悄自退出。事到其间，官家也没法苦留，但觉送一送都办不到，说不出的伤心。那么个风韵佳丽人儿，消瘦得这般，一息恹恹，似有若无的，心里有着话，一句也说不出来，焦急得皇上不思前后，流着御泪百般体恤温存，还是不闻一声答应。眉弛目懈，软疲绵如痴如梦地躺着，看得又没了主意。宣旨特传辇车，回进来却又不叫动了。只说："盟誓之言，大限到时也愿无先后的，料你也不好破弃而去吧"，妇女听到悚惶不迭，气息恹恹地奏道：

"临到歧途悲欲绝，不胜薄命恋残生。早知……如此……"，话没说完，已自气乏神疲了，皇上转念，索性就这么着，好歹也看个究竟罢，可是外面催着："今天开坛祈祷，执事人等都已到齐，即晚就开……"，勉勉强强，放了出去。从此皇上胸臆填塞，一眼也不睡，等不到天明。差人出去还没回来，惦念直没个消停，使者一到就听见哭闹，说是刚过得半夜，就咽了气，嗒丧着返来回奏。皇上一听伤悼，百事都管不得了，独自守在殿里。皇子么，原是怎么也不肯放开的，无奈这等时分没个在宫之例，就得出去。还不懂得有什么事呢，只看着侍女们个个哭坏，皇上也不断淌着眼泪，直似疑怪，就在平时，离别总没有不伤心的，何况此时，悲伤更不用说了。

事有定制，只得按礼殡葬，这当儿，太夫人恸哭着要趁着这缕烟同上西天，赶上送殡宫娥的跟车，来到爱岩地方，庄严营葬，可知道是多么的伤心！话倒说得通达："徒然看着遗骸，宛然如生，倒不如眼见她化了灰，也死了心，如今是没了的人了"，哭得几乎跌下车去，吓得众人嚷着"原说的呢！"忙来扶持。大内里来了钦使。宣读敕旨，追赠三位，又是一阵悲伤。原来皇上深悔，连个女御都没叫称呼得，如今至少也追进的一阶。这也还有人不服的。可是明理的呢，如今倒没个不想起她来，那丰姿的优美，性情的和蔼可亲，没得可以抱怨的。只怪皇上宠待不好，故所以叫人无聊嫉妒。如今连御前的值侍宫娥们之间，都在念道着她的人品儿可敬，心地儿慈祥。所谓"殁后思",正说的是这种样的人情吧。一阵子忙碌过去,接着追荐之事,皇上都一一询问周详,悲怀莫遣,与日俱增,也不曾叫过谁直宿寝殿,朝夕只是落着眼泪,仰见御容的人都感到露泪悲秋。唯有弘徽殿还在抱怨:"人都殁了,还叫人不得舒口气儿,这份儿的偏心呵!"皇上一见到一皇子,就惦念到小皇子,不时差出些近侍宫娥、乳娘之辈,去探问近况。

秋风起了,顿觉寒意侵肤的黄昏时分,心事儿更比白天还多,差了个叫负载命妇的。月色清莹里差的出去,自家便对月坐待。记起了往时这般月夜,弦琴遣兴,她那指下清音,偶尔的低吟浅唱,都有人皆莫及的别致风韵,面貌宛在眼前,却已幻影之不如了!命妇到得那边,车一进门,便是一派凄凉景象。一向虽说寡居,为了抚育那一个人儿,也点缀得清雅有致的,想今番丧明心昧,意绪消沉,草都长高了,秋风里越发显得荒凉,唯有月光不碍蒿莱,照入帘栊。南簷下下的车,太夫人乍见说不上话来,半晌,说道:"这条苦命儿还延在人间,却蒙钦使,这般披蒿拂露来临,惶愧无地",说着竟按抑不住哭出声来。命妇道:"那天典侍回奏:'每次来到府上,总是伤心得肝肠欲绝的',这颗不懂事的心里,也着实地难过得紧呢",稍稍迟疑了一下,传达圣旨。"皇上吩咐:'那一阵儿只当做梦,渐定下来,却禁不住这梦儿竟没个醒的,如何是好,也没个人可以商量得,何妨不声不张的进来走动走动?就是小皇子罢,凄凄凉凉地只在蒿露之中过日子,也是伤心的事,还不如早日送了进来也罢',呜噎着说得话不成句,还生怕人家看得心肠柔弱,不无顾虑似的,神色惨戚,实在忍不到听完吩咐,就匆匆退了出来了",说着递过宸翰,上面细写着:

"初意渐远或可少纷所思,乃迟之累月而益无以堪,莫如之何。稚者何似,亦所关怀,唯莫由共事鞠育是歉,尚其比诸遗念而善视之!"

下面还有歌句:
"宫城原上风声里,凝露先愁到小萩。"
却没有念完。说道:"正悟到的延年命苦,还怕松树相嘲呢,何况出入宫门,一发不胜惶恐了。所以属拜皇言,自己却不敢承命。小皇子么,不知怎底那么聪颖,直催着要进内去,仰见至性,不觉伤感,还请将这番私意,代为奏上,长住这不吉之地,原也不是道理。"命妇打算告辞道:"皇子似已安息,按说应当一见,好详细复奏,可是夜已深了。"太夫人道:"这分迷昧心事,正要申诉一二,聊抒襟怀呢,几时不衔使命,请过来多坐一会,年来只喜庆场面才得晤见,此番却为了这样的差使降临,反复想来,好不腼腆!当年一生她,就属意不浅,故了的大纳言直到临终,还反复叮嘱的:'只是这个入宫本愿,务必达成了。莫要我死之后,就懈了意!'所以明知没了着力依靠是且不容易的,只唯恐违背了遗嘱,勉力打发上去,悉蒙逾分的隆恩,她也不敢不隐忍辛苦,勉事敷衍过来,岂料担受不了人家妒忌之深,难处的事越多起来,竟是这般结局,沐恩反倒成了苦事。这也是迷昧了心肠的胡言呵!"说着抽咽不已,夜也深了。命妇道:"皇上也常反复这么说呢:'虽说出自我心,也何苦惊人耳目至于此极?也是不长之兆呵,如今想来,倒是一番冤若渊缘了!一向不曾委屈人心,就为了她,却招得许多原可不招的人怨,结果似这般见弃于人,回心无术,讨得没趣难堪,也不知前世是什么缘分!'常只是泪如潮涌呢",说个不完。欷歔了一阵,命妇立起身来:"夜真深了,不待天明,须得复命呢",匆匆辞出。月色西偏,寒光如浸,轻风扇凉,草丛里一片虫音,似相催促,却令人留恋难去。尚未肯登车,吟了一句:

"铃虫声竭无边恸,泣尽长宵泪有余。"
太夫人传出话来:

"已繁蛩泣蒿莱下,零露添从云上人;倒还要抱怨一句了。"此时也并不算送礼,不过做个纪念,检了原为这等用处留着的衣装一领,添了点梳妆之具。年轻人们悲伤不用说得,想起了过惯的大内里热闹朝晚,上头的起居情景,一意愿怂早日进去,可是这样个不吉之身陪去呢,人前也不像样,暂时不见呢,又惦得不放心,因此迟迟没有送回宫去。

命妇仰见皇上,可怜还没进大殿,对了御前正当盛开的花坛,带着极上品的官娥四五人,静悄悄在讲故事。这几时,朝暮看的,就是亭子院敕画、伊势、贯之题咏的长恨歌画图,和歌、唐诗,诵不离口的,只是这一路。皇上细细垂问那边景况。命妇将凄凉情景悄声奏上。皇上开看回书:

"悉恩不知所措。每拜温谕,不胜目昧心迷。
自从叶落当风时,心在荻边未或间。"

这般潦草,皇上也原谅她的伤心。自家还怕人看出来,竭力按捺悲思,却再也按捺不住,想起了定情之日以来的万种悲欢,深叹岁月之已逝。说道:"她那不背大纳言遗嘱,达成了进纳本意之功,一向惦着如何使她喜欢喜欢的。如今说也无用了！"十分怜恤于她。又道："这呢，小皇子长成起来，也自然会有其机会的。但愿她寿长一些。"看过了送进的旧物。心想倘能是寻得了魂魄所在之征的钿合金钗么，咳，说也无用呵！

"安得鸿都穷碧落，为传魂魄在何方！"

画里画的杨贵妃容貌，虽则是大名家的手笔，笔墨究属有限，还是没有情趣。把个形容得太液芙蓉未央柳的眉眼，妆扮的唐家风样，果然是十分端丽，可是想起她那分儿可爱神情，又不是花色鸟声所能比方的。朝朝暮暮，比翼连枝的盟誓相坚，却落的个红颜薄命，此恨如何有尽？一点风音，一句鸟啭，无不触动悲思，偏那弘徽殿，好久也不上殿上房来，大好月光里，别自调弦弄管，热闹到夜深。殿上近侍以至宫娥，仰窥日来皇上颜色的，都觉可慨。举动多带棱角的那人，却不把来当会事。月亮落了。

"月暗云天秋夜露，茅檐何似宿清辉？"

挑尽了孤灯未入眠的皇上，又惦念到了太夫人那边。右近官员奏直宿的声音，当是丑时了。这才怕招人耳目，进入夕殿，却难合眼。及至朝起，又想起"眠来不晓"之恨，仍还无意早朝。膳食也不进。便膳只做个样子，正膳全然说不上了，以致陪膳人员窥见皇上的愁容，无不担忧。凡有男女近侍，都面面相觑，叹道不是道理。"真是前世有缘呵！也不管到处人怨，但及此事，便没了是非，如今又这般地厌世，下去着实堪忧！"比引到别朝故事，切切私语。

过了多时，小皇子进来了。越发长成得不像这世里人的清逸，皇上看了都觉肃然可器。明年春上，册立东宫，不无改易之想，只怕的没个泰山可靠，事情也未必服得人心，反倒可危，也就没有形之于色，因之世人都赞叹：那么宠爱所偏，究竟圣明有自，女御也放下了担心。那外祖母老太太呢，寂寞得沉思默祷，但愿追踪金阙，看来感应在天，终于仙逝了，这又是一番无限悲伤。皇子年已六岁，今番懂事，追慕哭泣。那时老太太也反复道来：年来伴熟的，苦的撒舍不得。从此只在内里了。到七岁，开始读书，世间没有的聪明，皇上看得都觉太可畏了。吩咐："如今谁都莫疏远了他。没了母亲，多怜爱些吧！"有时去到弘徽殿，都还带进帘内。这容貌的美秀，哪怕猛士仇家，见了也自然要温和含情的，女御也不欲见外于他。所生有二位皇女，都还比美不上。各宫院皆不须避嫌，就不觉萌些爱慕艳羞，大家都要逗他游戏亲近。正经学问且不说，弹琴吹笛，都能响遏云霄，数说起来，真个叫人难信的奇才。

那时，皇上听得来聘的高丽人中，有个善能相面的，只碍着宇多帝的遗诫，不好召进宫来，极隐密里遣出皇子去鸿胪馆。由右大辨陪去，假托做是他的儿子。相士惊奇得几次偏着头想不通。说道："相上分明该作一国之主，宜登帝王之位，照此看来，怕有作乱之忧。做个朝廷柱石，辅宰天下呢，相上又不对。"这辨官也很是贤才博士，谈得十分高兴。文诗交酬，他写出今明即将归去，幸得面见了如此稀世之人，不胜苦于别后之思，文词茂妙，皇子也酬以诗句，十分情挚，那人欢喜无限，送来重礼。朝廷也赏赐多珍。这件事原也瞒不过人，早传闻开了，东皇的外祖大臣，猜不透究竟怎么回事。其实帝心早已鉴于倭相之法，深有所虑，所以至今没把这位列入亲王，如今一边赏识这相士真不错，决意不让他徒然做个没外戚靠仗的无品亲王了。自家在位也没个一定，不如以常人做个朝廷后屯，倒来得前途稳妥些，因此越发督促他学习诸般才学。虽则天秉殊佳，列诸常人不无可惜，然而做了亲王，不免受人排挤，星相能手占的，既说的一样话，决计赐姓源氏了。

年深月久了，皇上还时刻不忘想念娘娘。也曾召见多人，冀或稍解结闷，无如连个差可比拟的，都叹不易遇到，看得世事都没意思，倒是先朝有个四公主，有名的美貌，经她母后出落得世无其比，这边典侍原是先朝人，合那母后熟识，看见她从小长大，现在还有时瞥见，在上前奏说："相貌要像已故那娘娘的人，身历三朝了，也从没见到过，唯有那边的公主，倒是长得真像，竟然绝世的美人。""真的吗？"皇上记在心里，使人向那边恳求。那边母后却道："啊哟怕人呵！那东宫女御德性不好，明明气死了桐壶更衣，是个榜样，可去不得"，忧虑不肯爽快应允，不久母后也晏驾了。落得公主，景况伶仃，皇上又使人传话过去恳求："只当自家女儿辈看待如何"。服侍人们，后盾诸人，以及长兄的兵部卿亲王，都以为这般孤另，还不如入内的，心境也可宽舒一些，窜掇着进了宫。称呼藤壶。果然容貌姿态，无不奇像。这个呢，出身尊贵，人品端庄，谁都没得批评的，所以皇上也觉称心，没个不足。那个究竟人不相容，上宠也是太过的些。皇上倒并不是恋新忘旧，只是未免移情，欢娱是趋，说来也自可叹。源氏是不离皇上左右的，何况频迎上幸的宫院诸人，尤其无从娇羞回避。不论哪一宫院，谁又自谓不如人呢？一个个都是美人，却摆的些大人风度，独这一位年轻美丽，虽则一意儿躲闪，也还不免于自然流露。生母娘娘是早已影儿都记不得了，但听典侍说来，是极相像的，少年心里便种下了思慕之情，时常想去亲近，博取欢心。二人都是上所特异钟爱的，还嘱咐过："莫要见外了。倒觉得怪相称呢。莫道他没规矩，抚爱他些吧。眉眼神情都相像，当做亲生也没什么不配呵！"因此孩儿的心情，也觉得无上的亲热，借些个春花秋叶，攀话殷勤，弘徽殿女御合这位公主也不很相投，于是又勾起了一些宿仇旧恨，看不入眼。世人倒把这位比容貌著称的公主还美无可喻的，称为光君。藤壶一样也是上所特宠，就称为昭阳公主。

　　此君改却童装，虽还未免可惜，十二岁上加冠。皇上早已起居之间，都在筹计，要格外的踵事增华。排场不次于那年在南殿举办仪式的东宫冠礼，郑重庄严，堂皇富丽。各处飨宴之事，都经特下谕旨内藏寮、谷仓院等，不得敷衍公事，潦草供奉，因此都竭尽精美。东厢朝东安设御座椅子，冠着座席、加冠大臣座席俱在御前。申时正，源氏登殿。这卯角打扮的面庞、风采，马上要改变了，其实可惜。大藏卿任藏人。总起了一头美发，直下不下剪去，皇上想到倘令妃子得见今日，非常难过。礼成，退下休息处，换了大衣，拜谒阶下，那分儿仪容，看得无人不落泪。皇上越发忍捺不住。虽则近来也有时分心余事，此刻回到了往年，悲痛难胜。方才尚未加冠，还担着心，怕易服会有损了风采，殊不料倒还添上了一表非凡的仪容奇美。加冠的大臣，膝下原有位公主所生的唯一千金，东宫有意求亲，却踌躇未允，也就为的是属意实在于此君，这是内里亦深所嘉许的，因便下问："何如即趁今天，正没有照料，做了陪伴？"大臣就决意了。大家下来到朝房酒宴，源氏出来入席，列在亲王们的末座。大臣席上就微露其事，源氏当时矜持，什么话也没说。皇上使内侍出来传旨，宣大臣上殿，便即上去。上方命妇送过上赐礼物。照例大白褂御衣全套。饮酒中间，皇上赐句：

　　"童髻此日劳初总，结得根心永固无？"
有心示意，大臣惶恐。奏句奉答：

　　"敢不根心深固结，只期浓紫色无衰。"
从长廊下来，舞蹈再拜。上赐左马寮御马，藏人所苍鹰。阶下亲王们、公卿们鹓班称庆，各蒙上赐有差。是日御前各色槃筥，都由右大辨承办。摆满的糕团、唐柜，比东宫加冠时还要较多。真个无限的丰盛堂皇！

　　当天晚上，源氏出就大臣邸第。礼节隆重，人间少见。大臣看他稚年聪颖，十分欢喜。女公子虽则稍居年长，妙龄娇嫩，羞涩莫能名状。大臣在朝，皇眷很厚，母堂公主，又是和皇上一母同胞，门第万分华贵，今番再添上这一位，那东宫外祖，转眼就要执政天下的右大臣权势，都被压过，也算不得什么了。各房所生的公子多人。公主所出，还有位藏人少将，年青才美，右大臣和这边不大相投，都不肯等闲放过，把个珍爱的四千金匹配与他。器重少将，一如这边的器重源氏，这两家之间，真堪羡慕。源氏是常奉上召的，在家不得宽怀长住。心里又切慕着藤壶的姿容无比，素常忖思娶室必须如此人才，然而但求个差近似的都真没有呵！府里这位呢，明知是修养有素，人品高雅的，可是总觉意不相投，年少心偏，甚至苦思烦恼。自从做了大人，不像以前，不容近入帘内了，却只喜欢住在大内里，每逢皇上游兴之时，从琴音笛音里，隐约听到一句两句歌声语声，引以为慰。一住五六天，偶来府里，不过两三天，这边恕其年幼，也不见怪，只是竭意奉承他。服侍人们，都妙选不同一般的来伺候他。竭尽法儿只拣他心爱的玩意，逗他欢心。大内里呢，就把原来的淑景舍做他的朝房，服侍他生母娘娘的侍女们，一个不叫散出，仍旧伺候他。府里呢，特敕修理职、内匠寮改造一新。将原来树木、假山景致地方，开宽池心，精巧营缮。源氏倒只是叹息，这般精构，却没个得意的人儿相与同栖。光君这个绰号，相传还是高丽人爱他，送他的称呼云。

日记随笔文学：平安时代的"日记"可说是广义的"物语"；盖自假名发达以来，用和文来记自己或他人的生活，叙述自己的感情，或写旅途，或记廷仪，总之带有随笔的性质；其所以不同于"物语"之点，则在于主观的态度不同。兹将较有名的几本日记列名于下：

① 《土佐日记》(934—935)，作者纪贯之。
② 《蜻蛉日记》(约960)，藤原伦宁之女。
③ 《高光日记》(又名《多武峰少将物语》)(961—962)，高光。
④ 《枕草子》(约1000)，清少纳言。
⑤ 《和泉式部日记》(约1003—1004)，和泉式部。
⑥ 《紫式部日记》(约1008—1010)，紫式部。
⑦ 《更级日记》(1060)，菅原孝标之女。
⑧ 《赞岐典侍日记》。(1107—1108)。

日本人松岛荣一等在其《日本史概说》一书中，曾对日记文学有如下之论列："除物语以外，还出现了日记体的文学，如《蜻蜓（蛉）日记》、《紫式部日记》和《更级日记》等，活生生地表现了妇女的体验与心情。《蜻蜓日记》描述一个名叫藤原伦宁的受领的女儿和好色多情的藤原兼家之间的不幸结婚生活。……特别是妇女在一夫多妻的贵族习惯下被迫过着非人的结婚生活。《更级日记》的作者(菅原孝标女)曾由对于物语所描写的世界的反省出发,幻想阿弥陀佛来接她到净土去,以寻求灵魂的寄托。把现实世界看成秽土,在弥陀净土中寻求摆脱现实苦恼的出路,这是当时贵族的一般倾向。"

《枕草子》是平安时代日记随笔文学的白眉。作者清少纳言是女的,她姓清原,少纳言大概是她家中的人的官职,故她被称为清少纳言。紫式部是热情的人,清少纳言却是冷静的人。她也在宫廷中做过官,但辞官之后的晚年似乎很孤独。

《枕草子》由约三百段长短不同的散文所构成,大都是对人生和自然的片断观察,却表现了人生的实相。它虽是随笔,却带有客观的倾向。所记大半是她宫廷做官十年的回忆。兹录数段如下:

> 春天以黎明为最好。逐渐发白的山间,稍现光明,紫色的云拖着细长的轻烟。夏天以夜间为最好。有月时自然不消说,就是黑夜里,萤火虫乱飞也有下雨样的感觉。秋天以黄昏为最好。夕阳华丽地照射着,靠近山背后的地方,乌鸦正在归巢,三三五五地飞着,颇觉可哀。况且,雁阵成行,越远越小,非常有趣。日落之后,风声虫声,倍觉可哀。冬天以清晨为最好。下雪时自不消说,下霜时也是很白,即使无霜雪,也是很冷,忙着生火,赶着拿炭什么的,也很调和相称。到了白天,稍稍温暖就松弛下来,炉子里、火盆里的火,都变成白灰了,煞是扫兴。(一段)
>
> 正月一日、三月三日都很晴朗。五月五日很阴暗。七月七日天阴,傍晚时转晴朗的天空中,月很光明,星也可见。九月九日呢,从早晨就下雨,菊露非常润湿,被盖的棉絮也很潮润,薰衣服的香是很受称赞的。清晨起来一看,还是阴天,一会儿就下起雨来了,真是有趣。(八段)
>
> 遥远的途程:千日精进的开始之日。要制衣服,才开始纺线之日。要去陆奥国的人,才跨越逢坂关之类。生下来的婴儿要长成大人之类。要读大般若经,一人开始读。要住十二年的深山,才开始登山之日。(九十三段)

镰仓时代的文学:

平安时代是贵族文化,镰仓时代是以武士为中心的武家文化;因为,经过藤原氏及平氏、源氏等武家相争以来,源氏终于在镰仓建立起了幕府政治,其性质乃是军事封建的性质。因此镰仓时代的文学,除了初期的和歌较为兴盛而外,主要的乃是记述战争的战记物语,和以佛家厌乱思想为中心的日记随笔。

日本人松岛荣一等在其《日本史概说》一书中,对于镰仓时代及其文学,有如下的论述:

"镰仓幕府,在其维持统治的一百五十多年之间的文化,是从古代文化转变到室町时代的中世纪文化过程中的过渡时期文化。当时新旧事物混淆,社会上各阶级在转变期中的适应方法不同,所以文化有多种多样的内容。同时打破了传统的贵族文化的孤立与停滞性,使文化建立在更广泛的日本人阶层上,从模仿大陆文化解放出来,成为发挥日本人的文化创造力的基础。

"贵族阶层因院政成立与武士首领得势而趋于没落,使院政时代的贵族发生对于藤原氏荣华生涯的回顾与反省,因而产生了《荣华物语》与《大镜》(《世继物语》),通过物语(小说)文学来叙述历史。《荣华物语》模仿《源氏物语》,表现了对于藤原道长的荣华生活的憧憬。《大镜》(也写藤原道长的荣华事迹)则比较富于批判精神,尖锐地写出当时贵族阶层内部的纠纷。

"慈园在所著《愚管抄》中写道,'真是末日乱世,武士横行,世道沦亡',他站在复古的立场,反对武士;他是佛教哲理史观。但也有同情武士的文学,如《(平)将门记》《陆奥话记》等。

《今昔物语集》汇集了印度、中国和日本的佛教故事,其中以世俗和杂事为主题的部分,不但登场人物包括贵族、僧侣、武士、商人、农民、渔民、矿工、妓女、艺人、盗贼等所有阶层,而且生动地描述了日本各地人民的生活。

《保元物语》《平治物语》《平家物语》都是'战记物语',都是从少数知识分子的读者移向人民、武士和广大读者的。《平家物语》已不只有个别英雄人物为主题,而且以发展的时代和集团的命运为主题。这作品虽对没落阶级表示同情并有佛家无常的思想,但它超过这些范围,正确地把握那个时代的新阶级与新人。

"《古事谈》《古今著闻集》《十训抄》《宇治拾遗物语》等所谓故事文学,盛行镰仓初期,也反映这种时代的阶级关系的变化。

"猿乐,又名'散乐''散更'和'申乐',起源于奈良时代输入的唐朝散乐,加上日本原有的滑稽演技。镰仓时代有'开口猿乐''答弁猿乐'两种,后者结合优雅的歌舞,发展为'能乐',流行各阶层之间。

"田乐,是致祭田神时所演奏的,富于民族风格,也流行各阶层之间了。"

日本历史学家井上清教授在其《日本历史》一书中,对镰仓时代的文学有如下的论列:

"镰仓时代的和歌,成为宫廷贵族们的文学,供他们玩赏,多半是没有生气、没有雄壮气魄和直率性,多是神经衰弱的矫揉造作的歌子,但绝不像《万叶集》时代那样的国民文学。只有源实朝所创造的歌中有些很好的,这是因为他是新兴武士阶级中的人物,他把镰仓武士的强而有力的情况表现出来了的缘故。

"《平家物语》是说的故事,也就是说它不单是用眼睛来看的文学,而且也是给很多的人(多半是武士)听的文学。这就产生了与《源氏物语》完全不同的清晰的表达方式,使日本语和日本文章也为之前进了一步。"

战记物语:战记物语中,有名的是《保元物语》《平家物语》《平治物语》《源平盛衰记》等。

《平家物语》是战记物语中最杰出的作品。内容是叙述中心人物平清盛的荣华与平氏一族为源氏灭亡的经过。其中心思想是佛家的诸行无常、因果报应。主人公平清盛虽有绝大的权势、强烈的意气,但也难逃因果报应而忽然逝去。第一卷《祇园精舍》的开头几句就申明了主旨:

祇园精舍之钟声,诸行无常之音响,沙罗双树之花色,盛者必衰之理明。
奢者不长,唯如春夜之梦,猛人遂灭,偏同风前之尘。

本书文体用和汉混合文,明快流丽,它对日本后来的文学提供了很多材料。

《平治物语》:内容也记述源赖朝起兵灭亡平氏的经过,其中穿插很多有趣的故事。本书仍不免迷信因果的佛家思想,如最后源赖朝胜利,作者把源赖朝父子三人(父义朝,弟义经)的煊赫生平归之于他们三人都生在卯年,生在卯年的人是杰出的。兹录其一小段:

(源)义朝是鸟羽天皇时代保安四年癸卯年所生,三十四岁时即保元元年发挥忠节,建立功勋,蒙受朝恩,过后参与谋叛而身亡。然有赖朝、义经二子,兵卫佐(赖朝)三十四岁时,判官(义经)二十二岁时,即治承四年,举义兵以雪会稽之耻,再度重振家声。

赖朝是近卫天皇久安三年丁卯年诞生,义经是二条天皇平治元年己卯年所生,三人都是单阏(卯)之年的人。其中,赖朝消灭平家,统治天下,文治初年,委派各国守护,所有各处的庄园、乡保,都任命地头,鼓励武士之辈,起废家,继绝迹,而成武家之栋梁,蒙受皇命作征夷将军。卯是东方三支之中的正方,司仲春。柳是卯木。得三春之阳气,开天道优惠之眉,管理繁荣,任柳营(幕府)之职,卯年生的人真是杰出的人物呵!

室町时代的文学:

室町时代是封建分散时期,各地方大名分掌实权,政权分在各地,各地方民众实力亦因而抬头。文学方面亦产生各种民众性的体裁,如连歌、战记物语、日记随笔、御伽草子、谣曲、狂言等。

连歌:连歌是和歌三十一音节的两句,由分别的人唱和的歌。普及于室町时代。在乡村中竟设有"连歌田"的特别免税田地。连歌与人民的集会密切相关连,非常流行,甚至于有"到处都有吟咏和批点连歌的人"之说,以致和民间茶会一起成为幕府禁止的对象。编辑连歌集《菟玖波集》的二条良基虽是贵族,但集连歌之大成的宗祇(法师,1421—1502)以及以后的著名连歌作者都是武士和僧侣等地位低微的人。(松岛荣一等)

战记物语:室町时代的战记物语,有《太平记》《义经记》《曾我物语》等。此时代战乱相循,又产生了许多合战记,如《明德记》《应仁略记》《结城战场物语》等。《太平记》,小岛法师著,作者是"南朝的重要人物",他始终站在皇室方面,基于拥护王朝复兴的观点来描写内战,同时又比较客观地反映了各阶级在战乱中的动向。民间很流行。(松岛荣一等)

日记随笔:兼好法师(1282—1350)的《徒然草》与平安时代的清少纳言的《枕草子》称为随笔的双璧。"《徒然草》,吉田兼好著,虽然基本上站在贵族立场对贵族传统憧憬,有无常感和虚无感,但对现实社会有敏锐的批评和感觉,是内战前夕的产物。"(松岛荣一等)

御伽草子:即通俗短篇小说,普通供妇女儿童阅读;内容为恋爱(《忍音物语》)、灵异(《狐草子》)、英雄(《土蜘蛛草子》)、祝仪(《七草草子》)、童话(《精进鱼类物语》)。"(御)伽草子不局限于贵族文学的题材,也从战记文学、故事文学、民间童话和传说中吸取题材,深入民间。其中朴质的显达故事,反映了在先进地带成长起来的农民与都市居民的明快气质与弱点和幻想。"(松岛荣一等)

谣曲(能乐):室町时代的艺术代表是"猿乐能"的一种乐剧,由"能"役者之手作出谣曲。谣曲名作者是观阿弥、世阿弥父子。"能"主要是古典的悲剧。田乐和猿乐吸取了戏剧的因素,发展为"田乐能"和"猿乐能"。以大和的春日神社为中心的外山(宝生)、结崎(观世)、泸户(金刚)、圆满井(今春)等四个座(剧团),

以近江的日吉社为中心的山科、下坂、比叡等三个座,都以专业剧团著名而发展起来。著名艺术家观阿弥和世阿弥父子在结崎座出现,完成了"能乐"。"能乐"一方面从足利义满起受到各代将军的保护,而成为幕府的"式乐"(举行仪式时演奏的音乐),即转化为以武士和贵族为社会基础的封建文化。另一方面,作为民间艺术的"能乐"和传统的文化遗产相结合,广泛地从贵族的物语文学、战记作品和古代的神话与传说中摄取题材,写成以吟诵为主的歌曲(谣曲)。"能乐"一方面反映了室町时代的对于上层武士与贵族的王朝艺术的憧憬,另一方面又不能不演出如世阿弥在其《花传书》中所指出的这种艺术,即"无论在什么穷乡僻壤,都要迎合民心,注意当地的风俗"。即保存民间成长的原有精神,因而能在南北朝的内战时期以后发展为新时代的典型的文化。(松岛荣一等)

狂言:狂言是当代的喜剧,在"能"与"能"之间同台演出,以收对照之效。狂言是滑稽的、轻松的、写实的、民众的。狂言是在室町时代和"能乐"交互演出的,也是从镰仓时代的"敬神猿乐"产生的。"能乐"迎合严肃典雅的贵族与武士的兴趣,以过去的英雄美人为题材,而"狂言"则为使用日常语言来讽刺市井生活的科白剧。到了应永年间(1394—1427),竟有狂言师(演员)在舞台上攻击比叡山和仁和寺的恶僧而遭受反击,又曾在皇宫附近出演没落公卿的剧本,激怒公卿。"狂言"与"能乐"不同,通俗滑稽,演技也有自由和现实的风格,因此成长为以小农民和下级武士为基础的大众艺术。使古代末期庸俗的民间艺能发展为狂言的中世纪人民本身的成长和造成这种狂言需要的人民斗争,都与古代末期的本质不同。(松岛荣一等)兹录周启明译的狂言《两位侯爷》于后:

脚色三人:
  右京——侯爷甲
  左京——侯爷乙
  下京——老百姓

左京　现在出来的乃是无人不知的侯爷。我曾同某人约好,去看北野庙会,现在慢慢前去吧。呀,走不多远,即此已是了。——在家么?

右京　喂!是你么,怎么会光降这里的?

左京　以前同你约好,去看北野庙会的呀。

右京　的确是的。可是,先请进来吧!

左京　不,还是先去好。
右京　那么,我也去吧。我说,你没有带什么用人去么?
左京　那家伙装着假病,不曾带去。
右京　呀,我的用人也不在家,那怎么办好呢?
左京　哈,我想着了。走到道上,有什么人便把他抓住,硬叫他跟着去好了。
右京　那倒是很好的。
下京　现在出来的乃是下京一带的人氏是也。今天二十五,想到北野赴庙会去。现在就慢慢前去吧。
左京　呀,你看见那人了么? 一个可以当作用人的家伙从那边来了。我想就把那家伙带了去吧。
右京　那是很好的。
左京　喂! 喂!
下京　是在叫我么?
左京　当然。
下京　有什么事?
左京　问你,你是往哪里去呀?
下京　往北野赴庙会去。
左京　那好得很。我们也要去,就一同走吧!
下京　不,我同武士们在一起,是不大像样的。我还是先走吧。
左京　你确实不愿跟我们走么? 这样,你也还是不肯去么?
下京　呀,不,我跟你们去吧!
左京　不,这样做也是开玩笑罢了。喂,现在走吧,走吧。
下京　是,我去。
左京　喂! 喂! 右京大人,你拿着的那大刀,就请交给那家伙去拿好了。
右京　啊,对啦。——你给我把这提着来吧。
下京　奉命。
右京　来吧,来吧——喂! 喂! 你把这个像油壶似的提着,那成什么样子呀! 挂在腰上走呀!
下京　是。

右京　呀，呀！怎么阁达阁达的响着，原来是挂在腿边哩！
下京　那么，是这样么？
右京　你不知怎么拿法，我就教你吧。金大刀是要擎在右手，拿着走的呀。
下京　是这样么？
右京　哈，是这样，是这样。现在来吧，来吧。
下京　那真是可恶的事情！这两个家伙，饿鬼，我不让你逃走呵！
二人　危险，你干什么事呀？
下京　你们以为我是老百姓，来侮弄我，可是不要看错了人呀！
二人　呀，危险！干什么呀！
下京　啊呀，哈！看见你们两位侯爷这样的蹲在两边，可不正是像两只鸡么？就在那里，给我装作斗鸡吧！我就拿那大刀来了！
右京　呀，那位老百姓先生，叫侯爷装鸡那是不可以的呀。
下京　那么你们一定不干么？
左京　喂！喂！右京大人，咱们干吧！
下京　那么赶快干起来！
二人　啊，喀喀喀！
下京　这倒真是挺好的娱乐！你们把那飘飘然的衣服都脱下来，交过来吧！
右京　侯爷的这个是脱不得的。
下京　你确实不脱么？
右京　啊，脱呀，脱呀。
下京　你们脱了衣服，蹲在那里的样子，可不正像那不倒翁么？你们给我装那不倒翁的样子吧！
右京　我不知道嘛。
下京　你不知道，我就教你吧。你们在那里看着。——（小曲）

　　　　在京里，在京里，
　　　　正是时行的不倒翁。
　　　　看见了好侯爷，
　　　　只要看见了侯爷，——
　　　　阿唷嗨，理会么，理会么？

骨碌的打个滚。

右京　怎么那样点头呢？

下京　你不知道，我装给你看吧。来吧！——

二人　（小曲）

　　　在京里，在京里，

　　　正是时行的不倒翁。

　　　看见了好侯爷，

　　　只要看见了侯爷，——

　　　阿唷嗨，理会么，理会么？

　　　骨碌的打个滚。

下京　这倒真是很有意思的娱乐。——喂，武士们，怎么样，你们想要这大刀么？

二人　当然罗。

下京　你们想要，就去拿那黄昏的明星吧！

二人　呀，呀！别叫他逃跑呀！别叫他逃跑呀！

安土、桃山时代的文学：

"安土、桃山文化的自由与明朗，就是当时人民自由与明朗的反映，是在东方所有海上任意地航海并充分地呼吸了广大世界文化的空气的堺市贸易商人的豪爽，是在农村的每一角落为人民所发展了的民主精神的明朗，是为了争取一切言论和集会自由、职业自由、迁移自由和武装自由而战斗的社会的反映。

"但是，这些都逐一地被信长、秀吉和家康所剥夺，使日本文化又转变成黑暗的和萎靡的了。"（井上靖）

第十五章　中世朝鲜文学

朝鲜各民族自古居于鸭绿江两岸及半岛上。自有籍载可考以来,当以周初"武王乃封箕子于朝鲜"(前1122)为最古,这证明朝鲜自古受中国文化的影响,三千年来和中国有密切的关系。此后见于籍载的,有西汉初年燕人卫满的入朝鲜篡灭箕氏(前194)。汉武帝灭卫氏,建四郡(前108)。四郡建立时期,半岛南部尚有三韩。高句丽、新罗、百济三国在公元前数十年间先后建政权于半岛,才逐渐由奴隶社会转入到封建社会。此后才有朝鲜的诗歌出现,所以介绍朝鲜文学,只能从封建时代开始。

兹将朝鲜历代各时期略述如下:

古朝鲜时期(前1122—前108):

箕氏朝鲜时期(前1122—前195):最早的朝鲜半岛上的居民大概是蒙古种人。但在中国古籍中最古可考的,是司马迁的《史记》中《宋微子世家》的"(周)武王乃封箕子于朝鲜"的话。这是公元前1122年的事。过了三年,即公元前1119年,又有"箕子朝周"的记载,说他"过故殷墟,感宫室毁坏,生禾黍","乃作《麦秀之诗》以歌咏之。其诗曰:'麦秀渐渐兮,禾黍油油,彼狡僮兮,不与我好兮'!"至今朝鲜尚有箕子坟。这些证明箕子确在朝鲜统治过。至少证明中朝关系发生很早。

卫氏朝鲜时期(前194—前108):西汉初年燕人卫满率移民到朝鲜,于公元前194年推翻箕氏政权,建立卫氏政权。班固《汉书》的《朝鲜传》有"朝鲜王满,燕人,自始燕时,尝略属真番、朝鲜"之语。

四郡、三韩时期(公元前1世纪前半):

汉武帝元封三年(前108),"遂定朝鲜为真番、临屯、乐浪、玄菟四郡"(《汉书·朝鲜传》),四郡乃半岛北半部。南半部同时则有三韩:马韩、弁韩、辰韩。

三国鼎立时期:

新罗(前57—公元735):新罗由南半部之辰韩发展而来。到公元2世纪和

3世纪时,新罗已能酿酒铸铁。4世纪以后以都城庆州为中心向四方侵略,国势渐盛,乃参加半岛上三国的混战。5世纪以后新罗整套政治机构形成。6世纪中新罗在对外战争中获胜,562年并赶走半岛南端的倭人,后来终于统一朝鲜半岛。

高句丽(前37—公元668):在公元前后,高句丽已由部落发展而为奴隶社会国家。300年时曾因阶级矛盾尖锐化而发生过推翻国王的事件。4世纪起,高句丽开始南移,和百济、新罗发生长期战争。5世纪才移都平壤,国家机构强化。6世纪和7世纪时高句丽生产力相当发展,过渡到封建社会。

百济(前18—公元660):百济起于马韩之境,进而征服马韩各部,成为奴隶社会国家。4世纪起与高句丽时常战争,但多处于劣势。6世纪以后又受新罗攻击,国势益弱。百济曾力图依靠中国南朝各代政权和日本,来对抗高句丽和新罗,但7世纪中终于在新罗和中国唐朝的夹攻下灭亡。

新罗统一时期(735—936):

新罗、百济、高句丽在三国混战中,各引外援。高句丽和百济引日本为外援,新罗则引中国为外援。终于新罗在唐朝的支持下,灭百济和高句丽,统一朝鲜,生产力也有所发展。新罗全面采用唐朝的封建集权的国家制度。新罗后期,阶级矛盾尖锐化,农民起义不断发生。百济、高句丽又重立新王朝,成为"后三国"的局面。

高丽(王氏)时期(936—1392):

在"后三国"时期,高句丽的部将王建自立为王,改称高丽,迁都松岳(开城),并灭新罗和后百济,而又统一朝鲜,是为王氏朝鲜。王氏朝鲜加强中央政府机构,外面对付契丹和女真的侵略。王氏朝鲜(高丽)统治四百余年,前期封建贵族当权。后期在抵御契丹和女真的侵略的过程中,军人贵族兴起,出现武人专政的局面。12世纪时阶级矛盾尖锐化,人民多处起义。13世纪初,蒙古元朝兴起,入侵朝鲜,国王投降,但人民仍然继续抵抗。以后元朝为朱明所灭。朝鲜将军李成桂发动政变,于1392年废国王自立,迁都汉城[今首尔],改国号为朝鲜,是为李氏朝鲜。

朝鲜(李氏)时期(1392—1910):

李氏朝鲜的前期(1392—1598):李朝初期,经济较前有所发展,南方也打退倭寇,北方也打退女真。但自15世纪起,朋党之争迭起,人民颇受损害。适值日本丰臣秀吉统一完成之时,野心侵略朝鲜和中国。1592年(壬辰)日本大军进攻朝鲜,是为"壬辰倭乱",延续七年,才在中朝联军之下把日本军打退。在"壬辰倭乱"中,朝鲜海军将领李舜臣大建奇功,并以身殉。

文学作家与作品简介:

"乡歌":是用汉字简化的文字"吏读"写的,基本上是人民歌谣。如《慧星歌》(579)是同日本海盗作战的诗篇,《薯童歌》(600)是讽刺歌,以及《亡妹营斋歌》(742)等。

《三代目》(888):是第一部人民诗歌选集。

崔致远(857—910):是流传至今的朝鲜最早的文学家和学者。他字孤云,又号海云。十二岁时来中国唐朝留学,十八岁时中进士,并在唐朝作官,官至"都统巡官承务郎侍御史内供奉赐紫金鱼袋"。曾调授宣州溧水县尉。罢秩后,作淮南节度使高骈的幕僚,专司笔砚,四年之间,文稿上万,遂自精选诗文,汇编成《桂苑笔耕集》二十卷,至今流传。新罗宪康王时,崔致远作为唐朝的调停使者回国,官至兵部侍郎。值新罗末期混乱,他的政治抱负不得施展,遂隐居伽倻山。生平提倡经学、文学,对新罗学术和汉文学的发展很有贡献。

兹选录《桂苑笔耕集》中诗文若干于下:

《贺回驾日不许进歌乐表》(代高骈拟)

臣某言,臣得进奏院状报,伏审敕旨。"回驾日,应沿路州县,切不得辄进歌乐及屠杀"者。声除饰喜,味减荐珍,远遵罪己之言,深播好生之德,凡于蠢动,孰不欢呼?臣某诚抃诚跃,顿首顿首。伏维皇帝陛下,日月运行,雷雨作解,体尧舜之理能咸若,法禹汤之兴必勃焉,退庭舞而撤宫悬,恶衣服而菲饮食,一慈二俭,守玄祖之格言,沐雨栉风,禀太宗之丕训。今则冕旒东顾,挞拊西移,师乙收心,无以逞铿锵之曲,庖丁敛手,何由挫觳觫之形,义感六牲,恩加万姓,则乃蜀山力士,既无烦役之虞,汉水老人,岂有深讥之事,帝业永资于下武,物情皆庆于中兴。臣方拥戎旃,阻随仙跸,遥思盛礼,空驰拱北之诚,愿报深恩,但励镇南之志。无任抃跃屏营之至!谨奉表陈贺以闻。臣某诚欢诚喜,顿首顿首,谨言。

《谢许归觐启》

某启:早来员外郎君,奉传尊旨,伏蒙恩慈,念以某久别庭闱,许令归觐者。仰衔金诺,虔佩玉音。虽寻海岛以荣归,古今无比,且望烟波而感泣,去住难安。伏缘某自年十二离家,今已二九载矣,百生天幸,获托德门,骤忝官荣,仍叨命服,一身遭遇,万里光辉,是以远亲稍慰于倚门,游子倍荣于得路。唯仰赵衰之冬日,深暖旅怀,岂吟张翰之秋风,遽牵归思?且缘辞乡岁久,泛海程遥,徒伤乌鸟之情,去怀犬马之恋。唯愿暂谋东返,迎待西来,仰托仁封,永安卑迹。今即将期理棹,但切恋轩。下情无任感戴竞灼涕泣之至!谨奉启陈谢。云云。

录《七言记德诗三十首谨献司徒相公》中六首:

惟将志业练春秋,早蓄雄心划国仇,二十年来天下事,汉皇高枕倚留侯。(《兵机》)

能将一箭落双雕,万里胡尘当日销,永使威名振沙漠,犬戎无复吠唐尧。(《射雕》)

班笔由来不暗投,旋驱熊隼待封侯,郡名安化能宣化,更指河湟地欲收。(《安北》)

陇水声秋塞草闲,霍将军暂入长安,太平天子怜才略,曾请陈兵尽日看。(《练兵》)

巨牙钩爪碍王程,一箭摧班四海惊,白额前驱姜胆碎,方知破石是虚声。(《射虎》)

远提龙剑镇龙庭,外户从兹永罢扃,扫尽边尘更无事,暮天寒角醉吟听。(《秦城》)

《陈情上太尉》

海内谁怜海外人,问津何处是通津,本求食禄非求利,只为荣亲不为身,客路离愁江上雨,故园归梦日边春,济川幸遇恩波广,愿濯凡缨十载尘。

《奉和座主尚书避难过维扬宠示绝句三首》

年年荆棘侵儒苑,处处烟尘满战场,岂料今朝觐宣父,豁开凡眼睹文章。

乱时无事不悲伤,鸾凤惊飞出帝乡,应念浴沂诸弟子,每逢春色耿离肠。

济川终望拯湮沉,喜捧清词浣俗襟,唯恨吟归沧海去,泣珠何计报恩深。

《酬杨瞻秀才送别》

　　海槎虽定隔年回,衣锦还乡愧不才,暂别芜城当叶落,远寻蓬岛趁花开,谷莺遥想高飞去(时杨生有随行之计),辽豕宁惭再献来,好把壮心谋后会,广陵风月待衔杯。

《和友人除夜见寄》

　　与君相见且歌吟,莫恨流年挫壮心,幸得东风已迎路,好花时节到鸡林。

《将归海东巘山春望》

　　目极烟波浩渺间,晓鸟飞处认乡关,旅愁从此休凋鬓,行色偏能助破颜,浪蘸沙头花扑岸,云妆石顶叶笼山,寄言来往鸥夷子,谁把千金解买闲。

《山顶危石》

　　万古天成胜琢磨,高高顶上立青螺,永无飞淄侵凌得,唯有闲云拨触多,峻影每先迎海日,危形长恐坠潮波,纵饶蕴玉谁回顾,举世谋身笑卞和。

　　金富轼(1075—1151):高丽(王氏)时期的文学家和史学家。所著《三国史记》(1145)叙述新罗、高句丽、百济三国鼎立时的始末,是重要的文学和史学作品,其中有许多优秀的散文传记作品,成为朝鲜后世小说的典范。他对朝鲜的汉文学也有大贡献。

　　中国唐高宗麟德二年(665),唐朝企图联合新罗以进攻高句丽,遂强迫新罗与其宿敌百济媾和,在就利山立铭,铭文纯系汉文,兹录《三国史记》中《就利山铭文》如下(文中的扶余隆即原百济国王子):

　　维大唐麟德二年,岁次已丑,八月庚子朔十三日壬子,鸡林州大都督、左卫大将军、开府仪同三司、上柱国、新罗王金法敏,司稼正卿、行熊津州都督扶余隆等,敢昭告于皇天后土、山谷神祇。往者,百济先王,迷于顺逆,不敦邻好,不睦亲姻。结托高句丽,交通倭国,共为残暴。侵削新罗,剽邑屠城,略无宁岁。丁壮苦于征役,老弱疲于转输。脂膏润于野草,僵尸遍于道路。天子悯一物之失所,怜百姓之无辜。频命行人,遣其和好。负险恃远,侮慢天经。皇赫斯怒,恭行吊伐。旌旗所指,如火燎原,电扫风驰,一戎大定。威绩截于海外，声教被于殊方。固可潴宫汙宅，作诚来裔，塞源拔本，垂训后昆。然怀柔伐叛，前王之令典，兴亡继绝，往哲之通规。事必师古，传诸囊册。故立前百济大司稼正卿扶余隆为熊津都督，守其祭祀，保其桑梓。依倚新罗，长为与国。各除宿憾，结好和亲。各承诏命，永为藩服。仍遣使人右威卫将军、鲁城县公刘仁愿亲临劝诱，实宣成旨。约之以婚姻，申之以盟誓。刑牲歃血，共敦终始；分灾恤患，恩若弟兄。祇奉纶言，不敢失坠。既盟之后，共保岁寒。若有背盟，二三其德，兴兵动众，侵犯边陲，明神鉴之。百殃是降，子孙不育，社稷无守，禋祀磨灭，罔有遗余。故作金书铁券，藏之宗庙。子孙万代，无敢违犯。神其听之，是飨，是福！

《三国史记》中亦有朝鲜书画能手的传记，兹录其二三如下：

金生，父母微，不知其世系。生于景云二年（711）。自幼能书，平生不攻他艺。年逾八十，犹操笔不休。隶书、行、草皆入神。至今往往有真迹，学者传宝之。崇宁中，学士洪灌随"进奉使"入宋，馆于汴京。时翰林待诏杨球、李革奉帝敕至馆，书图簇。洪灌以金生行草一卷示之。二人大骇曰："不图今日得见王右军手书！"洪灌曰："非是，此乃新罗人金生所书也。"二人笑曰："天下除右军外，焉有妙笔如此哉？"洪灌屡言之，终不信。

又有姚克一者，仕至侍中兼侍书学士，笔力遒劲，得欧阳率更法。虽不及（金）生，亦奇品也。

率居，新罗人。所出微，故不记其族系。生而善画。尝于皇龙寺壁画老松，体干鳞皴，枝叶盘屈。乌鸢燕雀往往望之飞入。及到，蹭蹬而落。岁久色暗，寺僧以丹青补之，鸟雀不复至。又庆州芬皇寺观音菩萨、晋州断俗寺维摩像，皆其笔迹。世传为神画。

李奎报（1168—1241）：朝鲜汉文学家，诗人。原名仁氐，字春卿，曾写《白云小说》，所以又号白云居士。曾任王氏高丽官职。通晓中国四部及佛家典籍，长于汉诗汉文。著有《东国李相国集》，多爱国悯农之作。

《青山别曲》：是王氏高丽时期的诗篇，记载农民日复一日地使用古老的木犁在贫瘠的田野上耕种，反映农民悲惨命运。

一然（1206—1289）：高丽（王氏）时的僧人。擅长散文。曾写编年史体《三

国遗事》一书,叙述高句丽、百济、新罗三国遗事,也是文学宝贵遗产。兹录书中描写新罗万佛山一段,以见一斑:

(景德)王又闻唐代宗皇帝优崇释氏,命工作五色毾氇。又雕沈檀木,与明珠、美玉为假山,高丈余,置毾氇之上。上有巉岩怪石洞穴区隔。每一区内,有歌舞伎乐、列国山川之状。微风入户,蜂蝶翱翔,燕雀飞舞。隐约视之,莫辨真假。

中安万佛,大者逾方寸,小者八九分。其头或巨黍者,或半菽者。螺髻白毛,眉目的历,相好悉备。只可仿佛,莫得而详。因号"万佛山"。更镂金玉为流苏幡盖,庵罗薝蔔,花果庄严。百步楼阁,台殿堂榭,都大虽微,势皆活动。前有旋绕比丘象千余躯,下列紫金钟三簴。皆有阁,有蒲牢鲸鱼为撞。有风而钟鸣,则旋绕僧皆仆,拜头至地,隐隐有梵音。盖关捩在乎钟也。虽号"万佛",其实不可胜记。既成,遣使献之。代宗见之,叹曰:"新罗之巧,天造,非巧也"。

李齐贤(1288—1367):高丽(王氏)时期的文学家和诗人。字仲思,号益斋。出身贵族,曾任西海道安廉使。二十八岁时,作为忠善王的赏燕侍从到过北京,后又数次来往中朝之间,从事政治活动。代表作为《栎翁稗说》,包括历史散文、传记散文、诗论等,表现强烈的爱国思想和独立自主精神。此外尚有《乐府》及《长短句》等,揭露统治阶级的罪恶,表达被压迫的人民的痛苦。

李谷(?—1351):高丽(王氏)末期的诗人。他的长诗《橡栗歌》,叙述了当时朝鲜农民的悲惨生活。民不聊生,只好离乡背井,或到山上去拾橡栗以为生:

《橡栗歌》

壮者散之知几千,老弱独守悬磬室,未忍将身转沟壑,空巷登山拾橡栗。……天寒日暮宿空谷,烧桂燃松煮溪蔌,夜深霜露满皎肌,男呻女吟苦凄咽。……君不见,侯家一日食万钱,珍羞星罗五鼎列,驭吏沉酒吐锦茵,肥马厌谷鸣金埒,焉知彼美盘上餐,尽是村翁眼底血。

此外,高丽(王氏)时代还有几位诗人的个别诗篇和民谣颇值一读,兹录于下:

《大同江诗》　　　　　　　　　　　　　　　　郑知常(？—1135)
　　雨歇长堤草色多,送君南浦动悲歌,大同江水何时尽,别泪年年添绿波。

《舟中夜咏》　　　　　　　　　　　　　　　　朴寅亮(？—1096)
　　故国三韩远,秋风客意多,孤舟一夜梦,月落洞庭波。

《蚕妇》　　　　　　　　　　　　　　　　　　李穑(1328—1396)
　　城中蚕妇多,桑叶何其肥,虽云桑叶少,不见蚕苦饥,蚕生桑叶足,蚕大桑叶稀,流汗走朝夕,非缘身上衣。

《沙里花》　　　　　　　　　　　　　　　　　　　　　民谣
　　黄雀何方来去离,一年农事不曾知,鳏翁独自耕耘了,耗尽田中禾黍为。

"颂歌""歌辞""时调":三种诗体同时出现于15世纪。"颂歌"是宫廷诗人的作品,歌颂并维护封建政权,如《龙飞御天歌》(1445)。"歌辞"是人民的天才诗人以歌曲的形式写的作品。"时调"是民谣,形式简洁,带讽刺性质,盛于16世纪。

《乐章歌辞》(15世纪至16世纪):是歌辞集,收集很多诗人的作品,如诗人黄真伊与桂兰,具有朴素语言与完善的艺术手法,对后辈作家有大影响。集中最引人注意的是金宗瑞和李舜臣的爱国诗篇,诗篇中颂扬卫国者在反抗外国(日本)侵略者(丰臣秀吉)的斗争中的勇敢精神。李舜臣的五绝《闲山岛》颇有唐音:

　　水国秋光暮,惊凉雁阵高,忧心辗转夜,霜月照弓刀。

金宗瑞除歌辞之外也写时调,他的时调也表现了爱国主义,如:

　　朔风掠枝头,明月寒雪地,边陲遥万里,昂首持剑立,……

郑澈(1537—1594):是以"歌辞"写作的大诗人,善于写人民生活和自然景色,对后世诗歌有大影响。号松江。故主要作品诗集名《松江歌辞》。其中《关东别曲》歌颂金刚山,《思美人曲》和《续思美人曲》写男女爱情。《思美人曲》仿《离骚》体,如"美人兮宠余,维斯情兮斯爱,欲比方兮无所,平生兮愿意,与颠覆兮一处……"

林悌(1549—1587):是诗人和小说家。字子顺,号白湖、枫江、啸痴、谦斋等。写有很多抒情诗。小说《鼠狱记》《花史》最有名,常用寓言形式暴露社会黑暗,讽刺封建官僚的贪婪。

《壬辰录》:长篇小说,写1592—1598年日本侵略朝鲜的壬辰战争。这次战争朝鲜史称为"壬辰倭乱"。此次战争后,朝鲜人民的爱国主义与民族意识高涨,出现了许多歌颂人民英雄的作品,《壬辰录》便是最杰出的。它是用朝鲜文字写出的第一部散文作品,"有《壬辰录》处,便有人读"。

朴仁老(1561—1642):爱国诗人。字德翁,号无何翁,又号芦溪,故所著诗文集名为《芦溪集》。他生在庆尚北道永川郡的一个农村里,父亲是贫苦的读书人。他自幼聪明,又从父亲学习,因此在十三岁时便写下了一首有名的汉诗《戴胜吟》:

啼彼汉阳华屋角,令人知有劝耕禽。

1592年,他积极参加抗日爱国战争,即史称"壬辰倭乱"。1598年胜利后,他写了长歌辞《太平词》,赞扬祖国悠久文化,谴责侵略者的罪恶,描写人民抗战的英勇和战后向往的田园劳动生活。他是当时抗倭名将李舜臣的女婿,后也任武将。

兹补录《太平词》一段如下:

旌旗蔽空延万里,
兵声大振撼山岳,
兵房御营大将
引导先锋冲贼阵,
疾风台上生霹雳,
清正小竖头在掌中……
(注:兵房御营大将——中国明朝军官职称。
　　清正小竖头——日本将领加藤清正。)

1605年，日本德川家康来提议和亲，为警惕这一阴谋，他率领海军进驻釜山，写长歌辞《船上叹》，表现爱国热情与和平愿望，同时也表现坚决的爱国必胜信念。

1610年前后，他退出官场，回乡务农，写歌辞《陋巷词》，写一个安分守己的老农，受地主富豪的剥削，无以为生。

1635年，写歌辞《岭南歌》，描写农民的艰苦和统治者的苛捐重税，并描写了一个"理想社会"。

1636年，女真侵朝鲜，诗人写了爱国汉诗《述怀》：

报国初心久未成，孤眠长夜恼愁情，梦中驰入辽阳路，射杀单于奏凯声。

《述怀》又一首

草野愚慵一个身，念时忧国暗伤神，圣恩未报头先白，西望长安（指当时京城汉城）泪湿巾。

他晚年写汉诗《四友亭》，表现其抱负与人格，其中咏松一首如下：

池上亭亭百尺松，寒天斜日翠浮空，四时不变专孤节，肯畏严霜与疾风。

"时调"《早红柿》亦是他晚年之作。他在友人家初尝到早红柿，便想袖归以奉父母，但父母已故，不觉伤悲。兹录译文如下：

早红柿，满盘红，味美香又浓。虽非桔与柚，仍欲怀归袖。奈何携去无人奉，心悲痛。

第十六章　中世越南文学

越南自古至中世,可分为如下几个时期。

一、原始及奴隶社会时期(公元前4世纪—公元40)

越南人原是中国南方"百越"人的一支,大约于公元前4世纪时侵入红河流域,是为雒越。雒越人中又分成若干部落。公元前3世纪中叶,蜀部落战胜文郎部落,建立国家,第一个国王叫安阳王。可能还有瓯人加入,所以国名叫"瓯雒国"。"瓯雒国"还处于原始社会向阶级社会过渡的时期。

公元前221年,秦统一中国,随即征服南方"百越"之地,设立南海郡、桂林郡、象郡。秦末派往南海的地方官赵佗割据三郡,于公元前207年自立称王,建南越国。公元前180年,瓯雒服属南越国,被分为交趾、九真两郡。

公元前111年,汉武帝灭赵氏南越,并把交趾、九真二郡改分为交趾、九真、日南三郡。汉朝的封建统治使越南跃过奴隶社会而入封建社会。

二、汉族统治下进入封建时期(40—939)

公元1世纪中,越南女子二征(征侧、征贰)领导人民起义,反对东汉的统治,为东汉派去的马援所镇压(40—43)。越南仍受东汉统治。

5世纪和6世纪时,越南北部仍处于中国南朝统治之下,苛政殃民,纷纷起义。541年李贲和并韶、赵光复等起义,攻克当时的交州首府。544年李贲称王,建万春国。后于602年为隋朝所灭。

7世纪至9世纪,唐朝统治越南,设安南都护府,下设若干州。唐朝苛政激起越南人民不断起义,虽都被镇压,但给外族以不断的威胁,并增强民族建国之感。

三、民族封建时期(939—1527)

吴朝(939—968):939年越南封建主阶级的代表吴权,在白藤江击败中国五代十国的南汉驻军,自立为王,称吴王,越南从此独立。

944—968年,发生"十二使君之乱"。此时有十二个大封建主各霸一方,相互混战。

丁朝(968—980):最强大的使君丁部领灭吴氏等之后,建立大瞿越国。

前黎朝(981—1009):丁朝部将黎桓代丁氏而建立之王朝。

李朝(1010—1225):由李公蕴建立的王朝。此后越南的封建王朝才趋于稳定。分全国为二十四路,由文官知府治理。首都迁于升龙,即今河内。对外则南侵占婆,北与中国宋朝争战。李公蕴即位之初,还有些提高农民生产力的措施。但到12世纪和13世纪时,政治腐败,各地发生起义。

陈朝(1225—1440):李朝末期,女主年少,为陈守度所迫,让位给她的丈夫陈日煚,陈日煚是陈守度的侄子。从此李朝结束,开始陈朝。陈朝初期也采取了一些提高农民生产力的措施。民族文化也有显著发展。陈太宗(1225—1258)设国学,奖励儒学。黎文休撰《大越史记》三十卷,是越南第一部正史,但已失传。13世纪末,越南本国文字"字喃"在利用汉字的基础上创成,代替长期使用的汉文,促进民族文化的发展。

13世纪后期,元朝蒙古统治者曾三次进犯越南,终被陈国峻所领导的军队所击败。

元军虽被逐,越南国内阶级矛盾激化,时有农民起义。1358年农民军领袖吴陛曾控制一部地区,称王两年,后被镇压。

1400年陈朝外戚胡季犛夺取政权,建立胡朝(1400—1407)。但1406年,中国明朝派兵恢复陈朝,胡季犛被俘。从此北部为明朝统辖二十年,南部仍为陈简定所控制。

后黎朝(1428—1789):前期(1428—1527):陈朝中一小官黎利,于1418年在兰山率众与明军斗争,奋斗十年,终于1428年将明军逐出,越南重新独立。黎利建立大越国,自称国王,定都河内,史称"后黎朝"。后黎朝初期,农工商业都有所发展。黎圣宗时(1460—1497)制定官制,实行科举,令吴士连修史,完成《大越史记全书》十五卷。南征占婆,西征老挝,遂成大国。但圣宗死后,内部争夺权力,农民到处起义。1527年,遂暂时为权臣莫登庸所篡。

越南文学实际从越南独立的10世纪开始。所以本章只叙述939—1527这六百年民族封建时期的文学,并分三节叙述如次:

(一) 吴、丁、前黎三朝(939—1009)的文学

中国的儒学与汉字在公元初已输入越南,如儒学家有李琴、李进、并韶等人。到中国唐、宋时期,越南文学也颇受中国李白、韩愈、苏轼等人的影响。佛教思想也相继输入,影响文学,所以到了10世纪越南独立之后,即有僧人万行的诗:

身如电影有还无,万木春荣秋又枯,任运盛衰无怖畏,盛衰如露草头铺。

同时有吴真流者,虽不是僧人,却也有佛家思想的诗句:

始终万物皆虚空,会得真如体自如。

(二) 李、陈二朝(1010—1440)的文学

1010年李朝建国之初,即把首都迁到升龙(今之河内),当时还下了一道徙都诏书,兹摘录如下:

《徙都升龙诏》

李太祖顺天元年庚戌,以丁黎旧都华闾城湫隘,降手诏徙都大罗城,及御舟泊都下,有黄龙之瑞,因改其城曰升龙。

昔商家至盘庚五迁,周室逮成王三徙,岂三代之数君,徇于己私,妄自迁徙,以其图大宅中,为亿万世子孙之计,上谨天命,下因民志,苟有便辄改,故国祚延长,风俗富阜,而丁黎二家,乃徇己私,忽天命,罔蹈商周之迹,常安厥邑于兹,致世代弗长,算数短促,百姓耗损,万物失宜,朕甚痛之,不得不徙。况高王故都大罗城,宅天地区域之中,得龙蟠虎踞之势,正南北东西之位,便江山向背之宜。其地广而坦平,厥土高而爽垲,居民蔑昏热之困,万物极藩阜之丰。遍览越邦,斯为胜地。诚四方辐辏之要会,为万世京师之上都。朕欲因此地利,以定厥居。

1075年李朝派李常杰率军进攻中国宋朝,占廉、钦两州。李常杰在击败宋军统帅时曾写汉诗一首:

南囗山河南帝居,截然定分在天书,如何逆虏来侵犯,汝等行看取败虚。

13世纪后期,元朝统治者三次进犯越南,终为陈朝君臣和人民所击败,国王陈仁宗和政治家陈光启、将领陈国峻都对抗元有功,并都留有诗文纪其事。

陈仁宗:著有《中兴实录》,并有抗元的有名诗句:

> 社稷两回劳石马,山河千古奠金瓯。

陈光启(1241—1294):是政治家兼作家。他是陈太宗第三子,在陈圣宗时官居太尉,在陈仁宗时击退元世祖入侵。他用民间语文"字喃"写有《卖炭者》。同时他对汉文有极深的修养,有《乐道集》,已失传,仅存几首汉文诗,其中五绝《从驾还京师》表现民族独立和爱国思想,七律《福兴园》《刘家渡》则反映他晚年的思想和生活。他在1285年在咸子关渡口大败元军时所吟的五绝一首,表现了他的英雄气概和军政才能:

> 夺槊章阳渡,擒胡咸子关,太平宜致力,万古此江山。

同时,与陈光启同为抗元名将的范伍老,当他与陈光启在章阳渡口胜利会师时,也写了一首七绝《述怀》:

> 横槊江山恰几秋,三军貔虎气吞牛,男儿未了功名绩,羞听人间说武侯。

陈国峻(1252—1300):是军事家兼作家。陈国峻是抗元战争中的主将,他能把军队化整为零,军民一致,以少敌众,以奇制胜。因抗元有功,封为"兴道大王"。当元军入侵时,他用汉文写成《将士檄文》,充满爱国激情,以鼓舞将士斗志。此外还写有《兵书要略》。

"字喃"的起源和应用:汉字在越南多用于文人学士,以写政治、学术的文章或诗歌,而民间口语文学则颇难用汉字表达,于是才有"字喃"文字之创造,但起于何时已难查考,大概开始于13世纪。有一个故事。1306年,陈朝国王为了政治目的强迫把一位公主嫁给外国。于是在朝在野,很多人用"字喃"写成讽刺诗,用来和汉朝的王昭君嫁给匈奴相比。这说明在14世纪初,"字喃"已盛行于朝廷和民间了。

阮诠(韩诠,约13世纪或14世纪):是第一个用"字喃"写作的作家,用以写祭鳄鱼文。

张汉超(？—1354)：用"字喃"写《白藤江赋》，其最后有两句如下：(此从英文转译者)

> 敌人逃遁去，万世享和平，地险将何用，雄关是德行。

陈明宗(1314—1329)：是国王。他也对历史要地白藤江写过如下的句子：(此从英文转译者)

> 斜阳临大海，敌血尚横流。

陈朝的国王，几乎每一个都留下了一本诗集或文集，如陈太宗的《国朝通制》，陈圣宗的《贻后录》，陈仁宗的《中兴实录》，陈英宗的《水云随笔》，陈艺宗的《葆和殿余笔》等。学者也多有诗文集，如陈光启、韩诠已如上述，此外如阮忠彦的《介轩诗集》，莫挺之的《王醒莲赋》，朱安的《四书说约》等。这些诗文集多已失传。

(三) 后黎朝前期(15 世纪)的文学

黎景恂(15 世纪)：当后黎朝尚未建立之时，越南北方为中国明朝所占据(1407—1427)，南方尚是陈朝的陈简定和他的侄子陈季扩所控制，继续与明作战。当 1407—1409 年陈简定在南方起兵时，儒生黎景恂曾写《万言书》号召人民起义，拥护陈简定，以抗明军。他后被捕，在狱中写七律诗《无意》一首：

> 无意于知便见知，此生行止岂人为，身虽老矣心仍壮，义有当然死不辞，蹀躞扪萝更万险，上滩下濑涉千危，四方自是男儿事，踏遍江山也一奇。

阮廌(1380—1442)：后黎朝建立者黎利的谋主，也是文学家。号抑斋。因帮助黎利兴兵，打退明军，建立黎朝，有功封为冠服侯。后被杀害。他的汉文《平吴大诰》是反对朱明(朱元璋初称吴王)的檄文，充满民族自豪感和正义感。越文和汉文诗集《抑斋遗集》，汉文《抑斋诗集》，反映民族气节和热爱生活。还著有《抑斋舆地志》，记述越南地理。兹节录其《平吴大诰》如下：

惟我大越之国，实为文献之邦。……顷因胡（季牦）政之烦苛，致使人心之怨叛。狂明伺隙，因以毒我民。恶党怀奸，竟以卖我国。焮苍生于虐焰，陷赤子于祸坑。欺天罔民，诡计盖千万状。连兵结衅，稔恶殆二十年。败义伤仁，乾坤几乎欲息。重科厚敛，山泽罔有孑遗。开金场，则冒岚瘴而釜山淘沙。采明珠，则触蛟龙而絚腰入海。扰民设玄鹿之陷阱，殄物织翠禽之网罗。昆虫草木，皆不得以遂其生。鳏寡颠连，俱不获以安其所。浚生民之血，以润桀黠之吻牙。极土木之功，以崇公私之廨宇。三十里之征徭重困，闾阎之杼柚皆空。决东海之水，不足以濯其污；罄南山之竹，不足以书其恶。神人之所共愤，天地之所不容。予奋迹兰山，栖身荒野。念世仇岂可共戴，誓逆贼难与俱生。痛心疾首者垂十余年，尝胆卧薪者盖非一日。发愤忘食，每研谈韬略之书。即古验今，细推究兴亡之理。图回之志，寤寐不忘。当义兵初起之时，正贼势方张之日。奈以人材秋叶，俊杰晨星，奔走前后者既乏其人，谋谟帷幄者又寡其助，特以救民之志，每郁郁而欲东。待贤之车，常汲汲以虚左。然得其人之效，茫若望洋。由已之诚，甚于拯溺。忿凶徒之未灭，念国步之犹屯，灵山之食尽兼旬，瑰县之众无一旅。盖天欲困我，以降厥任，故予益励志，以济于艰。揭竿为旗，氓隶之徒四集；投醪飨士，父子之兵一心。以弱制强，或攻人之不备。以寡敌众，常设伏以出奇。卒能以大义而胜凶残，以至仁而易强暴。蒲藤之霆驱电掣，茶麟之竹破灰飞，士气以之益增，军声以之大振。陈智、山寿，闻风而褫魄，李安、方政，假息以偷生。乘胜长驱，西京既为我有。先锋进取，东都尽从旧疆。……都督崔聚，膝行而送款，尚书黄福，面缚以就擒。……其云南兵为我扼于梨花，自恫疑虐喝，而先已破胆。其沐晟众闻升军大败于芹站，遂蹢藉奔溃，而仅得脱身。……两路救兵既不旋踵而俱败。各城穷寇，亦相解甲以出降。贼首成擒，彼既掉残卒乞怜之尾，神武不杀，予亦体上帝好生之心。参将方政、内官马骐，先给舰五百余艘，既渡江而犹且魂飞魄丧。总兵王通、参政马瑛，又给马数千余匹，已还国而益自股栗心惊。彼既畏死贪生，而修好有诚。予以全军为上，而欲民与息。非惟计谋之极其深远，盖亦古今之所未见闻。社稷以之奠安，山川以之改观。乾坤既否而复泰，日月既晦而复明。于以开万世太平之基，于以雪千古无穷之耻。……于戏！一戎大定，迄成无竞之功；四海永清，诞布维新之诰。布告遐迩，咸使闻知！

黎圣宗(1440—1497)：名思诚，又名灏，是越南王朝时代的最杰出的国王。提倡用民间语言"字喃"写诗，作品中亦多用民间日常题材，对越南民族民间诗歌的发展很有贡献。但他也写汉文诗，并设立骚坛团，自称元帅，外有二十八宿，互相唱和，集为《琼苑九歌诗集》和《春云诗集》，还有一百卷的《天南余暇集》。君臣们用"字喃"写的诗，则收集为《洪德国音诗集》。黎圣宗又将历代进士之名刻于碑上，以提倡科举制度，兹摘录《进士题名碑记》一段于下：

> 黎太祖平定区宇，教育英才，其博访，则遗逸有求，其延揽，则学生有试。虽进士之科名未设，而斯文之气脉已完。太宗肇基，自壬戌开科，群材入彀。仁宗三科继举，人文益彰。至圣宗癸未中兴，一科取人，视前为盛。然自壬戌至癸未，或六年一举，或五年一科。而三年一科以是年丙戌为始。凡预登进，号称得人。尔后制度益详，弥文大备。会试登科有录，既足以表当代之盛明，题名刻石有碑，又足以示后来之广劝焉。

武干(武轸,15世纪)：著有散文集《松轩集》。

武琼(1492年跋)：《岭南摭怪》，是民间神话、故事、传说的文集。

阮屿(15世纪)：编《传奇漫录》，是社会风俗荒诞小说。

杨德颜(15世纪)：编《古今诗家精选》，选陈朝末年、胡朝、后黎朝初年的十三诗人的四百七十二首诗。

黄德良(15世纪)：编《摘艳集》，是陈朝及黎朝初年的诗集。

吴士连(15世纪)：编《大越史记全书》十五卷。此书是史书，也是文学书。兹录有关李贲和万春国的一段如下：

> (前李南帝——李贲)元年(541年)，交州刺史、武林侯肖谘，以刻暴失众心。帝世家豪右，天资奇才，仕不得志。又有并韶者，富于词藻，诣选求官。梁吏部尚书蔡樽以并姓无前贤，除广阳门郎。韶耻之，还乡里，从帝谋起兵。帝时监九德州，因连结数州，豪杰俱响应，有朱鸢酋长赵肃者，服帝才德，首率众归焉。谘觉之，贿输于帝，奔还广州。帝出据州城。
>
> 二年(542年)冬十二月，梁帝命孙同、卢子雄来侵。……子雄等到合浦，死者十六七，众溃而归。

天德元年(544年)春正月,帝因胜敌,自称南越帝,即位,建元,置百官。建国号曰"万春",望社稷至万世也。起"万寿殿",以为朝会之所。以赵肃为太傅,并韶、范修等并拜将相官。

二年(545年)夏六月,梁以扬瞟为交州刺史,陈霸先为司马,将兵来侵。……瞟以霸先为前锋至州,帝率众三万拒之。败于朱鸢,又败于苏历江口。帝奔嘉宁城,梁兵追围之。

三年(546年)春正月,霸先等克嘉宁城。帝入新昌獠中,梁兵遂屯嘉宁江口。秋八月,帝复率二万,自獠中出屯典沏湖。大造舟舰,充塞湖中。梁兵惮之,顿湖口不敢进。……是夜江水暴涨七尺,注湖中。霸先勒所部兵,随流水先进,梁众鼓噪而前。帝素不为备,因大溃。退保屈獠洞中,治兵欲复战。委大将赵光复守国,调兵击霸先。

四年(547年)春正月……赵光复与陈霸先相持,未决胜负,而霸先军甚盛。光复度不能支,乃退保夜泽。其泽在朱鸢,周回不知里数。草木榛莽,丛薄交蔽。中有基地可居,四面泥淖沮洳,人马难行。惟用独木小舟,篙行于水草之上乃可到。然非谙识歧路,则迷不知处。误堕水中,为虫蛇所伤死。光复谙得脉络,率二万余人屯泽中址。昼则泯绝烟火人迹,夜则以独木船出兵击霸先营,杀获甚众。所得粮食,为持久计。霸先蹀而攻之,竟不能得。国人号"夜泽王"。

(赵越王——赵光复)元年(548年)春三月,南帝在屈獠洞中日久,冒瘴病薨。

三年(550年)春正月,梁授陈霸先威明将军、交州刺史。霸先又图,欲持守日久,使粮绝兵疲,则可破。会梁有侯景之乱,召还。委裨将杨孱攻王。王纵兵击之,孱拒战败死。梁军溃北归,国乃平。王入龙编城居之。

先是南帝避居屈獠之时,(兄)天宝与族将李佛子率三万人入九真。陈霸先追击之,天宝兵败。及收余众万人,奔哀牢境夷獠中……至是众推为主,称"桃郎王"。

八年(555年)桃郎王卒,……众推李佛子为嗣,统其众。

十年(557年)李佛子率众东下,与王战……及讲和请盟,王以佛子前南帝族,不忍绝。遂割界于君臣洲,居国之西,迁乌鸢城。

(后李南帝——李佛子)元年(571年)帝逾盟举兵,攻赵越王。越王初不觉其意,仓促督兵。……引马奔至大鸦海口,阻水,叹曰:"吾穷矣"!遂投于海。

三十二年(601年),隋帝诏以(刘方)为交州道行军总管,统二十七营来侵。……进军临帝营,先谕以祸福。帝惧,请降。

近　代

第十七章　近代意大利文学

一、文艺复兴时期(1304—1599)的文学

十字军东征之后,14世纪至15世纪的意大利诸城邦,工商金融业都发达起来,商人们掌握了政权,甚至佛罗伦萨的政权实际上落入了金融巨头麦迪奇的一家之手。作为新兴资产阶级上层建筑的文艺复兴便首先在意大利出现。意大利文艺复兴时期文学上的代表人物有:

彼特拉克(1304—1374):他的父亲是佛罗伦萨的望族,和但丁友好,共同奔走国事,终与但丁同被放逐。所以彼特拉克从小便受教育于法国的亚维农,那儿是当时文化学术的一个中心。后来曾在寺院里抄写过古代的稿本,所以对于希腊、罗马的古代文化有深刻的认识。他尤其怀念古罗马的光荣,要以古罗马的精神来恢复意大利的统一。这情绪表现在他的几行诗里:

> 当勇者武装抵抗野蛮的狂暴的时候,
> 战斗不会很长;
> 因为往古的勇敢精神,
> 仍以生命温暖着意大利的心房。

彼特拉克生性温柔和平,才貌双全;1327年春,他在亚维农遇到一位法国骑士的妻子洛拉,一见钟情,但恪于礼教,无法接近。从此洛拉便成为他精神上的寄托,他把爱情写在十四行诗中,结果完成了三百首十四行诗。诗分两部分,前部写人间爱情,表现灵与肉的冲突,以1347年洛拉之死为止;后部写洛拉死后他对洛拉的回忆。

彼特拉克在文学上的功绩有二:他是人本主义的先驱;他是轻快优美的十四行诗的完成者。

此外,他还写了好些短歌,歌颂爱情、自然和人生之美。他又用拉丁文写史诗《阿非利加》,但未完成。

1347年洛拉死后,他的人间的爱转为幽深的灵感,诗更悲戚。不久他便隐退,1374年的一个早晨,他死在他的藏书室中。兹录其十四行诗一首如下:

> 微风又吹了,好时光来了,
> 花、草、蜜蜂、蝴蝶结成甜蜜的伴侣。
> 燕子呢喃,黄莺啼鸣,
> 百花盛开,姹紫嫣红,
> 草原微笑,天空圣洁,
> 青年喜悦地看着他的情人,
> 空中,水里,地上都充满了爱情。
> 每个爱的生命都在会聚,
> 但是我,呵,变得心重如石,
> 而深深叹息,从心底里寻觅
> 那个在天上才可找到的钥匙。
> 小鸟歌唱,河岸香花开遍,
> 有忠心的美女温柔的爱恋,
> 对我却是一片沙漠、冷酷、荒野。

薄伽丘(1313—1375):是佛罗伦萨一商人在巴黎生的私生子,他母亲是法国人。他小时曾跟父亲一道经商,后学法律,但终于改学希腊文学,受古典文学人本主义的影响,写作反封建重人性的作品,可以说是商业资本家们的代表作家。

1333年当他到拿波里做生意时,接触到南意大利的诗的气氛,便开始写诗和散文,因此和拿波里的宫廷的社交界接近,和公主马利亚相爱。这次爱情对薄伽丘的影响,好似毕雅特丽斯对但丁的影响一样。

1341年他回到佛罗伦萨,参加佛罗伦萨的政治活动。当时佛罗伦萨的新兴的市民阶级势力正在压倒贵族政治,他热烈地支持祖国的共和国的一切主张,并历任佛罗伦萨共和政府外交要员。以后和彼特拉克成为好友,研究古典文学,印行古代书籍,宣传人本主义,对文艺复兴颇多贡献。

他的代表作是《十日谈》(1350)。这书内容说1348年佛罗伦萨遭到瘟疫,有十个富家青年(三男七女)跑到乡间去避疫,他们为了消遣,便集体读书、游戏、讲故事。讲故事时互推一人为王或后,每天定一主题,由王或后下令每人说一故事,每天十个故事,十天之后便成功一百个故事,然后他们便回到佛罗伦萨去了。

《十日谈》的内容非常广泛,无所不谈,雅俗咸宜,正邪皆备,尤其对于僧侣、贵族,颇多不敬之处,暴露他们的虚伪和无耻,对于反对封建和提倡人权,实有很大的功劳。有人称它为《人曲》,以比美但丁的《神曲》,这是有见地的批评。兹录第九日第二故事于下:

从前在伦巴底有一座女修道院,颇以圣洁和虔诚著名。在其中的众多修女中,有一位出身高贵、姿容美丽的女子,名叫伊萨贝塔。有一天她到门格栅来和一位亲人谈话,却爱上了一位随亲人而来的美男子。这位美男子见她很美,并用眼猜透了她的心意,也同样爱上了她。他们很久忍耐着这一爱情,毫无结果,双方都感到不小的难安。最后,双方都受到同样欲望的驱使,男子想到一个办法悄悄地来到修女那儿,而在她同意之下,男子不止一次地常来访她,双方都很满意。事情继续下去,但有一天晚上,当他离开伊萨贝塔而走上路的时候,他被修道院的一位修女看见了,而他和他的女友都不知觉。这位修女把她的发现告诉了几位修女,她们最初打算向修女院长告发伊萨贝塔。这位院长叫乌辛巴尔达夫人,她被修女们和熟人们认为是一位善良而虔诚的女人。但是,她们考虑之后,认为要设法使修女院长亲自同时捉着伊萨贝塔和她的男子,这样才没有抵赖的余地。因此,她们保持沉默,轮流暗中监视她,以便当场拿获。

伊萨贝塔既不怀疑也不警惕,有一天晚上叫她的情人前来。这事马上为监视人知道,监视人守了半夜,现在认为是时候到了,便分为两群,一群守着她的私室的门,一群跑到修女院长的卧室前,敲她的门,等她应声之后,大家向她喊道,"夫人,赶快起来;我们发现伊萨贝塔有一个男人在她的私室里"。这时,修女院长正和一位神父在一起,这神父是她经常用木箱装运进来的。但是,她一听到修女们的喊叫,怕她们过分急迫和紧张,因而冲进门来,于是她在暗中赶快起床穿衣。她本想拿一种褶皱的头巾,即修女们称为"重瓣胃帽"而戴在头上的东西,但她却碰巧拿起了神父的裤子。她太忙,没有注意到她的动作,她把裤子抛到头上,没有戴"重瓣胃帽",便走出门,匆匆把门反锁上,并说道:"这个该死的东西在哪里?"修女们太热心,急于去拿伊萨贝塔的奸,以致没有注意到修女院长头上戴的什么东西。修女院长带着修女们来到私室门前,一齐把门撞开,进门就发现一对情人睡在床上,彼此拥抱着。情人们惊得发呆,仍然紧抱着,不知怎么办。

　　根据修女院长的命令,修女们马上把这位年轻女子拉到会议室去。这位男子却穿好衣服,等着瞧,看这事要出什么结果,并心中决定,如果她们要损害他的情人,他就要对无论多少修女们加以打击,而把情人抢走。修女院长坐在会议室里,当着那些只盯着这位犯人的修女们的面,给这位犯人以最恶劣的批评,说她的卑鄙污浊行为(如果被院外知道)损害修道院的圣洁、光荣和名声;此外,她还加上非常严重的威胁。这位年轻女子自觉有罪,羞耻恐惧,不知如何回答,她保持着沉默,得到了其他修女们对她的同情。但是修女院长继续啰唆,这位年轻女子却偶然抬起眼睛,看见了修女院长头上所戴的东西,和悬在头两边的裤脚;因此,她猜到了事情的真相,重新镇定起来,并向她说,"夫人,上帝保佑你,把你的帽子结好,然后再向我说话"。

　　修女院长没有懂得她的意思,问道,"你这个卑污的女人,你说什么帽子?在这种时候,你还有脸来开玩笑么?你以为你所作的是一件好玩的事吗?"伊萨贝塔回答说,"夫人,请把你的帽子结好,然后再向我说话"。于是很多修女抬起她们的眼睛来望修女院长的头,而她自己也把手去摸,和众人一样发现了伊萨贝塔说这话的原因;这时修女院长知道了自己的过错已为人所知,无法掩盖,便改变了语调,用和先前完全两样的态度来说话。她结论说,要抵抗肉体的刺激是不可能的,所以她说,每一个人应该尽可能地享受她的好日子,正如前此所实行的那样。因此,她释放了这位年轻女子,自己回去和她的神父睡觉。伊萨贝塔重归她的情人,此后她经常让他到这儿来,不管那些嫉妒她的人。那些没有情人的人,也秘密地在尽量追求她们的幸运。

　　阿里奥斯托(1474—1533):生于伦巴底。曾在费拉拉宫廷服务过。他是文艺复兴高潮时的诗人。他的代表作是叙事诗《疯狂的奥兰多》,是由四十六首八行诗构成的组诗。描写沙里曼大帝时代基督教国和回教国的战争,其中有许多插曲,充满战争、恋爱和冒险的故事。插曲之一是:基督教方面的勇将奥兰多所爱的女子安哲里卡,离开了危城巴黎,奥兰多去追她,终于发现她和一位回教徒的勇士麦多罗结了婚。奥兰多发怒发狂,抢夺了安哲里卡而驱马飞奔回巴黎。其中,奥兰多发现安哲里卡已嫁麦多罗时,奥兰多痛苦自叹的一首诗如下:

> 我已经不是我,不是从前的那个我,
> 奥兰多已经死了,已经埋葬了。
> 他的最忘恩负义的爱人(愚蠢的女孩啊!)
> 已杀死了奥兰多,并割下了他的头脑。
> 我是他的鬼魂,必须上下浮沉,
> 在受苦受难的山谷中永远游行,
> 对那些信赖爱情的愚蠢人
> 我要作可怕的榜样和见证。

塔索(1544—1595):生于索伦托。父亲是一位诗人,后被放逐,母亲入修道院,一说母亲被族人毒死。塔索精于古典文学,曾在费拉拉宫廷服务,受大公阿尔方索二世的保护。和大公的妹妹勒昂诺拉相爱,又无法结合,忧愤终生而卒。他曾写不少的诗来抒发他对勒昂诺拉的爱情:

> 你即使非常冷淡地拒绝我,
> 　我搂抱着你的腕臂也决不松弛。
> 我胸中虽为渴慕你的烙印所苦,
> 　被你的黑发之锁所束缚,我却很欢喜。

> 我热恋的勒昂诺拉哟,
> 我这受伤的胸怀想要和你接吻。
> 你那柔和的腕臂
> 正是我疲倦的灵魂的摇篮。
> 你那水晶般的美丽的眼泪
> 正是医治我心中之渴的清水。
> 啊,我哭泣了
> 我寻求慈母的胸怀。

他的代表作是二十卷的叙事长诗《被解放的耶路撒冷》,描写1099年十字军攻入耶路撒冷的史实,这诗已反映文艺复兴的尾声,有些中世宗教的色彩了。诗的情节,写基督教十字军主将哥德弗雷带军进攻耶路撒冷。这时回教军方面的大马色国王派魔女阿尔米达去扰乱敌阵。魔女去引诱哥德弗雷的勇士林纳尔多,把他带入魔林,十字军一度不振。林纳尔多不久即觉悟,脱险归本营,后用夜袭攻入耶路撒冷。十字军入城后,在圣墓前举行盛大的仪式。长诗至此告终。

康帕内拉(1568—1639):是意大利文艺复兴的理论家和哲学家;但他也写十四行诗,粗豪有力。他生于南部意大利的卡拉布里亚,这地方的人民内受封建领主的剥削,外受西班牙统治者的压迫。康帕内拉青年时代参加反封建反外族的政治活动,坐牢二十七年(1599—1626)。他在狱中继续从事科学研究,写了一本书《太阳城》,描写理想社会,其中没有私有财产,没有贫富之分,人民平等,没有奴隶,人人劳动,每日工作四小时,住公共宿舍,儿童由国家教育——这简直是未来共产主义社会的略图。他出狱后,晚年居住巴黎,在那儿很受欢迎。后来死在那里。

兹录陈大维等所译《太阳城》的一段于下:

(太阳城中)每个人无论做什么工作,都同样是最受人尊敬的。他们不使用仆人,使用仆人的结果会造成使人腐化的习惯,他们都是自己动手做事。啊!这种情形我们这里是绝对看不到的。举一个例,以那不勒斯城的七万居民来说,其中差不多只有一万至一万五千人从事劳动;这些人由于过度的和不间断的劳动而精疲力竭,以致缩短了寿命。至于其余的那些游手好闲的人,他们却因无所事事、悭吝、奢侈淫逸、疾病、高利盘剥等等而在危害着自己。那些在贫困的压迫下不幸沦为奴婢的多数的人也被他们所败坏,沾染了他们主人的各种恶习。结果人们都不大愿意去履行社会义务和完成有益的工作。只有很少的人怀着极不愿意的心情去从事艺术工作和手工业,去耕耘土地和服兵役。

在太阳城里,正好相反,一切公职、艺术工作、劳动和工作,都由全体公民共同负担,而且每个人每天只工作四小时;其余的时间都用来研究有趣味的学术,开座谈会,阅读,讲故事,写信,散步并作有益于身心的体育运动。……

太阳城的人民断言:极端的贫穷是一切卑鄙、无耻、奸诈、盗窃、作伪等等的根源；财富也同样是祸根，财富很容易培养骄傲、厚颜、吹嘘、奸诈、夸张和自私。但是在他们的公社制度下，太阳城的人民都是富人，但同时又是穷人；他们都是富人，因为大家公有一切；他们都是穷人，因为每个人都没有私有财产；他们使用一切财富，但又不为自己的财富所奴役。……

二、古典主义、启蒙运动时间（17世纪、18世纪）的文学

17世纪的意大利仍处于四分五裂之中，而外则受西班牙的控制。西班牙的浮华之风与意大利上流社会的颇重形式的习惯，倾向于古典文学。威尼斯共和国和萨伏伊国王有时反抗外族，维持独立观念。18世纪进一步酝酿，再加上法国启蒙运动的影响，意大利也逐渐产生统一国家的观念。反映人民痛苦和启发民族观念的启蒙文学也有所产生。17世纪和18世纪的代表文学家有如下若干：

马里诺（1569—1625）：是17世纪的古典诗人。生于拿波里，从小爱写诗。1600年到罗马，曾任教廷和宫廷的职务。1615年去法国巴黎，也得到法国宫廷的赞赏。1623年在巴黎发表长篇抒情诗《阿多尼》得大成功。后回意大利，有如凯旋。1625年死于拿波里。

《阿多尼》全诗诗意颇浓，富音乐美，语汇丰富，诗体完备，是古典主义的作品。内容却很简单：美少年阿多尼为女神维纳斯所爱，军神马尔斯因嫉妒而妨害他们，阿多尼遂逃亡。阿多尼在逃亡过程中经历了许多浪漫的冒险，再回到维纳斯的宫殿。但在狩猎一头野猪的时候，由于神的嫉妒而受了致命伤，终于死在悲叹的维纳斯的怀里。

麦塔斯塔丘（1698—1782）：18世纪歌剧作家，生于罗马。他幼年喜唱歌，为当时的诗人格拉维纳收为义子，并加以训练，十四岁时即开始写剧本。格拉维纳死后，他作拿波里一法律家的养子，条件是不准写诗。他在1721年发表剧本《赫斯伯里德斯的花园》，遂与法律家破裂。但此后他却受到当时有名的歌女罗马尼纳的爱护，1724年他写了歌剧《被弃的狄多》，由罗马尼纳在拿波里主演，非常成功。其后在1726—1730年间写歌剧《乌迪卡的卡托》《在印度的亚力山大大帝》等，遂成歌剧之王。1730年他应邀到维也纳宫廷服务，把罗马尼纳留在罗马，1734年她便死去。此时他在维也纳又和一位伯爵寡妇相爱。1731—1740年间他写了十一个剧本，这是他一生中最活跃的时代。他的最好的剧本有《奥林匹亚》《希罗的阿岂勒》《提多的宽大》《阿提略·勒哥罗》等。他的作品韵调丰富，组

织巧妙,且很自然。他以八十四岁的高龄死于维也纳。

哥尔多尼(1707—1793):启蒙时期的戏剧活动家兼杰出的喜剧作家。生于威尼斯的一个富裕家庭,家中常有剧团来演戏,因此他自小即爱戏剧。但他父亲却要他学法律,他在学校里却爱读古典的和现代的剧本。他在做律师的年代,却一边在写剧本上演,同时也计划改革以前的即兴剧为有剧本的现代剧,描写现实生活。他正是意大利现代喜剧的第一人,有人说他是意大利的莫里哀。他的喜剧也如莫里哀的一样,赞扬下层人民的智慧和善良,讽刺贵族们的腐化和愚蠢。

1744年他认识一位喜剧团的首脑麦德巴克,应聘为该剧团的剧本作者,四年之间写了好些好剧本,如《狡猾的寡妇》《被称赞的少女》《一仆二主》等。他自己说,《被称赞的少女》是"关于反抗财富诱惑的正直穷人的正剧"。1750年狂欢节后,他允许在一年之间为剧团写十六个三幕喜剧,而且实践了诺言,其中最好的是《咖啡店》。1751年他写了最有趣的喜剧《女店主》。

1752年他与麦德巴克解约,另和圣·路加剧团订约,约定每年写八个喜剧,从此十年之间他写了六十多个喜剧,其中好的作品有《波斯新娘》《卢斯底琪家》《某一有趣的事》等。这是他精力最旺的时期。

此后,他和一个庸俗剧作者岂阿里发生争论,后来又和保守作者戈齐发生争论,于是他于1762年离开威尼斯而去法国的巴黎。在巴黎,他仍写喜剧,如《扇子》等。也作王家公主们的意大利语教师,领取年金。又写他的《回忆录》。1789年法国大革命,他失去年金,于1793年2月6日死去。次日,革命政府通过诗人约瑟夫·舍尼埃的提议,恢复哥尔多尼的年金,但由于哥尔多尼已死,只将部分年金给他的寡妇。

巴里尼(1729—1799):启蒙主义的民主派诗人。生于科摩附近的波希乔的一个极平常的绸缎商人家里。后随父亲到米兰,寄居在叔父家里。1754年巴里尼被任为牧师,但他仍热心于诗歌,曾匿名出版诗集。他讨厌内容空洞的学究气,爱好16世纪的诗人,爱用故乡的方言写诗。为了拥护故乡的方言,曾公开与神父等名人论战。

1757—1758年间他写了颂歌《农村生活》和《空气的卫生》,极力用方言和艺术结合,赞美农村生活。

他的代表作是长诗《一日》,写贵族阶级的一个年轻绅士的一天的生活,讽刺贵族阶级的懒惰、安逸和道德的颓废与堕落。巴里尼的计划原想分长诗为三部:《朝》《昼》《晚》。1763—1765年出了《朝》《昼》两部。他又计划把《晚》分成《夕》

《夜》两部,但终于未完成而死去。1801年才发表《夕》《夜》两部的未完遗稿。

长诗《一日》写一位年轻绅士所过的一天,例如和跳舞教师、声学先生、小提琴教师、法语先生等喋喋不休,闲谈瞎说,造谣伤人等。《朝》写他起得很迟,进化妆室后就消耗很长的时间。理发师给他梳发的同时,他打开法语书,和巴黎来的绸缎商人谈一会儿话,过后又和画家讨论美学问题。他穿着漂亮奢华的衣服,身上有各种高价美丽的装饰品,随季节和天日的不同而干着一些无用的无意义的事情,过后坐着金光闪闪的马车出门去。长诗《昼》的部分,是这年轻绅士到某剧团的女主角的家中去访问。他是捧她的场的。女主角家有各种人物,展现出女主角周围的社会的千姿万态。在此家中开贵族的大午餐会。最初只是应酬话和谣言,过后就自吹自擂地大言不惭,于是喝咖啡,玩赌博。长诗进入《夕》部,主题乃是封建贵族社会的礼节拜访。到了《夜》间,年轻绅士和女主角回家来,在有柄烛台照亮的女主角的房间里,说些无聊的话,干些恶作剧,绕着骨牌桌子作些求爱的动作……

阿尔菲爱里(1749—1803):是古典悲剧作家兼诗人。生于皮得蒙的阿斯迪,父早死,随母嫁住后父亲。十岁时到都灵读书。一年后到科尼的一个亲戚家住,在那儿接触了阿里奥斯托和麦塔斯塔丘的诗,萌生了写诗的愿望。十四岁时,供给他读书的叔父死去,叔父遗产又给了他。他于是上骑术学校,学骑马浪游,开始他以后漫游欧洲各国并多次发生恋爱冒险事件的生活。

1772年阿尔菲爱里回到都灵,在都灵爱上了一位女人,他为她的缘故写了一部悲剧《克勒阿帕特拉》,这是以古代埃及的女王命名的,此剧于1775年在都灵上演。

过后他写了两个悲剧《腓力普》和《波林尼斯》。为了修饰此两剧本的意大利语文体,他到佛罗伦萨进修意大利文,在佛罗伦萨又爱上了阿尔巴尼伯爵夫人。她由于不堪丈夫虐待,上罗马去请求教皇的庇护并和丈夫分离。阿尔菲爱里这时赶到罗马,在罗马写了十四部悲剧。

1783年阿尔菲爱里漫游意大利各地,后又到英国去买马。回到意大利时得知阿尔巴尼夫人已到法国阿尔萨斯,他又赶到阿尔萨斯去,在那儿和她同居,以后又迁到巴黎同居。1789年法国大革命,他们才又回到佛罗伦萨定居,直到他在1803年死去。

他的悲剧几乎都以神话和历史为题材,尤其遵守希腊古典悲剧的规律。他的作品主要有《腓力普》《扫罗》《米尔拉》《布鲁特一》《布鲁特二》等。阿尔菲爱里认为布鲁特是古罗马反对该撒独裁、拥护共和制度的民主战士。

一般认为他的代表作是《扫罗》，这是取材于基督教《圣经》、以公元前一千多年的以色列王扫罗为中心的悲剧。扫罗和非利士人苦战多年，赖少年大卫之力才把非利士人打败。扫罗把次女米甲嫁给大卫，扫罗的儿子约拿丹也爱大卫而互结同盟。但扫罗听了将军押尼珥的逸言，怕大卫功高望重要篡夺王位，于是千方百计要杀害大卫。米甲和约拿丹却百般保护大卫，叫他逃走。后来非力士人又来侵犯，扫罗和约拿丹都战死在基利波山。大卫回来作王，并作诗哀悼他们。

孟蒂(1754—1828)：是古典主义诗人，生于阿尔封辛城。大学毕业后迁到费拉拉，在那儿做教皇庇乌六世的侄子的秘书，过后做神父，又做庇乌六世的宫廷诗人。在他的较好的作品中，有启蒙主义思想的影响，但是孟蒂的作品和文学风格极不稳定，而且有政治矛盾。他的作品明显地反映意大利社会、政治生活中的斗争和变动，而当时在拿破仑霸权时代和民族解放战争时期中产生了意大利社会各阶级的政治路线。

孟蒂的作品有的崇拜理智，有的反映民族独立和国家统一的希望，但有的也歌颂教皇、拿破仑、哈布斯堡家族。

孟蒂在《意大利解放颂歌》中写道：

意大利美女，国家珍贵的心，我定要重新看见你。
被命运压倒的灵魂在胸中跳动，感到战栗。
你的美丽变成了你的灾难的痛苦之源，
被残忍的媚外者把你置于奴役的境地。
但是征服者的希望决不会实现。
这个自然的乐土不是为野蛮人创立的。

孟蒂在歌颂《诗神的诞生》中响起统一意大利的思想的声音：

你们，伟大母亲的光荣儿子们，听取她的祈求吧！
你们被分开，不亲密地生活，你们套上了什么不幸？
你们交付与谁？那么，让你们的祖国成为大家最高的统一体吧！
在危险的时候，让你们所有的灵魂和生命、意志和理性都汇合在一起吧！

孟蒂在《黑森林的诗人》中称赞拿破仑，同时也歌颂祖国已往的光荣。意大利诗人在诗中向法国人写了如下的话语：

你们走过尘埃满布的意大利国土，你们别忘了她是神圣的。
你们别忘了，你们的脚践踏了英雄的坟墓，墓中安息着伟人的骨灰，
你们别忘了，加于他们的儿女们身上的锁链，只能锁住脚，却锁不住心。
你们要记住，他们的心没有熄灭：他们心中还燃着从前的英勇的火焰，
你们要记住，他们的心中还隐藏着勇敢和高尚感情。

福斯可洛（1778—1827）：是古典主义诗人兼政治家，生于希腊伊奥尼亚群岛的桑特。父亲死后，他家迁到威尼斯，后在帕都亚大学念书。他曾为建立威尼斯共和国而奋斗，并幻想拿破仑能帮助，写了赞歌《解放者波拿巴》。

1797年5月12日威尼斯共和国成立，福斯可洛成为国家委员。但由于10月间的坎波·福尔米奥条约，拿破仑把威尼斯交给奥地利，这给福斯可洛一大打击。于是他写了书信体小说《雅各·奥尔蒂斯的最后的书信》，主人公奥尔蒂斯是一个感伤而敏感的青年，经受了各种精神发展的复杂道路，遭受了痛苦的恋爱悲剧，找不到感情的出路，他便离开他隐居的悠干尼斯山，到意大利全国浪游了很久。最后，奥尔蒂斯发现祖国得不到幸福自由，他便自杀了。

过后他到米兰，认识了老诗人巴里尼，颇受鼓舞。

福斯可洛仍然醉心于拿破仑，到法军中去当兵，在热那亚之战受伤被俘。被释后回到米兰，从事翻译外国的和古典的作品。

福斯可洛对拿破仑终于失望，于1807年发表了他的最好的诗《坟墓》，他以真正的诗才的光辉写成此诗，诗中充满民族复兴的热望。他号召意大利人学取古代人为自由而战斗的勇气和爱祖国的热情。《坟墓》一诗的主题是爱国主义。在上述小说中的主角奥尔蒂斯的惊慌无能，在《坟墓》一诗中换成了鲜明形象的悲壮之感。

1809年福斯可洛在帕维亚大学讲意大利文学，鼓吹青年人为祖国的生存和成长而学习，终于遭到解职，去到塔斯堪尼。

1813年福斯可洛又回到米兰。不久奥地利人进入米兰，他逃入瑞士，在那儿写文章攻击政敌。1816年他终于到了英国伦敦，在英国住了十一年，然后在贫困中死去。四十四年之后的1871年，意大利已统一，他的遗骸才被迁回佛罗

伦萨,光荣地被葬在意大利诸伟人的墓旁,全国哀悼,认为他是伟大的作家和政治家。

三、浪漫主义时期(19世纪初期)的文学

意大利多少年来都处于四分五裂和外国控制的情况中,到19世纪初仍是如此,这时主要是奥地利的统治。因此意大利的民族解放运动的目标,主要是推翻奥地利的统治而成为统一的意大利。比如烧炭党的秘密组织和活动,便是代表的例子。意大利浪漫主义联系到爱国主义和民族解放运动,反对外国暴君。但同时也反对国内的黑暗社会。浪漫主义时期的主要作家如下:

伯尔舍(1783—1851):革命的浪漫主义作家兼理论家。1816年他发表的小册子《格里索斯托莫的半真半戏的信件》是一篇意大利浪漫主义的宣言,主张诗要有热忱和感情,足以在人的灵魂中唤起反响,文学是民族的、人民的、祖国的。这《信件》是以格里索斯托莫这人写给他儿子的信的形式写的,它在意大利文学的发展中有着很大的影响。伯尔舍写这宣言时,正是反对奥地利殖民统治的年代,稍早于烧炭党的革命。这说明意大利的浪漫主义文学具有社会的和政治的意义。

1818年9月在米兰创建了第一个浪漫派的机关刊物《调停者》,主编是裴利科,伯尔舍也是编辑之一,编辑部设在同人伯爵朗伯尔吞基的家里。刊物是综合性的,号召意大利进步力量团结以打击奥地利人,但伯尔舍在其中写文学批评文章,发展浪漫主义文学。1820年奥地利警察封闭了《调停者》,并把同人投入狱中,伯尔舍流亡到欧洲各国。

1819年伯尔舍写了他第一首诗《从帕尔基逃出的人》(1823年出版),写阿尔巴尼亚的一个小共和国帕尔基,居民是希腊人,受土耳其人的侵犯,帕尔基人英勇抵抗,力竭之后请英国人帮助,英国人却出卖了帕尔基,把城交给土耳其。帕尔基人于是离开帕尔基城,并把保卫城墙而死的战士们的尸体烧成灰,以免尸体受土耳其人的侮辱。这诗的意义显然是说意大利人要靠自己的力量以争取独立,外援是靠不住的。

1822—1824年他发表了《抒情诗集》中的各诗,此诗集政治动机颇强,尖锐地提出社会、政治问题,表现下层人民对祖国的热爱,仇恨奥地利的压迫,歌颂男女青年为祖国而献身。此诗集并反对君主制和封建制,因为它们把国家出卖给奥地利。如其中《玛提尔达》一诗,写女郎玛提尔达请她的父亲不要把她嫁给奥

地利人。又如其中《良心的苛责》一诗,写意大利一个女人的命运,她嫁给奥地利一位男爵,男爵却虐待她的同国人。

> 当你探听她的命运:
> "这位夫人是谁?她为何凄凉惨淡?
> 她的光华柔美的金色卷发
> 覆盖着她那美丽的脸面。"
> 你可以在人们的目光中
> 看见愤怒,
> 你听,人们在用什么调子叙述:
> "她忘了祖国和光荣,
> 她是奥地利的男爵夫人。"

1829年伯尔舍写完了《想象》一诗,其中和过去的作品一样,充满着爱国主义的动机。伯尔舍用战斗进行曲的调子来写《想象》,追忆以往的英雄的意大利。

1821年烧炭党在摩登纳和波隆尼起义,伯尔舍写了《拿起武器》一诗,成了烧炭党的战歌:

> 意大利啊,前进!拿起武器前进!你的日子来了!
> 人民团结起来,人民不再作奴隶。

1847年伯尔舍回意大利,1851年死去。

罗塞迪(1783—1854):是革命的浪漫主义的光辉代表之一。他的创作生涯和烧炭党的活动紧密结合着。罗塞迪不属于《调停者》刊社,但他和他们的思想是一致的。罗塞迪是烧炭党拿波里革命的歌颂者。他号召意大利人团结起来反对封建和外国侵略者。

罗塞迪最有名的诗是《1820年拿波里宪法》,写于此年拿波里烧炭党起义的时候,烧炭党和人民都爱他的诗,把它贴在街头。革命失败后,罗塞迪逃到英国伦敦,初期仍从事祖国解放的工作,后期则步福斯可洛的后尘,评注但丁的《神曲》,因为他认为但丁是意大利第一个烧炭党人。后来罗塞迪死在伦敦。

裴利科(1789—1854):浪漫主义的悲剧作家,生于皮得蒙的萨鲁佐,早年就学于都灵等地,十岁时他就开始写悲剧。过后他的同胞姊妹嫁到法国里昂,他随到里昂,在那儿学习法国文学。

1810年他回到米兰,做法语教师。同时又做波罗伯爵的家庭教师,在那儿认识了烧炭党人。他写了一些悲剧,其中最好的是表现爱国主义的《佛朗切斯卡·达·里米尼》。1818年此悲剧在米兰上演,得到成功和名誉。该剧内容是,保罗和佛朗切斯卡相爱,但不可能结婚。保罗便到东方去了。他流浪多年之后又回到祖国。保罗痛苦地后悔,他不曾为祖国流血,而是为了外国的政府。今后他只为热爱的祖国服务。保罗在剧中说:

> 人民的血应该贡献给祖国,难道我没有祖国吗?勇士们的母亲啊,我的意大利啊,当嫉恨你的人们侮辱你的时候,我要为你、为你而战斗。难道你不是光天化日之下最美丽的国度吗?意大利啊,难道你不是一切美术的母亲吗?难道你的坟墓不是英雄的坟墓吗?你把勇气和王冠给了我的祖先们,我心中宝贵的一切东西你都具有!

保罗听到佛朗切斯卡出嫁了的消息,非常吃惊。佛朗切斯卡仍和从前一样无限热爱保罗。佛朗切斯卡的丈夫朗却托知道了她和保罗的感情,便把他们杀死了。

1820年10月13日,裴利科因参加烧炭党运动而被捕,被判死刑,减为十五年徒刑。在监狱里度了十年,然后被赦,回到都灵。他出狱后变成了和平的天主教徒,以后的作品也没有激进主义和爱国主义了。在狱中他写了《我的狱中记》,颇享盛名,此书在民族解放运动中客观上起了进步的作用,因为它向全世界控诉了奥地利压迫者的残忍。

裴利科的悲剧《艾罗迪亚达》写一位勇敢的真理宣传者的道德的伟大。他的悲剧《勒翁涅罗》宣传世人互相宽容和好人之间的真诚和睦。

裴利科曾自我批评地说过如下的话:

> 我的爱国主义决不是雅各宾式的。我离开了一切平民的狂热,正如我离开了一种最悲哀而不幸的毒疮一样。我只诚心希望驱逐外国人出意大利。1820年我天真地做过梦,而梦总是美好的。此即我祖国之爱。

曼佐尼(1785—1873)：进步的浪漫主义者、诗人、戏剧家兼小说家。生于米兰的贵族家庭。十五岁时，因受法国大革命的影响，写了一首争自由的诗《自由的胜利》，歌颂法国大革命，反对教会和君主制度。随母亲到巴黎，在巴黎读书，并在巴黎结婚。1810 年回米兰，便开始文学生活。这时他虽然接受了天主教的影响，但却热心于爱国运动。1815 年出版的《圣诗》带有宗教倾向，但 1821 年写的爱国诗《一八二一年三月》和悼念拿破仑的诗《五月五日》，都表现了驱逐奥地利人出境的热烈情绪。

他的历史剧《卡尔马略拉伯爵》写 15 世纪米兰大公和威尼斯人作战的故事；历史剧《阿达尔齐》写 7 世纪北意伦巴底王国的末路的故事。两剧本都充满了对祖国命运的关心，因为祖国被多年的内乱外患弄得四分五裂了。

曼佐尼还写有论浪漫主义的文章。

他的代表作是历史小说《订婚者》，1825—1827 年间分三卷出版，每年一卷。内容是反封建、反外患，含有祖国解放和统一的思想。小说中的主角是普通人：年轻的农夫伦佐和年轻的农女卢奇亚相爱，受到恶霸领主等的阻挠，辗转流浪，百折不挠，而终于结婚。故事是 17 世纪意大利的题材。曼佐尼在小说中很现实地描写出当时社会的黑暗和人民大众反抗的场面，描写西班牙统治下人民的苦恼，鼓吹从外族解放的爱国思想，反对贵族社会，主张平民社会。书中描写女主角是普通农女，即可说明问题：

> 当这位卢奇亚出现的时候，很多人耸耸肩，耸耸鼻子，并且说，"这就是她吗？"他们也许曾经以为她一定有金色的卷发，双颊像玫瑰花那样红润，有一对美丽的眼睛，以及其他等等。"这样久以来，谈论过这样多之后，总该有更好的东西到来！结果怎样？一个农民，像千百个别的农民一样。啊，像她这样的人，到处都多得很，而且也好得多！"于是，进而谈论细小的地方了，一个人指出她这个缺点，另一个人指出她另一个缺点；甚至认为她很丑的，也不乏其人。

德国的大诗人歌德，对曼佐尼写的悼念拿破仑的诗《五月五日》曾非常赞赏，对《订婚者》更有好评：

> 这是我至今所读过的这类小说中特别优秀的作品。诗人从心中迸发出

来的东西,毫无遗憾地表现出来了,全篇渗透着作者的精神。至于他的叙述,在外形上也毫不亚于人。我们翻阅此书,心中由奇妙的优美之感转为赞美,又由赞美转为原先的优美之感,往还不绝,总离不开这两种感觉。曼佐尼真是富于情操。但是又决不堕入于感伤主义。所以这一作品的结构是纯真雄大,而他处理题材的方法又像他那意大利天空一样的美丽明快。

经过意大利人民多年的斗争,1861年意大利王国终于正式成立,国土也大体统一,只有威尼斯还在奥地利统治之下,罗马还在法国支持的教皇统治之下。曼佐尼也被选为上议院议员。1870年意大利全国统一,他以八十八岁的高龄在1873年死在米兰。

列奥巴尔迪(1798—1837):是浪漫诗人。他生于马尔彻的一个贵族家庭,少年时代已学会希腊、拉丁等几种语言,替古代和中世纪的许多作家作注解。但他的父亲是一个顽固派,母亲又是一个守财奴,他在家中过的是囚徒的生活。后来米兰的斯特拉书店请他去编辑西塞罗全集,他才得到自由。

1818年他写了他的成名诗《给意大利》和《但丁纪念碑》,富于爱国热情,怀念祖国从前的伟大和独立,和古代为自由而战斗的英雄主义。同时又暴露他当时的自由资产阶级的懦弱。法国启蒙哲学的影响和烧炭党的爱国活动,使他的浪漫主义结合爱国主义,为反对奥地利的统治而奋斗。这两首诗使他成为意大利最进步的浪漫主义诗人。

由于1820—1821年的皮得蒙和拿波里的革命失败,列奥巴尔迪的作品渐带消极色彩,陷于忧愁的哲学思想,认为人类的命运总是不幸。以后的诗歌便都带上绝望的悲哀,如《给安吉罗·迈》对意大利现状失望,《萨福最后之歌》暗示自杀才是最好的办法,《在亚细亚彷徨的牧羊者的夜歌》写寂寞的牧羊人望着星空发问:为何有生?为何有死?为何有苦恼?这已陷于宇宙的神秘之中去了。

1837年他在悲愁中死于拿波里,年仅三十九岁。

兹录他的《给意大利》一诗的前部:

> 意大利啊,我看见你昔日的
> 孤寂的高塔、拱门、圆柱和城墙,
> 我却看不见了
> 祖先的光荣和刀枪。

现在,你没有武装,你袒露胸膛,
没有王冠在你的头上。
天啊,最美的祖国,你如何倒下,
流了多少鲜血,受了多少创伤!
我呼天唤地:谁带她到如此悲惨的境况?
锁链捆上了她的肩膀;……

四、批判现实主义时期(19世纪中叶)的文学

1848年意大利的民族统一革命失败了,摆在意大利人面前的、驱逐奥地利人的运动仍得再接再厉。

批判现实主义,主要是资产阶级作家对旧社会不满、进行攻击,但未能指示出路。意大利的批评现实主义的文学,主要仍是反对外族奥地利的统治和反对国内的封建制和教会,比前一时期的浪漫主义更进而用现实主义的手法了。意大利的批判现实主义作家,主要有如下几人:

圭拉齐(1804—1873):他是作家,同时也是1848—1849年革命的活动家。他是马志尼所创立的秘密的共和主义社团"青年意大利"的社员。在他的历史小说《佛罗伦萨之围》(1836)中,他猛烈地暴露教皇和奥地利皇帝的残暴,称赞共和主义者的刚强、爱国主义、人民的勇敢,号召人民为民族解放与祖国统一而战。其中对加里波的有很好的描写。

1848—1849年的革命后,圭拉齐现出他资产阶级的面目来。他离开人民而变成反动。以后他虽不再参加实际的政治活动,但他的作品里已没有共和主义的精神。他1862年写的小说《墙孔》已是资产阶级的风俗小说了。

加尔杜齐(1835—1907):诗人,生于塔斯堪尼的一个烧炭党人医生的家庭。诗人的父亲曾因参加1831年的革命而坐过牢。诗人幼年曾受过良好教育。毕业后在佛罗伦萨作教师,在那儿认识了一批青年人,都是热烈的爱国者,醉心于政治和文学。他的作品即产生于50年代和60年代,同时参加反奥地利的民族解放运动。由于参加这一运动,共和民主的思想使他的诗充满了爱国主义和政治热情。

他的初期的诗集如《韵诗》(1857)和《青春》(1860),反对当时已带反动的天主教性质的浪漫主义。在有名的《撒旦颂》中,充满了解放人民创造力的情绪,诗人向天主教的愚昧主义和禁欲主义挑战。在《抒情诗集》(1867—1879)中,诗人

歌颂意大利的爱国主义者,尤其是加里波的,称赞18世纪末的法国资产阶级革命和19世纪40年代到60年代的意大利的革命的资产阶级。

加尔杜齐在70年代和80年代初还有一些较好的诗,如《走向卡匹托里山的意大利之歌》《阿斯普罗孟提之后》《朱色匹·加里波的》等,诗人在这些诗中愤怒而讽刺地揭穿了资产阶级出卖人民的利益并掠夺人民胜利的果实。于是诗人把题材转向于社会的和财产的不平(如《狂欢节》一诗),热心工人运动(他于1872年参加第一国际意大利分部),并用讽刺诗斥责压迫者(《土耳其人的收获》)。

1871年意大利由统一而变为立宪君主制,加尔杜齐的抒情诗也转向于古代的题材,此后作品倾向于古典主义,如《野蛮颂歌》(1877—1889)和《韵诗与韵律》(1899)等。

70年代末,加尔杜齐离开第一国际,接近资产阶级自由派,崇敬意大利国王,并做参议员。1860—1903做波隆大学的古典文学教师四十余年。1907年去世。

乔万尼奥里(1838—1915):作家兼评论家。他曾参加加里波的所领导的民族解放运动。他的较好的作品是历史小说《斯巴达克斯》(1874),描写公元前71年古罗马的剑奴和奴隶们的起义,富于真实性。他后期转向于君主派和天主教,走向反动方面,作品如《奥林匹亚》(1875)、《麦萨林那》(1885)、《普布留·克老丢》(1905)等已无甚意义。

五、自然主义时期(19世纪末到20世纪初)的文学

自然主义时期,是批判现实主义与社会主义现实主义之间的时期。

1871年意大利在统一后成为王国,这对共和主义者是一个失望。由于封建势力和资产阶级联合掠夺了胜利果实,工农人民生活仍然很苦,社会上仍多悲观失望的情绪。到19世纪末遂产生了自然主义或写实主义,标榜纯客观的描写,无希望,也无所谓失望,这其实是很深的悲观情绪。写实主义者们基本上是小资产阶级的知识分子,他们同情工农贫苦大众的艰苦生活。这些作家用达尔文主义来解释社会矛盾,而从贫苦中找到的出路呢,是宗教、神秘教,往往坠入悲观主义和宿命论。这时期的主要作家有如下几人:

维尔加(1840—1922):自然主义写实主义的大作家,生于西西利的卡塔尼亚。他的初期的长篇小说《夏娃》(1873)、《爱神》(1875)等,带有感伤的和传奇的性质。1880年他和另一作家卡普昂纳共同发表自然主义的宣言。他的较好的

小说描写 80 年代和 90 年代资本主义侵入西西利农村的情景。长篇小说《马拉伏里亚一家》(1881)和《董·杰苏尔多》(1889)，用自然主义的客观主义来描写农民的破产，教会与政府庇护下的富农经济的增长，以及对起义农民的残酷镇压。短篇小说集《田园生活》(1880)和《乡村故事》(1883)，描写乡间被资本主义压垮了的小私有者的境况。

亚米契斯(1846—1908)：自然主义、写实主义作家，生于里古利亚。在都灵等地受过初等教育之后，进入摩登纳军事学校，毕业后任副官。1866 年他参加反奥地利的民族解放战争，结果他写了一本短篇小说集《战争生活》(1868)。1886 年他发表了他的最有名的作品《心》(中译名《爱的教育》)，以感伤的情调称赞爱国主义。1894 年他参加意大利社会党。他的作品《内战》(1899)充满社会沙文主义精神。1895 年的《工人女教师》，1899 年的《公共马车》，用自然主义的手法描写城市生活和北意大利的工人情况，宣扬博爱。在他晚期的小说中，明显地表现出小资产阶级的本性，反对工人阶级有组织的斗争。

福加采洛(1842—1911)：诗人兼小说家，生于维森查，1874 年发表诗体小说《米兰达》，1876 年发表抒情诗集《伐尔索尔达》，遂开始文学生涯。他的最有名的小说是《古老的小世界》(1895)，书中题材是关于民族战争的，描写那些贵族和叛徒，他们充当奥地利的奸细。这是三部曲的第一部，其他二部是《当代的小世界》(1900)和《圣徒》(1906)，提高到宗教改革的思想。福加采洛的书批评了天主教的教条，因而被梵蒂冈教廷所非难。他的散文虽带神秘因素，却能表达外省的生活和习惯，能熟练地运用人民的语言。

巴斯可里(1855—1912)：诗人。一度接近于社会主义者，后受反动派的影响，否认阶级斗争，宣扬基督教思想和资产阶级民族主义。这使他晚年支持意大利的侵略殖民者政客。巴斯可里的叙事诗《里索尔吉门托之诗》，充满了民族主义的精神。他想摆脱实际的矛盾，便歌颂自然(《怪柳诗集》1892，《小诗集》1897)，醉心于远古，力图恢复古代神话(《宴歌》1904)。巴斯可里还写有政治诗：《神父》(关于 1905 年俄国工人被处死)，《俄国学员》等(《颂歌与赞美诗》1906)，在这些诗中他有时表示同情进步力量，但带有基督教的道德的性质。

第十八章　近代西班牙文学

一、文艺复兴时期的文学

15世纪和16世纪的西班牙,封建专制特别顽固,工商业又日益落后于新兴的英法工商业,所以西班牙资产阶级的势力不但不如英法各国,甚至不如德国。靠掠夺殖民地、属国及半破产的农民而生活的寄生封建贵族、天主教僧侣和国王官吏统治着西班牙,在西欧成为最专制最落后的国家。这时期南意大利的拿波里是西班牙的殖民地,所以文艺复兴的思潮也流到西班牙,其代表人物是塞万提斯。

塞万提斯(1547—1616):生于马德里,父亲是一位贫穷的外科医生。塞万提斯少年时代事迹不详,他也没有进过高等学校。1568年12月,他做教皇特使的侍仆而随往罗马。1570年又去从军,1571年参加对土耳其的勒般多海战,胸部受伤,失去左手。伤愈后又转战各地,然后到意大利,学意大利语,也接触了意大利的文艺复兴的思潮和文学作风。1575年9月在拿波里乘船,打算回西班牙,但遭巴巴利回教徒海盗袭击而被捕,在阿尔及利亚囚禁五年。1580年,专门从事救赎被捕的基督教徒的僧侣团,受委托来阿尔及利亚救赎一位名叫帕拉法克斯的绅士,但绅士的赎金很贵,僧侣团便赎了这廉价的塞万提斯,同年12月18日才回到马德里。此后便开始他的文学生涯。

1584年12月,他和一位比他年轻十八岁的女人结婚。他的处女作《加拉提亚》(牧人小说)随即出版,得到一些稿费以补助生活;此后写诗写剧,但都不成功,生活越陷苦境。1588年作"无敌舰队"的军需品补充委员,也因海战失败而无发展。1594年到格朗拿达去做税官,1597年因将公款借给朋友而坐牢三月,出狱后生活很苦。大约此后数年便埋头于代表作《堂·吉诃德》的写作和补充,1604年上卷出版,出版后销路很大,半年之间便出第五版。下卷直到1615年才出版,1616年他便死去了。

《堂·吉诃德》是16世纪西班牙生活的鲜明而真实的图画,同时也是对于整个封建社会的讽刺的文学。他叙述一位狂妄武士的可笑而又感人的故事。这位武士博览过中古的骑士小说,幻想自己是中古的骑士,因而抱着完成伟大事业的愿望,去遨游各地。他充满战斗的决心、勇敢和大无畏的精神,可是完全不理解日常的现实生活,闹出了很多可笑可悲的事情。堂·吉诃德的侍从桑科·伴札是一位日常生活中的农民典型,纯朴诚实,实是当时的真实反映。

总之,塞万提斯在这部小说里,不仅描写了没落的西班牙贵族,而且也描写出一个在垂死的封建制度和天主教中摇摇欲坠的贵族君主专制国家的典型。

阿勒芒(1547—1614):小说家,生于塞维里亚。曾在故乡以及萨拉曼加等地大学念书,但未卒业。曾与故乡一有钱无爱的女人结婚。曾做会计官,但因亏公款而坐过牢。后转马德里,仍任会计官,此外并做投机买卖。1599年在马德里发表小说《流氓古兹曼·德·阿尔法拉契的生涯》,遂成大名。1601年回塞维里亚,与妻子协议离婚,另与二女友同居。1603年去里斯本。六十岁时因穷困而去美洲,到墨西哥,数年后死于墨西哥。

阿勒芒的小说是当时盛行的"流氓小说"中的代表作。小说讽刺衰微的贵族和新起的富人,有现实主义的因素。小说的梗概如下:

出生于热那亚的私生子古兹曼恶劣而奸巧,十五岁便出外独立谋生。在到首都马德里的途中,便做了各种可耻的坏事。曾经替厨夫做助手,但不久又染上赌博恶习。一旦手中有了钱,便到托勒多城去做漂亮衣服,装作堂堂绅士的样子,受了两个贵妇人的愚弄。又到阿拉贡去,那儿正有军队派遣到意大利去,他随便地参加了军队。队长喜欢乱花钱,古兹曼便把钱给他,讨队长的喜欢。军队开到了热那亚,古兹曼非常胆小,不想打仗,便悄悄逃走。去找亡父的亲友,由于衣服破烂,谁也不理他。有一位老头子领他到家里去住,但却不给他好饭吃。于是他又讨口步行去罗马,到罗马后仍讨口,但必须遵照讨口帮的"讨口法令"。一个老于讨口的人教给他讨口的秘诀,他便成了讨口的内行。一天,主教同情古兹曼的假伤,把他带回家,请两个医生给他治疗,医生明知伤是假的,但为了骗取主教的金钱,医生们和古兹曼同谋协作。数月后,医生向主教报告,伤已痊愈。古兹曼于是做了主教的近侍,住在豪华的府宅里。他在府宅里用尽各种方法偷窃糕点和食品,最后失去了近侍的位置。在讨口朋友处住了几天之后,又得到为法国大使服务的机会而住进大使家去了。(上卷至此结束)。

克维多(1580—1645):讽刺作家,生于马德里贵族之家。曾在阿尔卡拉大学念书,能通古今数种文字。他于文学擅长各种体裁,而最好的是抒情讽刺诗,在诗中他大胆揭露贵族们的丑恶作风和滥用职权,描写封建西班牙的衰败;1627年发表的散文集《梦》也是讽刺性的;1636年的《报应之时,或合理的命运》和1629年的小册子《全能之书及无用之书》是对社会政治的尖锐暴露。克维多由于讽刺国王周围的奸臣而受到迫害并关进修道院(1643)。他的长篇小说《流氓的典型、骗子的镜子、名叫董·帕布罗斯的奸人的生涯史》是一本很好的现实主义的流氓小说。他描写了没落的西班牙的广大阶层的生活——人民群众中的赤贫者、贵族阶级的闲逸和腐化,僧侣们的寄生虫生活、冒充学者的骗术、在城市大起作用的金钱的势力。克维多看不见有什么办法可以压制西班牙的独裁政权和宗教的残酷审判,所以他的作品中流露出悲观调子。

二、古典主义、启蒙运动时期的文学

17世纪的西班牙在政治经济上都趋衰弱,而封建专制和教会的反动却在加强,古典主义文学相当盛行。18世纪的西班牙逐渐变成破产的落后的封建国家,国内矛盾尖锐化,资产阶级的启蒙运动抬头。代表作家如下:

贡哥拉(1561—1627):古典主义时代最初的诗人,生于科尔多瓦。十五岁时入萨拉曼加大学学法律,此时即开始写诗。随后即陆续发表各种体裁的诗。17世纪初定居于马德里,曾写剧本,但失败。1626年因病回科尔多瓦,翌年死去。

贡哥拉初期的诗朴素明快,表现优美而纤细,富于抒情的旋律,可谓天衣无缝。但他第二期的诗则注重词藻的修饰,成为西班牙靡丽诗体的创始,此种诗体即称"贡哥拉体",对后世影响很大。他的诗包括各种体裁,尤以两首长诗为有名:《波里菲摩》和《孤独》,但极难懂。

罗伯·德·维加(1562—1635):古典剧作家,生于马德里。他是西班牙民族戏剧的大师,他的二千二百多个剧本大都以西班牙民族的生活为题材,反映当时西班牙人民的情感,充满了爱国主义的情绪。他十三岁便开始写剧本,有时只半天的工夫就写好一个剧本,所以他一生能写出这许多剧本来。他最好的剧本约有下述几本:《奥尔麦朵的绅士》《羊泉村》《塞维里亚市的明星》《无上的裁判官就是国王》《谨慎的爱人》等。

《羊泉村》一剧描写僧侣骑士团团长驻在羊泉村,横行霸道,侮辱了妇女,而且辱骂她的父母和丈夫,因而也嘲笑了法律。某夜全体居民群起暴动,侵入团长的府宅把他杀死了。国王派法官前来调查,查问居民,全体一致答道:"是羊泉村杀死他的。"又问:"羊泉村是谁呢?"居民又答道:"全体一起。"因此无法逮捕,无法拷问。这一剧表现了人民起义反抗封建僧侣的英勇行为。

《塞维里亚市的明星》一剧描写在塞维里亚市住有兄妹二人,兄名布斯托,妹妹很美,市民便称她为本市的明星而不叫她的名字。明星和骑士奥尔提斯订有婚约。国王桑卓四世到这市来,看见这位美丽的明星,便爱上了她,有一天晚上便设法跑进明星的房里去,但这时候布斯托跑来了,国王的希望没有实现。国王便叫骑士奥尔提斯来,叫他去为国王杀死一位侮辱国王的罪人,奥尔提斯立即允诺,但随即发现要杀的人是自己爱人的哥哥,心中苦闷之至,但终于服从国王把布斯托杀了。国王自己坦白了真相并免了奥尔提斯的罪,但明星觉得不应该和杀死自己哥哥的人结婚,便入修道院做修女。奥尔提斯也从军去了。

罗伯·德·维加是一位古今独步的多产作家,除了二千二百本剧本以外,还写各种文体的作品很多,如史诗、抒情诗、短诗、小说等。

摩林纳(加布里尔·特勒兹,1571—1648):古典剧作家,生于马德里。在阿尔加拉大学学习。1606年开始写剧本,便成功。1616年到西印度群岛。1618年回马德里,又从事写作。他在作品中时时讽刺当时的政治家并谩骂当时的知识分子,因而不得不离开马德里。从1626年起浪游萨拉曼加、托勒多各地。1632年做本教团的记录员。后做索里亚僧院的主僧,1648年死于此职任上。

摩林纳是多产作家,他的代表作是剧本,如《塞维里亚的色鬼和石像》、阴谋剧《穿绿裤的董·希尔》、宗教剧《因怀疑而受罚的人》、历史剧《女人的谨慎》等。

《塞维里亚的色鬼和石像》的内容:董·奂·特诺里奥偷入公爵女儿伊萨贝拉的房间,冒名未婚夫奥克塔维奥而和她发生了关系,然后逃到拿波里去。乘船遇难,被一女渔民救起,伴随到她在塔拉戈纳海滨的茅屋。他虚伪地和她结婚,发生关系后又逃走。到塞维里亚去,那儿的骑士团长董·贡萨诺有一位女儿,名叫多尼亚·阿纳·德·乌略阿,她的未婚夫是拉·摩塔侯爵,董·奂冒领了一封给侯爵的信,便进入女子的房间要求发生关系。女的发现是假,因而大叫。女父跑进来,董·奂把女父杀死而逃走。法官以为侯爵是凶手而将他逮捕。董·奂飞逃到多斯·艾尔马诺斯,正好遇上一位正要结婚的农夫。董·奂向男方胡说,劝他停止结婚,同时董·奂向女方父亲虚夸身份,巧言引诱,遂和女子结婚。他玩弄了这位农女后,又逃走了,终于回到塞维里亚。在教堂里遇见他曾经杀死的骑士团长的石像。石像请他去晚餐,餐后又陪他到石像的女儿多尼亚·阿纳的像前。董·奂刚立在像前,那像便伸出手来握手,这样一来,她的手便把地狱之火传给了董·奂。他要求作临终的忏悔,这像回答说"迟了"。董·奂便这样死去。

《穿绿裤的董·希尔》的内容:多尼亚·华纳的恋人董·马尔丁,为了要和多尼亚·伊内斯·德·门多萨这位女子结婚,变名为董·希尔·德·阿尔波尔诺斯,从巴里雅多里城来到马德里。多尼亚·华纳化成男装,也变名为董·希尔,从后追踪而来。女扮男装的董·希尔向多尼亚·伊内斯求爱,终于得到她父亲的同意,让女儿和女扮男装的人订婚。一天晚上,多尼亚·伊内斯的家门口出现了四个求爱的人,而且每人都名叫董·希尔,并且每个人都穿的绿裤子。多尼亚·华纳使董·马尔丁当场出丑。于是董·马尔丁只得和从前的恋人多尼亚·华纳结婚。

阿拉尔孔(1581—1639):古典剧作家,生于墨西哥。从1600年到1608年回西班牙在萨拉曼加上大学。回墨西哥后在本地大学得法学士称号。1613年再回西班牙,直到1639年死在西班牙。在西班牙从事剧本写作,虽属罗伯·德·维加派,却和维加时常发生争论,与摩林纳却很亲密。1628年出版剧本八部,1634年出版剧本十二部。他是寡作的作家,但他的作品都是经过再三推敲琢磨的,所以他的剧作是写实的、性格逼真的、富于道德性的。他的代表作有《壁有耳》《反基督》《可疑的真实》等。其中以《可疑的真实》为最好,写一个青年董·加尔西亚惯于撒谎,时常半开玩笑地说假话,结果弄得和一个不相爱的女子结婚,而和相爱的女子却不能结婚了。事件经过很复杂,但写得巧妙而有趣。

格拉相(1601—1658):教训文学的代表作家,生于阿拉贡,死于塔拉宗纳。他的幼年生活不详,只知他1619年入耶稣会。格拉相的作品写于封建·天主教反动时期,这种反动使西班牙文学的人本主义和现实主义的传统趋于衰微。格拉相的作品涉及道德和教育问题,他把封建社会的堕落风俗和禁欲派的自我完成的思想相对比,例如他的《英雄论》(1630)和《君子论》(1645)即是如此。前者论人们的教育问题,后者是教训故事集,富于深思。他的代表作是小说《批评家》(1651—1657),这是描写人们生活的各方面的哲学寓言体小说。小说分为"幼年之春、青年之夏"、"壮年之秋"、"老年之冬"三部分。内容写克里地罗乘船遇难,漂到一陆地,遇到野蛮人安德烈尼奥,此野蛮人学习西班牙语,能通晓克里地罗的意思,过后随克里地罗回西班牙,接近各种各样的人物,对各种各样的问题交换意见。(此书对后来英国作家笛福的《鲁滨逊漂流记》颇有启发作用)。《批评家》一书用寓言的方式暗示当时西班牙封建社会的衰微和深深的悲观主义——人们彼此都是狼,又都是命运的无力的牺牲。

卡尔德隆(1600—1681):古典主义的最后一位大作家,生于马德里,后入萨拉曼加大学学神学。1637年做散地牙哥的骑士,1640—1642年参加卡塔隆尼亚的战争。后任僧职,同时写剧本,也写"圣餐剧",所以在他的作品中已有反动的神秘的因素。他的剧作虽不如罗伯·德·维加之丰富,也有二百多本,代表作有:《不可思议的魔术》《十字架的渴慕》《撒拉梅亚的市长》《最大怪物是嫉妒》《人生如梦》等。

《人生如梦》的内容:有预言者向波隆尼亚国王巴西里奥说:"你将来要被你的儿子征服。"于是国王就把王子塞吉斯孟德关闭在监内,不许会见任何人,只许一位教导者和他说话。有一次,国王要试探王子的心,秘密地把王子麻醉之后,把他带进宫来。王子醒来,发现一切荣华富贵,不胜惊异。人们告诉他说这只是一个梦,但这时王子的残忍荒淫的性格暴露出来了。国王害怕,便又把王子麻醉,送他回监禁去。及到王子醒来,他相信刚才宫中的富贵荣华不过是梦。后来军队叛变,把他解放,并拥戴他为王,但他始终相信人生不过是梦,只有上帝才是唯一真理,因而改变了性格。这样的剧,神秘的、唯心的、虚幻的,已是代表西班牙古典主义的末期,入于反动了。

第二幕王子的独白中有下列的句子:

什么是人生?是讲的一个故事;
什么是人生?是极度的狂乱,
是一切眼见的事物的影子;
最大的善事也很渺小,
整个人生对人人都是梦,
而一切梦的本身也是一个梦。

但卡尔德隆的剧本也有一些是反映现实的,如《撒拉梅亚的市长》暴露封建蛮横,同情平民战胜了贵族。故事是:撒拉梅亚市住有一位农民克勒斯颇,他有一位漂亮的女儿伊萨贝尔。一天有军队从这儿开过,并在这儿住一夜。有一位队长住在这位农民家里,他想方设法要接近这位女孩,过后把她抢到森林中侮辱。这时市议会把克勒斯颇选来作市长,市长向这位队长提议把女儿嫁给他,并用全部家资作陪嫁,但队长却拒绝了,因为这位农民是平民而不是贵族,于是市长把这出身贵族的队长下狱。国王这时到这儿来了,便派克勒斯颇作永久的市长,奖励他的公正。当克勒斯颇的儿子劝他购买一张贵族执照时,克勒斯颇的回答很能代表平民阶级对贵族阶级的愤恨情绪:

> 克勒斯颇:一张贵族执照!现在你真以为没有一个人知道我根本不是贵族而只是一位普通农民吗?如果一个人秃头了多年而现在买一套假发,他的邻人会相信是他的头发吗?

伊斯拉(1703—1781):讽刺小说家,生于勒翁,1719年加入耶稣会。他的作品《爱与诚实的胜利》讽刺当时唱高调的宣教师,《著名的宣教师、绰号大浑蛋、赫隆迪奥·德·康帕萨斯上人的传记》讽刺教会和僧侣的生活和外省地方的迷信。这些书富于启蒙运动的精神,致使异端裁判所来加干涉,终于把书查禁。他的译稿《吉尔·布拉斯·德·桑蒂朗纳的传记》(1787年出版)也等于一部很好的带创作性的讽刺小说。

克鲁兹(1731—1794):喜剧作家。他写作民众喜爱的剧本,写的多是贫民和流浪者的生活。但他自己却终生贫困,死时连丧葬费都没有。他最初写讽刺短剧,1786年出版了他的《讽刺短剧集》,他在序言中说,"我在挥笔。但我挥笔所写的只是真实。"把家常便饭的日常琐事写成喜剧,三十年间使人民大笑大乐,成为剧坛的红人。他的剧本《夜的普拉多》《马德里的定期集会》描写了当时首都马德里的生活。

霍维连诺斯(1744—1811):政治活动家、诗人、剧作家,生于阿斯吐里亚的喜洪。曾学法律,毕业后曾从事法官工作,后调到马德里工作,在马德里开始他的政治、文学和学术活动。他信从18世纪法国的启蒙思想,反对西班牙僧侣和封建政权,因而屡次遭受迫害。1801—1808年他曾坐牢八年,西班牙资产阶级革命战争(1808—1814)爆发之后,他才被释放。拿破仑派约瑟夫·波拿巴来做西班牙国王时,霍维连诺斯拒绝了内政大臣的职位,而且参加解放战争以反对侵入的法国军队。

霍维连诺斯是作家和艺术理论家。他的《美术赞》高度评价西班牙的哥特式建筑、文艺复兴时代西班牙的现实主义、魏拉斯奎士的图画和西班牙艺术的独创性。他的诗剧《受尊敬的犯人》(1773)是典型的西班牙剧本,赞扬资产阶级的道德品质。在反对拿破仑的解放战争年代,他还写了《阿斯吐里亚人的战歌》,显示了西班牙人的爱国的传统精神。

三、浪漫主义时期(19世纪初叶)的文学

西班牙的19世纪初仍是反拿破仑外国侵略者的时期,人民英勇地为独立而战,爱国主义的诗歌和作品成为浪漫主义的先锋。但1820—1823年西班牙革命战争失败后,反动派的残忍和资产阶级民主派的软弱,使浪漫主义文学中形成一部分反动的因素。兹将几位有代表性的浪漫派作家介绍如下:

金塔纳(1772—1857):作家兼政治活动家,生于马德里。在萨拉曼加大学毕业后,曾从事法律工作。曾参加西班牙人民反对拿破仑的战争。马克思曾给他以好评。金塔纳在1800年写的颂歌《印刷书籍的发明》,曾被年轻的恩格斯译为德文。金塔纳是资产阶级的民主派和启蒙主义者。他在1805年写的《艾斯可里亚的神灵庙》里,认为西班牙衰弱之源在于封建暴政。他写爱国主义的诗歌,歌颂古典主义、祖国的光荣、为解放的战斗,如《特拉法尔格战役》《西班牙各省武装反对法国人之歌》《致1808年三月革命后的西班牙》等。他的最重要的散文作品是1807—1833年间写的《西班牙名将传》,其中最有名的是《希德传》。金塔纳还有两部古代西班牙诗选:《卡斯提尔诗选集》(1807)、《叙事诗神》(1833),这也增加了他的诗名。

勒昂德洛·摩拉丁(1760—1828):剧作家,生于马德里。曾游英法诸国,受莎士比亚、莫里哀的影响。回国后任翻译官,仍写剧本。1804年上演《伪圣人》,得到成功,教会想来禁止,也未办到。1806年他的最好的喜剧《少女同意的时候》上演,得到极大成功;这剧本主题是捍卫人的人格和尊严,反对传统的等级制度,内容如下:

五十岁的富翁董·地哀戈想和十七岁的少女佛朗西斯卡结婚,便和她的母亲寡妇伊林娜同谋,把少女从修道院领出来。少女本有恋人青年军官卡尔罗斯,是董·地哀戈的外甥。这种复杂的关系,各方都不知道。董·地哀戈迫切要直接得到少女的同意时,卡尔罗斯得知了消息,赶快回来,舅甥会面,又惊又急。卡尔罗斯以恩义之故将恋人让给舅父,但舅父为两位青年之爱所感动,终于让他们

结婚。

埃斯普隆塞达(1808—1842)：民主政治家和浪漫派重要诗人,生于巴洛斯。他父亲是反对拿破仑战争中的一位军官。诗人幼年入军官学校,后入马德里圣马太学院念书,受文学教授里斯塔的赏识和鼓励,开始写诗。同时因参加秘密团体反对反动国王菲迪南七世而被监禁。后逃到葡萄牙,再转至英国,在英国读了莎士比亚、米尔顿、拜伦的作品,尤其受拜伦的影响。在伦敦又会见在葡萄牙认识的女人特勒萨,于1830年和她一道到巴黎,在巴黎又参加了七月革命,眼见法国国王查理十世的退位,对西班牙亡命法国的人是一个很大的鼓舞。菲迪南七世死后,诗人回到西班牙,成为民主反对派的首领,同时也是西班牙民族的和浪漫派的诗人。1835—1836年的革命中,诗人参加战斗。1840年胜利后,他是有功人员,并即发表共和主义的宣言。不久被任为驻荷兰海牙的公使馆书记。1842年他被选为阿尔马利亚的议员,寻即归国,但忽于5月13日死去,年仅三十三岁。

诗人在抒情诗《海盗之歌》《乞丐》《死刑犯人》《刽子手》等中,大都表现爱国主义;有的表现西班牙人民反对拿破仑的战争,如《五月二日》《致祖国》等;或者反对反动的教会和君主派。他在《欧洲的衰败》一诗中,歌颂西班牙的自由战士。他的最有名的诗是未完成的哲学诗《恶魔世界》,在诗中他暴露资产阶级文明的罪恶,保卫人类的理想、生存的自由、"自然的"生命。他也写诗以鼓舞各国的民族解放运动,如1830—1831年的波兰革命,以及希腊人反土耳其压迫的解放战争。他的诗《萨拉曼加的学生》斥责自私者和庸俗者,却宣扬高傲的个人主义者,如其中咏主人公董·费里克斯·孟特马尔的一段：

> 猛然存骄傲,
> 不知有宗教,
> 胆大殊不逊,
> 灵魂亦粗豪,
> 眼中常有恨,
> 出口总嘲笑,
> 无恐有所恃,
> 我勇与我刀。

拉尔拉(1809—1837)：政论家，文学批评家，讽刺散文家，生于马德里。他父亲在法国军队中作军医，1812年全家离开西班牙而住法国。1817年拉尔拉回到西班牙时，只会法语，不会西班牙语，重新在西班牙学习。在大学时，便从事文学写作，投入浪漫主义运动。1834年他写历史小说《董·恩利克的侍从》，并改编为剧本《马西亚斯》，在当时浪漫主义文学运动上大有贡献。他的最好的文章是他用笔名"费加罗"等所写的政治评论。他在这些文章和小册子中，揭露好战的封建专制的反动统治和资产阶级的自由主义，以及西班牙君主制的一切社会的和政治的罪恶。他的讽刺文学可谓为后来的批判现实主义打下基础。他不幸因爱情事件而自杀，年仅二十八岁。

索里利亚(1817—1893)：浪漫派诗人兼剧作家，生于伐拉多里德的一个官吏之家。幼年在马德里受教育，十二岁即开始写诗，并在校中演剧。1833年他去托勒多大学念书，但一年后他又逃回马德里，发表激烈言论并办报纸，但报纸很快被封禁。1837年作家拉尔拉死了，葬仪上忽然出现一位乱发苍颜的青年，带着哀悼诗歌来当众朗读，引起人们的大惊。这位青年就是索里利亚，从此他就以诗人闻名。他的有名的诗，除上述拉尔拉哀歌外，还有从1840到1841年写的《行吟诗人之歌》(主要是关于古代的宗教神话的诗集)、1842年的诗集《夏夜不眠》、1844年的《回忆与幻想》、未完成的诗《格朗那达》(1852)和1882年的《希德的传说》。他的剧本有1840—1841年的《国王与皮鞋匠》、1844年的《董·夬·腾诺里奥》等。大都宣扬王权和天主教，带有反动性。

他晚年不幸，到法国并到美洲的墨西哥流浪多年，回西班牙时已发现自己成为过去的人了。后来得到政府的年金和桂冠诗人的称号，但不久即死去。

四、批判现实主义时期(19世纪中叶)的文学

西班牙1854—1856年的革命事件，尤其是1868—1874年的资产阶级革命，群众的民主自觉性的增长，在西班牙文学中打下了批判现实主义的烙印。兹举数位作家如下：

伐勒拉(1827—1905)：诗人，小说家，批评家，生于科尔多瓦的一个军官的家庭。少年受教育于马拉加和格朗那达大学，得了法学学位。后入外交界工作，历任驻欧美各国外交官。他也作过议员，他的主张属于进步的自由主义反对派，常赞成激烈的改革措施。

1856年他开始文学生涯。他的长篇小说《伯必塔·希门尼斯》(1874)、《门

多萨司令》(1877)、《多尼亚·露斯》(1879)揭露宗教的禁欲主义是违背人性的教条,保卫健全的人的感觉。伐勒拉的资产阶级自由思想有其局限性,但在当时西班牙天主教蒙昧主义盛行的时候,伐勒拉的小说仍起了巨大的进步作用。他的最有意义的长篇小说《浮士提洛博士的幻想》(1875)描写消极的、无用的贵族青年浮士提洛的典型形象。在这小说中,伐勒拉讽刺批判资产阶级社会的庸俗、小器、无情。但伐勒拉晚年在思想政治上都落伍了。

艾契加莱(1832—1916):戏剧家,生于马德里。幼年在学校读书时以数学见称,所以后来曾从事科技工作。过后又转而从事政治活动,宣传自由主义的工会主张。1868年西班牙共和国一度成立,他做了内阁中的教育和财政部长。1874年波旁王朝复辟,他就离开政界而从事写剧本的工作。他一生共写了约六十个剧本。1904年他得了诺贝尔文学奖金。

他的剧本《愚狂乎圣德乎》(1877)、《伟大的加勒奥托》(1881)、《清洁的印证》(1895)批评资产阶级的道德,揭开资产阶级的虚假和伪善。但是作者的悲观主义削弱了这些悲剧的批评力量。他的心理分析剧《董·奂之子》(1892)、《玛丽安那》(1892)、《愚狂的神》(1900),具有无政府主义的虚无主义特性,带有传奇剧的和伪浪漫主义的效果,脱离了现实社会。

加尔杜斯(1843—1920):小说家和戏剧家,西班牙的最大的批判现实主义者。生于卡那里亚群岛,十九岁时才到马德里来。1870年才发表他的第一部小说《金泉》,是关于1820—1823年西班牙革命时期的事。他尖锐地批判西班牙的封建制和教会,认为人民是历史的创造者,这些见解使他在西班牙民主社会中享有盛名。他在1889年成为科学院院士,做过几次国会议员。

加尔杜斯写了大约八十本长篇小说,二十多个剧本,是西班牙19世纪的生活的广泛画图。他的最有名的历史长篇小说是《国史轶事》,共五部四十六册,写于1873—1912的四十年间。开始直接从反拿破仑的独立战争之前写起,结束于1868年的革命,直到波旁王朝的复辟为止。在这一系列的巨大的现实主义长篇小说中,作者的思想和主意,是要帮助同胞们了解西班牙的近代史,并加强民族的自觉意识。他以当代题材而写的小说《多尼亚·拍尔菲克塔》(1876)、《格罗里亚》(1876—1877)等,和戏剧《艾勒克特拉》(1901),继续反对特权的上层阶级的自私和天主教的蒙昧主义。但在他的晚年,他的自由主义的改良主义世界观表现在他的小说中,特别明显地在《拿撒勒》(1895)、《阿尔马》(1895)、《仁慈之心》(1897)等中。

阿拉斯(1852—1901)：批判现实主义作家和学者，以笔名"克拉林"（意为"号角"）著名。开始写批评文章，过后才写小说。1884 年出版第一部小说《女执政者》，遂享盛名。这小说科学地解剖一个俱乐部的内部，尖锐地暴露西班牙的社会、政治情况，揭露教会的剥削。他的最有名的批判论文都收集在论文集《号角独奏》(1891)和《闲话》(1893)中。他的文章攻击"学院派"的文学和贵族的浪漫主义，因为它们妨害民族资产阶级意识形态的发展。阿拉斯虽在西班牙宣传过自然主义，但他的作品仍具有批判现实的作用。

五、自然主义时期(19 世纪末到 20 世纪初)的文学

早在 19 世纪的 80 年代，在西班牙文学上已出现了自然主义的思潮。其中有些作家把资产阶级的改良主义的理论加之于工人运动。有些作家以作品中的自然主义著名于当时，有的及于国外。有些著名的民主主义作家也不能免于自然主义的思潮。所谓自然主义，是对客观事物作"科学的"描写而不渗入主观的看法或评论。代表作家举如下几位：

巴桑(1852—1921)：女小说家及批评家，生于拉·科尔尼亚。她的主张不是全部照法国自然主义者左拉的主张，而是用天主教的精神来描写现实。她的初期作品《乌利亚古城》(1886)、《母亲自然》(1887)，是纯粹的自然主义的，讴歌性殖本能。过后发表的《我的故乡》《乡心》《天旱》，主要已带乡土色而不是"科学的"描写。更后写的《空想》和《黑人鱼》已是唯心主义的哲学小说，离自然主义越远了。她的短篇小说集是《马里内达的故事》。她的历史评论有《阿细斯的圣佛朗西斯科》《艾尔南·科尔特斯》等。她晚年在马德里大学讲学，兼任马德里学艺协会的文学部长。她曾以西班牙国语学要求入科学院，但因是女人之故而被拒绝。

伐尔德斯(1853—1938)：小说家。最初以两部小说出名：《马尔塔和马利亚》(1883)、《修女圣苏尔匹西奥》(1889)。过后退隐于阿斯托里亚斯山间。不久山间工业兴起，农村生活改变，伐尔德斯遂写了《失去了的山村》。以上三部小说都是属于自然主义的。其后还写了若干小说，著名的有《奥大维公子》《何瑟》《加迪斯的侠客》《里维利亚》《浪花》《第四种权力》等。其中有些也反映贵族和资产阶级的腐化和堕落。他到了高年还写小说与杂文：《一个小说家的小说》(1921)是自传体小说，《格朗那达的别墅》(1928)是恋爱小说，《文学的遗言》(1930)是杂感集。

伊巴涅思(1867—1928)：小说家，政论家，主张民主共和的政治活动家，生于瓦伦西亚。儿时喜欢海，想做海员，但因不喜欢数学，不能进商船学校。后进瓦伦西亚大学学法律，但无兴趣于法律，却喜欢文学。十六岁时，就以摩尔人的传说为题材写了《法提玛》，并携此稿单身来到马德里，寻求出路，但未成功。过后被父母派人来寻找，于是又回瓦伦西亚念大学。在大学时成了热烈的革命家，宣传共和，反对教会，于是被迫逃亡到巴黎。在巴黎住了两年，1889—1891。于是再回瓦伦西亚，结婚，办共和主义报《人民报》，在此报上时常载他的初期文学作品。此时写了《米与马车》《五月花》《小屋》等。

1895年古巴革命兴起，伊巴涅思鼓吹让古巴独立，发起示威游行，到处与政府军警冲突，结果失败，伊巴涅思逃到了意大利，写了《意大利的三个月》（又名《在艺术之国》）。他以为国内可能已平静，便回国来，回国即遭逮捕。在狱一年半，舆论营救，并选他为议员，于是他得以出狱。出狱后更积极从事共和政治的宣传，甚至和敌人决斗并遭敌人枪击的事也有，但他同时又忙于写小说。《宫女索尼卡》和《芦苇和泥淖》就是此时期的产物。

过后他到了马德里。在马德里写了一系列的问题小说或反抗小说，反对宗教或资本主义，如《托勒多大教堂》《侵入者》《酒仓》《粗野的人们》。以后又写了些都市生活和恋爱的小说，如《裸体的马哈》《血与砂》《鲁纳·伯拉摩尔》《死者在命令》。

以后他又到巴尔干旅行，写了《东方纪行》一书。回西班牙后，再回瓦伦西亚搞出版事业，刊行世界文学名著。不久南美洲阿根廷新闻社来邀请他去作演讲旅行。到了美洲之后，兴起了殖民事业的念头，约集一批瓦伦西亚人到阿根廷的大平原中去搞开垦事业。不久受到经济恐慌的影响，开垦事业失败。又回到巴黎来，重振数年搁置的笔杆。这次计划写十大册的小说，写西班牙人16世纪、17世纪在美洲的探险和经营。但仅写了第一卷《阿尔哥船一行》，第一次世界大战便爆发了。

第一次世界大战期间，伊巴涅思转而写战争小说，写成了战争三部曲：《启示录四骑士》写陆上战争，《我们的海》写德国潜艇在地中海的活跃和奇特的恋爱，《女性之敌》写俄国十月革命后的逃亡贵族到南欧来以后的悲哀没落的生活。

这时他曾一度应邀到中美的墨西哥访问，归来后写了《墨西哥的军国主义》，大骂该国的军阀。

过后他回西班牙一次，受到本国和本乡的热烈欢迎。

然后他到法国芒东的别庄住下来专门写作。写了《科托·达求尔小说集》、《向死女人借钱》短篇集、《万人之地》、《女人乐园》、《加拉菲亚女王》等。

这时他想做世界旅行。1923年他乘大船"佛朗科尼亚号"漫游世界。经过纽约、古巴、巴拿马、爪哇而来到日本。同年12月24日在东京"报知新闻"社讲堂开文艺讲演会,伊巴涅思在会上讲《小说及其社会影响》,非常兴奋。

游历后又回到芒东,立意写有关世界的历史小说,写了《海上教皇》《在维纳斯的足下》,正在写《世界的青春》时突然病死。时为1928年1月28日,刚刚六十一岁。

伊巴涅思的作品可分为三期。第一期(1894—1902)的作品主要描写瓦伦西亚省的渔民、农民、边地场市。第二期(1903—1909)的作品主要是自然主义的社会小说,以资产阶级共和主义的立场,尖锐地提出问题,揭露大资产阶级的专横、僧侣的伪善、偏见的压力,并正确地描写了西班牙工人的艰难处境,如小说《托勒多大教堂》(1903)、《侵入者》(1904)、《粗野的人们》(1905)、《血与砂》(1908)、《死者在命令》(1908)等。第二期的小说给作者带来荣誉,显示了作者的最大文学才能。第三期(1910年以后)的作品已不触及社会问题。仅在苏联十月社会主义革命之后,伊巴涅思又恢复政治活动,对苏联发表同情的文章。同时在国内,他曾因攻击西班牙李维拉将军的独裁政治和亚尔丰索十三世的王政而受到放逐令,所以他只能住在法国,并死在法国。

"1898年一代"的作家:1898年西班牙和美国作战,西班牙失败,这在西班牙的一切发展上起了很大的影响,在封建阶级、资产阶级与广大人民群众之间引起深刻矛盾。在文学上产生了一个特别思潮,后来叫作"灾难年代"或者叫"1898年代"。在第一阶段(1898—1914)产生了一些自由资产阶级的作家,具有民族主义的思想,反对君主制度。但在第二阶段(1918—1920),由于苏联十月革命的影响,西班牙革命也向前发展,而这些作家有些便转入颓废或反动,甚至有些投降了弗朗哥;只有少数继续前进,在晚年成了进步的乃至革命的作家。"1898年代"作家主要有如下几位:乌拉穆诺(1864—1937)、M·马查多(1874—1947)、A·马查多(1875—1939)、鲁易斯(笔名"阿索林",1874—1967)、巴罗哈(1872—1956)、贝纳文特(1866—1954)、谢尔拉(1881—)、匹尼略斯(1875—1922)、希门尼斯(1881—1958)、英克兰(1869—1936)等。其中,后来成了进步的作家的,论年代应在下一卷(现代)中叙述。

第十九章　近代法兰西文学

一、文艺复兴时期的文学

英法百年战争(1337—1453)之后,法国成为巩固的、统一的民族国家,因而经济的孤立性消失,国内外贸易显著发达,工业也有长足发展,资产阶级的势力大增。但由于法国资产阶级还和贵族合作,而贵族是懒惰而奢侈的阶级,所以16世纪初的法国是侵略性的专制国家,向外侵略当时富庶而散漫的意大利。对意大利战争的结果虽不成功,但因此却传染了文艺复兴的潮流。所以法兰西是意大利文艺复兴思想的接受者。文学方面的代表作家如下:

维庸(1431—1463以后):法国文艺复兴时期的第一大诗人,大约生于巴黎,卒年卒地均不详。他在巴黎大学得过学位,但过后他却混入最下的阶层中去生活,和偷儿、杀人犯、强盗、娼妇、罪犯等为伍,他自己也曾犯过这些罪过,屡次逃亡,浪游各地,也曾坐过牢。他认识人生的丑恶面,了解最低劣方面的人情,而他就从这些题材来写诗,所以被人称为"强盗诗人"。因为他的诗是表现个人的爱情和憎恶,属于资产阶级的人本主义的范畴。

他的代表作是两部遗言诗集:《小遗言》和《大遗言》,描写他所接触过的友人、知己、情妇、仇敌,上至高官,下至走卒,都一一介绍,发挥个性,富于感情,是有爱有憎的忏悔录。《小遗言》由四十首八行诗构成,《大遗言》则有其四倍之多。兹录《大遗言》中第二百零一首诗,是表示忏悔的诗:

上帝啊!如果我在少年时代
就好好地上了学堂,
而且品行也正直端方,
那么我就会有大厦与柔软的寝床!
然而啊!我逃出了学堂

像顽皮的小孩子那样。
如今来写这点小小的文章，
使我的内心感到悲伤。

马洛(1496—1544)：诗人，生于波尔多东面的加奥尔，他的父亲也是一位诗人。马洛幼年在乡村生活，过后随父亲到巴黎，与宫廷显贵交往。但马洛为人浪荡不羁，言行不谨，致犯当时新教思想的嫌疑罪，多次逃亡国外。因为几次到过意大利，结识了若干人本主义的朋友，接受了文艺复兴的思想，翻译魏琪尔、奥维德、马夏尔等人的古典拉丁诗，又模仿意大利诗人比特拉克的十四行诗，最初把十四行诗体移入法国。

马洛的诗多轻快讽刺，对旧教僧侣的讽刺诗颇富于生气，即翻译"庄严"的"圣诗"，也译得轻松洒脱，所以很为人爱读。这些就是文艺复兴的人本主义思想的表现。兹将他讽刺旧教僧侣的诗《吕班神父》录于下：

他飞跑到城里去，
　我不知道有多少次；
他去做坏事，不知道羞耻，——
　吕班神父却非常得意。
要他过朴素的生活，
　崇敬道德，追随真理，
那是虔诚的基督徒的事，——
　吕班神父是不能做的。

他带着狡猾的笑容
　把人家的东西归于自己
而不付出代价，甚至一个铜子，
　吕班神父就这样毫不客气。
东西一落到他的手里，
　你就休想再说是你的，
因为要把东西归还原主，
　吕班神父是不能做的。

用温柔献媚的话语，
　　去追求一位天真的少女，
你不需另去寻找狡猾的媒婆，——
　　吕班神父就懂得这种生意。
他高声劝人庄严，不要喝酒，
　　但他自己却不喝白水；
白水只能让狗去喝，
　　吕班神父是不能喝的。

结 论
如果要做坏事，
吕班神父非常合适；
如果有一点好事，
吕班神父是不能做的。

拉伯雷(1490—1553)：文艺复兴时期最大的小说家、人本主义者。生于土勒恩州，父亲是农民，有的说是药剂师，有的说是旅馆主人。拉伯雷幼年在寺院里学习希腊、拉丁、希伯来和阿拉伯各种文字，又精研天文学、植物学和数学等。1511 年他获得了牧师的职位，直到 1524 年；过后他作了行僧，必须离开僧房和僧院的烦琐哲学，去到法国全国以及意大利，因此得以对当时社会的各阶层作广泛而亲近的观察，也听到许多地方语言，这丰富了他的法国语言。1530 年，他终于辞去僧侣生涯，专研医学，1537 年得到医学博士学位，以后便开医院，编医书。

但他对于当时的政治生活也积极参加，和当时的法国人一样有爱国的热情，也同样体现了新兴的商业资产阶级的情绪，他对当时封建制度的反抗和嘲笑，都反映在他的杰作《巨人和巨人之子》一书中。这书的主要精神，一方面是反对封建及其上层建筑如天主教和野蛮的司法制度等，一方面是提倡文艺复兴时代的人的观念，认为人是伟大的动物，人是万能的动物。这就是人本主义。

《巨人和巨人之子》共分五卷。第一卷写巨人"高康大"的诞生、教育和理想；他生下地来就要一万七千九百一十三头牛的牛奶来营养他；长大受教育时，最初受的中世纪的教育，越学越笨，过后他父亲才请一位人本主义者来教他，用新式教育方法，果然他就聪明起来(这一段对新教育的提倡是很重要的思想)。后来高康大修建了一座理想的修道院,使一般知识分子能够在院中安静地从事于自然和古典的研究,各人"随意而行",不加强迫,也不禁欲,自由地去体验人生,这样才可以培养健全的人。这可以说是拉伯雷的政治理想。第二卷到第五卷写高康大的儿子"胖大官儿"的一生和他一些朋友所从事的战争和冒险等,比较起来,还是第一卷精彩而重要。

"七星诗派"和龙沙(1524—1585):16世纪中期,正值法国文艺复兴高潮的时候,有一批青年团结起来,提倡新诗,并且发表宣言:《拥护并发扬法兰西语言》(1549),提倡用法兰西国语写新的诗歌,要以古典的希腊、罗马的杰作为榜样,否定中世的诗歌。这种爱国的、否定中世的、提倡古代异教的古典精神,就是文艺复兴的具体表现。这批青年一共七人,所以他们自称"七星诗派"。这七人是多拉(1508—1588)、龙沙(1524—1585)、伯勒(1525—1560)、巴伊夫(1532—1589)、梯亚尔(1521—1605)、伯洛(1528—1577)和约得尔(1532—1573)。他们各有诗集问世,其中最杰出的是龙沙。

龙沙生于汪多姆,家世属于名门贵族。他少年时随太子作书童,有机会作过几次外国旅行。1541年回巴黎时,已能讲英、德、意等外国语。本想从事外交工作,因突然患病耳聋,才转而学诗,进科克勒学院钻研希腊、拉丁文学。1549年他和"七星诗派"诸人发表上述宣言,主张创造新诗。

龙沙的诗种类很多,大别为二类:"大型诗"大多是史诗长诗,但不大精彩;"小型诗"大多是短诗,精彩的很多。他的短诗的题材约可分为二:自然与爱情。诗集以《恋歌集》一、二集为最好。兹录《蔷薇》一诗于下:

迷娘啊,你看见也未?
今晨才脱去绿衣
　　初见日光的蔷薇,
在日落之前
已失去红色的衣饰,
　　那红色和你一样美丽。

迷娘啊,那盛开的蔷薇
她的花瓣在几小时之内
　　便全部枯萎、凋落、死去;

悲哀的自然，毁灭的母体，
你眼看你美丽的孩子
　在晨歌与晚潮之间消失。

亲爱的，请听我述说真理，
把你青春的花朵迅速折取，
　尽量地享受人生的欢喜；
在你的美丽消失之前尽量快乐，
长久的岁月会把美丽磨去
　就像最可爱的蔷薇那样消失。

蒙腾(1533—1592)：生于波尔多，幼时受的自由主义的教育，后学法律，卒业后进入宫廷，三十七岁时辞职返里，闲居读书，1580年游历德国、意大利，归国后被推为本市市长。

蒙腾是法国文艺复兴期最后的最富于哲学味的散文作家。他的论文集有论文一百零七篇，表现了他对封建的反抗，对人生的重视，可以说是法国文艺复兴的理论家。

二、古典主义、启蒙运动时期的文学

16世纪末，法国王位转入波旁王朝的亨利第四，又经过路易十三和路易十四。在17世纪的一百年中，国王们一面优待旧教僧侣和封建领主，一面也提倡"重商主义"以发展工商业，所以便形成商人和贵族妥协在国王权力之下的专制统一国家，尤其在路易十四统治的几十年成了法国专制王权的极盛时代。

到了18世纪，尤其是路易十五和路易十六当政时期，法国王权制度已趋腐败，对外战争失败的结果，丧失了许多殖民地，引起资产阶级不满；同时农民大众在政治、教会、领主的三重压迫之下日趋穷苦。这便形成了资产阶级联合农民大众的联合战线，以反对旧封建的贵族、僧侣和国王，1789年的法国大革命就是它的爆发。

17世纪的法国文学，是注重古希腊、罗马的严格形式(主要是亚里士多德的三一律)的古典主义文学，这是专制王权在上层建筑的反映。而18世纪的启蒙运动，则是代表资产阶级号召人民大众起来反抗封建势力的运动。

法国古典主义文学和启蒙运动的代表作家如下：

高乃依(1606—1684)：剧作家,生于卢昂。幼年入耶稣教会学校念书,习拉丁文,后习法律。1628 年作律师,同时开始文学工作。他的文学生涯可分为四期：

第一期,尝试时期(1629—1636)。1629 年写处女作喜剧《麦里特》即一鸣惊人。此外还写了几部喜剧。这期间宰相里希留聘请他去为他写剧本台词,但终因高乃依缺乏"服从精神"而被解雇。

第二期,黄金时期(1636—1644)。从 1636 年写悲剧《希德》起,一直写了五六本悲剧,都是杰作,如《贺拉斯》《辛那》《波里欧克特》,连《希德》共称为四大悲剧,都是这时期内完成的。1640 年他结了婚。

第三期,盛名时期(1644—1652)。这时期他写了几部剧本,有的失败,有的是很好的悲剧。1647 年荣任法兰西学院会员。1652 年因《伯达里特》一剧惨败而退出舞台,回本乡卢昂居住,达七年之久。

第四期,回光时期(1659—1674)。1658 年喜剧家莫里哀的剧团到卢昂来演出高乃依的剧本,这又提起了高乃依的兴趣,重振旗鼓。虽《欧第普》一剧替他赢得了一点老去的声名,其余的剧本大多是失败的作品。1674 年他永远退出舞台了。此后又过了十年的晚年艰苦生活才死去。

《希德》是他的代表作。内容是卡斯提尔(西班牙)的老忠臣第埃格荣升太子太傅,为伯爵戈麦所嫉。原来第埃格的儿子洛得里格和戈麦的女儿喜梅恩的婚约遂遭破坏。戈麦侮辱了第埃格并向他挑战,洛得里格为报父仇而替老父出战,刺死了戈麦。于是喜梅恩为报父仇而要求国王治洛得里格的罪。其时摩尔人入侵,洛得里格打退了摩尔人,为国立功,得国王赦免。但喜梅恩仍要请人和洛得里格作私人决斗,以报父仇。洛得里格又战胜了喜梅恩的代理人。于是由国王作主,劝勉喜梅恩,使双方成全了爱情,也无伤于道义,云云。

高乃依的悲剧是典型的古典主义的悲剧。剧情大都描写感情与道义的斗争,而以理智为指导思想。剧本结构严整,大都遵守三一律,即"行动、时间、地点均得一致"。台词每每是美丽雄壮而简洁的诗句,如《希德》中：

   洛得里格：完了！完了！永远完了！我的喜梅恩,
      如果我活下去,你的爱情将变为仇恨,
      如果我死去,你的快乐又将变为伤心！

莫里哀(1622—1673)：喜剧家,生于巴黎。父亲是毡毯商人,却给他受很好的教育,1636—1641年在克勒蒙学院念书,毕业后他父亲要他学法律,他自己却要搞戏剧。在1642年,他遇见一位女伶M·伯雅尔,感情很好,便共同组织剧社,经营两年,大遭失败,并曾因欠债被拘下狱。在巴黎既不能立足,莫里哀便带着剧团到外省去谋发展。

1646—1658年间,莫里哀带着剧团流浪各省艰苦奋斗十二年,使莫里哀得有机会观察当时社会各阶层的真实情况,对他将来的写作很有贡献。

1658年回到巴黎,次年演出《可笑的女才子》,很得国王路易十四的赏识,从此在巴黎开始了他的极盛时代。

1662年他四十岁了,和十九岁的A·伯雅尔结婚。这位A·伯雅尔是M·伯雅尔的妹妹,但莫里哀的仇人说她是M·伯雅尔和莫里哀的非婚生子。莫里哀的婚姻并不幸福,以后给了他很多痛苦。

同时路易十四封莫里哀的剧团为"王家剧团",给他六千法郎的年俸,王宫中凡有庆会,必有莫里哀表演。十余年间,他写了二十几个剧本。

莫里哀一身兼管剧团种种事务,又要登台表演,又要不断写作,辛劳过度,时常生病;他为人宽厚,爱护部下,勉强工作以维持同伴们的生活。1673年2月17日,正在表演《没病找病》时,当场吐血,抬回家去,几小时后就死了。

他的代表作有《伪君子》《吝啬鬼》《商人贵族》等。大都讽刺僧侣、贵族,也讽刺当时暴发户的商人,描写僧侣、贵族虚伪腐化,堕落无耻;描写新兴的商人铜臭鄙俗而又想高攀贵族。天才的莫里哀反映了当时封建阶级和商人阶级的妥协的生活情况。

《伪君子》描写一个商人阿尔贡迷信一位大骗子宗教家达兑夫,请他到家里来住,并打算把自己的女儿嫁给他,但这位大骗子却还要勾引阿尔贡的妻子,并要骗取他的全部财产。最后由于国王的精明,才使阿尔贡得救,把达兑夫送进监牢中去。在这剧里,莫里哀崇敬国王,一方面是报路易十四的知遇,一方面也反映当时对专制王权的统一国家的拥戴。

《吝啬鬼》描写一位高利贷商人阿巴贡爱钱甚于一切。他有一个儿子克勒昂特已经成年,他却不给他钱用。克勒昂特爱上玛丽安,没有钱花,被迫秘密借债,却借到他父亲这儿来了。阿巴贡还有一位女儿艾丽丝,他想把她嫁给一位老头儿,因为这老头儿不要陪嫁钱。同时阿巴贡也爱上了他儿子的爱人玛丽安,却不肯花一个钱。后来克勒昂特想法偷了他父亲的一笔钱,要挟他的父亲阿巴贡:

如果阿巴贡放弃玛丽安,克勒昂特就把钱还他。阿巴贡为了要钱心切,同意让玛丽安给他的儿子克勒昂特。这剧讽刺那些高利贷商人的庸俗可笑。

《商人贵族》描写一位新兴商人儒尔丹发财之后想成为贵族,闹了很多笑话。他想学文雅,请了一位音乐教师、一位跳舞教师、一位剑术教师、一位哲学教师到家中来教他。他有一位女儿露西尔和一位商人少年克勒昂特相爱,儒尔丹却嫌少年不是贵族,不肯让女儿嫁给他;后来克勒昂特假装成土耳其的王子,这才娶得了露西尔。

拉辛(1639—1699):悲剧作家,生于费特·米隆的一个商人家里,父母早死,由祖母养大。拉辛幼时,家人师友都希望他成律师或牧师,他却喜欢文艺。1658年他来巴黎入大学念书。1660年开始写诗歌颂路易十四的大婚,即受人重视。但他的亲友们又把他带到雨塞,用遗产来诱他从事宗教事业,但在1663年他终于回到巴黎来了。第二年开始写悲剧,到1667年悲剧《安得罗马克》演出,他就坐上了悲剧盟主的宝座。此后十年之内写出了七八部精心的杰作,如《伯朗尼斯》《米特里达特》《伊斐仁尼》和《费德尔》等,这是他的黄金时代。

1677年他开始了安静的家庭生活,不写悲剧,不参加社会活动,只作法兰西史官。1699年死去。

《费德尔》一剧的内容取材于古希腊悲剧家欧里庇得斯。费德尔是雅典国王特赛的后妻,却爱上了国王前妻的儿子伊波里特。特赛王离家外出,经年不归,并传说他已在外死去;这时费德尔对伊波里特热爱冲动,不能自主,便坦白地向他求爱,"把你的剑给我,如果不,就把你的手臂给我",但伊波里特没有接受。不久,特赛却回来了,并没有死;费德尔非常懊悔,正要向特赛坦白交代的时候,突然发现伊波里特在爱着雅丽西。于是费德尔妒火中烧,痛苦万分,她在剧中独白道:

> 伊波里特能够爱,但他爱的不是我!
> 雅丽西得到了他的心,得到了他的誓约。
> 众神啊,他不管我的叹息和眼泪,
> 他眼上带着嘲笑,他额上带着凶兆,
> 我以为他的心是不能用爱情去攻破,
> 对我们所有的女性都同样感到无聊。
> 然而另外一位女性却能驯服他的骄傲,

另外一位女性却成了他的相好。

……

他们相爱,不知道什么是罪过;

每天的朝阳对他们光明照耀,

然而我,是一个被自然表面所抛弃的人,

要避开光明的阳光,要努力把自己藏躲。

她于是反而向特赛诬告伊波里特,说伊波里特调戏她。特赛盛怒之下,不听儿子分说,便驱逐他并诅咒他,因而伊波里特坠马丧命。费德尔最后悔恨交集,向特赛坦白说出真情,然后服毒自杀,以偿罪过。

拉辛的悲剧几乎全部遵守三一律,在形式上说,是古典悲剧的代表。在题材方面虽和高乃依同样描写感情和理智的冲突,但在高乃依总是理智战胜感情,而在拉辛则理智无法战胜感情。这是他们不同之点。原因是高乃依身处17世纪30年代,法国王权未稳,须坚苦卓绝的人物;拉辛身处17世纪60年代,法国已是路易十四的承平时代,人们趋向于社交和爱情的享受。

拉·封丹(1621—1695):寓言诗人。他的最有名的诗,是《寓言诗集》共十二卷;其中有人有动物,而都是象征当时社会现实中的人物,封建贵族,新兴商人,普通人民,都进了他的诗,都写得很生动。用小小的故事,把古典主义时期的合理主义的教条表示出来,亲切有味。如《死神与樵夫》教人以"死不如生"的哲理,《两匹驴子的命运》教人别慕虚荣和高位,《父子骑驴》教人凡事须有主见,不可人云亦云。

布瓦洛(1636—1711):古典主义的诗人兼理论家。他的诗集有《讽刺诗集》《书简集》《诗学》。他的诗缺乏感情和想象,大都讨论问题,因此他的《诗学》用诗体来完成古典主义的文艺理论。他主张三一律,并认为文艺的要素是理智、真理、自然等。兹摘录《诗学》中的数行于下:

你要热爱理智,只有经常从它那里

才可取得你的作品和作品的光辉与价值。

……

我们把理智作为定规,

我们对动作要用艺术来处理,

一个地点,一个日子,一个完成的事实
　　保持剧场满满地一直到底。
　　……
　　把自然作为你唯一的学习。
　　……
　　只有真理可爱,真外无美。

孟德斯鸠(1689—1755):他是启蒙运动中的温和派,代表贵族化了的资产阶级。他虽然攻击贵族,嘲笑教皇,但他仍然主张英国式的君主立宪,主张宗教的思想自由和自然神论。他的著作有《波斯人通信》《罗马盛衰原因考》《法意》。《波斯人通信》是假设两位波斯人到巴黎来游历,把巴黎的所见所闻写信回波斯去报告,其中反映了法国18世纪初的社会生活,暴露了王权政治的黑暗和贵族生活的腐败。文学轻松活泼,从文学的立场来看,今天还有阅读的价值。

《罗马盛衰原因考》中,孟德斯鸠试图以理智的态度,从事实中去寻找罗马盛衰的原因。这书虽有缺点,但这种态度也就是启蒙运动的精神。

《法意》一书是他的政治哲学,主张立法、行政、司法三权分立。这书在资产阶级的政府组织机构上起了很大的作用。

服尔泰(1694—1778):是启蒙运动中的自由派,代表自由资产阶级。他崇拜理智,攻击宗教,嘲笑神学、教会和"王权神授"的学说。他拥护人权,反对压迫人身自由。他是18世纪的多才多艺的政论家、哲学家、文学家。他的著作很多,今天还值得我们读的,有《哲学通信或英国通信》、哲学小说《赣地德》和他的《通信集》。

《哲学通信》是他留英期间(1726—1729)考察英国的政治、宗教、学术、文化而写回法国的通信,共二十五封,大都攻击法国当时社会缺点,口气激烈。《赣地德》描写一对良善的师徒,经过一生的天灾人祸,而终于相信人间一切是至善至美。《通信集》中有信一千多封,大都是他晚年和各国君主(如弗烈德二世、卡特林二世)及大臣们的通信,文体真诚坦白,发挥他的启蒙哲学思想。

卢梭(1712—1778):是启蒙运动的激烈派,代表小资产阶级和农民的意识。他比较深入地了解到:社会不平等起源于劳动的分工,由于财产权的不平等而产生政治上的不平等。他主张"返于自然",归真反璞,他认为社会越文明、学术越发达反使人的德性越堕落。因此他反对当时所谓文明社会的一切不平现象,便形成激烈的思想,对以后的法国乃至各国的革命都起了很大的作用。

他的有名的著作,有《人类不平起源论》(1754)、《新哀绿猗思》(1761)、《社会契约论》(1762)、《爱弥儿》(1762)、《忏悔录》(1781—1788)。

《人类不平起源论》和《社会契约论》是他的哲学、政治思想,主张在现实社会中,人人应该绝对自由平等。《新哀绿猗思》是用书信写成的小说。女主人公俞利是贵族小姐,但她却和穷教师圣·普和发生爱情,这就打破了阶级社会的惯例。圣·普和是真诚、高尚、慷慨的平民,俞利也是没有阶级偏见的勇敢的女性,但在那不自由社会中,他们终于未能结婚。这一哀恋的故事,使读者对当时社会的不平发出强烈的抗议。《爱弥儿》是一部教育小说,他主张自然教育,要儿童通过劳动的实践过程来受教育,才能造成新型的"人",这在教育上也是一个革命。《忏悔录》是他叙述自己生命史的一本书,用感情的、彩色的、音乐的语言来解剖他内心的情感,把他的灵魂裸露在全世界的面前,宣布他的灵魂比王公大人们的灵魂更值得重视,控诉当时的阶级社会破坏了人们最光辉的天赋人权。当法帝国主义者在越南疯狂屠杀越南人民的时候,同时它也在越南禁止发行卢梭的著作,但站起来了的越南人民就阅读卢梭著作的汉文译本:这就证明卢梭是鼓舞民主权利和民族独立的人了。

狄得罗(1713—1784)和"百科全书派":狄得罗是18世纪启蒙运动的最鲜明的表现者。他出身于劳苦阶层,是刀匠的儿子,受过相当的学校教育后即转入市民知识分子的队伍,为发展资本主义服务,所以他的政治观不是彻底的革命的。他相信专制制度可以改良,理智和启蒙是万能,君主有开明的可能,他甚至应俄国女皇卡特林二世之邀到圣·彼得堡去过,劝女皇废除农奴法以改良俄国政治,但未有结果。

他的哲学思想是唯物论和无神论,反对僧侣和宗教,主张个人自由和思想自由,认为人类的理智是万能的,是至高无上的。他的文学作品和对文学艺术的批评,也是体现并拥护现实主义的。

狄得罗是一位学识渊博的人,他一生的最大功绩是编辑《百科全书》,从1750年到1772年共耗二十余年他的盛年时光。《百科全书》是一部非常丰富的集体作品,包罗一切人类的智识,阐明人类理智是万能的、进步的,灌输进步的唯物主义的哲学思想,反对传统思想,反对政治的和宗教的权威,教人向政治自由思想自由的光明大道前进。启蒙运动是资产阶级在工业上有进一步的发展之后,对腐败落伍的王权政治和贵族政治不满的声音,它为1789年的法国大革命制造了条件。

波马舍(1732—1799)：生于巴黎,是钟表匠的儿子,是18世纪末体现资产阶级革命意识的一位喜剧作家。他的代表作是《费加罗的婚姻》。故事内容是费加罗促成他的主人伯爵的婚事,伯爵却不轻易允许费加罗娶伯爵夫人的婢女徐桑,因为伯爵又爱上了徐桑。费了很多有趣的和惊险的周折,费加罗才得到成功。这剧公演于1784年,剧中对贵族、司法、政治、军事等制度以及王权的基础,任意嘲笑,猛烈攻击,实在是1789年法国大革命的先声。

A·舍尼埃(1762—1794)：诗人,生于法国驻君士坦丁堡总领事之家。他幼年回法国学习,在大学时开始写诗。因母亲是希腊人,他颇爱希腊古典文学,写诗亦仿古典诗歌。过后曾入军队服役,但不久即退役。又到意大利一行,返巴黎后再学习。1787年作为法国驻英大使的秘书而赴伦敦。1789年法国大革命,他当初颇表赞成。1790年回巴黎,组织社团,从事政治活动,政见渐变,主张君主立宪,保卫路易十六,反对一切暴力,在报上写文章反对雅各宾党,为杀害马拉的王党凶手们辩护,遂被逮捕,关在圣·拉撒尔监狱。1794年7月25日被送上断头台。二日之后,热月政变发生,雅各宾党被推翻,罗伯斯庇尔遂被杀。

A·舍尼埃是18世纪法国古典派的最后的诗人,他的诗模仿古代希腊、罗马的古典诗歌,形式声调都很优美,但他后期思想已趋反动。他的作品有《牧歌》《牧歌片断》《哀歌》《哀歌片断》《杂诗》《讽刺诗》等集。兹录二首于下：

《哀歌片断》中第十一首

每个人都有忧患。但每个人都在他人眼前
用平静的前额,掩盖他自己的辛酸；
每个人只觉自己可怜；每个人自觉暗淡,
每个人在羡慕他人,而他人也同样可怜。
每个人的痛苦都不会向他人宣传,
人们掩盖痛苦,也像他把自己的痛苦遮掩；
每个人含着眼泪,心中受痛苦熬煎,
他说,"除了我以外,世人都很平安"。
其实他们并不平安。他们哀求上天,
要求将他们的命运加以改变。
他们确已改变；但很快又带着泪眼,

他们又发现他们只改变得更加悲惨。

《讽刺诗》中第十首（即绝命诗，前四行写圣·拉撒尔监狱）

最后的阳光和煦，最后的微风轻盈
　似乎要使这最后的美好日子特别兴奋，
我在断头台的脚下，仍然弹着弦琴。
　也许很快就要开始我的旅行。

……

三、浪漫主义时期的文学

法国自1789年资产阶级大革命后，一时贵族王公飘零四散或者上了断头台。但过后政权为拿破仑独占，拿氏虽也对工业资产阶级讨好，但为了完成个人野心，他也容纳封建势力。及至1815年维也纳会议之后，似乎封建势力又有恢复之势，但到1830年七月革命之后，资产阶级算是真正掌握了实际的政权。

在这样激烈的斗争过程之中，文学自然也反映出阶级的意识来。代表工业资产阶级意识的是进步的浪漫主义，代表封建落后意识的是反动的浪漫主义。但整个浪漫主义表现在文学形式上，就是强调"美"来对抗古典主义的"真"，因而赞美感情和个性，反对形式和拘束。可以引古典主义的诗人布瓦洛和浪漫主义的诗人缪赛各人所写的一句诗，来作为两种主义的对比：

　　只有真理可爱，真外无美。——布瓦洛。
　　除了美没有真理，美外无真。——缪塞。

浪漫主义时期的作家主要如下：

斯达埃尔夫人(1766—1817)：是法国最初提起"浪漫主义"之名的一位女作家，生于日内瓦，为一银行家之女。她幼小聪明，很喜欢卢梭的《新哀绿猗思》和歌德的《少年维特之烦恼》。过后因结婚生活不幸福和反对拿破仑的缘故，曾到欧洲各国旅行，尤喜欢德国。她的文学生涯，以两本小说和两本评论而有名。小说是《德尔芬》(1802)和《科林》(1807)，评论是《文学论》(1800)和《德国论》(1810)。两部小说的主人翁都是女性，可以说是她的自传，描写女人为了寻求幸福而产生的悲剧。在《文学论》中她主张文学和社会有关系，在《德国论》中她指出德国文学是富于浪漫性的,主张文学要打破一切的束缚,提倡浪漫主义的文学。

沙多布里昂(1768—1848):是法国反动的浪漫主义的代表作家。他出身贵族,青年时梦想过绝对自由的生活,曾到美洲去过。在法国大革命中他站在王党的立场,甚至和革命党人作过战。1815年拿破仑失败后,王政复古,他曾任过驻德、英、意的大使和外交部长。后和王党也不相合,晚年寂寞以死。

他的作品也受卢梭的影响,有忧伤的情调,有大自然的描写,提倡法国中世纪的文学艺术,反对古典主义的崇拜古代文艺,所以他也是法国浪漫主义的先行者之一,但属于没落悲观的浪漫主义派。他的代表作有《基督教的神髓》(1803),美化基督教;小说有《亚塔拉》(1801)、《雷涅》(1805)、《殉教者》(1809)等,大都是带有宗教和爱情的浪漫哀情故事。

拉马丁(1790—1869):是法国浪漫主义时期第一个诗人,是反动的浪漫诗人。他生于马公,父亲是贵族,在大革命中拥护国王,所以拉马丁在青年时代便是一位正统王朝主义者,在1814年他还给路易十八作过禁卫军的军官。在1820年出版的抒情诗集《瞑想集》,便站在没落贵族的立场,对资产阶级文明的矛盾和罪恶,表现了一些抽象的、浪漫的抗议,叫人离开现实,去向往于美丽的自然、爱情和乡村。以后并继续出了几部同样性质的抒情诗集。拉马丁一生从事政治活动的时候多,从事文学活动只在1820—1830年的十年左右,他的代表诗集也写成于那些年代。

维尼(1797—1863):是法国的浪漫诗人兼戏剧家和小说家。他出身贵族,受王党主义的教育,使维尼对法国资产阶级革命采敌视态度。王政复古政制的崩溃使他相信封建制度的命运,但他仍认为资产阶级的进攻是社会文化的毁灭,所以他始终是悲观的。因此维尼的作品充满了悲观主义。他不隐瞒他对进步的抗拒,他不向宗教求安慰,也不向自然求安慰,这是他和旁的反动浪漫主义者不同的。在他的诗里,自然不过是冷淡的"坟墓"。人间是孤独的,而且注定了是烦恼。维尼的主人公不会暴动,可是也不和世间妥协,宁愿骄傲地沉默或自杀(《狼之死》)。他反对国家制度,在小说《三月五日》中,他描写宰相里希留这位野心家,认为他是国家制度的代表。在这小说中,维尼把个人自由的崇拜理想为反对17世纪的贵族专制。他认为国家是永恒的罪过,所以他不写政治诗。总之,维尼的主要论点是:尊重人格,反对封建专横和资产阶级的金融霸权,可是又不可能有进步的情绪,而这种进步的情绪却是进步的浪漫主义者所固有的。

雨果(1802—1885)：前期(1802—1843)，他是浪漫主义民主派的首领。他的生涯可以分成前后两期来看，前期属于浪漫主义时期，后期属于批判现实主义时期。

雨果生于伯桑松，父亲是拿破仑麾下的军官，母亲是保王党。他父亲带着家眷远征，所以雨果幼年到过意大利和西班牙，并且在马德里念过一年书。1814年拿破仑帝国被推翻，他的父母分居，雨果随着母亲回巴黎进学校念书，受他母亲的影响很大，因此青年时期的雨果颇倾向于王党政治。1821年他发表他的《诗歌集》，歌颂中世纪的诸侯和教会，称赞波旁王室，竟得到路易十八赐他二千法郎。从此他生活独立，娶妻生子，过着和平的日子。

但在20年代后半，他的民主倾向加强，对王政复古的政权反感加深，在文学上他也脱离反动的浪漫主义，为进步的浪漫主义而斗争。1827年他发表戏剧《克伦威尔》的序言，反对艺术的旧形式和古典主义的"法规"，这等于是法国民主的浪漫主义的宣言。1829年他发表他的第二部诗集《东方诗集》，歌颂希腊反抗土耳其暴君的民族解放战争。1830年，剧本《埃尔纳尼》的公演，更是浪漫主义和古典主义的一场大战斗，双方在剧场里等于发生肉搏战，而结果是浪漫主义胜利，剧本在观众喝彩声中一连演了四十五天。从此雨果成为民主浪漫派的盟主。

1831年发表的小说《巴黎圣母院》，反对专制王权、贵族政治和教会，这本小说使他得了全世界的荣名。此后还写了几个剧本，如《国王快活》(1832)和《瑞·布拉斯》(1838)等，都带有反抗暴君的倾向，都是民主的浪漫主义的作品。但在这些作品中，仍没有把人民大众看成是社会改革的主要力量。

30年代发表的诗集，是他最好的抒情诗集，即《秋叶集》(1831)、《黄昏集》(1835)、《心声集》(1837)、《光影集》(1840)。这些诗集大都反映并批评当时法国资产阶级社会的现实情况，有大革命时代的那种热烈情绪。

19世纪40年代以后，他的主要力量放在政治活动方面。要到19世纪50年代以后才出现他的后期的创作生涯，但那已是属于批判现实主义的作品了，留待下节再说。

《埃尔纳尼》写西班牙的国王董·卡尔洛斯、公爵董·戈麦和另一公爵埃尔纳尼，三人同爱着一个女子董纳·索尔的故事。情节离奇古怪，很多为现实所不可能发生的事情，充分表现了浪漫主义的特质。

《巴黎圣母院》写巴黎圣母院的副僧正弗洛罗看上了一位流浪女人艾思麦拉尔达，不惜把这女人的情人杀死，要挟这女人服从他的欲望。女人拒绝，他便诬陷这女人是凶手,要杀死她。这时有圣母院的钟楼守者加西莫多,是一个丑陋驼背的怪人,他也爱上了艾思麦拉尔达,便去劫法场,把这女人救回藏在钟楼上。后来这女人仍然拒绝副僧正的欲望,被法庭判处在圣母院钟楼下绞死,副僧正坐在钟楼上观看,这时怪人把副僧正推下楼跌死,自己也跟着跳下去死在艾思麦拉尔达的尸旁。这小说以中世纪为背景,也有想入非非的情节,是浪漫主义的典型作品。

缪塞(1810—1857):浪漫主义诗人。他的艺术道路开始于1830年七月革命的前夕,那时正是社会的、政治的高潮时期。最初他参加以雨果为首的浪漫文社。1830年他出版了诗集《西班牙和意大利的故事》,他否定了旧的文学规条,用肯定人生的动机来对抗反动的浪漫主义的诗歌。

七月革命之后,缪塞的作品带上了忧郁的怀疑主义,这是他和资产阶级的现实之间的分裂越来越深的结果,如诗歌《杯子和嘴唇》(1832)、戏剧《空想》(1834)、《不跟爱情开玩笑》(1834)、《罗伦杂秀》(1834)。在这一时期的作品中,缪塞创造了骄傲的、反抗的个人主义者,反对资产阶级社会的伪善和庸俗。可是缪塞既反对过去的封建,又不加入目前的资产阶级,他从19世纪前半的人民运动中也吸取不到教训。在缪塞的作品中,存在着内在的深刻的矛盾,他就不得不坠入怀疑主义中去了。

1833年他和女作家乔治·桑一度恋爱,结果分离,也使他变得孤独,在他的感人的、亲切的抒情诗中,他痛苦地悲叹他的孤独(《五月的夜》《十二月的夜》《八月的夜》《十月的夜》,1835—1837)。同时他又写讽刺的小册子以反对七月王政。

他最后的杰作是小说《一个时代孩子的忏悔》(1836),其中他大力攻击他那时代的悲剧,但他又不能发现积极的理想,便达到悲观绝望的看法。在他晚年的作品中已没有反抗的情绪,这反映了对资产阶级的妥协。总而言之,缪塞已入于浪漫主义的末期了。

乔治·桑(1804—1876):民主派浪漫主义的女作家。早年结婚,生活不幸,独携小孩到巴黎。过后曾和诗人缪塞、音乐家肖邦恋爱过。她的小说很多,大约分为四类:爱情小说,主张妇女从家庭解放,如《印第安纳》(1831)等;社会小说,主要受圣·西门的影响,如《法国旅行的伴侣》(1840)等;农村小说,把现实理想化,如《鬼沼录》(1846)等;幻想小说,安宁平静,已反映民主浪漫主义的危机,如《罗舍的让》(1861)等。

大仲马(1802—1870):浪漫主义的戏剧家和小说家。他父亲是共和时代的将军。他本人在青年时代曾给奥尔良公爵做过书记,这奥尔良公爵就是1830年七月革命后的国王路易·腓力普。

1826年大仲马开始文学生涯,1829年他的剧本《亨利第三和他的宫廷》公演,奠定了浪漫主义在法国剧坛的基础,战胜了古旧的古典主义。

他写的浪漫主义的小说就更多了,最有名的如《三剑客》(1844)、《二十年后》(1845)、《基度山恩仇记》(1845)等。

四、批判现实主义时期的文学

法国自1830年七月革命以后,政权入于资产阶级之手,从此法国资产阶级的经济突飞猛进,资本家的利润大大增加,同时工人们的状况却大大恶化,所以工人们的暴动就不断发生。1848年工人在小资产阶级的急进民主主义者和一部分资产阶级的联合之下发动革命,结果遭受失败,资产阶级剥削的国家机构大大加强,大规模的生产大大增加,对国内工农和海外殖民地的剥削也日益加紧,因此工人运动日益高涨,而且提出政治口号,并开始在国家间发生联系。总而言之,1830—1870年的四十年中,是资产阶级和工人阶级直接斗争的过程,前者以封建残余为同盟,后者以人民大众为后盾。反映在文学上来,是对资产阶级及其同盟封建残余的丑恶残酷的暴露,对工人及人民大众的同情,但基本上很少发现人民斗争的正确道路。这就是高尔基所说的批判现实主义。代表作家如下:

斯当达(1783—1842):批判现实主义第一位作家。他青年时代曾在军队里任过职,曾随军到过意大利、奥地利,甚至随拿破仑到过莫斯科,看过莫斯科的大火。他是崇拜拿破仑的人,所以对1815年维也纳会议后的波旁王朝以及1830年七月革命后的路易·腓力普的资产阶级王朝,他都不满意。因此自从拿破仑失败后,他觉得他的政治的和军事的前途已无发展希望,便开始文学工作。

他的代表作是小说《红与黑》(1831)和《巴尔姆修道院》(1839)。《红与黑》写一位平民出身的青年于连·索黑尔,精通拉丁文,被介绍到本地市长家中做家庭教师,和市长夫人发生恋爱,被旧社会的舆论指责,不得不进修道院。修道院的主持人也很看重他的聪明和才学,把他介绍给巴黎穆尔侯爵作秘书,又和穆尔小姐发生恋爱,快要结婚了,忽然他发现他的旧情人市长夫人写信给穆尔侯爵,揭发索黑尔的阴私,破坏他的新的恋爱,索黑尔盛怒之下,便跑回本地去,在礼拜堂里找着旧情人市长夫人,对她开枪,市长夫人受伤,但索黑尔当场被捕,不久上了断头台。

书中对封建贵族的愚顽阴险、僧侣教士的虚伪和新兴资产阶级的庸俗自私，都有很现实的描写和讽刺，所以算是批判现实的作品。这和当时尚在流行的浪漫主义所写的想入非非的题材，不大相同；因此斯当达在当时的文名大受限制，但他自己却颇为自信地说，"我的小说要到了1860年或1880年才会成功"，这话被他自己说中了。

他平生几次到过意大利，帮助过烧炭党人以反对"神圣同盟"。他最爱米兰城，在那儿有过若干次恋爱，所以他1842年在巴黎去世时，遗嘱上写着要立一块墓碑："亨利·贝尔，米兰人，生过、写过、爱过"。

巴尔扎克（1799—1850）：是批判现实主义的最高峰，他生于都尔的乡间。父亲在大革命时代作过律师，过后进陆军后勤部，赚了不少的钱，已经五十一岁了，才和一位十九岁的女子结婚，作家巴尔扎克就是他们的长子。巴尔扎克八岁的时候，被父母送到一个很严格的天主教寄宿学校去念书，一直住了六年，健康大坏，才被接回家来。他十七岁时在法律学校毕了业，父亲要他做律师，他却要做文学家，父子之间大起冲突。由于母亲和妹妹的调解，巴尔扎克在二十岁时才得到巴黎来开始文学工作，他在非常困苦之下"用笔来完成拿破仑用剑所开始的事业"。

当时巴尔扎克满怀着资产阶级的名利思想到巴黎来，他寄给妹妹的信中说，"啊，洛尔，洛尔！我有两个希望呢。……名誉和爱情。"

巴尔扎克二十二岁时和四十几岁的伯尔尼伯爵夫人恋爱。伯爵夫人把他带进当时的沙龙社会，使他和当时的文学家们认识，一心要让他出人头地。

1825年巴尔扎克经营印刷事业，结果大赔其本，负债累累，这使他终生和资产阶级的机构时常接触，了解它的一切底蕴，对他的写作倒很有帮助。为了还钱，一生拼命写作。每天工作十七八小时。写作上的成功暂时缓和了他的经济压迫；但在1831年和艳丽驰名的加斯特黎公爵夫人恋爱以后，他又开始疯狂挥霍，而且为了讨得爱人的欢心，加入保王党去竞选议员，大修府宅，玩古董，讲排场，又把债台高筑起来，又不得不努力写作了。

从1831年到1849年的不到二十年的期间，他写了大小一百多部作品，其中最主要的是《人间喜剧》，包括几十部小说，描写了当时社会的各方面，比几十部历史书还要描写得深刻些；对于七月王政时期资产阶级的黑暗、卑鄙、凶狠，描写无遗：为了铜臭的庸俗的利益而互相利用，互相陷害，把人的本质都磨灭尽了。

30年代后期，巴尔扎克又和乌克兰的汉斯加公爵夫人通信恋爱，1850年他到乌克兰去和她结婚,回巴黎后不久便死去了。

《人间喜剧》,巴尔扎克自己分为七类:

① 私人生活的场面:《哥布色克》(1830)、《绕线猫店》(1830)、《三十岁的女人》(1831—1842)、《夏倍尔上校》(1832)等。

② 外省生活的场面:《欧仁尼·葛朗台》(1833)、《幽谷里的百合花》(1835)、《失去的幻想》(1837—1843)、《于徐尔·米鲁埃》(1841)、《单身汉的家务》(1842)等。

③ 巴黎的场面:《高老头》(1834)、《该撒·毕罗铎的伟大与衰颓》(1837)、《伯提表妹》(1846)、《蓬斯舅舅》(1847)等。

④ 政治生活场面:《一件黑暗的事》(1841)等。

⑤ 军队生活场面:《舒安党人》(1829)等。

⑥ 农村生活场面:《乡下医生》(1833)、《乡村教士》(1839—1846)、《乡下人》(1844)等。

⑦ 哲学研究:《绝对的追求》(1834)等。

小说《高老头》描写一位面粉商人发了财,用很多金钱作嫁妆把两位女儿嫁给贵族和银行家,想从此名利双收,老来享福,殊不知两位女婿都是骗子,不但两位女儿痛苦,老头儿甚至终于穷苦以死。书中对于没落贵族之无耻,资产阶级之狡猾,都有极现实的描写。是他的代表作。

梅里美(1803—1870):是一位优秀的现实主义作家,生于巴黎,父亲是艺术家。在20年代,梅里美和斯当达一道反对古典主义和反动的浪漫主义,并为进步的浪漫主义而奋斗。在处女作剧本《克拉拉·加徐尔的戏剧》(1825)中,反对封建和教会,反对王政复古,已是现实主义的作品。在诗剧《独弦琴》(1827)中,写南部斯拉夫人反抗土耳其人的民族解放斗争,这诗得到很大的成功,在俄国引起普希金等人的重视。长篇小说《查礼第九的时代的史录》(1829),描写内战和宗教狂信者的屠杀,在王政复古时期有很尖锐的政治意义。

1830年七月革命之后,建立了资产阶级的王政,梅里美对它抱否定态度。他巡游法国各地,研究古物艺术。30年代到40年代,梅里美的现实主义达到了异常的高度,写了一些最好的中篇小说:《大曼哥》(1829)、《哥隆巴》(1840)和《卡尔门》(1845)等。《大曼哥》写白人贩卖黑人、黑人暴动的故事。《哥隆巴》写一个女子立志为父报仇,劝她的哥哥暂时忘却他的爱人而来共报父仇。《卡尔门》写一个军人冒了一切危险来爱一个吉卜赛女子,而这女子却始终不爱他,他最后杀了这女子。在这些作品中,梅里美创造了意志坚强而活跃的形象,反面又暴露了资产阶级社会的代表人物的伪善、贪婪、道德堕落。这是他的批判现实主义达到了最高峰的时期。

1852年,拿破仑第三宣布帝政之后,梅里美和进步运动失去联系。后期的作品如小说《洛奇》(1869)已没有社会的题材。但他这时却努力学习俄文,研究俄国各大作家的作品,如郭戈里、普希金、屠格涅夫等人的,写文章介绍他们,并翻译他们的作品成为法文。他也研究希腊、罗马、意大利和俄国的历史。

伯朗热(1780—1857):是批判现实主义的工人诗人和民主主义者。他生于巴黎,父亲是一位小职员。伯朗热多年生活在穷苦之中,过后才发奋写诗,终于写出一些民谣风格的社会诗。如1813年写的用以讽刺拿破仑的《意夫托国王》就已有这种成分。

伯朗热是法国大革命的儿子,是爱国的民主派,他顽强地反对波旁王朝的复辟,他的抒情诗反映人民对波旁王室的强烈憎恨,如《卡拉巴侯爵》。他以无比的爱来描写民主的法兰西,描写普通人和祖国的革命传统,如《老军官》。1828年,由于他的民主的诗歌攻击反动派,他被法庭判处九个月的监禁和一万法郎的罚金。这引起了人们的暴风雨般的同情,而诗人终于得到胜利。

1830年七月革命后,他看到七月王政时代劳资两阶级的社会矛盾,他想从乌托邦社会主义中去找出路。可是,金融寡头的强盗活动使他对乌托邦的幻想失望,他便写出一些反资产阶级的诗篇。在1848年的前夕,他预言了欧洲君主制的崩溃。

伯朗热是现实主义的艺术家,是法国文学民主的进步的潮流的承继者,他继承了大革命的快乐的和爱国的诗歌的传统。他改革了法国诗歌的风格,把所谓"下等的"诗歌提高到"高等诗歌"的水平,使它们为进步思想服务。他对于后来的法国诗人很有影响。他提拔并支持出身平民的诗人。兹将《意夫托国王》一诗列后:

从前有一个元首,
　历史不记他的姓名;
他十时起床,八时睡觉,
　大打鼻鼾,也不出名声!
他把棉花做的睡帽,

当作王冠,戴在头上,
叫使女替他拿到床前,
　这真是快活的小国王!
嘀,嘀,嘀,嘀! 哈,哈,哈,哈!
　这真是快活的小国王!

波德勒尔(1821—1867):一般认为是颓废派的悲观诗人。但由于他愤世嫉俗,他是从反面批判现实的作家。他生于巴黎,父早死,母再嫁,后父虐待,所以他的生活很是不幸,一生过着穷苦的日子。40年代他已开始文学生涯,但他的代表作是1857年出版的诗集《恶之花》,其中有一百零一首诗,但被政府认为不道德,处以三百法郎的罚金,还要剪去最不道德的六首才准发卖。由于贫穷和吸食鸦片,他患瘫痪之症而早死,死年四十六岁。

在《恶之花》里,波德勒尔确认资产阶级文明的罪恶,他认为在资产阶级世界里不可能得到谐和,他便开始把狂暴的人、畸形的人、变态的人加以诗化。他认为恐怖和罪恶是美的因素。这种颓废的因素,是他对1848年革命后资产阶级的堕落表示不满而又无正确出路的结果。兹录他的《向撒旦祈祷》于下:

最伟大的天使啊,你最聪明,
你下降的神啊,你被命运赶出天庭,
撒旦啊,我们的痛苦,请你同情。

全知的地下国王啊,
人间永恒的不满,你是医生,
撒旦啊,我们的痛苦,请你怜悯。

你差遣你的情人"死亡"给人类带来希望,
希望乃是不朽的私娼。
撒旦啊,我们的痛苦,请你体谅。

福楼拜(1821—1880):是50年代到60年代的批判现实主义者,是巴尔扎克的传统的承继者。他生于卢昂,父亲是一位医生。福楼拜幼年时代过的自由自在的生活,喜读文学作品,十一岁时便写过游戏的剧本,十六岁时爱上一位二十八岁的女人,他后来写的小说《感情教育》(1870)就有这段恋爱的回忆。1840年他到巴黎,先学法律,后学医学。1845年他父亲去世,他才决心离开他讨厌的巴黎,回卢昂和母亲同住,住了三十几年,死在那里。在这三十几年中也曾有过几次旅行,1846年到过英国,1849年到过东方游历,到过埃及、巴勒斯坦、叙利亚、君士坦丁堡、雅典和希腊一些地方。

他在巴黎期间,曾认识雨果和科勒夫人,并认识乔治·桑、左拉、龚古尔兄弟和屠格涅夫。他和科勒夫人有八年的通信恋爱史,这是福楼拜成年以后唯一的一次恋爱。

从1850到1856年,他写他的杰作《波华荔夫人传》。这小说发表后受着检察官的控诉,认为是海淫的书。经两月的辩论,才宣告此书无罪。这书写一位乡下姑娘读过一些浪漫主义的作品,幻想一个美丽的世界,但她的现实生活却太平凡,她想要改变,她需要爱情,她需要一个丈夫。于是嫁给查礼·波华荔,但他是一个平凡庸俗的医生,家庭使她厌倦,她需要巴黎的繁华生活,她需要一个情人。她于是爱上了一个青年勒翁,他们过了一段纯粹的爱情生活,勒翁却离开了她。这时波华荔夫人非常苦闷,需要肉体的刺激,便和一位乡下地主罗多尔夫发生肉体的爱,她甚至要罗多尔夫和她一道私奔,但罗多尔夫也是一个庸俗的人,舍不得自己的地位和产业,拒绝了她私奔的要求。这一打击使她的幻想破灭,大病起来。她的丈夫让她到卢昂去学音乐,她却去和以前的爱人勒翁幽会,这下完全陷入堕落放浪的生活。后来她负债太多,终于自杀了。

在这小说中,福楼拜暴露了资产阶级社会的平庸和空虚,乡村封建地主的卑劣。在写作技巧上,是完全和浪漫主义对立的客观的现实手法,完全不掺杂作者的主观见解,一字不苟地作确切的描写,但却暴露了社会问题。所以这本小说是批判现实主义的杰作。福楼拜也有他的时代局限性:他轻视甚至憎恨资产阶级的社会生活,但他对工人大众的运动也表示怀疑。

1862年他发表小说《萨朗波》,是关于迦太基和罗马战争的历史小说。1874年他发表小说《圣安东的诱惑》,是用基督教的题材来写的一本虔诚小说。

雨果(1802—1885)的后期(1843—1885)创作:19世纪40年代以后的后期雨果,在政治上和思想上又有了发展,在文学上也进入了批判现实主义。

1848年的革命以后,雨果成了激进的共和主义者。拿破仑第三在1851年的政变中爬上了第二帝国的座位,雨果坚决抗议,因而被放逐,他于是到英领的小岛嘉塞岛,在那里住了十九年。

1852年他发表两篇政治论文:《一个罪人的历史》《小拿破仑》,和同年出版的诗集《惩罚集》,都是攻击拿破仑第三的。其中充满了爱自由爱民主和爱祖国的精神。《惩罚集》是后来列宁所喜欢读的诗集。

这时期他不单关心法国的政治,也关心世界的和平,同情世界各国的民族解放运动,反对英法各帝国主义对殖民地的压迫,主持世界和平会议等。这时期在从事政治活动之外,他又写了几本不朽的小说:《悲惨世界》(1862)、《海上劳工》(1866)、《在笑的人》(1869)。同时也发表了几部诗集:《默想集》(1856)、《历代传说集》(1859)。

《悲惨世界》是一部庞大的小说,头绪很多,内容丰富。主要是描写让·发尔让等心地善良的人受社会压迫而遭受的悲惨命运,其中描写当时资产阶级社会许多不合理的现象,大抱不平,唤起人们改革社会之念。但雨果的思想仍没有超出乌托邦的社会思想,没有达到科学的社会主义。但他在批判现实主义方面已达到最高峰了。

1870年拿破仑第三在普法战争中作了俘虏,法国成立第三共和国,雨果才返回祖国。但第三共和国面临割地赔款的耻辱,雨果写诗来鼓励保卫祖国的军队和人民,这些诗收集在《凶年集》(1872)。1871年的巴黎公社工人革命,雨果虽由于认识不足而没有参加,并且责备革命的手段过于激烈,但过后在资产阶级屠杀工人的时候,雨果又站出来为工人讲话了。1874年雨果发表小说《九三年》,描写了1793年汪多姆王党对雅各宾党共和国的反叛,雨果的同情完全是给予革命人民这方面的。

总之,雨果一生的思想、政治和艺术都在不断地发展前进:由少年时代的王党发展到老年时代的革命民主派,艺术也由反动的浪漫主义发展而为批判现实主义。这虽是他本人的精进不已,同时也是法国19世纪社会的反映。

五、自然主义时期的文学

所谓"自然主义",是此时期以左拉为中心所提出的口号,实际上并不完全表现此时期的实况。本段借用"自然主义时期"以代表1870—1917年,也就是政治上的帝国主义阶段。

法国在1870年普法战争中失败,工人阶级为了挽救祖国的危亡和推翻资产阶级的辱国政策而自己建立了政权,即巴黎公社,这是历史上无产阶级第一次建立的政权。但是在卖国的资产阶级和德国侵略者的联合之下,公社终于失败,但在历史上有其不朽的价值。

此后法国进入帝国主义阶段,工人们进入有组织的斗争,甚至有了国际的组织。资产阶级日益颓废腐化,反映在文学上的有各式各样的反动主义。工人阶级和人民方面的文学则是进步的文学。主要进步作家如下:

鲍蒂埃(1816—1887):巴黎公社的优秀诗人。他父亲是包装工人。他十三岁时便做了父亲的工作,过后做织布画工。他青年时代便写诗以歌颂1830年的七月革命。1848年二月革命时,他已是一位共和主义者和乌托邦的社会主义者。他参加了二月革命,而在六月工人起义的日子里,他在巷战中手执工人阶级标志的红旗,以对抗资产阶级的三色旗。

过后他参加第一国际工作。他为1871年巴黎公社之成立而斗争。1870年7月10日,他在反对普法战争的宣言上签名,送给普鲁士的社会主义者。这一呼吁无效时,他便投入反普鲁士侵略者的斗争中。他写过一些充满爱国主义的诗歌。

巴黎公社时,鲍蒂埃被选为国民军的中央委员会的委员,和"民族叛徒"(马克思语)的政府作战;过后又担任公社委员,负责社会生活部。他在公社的巷战中战斗,失败后他转入地下活动,过后又到北美洲,在社会工党中继续革命工作。1880年大赦回国。

鲍蒂埃是无产阶级的诗人,但由于多年的革命活动,他久不写诗。到了1884年他才发表诗集《社会经济诗歌》,表明他已达到科学的社会主义、革命的马克思主义。

1887年当他死了之后,才发表他的《革命诗歌集》,其中有世界闻名的无产阶级革命的《国际歌》,这是他在1871年6月地下活动时所写。

左拉(1840—1902):是"自然主义"的领袖和作家,生于法国南方。他父亲原为意大利人,是优秀的铁路工程师,后入法国籍,和法国女子结婚,乃生左拉。左拉父亲死后,家庭生活困难,1860年左拉到巴黎去做一大书店的店员。后入新闻界做文艺批评。1864年他发表短篇小说集《尼农故事》。

60年代末期,左拉开始写他的多卷的一系列的小说《卢贡·马加尔丛书》,他称为"第二帝政时代一个家庭传记和社会史"。在这些小说中,左拉描写福克由正式婚姻及非正式婚姻所产生之两家人物、"卢贡·马加尔"家的成员们的命运;他们受了酒精和神经衰弱的遗传的毒。但除这家系外。这些小说又描写了当时社会各阶层的生活：

拿破仑第三的社会政治生活：《卢贡家的财产》(1871)、《卢贡阁下》(1876)；

资产阶级的生活习惯：《饕餮的巴黎》(1873)、《娜娜》(1880)、《残渣》(1882)；

法国工业和金融的发展：《妇人的幸福》(1883)、《金钱》(1891)；

工人：《萌芽》(1885)；

农人：《大地》(1887)，写法国中部农村生活，所谓自然主义小说之代表；

兵士：《崩溃》(1892)。

在《卢贡·马加尔丛书》中，大部分给第二帝国时代的资产阶级社会以尖锐的批判的描写，主要注意于社会题材。例如，在《卢贡家的命运》中，描写了共和主义者、农民和工人的起义，以反对拿破仑第三及其追随者。在《饕餮的巴黎》中，描写了"胖子们"和"瘦子们"的斗争："胖子们"就是中央商场的富裕商人们、反动的小资产阶级，他们支持第二帝国；"瘦子们"就是共和主义者们。《娜娜》写资产阶级社会中，一个普通女子羡慕虚荣而得到身败名裂的结果。在《妇人的幸福》中，描写小商人的破产和大商店的兴起，这就说明法国资本主义工业的发展。在《金钱》中描写银行之间的斗争，它们都是大工业企业和剥削东方殖民地的银行组织。

在小说《萌芽》中，左拉描写了工人和资本家之间的尖锐的社会斗争、矿工的罢工、工人和家属在"社会地狱"中的苦难（"社会地狱"即指矿坑中的劳动）。在罢工的炭坑夫们的经济斗争中，听到了社会革命的吼声。据左拉的话说，这本书"预示了未来，提出了劳资斗争的问题，这是 20 世纪的最重要的问题"。为了搜集材料，左拉曾亲自拜访过法国北方石炭矿区，下过矿井，并在当地（安森）研究过矿工的生活和习惯。《萌芽》是关于法国产业无产阶级的第一本真实的小说。其中标示出了工人阶级觉悟的提高。根据克鲁布斯卡雅的话，在左拉的小说中列宁最喜欢《萌芽》。

在《萌芽》以及《卢贡·马加尔丛书》的其他优秀小说中，左拉继承了批判现实主义的传统。左拉塑造的属于各阵营的形象，都带有鲜明的社会典型：金融投机家萨卡尔，商业活动家奥克塔夫·穆勒，小资产阶级的反动的女议员丽莎·马卡尔，革命工人埃田，爱国农人让等。但由于对生活作了过多的生理学的描写，就减弱了社会现象的真实性，这是由于他的自然主义的缘故。

《卢贡·马加尔丛书》的最后一本实际上是《崩溃》(1892)，内容涉及 1870 年的普法战争,第二帝国的崩溃和巴黎公社。在这一爱国小说中,暴露波拿巴政权的腐败,以及因此而引致的法军的失败。左拉不仅写出战争失败的军事技术上的原因,而且写出法国资产阶级的卖国行为,为了资产阶级的利益而出卖法国民族。可是,巴黎公社的情况在小说中被歪曲了,当然左拉同时也谴责凡尔赛白色恐怖的残酷。

此外,左拉还写了第二套丛书《三都故事》(1894—1898):《卢尔得》(1894)、《罗马》(1896)、《巴黎》(1898),表示了反教会的斗争,例如在《卢尔得》中暴露了天主教会的欺骗。

左拉也积极参加社会活动。1894 年发生了"德雷富事件"。德雷富是一位犹太裔军官,被反动的军国主义者和"民族主义"派所控告,告他为德国做奸细,泄漏了法国的军机,而被判处了流刑。其实他是无罪的。左拉为此挺身而出,写很多文章替他辩护,1898 年他公开向总统写一封信,名为《我控诉》,这使法国政治斗争尖锐化,把法国社会分成两个阵营。左拉站在激烈的、民主的阵营。

左拉被提起控诉。1898 年 2 月 12 日,他出庭辩护,理直气壮地演说一番,用一切来担保德雷富的无罪。但法庭终判左拉一年徒刑,三千法郎的罚金,他于是逃到英国去。在英国期间,他开始写他的第三套丛书。

左拉的第三套丛书是《四福音书》(1899—1902):《丰饶》(1899)、《劳动》(1901)、《真理》(1902)、《正义》(未完)。在《劳动》中表现了改良主义的乌托邦思想,主张建立一个幻想的城市国家,其中"劳动、资本、天才"三者统一,这显然是受了傅立叶的影响,于时代是落伍了。但书中对第三共和国与教会,仍有尖锐的讽刺。

1902 年左拉回国,9 月 29 日在巴黎室内因煤气中毒而死。1908 年在左右两个阵营的斗争中,左拉终于胜利地得到国葬,葬在万神庙。

莫泊桑(1850—1893):是现实主义作家,但当时也称为自然主义派。他生于诺曼底半岛的海滨,父亲是贵族。莫泊桑出生不久,父母因性格不合而分居。莫泊桑随着母亲生活,文学的爱好多半受母亲的影响。母亲和母舅从幼年时起便是福楼拜的朋友,也都爱好文学,所以莫泊桑曾经向福楼拜领教过。

莫泊桑十三岁以后离开母亲出外读书,进了卢昂的中学。1870 年普法战争起,他抛弃学业去从军,在以后他的许多作品中留下了战争的痕迹、爱国的情绪。普法战争后,他离开家乡去到巴黎,先后在海军部和教育部任职;但他的性格不宜于做公务员,1878 年他改业新闻记者。

1880年他发表处女作《羊脂球》,这是左拉以其在麦当的住所为名而编辑的主客六名作家的《麦当夜话》一书中的最好的短篇小说。由这一小说,莫泊桑出名了。以后十年间不断地写作,诗歌、小说、戏剧都写,共写成三百篇短篇小说和六部长篇小说等。短篇小说集有《特里哀大厦》(1881)、《非非小姐》(1882)、《月光集》(1884)、《依甫特》(1885)、《故事与短篇小说集》(1885)、《巴朗先生》(1885)、《日夜故事集》(1885)。长篇小说有《她的一生》(1883)、《漂亮朋友》(1885)、《水上》(1888)、《彼得和约翰》(1888)、《如死之强》(1889)、《我们的心》(1890)。

十年过分辛劳的结果,他患了脑脊髓炎,成了精神病患者。先是眼睛生病。1883年又发生偏头痛、晕眩、失眠症。1887年发生狂症,以后潜行发展。1892年1月1日他刺喉自杀未遂,被送到疯人院,1893年7月3日死于疯人院。

《漂亮朋友》写一个青年若日·棣华,先在法国非洲殖民军团中做下级军官,在非洲欺负非洲土人,习惯了帝国主义者奴役殖民地人民的作风。后回到巴黎作小公务员,后入新闻界,凭他青年漂亮面孔,利用女人们的爱情,骗取了地位和金钱。最后,经过结婚、离婚之后,又和"法兰西生活报"的老板、法国政治的后台、家产千万法郎的资本家的女儿结婚,并且准备竞选议员,而最后可以做部长。本书的主角棣华是资产阶级"向上爬"的典型的卑鄙形象。本书暴露法帝国主义对殖民地人民的掠夺,资产阶级社会的无耻和黑暗。

法朗士(1844—1924):是现实主义的作家。他生于巴黎,父亲是一间旧书铺的老板,所以法朗士在少年时代便熟悉各种各样的知识。从希腊、罗马的艺术,中世纪的宗教的和非宗教的典籍以及现代文学,他都阅读。早年时期,由于他的博学,形成"对人生旁观的历史追忆"的"高蹈"派的态度,远离现实。1870年以后,由于普法战争中的失败、巴黎公社工人阶级的抬头以及第三共和国的资产阶级的文明的虚伪,法兰士渐渐走向现实主义。80年代的作品如《西维斯特·朋纳尔的罪过》(1881)、《黛丝》(1889),都带着对资产阶级文明批判的性质,可仍是抽象的怀疑的美学的性质。

90年代,法朗士参加了现实的反帝国主义的政治斗争,主要出于德雷富事件。因此90年代以后的他的作品的现实主义因素更为加强。如四部曲的长篇小说《现代史》(1896—1901),就是对第三共和国的现实主义的讽刺,暴露它的反动性,可称为法朗士的代表作。

这期间他写的《走向更好的时代》,是他有名的政治论文。他反对帝国主义,认为工人阶级是唯一的力量,可以消除帝国主义的战争和建立人民的社会。这时他受了俄国 1905 年革命的影响,有加强进步的倾向。

但在第一次世界大战前,法国社会主义运动因受第二国际的影响而软弱无力,使法朗士的世界观一时趋于混乱和矛盾。直到第一次世界大战初期,法朗士作品中的矛盾和颓废倾向有加无已。这反映在他的下列作品之中:《企鹅岛》(1908)、《神们口渴》(1912)、《天使的叛逆》(1914)。一方面在尖锐地批判资产阶级和帝国主义的文化(特别在《企鹅岛》中),一方面又表示反动的历史循环的见解、悲观的宿命论、对革命活动不相信(上列后二书中尤甚)。

苏联十月革命才把法朗士拉转来,再对工人阶级恢复信心,并对苏联同情。这时他在他新修理的别墅的墙上写了这样一句话:"劳动者的团结可以产生世界的和平"。1924 年他便去世了。

罗曼·罗兰(1866—1944):前期(1866—1917):伟大的现实主义作家。他生于法国中部的克朗姆西,父亲是一位公证人。1886 年罗曼·罗兰进巴黎高级师范学校,学习哲学、历史、艺术史和文学。过后到德、意等国旅行。后又被聘为巴黎索朋大学音乐史教授。他写过一系列的关于音乐史方面的科学著作:《过去的音乐家》(1908)、《亨德尔》(1910)等。

罗曼·罗兰还在学生时代便反对颓废的资产阶级的文化,因而他曾写信给托尔斯泰,指责退化的资产阶级的艺术。托尔斯泰的现实主义对罗曼·罗兰起了很大的影响。这时候,罗曼·罗兰的主张符合了托尔斯泰的主张:"不以暴力对抗恶行的那种愚痴的说教"(列宁)。

罗曼·罗兰开始文学活动时,写了一系列的戏剧:"宗教悲剧"(1895—1898)。他在其中描写了为人格解放而斗争的英雄主义。同时他也写了一系列的伟人传记:《贝多芬传》(1902)、《米克朗基罗传》(1905)、《托尔斯泰传》(1911)等。

他又写了一系列的"革命戏剧"(1898—1927):《七月十四》《丹登》《狼》等。人民起义的伟大画面结合着 18 世纪资产阶级革命的抽象的人本主义的启蒙思想。过后在戏剧《罗伯斯庇尔》(1938)中,他用革命的感情描写了当时的阶级斗争,如温和的吉隆特党、革命的雅各宾党等。

罗曼·罗兰的前期的作品中,最重要的是《约翰·克利斯朵夫》(1902—1912)。这是优秀的德国音乐家约翰·克利斯朵夫·克拉夫特的传记。内共分十卷:《黎明》《清晨》《少年》《反抗》《节场》《安多纳德》《户内》《女朋友们》《燃烧的荆棘》《复旦》。有几卷主要写克利斯朵夫内心的艺术生活(《少年》),其他几卷主要是带资产阶级社会的批判性质(《反抗》《节场》《燃烧的荆棘》等)。《约翰·克利斯朵夫》是现实主义的小说,其中穿插着心理的描写和很多哲学的思考。

书中描写约翰·克利斯朵夫在反动的德国资产阶级的贵族政治之中窒息了。才到巴黎来。在巴黎和法国诗人奥里维相爱,而奥里维在革命的巷战中死去了。约翰·克利斯朵夫在法国接触了颓废的资产阶级文化和厌世主义。他存着幻想,认为文化的危机可以用"精神贵族"的团结来加以克服,而这"精神贵族"是属于各阶级的。

罗曼·罗兰主张各国亲密的、兄弟般的团结,反对民族沙文主义和帝国主义。他小说中的主角们,如德国人约翰·克利斯朵夫、法国人奥里维、意大利人葛朗齐亚,都怀着这种思想。可是,约翰·克利斯朵夫的这种超阶级的人本主义,使他在老年时和现实妥协(《复旦》)。

在第一次世界大战之前不久,罗曼·罗兰写了一部小说《柯拉·布鲁隆》(1914),这是他作品中风格最好的小说,在其中具有人民艺术的影响,而且还具有16世纪讽刺作家拉伯雷那种人本主义作家的影响。在这部小说中,描写了后期文艺复兴的时代、封建战争、人民的贫穷、时疫,以及在这种环境中的生命的愉快、全心的幽默、柯拉·布鲁隆的自由思想。这一作品在大战结束之后(1919)立即发表,它是对战争的紧急挑战,按高尔基的话说,是对战争作"高卢式的"挑战。

在第一次帝国主义世界大战年间,罗曼·罗兰认为自己《超乎战乱》(1915),这是他的反战文集。他孤独地住在中立的瑞士,在那儿联合一些小资产阶级的和平主义者、非战主义者,号召保卫文化。他以"人类"的名义欢迎俄国工农从沙皇压迫之下的解放,而对欧洲反动派统治下的牺牲品则表示同情。为了保卫"精神的独立",他在1919年曾向世界各国的知识分子呼吁,他号召重新建立国际联系,用精神斗争的方法来医治战争的创伤。

第二十章 近代英吉利文学

一、文艺复兴时期的文学

14世纪的英国国会已分为上下两院,富裕商人已在国会中争得一些权利,但大权仍在贵族僧侣等封建势力手中,农民仍很苦,因而有1381年瓦特·泰勒领导的农民起义。这一起义虽然失败,但却给封建势力以大打击,农民多少争得一点身体自由。1453年英法百年战争后,英国出现了很多经营羊毛业的"新贵族"商人,他们不满意于贵族们在百年战争中的失败(因为海上贸易受损失),便掀起了三十年的(1455—1485)红白玫瑰战争,结果两败俱伤,都铎家的亨利第七登位,是为都铎王朝,这是新贵族和商人们所支持的。

都铎王朝时期(1485—1603),资产阶级走上发展的道路,可是农民因"圈地运动"被驱逐出乡土,四处流浪,在1549年罗伯特·凯特所领导的农民起义便是反对圈地运动的。1558年女王伊丽沙白登位之后,新贵族和资产阶级在国内对封建势力占了上风,在国外则战胜了旧教势力的西班牙(1588年英海军歼灭西班牙的无敌舰队),英国的资产阶级便向海外发展。

英国资产阶级由诞生而发展,表现在文化上的就是文艺复兴的人本主义的思想。文学上代表作家有如下几位:

乔叟(1340—1400):生于伦敦酒商之家。1359年乔叟十九岁时参加英法百年战争,在法国被俘,后被赎回作英王侍臣。1372年他奉命经法国赴意大利,以后并再度到过意大利。所以他初期受法国影响,过后受意大利影响,而当时的法国和意大利都正是处于文艺复兴的高潮,乔叟也就接受了人本主义的思想,并反映在他的作品之中。他的代表作《坎特伯雷故事集》很显然是受了薄伽丘的《十日谈》的影响而写的。

《坎特伯雷故事集》是一万七千多行的故事诗。内容是写某年四月十六日在伦敦郊外骚斯瓦克的一间旅店中,宿有二十九位要到坎特伯雷去进香的客人,其中男女老弱、贤愚狂哲,各色人物都有。他们为了免除旅途的寂寞,组织起来,约定轮流讲故事,预定来回各人讲一故事,共该五十八个,但实际只有二十四个,显然没写完;这些就成功为《坎特伯雷故事集》。故事中多有讽刺僧侣贵族之处,同时描写轻快乐观的人生,非常生动。实是英国文艺复兴时期的第一杰作。

汤玛士·摩尔(1478—1537):生于伦敦,父亲是裁判官。他少时进过圣·安东尼学校,过后进牛津大学。毕业后作律师,但他喜欢文学。1504年他被选为国会议员,1518年任枢密顾问,为国王亨利第八的好友。摩尔处在封建时代和资本主义交替的当中,他有崇高的智慧,是高度的人本主义者。他反对政教合并,因而为亨利第八处死。摩尔不满意阶级剥削的现状,尤其反对圈地运动,但他又看不出正确的出路,所以他只写了一部《乌托邦》(1516)来寄托他的政治理想。这书描写一个幻想岛上的生活,岛上无私有财产,人人都要工作,不劳动的要被驱逐出境,各人产品放进公库,每人可各取所需。这书中有未来共产主义和原始氏族社会的因素。

莎士比亚(1564—1616):生于阿封河上的斯特拉甫,离伦敦一百二十英里。他的父亲是一位职员,过后有了钱而成为本市受尊敬的人物,而且做过一任市长。莎士比亚幼年在本地七年制文法学校受教育,并学习拉丁文和希腊文,至到十四岁毕业。到他十八岁时,和比他大八岁的安尼·哈塔维结婚,六个月便生了一个女儿,第二年又生了一对双生子。据说,莎士比亚由于偷了人家的鹿而不得不逃往伦敦。他到伦敦后不久,加入了一个剧团做普通演员,并开始写剧本。大约在1590年他便在自己的剧院里成为戏剧家了。他在舞台最初演出的是史剧,过后是喜剧。至到90年代之末,他已成为第一流的戏剧家了。到17世纪开头便上演他的悲剧,这是他的最盛时代。1612年,正当他生命力和创作力的盛年,他忽然离开伦敦,回到故乡去隐居去了。1616年4月23日死在那里。

莎士比亚的文学遗产,包括三十七个剧本、两首长诗、一个十四行诗集。剧本可分为三类:史剧、喜剧、悲剧。史剧如《亨利第四》《亨利第五》《理查第三》等。喜剧如《温莎的快乐妇人们》《无事忙》《爱的徒劳》等。悲剧如《罗米欧与幽丽叶》《儒留·该撒》《汉姆莱特》《阿塞罗》《李耳王》《麦克伯斯》等。在史剧中,大部描写封建时代和谋杀的恐怖,以及对开明的中央王权的拥护(《亨利第五》)。在喜剧中,充满了文艺复兴时代的快乐的气氛,和崇高的生命的愉快、阳光和爱情。在悲剧中,对人生最复杂的问题充满了哲学的思想;这由于17世纪初的社会,甚至统治阶级内部,矛盾加深,反映在文学上的情绪;因为在17世纪初,社会生活的矛盾尖锐化,王权集中制度的进步性已经失去,上层阶级之间已有裂痕;在资产阶级内部,甚至在旧贵族的内部,也产生了反对的情绪;人民大众也逐渐不满,对祖国和对人类的命运也起了一种哀愁,预感着有什么灾难或绝望的事会发生;这些情绪反映到莎士比亚的悲剧中来,所以竟充满了哲学的思想。

根据莎士比亚的作品看来,他确是文艺复兴时期的进步的人本主义思想的代表。因为他反对封建制度,讽刺贵族和高利贷者,主张人格的尊严,提倡种族平等和男女平等,对新兴商人有好感。

F·培根(1561—1626):生于伦敦,父亲是担任国玺大臣的政治家。培根十二岁时就进剑桥大学,在学校中对亚里士多德的哲学很不满意,而热心于自然科学的研究。过后随驻法大使到过大陆上去从事外交工作。1582年作律师,1584年被选为国会议员,发挥了辩论的才能。1603年伊丽沙白女王去世,詹姆士第一做了国王,很重用培根,由检察次长而检察总长而大法官,甚至在1621年被封为圣·亚尔班子爵。但由于受贿而被判有罪,从此退出政治舞台,专心于哲学和文学的工作。

他的代表作品是《论文集》,是一些短小精悍的论文,内容从个人的处世方法、个人兴趣,到人生哲学和治国平天下,无所不包,和法国蒙腾的《论文集》可以比美,也都代表文艺复兴期的唯物主义的哲学精神。

他的政治理想表现在他的《新亚特兰提斯岛》中。此书描写一个岛上的理想共和国,以学问为至上,以科学研究为中心工作,这和摩尔的《乌托邦》、拉伯雷的《修道院》和康帕内拉的《太阳城》同为文艺复兴期的政治理想的作品。

他的科学研究方法,归纳法,表现在他的《科学研究的新机关》中,从中世纪的主观演绎法进而提倡客观的归纳法。

二、古典主义时期的文学

17世纪之初,英国的资产阶级和新贵族的地位已经巩固,想要自己控制政权,不再需要强大的王权来保护;而国王这一方面呢,却更想加强王权。这就发生了以旧封建贵族为支柱的国王和以资产阶级为支柱的国会之间的长期斗争和妥协的过程,计一百多年。1640年开始的革命,其性质是资产阶级和新贵族反对旧封建贵族和国王、以克伦威尔为首的共和政治(1649—1660),就是资产阶级在人民大众的支持下对国王取得的胜利,在宗教上就是清教徒的胜利;但资产阶级一成功,马上恐怕起人民大众来,便在1660年赶快把查理第二拥上王座,这便是王政复辟;一面镇压人民大众的革命,一面把持国王,资产阶级实际上胜利了。

但查理第二昧于时势,仍想恢复旧封建势力,便又形成内争,托利党和辉格党因以成立,前者代表旧贵族僧侣,后者代表大中资产阶级和新贵族。1688年,由于国王查理第二愚顽独裁,使托利党也和辉格党妥协起来,把查理第二赶走,欢迎荷兰总督奥兰治的威廉来做国王,从此资产阶级的国会制度巩固起来,这就叫"光荣革命"。一直到1760年,辉格党继续占着优势,使工商业尤其是工业资本大大发展。再加上殖民地的扩大,奴隶贩卖的利润,使英国出现了资本的原始蓄积时期,造成了工业革命的条件。

总而言之,17世纪和18世纪的英国,是资产阶级和封建贵族的斗争、妥协、妥协、斗争的过程,而终于形成对资产阶级有利的局面。

英国古典主义文学即以此时期为背景,代表作家有:

弥尔顿(1608—1674):是17世纪最伟大的诗人兼政治家。他生于伦敦,十六岁时进剑桥大学,二十四岁毕业。后到贺屯和他父亲同住,在那儿精研古典文学六年,并写些轻快甜美的诗如《快乐者》和《深思者》。他三十岁时到大陆法、意、瑞士各国游历,1639年国内发生革命,他便回伦敦,和清教徒结合,参加反对国王的政治工作。到1649年国王查理第一被处决,弥尔顿作了克伦威尔的拉丁文秘书,热烈从事政治活动。1660年王政复辟,弥尔顿竟得到宽赦。此后他从事他的代表作《失乐园》的写作;由于他在政治活动年代太辛劳而丧失了目力,所以诗作由他的女儿们听写。他一生三次结婚都不幸福,晚年很痛苦。

《失乐园》以《圣经》上的故事为题材,以上帝、撒旦、亚当、夏娃为中心形象;描写撒旦和一批恶天使原在天上,因作恶被上帝追放到地狱,他们在地狱商量复仇之计,觉得要直接向上帝报仇是非常困难,便计划向上帝在地上所造的人间乐园报仇;撒旦变成一条蛇去诱惑夏娃,叫她去吃智慧树的禁果,夏娃又劝她的丈夫亚当去吃,吃了之后人类就有了智慧,但却违反了上帝的禁令,犯了罪,人类从此就开始有罪了。诗中描写的撒旦,并不是可怕的恶魔,反而是"反抗权威,崇拜暴动"的英雄。这是代表资产阶级反抗王政的意识。《失乐园》是一首长诗,共有一万余行,分为十二卷。

弥尔顿的最后的一本诗剧《力士参孙》(1671),描写力士参孙虽不幸被敌人所俘而且被挖去了眼睛,但他终于找到一个祝祭日的机会,用双手推倒房柱,房屋倒下,和多数敌人同归于尽。这剧反映1660年王政复辟以后弥尔顿的愤慨不屈的心情。此剧题材也是来自《圣经》。

弥尔顿在从事政治活动的二十年中,尤其是做克伦威尔的拉丁文秘书的时期,写过不少政治论文和小册子,大都是代表资产阶级的意识的,如《出版自由请愿书》(1644)等,富于自由和爱国情绪。

德来登(1631—1700):英国第一位古典主义诗人、散文家和批评家。他是清教徒的儿子,1650年毕业于剑桥大学。他家中虽有钱,他却靠卖文为生。1658年克伦威尔死,他写诗吊他;1660年查理第二复位,他写诗来贺他,所以在1668年德来登当上了桂冠诗人。

德来登的主要作品是1681年的政治讽刺诗《押沙龙和亚希多弗》,这诗题名借自《圣经》中的《撒母耳记下》,以讽刺英国当时政局。德来登此诗整洁典雅,用"英雄对句诗"的诗格,以致小说家斯各托称之为最可赞美的诗篇。如其中描写某贵族的一段:

> 万事只开头,无事能长久,
> 一月未满期,事事皆试够,
> 忽为化学家,忽把琴来奏,
> 忽而玩政治,忽而做小丑,
> 忽而爱美人,忽为图画手,
> 忽而咏诗歌,忽而饮美酒,
> 心事万万千,一事无成就。

此外,德来登也写剧诗。他把古代埃及女王克勒阿柏特拉将安东尼等三位罗马将军变成她的感情俘虏的故事,改头换面,写成剧诗《一切为了爱》,严格地遵守三一律,用字遣词,都很讲究,是古典主义的代表作。另外他还写有一些这类的英雄悲剧。

德来登的批评论文《剧诗论》是划时代的文章。

晚年他专门翻译古希腊、罗马的古典作家的作品,如荷马、魏琪儿、贺拉斯、奥维德等的。

蒲伯(1688—1744):是古典主义的首领。他生于伦敦,从小聪明,八岁时便读荷马的诗,并能自己作诗。十二岁时往见德来登,同年开始写史诗。蒲伯身体弱小,性情忧郁,在学校中落落寡合,埋头读希腊文、拉丁文、法文,因此学得不少古典知识。

蒲伯二十三岁时写的《批评论》,成了古典主义的文学的金科玉律,用典雅的"英雄对句诗"来批评当时的批评家和诗人。如《批评论》的735—738行:

　　诗神原有声,教汝放声号,
　　规定崇高度,修饰美羽毛,
　　诗神今已去,无复望崇高,
　　唯有低级诗,短小如蓬蒿。

第二年他出版《卷发的被劫》,这就确定了他在诗坛的地位。他的古典主义的整洁诗体,在此诗中表现无遗。故事是写一位贵族少年偷剪一位贵妇的卷发。

1715—1725年蒲伯以十年的时光来译完荷马的史诗,这一译本的出版使他得到一万镑的收益,在泰晤士河畔买了房子安居。

1732—1734年他出版了哲学诗《论人》,由四篇书简诗构成。第一篇以宇宙为背景来论人间,第二篇论个人,第三篇论社会人,第四篇论人与幸福的关系。这诗达到了他诗才的顶点。

蒲伯因为身体衰弱,所以嫉妒心和猜疑心都很强。他在政治上也有贵族政治的倾向。他的诗形简洁,内容却不够深刻,但格言警句很多,人人传诵。如:

　　点滴小知识,危险却万分。　　《批评论》(215行)
　　为人必有错,为神必宽宥。　　《批评论》(525行)
　　研究人类学,材料即是人。　　《论人》(二篇2行)
　　崇高正直人,乃神之杰作。　　《论人》(四篇248行)

蒲伯的最大功绩是把"英雄对句诗"做到完满的地步。"英雄对句诗"是古典主义的传统手法。

斯梯尔(1672—1729)和阿狄生(1672—1719):他们两位是17世纪、18世纪之交的散文家。那时正是"光荣革命"之后,资产阶级占了优势,所以他们的思想意识是近于辉格党的。

斯梯尔生于爱尔兰的首府都柏林,阿狄生生于米尔斯吞,两人同年生,在伦敦一中学同学,后又同住牛津大学。但斯梯尔于1692年中途退学去从军,为人豪放,颇得人的好感。1709年斯梯尔创办小报《饶舌者》,目的在满足新兴资产阶级的求知欲望，1711年1月停办。随即同阿狄生合作，创办小报《旁观者》，性质和前报差不多，而内容更为丰富，但1712年底也就停止了。

1713年斯梯尔当上了辉格党的国会议员，不久又失去。1715年又当选并被封为爵士，但不久仍失败，甚至和阿狄生发生隔膜，晚年穷困而死。

阿狄生却不同，大学毕业后从事外交工作而往大陆游历，但1702年回国后，因政局推移而暂时处于困境。1704年的《战役》一诗赞颂辉格党的战胜，便一跃而为国务次官。1709年以后不断地被选为辉格党国会议员，终生不断。1713年上演他的古典剧《加图》，誉满京华。1715年任爱尔兰总督的总务长，1716年任工商、殖民部的重任，又和寡妇沃尔威克伯爵夫人结婚，得到大宗财产，1717年当了国务大臣。可谓步步高升。但终由于家庭生活不圆满，每日借酒度日，终得水肿病，四十七岁便死了。

《饶舌者》登载国内外通信、文学学术方面的记载、修身处世的哲学和劝导人心的教训，但文笔轻松平易，富于幽默，时有哀而不伤的讽刺。

《旁观者》的成就较《饶舌者》更大。其中最有兴趣的是在旁观者俱乐部中的几个人物，如罗杰·德·卡伐勒爵士和安德鲁·弗里颇爵士，前者是古老的贵族绅士的典型，后者是18世纪英国资产阶级的典型人物。

笛福(1659—1731)：伦敦肉商的儿子，做过工人，有过卖文度日的生活。他曾经写过反对国教的小册子，因而被带枷示众。在政治方面，他对王党、民党都有过关系。他一生辛苦，到五十九岁时才写出一本永垂不朽的小说《鲁滨孙漂流记》(1719)。书中主人公鲁滨孙出海航行，在热带洋面遇难，漂流到一无人岛上，一个人在岛上单独辛苦经营生活若干年。后来在一个星期五那天救了一位土人，便把他作仆人，给他取名曼弗来得(星期五的人)。若干年过去后，才被英国船救回国来。本书所写的航海冒险的故事，正反映当时英国资产阶级海外殖民的狂热，鼓励人向殖民地发展去。提倡个人解放、个人发展，有反封建的作用。马克思认为这本书是资产阶级的幻想。本书用日常亲切的文字，生动地写出当时生活的若干面，被人们称为"英国小说之父"。

斯威夫特(1667—1745)：生于爱尔兰的都柏林，少为孤儿，赖亲友之助得毕业大学，并在1692年得牛津大学文学硕士学位，但事业多不如意。

1704年他写《桶的故事》和《书的战争》，为辉格党讲话，痛骂罗马旧教，但却无意中又伤了英国国教，以致成了他的前途之累。此后他就渐次离开辉格党而接近于托利党。1710年他脱离辉格党而和托利党贵族相结合。1713年托利党内阁成立,斯威夫特便作都柏林的圣·帕特立克寺的寺长,可是托利党不久便下台,他却对托利党保持了忠诚的节操。

1726年斯威夫特发表了代表作《加利佛游记》,内容叙述一位商船船员远洋航行,到过小人国、大人国、哲人国、智马国,书中充满了对当时英国社会的辛辣讽刺,而尤其是讽刺当时的资产阶级社会,把自然经济时代的家长关系理想化。

斯威夫特是爱尔兰人,对于爱尔兰的解放运动他也具有同情,并给了一些具体的帮助。

斯威夫特晚年愈益变成厌世主义者,一方面由于政治活动的失败,另一方面由于私生活的痛苦。最后他竟痛骂人类为"名称叫人的动物"。

理查孙(1689—1761):生于达比州,父亲是工人,所以理查孙幼时只受过小学教育;但在往来于小学的途中,时常有正在恋爱而又不能写信的女孩子托他代写情书。他十七岁时到伦敦学印刷,以后经营印刷厂,为人勤勉,事业顺利。他到五十一岁时,有出版商请他编一本"书信模范"之类的书,他便想起幼年时代为人写情书的事情,便在1740年用书信体写成第一部小说《帕米拉》,以后又继续用同样体裁写成二部小说:《克拉里萨·哈尔罗》(1748)和《查理·格兰迪孙先生》(1754)。

《帕米拉》写少女佣工帕米拉为她主人家的少爷所爱,她也暗中爱他,但这位少爷想要苟且从事,却被帕米拉拒绝,以后这位少爷不得不正式提出求婚,方结为夫妇。

《克拉里萨·哈尔罗》写一位良家女子克拉里萨色艺双全,家人强迫她嫁给一位她不喜欢的人,她拒绝了。她却爱上一位轻薄之徒的没落贵族,这位贵族把她诱拐。克拉里萨发现受骗,便抛弃了他而自己忧伤以死。

理查孙正代表当时得势的资产阶级意识,所以把资产阶级的人写成好人,把贵族写成坏人。他的小说是近代写实小说的开端,不像中世纪的传奇写虚无的人物,也不像笛福和斯威夫特写冒险故事,而理查孙的小说却写当时英国现实社会、人情风俗、日常生活,都是如实的记录,这是很富于现实性的。

费尔丁(1707—1754):出身上流家庭,他最初在伊登公学念书,后到荷兰的来登大学学法律,未毕业而中途返国。他二十八岁时娶妻,在乡村生活。妻的财产用尽后又到伦敦来,初作律师,后写小说。1743年妻遗二子而死去,费尔丁的生活更为困难。1748年作伦敦轻罪裁判所的判官。1754年得病,到里斯本去疗养,却死在那里。

他的作品有《约瑟夫·安德鲁斯》(1742)、《粗野的约拿丹》(1743)、《汤姆·琼斯》(1749)、《亚米里亚》(1751)。其中以《汤姆·琼斯》为代表,是18世纪的最伟大的小说。汤姆·琼斯是人家的弃儿,被绅士阿尔沃西捡回来,和他的外甥布里菲尔一道养育。布里菲尔嫉妒汤姆·琼斯,向阿尔沃西讲汤姆·琼斯的坏话,汤姆·琼斯被赶出来。可是汤姆·琼斯已和邻家的女儿索菲亚恋爱。汤姆·琼斯被赶出来之后,途中经了许多冒险,受了各种的诱惑,终于到了伦敦。最后汤姆·琼斯知道了自己和布里菲尔乃是异父兄弟,布里菲尔的阴谋也被暴露,阿尔沃西恢复了对汤姆·琼斯的爱护,而汤姆·琼斯也和索菲亚结了婚。书中各种各色的人物共有四十名之多,反映了英国18世纪的各阶层的人物和生活,也反映了贵族阶级和资产阶级之间的矛盾,以及统治阶级与人民大众之间的矛盾,讽刺托利党和上层阶级。

在英国小说发展史上,笛福是第一步,理查孙是第二步,费尔丁是第三步。理查孙只写私人生活和家庭小圈子,而费尔丁却写社会全面了。

三、浪漫主义时期的文学

18世纪末叶和19世纪初叶,英国的机器工厂由发展而取得决定性的胜利,即历史上所谓"工业革命"。因此工业资本家在政治上要求更多的权力,主要表现在选举法的改良的斗争上。1832年选举改革法案在国会通过,确立了工业资产阶级的胜利。这一胜利由于国内受到广大工人群众的支持和国外受到法国大革命的刺激。但资产阶级胜利之后,却和贵族联盟,残酷地对付工人。工人在当时还未形成有组织的政党,所以无力取胜。工人以为工人的贫困之源是机器,纷纷加以捣毁,形成"捣毁机器运动"。

工业资产阶级的兴起,反映在文学上,便是革命的浪漫主义,要打破古典主义的形式和理智的束缚,提倡个性,拥护感情。同时那些封建势力的文学也反对古典主义,遂形成反动的浪漫主义。

浪漫主义的代表作家如下:

朋斯(1759—1796):是18世纪末的苏格兰诗人。他是在古典主义圈外的诗人,也是浪漫派前期的诗人。他生于苏格兰的贫农家里,连初等教育都没有受完。他少时从事各种劳动,抽暇读些歌谣。一面耕地,一面乘兴之所至唱出一些歌来,朋斯确是一位劳动诗人。

他二十五岁时,父亲死去,农业经营失败。1786年他想到西印度的牙买加某农场去工作。为了筹备船费,他把他的诗集卖给书店,一个月就销了六百本,马上再版。他在这种情况之下,取消了到美洲去的念头,带着六十英镑到苏格兰的首府爱丁堡去了。他虽受当地高级社交团体的欢迎,他自己却非常节省。

1789年法国大革命,他买了枪炮送给巴黎的共和政府,他很受雅各宾党的革命思想的影响,在苏格兰也鼓吹这种思想,因此被认为危险分子,受到不少的麻烦。忧伤的结果,便沉于饮酒以消愁。某天大醉,倒在路旁,得病而死,年仅三十七岁。

朋斯是劳动人民出身的诗人,是革命浪漫派诗人,他的诗歌多是用民谣体,是人民大众爱唱的诗歌。例如:

快乐的乞丐

被法律保护的人毫无价值!
　自由才是光荣的盛筵!
朝廷是为弱者建立的!
　寺院只有僧侣才喜欢!
什么是地位,什么是财产
　什么是名誉所关?
只要我们过着快乐的生活,
　就不论方式和地点!

沃兹华斯(1770—1850):消极的浪漫派主要诗人,也是"湖畔诗人"的主要人物。沃兹华斯是律师的儿子。1791年卒业于剑桥大学,后即往法国住了两年,那时正当法国资产阶级革命的高潮,他同情吉隆得党。英国和法国作战,使他返回英国,遂公开反对法国革命和拿破仑。

沃兹华斯最初在1793年发表的诗集《描写杂记》中,还有一些激烈的情绪。但自从和柯勒里治与骚塞结识以来,他就开始向往于封建社会的农村家长制,批评理智而尊崇感觉和幻想,提倡宗教。1798年他和柯勒里治共出诗集《抒情诗歌》,1800年又在书前加了一篇序言,这篇序言可算消极的浪漫主义的宣言。1800年他发表的长诗《迈克尔》中,充满了对农村生活的理想,反对城市和资产阶级的发达。1813年他和柯勒里治与骚塞住在一个风景优美的湖边,遂有"湖畔诗人"之名。沃兹华斯对于1832年资产阶级的选举改革法案也表反对。但在

1843年他却被推为桂冠诗人，资产阶级至此也把沃兹华斯推崇起来，以对抗革命的浪漫派诗人拜伦和雪莱。

沃兹华斯的诗体是农民也容易懂的自由诗体。他虽在后年思想上趋于颓废，但在诗体的改革上也有些贡献。如《孤独的收割者》这首小诗，描写一位天真活泼的割麦的农家少女，一边割麦，一边唱歌，是人人易懂的好诗。

柯勒里治(1772—1834)：是"湖畔诗人"之一，也是消极的浪漫诗人之一，生于英国南方的一小村。他父亲是副牧师，并在他九岁时死去。他十岁时到伦敦，进基督教学院。十九岁时进剑桥大学，和骚塞交友，1795年娶骚塞之大姨为妻。同时又和沃兹华斯友好，同游德国和苏格兰。1804年他到马尔他岛作总督秘书九个月；因已染上吸食鸦片的习惯，又回到伦敦。晚年研究莎士比亚。

柯勒里治青年时代受法国革命的影响，很有乌托邦社会主义的倾向，但自1794年和骚塞及沃兹华斯诸人友好后，便转入反动阵营去了。1798年和沃兹华斯一道出版的诗集《抒情诗歌》中，有柯勒里治的名诗《古舟子咏》，叙述一位老水手向客人讲述他过去在海上的惊险故事，结构音律都很完整，是他的代表作，内容却有宗教的神秘色彩。1816年他发表未完成的诗篇《克里斯塔伯尔》，是中世纪的题材；同年又发表片断的诗《忽必烈汗》，带东方色彩。1817年发表《文学传记》，是代表反动的唯心主义的文艺批评。

骚塞(1774—1841)：是三位湖畔诗人中诗才较差的一位，生于布里斯托尔的布商之家。后学于牛津大学。初受法国大革命影响，打算和柯勒里治一道到美洲去建立理想的共和国，但因缺乏路费作罢。

骚塞从十九岁起写诗，一生不停，1813年被任为桂冠诗人，1835年又得年俸三百镑，他并代养柯勒里治的家族。骚塞的好诗很少，唯散文《纳尔逊传》还可一读。

拜伦(1788—1824)：是革命的浪漫主义的第一位诗人。他生于古老没落的贵族家庭，当他才十岁的时候，他便承继了爵士的称号，就是说，在上议院里获得了一个议席。他少年时代也是受的贵族教育，1805年进剑桥大学，1809年毕业。在大学时便发表了诗集《闲暇集》(1807)。

1809年7月，拜伦到欧洲大陆旅行，经过葡萄牙、西班牙、马尔他、小亚细亚和希腊，然后回国，共费时二年。他在旅行中便写了一、二两卷的《柴尔德·哈洛德游记》，使他在全欧洲忽然得到好评。

他回国后正逢"机器捣毁运动"，工人们生活恶化，群起捣毁机器。反动的上议院提出议案要处这些工人以死刑,拜伦起来反对,替工人们说话,这就引起了统治阶级的仇恨。

拜伦在他的周围感到孤立,这种悲愤孤傲反映在他此后几年的所谓《东方诗集》的作品中。这些诗以他游历的东方为题材,攻击英国的贵族专制的社会,使拜伦在欧洲大大出名。但他在国内却招致旧社会的压迫,加上1815—1816年他结婚又离婚的事件,使旧社会借口来攻击他,所以1816年拜伦被迫永远离开了英国。

他经过滑铁卢、上溯来茵河而达日内瓦。对着瑞士阿尔卑斯群山,不免有些感慨悲凉的气氛,这时写成的诗剧《曼弗雷得》就有些疲劳失望的情绪。幸而这时遇到诗人雪莱,批评了他作品中的一些个人主义的成分,他们的友谊也增加了。在瑞士,拜伦写了《哈洛德游记》的第三部,同时和雪莱夫人的异父姊同居,后来生了一个女儿。

同年拜伦到了意大利,在威尼斯写成《哈洛德游记》第四部。他在威尼斯结识吉齐奥黎伯爵夫人,过着爱情同居的生活,他们游遍意北各地,伯爵夫人介绍拜伦和意大利烧炭党联系。这时拜伦积极参加烧炭党的活动,用金钱和武器帮助他们,并打算直接参加他们的武装暴动,以期获得意大利的独立和自由。但在1821年烧炭党组织为奥地利当局破获,拜伦仅因"外国人"和"爵士"两种资格才免于难。此后他仍回到日内瓦。

在日内瓦,拜伦写了一个剧本《该隐》(1821)。该隐是《圣经》上的一位叛徒,因不满意上帝的不公平而杀弟及其子。拜伦却把该隐写成一位反抗专制的英雄,号召人起来反抗,但他仍看不出正确的斗争道路,终于坠入神秘主义之中。1823年拜伦写了一首长诗《青铜时代》,以讽刺当时"神圣同盟"统治之下的封建专制制度,对1822年西班牙发生的革命表示欢迎。在1819—1823年的几年中,拜伦着手写他的杰作讽刺诗《唐·璜》。唐·璜是西班牙的一位贵族,十六岁时爱上一有夫之妇,发生事变,逃到海外,中途失船,漂流至一岛,有海盗女儿爱他,又为海盗所发现,被卖为奴隶,他又化装为女子,入土耳其王宫,又被发现,乃逃入俄国军队中,又得俄女皇宠爱,派他赴英国去视察。诗中讽刺英国和欧洲的社会非常深刻,所以高尔基认为这一长诗已算是批判现实主义的初期作品。

1823年希腊掀起革命战争,反抗土耳其的统治,选举全欧闻名的革命诗人拜伦作他们的革命委员会委员。拜伦便赴希腊,用尽一切自己的物质的和精神的力量,为希腊的民族独立而工作,用自己的金钱来组织、供给并武装希腊的军队。不幸于 1824 年染疾死去,年仅三十六岁。

兹选录拜伦之诗若干首,以见一斑:

> 对已逝的欢乐,我并不伤心,
>   也没有危险来临;
> 我最大的悲哀,却是
>   没有留下叫我流泪的事情。

> 现在我孤独地活在世上,
>   漂浮在大海汪洋;
> 既然没有人为我叹息,
>   我又何必为他人惆怅?

——《柴尔德·哈洛德游记》第一篇

> 希腊群岛,希腊群岛!
>   热烈的莎芙在此恋爱高歌,
> 战争与和平的艺术发生最早,
>   亚波罗出生,太阳神活跃!
> 永恒的夏日还照耀他们,
> 然而,太阳之外,一切都没有了。
> 一个国王坐在崖端,
>   下临海岛萨拉米;
> 成千的船只在下面,
>   各国的人民都是他的!
> 清晨,他检点他们,
>   黄昏时,他们却在哪里?

(《唐·璜》第三篇)

雪莱(1792—1822):是革命的浪漫派诗人,生于萨色克斯的一位富绅之家。1804 年入伊顿公学,1810 年入牛津大学,第二年发表论文《无神论》而被学校开除,遂往伦敦。不久和一位十六岁的少女哈利爱相识,遂同到爱丁堡结婚。婚后游历爱尔兰、威尔斯而又回到伦敦。这时雪莱认识了革命家高德文,也参加革命活动。由于出入高德文的家庭,便和高德文的女儿玛丽发生恋爱。1814 年 7 月雪莱偕玛丽和玛丽的异父姊洁恩同赴瑞士,不久又回伦敦继承遗产,拜伦和洁恩认识也在此时。1816 年雪莱、玛丽、洁恩又到日内瓦,并约拜伦同去。年底哈利爱在海德公园跳水自杀,雪莱和玛丽便正式结婚。这就引起英国社会的非难,而雪莱也就永离英国了。

1818 年雪莱也到了意大利,最后定居在斯伯齐亚湾的卡萨马尼。1822 年 10 月 8 日他乘船到勒格荷恩去欢迎亨特并访拜伦,回家时船翻淹死。遗骸葬在罗马新教徒墓地。

雪莱很年轻就开始写诗,但他的代表作大都是在意大利写成的。如长诗《伊斯兰的反叛》(1818)、诗剧《秦奇》(1819)、《被释的普洛美修士》(1820)、长诗《阿东奈》(1821)。最好最有名的短诗如《西风歌》《云雀歌》《云歌》也都写于在意大利的时候。

《被释的普洛美修士》是雪莱的代表作,表现了积极的理想和人民大众战胜反动派的信心。他把普洛美修士描写成人民的英雄,反抗暴君宙斯,人民胜利,暴君崩溃。

兹将《西风歌》末尾抄录如下:

> 请你像吹枯萎的落叶那样,
> 把我死亡的思想吹入穹苍,
> 使新生的过程迅速成长!
>
> 请你凭这首诗的魔力,
> 把我的语言播向人类,
> 像不灭的炉灶扬出火灰!
>
> 请你用我的嘴巴,
> 作一个预言的喇叭,
> 向未醒的人间传话!
> 西风啊,冬天来了,春天还能太远吗?

济慈(1795—1821)：浪漫主义诗人，生于伦敦。济慈的父亲是马夫。济慈少年时在恩菲尔德私塾学拉丁文和法文。他十五岁时成孤儿，到一个外科医生那儿做学徒，抽暇开始写诗。1817年开始出诗集，便离开医院而改行写诗。

1818年他开始尝到恋爱的苦恼，同时他出版的诗集《恩地米昂》又受到刻薄的攻击，甚至叫他最好仍回医馆去做学徒。这些刺激加重了他原已有的肺病。1820年他的好诗陆续问世，如《圣·阿格尼斯的前夜》《不仁的美妇》《希腊瓶歌》《夜莺歌》等。当年又发表长诗《海披里昂》，雪莱看到这诗，便约济慈到意大利去同住，但济慈不同意雪莱之为人，所以没有去。过后，济慈以另外的机会和画家塞维恩同赴罗马，不久以肺病死在罗马。

济慈和革命的浪漫诗人拜伦和雪莱一样，对英国贵族、资产阶级社会都抱否定的态度；济慈认为理想的社会应像古代的希腊。他在艺术上提倡自然之美，他的诗晶莹美丽，技巧不但超过拜伦，有时连雪莱也不如他呢！

兹录济慈的《夜莺歌》第七段的四行：

不朽的鸟啊，你生来不是为了死亡！
　任何饥荒的时代不能把你踏伤；
昨夜我听到了你的歌声，
　听到此声的还有古代的小丑和帝王。

斯各脱(1771—1832)：英国传奇小说之王，浪漫主义的诗人和小说家，是第一位以历史题材来写小说的作家。他生于苏格兰的爱丁堡，幼时喜爱动物和自然。1786年他开始在他父亲的法律事务所工作，抽暇到英格兰和苏格兰的边境去凭吊那些古迹，这对他以后的写作很有帮助。

1802年他发表民谣歌集《苏格兰边境的行吟诗集》。以后数年他陆续发表三大故事诗：《最后行吟诗人之歌》(1805)、《马尔米昂》(1808)、《湖上美人》(1810)。过后，拜伦兴起，压倒了斯各脱的诗名，斯各脱便决意改写历史小说，从1814年起到1831年止，十七年间共写了二十六篇长篇小说，统名为《魏弗来小说丛书》，都以历史上的传奇故事为题材。其中以《魏弗来》(1814)、《萨克逊劫后英雄略》(1820，即《埃万荷》)、《肯尼华胥》(1821)、《窦华德传》(1823)、《塔里斯曼》(1825)、《伍德斯托克》(1826)、《潘墅美人》(1828)等为较著名。

斯各脱在中年非常得意，一时为文坛盟主，物质生活也过得很好，过后因经营印刷业失败,负债十三万镑,乃拼命写作还债,损了健康,所以不久便死去。

奥斯丁(1775—1817):是生当浪漫主义时代而立于浪漫主义之外的写实小说家。她生于史提文顿村的一个牧师家里,家事之外,自学法文、音乐、跳舞等。一生虽曾搬过家,但基本上终生住在乡下,也未结婚。家务余暇,便写小说,以周围小圈子内的三五人家为题材,写些普通人物的小事,笔调纤细,亲切动人。她的生平正当法国大革命和拿破仑的时代,但在她的琐事小说里,这些天下大事一点影子也没有。

她的小说有如下几部:《理智与情感》(1811)、《傲慢与偏见》(1813)、《曼斯菲尔德·帕克》(1814)、《恩玛》(1815)、《诺尔桑格寺》(1818)等。其中以《傲慢与偏见》为较著名,书中写一对青年男女达西和伊丽沙白的恋爱,最初由于达西的骄傲和伊丽沙白的偏见而发生波折,经过若干患难和了解,终于彼此捐弃傲慢与偏见而结婚。

四、批判现实主义时期的文学

1832年英国的选举改革法案在国会通过后,大工商业资产阶级实际上掌握了政权,工人阶级便在历史舞台上以反对者的姿态出现。30年代和40年代的宪章派运动,便是工人有组织的向资产阶级的政治斗争。运动由于内部见解不一、团结不固、采取请愿的办法,终于失败,但有它的历史意义。

50年代和60年代,英国成了世界的工厂,掠夺并剥削殖民地,因而资产阶级用一部分收入来收买工人上层分子,所以这些年代的工人运动多带经济性质,很少政治要求,一般工人的生活仍然很苦。

这时期的阶级矛盾和社会状况,在批判现实主义的作家们的作品中有所反映,这些作家是:

狄更斯(1812—1870):杰出的批判现实主义作家,生于朴资茅斯的一位穷小职员家里。他少年时代,父亲因负债入狱。狄更斯曾在鞋油工厂做过工。过后他研究速记术,并做报馆的速记记者。暇时便写些小品文投寄杂志上。他开始文学生涯时,正值英国发生有组织的工人运动宪章派运动的时候。1836年他出版《博斯杂记》,即得好评。1837年他出版《匹克威克外传》,得到很大的成功;本书以特殊的幽默暴露英国资产阶级民主的虚伪,讽刺英国资产阶级社会的风俗习惯。在小说《奥立佛·推斯特》(1838)中描写工人家庭的生活情况,穷人遭受丑恶的嘲笑、饥饿与死亡。在小说《尼科拉斯·尼克尔比》(1839)中描写约克郡的贫儿学校,其中有残酷的"教师"对儿童加以精神的和肉体的摧残。在很多小说中提到监狱,反对资产阶级的法律和制度。

1842 年狄更斯到美国去,回来后写了《美国杂记》,其中对美国的资产阶级制度大加批评,并攻击美国的奴隶制度和无耻的金元政治。40 年代中期,他曾数度到过法、意诸国,考察社会制度。40 年代的工业发达和 1848 年欧陆的革命,加强了劳资之间的阶级矛盾,因此狄更斯作品中的社会方面的题材也加多了。40 年代到 50 年代是狄更斯的批判现实主义的鼎盛时代,这时期他写了不少的小说:《马丁·曲色尔威特》(1844)、《董贝父子》(1848)、《大卫·高柏菲尔》(1849—1850)、《荒凉的屋子》(1853)、《苦难时代》(1854)等。这些小说的主题,大都是资本主义大城市的生活和尖锐的社会矛盾。他揭穿资本主义社会的假面,暴露资产阶级社会的本质,指出资产阶级制度和法律的非人道的实质。他虽不同情宪章党的政纲和革命活动,但在他的作品里却有不少宪章党的影响。他尽力描写贫富两阶级之间越来越大的鸿沟、伦敦的贫民窟、轮宿旅馆等可怜的情况。

50 年代后期,宪章派运动已被压下去。这时狄更斯的作品里渗进了悲观主义的因素。在他的《苦难时代》里,他仍在辩护他的错误的乌托邦的见解,仍认为可以用道德的力量以达到社会的公平。他对法国大革命的态度表现在他的小说《双城记》(1859)里。在他的人生观和作品中有了感伤主义的因素,推崇小市民的那种缓进办法,看不见广大人民运动的进步性。这反映 50 年代和 60 年代英国工人运动的"经济主义"的倾向。

1856 年,他在肯特郡另造新居,1859 年他和他的妻子正式分居。1861 年以后他公开朗诵他的作品,得到四万多镑的收入。1865 年在肯特郡遇到铁路撞车,神经受损。在 1867 年再度游美国。回国后写他的最后的小说《爱德文·德鲁德》,1870 年 7 月 9 日忽然病逝,最后小说还未完成。

萨克雷(1811—1863):批判现实主义小说家。狄更斯的题材大多是下层阶级的。萨克雷的题材大多是上中层阶级的。萨克雷的作品有如下几本。《趋炎附势者》(1848)是对资产阶级贵族社会的讽刺,讽刺他们的保守传统,暴露英国的狭义的爱国主义,尖锐地批判英国资产阶级的文化。《名利场》(1848)是萨克雷的代表作,暴露英国统治阶级的虚伪和贿赂,书中充满了现实主义的讽刺。《纽克姆家》(1853)和《名利场》一样,对英国社会有丰富而深刻的分析。《亨利·爱斯蒙德》(1852)和《维及尼亚人》(1859)是两本历史题材的小说,前者暴露反动贵族的冒险主义,后者描写美国上层社会的自私政策。

盖斯克尔(1810—1865):是一位女小说家,被马克思称为暴露英国资产阶级现实的优秀小说家之一。她一生住在曼彻斯特的时候很多,而曼彻斯特就是宪章派运动的中心地。她在1848年写的小说《马丽·巴顿》,其主人公便是宪章派的工人约翰·巴顿。她在小说中不仅写出了工人的贫困和被剥削,也写出了工人的道德优于资本家。她看到工人生活的非人道的情况,可是她反对革命斗争,主张用和平方法来解决阶级矛盾。她1853年写的小说《克朗福尔德》,描写小资产阶级的安静生活小范围和他们的局限性与虚荣心。她1855年写的小说《北与南》,又回到描写工人和资本家冲突的题材。但由于缺乏生活体验,写得不深刻。

恩格斯曾和她通过信,讨论文学的问题。

勃朗特三姊妹:C·勃朗特(1816—1855)、E·勃朗特(1818—1848)、A·勃朗特(1820—1849)。三姊妹是乡村牧师的女儿,以大姊的成就为较大。C·勃朗特的小说《简爱》(1847)尖锐地批判资产阶级的教育制度,并反映妇女要求解放。她的小说《夏丽》(1849)对19世纪初的工人捣毁机器运动作现实主义的描写。马克思把狄更斯、萨克雷、盖斯克尔、C·勃朗特四人并称,认为他们的作品所反映的政治和社会的真实,比一切政治家、新闻家和道德家所反映的为更多,所以对他们有很高的评价。

E·勃朗特的小说《咆哮山庄》,描写孤儿和庄园主的女儿相爱,但因社会地位不同而成悲剧。本书暴露英国资产阶级社会的虚伪和不平等。

A·勃朗特有小说《阿格尼斯·格雷》。

汤玛士·胡德(1799—1845):批判现实主义诗人,是一位书商的儿子。胡德幼年曾学木刻,过后做新闻记者。长期的贫穷和过度的工作破坏了他的健康,而死于肺病。他写诗用的题材涉及资本主义大城市的各方面的生活,和它的尖锐的社会矛盾。他的诗用愤怒的讽刺来暴露统治阶级,又用感伤的哀感来表示他对被压迫者和被剥削者的同情。他的诗《叹息之桥》(1843),写到严重的贫穷使女人在资本主义的条件下沦为妓女。他的很好的社会诗《衬衫之歌》(1843),对工人遭受剥削作愤怒的控诉。兹各摘录如下:

衬衫之歌

工作——工作——工作!

我的劳动总很顽强；
代价是什么呢？一张草床，
　一块面包，还有破衣裳，
光秃的地板，破烂的顶房，
　一张桌子，一张破椅，
还有精光的墙，我感谢
　我的影子有时照在墙上！

叹息之桥

她的父亲是谁？
　她的母亲是谁？
她是否有一个姊妹？
　她是否有一个兄弟？
是否她还有一个亲人
　比其他的人较为亲近？

哎呀！在光天化日之下
基督教的博爱
　少得太不成话！
啊，那太可怜了！
在人群充满的城市里
　她竟没有一个家。

　　胡德虽然和宪章派运动同时，但在他的作品里没有反映 30 年代和 40 年代英国工人的战斗精神，他只站在小资产阶级的人类博爱的立场。
　　琼斯(1819—1869)：是英国宪章派运动中左翼的代表人物，是政治家又是诗人。琼斯和马克思和恩格斯曾经合作过，后来他虽然有了妥协和悲哀的倾向，但他的大部活动是进步的，他写的诗也是工人阶级的革命的诗。如《我们的命运》(1846)、《自由进行曲》(1848)、《雇农之歌》(1850)、《致囚徒、奴隶们》(1851)、《下层阶级之歌》(1851)、《新世界》(1850)、《印度的起义》(1851)等。
　　琼斯于 1848 年因参加宪章派宣传活动而被判关押两年。在狱中，他借 16

世纪瑞士民族独立英雄邦尼伐尔之名为题,写了一首诗,称颂邦尼伐尔在狱中的坚强以自喻。兹录其前三段于下:

邦尼伐尔

他们把忠实的邦尼伐尔
　　关进奇隆的又深又湿的地牢,
想把自由长期彻夜看守,
　　监视者是永远的狂涛。

他们想在石牢里
　　摧毁俘虏那个人!
那个俘虏虽踏穿了石板,
　　却胜利地出了牢门。

他们想杀死他那颗雄心,
　　并在雄心上锁起铁链。
屈服的并不是他那颗雄心,
　　首先粉碎的是那条锁链。

爱略特(1819—1880):女小说家,生于瓦尔维克州的阿堡。自幼在本地学校受教育,十六岁时母亲去世,请家庭教师来教课,努力学外文。1841年她随父迁至考文垂附近居住,在此认识一些知识分子,眼界开广。1849年她父亲去世,她便到欧洲大陆旅行,回国后住在伦敦。1851年任《委斯特明斯特杂志》的副主笔。由于她精通希腊、拉丁、意大利、德国等文字,又富于哲学、音乐等知识,遂为知识界有名人物所重视,并与路易士结婚。由于丈夫的鼓励,她开始写小说。她的小说主要有《阿当·彼得》(1859)、《弗洛斯河上的磨坊》(1860)、《织工马南传》(1861)、《罗莫拉》(1862—1863)、《密得尔马奇》(1871—1872)等。其中《弗洛斯河上的磨坊》描写磨坊女儿马吉,幼年聪明美丽好学多愁,实是作者幼年写照,可称她的好作品。《密得尔马奇》写两对夫妇:女子多洛西亚和埃及神话学者卡骚本结婚而理想破灭,卡骚本死后她再与拉迪斯劳结婚,才得美满;里得格特本想作病理学权威,但为虚荣心强的妻子所干扰而终于成为平凡的开业医生,妻子又为伪善的银行家所诱骗。

五、自然主义时期的文学

英国自18世纪末产业革命以来,一直是工业领先的国家;但自1870年以后,英国的工业渐渐失去了优势而为德国赶上。但英国却早已转成银行金融资本的帝国主义国家了。它靠了资本输出剥削广布全世界的殖民地而生存,这是大英帝国的优势。

由于殖民地多,资本家可以分润一点给工人贵族们,所以英国的工人运动比大陆更温和。1893年从工联的新派组成的独立工党领袖们仍是机会主义者。1906年成立为工党,名为社会主义,实即机会主义,做资产阶级的尾巴,和自由党差不多。这些食利者也在国内剥削农民,农民和工人及殖民地的人民都是帝国主义者剥削的对象。

本时期的文学仍名为自然主义,其代表作家有:

麦利迪斯(1828—1909):小说家和诗人,生于朴兹茅斯。他十四岁时便到德国留学。回国后初从事法律工作,后入新闻界。1864年做《晨报》战时通信员而到过威尼斯。1867年任《双周评论》的主笔。后携家迁往萨利郡的乡间居住,专门从事写作。

在麦利迪斯的作品中,反映了英国19世纪后半的批判现实主义的衰退。当时英国曾经有一些作家,试图铲除资产阶级提倡的阶级妥协论,麦利迪斯也是其中之一,然而他对资产阶级和贵族社会的批评,基本上只停留于小说的人物中,而不曾进一步对这社会的基础作道德与伦理的暴露,如《理查·范弗来的经验》(1859)、《维多利亚》(1867)、《波商的前途》(1876)等。在他的最好的小说《自我主义者》(1879)中,麦利迪斯在主角身上创造了英国人所特有的自满和笨拙的典型形象。

麦利迪斯的诗,也和他的小说一样,喜欢心理描写。描写自然和发抒感情的诗也很有名。如《现代的爱》(1862)、《谷中之爱》(1878)、《云雀上升》(1881)等。至于他的政治、哲学诗《贡献于法国历史之诗的颂歌》(1898),可以和他的小说齐名了。

哈代(1840—1928):是杰出的现实主义作家,生于威塞克斯。他的父亲是建筑师,母亲有文学修养。哈代从八岁到十六岁受过正规的小学教育,并由母亲教拉丁、希腊文,由家庭教师教法文,同时又当市建筑师的徒弟,共学六年。1863

年当建筑师,发表建筑论文。

此后他转念头写诗。但为了生活他又写小说。《无望的治疗》(1870)就是处女作。《绿树荫下》(1872)描写田园乡土的情趣。《一双蓝眼》(1873)讽刺一女二男之间的恋爱(二男同爱一女,终于二人与女的尸体同乘列车归来)。《远隔尘嚣》(1874)以威塞克斯幼时田园乡土为背景而写一妇人和三个男子恋爱的故事。

以上这些小说,多半描写理想的幽静农村田园生活。以下若干小说就表现了田园之美的幻灭,描写资本主义向农村的进攻和因此展开的斗争。这是他的批判现实主义时期,以下列四本小说为代表:《还乡》(1878)、《凯特桥市长》(1886)、《苔丝》(1891)、《裘德》(1895)。在后两本中,对资产阶级的法律、宗教、道德提出了有力的抗议。因此当时的英国的统治阶级认为哈代在宣传危险思想而大加攻击,甚至有僧侣主张把哈代烧死;如果不能烧死他,也得把他的作品烧光。哈代受此攻击,又回头写诗去了:《威塞克斯诗草》(1898)、《古今集》(1901)、《诸国元首》(1903—1908)、《时代笑林》(1910)、《环境讽刺诗》(1914)、《今昔抒情诗》(1922)、《人间展览》(1925)。其中《诸国元首》是一篇长诗剧,三卷十九幕133场,题材是写拿破仑的兴亡。

哈代的作品,一方面批判资产阶级社会,暴露资本主义的非人道主义,如《苔丝》和《裘德》,一方面又包含有颓废的因素、悲观主义和宿命论。这种两面性有内外两个原因。内在原因是当时英国资本主义、帝国主义的社会中,生活的堕落、腐朽、空虚实在太显著,而对于农村中的农民的苦难,哈代也没有看出一条出路,因为哈代对于工人阶级的运动实在隔得太远了。另外的原因是哈代受了托尔斯泰的影响。托尔斯泰的现实主义作风对哈代起了好的影响,但托尔斯泰的宗族制的封建田园的生活理想又对哈代起了坏的影响。所以哈代处在资本主义的不合理的诸关系中,仍然能够塑造出正面的主角、富于人性的高尚的农民形象。

伏尼契(1864—1960):女作家。她和一位逃脱沙皇的流刑的波兰革命家结婚。她接受了俄国文学的进步民主思想,曾将俄国文学家加尔询等人的作品翻译成英文,也曾去过彼得堡。当时有很多意大利的侨民居住在伦敦,他们是参加过意大利民族解放运动的人。伏尼契和这些侨民接近,使她有可能来写她的代表作《牛虻》(1897)。这书是对意大利19世纪30年代和40年代的反奥地利的民族解放运动、民族国家统一运动斗争的真实描写。书中的主角是秘密团体"青年意大利"的成员,这团体是1831年由马志尼建立的。本书的核心是在表现意大利革命的爱国志士们的英雄主义和对天主教会的叛逆活动,因为天主教会为了要保存自己的世俗权力便来阻碍意大利的统一。英国资产阶级的文艺学家绝口不提伏尼契的小说,可是在英国国外,这小说却享有盛名。在俄国,革命青年们都读这本小说,尽管有沙皇检察机关的歪曲。书中的主角非常吸引苏联读者的同情,因为他是无畏而英勇的革命家,献身于祖国解放的事业。这书译成中文后也已销售上百万册,1953年第二版即销到三十五万册。

伏尼契倾向于通俗剧的效果,悲剧的夸张,这些使《牛虻》成为她的杰作。她也写过一些别的小说,但比起来都不如《牛虻》。如《杰克·雷蒙》(1901)、《奥里维·拿丹》(1904)。最后,伏尼契又回头来写《牛虻》的主角,如小说《中断的友谊》(1910)、《脱去靴子》(1915),这些小说描写18世纪"牛虻"的祖先们,但这些小说的思想性和艺术性都不能和小说《牛虻》相比。

《牛虻》的主题思想是爱国主义、革命热情、革命的英雄主义。牛虻为人刚强无畏,有铁一般的毅力,他对敌人憎恨和轻蔑,不为任何严刑拷问而屈膝,甘愿为意大利人民受苦牺牲,这是最高贵的品质。此外,《牛虻》也暗示反帝的弱小民族的斗争。

高尔斯华绥(1867—1933):前期(1867—1917)的高尔斯华绥是带有现实主义倾向的作家。后期他走入歧途去了,这留待下章叙述。

高尔斯华绥生于富裕的资产阶级家庭。1889年在牛津大学毕业,取得了律师的资格,可是他抛弃了法律事务而从事文学活动。成名之后被选为英国资产阶级作家组织"笔会"的会长。1932年得了诺贝尔文学奖。

他的作品是互相矛盾的,优劣不一。他的最优秀的现实主义的作品,就是那些描写英国统治阶级没落的作品。他寻找那使资产阶级的英国动摇的原因,可是他却首先在英国资产阶级的精神堕落方面去寻找,不能从根本的经济基础上去寻找。

在第一次世界大战以前的他的初期作品里,他对于有产者的社会予以最尖锐的批判。他写了一系列的社会小说,批判地描写英国上流社会的各个阶层。小说《有产者》(1906)开始了他的《福赛蒂世家》丛书,是他的最有力的现实主义的作品。小说《乡间别墅》(1907)描写内地地主对个人利益和社会利益的小器。小说《弟兄之爱》(1909)描写资产阶级知识分子的极端的个人主义。高尔基认为《弟兄之爱》写得很有技巧。小说《贵族》(1911)描写贵族阶级破坏了人间一切生命力。小说《弗里林》(1915)部分地反映了英国的农村关系,资本主义的发展在农民阶级中几乎引起了全面的破灭。

在高尔斯华绥的初期戏剧中,也表现了阶级的不平,有钱的统治阶级和穷人之间的对照。他描写社会的不平,如戏剧《银匣》(1905)、《正义》(1910)。他把阶级斗争的战士描写成幻想家或空想家,如戏剧《斗争》(1909)中的罗伯特。高尔斯华绥的保守态度表现在:他最喜欢的主角往往是统治阶级文化层的代表。

小说《有产者》是《福赛蒂世家》三部曲的第一本。福赛蒂家的祖先从第文郡乡间来到伦敦,毫无产业,遗下六男四女。1888年这些弟兄姊妹已达高龄,故事便从此开始。主要人物是大哥老觉良和他的儿子小觉良,二哥詹姆士和他的儿子索阿姆斯。最后以索阿姆斯在福赛蒂家族中最为显著,占有了一切,但却未曾得到他妻子伊林的爱情。索阿姆斯自满于物质上的优越,在罗宾山修建新宅,请小觉良的未婚女婿建筑师博辛尼来负责修建。博辛尼和饱食暖衣而未得到爱情的伊林恋爱起来。但索阿姆斯恃其有钱,使博辛尼陷于违反契约的地步,博辛尼只好在深雾街头死于车轮之下。伊林便离开索阿姆斯家,凭自己的音乐本事生活。这小说描写英国上流社会的丑恶。

萧伯纳(1856—1950):剧作家,生于爱尔兰的都柏林。他的父亲是一位退休的小官吏。他的母亲比父亲小二十岁,会音乐,对萧很有影响。萧在十五岁时便能了解亨德尔、莫扎特、贝多芬、孟德尔松等人的作品。同时萧对绘画也很有兴趣。萧曾在都柏林受过小学教育,十五岁后便到土地管理所工作,以维持家庭生活。他一方面做文书,一方面也是一位好发议论的革命家。

1876年萧离开职务到伦敦另谋发展。这时他母亲也到伦敦当音乐教师。萧努力写作,都不成功,母子合作,共维持最低限度的生活。这期间,萧读书、学画,出席音乐会和社会改革演讲会等。于是认识当时英国社会主义者韦布,遂成终生知友。1883年萧听亨利·乔治演讲社会问题,萧深感于经济问题不单是道德问题,便开始读亨利·乔治的书《进步与贫穷》和马克思的《资本论》,自命为社会主义者。1884年萧和友人等共创缓进的社会主义的团体,初名"新生命协会",后名"费边社",开始宣传活动,开演讲会,出小册子,并写小说登载社会主义杂志,在文坛和报刊上开始活跃起来。

萧伯纳在初期的作品中已攻击资产阶级的任意独占为不道德。他的初期剧本即充满了尖锐的社会问题,如《不愉快戏剧集》中的三个剧本:《鳏夫之家产》(1893)、《华伦夫人的职业》(1898)、《追逐女人者》(1898)。在《鳏夫之家产》中,萧暴露了资本家的丑恶的引诱方法。在《追逐女人者》中,萧描写资本主义社会婚姻的庸俗。在《华伦夫人的职业》中，萧说明在资本主义社会中，污浊的事可以变成"可敬的"事业——事实上是剧中女主人公的顽强的摈斥和抗议。萧的《愉快戏剧集》包括如下剧本：《赣第达》(1894)、《武器与武士》(1894)、《支配命运的人》(1895)、《你不能讲》(1896)。《赣第达》写家庭和资本主义社会的伪善。《武器与武士》和《支配命运的人》都批评军国主义。萧的《清教徒三剧集》包括《魔鬼的门徒》(1897)、《该撒和克勒阿帕特拉》(1898)、《队长布拉斯邦的转变》(1898)。前二者都是历史剧，非难侵略政策。后一剧暴露资本主义社会裁判之不公正。萧的《人与超人》(1903)是社会的哲学的剧本，对资产阶级的文明的腐朽作尖锐的批评，具有理想的观念，称赞"生命力"。萧的《约翰牛的外岛》(1904)，非难英国人对爱尔兰的帝国主义政策，同时也嘲笑爱尔兰国家主义者反动的家长制倾向。萧的《巴尔巴拉少校》(1905)，暴露资本主义社会的博爱和虚伪。

此后萧伯纳的剧本从批判现实改而描写日常生活。如《结婚》(1908)、《贵贱联姻》(1910)、《十四行诗集里的黑肤夫人》(1910)、《医生的难题》(1906)、《芳利的第一个剧本》(1911)、《卖花女》(1912)，《安特洛克利斯与狮子》(1912—1913)。

《人与超人》是萧伯纳初期的代表作。他的哲学思想、"生命力"的学说，在这剧本中有充分的表现。他认为"生命力"是全宇宙的原动力，全宇宙的一切活动都靠这"生命力"而进展。因此人类也总受这"生命力"的支配。能够体会到这"生命力"的真髓的人，就是超人。如果世界上人人都能达到超人的地步，理想社会就可以实现。本剧中的女主角安尼，因父死而遗嘱上有两位保护人：一是老顽固阮姆斯登，一是革命青年坦纳，坦纳攻击一切既成制度。坦纳的朋友奥大维向安尼求婚，但坦纳却向奥大维大发议论，攻击婚姻制度。然而安尼却心爱坦纳。坦纳知道了，便赶快逃走，到了欧洲大陆的西班牙，又乘汽车飞奔。但在比里牛斯山却被土匪们捉住。坦纳在土匪中却处得很好，为他们演《唐·璜》剧以为消遣。安尼得知坦纳逃走，也约集友人乘汽车飞速追来，在他们演戏时赶上。于是坦纳就为安尼的"生命力"所捉住了，一道回英国去，终于结婚了事。

H·G·威尔士(1866—1946)：是费边社会主义者的文学家和思想家。他出身穷苦，少时在裁缝铺做过店员，经过自学，于十六岁时做了助教。后又得公费专攻生物学，得到硕学赫胥黎的教导，所以威尔士相信达尔文主义。

1893年威尔士改业新闻记者，对维多利亚时代以来的财政金融界最为痛恨。他主张和平主义的国际主义，认为进步只有从变革而来，他主张缓进的社会主义，即费边主义。

他认为革命不是政治的,不是经济的,而是科学的,因此他主张普及教育,科学才能创造美好的将来。可以说他是科学万能主义者。

他自称是一位新闻记者,因此他的小说也充满了议论。他的小说可分为三类:科学小说、写实小说、议论小说。前期的小说多属前两种,后期的小说多属后一种。前期的科学小说:《时间机器》(1895)写八十万年以后的世界、《看不见的人》(1897)、《宇宙之战》(1898)等。前期的写实小说:《爱情与刘维山先生》(1900)、《岂卜士》(1905)、《滋补药水》(1908)、《安·维隆尼加》(1909)、《波里先生传》(1910)、《新马几维里》(1911)、反战小说《布里特林先生看透了》(1916)等。

《爱情与刘维山先生》写青年主人公刘维山进大学念书,后作教师以维生活,梦想将来有大的成就。然而这时他陷入恋爱而结婚,因此经济发生困难,不得不为家庭琐事而放弃伟大的志向。

第二十一章 近代德意志文学

一、文艺复兴时期的文学

十字军东征后,德国各城市虽有发展,但由于他们自身组织不严,又由于封建诸侯的反对力量相当强大,所以德国没有能够像英法诸国那样形成中央集权的统一的民族国家,而由许多诸侯小邦、自由市和一千多个直属皇帝而实际完全独立的帝国骑士领地所组成,非常散漫。

到了16世纪初,德国的政治斗争已极度尖锐化,皇帝要削弱诸侯,诸侯则想推翻皇帝,而每个贵族又想和诸侯一样独立。中下层城市平民和乡村的农民则受到极大的压迫,因而城市的斗争和农民的起义时常发生,表现为资产阶级领导的宗教改革(新教反对天主教)和伟大的农民战争。在这些斗争中出现了若干人本主义者,其代表者为:

伊拉斯穆(1466—1536):生于鹿特丹,原是荷兰人,但因他是德国宗教改革者路德的朋友,他的人本主义的著作通过路德对德国起了很大的影响。1492年伊拉斯穆到巴黎求学,学成访英,为英国各大学及英王所接待。过后他到意大利,在罗马大受欢迎。过后再到英国,和汤玛士·摩尔为友。最后于1536年死于瑞士的巴塞尔。

伊拉斯穆的最重要的著作是一部讽刺小说《愚人颂》,这书在几年以内印了二十七次,译为许多种欧洲文字。这书深刻地嘲笑当时社会的罪恶,讽刺中世纪教会的虚伪,描写卑污的天主教僧侣,特别讽刺罗马教皇,说他靠人类的愚蠢而存在。

他和各国学者、君王、政治家的通信,是他那时代思想的反映,这些信的力量达到了欧洲的各个角落。

马丁·路德(1483—1546):生于中部德国的爱斯勒本,进过厄尔弗特大学,1507年就牧师职并在威吞堡大学任教。1517年教皇利奥第十派特策尔到威吞堡来贩卖赎罪券,路德就写下《九十五条论纲》,痛斥赎罪券的不合法,唤起民众,公开与教皇为敌,掀起了轰轰烈烈的新教运动。1518年他被召赴罗马,他又否认教皇有赎罪之权,甚至完全否认天主教的教义。1520年他受教皇"逐出教会,焚其著作"的处分,但路德把教皇的谕旨丢到火里烧掉。此后宗教改革运动遂弥漫全德。

1521年路德被召至沃尔姆斯的宗教会议,叫他抛弃他的主张,但他仍不屈服,被同情者把他隐藏在土林吉亚森林中的瓦特堡城,从事德文《圣经》之翻译。1525年他和一位逃出修道院的女尼结婚。晚年路德再从事新教的组织活动,但这时闵策尔领导的农民运动澎湃兴起,原来代表资产阶级的路德在革命面前后退了。

但从历史的观点来看,路德在反封建反旧教方面,仍属文艺复兴思想而有其时代的进步意义的。

路德的作品大多是关于宗教改革方面的,其中以《桌上谈话》为轻松可读的散文。

二、古典主义、启蒙主义时期的文学

德国在1618—1648的三十年宗教战争以后,拥护新教的诸侯获得胜利,保护旧教的皇帝的权力失坠。在这些诸侯之中,有一个勃兰登堡选侯国和普鲁士联合,在1701年正式成为普鲁士君主国家,属于霍亨索伦家族。原来兼德意志帝国(即神圣罗马帝国)的皇帝的奥地利君主国家则属于哈布斯堡家族。因此在18世纪的德意志帝国内部,除许多封建诸侯外,形成两个君主国互争雄长的局面。两个君主国都是贵族农奴主的王国,因为自16世纪西欧各商业国发展以来,普奥二国至此便逐渐成为西欧各国的粮食供应者了。

18世纪,奥地利的工商业也有相当发展,资产阶级想通过女王玛丽亚·特勒萨(1740—1780在位)和国王约瑟夫第二(1780—1790在位)实行一些改革,以图解放农奴而达到中央集权的国家,但因贵族农奴主的势力还相当强大而没有成功。所以终18世纪之末,奥地利仍是贵族农奴主的国家。

18世纪的普鲁士,则成为更彻底的军事农奴制的国家,尤其经过军事冒险家弗烈德大帝(1740—1786在位)的整理后,普鲁士完全成了一个贵族横行、剥削农民、军事专制、对外侵略的国家。七年战争(1756—1763)就是这种疯狂政策的结果。1772年以后,普鲁士更转而和奥地利、俄罗斯联合去瓜分贵族统治的纷乱无力的波兰。由于弗烈德大帝的侵略,18世纪的普鲁士版图扩大,人口也由二百万人增到五百万人了。

古典主义、启蒙主义时期的作家如下:

奥匹兹(1597—1639):是德意志的理论家、诗人。他的诗用语洗炼正确,但缺乏清新活泼的力量。他的《德国诗论》(1624)主张模仿法国文艺复兴期的诗。原来奥匹兹正当三十年战争的时候,德国变为荒凉,文学方面也只是模仿法意等国而已,此种模仿还继续了一百多年之久。

格林麦尔肖森(1625—1676):是三十年战争后一位现实主义的作家,是真正属于德国的作家。他写了一部小说《呆子的冒险》(1668),描写三十年战争中一位农家子的所见所闻,书中反映了许多当时的生活情况。故事是:一位农民的独子,简单朴素,在乡间过着和平简单的生活。三十年战争爆发,有兵士闯进他家,大烧大抢,他一人逃进森林,被一位老隐士所救,便向老隐士学习,变得聪明了。老隐士死后,他流浪各地,到处冒险,又投身到德意志皇帝军中,参加三十年战争,终于得到名誉地位,却忽然又全部失去,于是他再去冒险。几度人生的悲欢之后,他感到人世的寂寞空虚,便在退隐中度过余年。这小说虽在结尾中有一种空虚之感,但整体说来是富于现实性的,尤其对三十年战争的描写极其生动,至今仍是值得一读的书。

哥特舍德(1700—1766):是来比锡大学的教授,是德国古典主义理论的建立者,尊重形式,主张理性和体裁,努力推崇法国古典主义,著有《批判的诗法》(1730),他以认真的态度改革德国的文坛,使德国此后有产生名家的可能,所以他的功绩也不可埋没。

克罗卜斯托克(1724—1803):是脱离法国影响的德国民族文学的创始者。在诸侯割据的情况下,他要求民族统一的国家,乃是进步的思想,在当时也体现为资产阶级的思想,因此他也是古典文学的第一人。他生于奎得林堡,二十一岁时进耶那大学,研究神学。1748年他用匿名在《不来梅副刊》上发表《弥赛亚》前三章,便声名遍于全国。毕业后应丹麦宰相伯恩斯多夫的邀请,在丹麦住了二十年。丹麦宰相死后,克罗卜斯托克回国住在汉堡三十余年,完成了他的《弥赛亚》,死后国葬。他一生身心健康快活,性刚直,信宗教,爱祖国,活了八十岁。

《弥赛亚》是一首长叙事诗,实具抒情诗的性格,由二十章组成,内容写多罪的人间由"弥赛亚"(救世主)所拯救。第一章是圣父和圣子在天上的问答,第二章是恶魔在地狱计划害救世主(耶稣),第三章写耶稣在地上救人。精彩多在前三章。

他还有抒情诗集《颂歌集》,内有许多歌颂爱情、友谊、爱国、信神的诗,有很多好诗。

此外他还写了些剧本,比较差。

莱辛(1729—1781):是古典主义的最大的批评家和戏剧家。他生于卡门茨,1746年进来比锡大学,本想学神学,但他却很有兴趣于演剧,并和剧人们交往,这使他的家人头痛,把他召回家去。过后他到柏林,在那儿开始了文学生涯,写剧本,写评论,非常活跃。1760年莱辛被推荐为普鲁士学士会会员,但认为他没做过大学教授而被否决,他心中不快,便跑到布列斯劳去作总督的秘书。他在布列斯劳住了五年,这五年的生活相当浪漫,但对他此后的写作也有帮助。1765年他又回到柏林。1767年他被邀赴汉堡作新成立的"国民剧场"的评论员,但第二年"国民剧场"解散,他又回到柏林来。1768年王家图书馆差一名人员,有人推荐莱辛,但弗烈德大帝偏心崇拜法国,所以给一位法国人了。莱辛这时年已四十,还没有固定的收入,也许是因为在大学时没有学过"糊口学问"吧,只靠卖文度日,还要担负父母弟妹的生活和学费,因此非常困难。但莱辛为人恬淡乐观,毫无怨言。

1776年他才结婚,已经四十七岁了。第二年生了一个小孩,马上又死去,不久妻子又死去。莱辛的晚境益觉凄凉。但他这时却在和汉堡的牧师长郭策为了神学问题而大打笔墨官司。宗教剧《贤人拿丹》就是这时所写的。此后健康越来越坏,1781年去世,才五十二岁。

莱辛在戏剧方面的代表作有下列五本:

《桑卜松女士》(1755)写一男二女的三角关系,是仿照英国当时的资产阶级剧本,写普通人,不写王侯将相和英雄豪杰。并且用散文写。

《菲洛塔斯》(1759)是独幕剧,写王子菲洛塔斯替父出阵作战,过于勇敢,冲入敌阵,为敌人所俘。他听说敌人的王子也被本国所俘,而且敌人正在准备交换俘虏。菲洛塔斯恐这样于本国不利,便伏剑自杀。本剧对话简洁,对古代的希腊的"三一律"作新的解释,即对法国剧那种机械地遵守"三一律"表示不满,莱辛认为在"行动"上应求其统一之外,"时间""地点"可以自由些。

《明娜》(1767)是莱辛的杰作,是描写七年战争的古典喜剧。故事是:普鲁士的少校特尔海姆在七年战争中驻在敌方原地区土林根,由于他对土林根人的宽大态度,感动了当地的富家女子明娜,两人便订了婚。战后特尔海姆离了军队,受人诬告吃官司,精神物质两陷绝境,他这时觉得自己已失去名誉,便断绝和明娜结婚的念头,住在柏林旅馆,无钱付账,被店主将行李抛出房间,让新来的一位女客人居住。这位女客人就是明娜,原为寻找特尔海姆而来的。特尔海姆因店主人讨债,曾将订婚戒指质与店主,店主把这戒指卖给女客人,她才知道前一位住客是她的未婚夫,忙把戒指买下之后,便跑去和特尔海姆拥抱,却被他拒绝了。明娜这时心生一计,说自己因爱特尔海姆而被反对的伯父夺去了承继权,现在也变成一个穷女子了。特尔海姆于是生了同情心,觉得应该保护这女子,愿和她结婚。这时国内来了命令,说特尔海姆的诬告被洗刷,恢复他的名誉。这时明娜却说自己是穷女子,不配和有名誉的少校结婚,拒绝特尔海姆。这时明娜的伯父赶来,说明真相,使双方重归于好。这剧充满了爱国心,代表当时德国资产阶级拥护国王以建立统一的民族国家的观念,是德国最初的民族戏剧。

《爱米丽亚·加洛蒂》(1772),这剧的材料取自路易十四时代的意大利,剧的精神是反对封建诸侯专制政治的横暴。故事是:王子恭扎加迷恋阿匹安尼伯爵的未婚妻爱米丽亚·加洛蒂的美貌。在他们结婚那天,恭扎加带人在中途把阿匹安尼杀死,把爱米里亚抢走,爱米丽亚为了保持贞操用短剑自杀,和她一道的父亲是有武士精神的人,便从女儿手中把短剑拿过来,说是自己杀死女儿的,自愿受罪。

《贤人拿丹》(1779)是一本提倡宗教自由的剧本。内容是:耶路撒冷的犹太人拿丹很有钱,回教主苏丹要搞他的钱,出难题难他,问他回教、基督教、犹太教哪一教最好。拿丹回答说,一个父亲把三个同样的戒指给三个儿子,每个儿子都以为他自己的戒指最好。用这比喻来说明各种宗教都是一样的。

莱辛的文学评论有以下三书:

《文学书简》(1759),假设一位受伤休养而好文学的军官,有人向他写信讨论文学,共一百二十多封信。莱辛主张文学要模仿自然,德国文学要独立,必须学莎士比亚。

《拉奥孔》(1766),以梵蒂冈宫保存的希腊化时代父子三人被蛇缠咬而死的雕像为题材,讨论诗和画的界限。他说画只需要空间,诗却需要时间和空间。他问了一句名言:"为何拉奥孔的口开着而不叫唤呢?"

《汉堡戏剧论》(1767—1769),是莱辛在汉堡"国民剧场"工作时所写的戏剧评论,排斥法国剧的影响,推崇古希腊和英国剧,尤其推崇莎士比亚,以达到德国民族戏剧的建立。

魏兰(1733—1813)：是德国古典主义的小说家和诗人。生于比伯拉赫的牧师之家，幼年受严格的耶教教育。过后进推宾根大学学法律，并研究语言、哲学、历史。

魏兰初期(1750—1759)写宗教教训诗，即受了幼年教育的影响。1765年结婚之后，他完全变为相反的人，成为热爱人生的享乐主义者，认为真理在官能满足之中，道义在人生欢乐之中。写的作品也采取轻松活泼的形式，趋向于沙龙贵族的华丽作风。这时期他写了小说《亚加通的故事》(1766)和讽刺小说《亚布得里特的市民们》(1776)和他的最有名的史诗《奥伯隆》(1780)。

讽刺小说《亚布得里特的市民们》是一部启蒙的小说，它使人运用理智来考虑并分析人间社会的一切事物的真相，不要只看表面。本书共分四部，第三部《驴影》对于当时资产阶级那种只讲所有权而忽视事实的法律，大加讽刺。故事是：一位医生下乡去诊病，租了一匹驴子代步，但因天气太热，沿途又没有任何房屋树木可以荫凉，医生只好下驴来躲在驴腹下面的影子里暂时荫凉；殊不知驴夫却提出抗议，说医生只租驴子，没有租驴影，要求医生加价，医生拒绝，便到法院起诉。初审中有二十名法官，十二名赞成医生，八名赞成驴夫。驴夫败诉不服，又上诉到高等法院，其中有法官四百名；开审那天许多人去旁听，各方的律师大逞辩才，弄得四百名法官无所适从，结果把驴子撕裂才算解决；因为驴既不存，驴影也就没有，问题就根本没有了。其中医生的律师发表的一篇演说辞，侃侃而谈，把当时的法律表面恭维、实际大大讽刺一顿，认为它们全无理智。

狂飙运动与赫德(1744—1803)：狂飙运动是18世纪70年代和80年代德国小资产阶级知识分子所掀起的一种文学运动乃至社会运动。之所以得名，是由当时一位作家克林格所写的一本戏剧叫《狂飙》。当时德国封建王侯的势力相当强大，而资产阶级的启蒙运动又软弱无力，不足以对抗封建势力，甚至和封建势力妥协，所以一批小资产阶级的青年起来主张打破一切道德、秩序和法则，提倡空想、感情和天才，所以这十多年又被称为"天才时代"，其间有一位诗人拉瓦特所讲的几句话很能代表他们的宗旨："天才不是学来的，是学不来的；不是借来的，是借不来的；是模仿不来的，是神圣的。天才只发光，它创造；它不安排，它只存在。天才超自然，超艺术，超才干，它是个人主义……天才的道路是闪电的道路，是雄鹰的狂风暴雨的道路。"所以这时又称为狂风暴雨时代。他们一方面反抗德国的封建专制的现实，具有民主倾向，但另一方面却缺乏现实的斗争纲领。这在反动派的攻势之前就只有败退了，但它对以后的浪漫主义时期却起了先锋作用。

狂飙运动的主要作家有赫德(1744—1803)、克林格(1752—1831)、伦兹(1751—1792)、休巴尔特(1739—1791)。歌德和席勒在初期也曾参加这一运动,但过后又离开了。

赫德是思想家兼作家,是18世纪资产阶级的启蒙运动的温和派代表。他父亲是教师,他本人在哥尼斯堡大学受过教育,在那里听过康德和哈芒(1730—1788)的讲义。从1764年到1769年他住在里加。他对德国文学起了重大作用。他的文学批评方面的最初作品《近代德国文学论断片》(1767)和《批评论丛》(1769),表现出他是莱辛的拥护者,为现实主义而斗争(如《莎士比亚论》,1770),反对那些德国作家的法国崇拜狂(即古典主义的追随者),但是赫德和德国启蒙运动领袖们的战斗的政治民主主义还隔得很远。赫德认为诗歌决定于自然环境、时代、每个民族的特性,并和有机体一样发展。他指出人民诗歌作品的"自然的"基础,和"艺术的"书卷诗对比,他又宣传早期文化的"纯朴的天才"(如论荷马、峨相、犹太诗、德国民歌等)。这种当时很新的见解和它的民族性,虽然是进步的而且具有一些辩证法的因素,但却结合着对人民性的保守而唯心的解释,以致后来时常被"民族的"反动派所利用。赫德的巨大的直接的影响表现在"狂飙运动"的诗人们身上,其中包括1770年他在斯特拉斯堡认识的少年歌德。

赫德的杰作是一本广泛的选集《诗歌中各民族的声音》(1778—1779),包括各民族的诗歌的材料,其中有斯拉夫民族的,还有关于古西班牙人民诗歌时代的英雄希德的传奇的翻译《希德》(1803)。赫德强调艺术作品中的非理性的"恬静",引起19世纪初的反动的浪漫主义的倾向。

歌德(1749—1832):是德意志18世纪末和19世纪初的、也是德国古典主义的、最伟大的作家和思想家。他一生活到八十三岁,所阅历的重大事件很多,用他自己的话说,"我亲见七年战争,美国脱离英国而独立,过后又看见法国革命以及整个拿破仑时代"。同时还有俄国发生的在布加乔夫领导下的农民革命,和英国的工业革命。因此,按恩格斯的说法,"伟大的德国人"歌德的艺术,在一切复杂和矛盾之中,反映了旧的封建的没落过程,也反映了新的资本主义诸关系之确立。

歌德的一生可以分成三期来说明。

第一期(1749—1775)。歌德生于梅恩河上的福朗克府,家庭富有。1765—1768年在来比锡大学学法律,但他自己却有兴趣于医学、哲学和文学。1770年他到斯特拉斯堡的时候,和狂飙运动的重要领导人赫德认识,并参加了这一运动。这时期歌德写了不少的热情奔放的作品:诗歌如《五月的歌》,剧本如《葛兹》,小说如《少年维特之烦恼》(1774),所以第一期是狂飙运动时期,反封建专制时期。

第二期(1775—1786)。1775年歌德应韦马公爵的邀请到韦马去。韦马是当时一个不大的公国,人口只有十万,军队只有六百人,只有两个重要城市,韦马和耶那。歌德是生性活泼的人,在韦马十一年,担任过各种公职,最后且作了内阁总理。第二期是和封建主义妥协的时期。

第三期(1786—1832)。1786年歌德悄悄地跑到意大利去了。他多年梦想着这南国的天地可以回复他诗人的感情,以图再献身于艺术。其实是狂飙运动时期的对人的感情,以稳重的步伐重新恢复。歌德到意大利之后,先后到过威尼斯、佛罗伦萨、罗马、拿波里。精神焕发之余,创作力特别旺盛,在意大利期间先后完成了几本戏剧:《在陶里斯的伊菲根尼》《艾格蒙》《托加托·塔索》。1788年歌德回到韦马,和乌尔比乌同居,写抒情诗《罗马哀歌》。1794年和席勒订交,两诗人互相勉励,这时各方面的创作很多,其中有叙事诗《赫尔曼和朵洛特亚》(1797)和长篇小说《威廉·迈斯特修学年代》(1795—1796)。1805年席勒死去,歌德精神上很受损失。此后在1808年发表诗剧《浮士德》第一部,1809年发表小说《亲和力》。以后发表自传《诗与真实》(1811—1814),诗集《西东诗篇》(1818),长篇小说《威廉·迈斯特游历年代》(1829),诗剧《浮士德》第二部(1831)。第三期是创作丰富时期。

《少年维特之烦恼》是用书信体写的小说,书中主人公维特爱着友人阿尔布勒希特的未婚妻洛蒂,因不成功而自杀。这本小说使歌德一跃而成名全欧。它反映狂飙运动时代的精神,反对一切的拘束,但也暴露出狂飙运动精神的没落,因为主人公自杀了。

《赫尔曼和朵洛特亚》是歌德最好的叙事诗,描写法国大革命时代难民逃到来茵河右岸的时候,难民中有一女子朵洛特亚被旅馆主人之子赫尔曼所爱,后经父母之同意而结婚。歌德在这诗中把德国资产阶级诗化了,所以恩格斯说"这是资产阶级的田园诗"。

《浮士德》是歌德的代表作,是分上下二部的诗剧。第一部初稿起于1773年,第二部完成于1831年,共历时六十年,可说是歌德的毕生大作。第一部定稿完成于1789年法国大革命之后,歌德在这书中反映出启蒙主义的追求真理的精神,浮士德博士不倦地追求真理,不惜以自己的灵魂向恶魔作赌注,希图能得到知识的满足。书中描写老博士夜坐攻书,心情不宁,不满于以往几十年所学而自叹:

啊!我已经学过了哲学,
法律和医学,
而且也学过了神学,
在学习期间我热心苦读。
现在我却仍是一个愚人!
和从前一样的光景;

恶魔便来诱他,引他去遍历人间的逍遥快乐,只要能使浮士德大叫"满意,停下来吧"!那时恶魔就可以把浮士德的灵魂取去。浮士德游至城门口一段很富于人民性;那儿有农民、学徒、市民、职员、学生、兵士,都描写得生动活泼,纯是当时各种普通人民的形象。《浮士德》是德国18世纪、19世纪间进步思想的最高的艺术成就。它反映了启蒙主义的对"人"的信仰,对"理性"的崇拜,肯定善战胜恶,进步力量要战胜反动力量。第二部提出了集体劳动的思想,在当时是很难得的。

席勒(1759—1805):是和歌德齐名而同时的大戏剧家和诗人。他的生涯也可以分成三期来说明:

第一期(1759—1787)。席勒生于南德的符登堡的马尔巴赫城,那时正值七年战争最激烈的时候。他父亲是一位下级军医官,从军出征去了,所以他幼年受他母亲的教养,过了一时牧歌式的生活。1773年他受领主符登堡公爵的命令,离家到斯徒加特去进一所古老专制的学校念书,一共八年。他受了这种不合理的教育,反养成了一种反抗的心理,每夜偷偷地写成了他第一本反抗压迫的悲剧《群盗》(1781)。这剧1782年在曼海姆上演,立刻全国闻名,但符登堡公爵大怒,把席勒拘禁起来,不准他再写剧本。二十三岁的富于反抗性的席勒向自己说,"我的骨头不想埋在故乡",便偷跑出来,辗转逃亡,1783年到曼海姆,在剧场中任职。从此陆续写出了几部反抗性的悲剧:《费斯哥的叛乱》(1783)、《阴谋与恋爱》(1784)、《董·卡洛斯》(1787)。这时期正当狂飙运动时期。

第二期(1788—1798)。1788年席勒到韦马,和歌德相识,但初期他们二人还不十分理解。这时期席勒结婚,并任耶那大学历史讲师,但因病重又辞去教职。因生活困苦,乃接受丹麦王子的补助年金。于是他得以安静下来研究历史和哲学,写了《三十年战争史》等书。这时法国大革命后,政权已入雅各宾党人之手,革命政府赠席勒和华盛顿等人以名誉公民的尊号,因为席勒是为自由而奋斗的人物。但这时的席勒却沉潜在平静而多病的生活中去了。

第三期(1799—1805)。1794年席勒和歌德才入于非常理解的阶段,歌德并介绍他入韦马作宫廷诗人,韦马公爵并向皇帝保准席勒为贵族。友谊的鼓励使双方都重振精神,从事文学的写作。1799年席勒写出了他的代表作悲剧《华伦斯泰》三部曲,过后又陆续写出《玛丽亚·斯图亚》(1800)、《奥尔良的少女》(1801)、《麦西拿的未婚妻》(1803)、《威廉·退尔》(1804)。1805年席勒死去,年四十六岁。

《群盗》,据恩格斯的意见,是德国最初的带有政治倾向的剧本。内容描写摩尔伯爵有两个儿子,哥哥被奸巧的弟弟进逸,被父亲放逐,便铤而走险,上山为盗,以反抗专制,铲除人间的不平,也反对宗教的黑暗腐败。这剧可代表青年期的席勒和狂飙运动的精神。

《华伦斯泰》是历史悲剧,描写三十年战争时期的伟人华伦斯泰,出于自己的野心,失去理智而陷于迷信,并由于奸人的诱陷,终于背叛祖国,后被部下暗杀。

《威廉·退尔》是一部世界闻名的争取民族独立和自由的悲剧。内容描写瑞士三州人民在威廉·退尔的领导下,起来反抗并推翻奥地利的统治。

三、浪漫主义时期的文学

1789年法国资产阶级大革命之后,拿破仑进军德意志,曾使德意志诸邦的封建地主遭受打击,并使诸邦的资产阶级相当活跃起来。但自1815年拿破仑失败后,德意志诸邦又恢复了反动地主政权的统治,同情资产阶级改革的人被投入牢狱。那些所谓德国"民族主义者",为了想隔离先进法国的影响,竟提议在德法边境制造无人区,把野兽运到那儿去。这种政治的分崩离析和各邦的落伍,使资本主义的发展大感困难。然而大工业的发展终究还是有些进步的,30年代的蒸汽机有相当多的增加,资产阶级要求经济政治的统一运动也慢慢抬头,具体表现在30年代初期德意志各邦缔结关税同盟,而1832年在汉堡召开了资产阶级领导的"地方宪法周年纪念会",提出了"统一德国,改建共和"的政治口号。

在这些阶级力量的反复消长过程中,文学上的浪漫主义也由于反映不同的阶级意识而有进步的和反动的之分：

耶那派：这是集聚在耶那的一批青年所提倡的反动的浪漫派,他们代表反动的地主贵族的封建意识,他们借"民族主义"的招牌,反对法国资产阶级的革命,也反对国内的反君主的政治运动。他们的文学带有反启蒙的、主观的、颓废的、神秘的性质。这派的代表人物有 W·施勒格尔(1767—1845)、F·施勒格尔(1772—1829)、诺伐里斯(1772—1801)、L·蒂克(1773—1853)等。

海德堡派：这派以海德堡为中心地、他们的倾向和耶那派差不多。海德堡派的代表人物有布伦塔诺(1778—1842)、阿尔宁(1781—1831)、J·格林(1785—1863)、W·格林(1786—1859)、爱申多尔夫(1788—1857)等。

霍尔得林(1770—1843)：是浪漫主义的诗人和小说家。他反映资产阶级的反封建情绪。霍尔得林生于施瓦本,和哲学家黑格尔与谢林是同乡,而且从学生时代起他们就很要好。霍尔得林毕业后做过几年家庭教师。在恭塔尔德家做家庭教师时,和恭塔尔德夫人发生爱情,后不得不离开,他便到法国去了。1802 年恭塔尔德夫人死去,他忧伤之余便得了精神上的不治之症。

霍尔得林的作品反映了德国资产阶级的民族统一的愿望,同时又反映了德国资产阶级的软弱,如他的诗《致德国人》所表现的。他具有当时资产阶级的启蒙思想,对古代的民主政治表示崇拜,但又认为古代的政治自由和美梦已经无法恢复,这在他的哀歌《希腊》中表现出来了。他的代表作是小说《希伯里昂》(1797—1799)。希伯里昂是一位高贵的希腊青年,是诗人而兼国士。他是 18 世纪 70 年代希腊独立战争时代的人,却憧憬着古代的希腊。他游历卡劳勒亚岛时,认识一位高尚的希腊少女迪奥提玛,互相热爱,过着和平幸福的日子。这时他接到祖国友人的来信,说希腊已燃起反抗土耳其的战火,促他回去参加,他燃起了爱祖国的热情,和迪奥提玛告别。但他回国后发现希腊同胞非常卑鄙,他在战场上负伤之后,打算回卡劳勒亚岛去和迪奥提玛结婚,但这时他接到消息说迪奥提玛死了。希伯里昂失望之余,便到德、意等国去过漂流生活,终于在自然的怀抱中发现和平的灵魂而返回祖国去作隐士。

克来斯特(1777—1811)：是反动的浪漫主义戏剧家和小说家。他出身于普鲁士贵族家庭,世代都是军官。他反对资产阶级革命;当时拿破仑占领德国后所作的一切改革,他都反对。但他对他所生长的贵族社会也感到幻灭,这反映在他的喜剧《破罐子》(1808)中,这剧嘲笑封建的法庭。这种幻灭也反映在小说《米海尔·科尔哈斯》(1810)中：贩马商人科尔哈斯具有人民大众的正义感,他的马被容克贵族的儿子所夺,他向法庭控告,都遭失败,便流为强盗,和贵族斗争,以维正义。但是克来斯特的现实主义的因素和他的基本的反动倾向深刻矛盾,这反映在他的两本反拿破仑的剧本中:《赫尔曼之战》(1808)、《浑布尔公子》(1809)。在这两本剧本中,克来斯特的社会民主的改革思想转变为贵族立场的民族独立和各邦统一的爱国主义思想去了。

他其余的戏剧带有悲观主义和神秘的色彩,如《希罗芬斯坦之家》(1803)、《彭特西里亚》(1809)。在浪漫剧《克特兴》(1810)中,克来斯特把中世纪的王国理想化,和命运作妥协。

1811年克来斯特觉得拿破仑的势力已无法反抗,便和他的爱人一道在柏林附近的一个湖边自杀了:先杀爱人,然后自杀。

《浑布尔公子》写勃兰登堡选侯与瑞典人战,公子违背军令先期出战,却把敌人打溃了。事后军法会议,认为公子违背军纪,判处死刑,公子大惧,托爱人去向选侯说情,选侯说:"如果你认为死刑不当,我可以立刻赦免你。"这时公子再三反省,觉得自己实在错了,于是认为死刑正当,自愿受刑。这时选侯认为儿子已经知道错误,却又把他赦免了。

《赫尔曼之战》写古代日尔曼人反抗罗马帝国,争取独立。

霍夫曼(1776—1822):是神怪小说家,生于东普鲁士。他身材短小,蓬头锐眼,口边常常含着烟管,时时出入于酒楼菜馆,作风特别,轶事很多。他是小说家,又是音乐家,也会绘画,同时又是法院的判官。生活近于疯狂,同时又很幽默。1806年耶那之战,普鲁士大败于拿破仑,霍夫曼也随之失业,各处流浪。他曾做家庭音乐教师,和那家的十五岁的少女恋爱,两年之后又告失恋。从此他开始他的文学活动,写了若干神怪小说:《黄金宝壶》(1813)写一位大学生和一条蛇结婚,蛇的嫁妆是一个充满宇宙玄秘的黄金壶。《恶魔的灵液》(1815)写一个僧侣吃了恶魔的灵液而起了凡心,为了追求一位来忏悔的女人而浪游各处,干了许多奇怪的事。《夜间故事》(1817)是八篇神怪短篇小说的集子。《塞拉比翁俱乐部》(1814—1821)是三十篇小说、童话、传奇的集子,其中有一篇《桶匠老板马丁和他的学徒们》写老板有一位漂亮的女儿,于是一些骑士、贵公子、富家青年都来给老板当学徒,闹了很多笑话。《猫咪穆尔》(1820—1821)借猫的自叙传来讽刺人间的弱点,攻击启蒙主义者,很多滑稽的地方。

霍夫曼的作品是德国19世纪初现实矛盾的反映,他的资产阶级世界观向贵族思想投降,结果他成了反动的浪漫主义者。

沙米梭(1781—1838)：是民主的浪漫主义者。他的父母都是法国贵族,大革命时逃到德国来的,而沙米梭本人却是共和主义者。所以他自己写过："在德国我是法国人,在法国我是德国人。在新教徒中我是旧教徒,在旧教徒中我是新教徒。在贵族眼中我是共和主义者,说是平民主义者,我又是贵族。无论走到哪里,我都无处可去。"

沙米梭的作品反映了20年代德国社会民主力量的增长。他的叙事的抒情诗《蓬古王宫》同情废除封建制度,描写希腊人民为独立的斗争。他的童话《彼得·史勒米尔的奇异史》(1813)是全世界有名的浪漫童话。故事是一个人把他自己的影子出卖给魔鬼。他无论走到哪里,人家看见他没有影子,便来嘲弄他、追逐他。最后他得到了一双七里鞋,穿起来每走一步就是七里,于是人家就追他不上了。

乌兰(1787—1862)：是民主的浪漫主义者,生于南德的施瓦本。他青年时代从事政治活动,主张民主立宪的议会政治,后来才开始写诗。他为人简易亲切,好笑谈而不伤雅。他的诗极为一般民众所爱读,也常被音乐家谱入歌曲。1807年他发表了他的初期诗集,内有很多有名的短诗,如《牧人的礼拜日歌》、《海边城堡》等。以后他又写了很多叙事的抒情诗,轻松简洁,人人爱读,尤其《我有一个朋友》一诗仍为小学生必读之诗。兹录《海边城堡》：

"海边城堡雄,
　是否君看见?
上有红金光,
　浮云多灿烂。"
"海边城堡雄,
　我早已看见,
明月照当空,
　大雾起弥漫。"

四、批判现实主义时期的文学

19世纪30年代和40年代,德国工业有相当的进步,因而工人的人数也有增加。1844年西勒西亚地方的织工起义就说明了德国工人已有独立力量来登上历史舞台。但德国各邦这时仍是封建势力占优势。资产阶级内受工人和人民大众的支持,外受法国二月革命的影响,也于1848年掀起革命,要求民主和统一。但懦弱的资产阶级看见工人和人民大众势力抬头,便恐怖起来而投向封建势力,联合起来镇压工人和人民大众,提出"由上而下来统一德国"的口号。

1848年以后,德国工人和人民大众面临的是封建势力和资产阶级联盟的统治集团,工人群众也开始组织政治团体来从事斗争。

此时期的作家如下:

海涅(1797—1856):是批判现实主义最大的诗人。他生于来茵河边杜塞尔多夫的一家不富裕的犹太人家里。在拿破仑占领德国期间,海涅接受了民族的、民主的思想和教育。但拿破仑失败后,德国封建势力又恢复,文学上的反动浪漫主义抬头。海涅这时已上大学,以资产阶级的民主主义的姿态在德国文学界开始工作。1817年他开始写诗,直到1827年便集为第一本诗集《诗歌集》,其中都是抒情诗,是歌德以后的最好的抒情诗,充满了进步的民主气味,尤其是其中的《北海诗抄》更是世界闻名。他歌颂海:有时愤怒狂暴,有时和平安静,却总向前进。他用海来赞美人生永远向前的活动,这时他已开始和反动的浪漫主义作斗争。

1824—1830年海涅曾到各地旅行,所写的《旅行记》是一本充满政治讽刺的散文,表现出对于德国当时政治的不满,对封建制度的腐败躯壳加以嘲笑,其中包括最有名的《哈尔茨山游记》和《北海》。

1830年法国的七月革命把海涅从封建德国的窒息的环境里唤醒起来,他向往当时的革命首都巴黎,便于1831年5月1日来到巴黎。在这里他和法国的进步知识分子们接近,如巴尔扎克、乔治·桑、肖邦等。在巴黎,海涅对于以路易·腓力普为首的资产阶级王政大感失望,对资产阶级的庸俗自私非常厌恶。这时他的思想转向于圣西门的空想社会主义,参加政治活动,沟通德法关系。

1841—1842年海涅写了《阿塔·特洛尔》,是攻击德国文化、人物、社会状况的政治诗集。1843年底,海涅在巴黎和马克思认识,这对海涅的政治认识的发展很有关系。这时候海涅便回到别了十三年的德国去,希望有所作为。回去之后,看见封建王侯仍然高居宝座,资产阶级软弱无力,德国仍分成三十余邦,毫无统一的希望,所以海涅在1844年1月又返回巴黎。这一个冬天在德国旅行的见闻,使他写成了他的有名的政治讽刺诗《德国,一个冬天的童话》,其中充满了爱国热情,讽刺封建贵族和僧侣之处也很多。如他刚回到德国边境,听到一位少女在歌唱,歌词是那些僧侣写来歌颂天国的。这时海涅写道:

> 我知道这些旋律,这些歌词,
> 知道这些词句的作者大师们。
> 他们在屋里私自饮酒,
> 在门外却假意用水劝人。
>
> 新的歌,更好的歌,
> 啊!朋友,让我替你们制作——
> 我们要在地上
> 建筑起天国。
>
> 我们要在地上得到幸福,
> 再不愿老是饥肠辘辘,
> 再不愿把劳动的两手获得的东西,
> 拿去饱那吃闲饭的肚腹。

过后海涅看见故乡的风光,甚至连路上的粪土,都引起了他的爱国之情,他于是写道:

> 这正是我故乡的空气!
> 发热的脸颊感到了它的气息!
> 那陆路上的粪土,
> 也是我祖国的香泥。

1844年西勒西亚地方的织工起义,海涅写了一首诗《西勒西亚织工》来歌颂这一起义。同年他又发表了《新诗集》,把《诗歌集》以后的抒情诗集合印行,其中也充满了热烈的感情,其中有名的是《时代诗篇》。

40年代中,海涅也写政治论文,认为法国国王路易·腓力普不过是金融工业资本家的代表,认为工人阶级的社会活动必须有团结有理论。

1848年欧洲各国革命的时候,海涅写诗来鼓吹德国应成为统一的民主共和国,这时他是"革命的吹鼓手"。

1848年革命的失败,使海涅精神上肉体上都大受损失,此后时常生病,带上悲观的情调。但他仍然相信会有新的进步的战士来为将来的事业努力的。

海涅一生大体上是为进步事业而奋斗的战士,所以当希特勒法西斯在德国当权时,便把海涅的纪念碑毁掉,把他的书烧掉了。只有在今日的进步的人类中才配继承他的遗产。

"青年德意志"派与古兹科夫(1811—1878):"青年德意志"派是19世纪30年代德国资产阶级自由派的一群作家,他们的态度是反对封建和宗教的反动派。他们的出现是由于30年代资产阶级民主运动的抬头。他们的作品反对浪漫主义,关心社会和政治问题。他们的艺术理论反对浪漫主义的主观理想,同时也拒绝韦马的古典主义。他们要建立文学上的民主倾向和接近政治斗争。由于他们思想上的不明显、政治上的局限和艺术上的软弱,他们在文学上没起多大的作用,恩格斯批判他们是单纯的宪政主义者或更单纯的共和主义者。

"青年德意志"派主要为以下数人:伯尔尼(1786—1837)、维恩巴格(1802—1872)、古兹科夫、劳伯(1806—1884),海涅初期也是这派的人。其中比较有成就的是古兹科夫,他最初做新闻记者,受法国七月革命和圣西门的影响而从事政治活动。1838—1842年他编辑新闻《德国电讯》,青年恩格斯也曾参加这工作。

古兹科夫的代表作是1847年写的悲剧《乌利尔·亚科斯塔》。亚科斯塔是犹太人,他是开明的犹太人马拉斯的家庭教师,教这家的女儿犹狄特。亚科斯塔爱犹狄特,但她已和约阿赫订婚。约阿赫旅行归来,正值亚科斯塔出了一本书,而这本书被犹太教的僧侣们认为异端邪说。亚科斯塔并不改变他的学说,遂被僧侣咒诅"女人的爱情决不会接近你",可是犹狄特听了这话却热烈地爱起亚科斯塔来了。亚科斯塔这时被关进忏悔所,他受了母亲的劝说和马拉斯允许把女儿嫁给他作条件,他准备撤回他的学说。这时约阿赫用奸计使马拉斯家陷于破产,为了挽救,必须和约阿赫合作,于是犹狄特允许了做约阿赫的妻子。等到亚科斯塔撤回了他的学说之后,他发现母亲已死,犹狄特也已允许做约阿赫的妻。他几乎疯狂,跑到犹太教徒的会场去宣布说,像伽里略取消撤回地动说一样,他也取消撤回他的学说。同时他决心杀死约阿赫,但当他发现他们时,他们正在交换戒指。亚科斯塔睹此情景,痛苦万分,装上子弹的枪也放下来了,默默无言地走到犹狄特面前,犹狄特却要求亚科斯塔让她死在他的怀里,因为犹狄特先已吃了毒药,现在药性已发作了。犹狄特死后,亚科斯塔跑到舞台背后去也开枪自杀了。

这悲剧的主人公亚科斯塔是一位犹太人的自由思想家,成了宗教迫害的牺牲品。这悲剧描写勇敢的思想家,为研究的自由和真理的庄严而奋斗,反对教会的虚伪、专横和迷信。所以恩格斯称作者古兹科夫为"青年德意志"派中"最明显、最易了解"的作家。但古兹科夫的政治见解始终不能超出自由资产阶级的口号:集会自由、人身自由、印刷自由、妇女解放等。1848 年革命之后,由于资产阶级恐惧工人阶级,古兹科夫和反动派妥协了。

布赫内尔(1813—1837):现实主义的戏剧作家兼革命的民主主义者。他青年时代即从事政治活动,同情平民,反对贵族。由于脑病而夭折。

布赫内尔的史剧《丹东之死》(1835),以 1739 年法国资产阶级大革命为题材,反映了他的革命的民主主义。剧中描写罗伯斯庇尔和丹东的对比,都是激进的革命者,而前者是素朴的禁欲主义者,后者是官能的享乐者,因而决定了丹东之死的命运。以技术而言,缺乏戏剧的紧张,但这剧本在德国文学上第一次表现了人民大众是历史过程中的决定力量,强调群众运动在社会经济因素上的意义。

他的悲剧《伏伊采克》(1836)是技术上最成功的作品。伏伊采克是一位老实贫穷的兵士,受人侮辱,被上官当作动物使用,一切忍受,为了美丽的妻子。但他的妻子却欺负他,和军乐队的少校官偷情,这使伏伊采克狂乱达于极点,把妻杀死,而后自杀。这剧中第一次以无产阶级的人物搬上舞台,雇佣工人和他的主人之间的矛盾达到了极度的紧张,其中的对话也极尖锐而有力。

他还写有喜剧《勒翁士和林纳》(1836),和未完成的小说《林兹》。

布赫内尔的艺术作品和政治活动,都是反对德国封建的反动政治,并反对德国的反动的浪漫主义。

赫尔维格(1817—1875):是 1848 年革命前的政治诗人。他的诗集《一个活人的诗》(1841),就是德国资产阶级民主运动初期的诗。这诗集发表于 1844 年的第一次工人政治运动(即西勒西亚织工起义)之前三年。他是 1848 年革命的黎明的歌手。

在赫尔维格的诗里,充满了人生的快乐和对人民的热爱,同时对压迫者痛恨。他勇敢地暴露宗教和政治的当权者,批评小市民的庸俗和动摇,反对"纯文艺"的观点。他认为诗人的义务就是鼓励人民起来反抗国王、贵族和僧侣。为了自由的统一的和民主的德国,他号召人民起来革命,为自由而作正义的战争。

1842 年赫尔维格在科隆和马克思认识。那时,为了"诗与政治斗争的关系"的问题,赫尔维格曾和另一位革命诗人弗勒里格拉特(1810—1876)发生有名的论争。当时弗勒里格拉特主张诗人应不卷入政党的纠纷之中,而赫尔维格主张:

政党如胜利的母亲,诗人如自由的战士,必须用诗来协同作战。这时赫尔维格写了一首诗《政党》(1842),登载在当时马克思所主办的《来茵新闻》上。

后来,赫尔维格的政治路线发生错误,走到和普鲁士国王妥协的地步。1848年以后,赫尔维格什么诗也没有写了。兹录赫尔维格的诗的两节于下:

> 工人们,觉醒起来!
> 认识你们的力量!
> 你们可以叫机器停止,
> 因为你们的手臂很强壮。

> 把双重的枷锁打倒!
> 把奴隶制的悲惨打倒!
> 把悲惨的奴隶制打倒!
> 面包是自由,自由即面包!

维尔特(1822—1856):恩格斯说维尔特是"德国无产阶级的最初的和最重要的诗人"。维尔特生于得特莫尔德,最初做商业职员。1843年他到伦敦,和宪章党人运动接近,先后在恩格斯和马克思的指导下研究政治经济学,并和工厂工人们一起生活。1845—1848年维尔特发表两套短篇小说:《英国人的社会和政治生活情况》《德国商业社会中的幽默情况》,以及大量的政治诗歌,如《兰开夏之歌》《法庭》《工业》等。在这些诗里他描写工人阶级的困难情况,并号召他们起来向资产阶级作革命的斗争。维尔特首先加入"共产主义同盟"。1848年革命期间,他以新闻记者的资格参加"共产主义同盟"的战斗机关《新来茵新闻》(1848—1849)共同工作。维尔特在他的诗和散文记事中,勇敢而广泛地暴露工人阶级的敌人们:那些忠实的资产阶级、法兰克府的"人民"议会、被资产阶级收买的记者、反动的普鲁士容克贵族等。维尔特的那本讽刺小说《高贵骑士希纳普罕的生涯和功绩》(1849)尤为重要,这书机智地暴露了德国贵族的"民族主义"和它在革命中的反动作用。反动派胜利之后,维尔特什么也不写了。德国资产阶级的文艺学抹杀了维尔特的作品。只有在德意志民主共和国,维尔特的遗产才得到光荣的传播。

赫伯尔(1813—1863):是戏剧作家,他父亲是贫苦的石匠。他幼年虽然很苦,到底能受到大学教育,先在海德堡大学,后在慕尼黑大学。1839年他离开慕尼黑大学,回汉堡住在女房东艾丽丝·伦新家。这时赫伯尔开始写悲剧《犹狄特》(1840)和《根诺维伐》(1841)。过后他到丹麦去,向丹麦国王讨得两年的游历费,于是赫伯尔到了巴黎。

19世纪40年代在欧洲各国成熟的革命高潮,对赫伯尔发生了影响。他在巴黎的时候和德国在巴黎的侨民的激烈派如海涅等有所往来。1844年赫伯尔写的剧本《玛利亚·马格达伦纳》是较好的现实主义作品,题材是当时德国的现实生活。内容是:一位平民工匠安东有一位女儿克拉拉,她已和弗烈得订婚。弗烈得出外读书,三年没有消息,克拉拉从父母之命和勒翁哈德订婚。过后弗烈得毕业归来,做本乡的官吏。勒翁哈德怕失去克拉拉,乘机破坏了她的贞操,她并且受了孕。不久克拉拉的哥哥因偷盗嫌疑而被捕。为了营救哥哥,克拉拉的嫁妆费通通用光。勒翁哈德以无嫁妆费为理由拒绝和克拉拉结婚,而和旁的女子结了婚。这时克拉拉因已受孕而触父亲之怒,便投井自杀。弗烈得愤而向勒翁哈德决斗,把勒翁哈德杀死,而自己也受了重伤。这剧本描写了当时的市民阶层只重物质和金钱,以及顽固父亲的宗教偏见影响了人的命运。剧中人物的发展反映出旧封建德国基础之脆弱,也反映出普通人民的不幸的和从属的地位。

1845年赫伯尔离开巴黎到意大利游历。丹麦王给的游历费早已用光,伦新又要求和他正式结婚,赫伯尔便到维也纳去,在维也纳和一位女演员定居下来。

在1848—1849年革命时期,赫伯尔采取了温和的自由主义的立场。随着革命情况的发展,他日益公开地对无产阶级表示敌意,对君主政治表示信奉。他晚年的剧本离开了现实主义,在历史的、神话的、圣经的传说中去寻找戏剧题材。他把残酷美丽化,把"超人"理想化,强调性心理的冲突。这些特点使他成为德国颓废派文学的先驱。18世纪末和19世纪初德国进步运动所产生的现实戏剧的传统,至此宣告衰退。这由于19世纪中期以后资产阶级和普鲁士容克贵族的妥协,因而产生了资产阶级文化的保守性。赫伯尔晚年的剧本就是这一保守性的表现。

五、自然主义时期的文学

自1870年普法战争后,普鲁士乘胜统一了德意志帝国,统一了国内市场,拿到了法国大批的赔款用于工业投资,又拿到了法国的亚尔萨斯、洛林二省,利用其铁矿以兴办工业,利用后来居上的最新的科学技术,大量剥削工人的剩余价值,因此德国的工业迅速发展,甚至超过了英法,而在19世纪与20世纪之交,便进入了帝国主义阶段。资产阶级和容克贵族的联合帝国一致向工人阶级剥削。

但在同时,德国的工人运动也迅速发达。不过,由于第二国际的错误领导,德国工人运动派别分歧,以致力量分散,甚至有些为统治阶级利用。

这时期的文学家,有些不能全始全终,一时进步,一时又退步,有些则能坚持进步到底。本期作家主要如下:

霍尔兹(1863—1929):德国自然主义理论家兼诗人。他主张彻底的自然主义,比法国左拉的自然主义还更彻底。

霍尔兹在1885年发表诗集《时代之书》,其中有一些好诗涉及资本主义城市中的社会各阶层的对比。他在1889年发表短篇小说集《汉姆来特老伯》,在其中描写资产阶级的平凡庸俗的生活,即批评家梅林所说的"资产阶级的腐朽垃圾"。霍尔兹在1891年发表理论著作《艺术,其本质与法则》,论证自然主义,坚持"一片生活"的再现。

1899年霍尔兹发表的论文《抒情诗的革命》中,已有印象主义的倾向,要求在诗歌中打破格律、音韵、段落。此后霍尔兹完全离开社会的题材而转向神秘的哲学观念,在艺术方法上也转向印象主义和象征主义,1908年写的悲剧《日蚀》和1913年写的戏剧《不可知》都说明了这点。

霍尔兹在1899—1916年间写的诗集《凡塔苏斯》,突出了宗教的神秘的情绪和形式主义,趋向于颓废主义,兹录其中一节于下,以见其神秘之气:

> 云超越世界浮流
> 　流过森林,绿色的
> 　　光正在周流。
> 　　心啊,忘却吧
> 　在静静的光中
> 最柔和的魔鬼正在活动
> 吹靡的花下,千百个慰安开花。
> 　　忘了吧,忘了吧,
> 　听啊,从远地传来的鸟鸣,
> 　　它在唱那首歌

幸福的歌

　　　　幸福的。

　　豪普特曼(1862—1946)：前期(1862—1917)：是戏剧家，德国自然主义的代表，而我们认为他的前期也是现实主义的。他生于西勒西亚的一个富裕的平民之家，他的祖先是织工。他在布勒斯劳美术学校学习过。也在耶那大学听过赫克尔的讲课。赫克尔是达尔文主义者，唯物论哲学者，恩格斯在《反杜林论》中提到过他。豪普特曼在19世纪的80年代住在柏林，和当时流行的自然主义文学的代表们往还，组织剧院"自由舞台"，也研究社会主义理论。

　　豪普特曼在19世纪90年代的第一批剧本，反映了被大资本所压迫而毁灭的广大人民群众的不满，这就使得他的作品充满了社会现实中的尖锐对照。1892年他写的剧本《织工》，在德国文学中首先提及无产阶级起义的题材，成了政治事件。在这个剧本中，不仅暴露了资本家剥削的凶恶面貌，而且也塑造了起义工人的形象。在剧本《日出之前》(1889)中，描写了资产阶级的堕落。在剧本《和平的节日》(1890)中，描写了资产阶级家庭的虚伪。在喜剧《海狸的毛皮》(1893)中，表现了普鲁士官吏们的蠢笨。在剧本《车夫亨协尔》(1898)和《罗思·伯尔恩特》(1903)中，描写了资产阶级社会中的下层社会毫无欢乐的生活。

　　可是，就在这个时期，豪普特曼已表现出不正确的倾向。他很关心小资产阶级"孤独人"的生活，如《孤独的人们》(1891)和《米海尔·克朗美尔》(1900)。他也不把他的命运结合在社会改革上。在剧本《弗洛良·盖耶》(1896)中，豪普特曼从16世纪农民战争中，最关心主角的良心问题。豪普特曼不能把握起义人民的真实以及主角失败的悲剧的根源。自然主义作家豪普特曼不能经常把握现实的社会内容，而这又是描写在他的戏剧的冲突里的。就是在他初期的剧本中，社会力量的出现，有时也以生理遗传的神秘形式，有时以宿命论的形式，有时又以个人特性的内心描写的形式。

　　对德国帝国主义的社会矛盾作如此的论述，当然把握不到足以改革社会冲突的可能性和力量，也就意味着豪普特曼对资产阶级现实的投降。这就确定了他从现实主义大大后退。在剧本《汉勒尔》(1894)、《沉钟》(1896)、《比巴跳舞》(1906)中，含有寓言的动机，表现作者向象征主义的转变。

　　此后豪普特曼的政治道路也深刻地矛盾起来。1913年他还在争和平反战争，可是第一次世界大战中，他成了德国的国家主义者，而且在致罗曼·罗兰的公开信中为帝国主义辩护。伟大的十月社会主义革命、德国的革命现实,在他的作品中都没得到反映。

《日出之前》的内容:社会主义者罗特到某炭矿来视察炭坑夫的悲惨生活,到一炭坑主克劳斯之家来访问,偶然碰见老友霍夫曼,霍夫曼现在是克劳斯的女婿兼工程师。虽是老友,现在立场不同,所以霍夫曼尽量妨碍罗特的工作。克劳斯一家,不论男女都是酒色之徒,都有传染病。只有继女海伦才是一朵污泥中的鲜花,她和罗特认识,从他的禁酒论谈起,由敬佩而发生爱情。霍夫曼的妻生小孩,医生来看病,无意中向罗特谈到这家人全有酒毒。罗特怕受传染,不愿和海伦结婚,留一信而别并到外国去了。海伦以后遂自杀。

《织工》的内容:第一幕写某村织物工厂收货部。门前排列很多贫病褴褛的工人,携带织品前来交货。验货员再三挑剔,最后付给少许工钱,工人大受剥削。第二幕写一老织工之家。二女正在织布,家贫如洗,四壁萧条。老头去收货部送货回来,随同带来了一位青年耶格尔,他是本地从军青年现在返乡的。青年看到这种资本家的横暴剥削,吼出打倒的口号,唱出热烈的革命歌。第三幕写一间酒店。耶格尔和一群织工集合在此,大家痛苦而兴奋,商量起义。第四幕写织物厂主之家。由于织工要求增加工资运动的高涨,厂主把警察请来镇压。耶格尔被捕,但为织工群众夺回。于是起义开始,高唱革命歌曲,打入厂主之家,厂主逃走。第五幕写邻村织工希尔斯之家。希尔斯是一个落后的老工人,起义波及这儿来了,他却不肯参加,只在家中求神开导那些起义者,自己也斥责那些起义者。可是军队开炮,一炮把他打死了。

亨利希·曼(1871—1950):是反自然主义的杰出作家、政论家和社会活动家。他生于卢卑克商人之家。他是德国古典文学的人道主义传统的承继人,过后成了民主主义者。他的最初的社会政治小说《奇异之邦》(1900)就攻击资产阶级和容克贵族的帝政和反动的普鲁士意识形态。他对帝国主义阶段的资产阶级腐朽社会大加攻击,在这种社会中,良心、荣誉、爱情、天才、政治都可以买卖。亨利希·曼在德国工人运动的影响之下,作品愈益接近现实主义。他转向于现实的题材、实际的政治问题。他的社会批评也非常尖锐而带讽刺。小说《垃圾教授》(1905)就批评资产阶级、贵族阶级社会中的学校教育制度是庸俗而堕落。

1914年第一次世界大战起,亨利希·曼反对德帝国主义的侵略政策,站在民主政治方面。1915年他写的论文《左拉》即表示此种倾向。他的三部曲《帝国》就是对1918年革命以前的德帝国主义的社会制度大加讽刺。《帝国》中的三部小说是《臣民》(1914)、《穷人》(1915)和《头脑》(1925)。《臣民》一书开始写于1907年,完成于大战前夕,1914年在慕尼黑一周刊上发表片段,全本在1915年出版于俄国,1918年十一月革命之后才在德国出全本。《臣民》已反映出法西斯化的先声,对德意志帝国大加攻击,其中主要人物有以下三位。赫思林是君权庇护之下的普鲁士资本家典型,帝国主义强盗,对皇帝和容克贵族献媚,对人民逞威风,是文化的死敌。费歇是一个出卖工人运动的社会民主党人。布克是资产阶级民主的代表,他参加过1848年的革命,他相信在资产阶级社会内仍有民主的可能,他在帝国主义阶段仍宣传"对恶不抵抗"主义。《穷人》是《臣民》的发展。《头脑》写于1925年韦马共和国时代,讽刺韦马共和国的上层人物仍然鼓励复仇政策和战争政策。

托马斯·曼(1875—1955):是亨利希·曼的弟弟,也是反自然主义的杰出作家。托马斯·曼的艺术形成于德帝国主义阶段,即最侵略、最反动的历史阶段。这时在文学界正是颓废派广泛传播的时代。托马斯·曼的作品虽有时也受些叔本华和费希特的观念论哲学和颓废派文学的影响,但整个说来,托马斯·曼还是面向社会生活而未离开现实主义。他是深思的观察家和敏感的艺术家,他眼见反动派的猖狂进攻和强盗的独占资本之形成,便在他的作品和政论之中给予真实的描画。

托马斯·曼的第一本有名的小说《布登布洛克家史》(1901),描写家长制的市民阶级之没落,是由于受了帝国主义的资产阶级的压迫,作者在书中用极现实主义的手法塑造了一些靠投机致富的银行家、股票经纪人、大商人等。托马斯·曼描写了资产阶级及其知识分子的典型,但他却没有表现革命阶级、无产阶级的代表。

托马斯·曼批判颓废派、反动的形式主义的艺术,他是依靠于过去文化的现实主义的和人道主义的传统,如歌德、屠格涅夫、托尔斯泰的现实主义,却未依靠无产阶级的革命的社会主义的艺术。他很恨帝国主义的资产阶级,却把德国市民阶级的初期发展的资本主义理想化了,把它估计过高,认为它是进步与文化的唯一承担者。

第二十二章　近代俄罗斯文学

一、文艺复兴时期的文学

西欧的文艺复兴思潮几乎未流入俄罗斯,此时期的俄罗斯文学仍属于中世纪,前卷已略述,兹从略。

二、古典主义、启蒙主义时期(18世纪)的文学

彼得大帝(1689—1725在位)为人开明,吸收西欧文化。经1709年波尔塔瓦之战,又打通了波罗的海,便利西欧的交通。叶卡捷琳娜二世当沙皇(1762—1796),也表面开明,崇拜西欧文化,尤其是法国的古典主义和启蒙主义。一方面贵族帝国在商人帮助之下形成,一方面是农奴的痛苦和起义。因此18世纪的俄国文学是地主和商人的文学。代表作家有如下几位:

康捷米尔(1708—1744):讽刺诗人,生于摩尔达维亚。他少时受过优良教育,懂得多种外文。他拥护彼得大帝的改革,1730年做驻伦敦公使,1736年做驻巴黎公使,公余从事文学写作。他死于巴黎,葬于莫斯科。

他的讽刺诗描写俄罗斯的现实生活并讽刺它的缺点,有古典主义崇拜理智的精神,又有描写典型的现实主义。如他的诗《告理智》讽刺四位无知的人,他们反对科学,说"一切异端邪说都是科学的结果,学问最好的人说的谎话也最多"、"一卢布合多少戈比,不用代数也算得出"。兹再引其中几行诗于下:

> 科学能破坏大家彼此的交情……
> 咱们应当喝酒度日,高高兴兴。
> 人生这样短促,何必再把它缩短?
> 何必对着书本发愁,弄坏了两眼?
> 最好捧着一杯美酒,消磨黑夜与白昼。

罗蒙诺索夫(1711—1765)：启蒙主义者和诗人，生于白海沿岸的农民之家，十岁时随父亲航行到过北纬七十度处，十二岁时已能流利地诵读教会斯拉夫文。他十九岁时携带三个卢布行走到莫斯科，冒称教会执事的儿子进"斯拉夫、希腊、拉丁学院"栖腹求学。1735 年以优等毕业生被送往彼得堡科学院附设大学深造，次年又被派往德国学习自然科学。1741 年回国任母校大学的助教。1745 年他向女皇伊丽沙白·彼得罗夫娜直接申请，才得升为教授。叶卡捷琳娜二世将他免职，但又将他复职。1765 年他死去。

罗蒙诺索夫是自然科学家，也是俄文改革家。他写有《俄文文法》，有整理俄语之功，他在序言中说俄语有"西班牙语的华丽，法语的灵活，德语的力量，意大利语的柔和，此外还有希腊语和拉丁语的丰富以及在描写上有力的简洁"。他还写有《论俄文诗律书》。

罗蒙诺索夫的诗，多半关心祖国的前途，人民的社会的幸福，科学的赞扬。兹录数行如下：

俄罗斯的大地能够
诞生自己的柏拉图
和智力灵敏的牛顿……
科学能滋育青年一代，
也能给老年人以安慰，
能在不幸中保护人们，
能使幸福的生活更美……

杰尔查文(1743—1816)：是叶卡捷琳娜二世时代的歌手，是俄罗斯军事光荣的歌手，是俄罗斯人民力量的歌手。他具有爱国主义，但又有局限性，因为农民的痛苦和解放斗争在他的诗里没有反映。

别林斯基说，"在杰尔查文的颂诗中，显露出一个俄罗斯智慧人物的有实际意义的哲理，因此这些颂诗的主要特质就是人民性"。兹录杰尔查文的《祝苏伏罗夫伯爵大捷》的一节于下：

啊，俄罗斯的胸膛多么强壮，
像一排最坚固的高山一样！

> 与其被敌人征服,
> 你宁愿横尸疆场。
> 你曾经一次又一次地陷入
> 烈火、雷电、战斗的血泊,
> 你亲身给世人做出了榜样,
> 俄罗斯人的英勇盖世无双。

卡拉姆辛(1766—1826):感伤主义作家,生于辛比尔斯克的地主之家。1785—1789年他在莫斯科和诺维科夫合作办杂志。1789年5月卡拉姆辛到西欧旅行,曾经访问德、瑞、法、英诸国,在法国目睹法国大革命的情况。他由于阶级本能,恐怖革命并怕革命传到俄国。

18世纪的80年代和90年代,叶卡捷琳娜二世的俄罗斯出现了一个文学的新潮,感伤主义。这是由于普加乔夫的农民起义所引起的贵族阶级意识中的一种反映,卡拉姆辛就是这种感伤主义的领袖。他的小说《可怜的丽莎》是他的感伤主义的代表作。内容是:纯朴的农家女丽莎和颓废软弱的贵族公子艾拉斯特相爱。艾拉斯特在空虚无聊的上流社会中发现不到的真挚感情,却在丽莎身上发现了。但由于他赌博输了,为了金钱,他却娶了一个富有的寡妇。丽莎纯洁的爱情忍受不了这一刺激,到莫斯科郊外池中投水自杀了。当时这小说风行一时,竟有许多青年到丽莎池去凭吊痛哭。卡拉姆辛写这小说的动机,原在表明农村姑娘也能够爱,把农村和自然理想化,掩饰阶级矛盾。但由于对贵族有了现实的描写,写出他的轻佻、浪费、疏懒、软弱、堕落,却成了当时贵族社会的一幅现实画图。

诺维科夫(1744—1818):18世纪的杰出的启蒙运动家、讽刺作家、杂志书刊发行者。他生于莫斯科附近,1755—1760年在莫斯科大学附属中学念书。1762年参加依斯迈远征。以后五年之间他被派在新法典编辑委员会工作,这工作使他的社会见解得以形成。农民与地主之间的尖锐矛盾,使他认为必须反对农奴制度。1769年他创办讽刺周刊《雄蜂》,抨击农奴制度,同情农民,讽刺地主。1772年创办同样性质的刊物《画家》。1774年创办讽刺周刊《柯谢略克》,讽刺一位法国理发匠来俄国做家庭教师。这些讽刺杂志主张用启蒙运动的传播知识的办法以取消农奴制度,他还没有达到革命的见解。可是这些讽刺杂志已有现实主义的倾向,虽夸大而漫画化,也不是真的艺术上的现实主义,但却是生动地描写现实的开端。

冯维辛(1745—1792)：是讽刺作家,生于莫斯科,父亲有钱,且很重视冯维辛的教育。冯维辛最初在莫斯科大学附属中学念书,后入大学,但未卒业。他是有广博教养的人,1758年他到彼得堡,会见过罗蒙诺索夫。1762年入外交部工作,在彼得堡成了交际家。1766年发表喜剧《旅长》,讽刺崇拜法国的思想,描写一位法国马车夫到俄国来办了一所中学,贵族们崇拜法国,轻视祖国。冯维辛是爱国主义者。1782年他发表了最重要的喜剧《纨绔少年》,描写一位女地主尽力剥削农奴,她说:"为什么从已经榨干了的农奴身上竟再榨不出一点油来了呢?"她愚蠢蛮横,朝夕打骂仆人。她贪财自私,最初想把孤女索菲亚嫁给自己的兄弟,过后孤女忽然作了叔父的继承人,每年有一万卢布的收入,于是她就想把索菲亚娶为媳妇。女地主溺爱儿子,把他养成了连四则算术都不会的笨蛋。最后女地主弄得人财两空,连儿子也不要她了。

拉季希契夫(1749—1802)：是贵族出身的革命民主主义者,生于萨拉托夫的地主之家。他父亲温厚而有教养,在普加乔夫起义时被农民掩护。拉季希契夫少时上莫斯科求学,过后又到彼得堡住贵族军事学校。十七岁时被派往德国来比锡大学继续学习。在来比锡时他读了很多法国百科全书派的著作,成为自由思想的唯物论者。1771年回俄罗斯,先后在莫斯科和彼得堡担任公职,廉洁公正。

普加乔夫的起义使拉季希契夫的思想更进一步,成为当时俄国独一无二的革命民主主义者。他写道,"现在没有,而且恐怕直到世界末日也不会有一个例子,可以证明沙皇会自动放弃他的一部分权力。"

1790年他发表代表作《从彼得堡到莫斯科旅行记》,触怒了女皇而被放逐到西伯利亚。1796年保罗一世登位,才把他赦放回来。1801年亚历山大登位,委他为立法委员,这时拉季希契夫又向亚历山大一世贡献他的改革意见。过后他发现没有实现理想的希望,他抗议沙皇亚历山大的"自由主义"的虚伪而自杀了。

《从彼得堡到莫斯科旅行记》的主题和内容：一是描写农民的痛苦,农民每周六天的劳役,地主可以处罚农民,甚至抢农民的未婚妻,可以拍卖农奴使其妻离子散,"我们给农民留下了什么?只有我们无法夺取的空气"。二是反对农奴制度和专制制度,主张法治和万人平等,"农民的命运,并不比一头被套上木轭的公牛好些","奴役自己的同类的残酷习惯,是野蛮民族的习惯,说来可耻,甚至到了今天还被牢牢地保留着","社会的第一个统治者是法律","他们和你们有同样

的肢体和感情,也有同样权利使用它们"。农民应该无条件地解放,免费分得土地。三是对革命和自由的赞颂,兹录《自由颂》数行:

> 作战的队伍到处出现,
> 希望武装了所有的人;
> 在戴着王冠的压迫者的血泊中,
> 人人都急忙把自己的耻辱洗净。
> ……欢呼吧,被束缚的人民!
> 大自然给予的复仇权利
> 已经把沙皇带到死刑台上!

三、浪漫主义时期的文学

1801年亚历山大一世即位的时候,颇以"自由主义"的假面惑人。对拿破仑的战争和1812年的卫国战争,使爱国主义和解放情绪高涨。1813年的欧洲战争使官兵们感染到法国民主思想,而回国后重新受着农奴制度和专制制度的压迫,看穿了亚历山大一世的真面目,激起了十二月党人的革命。十二月党人脱离人民大众而失败,俄国在"神圣同盟"的掩护下成了欧洲的宪兵。

俄国的浪漫主义是在启蒙主义活动下所产生的社会觉醒,是对外的拿破仑战争所引起的爱国主义,是对内的解放农奴的十二月党人的热情。所以俄国的浪漫主义每每伴随着现实主义的因素。代表作家如下:

茹科夫斯基(1783—1852):是俄罗斯浪漫主义的创始者之一。1812年法国大军侵入俄国的时候,茹科夫斯基正在俄国军队中服役。他由于爱国心的驱使,写了有名的一诗《俄罗斯军营的歌手》。但他的诗叫人打退外敌之外,却不叫人打倒农奴制度和专制制度,而叫人向幻梦和宗教中去求安慰。他的故事诗《斯薇特兰娜》就是一首含有神秘性的抒情诗,叙述一个已经死亡的未婚夫来寻求他的未婚妻,充满了神秘和哀感。

别林斯基说,茹科夫斯基是"浪漫主义的诗神,给俄国诗歌带来了灵魂和良心","对俄国诗一般说来,茹科夫斯基有巨大的历史意义;他以浪漫主义的因素鼓励了俄国的诗歌,他使诗歌为社会所理解,他给诗歌以发展的可能;没有茹科夫斯基,我们不会有普希金"。

雷列耶夫(1795—1826):是十二月党的诗人,也是革命浪漫主义的代表。

他是小康贵族的儿子,少时在陆军幼童学校学习,但却受了自由思想的影响,爱读拉季希契夫和法国启蒙主义者的著作。他曾参加对拿破仑的战争,1814—1815年他随军到过西欧各地,并随俄军进入巴黎。回国后退役并居乡间。1817—1820年在伏隆涅日,并在那儿结婚。此后他开始社会活动。1820年他到彼得堡,在法院工作,以公正闻名。这时他开始文学写作。1822—1823年他发表了许多篇《沉思》,充满了爱国主义和为社会谋福利的思想。1825年他写了一篇诗《公民》,鼓励人们起来争取自由权利。

1823年他参加北社,成为北社的左翼领袖,又被选为主席。北社的主张原是立宪君主制,雷列耶夫却主张解放农民、分配土地、肃清皇族、建立人民政权。1825年十二月发动起义,事败被杀。事前他也意识到事情也许会不成功,这在下几行诗中可以概见:

> 我知道:死亡在等待
> 那首先起义的人,
> 因为他反抗人民的暴君。
> 我的命运已经决定。
> 但是,请告诉我,何时何地
> 可以换得自由而不用牺牲?
> 我要为祖国而死,——
> 这我已感到,我已认清……
> 圣父啊,我要愉快地
> 欢迎我的命运!

克雷洛夫(1768—1844):是寓言作家,也是浪漫主义时期中的现实主义作家。他生于特维尔,父亲是穷苦的下级军官。父亲死后家境更穷,不得不去作小职员。1782年上彼得堡,以后开始写剧、写诗、写讽刺文,办杂志。但物质上仍陷于贫苦。1794年被迫停业,到各地浪游。1806年重回彼得堡,开始写寓言,这才真正开始了他的文学工作。别林斯基说,"克雷洛夫的寓言,不单是寓言:是小说、是喜剧、是幽默短文、是热烈的讽刺、是谈话,总不单是寓言。"克雷洛夫的寓言,讽刺俄罗斯的一切罪恶和缺点。如《神谕》讽刺无知官吏只靠秘书,《狼落狗舍》讽刺拿破仑陷入俄国,《猫和厨子》讽刺沙皇对拿破仑只说不做,《鹅》讽刺世胄贵族无能而自夸,《农民与河》讽刺大官支持小官贪污,《熊做了蜂房的监督》讽刺贪官逍遥法外,《猴子和镜子》讽刺无自知之明者,《狐狸建筑师》讽刺狮的冬烘和狐狸的狡猾,即刺政府的无能和贪官的狡猾,《老鼠会议》讽刺法律不如私交,《橡树下的猪》讽刺无知者只享文明成果而不重知识,《农夫和羊》讽刺法官枉案贪污,《两只狗》讽刺用后脚走路(奉承)的人,《猫和夜莺》讽刺当时书刊检查,《鱼的跳舞》讽刺亚历山大出巡无益。

格利鲍耶陀夫(1795—1829):是浪漫主义时期中的现实主义作家兼外交家。他生于莫斯科,父亲是军官。他少年时受广泛的教育,精通多种西欧和东方的语言。他在莫斯科大学念书时即与未来的十二月党人有往来。1812年的卫国战争使他转入军队生活。1816年回彼得堡,在外交部工作。这时他和普希金等人认识,开始文学和音乐工作。同时他和十二月党人往来,并参加活动。1818年七月他被派往波斯办外交。1822年他被任命为外交秘书,在高加索总督叶尔莫洛夫指导下工作。这时他开始写喜剧《聪明误》。1823年他休假回莫斯科,继续写;1824年6月他到彼得堡,才完成这喜剧。流传很广,却不得上演。在彼得堡,他参加了十二月党。十二月党人脱离群众,使格利鲍耶陀夫非常忧心。1825年9月他又回到高加索,道经基辅,他还和南社若干会员见面。但他到高加索时,他还不知道彼得堡的起义和失败。1826年1月底他被捕,送回彼得堡,但沙皇不能证明他参加过十二月党的武装起义,只得把他放在警察监视之下。1826年4月他又回到外交界工作,此后数年常在波斯、土耳其方面工作,一方面也继续他的文学工作。1828年4月他被任命驻波斯全权公使,他认为这是"政治流放"。他经过心爱的格鲁吉亚时,逗留了几个月。他在梯弗里斯和格鲁吉亚与亚塞尔拜疆的诗人们往还,并和格鲁吉亚诗人恰夫恰伐吉的女儿结婚。他在德黑兰当公使期间,由于俄英在波斯的利害冲突,波斯一部分人受了英国公使的煽动而捣毁了俄国公使馆,格利鲍耶陀夫为暴徒所杀。

《聪明误》写一位贵族官吏法穆索夫家中开一次通宵舞会的经过。法穆索夫有一位女儿索菲亚,原来和一位贵族青年恰茨基相爱。但恰茨基到西欧各国去游学期中,索菲亚对恰茨基的爱冷淡了。恰茨基回国而今晚又来参加夜会的时候,索菲亚已在向她父亲的秘书莫尔恰林追了。但莫尔恰林却在向索菲亚的女仆丽莎追求,而丽莎又在向法穆索夫的男仆彼得鲁式加追求。最后恰茨基发现真实情况,非常气愤,离开了这一家庭。本剧译为《聪明误》,俄文原意是"由知识而来的不幸",指恰茨基在外国求学,寻求新的知识,回莫斯科后发现贵族社会虚伪浮夸,于是事事攻击,今晚来赴夜会,也处处攻击旧社会的风俗习惯,引得赴会的人都说他是疯子,连爱人也失掉,所以题名为《由知识而来的不幸》。

普希金(1799—1837):是由浪漫主义而现实主义的大作家。他生于莫斯科,父亲是贵族地主。他少年时学会了法语,并在他父亲的藏书室中读了不少法国启蒙主义的书和西欧各时代的古典作品。1811年他进皇村学校,当时那是一所培养自由思想的学校。1812年经历民族卫国战争的爱国高潮,1814年开始写诗,1815年在学校考试中朗诵他的《皇村回忆》一诗,得到前辈诗人杰尔查文的热烈赞赏。1817年毕业后,到彼得堡外交部工作。这时他开始写一部浪漫主义的叙事诗《鲁斯兰和柳德米拉》,1820年完稿。这首诗引起了前辈诗人茹可夫斯基的赞赏,送普希金一张小像,题着"由失败的教师赠给胜利的学生"。

普希金在彼得堡的期间和十二月党人很接近,并写了不少富于革命精神的诗,流传很广,因此引起亚历山大的不满,把他流放到南俄四年,从1820年5月到1824年6月。在南方时期,他曾往基辅省和十二月党人有些联系,同时也写了几篇叙事诗《高加索的俘虏》《茨冈》等。虽属浪漫时期的作品,但已有现实主义的成分,如对社会罪恶的抗议、对纯朴人民的同情等。这时他也开始写伟大的现实主义的叙事诗《欧根·奥尼金》。

1824—1826年普希金被软禁在米海洛夫斯基村,十二月革命也在这时期爆发。过后新沙皇尼古拉一世恢复了普希金的自由,普希金到莫斯科去。1829年普希金到高加索去从军,参加俄土战争。1830年战争结束,他回到莫斯科,秋天他到波尔金诺村住了三月,完成了《欧根·奥尼金》,并写了《别尔金小说集》中的《驿站长》等,还有抒情诗。

1831年普希金在莫斯科结婚,后迁彼得堡入外交部任职。家庭生活妨碍了他的创作,"宫廷侍卫"损伤了他的自尊心。1833年到喀山、奥伦堡旅行,搜集有关普加乔夫起义的材料。在波尔金诺又住了一个多月,写了《渔夫和金鱼的故事》《青铜骑士》《普加乔夫史》。

普希金和宫廷关系不协调。1837年1月27日和丹特士决斗,受伤而死。

《致恰达耶夫》(1818)一诗是普希金流放南俄的原因:

我们忍受着期待的苦刑
等候那神圣的自由时光,

正像一个年青的恋人
在等候那确切的会期一样。
现在我们的内心还燃烧着自由之火,
现在我们正直的心还没有死亡,
我的朋友,我们要把我们心灵的
美丽的激情,都献给我们的祖邦。
同志,相信吧:迷人的幸福的星辰
就要上升,射出光芒,
俄罗斯要从睡梦中苏醒,
并在专制暴政的废墟上,
将会写上我们姓名的字样。

《茨冈》(1823—1824)是叙事长诗,是普希金南方诗篇的末尾,也是浪漫时期的最后作品。内容写一个贵族青年阿乐哥为了摆脱沉闷的城市生活,追求个人的自由,而且由于"衙门里要捉他",所以逃到一群茨冈人中去,要过原始的自由生活。和族长老头儿的女儿真妃儿相爱结婚,一时过着很美满的生活。阿乐哥的贵族的、自私自利的个人主义、专制骄横,使真妃儿对他的爱情渐渐冷淡,而爱上了另一位纯洁的青年。阿乐哥嫉妒怀恨,把这一对情人杀死。爱自由的茨冈人没有惩罚他,只把他遗弃在原野中,于是他又向前流浪去了。

《致西伯利亚的囚徒》(1827)是普希金写来鼓励那些被流放到西伯利亚的十二月党人的:

爱情和友谊要穿过阴暗的牢门
达到你们的身旁,
正像我的自由的歌声
会传进你们劳役的深坑。
沉重的枷锁会掉下,
阴暗的牢狱会覆亡,
自由会愉快地在门口迎接你们,
弟兄们会把利剑送到你们手上。

《波尔塔瓦》(1828)是普希金的一首充满爱国热情的叙事诗,诗中写彼得大帝和瑞典人在波尔塔瓦大战的一场面最为精彩。

《欧根·奥尼金》(1823—1830)是普希金由浪漫主义到现实主义的最有名的诗体小说。内容写一个贵族阶级出身的有教养的青年,既对贵族社会不满,又不能接近人民大众,悬空徘徊,脱离实践,形成无事可做的空想家。这青年叫奥尼金,在贵族社会大失所望,连爱情和家庭也认为虚伪庸俗。所以当他到了乡下而遇到达吉雅娜,达吉雅娜真心向他求爱的时候,他接受了爱情,但拒绝了结婚。当他在各地流浪几年之后再回到莫斯科时,发现达吉雅娜已经和一位老将军结婚。这时奥尼金燃起了热烈的爱情,反来向达吉雅娜求爱,她承认爱他,却拒绝了他的请求。

《驿站长》(1830)写驿站长的女儿被一位过客贵族军官所带走,反映贵族的横暴和小公务员的受欺负。

《上尉的女儿》(1836)中描写有普加乔夫的优良形象。

莱蒙托夫(1814—1841):是由浪漫主义到现实主义的作家,生于一位上尉军官之家。他少时便学会了德、法、英语。1827年到莫斯科进中学。1829年考进莫斯科大学,与赫尔岑、别林斯基、冈查洛夫为同学,也写诗。在1832年去彼得堡住军官学校,毕业后在军界服务,也继续写诗。1837年普希金死,莱蒙托夫写了《诗人之死》一诗,触怒沙皇,把他流放到高加索军队中。1838年被调回彼得堡军队中。此时他思想转变,对上流社会非常不满。于1840年退伍,计划办文学杂志。这时因与人决斗,又被流放到高加索。1841年7月在高加索与人决斗而死。

1830年法国发生七月革命,莱蒙托夫因而写了两首诗《七月三十日——(巴黎)一八三〇年》和《预言》。

> 可怕的战斗燃起了;
> 自由的旗帜,像恶魔似的,
> 走在高傲的人群前头。——
> 只有一种声音充满了人们的耳朵;
> 鲜血在巴黎迸流了。——
> 啊!暴君呀,你将用什么
> 来偿还这正义的血,

偿还人们的血,公民们的血。

——《七月三十日》

将要来到这么一年,俄罗斯的不幸的一年,
那时候沙皇们的皇冠将要落下;
人们将要忘记对他们往昔的爱戴,
多数人的食粮将来只有死和血;

——《预言》

1837年莱蒙托夫为了纪念1812年的卫国战争,写下了《波罗金诺》一诗,富于爱国主义。

在那天敌人才多少知道了
俄罗斯的英勇战斗和我们的白刃战
　　究竟是怎么一回事!……
大地在震动——如像我们的胸膛,
人夫马匹都混做一堆,
千百门大炮的射击声
　　混成了一声漫长的怒嚎……

同年,普希金死,莱蒙托夫写了《诗人之死》一诗。

你们,贪婪的一群,蜂拥在宝座前,
"自由""天才"与"光荣"的屠夫们啊!
　　你们藏匿在法律的荫护下,
　　在你面前,法律与正义——一向是噤口无言!
但还有,还有神的裁判啊,这干荒淫无耻的嬖人们!
　　还有个严厉的裁判者:他等待着;
　　他是不理睬金银的清脆的声响,
他预先就看穿了,你们的心思和行动。
那时你们想要假手于中伤诽谤也将徒然无用:
　　它决不能再帮助你们,

而你们也决不能再用你们的污血

去洗涤诗人的正义的血痕!

1840 年莱蒙托夫写了一首长诗《童僧》,是浪漫主义的叙事诗。描写一个童僧要逃出禅房走向人间、走向自然的渴望,经过许多困难之后而终于死亡。但这首诗有一股使人追求生活的力量。

同时莱蒙托夫写了一本小说《当代英雄》,是现实主义的作品。本书由五个短篇构成,而以主角皮乔林贯穿其中。皮乔林是一位奥尼金式的人物,生命力比奥尼金还更丰富。他在贵族社会之间感到空虚与平凡,在人民大众之间又不能生活,满腔的生命力无处可投,无事可为,苦闷忧郁,只好寄托于冒险与奇遇之中。尼古拉一世时代的贵族青年,在当时黑暗的环境中无法发挥才能,只得走冒险奇遇的道路而浪费一生。这书是对沙皇专制的抗议书。

四、批判现实主义时期的文学

1825—1855 是沙皇尼古拉一世统治的"残酷的时代",对内实行"正教教会、专制政治、国家精神"的统治,对外则作宪兵:1830 年镇压波兰革命,1848 年镇压欧洲各国尤其是匈牙利的革命。国内外商业市场有所增加,工业也开始发达,资本主义因素增强。平民出身的知识分子增多,继承并代替了十二月党人的精神,从事革命活动。农民极端贫困并且起义,都要求废除农奴制度。1853 年发生克里米亚战争,俄国失败,农奴国家的腐败无能大暴露,成为废除农奴制度的契机。1855 年沙皇亚历山大二世即位,不得不于 1861 年废除农奴制度。资本主义抬头。

这一时期的文学主要是暴露专制制度与农奴制度的罪恶,促成农奴制度的废除。主要作家如下:

果戈理(1809—1852):是最早的批判现实主义作家,生于乌克兰波尔塔瓦省密尔格拉德县索罗庆采镇。他念中学时,教师中有人向他鼓吹十二月革命党的思想。中学毕业后他于 1828 年上彼得堡作小公务员谋生。1830 年认识茹科夫斯基和普希金,后改行教中学。1831 年《狄康卡近乡夜话》第一卷出版,他精神物质都得好处。1832 年出第二卷。1835 年发表《密尔格拉德》,被别林斯基评为"文坛盟主、诗人魁首"。他又开始写《死魂灵》。1836 年《钦差大臣》上演。由于这讽刺剧的上演,果戈理难容于尼古拉一世的俄罗斯,他便出国去,到过德国、瑞士、法国,于 1837 年到罗马,暂时定居下来。1841 年经德国回俄罗斯,1842 年 5 月《死魂灵》第一卷出版,6 月他又去国外。《死魂灵》出版使果戈理成为俄罗斯文坛上农奴制的暴露者和现实主义作家。由于身体渐差,精神渐趋颓废,1845 年竟烧毁《死魂灵》第二部的草稿。1848 年回到俄罗斯,住在莫斯科。1852 年 2 月 11 日便死去了。

《狄康卡近乡夜话》(1831)是他以故乡乌克兰的风俗习惯和自然景色为背景的短篇小说集,其中很多带有神鬼妖怪的故事,不少浪漫气氛,但描写乌克兰人的生活习惯、他们的市集、他们的夜舞、他们的欢乐、他们的忧愁,这些都是现实主义的成分。其中第一部的《索罗庆采市集》描写乌克兰的青年们的爱情的欢乐,《五月的夜》描写乌克兰美丽的夜景和青年们的欢乐。总之这本书是果戈理的关于乌克兰的美丽的诗篇。

《密尔格拉德》(1835)也是以乌克兰的现实和历史为题材的短篇小说集,此书却一点没有神话的成分而完全是现实的。其中《旧式的地主》一篇描写当时衰朽的悲凉的地主之家,写得非常逼真。他们住着矮小的房屋、简单的装饰、忙于日常的家务、殷勤待客,以及他们的无声无息的死亡和荒芜颓败的现象。其中《塔拉斯·布尔巴》一篇是乌克兰人反抗波兰人的爱国英雄故事。

《彼得堡的故事》(1828—1836)是这几年间在彼得堡所写的七篇短篇小说,是以彼得堡的社会生活为题材写的,描写彼得堡的贫穷的小官吏、陋巷的画师、沦落的女子、最下层的可怜的人物。这七篇是《涅瓦大街》《肖像》《狂人日记》《鼻子》《外套》《马车》《罗马》等。《肖像》写一位有天才有前途而且在勤修苦练的青年画家恰尔特柯夫,被庸俗的铜臭的社会趣味败坏了。《外套》写小公务员巴施马奇金,一个老贫安分的孤人,因外套太破而千辛万苦做了一件新外套,却被抢了。去向当局告状,反受训斥,一气生病发烧而死。

《钦差大臣》(1834—1842)是现实主义的喜剧,写外省某地的地方官员等,因闻钦差大臣要来而发生的一切丑恶笑话。它反映了外省小城生活的各方面,也反映了整个俄罗斯,反映人民的无权的微贱生活,官僚阶级的横行霸道、盗用公款、贪污受贿、无知、造谣、愚蠢、卑劣、低级趣味,整个官僚与警察的尼古拉俄罗斯的暴政。

《死魂灵》(1842)是现实主义的丰碑。描写主人公乞乞科夫是一个出身不大清楚的人,可能是没落地主的儿子,他到乡下遍访各地主,要买他们的死了的农奴,即"死魂灵",想从资本主义经营方式中来找发财的出路。本书反映了 19 世纪40年代俄罗斯的整个统治阶级的面貌,从官僚贵族地主到投机的商人们。

别林斯基(1811—1848):是革命民主主义文学批评的创始人,父亲是波罗的海舰队上的医生。别林斯基在1829年9月考入莫斯科大学作官费生。在校时他写了一个五幕剧本《德米特利·卡里宁》,描写阶级不同之间的恋爱悲剧,对农奴制度和暴虐地主抗议,被学校当局认为"不道德"而借故把他开除。以后便靠翻译和做家庭教师等来谋生。1833年在杂志《杂谈》和《望远镜》上写文章。1834年秋他在《杂谈》上发表第一篇长论文《文学的幻想》,这是他的前程的开头。对果戈理的小说的评论也在这时候。过后《望远镜》被查封。别林斯基生活困难,便靠教书和编书来维持生活。1839年秋他被邀请到彼得堡主持《祖国纪事》的批评栏,前后六年以上,他的主要文章大都写在这些年代,声望也大大提高,但他仍然很穷。从莫斯科到彼得堡,使他更尖锐地感到俄罗斯君主制与农奴制的全部丑恶,从理想主义转入现实主义,从唯心论转到唯物论。到1846年他离开《祖国纪事》。为了健康去南俄旅行,但无大进展。1847年在朋友帮助之下,他到外国休养,5月间到德国,过后到巴黎住两月,9月回到俄国。终因健康无大好转而于1848年5月26日死于肺病。

别林斯基的重要论文有论普希金的十一篇,论莱蒙托夫和果戈理的各数篇,论俄国文学年景的从1841到1847年的各篇。1847年7月别林斯基写给果戈理的公开信,是他的文艺观的总结。他在信中指出俄罗斯文学的首要任务是反映并保卫人民的利益。别林斯基在俄罗斯文学面前所提出的迫切任务,是暴露统治阶级的丑恶和缺点,在人民大众中培养人类的尊严感。

赫尔岑(1812—1870):是革命民主主义者、唯物论哲学家、出版家和作家。他生于贵族之家,少时通过家庭教师受十二月党人的影响。1830年进莫斯科大学数理科,却对1830年的法国革命和1831年的波兰起义感兴趣,而且热爱圣西门。1833年毕业,想从事进步的文化工作,却被密告为危险分子而被捕。1835年起被流放于东北部各地,1842年才回莫斯科。在莫斯科期间,他积极从事文化与文学活动,和别林斯基分别领导莫斯科和彼得堡的先进知识分子。写中篇小说《克鲁波夫医生》(1847)、《偷东西的喜鹊》(1848)、长篇小说《谁的罪过?》。1847年初赫尔岑受到尼古拉一世的压迫,他便出国到巴黎,后到意大利,目睹意大利的民族解放运动。1848年巴黎二月革命后他又返巴黎,眼见六月的屠杀。被路易·拿破仑怀疑,乃避居瑞士。写《法意书简》《来自彼岸》,鼓励国内志士为自由而斗争,且寄希望于俄国农民。1852年去伦敦,出定期文集《北极星》,1856

年又出期刊《警钟》，鼓吹自由与农奴解放。1861年农奴解放，刊物由衰而停。晚年他写了《往事与回忆》，是四十年间西欧的社会生活史和革命斗争史。他于1865年离伦敦到欧陆，1870年死于巴黎。

《谁的罪过?》写一个贵族的非婚生女儿柳波芙，过着阴暗生活，过后爱上了一个出身穷苦平民的克鲁采弗尔斯基。但是一个青年贵族别尔托夫却来介入，也爱上了柳波芙。这种不幸是谁的罪过，赫尔岑认为是社会的罪过。

冈察洛夫(1812—1891)：现实主义小说家，生于辛比尔斯克一个半商人半贵族家里。1822年他到莫斯科商业学校念书，接触了普希金的诗。1831年考入莫斯科大学文科，1832年普希金来访莫斯科大学，冈察洛夫很为激动。1834年莫斯科大学毕业后，他去彼得堡财政部工作。这样开始了他一生公务员生活，同时也开始写作。1844年开始写长篇小说《平凡的故事》，1847年在杂志《现代人》上发表。1849年又在《现代人》上发表《奥勃洛摩夫的梦》，是为他后来长篇小说《奥勃洛摩夫》的准备。1852年随海军中将普嘉京的舰队作环球旅行。1855年尼古拉一世死去，亚历山大二世即位，任命冈察洛夫为图书审察官。1857年他到外国休养，把《奥勃摩洛夫》完成，1859年发表。1860年辞去图书审察官，出国游历。1862年回彼得堡，做《北方邮报》编辑及其他公职。1867年退休。1869年发表他的第三部长篇小说《悬崖》。以后不再写小说。1891年死。

《平凡的故事》反映40年代俄国封建势力和资产阶级之间的冲突。书中男主角阿杜耶夫是封建庄园贵族的代表，他有感于庄园的行将没落，便到首都去寻找都市的幸福。果然十余年之后他成了大企业家，在宦途上也成功，身体发胖，脑袋发秃，挺着肚子，挂着勋章，并且娶了一位有钱的妻子，带来五百名农奴和三十万现金。这样他完成了一件"平凡的故事"。

《奥勃洛摩夫》描写50年代农奴制的生活方式和资本主义生活方式之间的冲突，前者腐朽无力，后者刚健有为。书中主角奥勃洛摩夫是前者的代表，斯托尔兹是后者的代表。作者冈察洛夫显然是同情后者的。

A·H·奥斯特罗夫斯基(1823—1886)：是现实主义的戏剧家。他生于莫斯科，家住在莫斯科河南区，那儿是商人区。所以商人的生活习惯从小就印入他的脑海，这对他以后的写作题材很有关系。他在莫斯科念中学时便很爱戏剧，时时到剧场去看戏。1840年他进莫斯科大学法律系，1843年离开大学，到法院工作，使他眼看到父子兄弟之间的财产争执和商人之间的欺诈。在法院供职期间，他开始写剧本，过后辞掉公职来专门写剧本。他一生完全贡献于戏剧的写作，写了四十几个剧本,其中以《破产者》《贫非罪》《大雷雨》为最有名。他一生几乎全部时间住在莫斯科,只1856年去伏尔加河旅行一趟,死前离开莫斯科而死在柯斯特罗马省。

《大雷雨》(1859)是写伏尔加河旁卡里洛夫城里商人统治的黑暗家庭生活中,青年男女受着压迫而争取解放的故事。提郭意是一位顽固的商人。鲍里斯是他的侄儿,受过相当教育的高尚青年,住在提郭意家里。卡巴诺娃是一位富商的寡妇,顽固凶暴。她的儿子奇虹,善良而软弱;奇虹的妻卡杰林娜是一位满怀诗意而梦想自由的人。卡杰林娜在婆婆的虐待和丈夫的"不了解的同情"之下,感到生活的空虚,梦想追求人生的喜悦。过后和鲍里斯认识,热爱起来。但他仍没有为爱情而斗争的决心,结果在紧要关头他到恰克图去当店员去了。卡杰林娜是一个敢作敢为的勇敢女子,但由于感情与义务间的冲突和偶然的雷雨的震动,她当众向丈夫忏悔了她的"罪过"。以后她便独自投到伏尔加河自杀了。这是对顽固势力的挑战。

谢甫琴柯(1814—1861):革命诗人,出生于乌克兰的一个农奴之家,生时全家都是农奴。他父母早死,十二岁时便开始辛苦生活,作过杂役、牧童、替教士种田。1829年随青年地主旅行,到过许多地方。1832年到彼得堡,由于他爱好绘画,被当时的名画家勃柳洛夫、魏涅齐亚洛夫和大诗人茹可夫斯基等以二千五百卢布替他赎身。他进美术学院学习,这儿除自然科学外,他阅读了很多俄国文学和世界文学。他由于少小时即听到过很多民间歌曲和农奴起义的故事,所以他第一本诗集《歌手》就唱出了对祖国人民的热爱,对祖国独立运动的称颂。他讲到乌克兰农奴的痛苦,号召人民反抗沙皇制度,并于1844年参加了地下革命活动。1845年他写的诗《遗嘱》表现了对祖国的爱和革命热情:

  当我死去的时候
   把我埋葬得深深,
   把我埋葬在乌克兰,
    在那无垠的草原上。

1846年他在基辅参加秘密团体,作画写诗,深入民间。1847年被捕,他在狱中仍继续写诗。如:

说真话,那对我全是一样,我在乌克兰活着或死亡。

在那遥远的家乡——把我忘掉或者记得。

那对我全是一样。……

但是,只有一件事,我知道:如果恶人们用美梦把我哄骗,

在火光中抢劫乌克兰,这和我不能无关。

啊,这个我就不能不管!

1858年他才恢复自由,到彼得堡去。他和车尔尼雪夫斯基及杜勃罗留波夫等人和机关刊物《现代人》取得联系。

1859年他又回到乌克兰,喊出"不要沙皇、神父、地主"的口号,又被捕,后被释回彼得堡,不准再回乌克兰。但他的诗在乌克兰和涅克拉索夫的诗在俄罗斯一样,为社会底层所热爱。

涅克拉索夫(1821—1878):是革命诗人和革命民主主义者。他的童年在伏尔加河旁的雅罗斯拉夫耳附近的农村中度过。少年时受母亲的教育很多,教他阅读大诗人莎士比亚和但丁的作品。但他的父亲在他中学还未毕业的时候,要他上彼得堡去住军官学校,涅克拉索夫却不愿,便和父亲决裂。十七岁的青年只身到彼得堡去,无亲无友,过了很苦的四年生活,这四年对他很有教育的意义,使他认识了劳苦人民的生活。1840年他发表他的青年诗集,没有成功。1842年认识别林斯基。1846年他的诗《在路上》很感动别林斯基。1847年接办原由普希金创办的杂志《现代人》,并作编辑。当时如冈察洛夫的《平凡的故事》、赫尔岑的小说《谁的罪过?》,以及列夫·托尔斯泰的《童年》《塞瓦斯托波耳的故事》都登载在上。此时《现代人》已成了俄国社会的论坛。1848年法国二月革命刺激了沙皇尼古拉,便在俄国加强反动压迫,涅克拉索夫和检察官们费力周旋,才使刊物维持下去。1856年他出版第一部诗选集,很成功,从此他成了50年代和60年代的诗坛盟主。此后又吸收车尔尼雪夫斯基和杜勃罗留波夫合作,遂使《现代人》成为革命的中心地。70年代,他又接办《祖国纪事》杂志,代替了《现代人》,这使他费了不少的心力。这时他写成他的长诗《在俄罗斯谁能快乐而自由?》,对革命青年起了很大的作用。此后健康渐坏,1878年在青年们的爱戴中逝世了。

涅克拉索夫是劳动人民的诗人,他的诗歌的题材是劳动和斗争。他比任何前辈诗人都更感觉到创造的劳动的崇高、美丽、快乐,任何土工、石工、画工、农人、樵夫、书记、建筑师、矿工,都成为他的诗的题材。他说过,世界上有两条路,

奴役和自由。长诗《在俄罗斯谁能快乐而自由?》中,有七位善良的农民,来自粉碎省悲苦县穷教区的补丁、赤脚、褴褛、荒凉、焚劫、饥饿、无收等村。他们争论一个问题,"在俄罗斯谁能快乐而自由?"便集体到全国游历,结果发现没有一个快乐自由的人。书中描写当时俄国人民的穷苦和灾难,真正感人。全诗分四部,以第一部和第三部为最好。

车尔尼雪夫斯基(1828—1889):是50年代和60年代的中心人物,是学者、作家和革命家。他生于萨拉托夫,父亲是神父,有很多藏书,所以他少年时代便接触到普希金、果戈理、别林斯基的作品,外国作品,并有丰富的史地知识。他在十六岁时便精通很多外文,都由艰苦自学而来。他也常在伏尔加河上往来,常听到拉辛和普加乔夫的故事。1846年他到彼得堡,考入彼得堡大学。这时曾研究过黑格尔哲学,但不久又研究费尔巴哈的唯物论哲学。1848年西欧的革命使他接近政治,接受了乌托邦社会主义的思想,列宁说车尔尼雪夫斯基是俄国唯一作家,能从19世纪50年代一直到80年代保持唯物论的哲学;但由于俄国生活的落伍,他没能达到辩证的唯物论。1850年他大学毕业后回到本乡任中学教师。在这中学时他尽量改革旧教育法,向学生介绍果戈理和别林斯基,教学生们憎恨农奴制的横暴和专制。1853年母死,他乃带妻子赴彼得堡,提出学位论文《艺术对现实的美学的关系》,久不得审查。1855年他参加涅克拉索夫所主持的杂志《现代人》工作,以后加入杜勃罗留波夫,三人共成《现代人》的支柱,共同为反抗农奴制而奋斗。这时除了上述学位论文而外,他还写了《俄国文学的果戈理时代》、《勒新·他的时代、生平和活动》等文。

车尔尼雪夫斯基不只是一位理论家,而且是一位实行的革命家。为了和赫尔岑商量共同反对反动派,他曾秘密到过伦敦。车尔尼雪夫斯基的杂志和非法的革命活动相结合。列宁曾说,车尔尼雪夫斯基是一位乌托邦社会主义者,但不只是乌托邦社会主义者,还是一位革命民主主义者,他有农民革命的思想,有人民大众起来推翻旧政权的思想。1861年农奴"解放"后,各地有农民起义。1862年彼得堡大学学生和若干革命分子被逮捕,车尔尼雪夫斯基亦在其列,被关在彼得·保罗要塞,达678天。在囚中他仍积极工作,写文写小说,其中最有名的是《怎么办?》。1864年5月19日晨,他竟被带到广场受"弃市仪式"的侮辱,第二天他就流放到西伯利亚去了。从1865到1868年的苦役期间,他写了第二部小说《序幕》。他在西伯利亚东部流放几达二十年,艰苦奋斗,至死不屈。到了1883年他被放回阿斯特拉罕居住,但仍在警察监视之下。1889年他回到本乡萨拉托夫,仍想工作,但二十余年的监狱生活摧毁了他的健康,10 月 29 日死去了。

《怎么办?》的副标题是《新人的故事》。女主角薇拉是小市民之女,母亲庸俗势利,打算强迫薇拉嫁给一位有钱而薇拉不喜欢的男子。在这种忧郁处境中,薇拉的弟弟的家庭教师、医学院学生罗普霍夫同情她,把她救了出来,和她结了婚。婚后建立缝纫工场,独立谋求新的生活。但因性格不合,男方冷静,女方热烈,婚姻发生裂痕。薇拉和罗普霍夫的同学吉尔沙诺夫相爱,罗普霍夫便决定退让,假装自杀,以成全新的真正的爱情。因为爱人的幸福就是自己的幸福,这是人生的最高道德。

杜勃罗留波夫(1836—1861):是革命民主主义者、文艺批评家、唯物论哲学家。生于尼日涅·罗弗哥诺德,父亲是一位贫苦的神父。他在本乡念小学和中学,都是正教的宗教教育。1853 年他进了彼得堡的中央师范学院,苦读四年。由于受了别林斯基和赫尔岑的思想的影响,他转变成了革命分子。在学生中组织秘密政治团体,发行《传闻》。这时他已认真注意文学和批评的问题。1856 年他认识当时《现代人》杂志的编辑车尔尼雪夫斯基。1857 年秋他毕业于师范学院,便入《现代人》工作,和车尔尼雪夫斯基及涅克拉索夫共为《现代人》的主干。1856—1861 年的五年之间,他在杂志上发表了数百篇论文,大多是关于现实主义的文学批评和唯物论哲学的文章。

杜勃罗留波夫和其他一些革命战士形成俄国解放运动的第二阶段,即平民革命阶段。(第一阶段是十二月革命,即贵族革命阶段)。他们同情劳动大众,反对农奴制和专制政治。同时也反对那些地主资产阶级的自由主义者们的思想和政治,而以《现代人》杂志为战斗中心。

为了肺病,他于 1860 年到法国去疗养,不久回国。在 1861 年 11 月 17 日死于彼得堡。

杜勃罗留波夫写了很多有名的文学批评文章,这些证明他是别林斯基承继人之一。他最有名的一篇文章是《什么是奥勃洛摩夫性格?》。

陀思妥也夫斯基(1821—1881):他前期是现实主义作家。他生于莫斯科,父亲是一位军医。1834—1837 年他在寄宿中学念书,过后被父亲送到彼得堡去念工兵学校六年,毕业后他进制图工程部,旋于 1844 年去职。从此开始职业的文学生涯。

他的第一部小说是《穷人》(1846)。还是草稿的时候,涅克拉索夫和别林斯基就已看到,并给予热烈的赞同;他随即参加进步作家之群。从《穷人》里可以看出陀思妥也夫斯基是果戈理的学生，他在别林斯基创立的民主的现实主义的纲领下发展了果戈理的传统。《穷人》的主角们是少年人、小官吏、彼得堡"角落"（即贫民窟）的居民。他真实地描写这些人们的痛苦，表现他们的优良性格、灵魂的纯洁和崇高，使读者对他们发出深厚的同情。《穷人》富于社会的人道主义的倾向，是 19 世纪 40 年代进步的现实主义文学的值得注意的一件事。

1847 年他参加了革命团体，研究乌托邦的社会主义，在会上讨论别林斯基致果戈理的反对农奴制的公开信。他又参加开设秘密印刷所。由于受了 1848 年欧洲革命的影响，他又参加了秘密革命团体。1849 年 4 月 23 日他和一些同志们一道被捕，12 月 22 日在彼得堡执行死刑，临刑奉命减为流刑，流放西伯利亚五年。刑满后回任文官，1859 年辞职。于是他把沙皇的苦役的恐怖写成《死屋手记》(1861—1862)，这本书已进入俄国古典文学的宝库。

60 年代初，他写了小说《被污辱的与被损害的》(1861)，又描写从前描写的彼得堡的"角落"人物。

60 年代前期，他和他的哥哥先后办了两个杂志：《时间》(1861—1863)、《时代》(1864—1865)。在杂志上，他开始攻击车尔尼雪夫斯基的哲学和政治思想。在《地下室手记》(1864)中，他又发表和车尔尼雪夫斯基相反的哲学，他主张人性的二元论，不相信理智的创造力。用高尔基的话说，陀思妥也夫斯基把人类描写成"在混沌之中无能为力"。

1866 年他发表了小说《罪与罚》。主人公拉斯科尔尼克由于贫困、高傲与受伤的自尊心，形成了一种无政府主义的理论，认为坚强的人格有权犯罪，认为犯罪就是对现行不平的抗议。主角杀了放高利贷的老妇人，却良心不安，后受了一位妓女索尼亚的劝告，相信基督之爱，便去自首了。书中主题思想错误，但暴露了社会的不平。

1867 年他去外国，住了四年。在外国写了小说《白痴》(1868)，他想用非常优美的人物来作他反动理想的代表。又写了小说《恶魔》(1871—1872)，对于俄国解放运动公然讽刺反对，成了反动政治的旗帜。这是受了无政府主义巴枯宁派的影响。

1871 年回国后曾写文尽量暴露德国的军国主义和国家主义，以及俾斯麦的外交政策。1875 年发表小说《未成年》，描写由"家庭环境"孕育出来的少年人的精神上的彷徨。小说中也把巡礼者马卡尔写成基督和平的理想人物。

1879—1880 年写了最后的小说《卡拉马左夫兄弟》，描写弟兄三人。长兄狄米特里是激情的人,二兄伊凡是冷眼旁观者,三弟阿略沙是理想的温厚而虔诚的人物。左西马长老简直写成圣人了。

1881 年陀思妥也夫斯基以喉炎逝世。

萨尔蒂科夫·谢德林(1826—1889):是 19 世纪后期现实主义作家之一。他生于特维尔县的乡下,出身贵族,但没有爵位,没有田地。父亲是个没有意志的人,母亲却很厉害,因为她出身商人家庭,善于管家,渐渐变成了富裕的人。家庭中没有上流社会的教养,充满了家长式的专制,商人家庭常有的小气、贪心,幼年的谢德林就在这种家庭中度过的。在他童年时代,农奴制度问题还未表面化,农奴在重压之下,谢德林从小眼见无情的地主怎样剥削、压制、毒打农奴。一方面是饱食终日的地主,一方面是挨打受气的人,甚至小孩子也分成幸与不幸的两类。他自己是幼子,也看见家庭中的不平等,深觉家庭制度的不合理,在心中已种下了忧郁的种子,后来反映在他小说中的对家庭制度的憎恨,即由此而来。

1836 年,十岁,他被允许到莫斯科进贵族学校。1838 年又被保送进皇村贵族中学,这是贵族名门子弟的学校,普希金曾毕业于此,故保留着普希金的传统,每班有个普希金,文学风气很浓厚。谢德林这时也开始写诗,竟被推为本班的普希金。

1844 年毕业,到彼得堡进陆军部服务。那时青年知识分子都热心于集会结社,讨论哲学、文学乃至政治问题。1847 年他开始写小说,虽不成熟,却被青年们欢迎,也引起车尔尼雪夫斯基和杜勃罗留波夫的注意。这是他文学工作的开始。由于作品中冒犯了当局,被流放到维亚特卡县作小职员,在知县的直接监督之下,这样一直过了八年!一方面工作,一方面体验观察地方行政官吏和机构的腐化,得到丰富的人生体验,这对以后他写小说很有帮助。

1855 年,亚历山大二世即位大赦,他回彼得堡,接近文学界。1857 年写成《外省散记》,这是根据他在维亚特卡多年的观察和体验而写的。不但暴露了官吏们的腐化堕落的丑态,而且讽刺整个官僚制度。当时被称为讽刺暴露文学,一时有很多模仿作品。热情坦白的涅克拉索夫邀他入《现代人》杂志作编辑,他于 1862 年辞去公职专来当编辑。这时《现代人》正处在困难的时期。1861 年杜勃罗留波夫死,1862 年车尔尼雪夫斯基流放。农奴解放后,社会仍混乱,谢德林勇敢地担负起责任,写内容坚强的作品。两年之中,他写了很多短篇小说、杂记、论文和批评,运用讽刺文学的武器尤其是论文,和自由主义的以及反动的论文作坚决的战斗。

1866年《现代人》停刊后,1868年他和涅克拉索夫二人共任《祖国纪事》的编辑,继承《现代人》的传统,这些年代是《祖国纪事》最光辉的年代。谢德林把一切聪明才力都贡献给《祖国纪事》。为初学作家修改手稿,和异地同志通信,出席检察委员会,而自己还写作很多。即1868—1884年的十六年中,他写了很多杰作,如《一个城市历史》(1870)、《哥罗夫略夫家族》(1872—1880)、《塔什肯特家族》等。十余年来,他一面和沙皇的检察周旋,一面和自由资产阶级斗争,终能把《祖国纪事》支持起来,成为进步的和青年的旗帜,这主要是谢德林之功,尤其在1878年涅克拉索夫死后。1884年《祖国纪事》终被封闭,这对谢德林是一大打击。革命的学生团体曾唤起舆论以抗议这一封闭,但未能保卫住这一刊物。谢德林在追踪之下仍继续工作,写了很多"生活琐事"的杂记,1887—1889年写了《僻地的往昔》。1889年4月28日去世。

《哥罗夫略夫家族》写一家三代没落的过程。本书主题思想是农奴"解放"前后贵族的家庭生活。谢德林以一个农民民主主义者的地位,描写"贵族之家"的衰败。没有任何力量能够防止或阻止这种衰败。贵族家庭的衰败,道德上的腐化,随着小说的发展而走着下坡路。家族的成员一个一个地死去,道德的堕落也一个比一个更甚。小说暗示,在农奴制的关系的基础上,不可能形成有价值的人物,或于社会有用的人物。列宁时常引用书中人物,尤其是犹独式加(小犹大),以讽刺政敌们。

屠格涅夫(1818—1883):是19世纪后期的现实主义作家,生于奥列尔。他的父亲是一位衰落的贵族,曾在近卫骑兵队当军官。他母亲很聪明,受过高等教育,但不美,性专横,对待农奴很残暴,所以屠格涅夫少年时代从他母亲那儿即认识到农奴制度的不合理。他父亲却很爱文学,藏书很多,多半是法文书,他并且替屠格涅夫请了瑞士人和德国人做家庭教师,所以屠格涅夫的少年时代得他父亲的益处不少,而对于母亲却不满意。从他的作品《穆穆》和《初恋》中可以看出他对父母的关系。

1827年全家移住莫斯科。他最初在寄宿中学念书,过后又请教师到家庭补习,念完了中学的课程,1833年便进了莫斯科大学文学系。第二年又转到彼得堡大学的文史学系,1837年毕业。在大学的年代,他培养成了对文学的爱好,他开始写诗,翻译莎士比亚和拜伦。

1838年他去柏林,在柏林大学研究历史和哲学,尤其是黑格尔的哲学。

1841年他回国,住在莫斯科,准备参加哲学学位考试,也写诗,也参加莫斯科的文学团体。这时他和别林斯基接近。1843年春天,他出版叙事诗《巴拉夏》,别林斯基给予很高的评价。

1843年秋天,他认识了著名女歌唱家维亚尔朵,这对他一生都有影响,他终生和她维持着友谊。

1847年1月他到柏林。同年5月别林斯基也来柏林,他们一道游历德国。过后屠格涅夫独自到了巴黎,并住在维亚尔朵的别墅。1847—1850年他住在法国,亲见了1848年的二月革命,处在欧洲的大政治气氛中,接近了当时来巴黎的赫尔岑,政治认识提高,他加强写作,同时也和《现代人》和《祖国纪事》合作。

1850年他回俄国。1852年果戈理死,屠格涅夫写文悼念。当时彼得堡不能发表,便寄到《莫斯科新闻》上去发表,于是他遭逮捕并押回故乡软禁。其实真正的原因是他在1847—1852年在《现代人》上发表了《猎人笔记》,又在1852年发行单行本,书中深刻地暴露了农奴制度的不合理。1853年11月,他重获自由,再到彼得堡。

1856年他又到外国。此后他发表了若干短篇小说和六大长篇小说:《罗亭》(1856)、《贵族之家》(1858)、《前夜》(1859)、《父与子》(1862)、《烟》(1867)、《处女地》(1877)。他是第一个俄国作家被西欧作家认为伟大的小说家。在巴黎,他和现实主义作家们都很亲密,尤其是福楼拜。

1879年春他回到俄国,受到热烈的欢迎。70年代的青年承认他的文学的社会功绩。

1880年他回国去莫斯科参加普希金纪念碑揭幕典礼,这是他最后一次返回祖国。

此后他常病,1883年死于巴黎,遗体运回葬彼得堡。

《猎人笔记》(1847—1852)全书包括二十五个短篇,并无统一主题,随猎人的行动而异时异地,但有一个中心思想:表现地主老爷和农民群众。全书贯穿着作者对农民的同情。这书一出,一般人对农奴制的罪恶更加明了,而更感于有迫切废除之必要。

《罗亭》(1856)写大谈自由的罗亭和热爱自由的娜塔利亚互相热爱,但遭到娜塔利亚的母亲的反对。娜塔利亚要求罗亭把她带走,她愿随他到海角天涯,过艰苦生活,为自由而斗争。在此紧急关头,罗亭退缩了,劝娜塔利亚服从命运,他自己到西欧去参加1848年的革命去了。

《贵族之家》(1858)写贵族拉甫列茨基和一美丽女子巴甫诺夫娜结了婚。由于女方的罪过,他们很快就分离了。拉甫列茨基到外国住了几年,回国来住在乡下,和一个乡下女子丽莎结了婚。满以为从此幸福,但忽然巴甫诺夫娜出现,把一切都破灭了。丽莎进了修道院,拉甫列茨基也"再不考虑个人幸福",专搞农业去了。

《前夜》(1859)写保加利亚革命青年英沙洛夫,在俄国和一位俄国小姐叶琳娜相爱。叶琳娜愿意离开家庭和祖国,随英沙洛夫到保加利亚去参加革命。途中英沙洛夫病死,但叶琳娜仍前往保加利亚,参加民族解放的革命工作。

《父与子》(1862)写父子两代人的思想冲突。小说写青年贵族地主阿尔卡狄,在彼得堡大学毕业后回到家来,带来了一位医科同学巴札洛夫。巴札洛夫是一个虚无主义者,否认一切权威和一切风俗习惯,同时他又是一个达尔文主义者,认为人和青蛙一样。因此巴札洛夫和阿尔卡狄的伯父发生冲突,甚至因爱情问题和这位伯父决斗,巴札洛夫不得不离去。

《烟》(1867)写李维诺夫在上流社会的恋爱游戏中受了伤之后,虽然也找到了纯洁的少女的爱情,但对整个俄国生活仍然绝望,一切如烟,空虚幻灭。他在火车上看见车头上的灰飞烟灭,竟长叹"烟,烟,一切如烟"。

《处女地》(1877)写70年代弥漫俄国的"到民间去"运动,这是知识分子的农民运动。他们抛弃一切到民间去,希图以此解放农民,使农民无偿地分得土地,获得自由。书中塑造了两个新的典型人物,一是革命指导者索罗明,一是勇敢的女战士马利央娜。

列夫·托尔斯泰(1828—1910):前期是现实主义大作家,是列宁和高尔基所称赞的俄国乃至世界的大作家。他生于图拉县雅斯纳雅·波里央那村,父亲是一位旧系的贵族,曾参加过1812年的卫国战争。托尔斯泰童年时代受的旧式教育,1837年全家迁至莫斯科。1841年,十三岁的托尔斯泰到喀山。1844年进喀山大学,这时他内心起了变化,主要受卢梭的影响。1847年离开喀山,回到波里央那。弟兄分家,他分得波里央那,共有三百三十个农奴。这时他曾努力改良农业,但农民对他不相信。于是他埋头于自修和研究,但又并未完成。

1848—1851年的这段时期,他时常往来于莫斯科、彼得堡和本乡之间,做了不少计划:时而想从军,时而在庄园中办农民子弟学校,时而又自费办文学刊物,一事无成,这是他内心彷徨的时期。

1851年他到高加索从军,同时也写作。1852年他写成《童年》,在《现代人》上发表。1854年他被任为少尉旗手,初调至顿河军团,后调至克里米亚,驻塞瓦士托波尔。在这儿他参加了有名的克里米亚之战和塞瓦士托波尔保卫战。写成《塞瓦士托波尔故事》。

1856年他以陆军中尉退职,回到彼得堡,和各文学杂志接近,也和《现代人》有些接近。但托尔斯泰的贵族传统使他和平民知识分子的革命民主主义有些距离。

1857年他到外国旅行。西欧的文化使他反感。在巴黎他痛心地看到公开死刑的展览。在瑞士,他看见有钱的社会对穷音乐家的冷淡,而音乐家却终生为他们服务。他惊叹"这种情形,我们当代的历史家要用火样的、不可磨去的文字来记载"。

他回到故乡后,想用教育来启蒙人民以促成农奴解放。教育工作使他接近了农民,农民子女的能力和天才也使他喜欢。1861年农奴解放的前夕,他积极参加社会活动。1861年他被选为和平调解人,他常常站在农民方面。

1862年他结了婚,生活安定下来,他便开始写伟大的史诗般的小说《战争与和平》(1864—1869)。

70年代,他又写了小说《安娜·卡列尼娜》,对当时有深刻而敏锐的观察。1861年改革后的俄国,被一种要吞没一切的骚乱所笼罩着。他简明地叙述,在国内,社会危机已经成熟。在小说里,他已注意到,全国一切都在变动,而一切才开始收拾。

《童年》《少年》《青年》(1852—1856)是他的自传三部曲。在青少年时开始考虑人生的使命,而结论是道德的自我完成的理念。

《塞瓦士托波尔故事》(1854—1855)是战争小说,包括三篇:《1854年12月的塞瓦士托波尔》《1855年5月的塞瓦士托波尔》《1855年8月的塞瓦士托波尔》。第一篇写朴素单纯的俄国兵士的爱国热情和英勇,战争的悲惨和激烈。第二篇写各个军官的典型和性格,揭露英雄主义和自尊心的假面,暴露内心的恐怖。第三篇反映基督教的反战情绪,开始有无抵抗主义和宿命论的因素。

《哥萨克》(1852—1863)是一本优美的中篇小说。主角奥列宁是一位青年贵族,对繁华的生活感到失望,离开首都,到高加索来寻求自由和幸福。由于大自然的感召和高加索人纯朴生活的感召,他认识到人的幸福在于和大自然一致,不在自私而在为旁人。但由于他爱上了少女马丽央娜,他又变得自私了。

《战争与和平》(1864—1869)是托尔斯泰的最大的作品,以1812年抗击拿破仑的卫国战争为中心,同时描写衰老贵族社会的"和平"生活。1812年的卫国战争,尤其是波罗金诺之战,表现了俄国士兵们和将军们的英勇和爱国,如炮手们右手打断了又用左手来继续战斗,将军巴格拉齐翁死前还在询问战况,统帅库图佐夫智慧、沉着而和士兵接近并了解。战争与和平的场面构成整个俄国生活的大画面,此书是托尔斯泰的现实主义的代表作。

《安娜·卡列尼娜》(1873—1877)是托尔斯泰艺术成就最高的作品。小说描写两对爱人的结局不同:琪蒂和列文的恋爱终于圆满结婚,安娜和沃伦斯基的恋爱终于成为悲剧。托尔斯泰主观上想以前一对为模范,以后一对为戒。可是客观的效果是读者对后一对同情,痛恨官僚资产阶级,愤恨私有财产具有一切权势以破坏人间的真正生活。这书一方面显示了托尔斯泰现实主义的艺术的优越,一方面也显示了托尔斯泰的向道德的自我完成的过渡。

五、自然主义时期的文学

1861 年农奴"解放"之后,资本主义因素虽相当发展,但它是在和封建专制妥协的局面下发展的。因此在 19 世纪末和 20 世纪初,俄国竟发展成为"封建的、军事的帝国主义国家"。资产阶级革命仍待完成,这任务只有由无产阶级来代为完成,因此 1905 年的革命仍称为资产阶级革命,它的口号仍是"民主共和国"。1905 年革命失败了,进入斯托雷平的反动时代。1914 年帝国主义之间的第一次世界大战爆发,俄国卷入。在列宁提出的"变帝国主义战争为国内战争"的口号下,迎来了伟大的十月革命。

此时期的文学分为两类:一类反映贵族社会的没落,一类反映普通人民的现实。代表作家如下:

列夫·托尔斯泰的后期(1880—1910):80 年代,随着社会危机的成熟,托尔斯泰在思想上也发生危机,对"生与死"的问题,到处寻求解答,从哲学、科学、宗教中去研究,苦恼万分,几乎想自杀。从艺术家转为宗教家,就从这时开始。《忏悔录》(1879—1881)就是这时的代表作,形成了他的托尔斯泰主义。所谓托尔斯泰主义,就是用原始的四福音书,马太、马可、路加、约翰,来对抗当时被承认的基督教会。因此,他得出结论:否定国家和私有财产,否定都市文明,确定不抵抗主义和无政府主义思想。列宁称这种思想为"封建的社会主义"。托尔斯泰把田园家长制理想化,沉浸于天真的农民的信仰中,专心研究神学,写了很多宗教性的哲学著作。

1882 年他全家迁到莫斯科。当时有"民势调查"工作,他也参加,亲眼看见贫民窟,接触到都市文明掩盖着的都市病毒。他看到当时社会组织的缺点,感到绝望,痛哭叫号。1884 年写了一文《我们应该做什么?》,反映了这时思想的危机。他达到了一个结论:不劳而食是可耻的。所以他抛弃一切,伯爵的爵位也不要了,亲自参加劳动工作,甚至以 60 岁的年龄下田耕作。此外,他禁酒、戒烟、停止打猎、素食、断绝交游。

1885 年他创办《介绍者》出版社,出版通俗读物,启发人民知识。同时仍又继续创作,如《伊里奇之死》《呆子伊凡》《克罗采·朔拿大》《主人与仆人》《复活》(1899)等。《复活》是托尔斯泰晚年的最后一部大作,被认为他的"艺术的圣经",其中充满了他的思想、精神、宗教、艺术。

到了 20 世纪初,他的名声已成世界的。如印度的甘地都受到了他的影响。他的无政府主义的思想和原始的宗教教义,为当时统治阶级所不能容,故于 1901 年由神圣总务院处他以破门律。然而他仍然坚持他的主张。1905 年的革命使用武力,他很反对;及革命失败,沙皇用武力镇压革命并处很多人以死刑,他又反对,1908 年他写了一篇《我不能沉默》向沙皇严正抗议。他对沙皇政府和革命者双方使用武力,他都反对。他要按照福音书上说的,爱人如己,并爱仇敌。

他自从禁酒,停止打猎以后,与家人不和。他要放弃财产,放弃著作权,他夫人坚决反对,甚至家人都反对他。他自觉言行不一致,精神非常痛苦。几次想离家出走,都未成功。直到 1910 年 11 月 10 日好容易离家出走,在路上患肺炎,在一个小车站阿斯塔颇伏下车,站长服侍他,结果不起,享年八十二岁。

《复活》写青年贵族涅赫留道夫在亲戚家作客,和亲戚家的女仆卡秋霞发生了关系,过后便离开了。卡秋霞后来因此被迫沦为妓女和"杀人犯",在法庭受审。这时涅赫留道夫适作陪审官,认出被告是他曾经损害过的女子,她并因此而沦落。他良心自责,立誓要救她脱险,奔走官僚和司法机关,最后并随"犯人"一道到了西伯利亚,想要和卡秋霞重好,但卡秋霞已另有爱人了。书中通过涅赫留道夫奔走营救卡秋霞的过程,暴露并攻击官僚机构的腐败黑暗,司法制度和警察、监狱的非人道的态度,仍有现实意义。但书中充满宗教色彩。

列宁在 1908—1911 的几年之间写过若干篇论托尔斯泰的文章,认为托尔斯泰的作品尽管有矛盾,然而总是对资本主义制度的有力而尖锐的批评。1908 年列宁写的一篇论文《托尔斯泰是俄国革命的镜子》,其中有几句:"如果在我们面前真的有伟大的艺术家,那么他就必须在他自己的作品中,反映革命的至少是本质的诸方面。"

契诃夫(1860—1904):现实主义的短篇小说家和戏剧家。生于南俄的塔干诺格。他的祖父是由农奴赎身为自由人的。他在本地念希腊文学校,过后念中学。这时他最喜欢上剧院,对文学艺术发生爱好。1879年秋中学毕业,到莫斯科,1880年进莫斯科大学医科。这时他用各种笔名写些幽默作品,投寄各幽默杂志,换钱维生。1884年大学毕业时,出第一短篇小说集《女神集》。大学毕业后做过一时的医生,但不久即全神贯注于文学工作。1886年出第二短篇小说集《杂色集》,声誉日高,人生态度也愈严,作品主题多是和庸俗战斗。1887年出第三短篇小说集《黄昏集》,科学院赠他普希金奖章。1888年在莫斯科上演他的第一个剧本《伊凡诺夫》,同年发表小说《草原》。

在此以前,他以为作家可以置身社会斗争之外。但是80年代的俄国现实和政治的反动以及社会情绪普遍颓丧,使他的思想发生变化。1891年他已认识到他的错误。俄国阶级日益分化,使他的眼睛睁开了。曾使他醉心的托尔斯泰主义,他也不满意了。1890年他曾远涉西伯利亚,到库页岛去视察,年底经太平洋、印度洋回国,写文章暴露所见的"人间地狱",引起沙皇的不快。这使他更接近于现实。1892年,有两地发生饥荒,又发生霍乱,他参加救助,使他又接近于现实。本年秋他在麦里霍夫买了一小田庄,距莫斯科六十公里,他便迁到乡下去住。在乡下为农人治病,立学校、做校长,修道路。在麦里霍夫村时期是他丰产的时期,写了小说《第六号病室》《无名人的故事》《文学教员》《二层楼房》《农民》,戏剧《海鸥》和《万尼亚舅舅》。

1897年他咯血。在莫斯科一个医院住了两周,便到法国南方去治疗。为了医病,他卖去麦里霍夫的田庄,在克里米亚半岛的雅尔达修建了一幢别墅(1899)。在这儿他时常和高尔基与托尔斯泰会面。托尔斯泰称契诃夫为"俄国土地上的伟大作家""散文的普希金"。这时《海鸥》和《万尼亚舅舅》在莫斯科艺术剧场上演,大为成功。剧团人员和契诃夫之间结成了紧密的联系。1900年全体演员到雅尔达来看他,1901年天才的演员克尼别尔做了契诃夫的妻子。1900年契诃夫被选为科学院院士。1902年高尔基被选为院士,却被沙皇拒绝,于是契诃夫和科洛连科一道把院士的招牌退回,以示抗议。契诃夫晚年变得很激烈,对尼古拉二世的残酷和野蛮很抱反感。1903年他在雅尔达写完剧本《樱桃园》,1904年五月他病重,到德国医治,死于德国,归葬于莫斯科。

契诃夫的短篇小说有几百篇,代表作如下:《小公务员之死》(1883)、《普里希别叶夫中士》(1885)、《第六号病室》(1892)、《我的一生》(1896)、《农民》

(1897)、《装在套子里的人》(1898)、《姚尼奇》(1898)、《未婚妻》等。

他的有名的剧本有《伊凡诺夫》(1887)、《森林魔鬼》(1889)、《海鸥》(1896)、《万尼亚舅舅》(1897)、《三姊妹》(1901)、《樱桃园》(1903)等。

《樱桃园》写女地主拉涅夫斯卡雅和她的弟弟加叶夫是没落地主的典型,是不实际的无意志的人物。拉涅夫斯卡雅在丈夫死后,把家产无计划地浪费,拼命追求爱人,最后仍是空虚。回到田庄来,已是负债累累,不得不拍卖田庄和可爱的樱桃园。商人罗帕兴的祖先是这个没落贵族地主之家的农奴,现在他经营工商业,是新兴的商人典型,聪明、能干,但只知道金钱,庸俗讨厌。现在他却把原先的主人的田庄和樱桃园买了下来,但马上把樱桃树砍掉,可以出租与人,多得收入。特罗菲莫夫是贫穷的平民阶级出身的大学生,是进步倾向的代表,是民主主义的化身。他和女地主的女儿安娜的言论,充满乐观主义的调子,觉得将来是光明的。他们在剧中的结合,契诃夫是同情的。这剧的主题思想是贵族衰亡的必然、新兴资产阶级的庸俗,未来一代的希望。这正是19世纪末和20世纪初的俄国的社会状况。

科洛连科(1853—1921):杰出的作家和政论家,生于日托米尔的一个官吏之家。先在本地中学念书,后入完全实科中学。他受60年代的民主作家们如车尔尼雪夫斯基、杜勃罗留波夫、萨尔蒂科夫·谢德林、涅克拉索夫、谢甫琴科等的影响,而形成了他自己的世界观。1871年他上彼得堡技术专科学校,但由于无钱而辍学。去做校对员和地图绘制员。1874年入莫斯科的彼得罗夫斯克农林学院。做学生时,在农民中作宣传活动。1876年3月科洛连科被开除出院,过后被捕,因他和同学们抗议学校当局的警察行为。从1879年起他开始长期流放,相继到维亚特卡县、东部西伯利亚、伯尔姆等地。1881年8月他被放逐到雅库茨克区,因为他拒绝向沙皇亚历山大第三宣誓效忠。1884年秋他被放回欧洲俄罗斯。从1885年起他居住在尼日尼·诺伏哥罗德,在警察监视之下。

科洛连科的最初小说《探求者生涯中的插曲》(1879)相当反映了人民的意见,表示对真理和正义的探求。1885年从雅库茨克回来后,发表了小说《马卡尔的梦》,对雅库茨克农民所受的不平表示抗议,鼓吹自由、正义和博爱。1886年发表的中篇小说《盲音乐师》是科洛连科的代表作,写俄罗斯西南某地一个地主之家生了一个盲目的男孩,在生长过程中只感到周围都是音响,自然就成了音乐家,过后和一个同情他的女子结了婚。故事很简单,但盲音乐师的心理描写却非常微妙美丽。更由于盲音乐师能接近人民,所以他能借崇高的艺术以克服个人的痛苦。

1890年他写的《巴甫洛夫评论》,是论巴甫洛夫村的手工业状况的。1895年写的中篇小说《没有言语》,写去美洲的乌克兰农民的不幸。

1905年革命的前几年,科洛连科发表了一些有关西伯利亚的小说集:《严寒》(1901)、《马鲁辛纳荒原》(1903)、《封建主》(1901),其中科洛连科以人道主义的立场,描绘强迫劳动下的人民的痛苦生活,揭露封建农奴制度的残余,涉及资产阶级的非人道。虽然科洛连科的政治理想还不明确,但他相信人民终必胜利。1903年写的小说《不可怕》,揭露资产阶级的知识分子,描写技巧也完善,堪称好作品。

1900年科洛连科被选为科学院院士。1902年高尔基被选为院士,却被沙皇拒绝,于是科洛连科和契诃夫一道把院士的招牌退回,以示抗议。

科洛连科最后的最大的作品是《我的同时代人的故事》(1906—1922),主要写19世纪60年代和70年代的历史,也包括他的自传。以艺术的手法使读者知道那时代的社会发展。最后部分写于十月革命之后。科洛连科支援革命,他看得出革命胜利的原因是有广大群众参加。十月革命时,好多旧作家都逃到外国去了,独有科洛连科仍留下来工作,所以革命后他在苏联受到仅次于高尔基的尊敬。

安德烈夫(1871—1912):初期是现实主义小说家兼戏剧家,后期是20世纪初资产阶级颓废派的代表。生于奥尔列的一个官吏之家。毕业于莫斯科大学法学系,在莫斯科当新闻记者和撰稿员。1898年开始在《信使报》上发表文艺作品。

安德烈夫初期的作品同情贫穷的"小人物",描写"最下层"的"堕落的"人们,如《伯尔加莫和加拉斯卡》(1898)、《在河上》等,也描写庸俗人们之间人对人的冷淡,如《大帽子》等。但,就在这些初期作品上,也带一层自由主义的、感伤主义的、消极的人道主义的色彩,可以说是号召被压迫者和压迫者和解以达到道德上的完成,而不是对不平的社会制度和无情的市侩社会的抗议。在安德烈夫初期作品中,已表现出对人类和理智的不相信,如《思想》(1902),认为人不过是愚蠢的只有本能的动物,如《深渊》(1902)。

在1905年革命活动发展的年代中,安德烈夫注意到越来越尖锐的社会问题,但他用抽象的小资产阶级的假人道主义来探讨这些问题,甚或给予公开反动的结论。谈到战争的悲惨(《红笑》,1904)或沙皇政府的反革命恐怖(《七个被绞死者的故事》,1908),安德烈夫总把读者引向和平主义或指责暴力。安德烈夫的主题的特点,每每是无政府主义的、个人主义的暴动以及随后的投降或叛变。在1905年革命时代,安德烈夫发展了陀思妥也夫斯基的反动思想,诽谤革命和革命者,对革命的前途散布不相信的论调,把革命描绘成无政府主义的、虚无主义的暴动或秘密破坏,并预言资产阶级的胜利和它的坚固的统治,如戏剧《饥饿之王》(1908)、《萨瓦》(1907)、《往星空》(1905),中篇小说《撒什卡·热古略夫》(1912)等。安德烈夫的"哲学剧"《人的一生》(1906)、《黑假面》(1909)、《安那特马》(1910),把人生描写成无思想的、无止境的循环,谈到世界"不可知"和非理性的力量,发展反人道主义的思想。第一次世界大战发生后,他写了《皇帝、法则、自由》(1914)、《战争的重担》(1915),对战争本质不理解并感到恐怖。对十月革命也感到恐怖,所以安德烈夫晚年的政治入于反动,十月革命时他逃到外国,1919年死于芬兰。

库蒲林(1870—1938):前期是现实主义作家,生于边森省纳罗夫恰特城的一个小官吏之家。在莫斯科进陆军学校和士官学校。1889年他发表最初的小说《最后的初演》时,就仍是士官生。他的初期小说之一《审讯》(1894)就是对体罚的军事训练的抗议。1894年他离开军队,从事各种各样的职业,开始为各省报刊撰稿,如基辅、日托米尔、顿河的罗斯多夫、奥德萨等地。在一些报刊的插图故事上,他投寄一些颓废的、自然主义的东西。1894—1899年他在南俄流浪,这使他接触下层劳动人民的生活,给他描写广大社会阶层提供了丰富的材料。他在小说里描写沙皇俄国受压迫的"小人物"的痛苦,如《海盗》(1895)、《百万富翁》(1895)、《奇妙的医生》(1897)等。抬高穷人和劳动人民,讽刺揭穿富人,是库蒲林的作品的基本命题之一,如《请求者》(1895)、《初遇》(1897)、《陆军准尉》(1897)等。在他的关于沙皇军队的小说中,他对军营训练所作的人道主义的抗议,具有政治的尖锐性,如《行军》(1901)、《夜班》(1899)等。

库蒲林的作品的重要题材是反资本主义。谈到俄国资产阶级发展的矛盾的,有关于顿涅茨矿区的评论,有小说《混乱》(1897)、《在地中》(1899)。小说《吃人的战神》(1896)充满了对资本主义的憎恨,其中深刻地、现实地表现了雇佣劳动与资本之对抗。小说对工人们的愤怒言论和工厂主的逃走,作了象征性的描绘。库蒲林在描写无产阶级时,他只能表现工人斗争的早期的、自发的形式,他看不见他们的有组织的力量。他在非难资本主义时,却错误地否定技术和城市文化,如《黑雾》(1905)。

库蒲林作品的繁荣期和 1905 年革命是分不开的。他在 1903 年去彼得堡,参加高尔基出版的《知识》丛书。在这一时期,库蒲林的小说揭露作为反动派的支柱的保守的小市民阶层(《和平的生活》,1904),暴露资本家上层和君主黑帮分子的关系(《蠹鱼》,1904),替腐朽的资产阶级道德打上烙印(《祭司》,1905)。在这些年代,他是反颓废文学战线的代表之一,他为民主的艺术而斗争,为革命服务(《艺术》,1906)。他的论文《纪念契诃夫》(1905)和评论《塞瓦士托波尔事件》(1905),勇敢地攻击沙皇政治。这时候他写了最好的小说《决斗》(1906),描写沙皇军队中的上层人物的懒惰和落后,很受高尔基的称赞。

　　1905—1907 年革命失败之后,库蒲林仍坚持住他以往的立场,抗议反革命的恐怖,如小说《梦话》(1907)等。他的优秀作品把普通人当作正面英雄,以与资产阶级、小资产阶级人物对比,如《石榴石的手镯》(1911)、《黑色拉链》(1913)、《神圣的谎言》(1914)。但是,他对将来革命的前景有些悲观了。他的知识分子的主角和人民失去联系,害怕人民(《蚱蜢》,1910)。库蒲林对社会合理改造的可能性失去了信心。在中篇小说《微弱的太阳》(1913)中,对英国帝国主义的尖锐揭露,却落得这样一个错误的结论:资本主义制度是坚固的。这时期他的小说转向于外国风味和摹仿(《苏拉米菲》,1908),转向于无思想性的幻想(《每个希望》,1917)。自然主义的中篇小说《雅玛》(1909—1915)中,社会批判已经减弱,认为娼妓的罪恶不是由于阶级、经济的原因,而是由于道德和生物学的因素。1907—1917 年他的政治思想危机,使他没有参加十月社会主义革命而去到外国。在国外他无所作为。他深感于脱离祖国和人民的危险,在 1937 年回到了苏联。高尔基对他的艺术曾有高度的评价。

　　高尔基(1868—1936):是俄国现实主义伟大作家,是社会主义现实主义的奠基者。生于下诺夫哥罗德,父亲是木匠,父母都早死,童年在外祖父家寂寞地度过。上小学也因病未毕业。十岁起便在各处当学徒。1884 年去喀山,想入大学,不成。但在喀山做着各种谋生的工作,接触了各种贫穷的人们;同时也接触了一些马克思主义的知识分子,并也参加革命活动。1889 年回故乡,被捕。1891 年经伏尔加河、顿河、乌克兰、比萨拉比亚、黑海沿岸,徒步浪游,终至高加索的第比利斯。在第比利斯他遇见民意党人卡柳日纳,卡柳日纳鼓励高尔基写作。1892 年处女作《马加尔·邱德拉》在第比利斯《高加索报》上发表。此后,他的作品逐渐由伏尔加河一带的城市发表到彼得堡,《切尔卡士》就是 1895 年在彼得堡发表的。1898 年出版两卷短篇小说集,成为俄罗斯全国性的作家了。1899

年写中篇小说《福玛·高捷耶夫》,1902年写戏剧《底层》(《夜店》)。这时期他和托尔斯泰和契诃夫建立了友谊关系。科洛连科也很重视高尔基,1902年发生"科学院事件",契诃夫和科洛连科都支持高尔基。

1898—1905年高尔基已因参加革命活动而被捕数次。1905年革命后他又被捕,由于人民大众的抗议,不久释放。在这一次革命里,他认识了列宁,成为布尔塞维克党的活动分子之一。1906年他受党的委托到西欧及美国旅行并做宣传工作。同年发表杰作《母亲》,受沙皇政府通缉,不得回国,便侨居到意大利的卡普里岛,直到1913年。在国外时期,他不断为党的刊物写稿,并发表作品。自传三部曲的《童年》和《意大利童话》是卡普里岛时的作品。

1913年他回国。翌年第一次世界大战爆发,他坚决地站在无产阶级的反战立场,为民族间的和平而斗争。同时也写完自传三部曲之二《在人间》。

《福玛·高捷耶夫》写一位青年商人福玛,从父亲继承了大宗的财产,同时也继承了父亲的"并非自己事业的主人,而是它的下贱的奴隶"的感觉,因而他希望"要自由地生活"。他成了本阶级的叛徒,反对本阶级的剥削性,和本阶级分裂;他虽具有坚强的性格和不屈的意志,但他没有足以依靠的力量,也没有得到现实的正确的教育,所以他的抵抗无效,而悲剧的结果是进疯人院。

《底层》(《夜店》)写店老板科斯吉略夫所开设的旅店,是黑暗污浊的地下室,住着一些痛苦不幸的人们,有酒精中毒的戏子,有快死的肺病女人,有没落的男爵,有强盗伯伯尔,有游方老人卢加,他们代表20世纪开头的封建的、资本主义社会里的受害的人物。店老板很凶恶,老板娘瓦西里萨却很淫荡,她的妹妹那塔沙是一位比较纯洁的女子。房客们都是些穷途落魄的人物,大家牢骚很多,生活也很苦恼,喝酒、打牌、吵嘴、打架,成了他们的日常生活。其中穿插着老板娘瓦西里萨和强盗伯伯尔的暧昧的爱情,但伯伯尔却更喜欢她的妹妹那塔沙,因此而发生许多纠葛。

《母亲》以1902年苏尔莫伏地方的罢工事件的事实为题材。母亲尼洛芙娜是一位旧时代的女子,挨打受气的妻子,只知爱护儿子的母亲,在现实和儿子革命的教育下变成了一位革命工作者。

列宁说:"这本书是必需的,许多工人不自觉地、盲目地参加了革命运动,现在他们读了《母亲》,会得到很大的益处。一本非常合时的书。"

第二十三章　近代美国文学

一、文艺复兴时期的文学

欧洲文艺复兴时期,美国还未建国,还在开始移民,所以美国文学无文艺复兴时期。

二、古典主义、启蒙运动时期的文学

美洲自哥伦布到达以后,即不断地成为西欧各国的殖民地。随着殖民地经济的发展,出现了统一的市场,政治上美利坚这一民族概念开始形成。至18世纪后半期,殖民地与宗主国之间的矛盾尖锐化,转变为争取国家独立的民族斗争,1776年美国终于成立。在这独立斗争前后,领导者是新兴的资产阶级,指导思想是西欧的启蒙主义和民主主义。文学上的代表人物有下列几位:

富兰克林(1706—1790):是独立战争时期的政治家兼作家,出生于波士顿贫穷的手工业工人之家。年少时学印刷工,1723年去费拉得尔菲亚加入印刷业,同时参加广泛的政治与启蒙活动。他的观点虽是资产阶级的,却是反封建的和反贵族政治的,同情黑人与印第安人。富兰克林曾积极参加美国独立运动,并曾往法国作反英助美的活动,于美国独立颇有功劳。

他的文学作品以政治和道德的论文及书信为主。但在文学上特负盛名的是他的《自传》,文体生动简洁,以浅显的文章传达深刻的意义,颇有启蒙之效。如在《自传》中写他小时喜欢读书的一段:

> 从小孩时起我就喜欢读书,凡到手的钱都花在买书上。因为喜欢《天路历程》,所以我首先搜集边扬的单行小本子。过后我又把它们卖掉,以购买巴吞的《历史丛书》;那是小贩们贩卖的廉价小书本,共有四五十本。我父亲的小小图书室里,主要是一些讨论神学的书。……其中也有普鲁塔克的《英

雄列传》,我读了很多,我至今仍觉得那时所花的时间很得益处。还有一本笛福的书,名叫《计划论》,另外还有一本马萨博士的书,名叫《行善论》,这些也许使我思想上起了一个转机,在我一生的主要事业上都有影响。

潘恩(1737—1809):政治家、启蒙主义者和作家,生于英国一小手工业者之家,1774年移至北美费拉得尔菲亚。他参加美国独立武装反英运动,成为民族解放运动的革命民主主义者。他最初的政论是《常识》,号召北美殖民地人民起来独立,反抗英国,成立共和国。这书不但在北美殖民地有普遍影响,而且在法国也造成大革命的因素。潘恩亲自参加美国独立战争,在战争初年处于不利的时候,他又写了一系列的文章,总名《美国的危机》(1776—1783),以鼓舞美国人继续战斗,争取最后胜利。他又主张社会平等,土地国有,失业保险等制度,这也影响了英国宪章党运动的思想。法国大革命发生后,他亲自去法国参加革命,被选为领导人之一,并写《人权》一书(1791—1792)。后因和雅各宾党有分歧,1793年被捕下狱。1802年被释返美,在美国因他的民主观点而受到资产阶级和种植园主反动派的攻击。兹从《常识》与《美国的危机》各录一段:

> 关于英国和美国之间的斗争,已经写过许多本书了。各阶层的人从各种不同的动机,以各种不同的方法,都参加了这场争论;但是一切都是徒劳,争论的时期已经结束。只有武力才是最后的手段,才能解决争端;使用武力是英王选择的,本大陆已接受了这一挑战。(《常识》)
>
> 暴政和地狱一样,是不容易征服的;但我们有此自慰,即斗争越艰苦,则胜利越光荣。廉价得来的东西,我们往往轻视它:只有高价才能使事物珍贵。……像"自由"这样神圣的东西,不需高价购买,那才是怪事。(《美国的危机》)

杰弗逊(1743—1826):政治家、思想家兼作家,生于弗几尼亚的地主贵族之家,受过各方面的教育。青年时代起即接受法国启蒙主义思想,从事政治活动。1776年美国独立战争发起,他是有名的《独立宣言》的起草者。后任外交官、部长,最后作了美国的总统(1801—1808)。总统满任后,从事启蒙思想的研究与宣传活动,建立大学,为民主与自由而继续努力。他写过许多论文和书信,而以《独立宣言》为最有名,其中名句有:

人生而平等，他们有天赋的不可夺的人权，其中有生存权、自由权以及追求幸福之权。——他们建立政府以保障这些人权，政府的正当权力来自人民的同意。——任何政府有损于这些目标时，人民就有权起而改造政府或撤换政府，并建立新政府。

弗伦诺(1752—1832)：启蒙主义诗人，生于纽约的一个法国新教徒之家。在美国独立战争时期，他写诗来称颂美国兵的英勇，如《纪念勇敢的美国人》(1781)。后来法国大革命时期，他又写诗来纪念夺取巴士底狱四周年，如《周年纪念》(1793)，他又认为法国大革命是世界革命的发端，如《颂歌：上帝拯救人权》(1795)。

弗伦诺也写对自然的抒情诗，如《圣·克鲁兹的美丽》(1779)，这是后来浪漫主义的先驱。

兹录《纪念勇敢的美国人》的二段于下：

> 在尤滔泉，英雄们已经战死；
> 　他们的骸骨已埋在尘土里——
> 泉水啊，哭泣吧，用你的泪潮；
> 　好多的英雄已经去世！
> 英雄们眼看他们的国家受到灾害；
> 　村庄正在燃烧，田地已被破坏；
> 于是冲向那来侮辱他们的敌人；
> 　他们拿起刀枪，——却没有拿盾牌。

巴尔洛(1754—1812)：启蒙主义诗人，生于康涅迪克州的一农人之家。曾在耶鲁大学念书。参加独立战争。后又回耶鲁研究哲学。1787年发表他的长诗《哥伦布的远见》。1788年他到欧洲，和潘恩往来，热烈支持法国大革命。1792年写《国王们的阴谋》，攻击君主制度，成为法国公民。1795年为美国驻阿尔及利亚使节。1805年回美国，把《哥伦布的远见》扩充成伟大史诗《哥伦比亚德》。1811年任美国驻法大使，与拿破仑协商侵俄之役，从莫斯科撤回时，死于波兰。

《哥伦比亚德》是巴尔洛的激进政治的长诗，叙述美洲的民主独立的历史，也

描绘人类的未来是一个国际的联合。兹录其中两段于下:

在踏脚凳下,压着一切毁坏性的东西,
僧侣们的假面,帝王们的权杖,
都践踏在尘土里;因为至少在这儿
欺骗、愚蠢、过错等的标记都要抛弃。

在行列前面的高处,选出一位君子,
他有公认的聪明智慧,崇高的荣誉;
他沉着地开创普遍的正义的事,
使每一个国度都有疆界和法律,
使疲乏的竞争得到安息,
把一切地区结合在和平的联合里。

三、浪漫主义时期的文学

美国建国后,一股新兴国家的朝气蓬勃之感充满人间,国土的无边无际,自然的条件优美,其时劳资的阶级对立还未明朗,黑奴解放的问题还未显著,所以文学上都带有一种浪漫的理想。代表作家如下:

欧文(1783—1859):浪漫主义作家,生于纽约一个资产阶级的家庭。少年曾学法律,又游历各地,以至地中海和英国。回国后即从事文学活动,1809年即写完他的有名的喜剧性的《纽约外史》。此后又兼从事经商,重到英国,和英国作家斯各托等人认识。1819—1820年在英美同时发表他的代表作《见闻杂记》,遂获成功。此后他游历欧陆各国,十年之间发表作品不少。1831年回美国,晚年住在纽约附近,写作大多是历史和传记方面的书。1842—1845年曾一度出任驻西班牙公使。1859年去世。

《见闻杂记》是一本历史、风俗、幻想、小说等的合编,其中《里普·凡·温克尔》一篇,写哈德逊河一带由英国殖民地变为北美共和国的过程。一个乡村居民入山打猎,在山中一睡就是二十年。入山之前还是英国殖民地,回乡之后已变成北美共和国,山河依旧,人事已非,颇多怀古之思。文笔流畅,富于幽默。

J·F·库柏(1789—1851):浪漫主义小说家,生于新泽西州巴林登的地主家庭。二岁时全家移住纽约。大学时被开除,去舰队服务,1826—1833年在欧洲。他在 20 年代即受英国作家斯各托的影响而开始写历史长篇小说。他的最有名的小说是以《皮袜子故事》命名的一套小说：《先锋》(1823)、《最后的莫希干人》(1826)、《草原》(1827)、《探路者》(1840)、《猎鹿的人》(1841)。《猎鹿的人》是主角"皮袜子"少年时代冒险故事,《最后的莫希干人》是主角壮年时代在森林中和一位莫希干人的冒险传奇故事,《探路者》是主角的恋爱故事,《先锋》是主角少年时代故乡的回忆,《草原》写他是被文明所追迫而到密苏里河上游去住的八十高龄的猎人。这些小说的主题是印第安人反抗美洲殖民者的斗争,由于资本主义的"文明"掠夺结果而使印第安人的氏族制度灭亡。

布来扬特(1794—1878)：是浪漫主义诗人,生于麻萨诸塞州康明登的农村。父亲是医生,教他多识草木之名,并鼓励他读诗,他九岁时便开始写诗。1808 年在本城中学毕业,后学拉丁、希腊,于 1811 年进威廉学院。后想转学耶鲁,不成功,便往一律师处学法律,后做法律工作九年。

1817 年他的诗才被他父亲发现并鼓励,并在各报上发表。20 年代是他初期的多产时代,这时期的诗多是歌颂自然和爱情,如《最美丽的乡村姑娘》(1821),和《晚风》(1829),属于浪漫主义时期的作品,兹摘录前者如下：

啊,最美丽的乡村姑娘！
你出生在森林的树荫之旁；
绿色的树枝,天空的模样,
就是你儿时眼中的全部瞭望。

你儿时的游戏和行走的地方
都是在乡村里,十分荒凉；
这地方的全部美丽景象
都在你的心里,都在你的脸上。

四、批判现实主义时期的文学

美国 19 世纪中叶,资本主义社会开始腐化,给人以绝望之感。随后黑奴的悲惨越来越成为美国社会一大问题。因此美国批判现实主义文学基本上在于暴露资本主义社会的庸俗腐化与黑奴制度的不人道,要求废除黑奴制度。代表作家如下：

布来扬特的后期(1831—1878)：是现实主义作家、政论家。1829年布来扬特作了《纽约晚报》的编辑，继续几达五十年。在报上他主张言论自由、自由贸易、工人集体合同权、国外解放被压迫民族、国内解放黑奴。他对美国民主运动和工人运动起过很大的进步作用。例如他在1836年写的《工人罢工权》一文，反对法院判决罢工工人有罪，其中有如下几句：

因为他们不愿为给他们定的工资而做工，他们竟被判为有罪！法律根据条文，竟可以使富人有合法的权力来制定穷人的工资，这是冒犯慷慨与正义的感情的，还能想象比这更甚的事吗？

同时他仍然写了不少的诗，但无甚特异之处。

霍桑(1804—1864)：初期是现实主义作家，生于麻萨诸塞州的萨勒姆，父亲是一个海军军官。他四岁时父亲死去，由他的叔父担任教育之责。1821年他十七岁时进鲍多印学院，毕业后也未工作。1825—1833年他主要住在家乡，读书写作，有些作品也曾发表，后来收集在1837年的《重述故事集》中。1836—1838年他在波士顿编期刊。后来做海关职员，1849年去职。即着手写他的长篇小说《红字》。1850—1853年他数度迁居，最后住在康可德，写成《有七个尖顶的房子》。1853—1856年他任驻英国利物浦的领事。过后三年游历欧陆。回国后仍住康可德的旧居。1864年死去。

《红字》写一美丽少女生了非婚生子，在衣服上被刺上红字，示众受辱，强迫她说出男子的姓名，她却坚守秘密，以及以后的一些曲折的故事。这小说揭露资产阶级习惯的残暴和道德的虚伪。

亚伦·坡(1809—1849)：现实主义但带颓废倾向的作家，生于麻萨诸塞州的波士顿，父母都是旅行剧团的演员。他生后不久就成了孤儿，为弗几尼亚州的一个烟草商人所抚养。在弗几尼亚大学念书，中途退学。入西点军官学校，又被退学。此后即过流浪贫穷生活，1836年与表妹结婚，但1847年妻又病死，两年后他也忧伤落魄而死。

他的抒情诗和小说，标志出资产阶级世界的悲剧性的冷酷无情。但他有很多作品把恐怖加以诗化，并歌颂死亡，带有颓废倾向。抒情诗以《乌鸦》(1845)和《安娜伯尔·李》(1849)为最有名，都是怀念已故的爱人的。恐怖小说有《阿希尔的房子的倒掉》(1839)、《黑猫》(1843)等。此外还有些侦探小说和文艺评论。兹摘录上述两抒情诗于下：

乌鸦

乌鸦孤独地坐在静静的胸像上，只说了一个字，
好像它把它的灵魂全灌注在那一个字里，
它不再说什么话，一点也不飞动它的两翼，
直到我低声说道，"其他的朋友先已飞去，
明天早晨它也要离去，正如我的希望早已飞逝。"
　　于是这个乌鸦说道，"永远不会。"

我说，"恶事的先知！是鸟是鬼，总是先知！
凭我们头上的青天，凭我们崇拜的上帝，
请告诉我，这个充满忧愁的灵魂，在伊甸园里
是否有一个神圣的少女，天使们叫她伦诺尔，
有一个珍贵而光辉的少女，天使们叫她伦诺尔！"
　　乌鸦却说道，"永远不会。"

安娜伯尔·李

那是很多很多年以前的事，
　　在一个海边的国度里，
住着一个少女，她名叫安娜伯尔·李，
　　这是你可能知道的；——
这个少女没有别的思想存在脑子，
　　只知道和我相爱，彼此彼此。

天使们在天堂里很不欢喜，
　　对我和她都很嫉妒；
是的！正是为了这个缘故（海边国度人们都知）
大风才从云里吹来，把她冻死
　　而杀死了我的安娜伯尔·李。

麦尔微尔(1819—1891)：现实主义的海洋小说作家，生于纽约的一个富裕商人之家。他幼年丧父，家道中落。初上公立学校念书，十五岁入阿尔巴尼学院。过后入银行作职员，又教过书。1837年他乘船渡英。1841年乘捕鲸船到南太平洋，住了一年半，此后去南太平洋诸岛，最后仍回美国波士顿。他的小说《泰丕》(1846)、《阿姆》(1847)、《莫毕·狄克》(1851)等，都是写海上的冒险和自传。1849年结婚，并到伦敦、巴黎旅行，发表游记《马尔第》，其中带有乌托邦社会主义的观点，批判资产阶级社会的法律和道德等。归国后仍写小说，50年代后期的小说已不如前。1866年他干脆去纽约作税关检查官。1891年死时已被人们忘却了。

麦尔微尔在小说中对普通人极表同情。在小说《泰丕》中，他把剥削和虚伪的世界和太平洋岛上的野蛮人的世界相对比。在小说《莫毕·狄克》中，他写捕鲸船长阿哈布等捕鲸鱼莫毕·狄克而终于失败，象征资产阶级社会罪恶的顽强。他的小说每每具有现实主义，有讽刺现实的目的。

惠梯尔(1807—1892)：民主诗人和社会活动家，生于麻萨诸塞州的哈瓦希尔的贫农之家。他少年在农村劳动，只受了很少的学校教育，而且也是半工半读。他十四岁时接触到英国诗人彭斯的诗，因而开始写诗。1833年前，他做过一些地方报刊的编辑，写过一些歌颂自然的浪漫诗，如《新英格兰的神话》(1831)、《莫尔·比恰》(1832)。1833年以后的三十年中，他主要从事解放黑奴运动，写诗写文也以解放黑奴、尊重劳动为目标，如《麻萨诸塞到弗几尼亚》(1843)、《以迦博》(1850)、《劳动之歌》(1850)、《赤脚儿童》(1855)等。晚期的诗和文则转入宗教方面去了，如《神的赞颂》(1865)、《永恒的善》(1867)等。他的最有名的长诗《雪封》(1866)，是以新英格兰农村生活为题材的。兹摘录《劳动之歌》《赤脚儿童》于下：

劳动之歌

也许，埋头于煅炉和锄头的
　　劳动人民，才能够得到
更高贵的精神的满意，
在那里才觉得生命最有意义，
强健的劳动的手创造强健的劳动意志。

赤脚儿童

我祝福你,小小的儿童,
赤脚的儿童,棕黄的面孔!
你穿的裤子卷起裤脚,
你吹出快乐的口笛声调;
你有红色的嘴唇,
山上更红的杨梅和你接吻;
你那破帽边缘活泼健旺,
阳光通过它射在你的面孔上;
我祝你快乐,出自我的心中,——
我从前也是一个赤脚的儿童!
你是好人,——到了成人的年龄,
你就是一个共和党人。
乘车的是百万富翁!
步行在旁的是赤脚儿童,
要论耳闻目睹
你却比他丰富,
你内心有快乐,外表有阳光:
赤脚的儿童,我祝你幸福健康!

朗费罗(1807—1882):民主的反黑奴制的诗人,生于缅因州的波特兰,父亲是法官、议员。他父亲的书室里有很多书,朗费罗少时即读过很多古典名著。十三岁便开始写诗。十四岁即入鲍多因学院,1825年毕业。在学时即决定从事文学。他父亲却要他学法律。他二十岁时,由母校派遣留欧三年,学习欧洲各国语文,学会法、西、意、德各国文字,回国后任母校现代语教授共六年。他二十七岁时任哈佛大学教授,又留欧一年,回国后在哈佛继续任教十八年(1836—1854)。

1839年他发表散文旅行小说《希伯利昂》,诗集《夜晚之声》,1841年发表诗集《民谣与其他诗歌》。1842年他又到欧洲,归途写了一些《奴隶之歌》。1845—1847年他又发表了一些诗集,包括《布鲁吉斯的钟楼及其他诗歌》。1847年他发表有名的长诗《伊万吉琳》。1849年发表诗集《海边与炉边》。1854年辞去教授之职,专门写诗。1855年发表长诗《希亚瓦萨》。以后还出了一些诗集和文集。

1867年他的第二个妻子不幸死于火灾。为了安慰,他转而从事翻译,如但丁的《神曲》等。此后又发表了一些故事诗,如《路旁客店的故事》等。晚年他从事剧作,但不怎么成功。

朗费罗早年的诗基本上是仿效欧洲的。1842年写的《奴隶之歌》却是解放黑奴的很好的抒情诗,其中充满了对被压迫者的人道主义的同情。1855年的《希亚瓦萨》是北美印第安人的民歌,主题是民族自立。晚期的作品却有资产阶级的颓废倾向了。兹录《奴隶之歌》之一的《奴隶的梦》的三段于下:

> 他躺在未收割的稻子旁,
> 　他的镰刀还握在手上;
> 他袒露着他的胸膛,
> 　埋在泥沙里的头发也暗淡无光。
> 在睡影朦胧的中央,
> 　他又看见了他的祖国家乡。

> 他梦里的原野景象非常宽广,
> 　奔流的尼日尔河非常雄壮;
> 在棕榈树下,在大平原上
> 　他又是步武轩昂的国王;
> 他听到骆驼队的铃声在响
> 　它们正进行在山路上。

> 森林,拥有亿万只舌头,
> 　怒吼着要求自由;
> 沙漠的大风高声怒吼,
> 　它的呼声如此自由狂走,
> 以致他从睡中惊醒,含笑无忧,
> 　欣赏它们的欢声似风狂雨骤。

J·R·罗威尔(1819—1891):前期是现实主义诗人,生于麻萨诸塞的剑桥,出身读书人家,所以罗威尔从小即亲近书本。1934年他进哈佛大学,在学校时即开始写诗。毕业后学法律,1840年得法律学位。随后与马利亚·怀特女士订婚。她是热心的废除黑奴主义者,也很爱诗,因此罗威尔也受影响,年轻时写诗反对黑奴制度,成为一个进步的批判现实主义诗人。1844年他结婚,此后六年他写了很多诗文,反对黑奴制度。1848年他发表有名的诗系《毕格罗文献》第一集,其中讽刺美国政府侵略墨西哥的战争。同年发表文学讽刺诗《对批评家的寓言》,对他同时的文学家作幽默的评价。同年又发表幻想长诗《朗法尔先生的想象》。

1853年他妻子死去。此后他便开始教授与编辑的生涯,虽然也写诗,但已失去青年时代的激情和批判精神,渐入于民族主义与保守之途。兹录其青年时期所写的诗《自由的诗章》(1843)二节于下:

> 男人们!这是值得骄傲的事,
> 你们是勇敢而自由的祖先的后裔,
> 如果在世上还活着一个奴隶,
> 你们是否算得真有自由和勇气?
> 如果铁链折磨着你们的兄弟,
> 而你们却毫不在意,
> 你们这样的奴隶才真是卑鄙,
> 这种奴隶是不值得解放的。
>
> 妇人们!你们总有一天要生下儿女
> 来呼吸新英格兰的空气,
> 如果你们听到这些事实,
> 你们的姊妹被铁链锁起,
> 会使你们愤怒的热血奋激,
> 像红色的熔岩在你们血管中冲击,
> 然而你们却坦然无耻,
> 那么,请回答!你们还配不配
> 做母亲生出勇敢而自由的儿女?

比恰·斯托(1811—1896):现实主义女作家,生于牧师之家,嫁与神学教授。19世纪中叶美国黑奴解放运动时期,社会矛盾使她从事文学活动,于1852年写出小说《汤姆叔叔的小屋》(旧译《黑奴吁天录》)。故事写汤姆是一个忠实的黑奴,主人谢尔比将他和女奴艾利沙的儿子卖给贩子哈来。艾利沙带着儿子潜逃,终获自由。汤姆太善良,听任出卖给哈来,后又转卖给圣·克拉尔。克拉尔死后,又卖给凶暴的农场主西蒙·勒格里,备受虐待。汤姆后因帮助黑人同胞并协助二黑人妇女逃跑,被勒格里活活打死。小说以现实主义的手法暴露出美国奴隶制度的悲惨,引起了社会的同情,颇有利于南北战争中的北方,取得了国际的声名。作者在1853年写的《汤姆叔叔的小屋的来源》,主要是奴隶制度的惨状的文献。她的后来的一些小说已不能引起人们的兴趣,大多是一些说教的东西了。

爱默生(1803—1882):散文家和诗人,生于波士顿的清教徒牧师之家。爱默生八岁时父亲去世,寡母贫穷,抚养六个孩子成人,艰苦备尝。爱默生十岁时进拉丁学校,十七岁时进哈佛大学,为学校送信、抄写,为落后同学补习,并赢得奖金,以赚取生活费和学费。毕业后在波士顿教书(1821—1825),赚钱还债并在经济上帮助母亲。后曾任宗教职务数年。1832年他游欧洲,历意、法、英诸国,与英国作家华兹华斯、柯勒里治、卡莱尔等友善,钦佩德国的歌德和康德。1833年回国,定居康可德。此后他主要从事讲学与写作。1836年他发表文章《自然》,1837年发表文章《美国学者》,这两篇文章被同时作家霍尔姆士称为"我们的知识上的独立宣言"。于是爱默生成为"超验主义"的领袖,主张个性尊重与平等主义,实即德国18世纪唯心主义的美国形式。40年代他发表了散文一、二集和最初的诗集。1847—1848年他再度游欧,在英、法演讲,与名人交往。回国后集为《代表人物》(1850)和《英国特性》(1856)二书。此后的演讲集有《生命的行动》(1860)、《社会与孤独》(1870)、《书信与社会目的》(1876)等。

爱默生主张诗体自由,但他的诗仍是传统的有韵诗,缺乏艺术感。他的主要作品是演讲集的散文,兹录其散文《依靠自己》(1841)中的一小段,以见一斑:

> 人缺乏自信,常觉歉愧;他也不正直,他也不敢说"我想""我是",而只引述圣贤的话。他在草叶片或玫瑰花之前感到羞愧。我窗前的玫瑰花和先前的或其他更好的玫瑰花无关;它们是什么,就是什么;它们今天和上帝在一起生存。它们没有时间观念。就只是玫瑰花;它在生存的每一分钟都是完全的。在它的叶芽迸发之前,它的整个生命就在活动;鲜花盛开时,活动也

不加多；在无叶的根部，活动也不减少。它的本性是满足的，而它在每分钟都同样使自然满足。但人却推延或回忆；他不生活在现在，却用向后看的眼睛去痛惜过去，或者不注意周围的丰富，却踮着脚去瞻望未来。他不可能快乐和坚强，要等到他超越时间也和自然一起生存在现在。

梭罗(1817—1862)：作家和政论家，也是爱默生"超验主义"集团中的干将。他的父亲是波士顿的一个铅笔制造商。梭罗 1837 年毕业于哈佛大学。在学校时，他不注意功课，更不重视毕业文凭。毕业后，教书、演讲，尤其靠手工劳动以维持生活。他经常生活于乡间、森林中、河沼旁，以接近自然。他生活朴素，行为高洁，为乡里所称。四十二岁时死于肺病。

梭罗相信爱默生的主张，"依靠自己"。他反对资产阶级的文明和资本主义社会制度。他支持黑奴解放的战士约翰·布朗，积极参加解放黑奴运动。他不交人头税，因为他反对政府用之于压迫黑奴和侵略墨西哥。

他的散文《瓦尔登》(1854)是写他在森林中的两年生活。散文《非暴力反抗》(1849)是反对墨西哥战争和黑奴制度的，兹摘录一段于下：

> 我们所知道的民主，就是政府可能的最后改进吗？是否可能进一步承认并组织人权？决不会有真正自由而开明的国家，除非国家承认个人为最高而独立的权力（国家本身的权力和权威即来自个人的权力）并相应地对待个人。我至少乐意想象一个国家，它能够对所有的人都公正，并对个人尊如邻舍；如果有少数人完成了一切邻人和伙伴的责任，远离它，不扰乱它，也不被它包括进去，这国家也不会认为这和它的安宁不一致。一个国家结了这种果子，并让果子成熟时落下，就会预示一个更完善更光荣的国家，这个国家也是我所想象的，但还无处可寻。

惠特曼(1819—1892)：伟大的民主诗人，生于纽约长岛的农民之家。惠特曼五岁时迁居布鲁克林，他只受过很少几年教育，过后当人家办事室的侍童，十三岁时学印刷工，过后又做过几家报馆的排字工和临时撰稿员，也教过几年乡村学校。

1842—1851 年他在纽约和布鲁克林当记者和编辑。在 1855 年初次发表诗集《草叶集》，买者很少，但爱默生很赏识它。1863—1873 年他在华盛顿。在解放黑奴战争中,他曾自愿去前线做医院看护工作。战后在政府中当小职员,同时增补《草叶集》。1866年发表内战诗歌集《鼓声》,又收集在1867年出版的第四版《草叶集》中。英国诗人罗塞蒂选惠特曼诗出版于英国,使英国人也重视惠特曼。1871年惠特曼发表散文集《民主的远景》。1872—1892年的二十年中他等于废居,初颇穷困,后渐好转,有时亦到各地游历。扩大版《草叶集》出版于1891—1892年,全集出版于1892年,同年他死去。

惠特曼的作品充满了反抗精神:反对种族的、民族的、社会的压迫。他的理想是建筑在人民大众的集体的创造劳动上的自由社会。那时惠特曼的作品,反映那些对美国资产阶级民主还有幻想的劳动阶层的情绪。因此他的矛盾表现为:乌托邦社会特点与对资本主义缺点的尖锐批判之间的矛盾,个人主义和集体感情之间的矛盾,自发的唯物主义和神秘主义因素之间的矛盾。

惠特曼初期的作品,是围绕着黑奴和印第安人的人道主义的作品。早在50年代,他就敢于揭露种植场奴隶主和他们的走卒(《无气节者之歌》,1850),祝贺法国1848年的革命(《我们再生》,1850)。他的诗《自己的歌》(1855),热烈同情黑人和印第安人,确定人道主义的理想,自由,赞美人间的伟大与美好。《斧子之歌》(1856)是鼓励人民的创造性劳动的诗歌。

惠特曼第二期的诗歌,包括南北战争时期的诗歌,号召人们为革命战斗(《鼓声》诗集),歌颂反奴隶制的战士们的英雄主义和勇敢。总统林肯被反动派刺杀,惠特曼写了《啊船长!我的船长!》(1865)和《当紫丁香在前院盛开的时候》(1865—1866)等诗来哀悼并致敬。

惠特曼第三期的作品,包括南北战争以后的诗歌和散文。这时他歌颂工业的进步,描写劳动的场面(《展览会之歌》,1871)。同时他也尖锐批判美国资产阶级民主的毛病,他指出美国一方面物质文明发达,一方面却产生个人精神上的贫乏,政府机构加紧腐化(《民主的远景》,1871等)。他还有很多诗是献给欧洲革命运动和巴黎公社的(《啊,法国之星》,1870—1871;《神秘的号兵》,1872等)。他的诗的很多题材是各民族的友谊,精神联系的思想,为各国劳动人民的幸福而联合战斗。他的抒情诗也号召各民族的普通人民联合起来,为民主和未来而奋斗。

他的诗体也是清新如话的自由诗体,对欧美诗歌都有影响。兹录其《啊船长!我的船长!》一诗于后,此诗例外,倒是有韵的:

啊船长!我的船长!我们惊险的航程已经完了,

这条船经受了各种震动,我们争取的目标已经达到,
港口已近,钟声已闻,人们十分欢跃,
望着这稳妥的船,这条船勇敢而坚牢;
　但是心啊!心啊!心啊!
　　流出的红色的血滴啊,
　　　我的船长躺在甲板上
　　　　躺得冰冷而且死亡。

啊船长!我的船长!起来,听听钟声;
起来——旗子为你飘扬——军号为你吹响,
花束和彩带花冠为你备好,——海岸为你热闹非常;
动荡的群众为你高呼,他们热烈的面孔对你向往;
　船长在这儿!亲爱的父亲!
　　手臂在你的头下支撑!
　　　这是一个梦,在这甲板上
　　　　你倒下了,死得冰冷。

我的船长并不回答,他的嘴唇苍白而静寂,
我的父亲不觉得我的手臂,他没有脉搏和意志,
船已下锚,安全妥当,它的航程已成功完毕,
胜利的船,从惊险的航程归来,带着完成的目的;
海岸啊,欢乐吧,钟声啊,鸣响吧!
　但是我拖着忧伤的步伐,
　　走在甲板上,在那里我的船长
　　　躺着而死得冰凉。

五、自然主义时期的文学

　美国自南北战争以后到 20 世纪初期,是从自由资本主义转入垄断资本主义的时期,亦即帝国主义的时期。这时期工商业大步发展,资本家大发其财。工人的人数也大量增加,生活上却大受剥削。因此资本家和工人的矛盾日益尖锐。此时期的文学也有两种趋向,落后的走世纪末的颓废派的道路,进步的则继续上

期的现实主义道路。此处只将几位比较进步的现实主义作家作一简介：

马克·吐温(1835—1910)：伟大的民主作家和政治家,生于米苏里州的弗罗里达的密西西比河西岸的一个律师之家。少年时代住在汉尼巴,1853年去圣路易、支加哥、纽约、费拉得尔菲亚等地作工,1857年乘船下密西西比河而达纽奥尔良斯。在密西西比河一带,他做过排字工、兵士、领港人,在内华达州他做过记者、淘金者。

1861—1865年的南北战争之后,马克·吐温才从事文学活动。他的最初作品是1867年写的幽默小说集《著名的跳蛙》。1869年的《外国的无知者》、1872年的《经过锻炼者》,都是讽刺的短文,他在其中嘲笑愚蠢、庸俗、无知。1874年的长篇小说《镀金时代》,讽刺在奴隶制废除后的70年代资本家与奴隶主的联合投机暴发致富,国家机器的贪污腐化。1876年的《汤姆沙耶》,把欺骗、伪善的资产阶级社会和纯洁的逃亡奴隶孩子加以对比。

80年代和90年代,马克·吐温的作品更加深对社会的批判。1884年的长篇小说《哈克贝里·芬历险记》,也是把两个美国作对比,一方面是有产者,一方面是纯洁的平民。书中写哈克是一个十三四岁的流浪儿,纯洁正直,知道是非善恶,不愿受有钱而迷信的寡妇的豢养,也不愿受酒醉父亲的虐待,和黑人吉木一道去寻求光明。黑人吉木也是好人,虽然迷信,但热爱朋友,爱家庭,舍己为人。1882年的长篇小说《王子与乞丐》,和中古题材的讽刺幻想小说《亚瑟国王宫廷中的美国人》,都尖锐批评有产阶级对人民的剥削,尤其后一书指出资产阶级的伪善不能使人民幸福。

19世纪末到20世纪初,马克·吐温愈益表现反对帝国主义的态度。1897年的《赤道周游记》控诉帝国主义对殖民地的侵略。1899年的《败坏了哈德堡的人》,讽刺美国的市侩主义、拜金主义、淘金术。1902年的《范斯顿将军的辩护》谴责美国的侵略行为。1901年的《给坐在黑暗里的人》暴露八国联军对中国义和团的暴行。1905年的《沙皇的独白》是民主作家对沙皇压迫俄国人民的不平之鸣。

阿·亨利(1862—1910)：进步的短篇小说作家,生于北卡罗来纳州的一个医生之家。他曾经作过牧童、会计员、银行出纳员,由于私用公款而坐过三年三月的监狱,在监狱中他写了他的第一篇小说《惠斯林狄克的圣诞礼物》(1899)。他的短篇小说具有活泼的强力的行动和普通的题材,每每有意外的结局。他在小说中用轻松的幽默来表达渴望幸福的中、下层人物的生活。阿·亨利的最有名的作品《国王与白菜》(1904),揭穿美国资产阶级文学对殖民地的外国情调的歌颂,并讽刺美国在拉丁美洲的侵略政策。虽然阿·亨利没有深刻地批判资本主义社会,但他的较好的小说如实地暴露了资本主义活动的某些方面:如美国政府官员的贪污(《妇女》,1903),银行家的掠夺行为(《我们选择的道路》,1904),资产阶级道德的伪善和虚假(《猪的道德》,1906;《在纽约的艾尔西》,1905),对普通人的生活的同情,虽然把贫穷诗化了(《东方博士的礼物》,1905;《法老与教堂赞歌》,1904)。他的短篇小说共约三百篇,其中的《四百万》(1906)、《修剪过的灯》(1907)、《城市之声》(1908)、《严格作事》(1910)等,是以纽约为题材的。

《东方博士的礼物》写一对年轻夫妇在圣诞节准备互相送礼物。彼此都牺牲了自己最宝贵的东西来买物以赠送对方。丈夫把怀表卖掉来买妻子锁金发用的锁铗,同时妻子又把最宝贵的金发剪来卖掉以为丈夫的怀表买一根表链。

杰克·伦敦(1876—1916):现实主义作家,生于旧金山的一个贫农之家。初等学校也未毕业,全靠自学。幼年从事户外劳动,做过卖报童,也做过牧场的牧童,也做过炭坑、码头、工厂的工人。也乘过监视船去海上监视私鱼贩子,到过太平洋。为了淘金,他也曾到过阿拉斯加的克隆代克。

1898年他开始发表他的小说。他一共写了一百五十二篇小说,主要是写北方生活(《狼子》,1900;《他父亲的神》,1901;《热爱生活》,1906),或太平洋上诸岛(《南太平洋小说》,1911)等。他用普通的话,讲述书中主人公对自然现象的严酷的斗争。

1901年杰克·伦敦参加社会工党。1903年,他访问英国之后,写书来讨论伦敦的工人区。他在书中大力暴露工人的悲惨的贫困和受压迫的地位(《深渊中的人民》)。在美国社会主义运动的影响之下,在俄国1905—1907年革命以及高尔基的影响之下,他写了小说《铁蹄》(1907),以揭示美国革命的前途。"铁蹄"是垄断资本的寡头政权,小说的主角艾弗哈德是反对这一政权的领导人,他把自身献给革命,不只关心个人。小说中描写统治的财阀阶级的侵略和反动,农民和中产阶级的破产,工人贵族的丑态,和工人阶级的贫困化。本书的缺点是把群众描写成一小群阴谋家,有无政府主义、个人主义的倾向。

杰克·伦敦接受了斯宾塞的反动哲学思想,认为社会生活是生物的生存竞争,为"超人"式的个人主义辩护,如小说《海狼》(1904),写主角劳森是"超人"式的讨厌人物,具有利己主义和兽性的残忍。这使他离开了工人运动和社会主义思想。

他的自传式小说《马丁·伊登》(1909)是比较好的现实主义的小说。主角马丁是劳动人民的儿子,是艺术家,经历了许多艰难而终于成功,但发现资本主义社会和艺术是冲突的,最后走上悲观自杀的道路。

此后杰克·伦敦还写过几本小说,但已和美国资本主义妥协,他正如马丁·伊登那样走入绝路了。但是,他在晚年(1916)退出社会党的退党书,却仍坚持着工人阶级的斗争信念。

辛克莱(1878—1968):前期是现实主义的作家。他的早期小说《米达斯国王》(1901)、《哈根王子》(1903)、《阿瑟·斯蒂林格的日记》(1903),反对资本主义社会对人格的压制。他参加"丑闻揭发集团",写了一些揭发社会的小说,反映劳动者和资本家之间的矛盾,揭露资产阶级生活的无耻(《丛林》,1906;《首都》,1908;《金钱兑换商人》,1908;《石炭王》,1917;《百分之百》,1920;《煤油》,1926;《波士顿》,1928)。小说中的形象虽有些公式化,但也能反映一些生动的典型和真实的冲突。这些前期作品的基调,还是鼓动人们注意社会的不平。在1919年他写的小说《吉米·希根斯》,还表现美国工人对年轻的苏维埃共和国的同情。但他后期的作品逐渐染上基督教社会主义的色彩,带上改良主义的乌托邦的性质,终于走上歧途了。

德莱塞(1875—1945):前期(1875—1917)是现实主义民主作家,生于印第安纳州的一个贫民家里。1892—1895年做报社新闻记者,跑遍全国各大工业城市。他第一本小说是《嘉丽妹妹》(1900),写一个农村女孩嘉丽来到支加哥,由于失业和疾病的苦恼,便和人同居以维持生活,过后又做一个有妇之夫的公司经理的情人,这经理亏空公款而沉沦失败,她为了扶养他而去做舞女,由于她美貌而成功,她的心又离开了他,醉心于歌舞世界的虚荣之梦去了。书中打破了美国民主和致富的资本主义神话,指出在美国既存在富有,也存在贫穷,既存在幸福和悠闲,也存在艰苦的强制劳动、失业和饥饿。德莱塞的第二本小说是《真妮·葛哈脱》(1911),也把贫富两个美国对比,指出劳动人民的道德远胜于资产阶级。以上两本小说都以被压迫的女子为中心,描写两个不同的美国,暴露"民主"真相和资本主义社会中普通人受辱的痛苦。

以后他写欲望三部曲:《理财家》(1912)、《大亨》(1914)、《禁欲者》(1947)。前二部写19世纪美国人民在垄断资本残暴的积累财富下沦为奴隶的过程,后一部写财阀的丑恶贪婪和寄生的本质。1915年写的小说《天才》,写艺术家和美国资本主义之间的矛盾。1916年写的散文《假期》,同情无产阶级并关心他们的斗争。这时他也写戏剧,主题仍是揭露资本主义的美国。

德莱塞前期的作品都是揭露资本主义的。

第二十四章　近代欧美其他各国文学

一、葡　萄　牙

卡莫恩斯(1524—1580)：是葡萄牙文艺复兴时期的大诗人，也至今仍是葡萄牙的民族诗人，生于富有之家。他的出生地有四个城市在争论，但以里斯本为可能。他少年时代就学于文化都市可音布拉，直到1542年。后在国王约翰三世的朝廷服务。由于写的剧本触怒了国王，1546年被流放。1547年到北非的摩洛哥，在那儿作战，失去右眼，因此后来被称为"独眼天才"。两年后回国，但在1553年又出发去印度，1555年到达印度果阿。1556年参加探险队，1558年到中国的澳门，参加被葡萄牙占领后的澳门的行政工作。又因事被告被捕，押回果阿，途中在湄公河口遭难，在马六甲停留一段时间。后得自由，于1567年由印度出发回国，途中在莫桑比克停留些时，1570年才回到里斯本。1572年出版有名的长诗《卢细阿达斯》，得到国王赏赐一万五千列阿尔的年金三年。但终于1580年在贫困中死去。

他写有抒情诗若干首，戏剧三本，叙事长诗《卢细阿达斯》，以后者为代表作。"卢细阿达斯"意为"卢细坦尼亚人(葡萄牙人的古称)的(英雄)事业"。这诗是作者毕生的力作，在印度和东亚期间也抓紧时间继续完成。甚至在湄公河口船破遭难的情况下，他也牺牲一切而独救护此诗诗稿。全诗分十章，共有诗一千一百零二首，内容叙述葡萄牙最初国王恩立克(1095—1112)到国王约翰三世时的历史中的英雄事迹。故事中心，叙述伽马率领的舰队东航，绕过好望角而达印度果阿，并到东亚发展殖民地的经过，其中穿插许多神话。诗中把葡萄牙人民写得英雄神武，这反映当年葡萄牙仍是世界大国的气概。

二、荷　　兰

冯德尔(1587—1679)：荷兰独立战争时期的诗人和剧作家。他的父亲原是安特威普的一个制帽商,因信仰浸礼会教而被流放到德国的科隆。冯德尔生在科隆,十岁时才随父返回荷兰,住在阿姆斯特丹,父亲这时经营内衣生意。父亲要他继承生意,他却喜欢读书写诗。父亲死后,冯德尔把生意交给妻子,自己专心于阅读古典文学和法国文学,翻译德国文学,从事文学活动。

冯德尔生当荷兰资产阶级新兴时期,荷兰人起而反对西班牙的统治而争取独立,所以冯德尔的作品反映了这种独立精神。冯德尔的第一期的作品,如《杂诗集》(1644—1647),赞扬年轻共和国荷兰的伟大和坚强,歌颂荷兰对西班牙战争的胜利,也描写阿姆斯特丹的繁盛的商业。他的第一个剧本《复活节》(1612),在宗教的外衣下包含着荷兰资产阶级革命和民族解放运动的思想。他的民族戏剧《巴拉麦德,或无辜被杀者》(1625),反对法院的不公正的死刑判决,反对正统的加尔文教派的横暴,这使作者名声大振,但阿姆斯特丹当局却要抓他,终于罚了他一笔款,1626—1630年他又发表了很多讽刺诗来反对加尔文教派。他第一期的作品还有宗教政治剧《弟兄们》(1639),和有关荷兰历史的悲剧《海士布列希特·凡·阿姆斯特尔》(1637)。

1641年冯德尔改宗天主教。但他仍在作品中用宗教形式写资产阶级的道德和民族解放的题材。所以他后期的作品多以《圣经》上的故事为题材。他最有名的悲剧《魔王》(1654),象征性地歌颂荷兰反西班牙的战争。

海厄尔曼斯(1864—1924):荷兰自然主义时期作家,生于鹿特丹的犹太人之家。父亲是新闻记者,所以海厄尔曼斯在高等学校毕业后,即入新闻界做记者,同时从事文学创作,不久即以自然主义小说而出名。但他不满足于此,又在阿姆斯特丹建立剧场,自任监督,从90年代起即开始写剧本,一生共写了三十多本,其中最好的是《犹太街》(1898),描写阿姆斯特丹的犹太人街的风俗习惯,反对犹太市民的守旧传统和宗教偏见。犹太商人萨赫尔老而贪财,要自己的儿子拉法厄尔和附近的富裕犹太人的女儿利贝加订婚。但爱音乐的拉法厄尔却对利贝加和她的嫁妆费都不感兴趣,却和家中的基督徒使女罗萨秘密结了婚。犹太教是轻视基督教的,所以这一对年轻人就被赶出了犹太街。罗萨自杀未遂,终于和拉法厄尔一道出走。拉法厄尔说,"我不是犹太人,也不是基督徒。……此后,要社会的神。不是一般所谓的神,是没有奴隶的新社会的真正的神。"剧本《希望号》写船上劳动人民受资本主义的非人的剥削。一只老朽帆船载着船员出海捕鱼,过后帆船沉没,家中人得报悲痛不已,而船主们却熟视无睹,无动于衷,冷酷无情,只想到船的损失。

海厄尔曼斯也写小说和散文。长篇小说《宝石城》(1904)对工厂工人的艰苦劳动和绝望的贫困,作充分的现实主义的描写。但他后来的小说《梦之王子》(1924)和《蛾》(1925,死后发表)却转入资产阶级的自由主义之中去了。

海厄尔曼斯在1924年死去时,家中非常贫困,遗下寡妇和两个孩子,都不能维持生活,荷兰各商船的船员们捐钱维持他们的生活,并在他的葬仪行进那天,群众沿街迎送,这说明荷兰劳动阶级对这位作家的爱护和尊重。

三、比 利 时

德·科斯特(1827—1879):比利时用法文写作的杰出作家,生于德国的慕尼黑。他父亲替教皇驻慕尼黑的使节做家臣,但不久仍回到比利时。德·科斯特随父亲回比利时后,于1850年进布鲁塞尔大学,1855年毕业。毕业后在布鲁塞尔档案局工作,同时和左翼自由主义机关合作,创办文学团体"快乐社"。他的早期作品集《弗拉曼德神话集》(1858)和《布拉班松故事集》(1861)即是人民的作品。1867年发表的《关于蒂尔·乌连希匹格尔和拉姆·葛札克的神话》使作者得到了世界的名声。这《神话》中有强烈的革命感情和深厚的人民性,这说明比利时的社会矛盾加剧和工人运动兴起。比利时是在1830年革命之后才得到独立的。他支持比利时的人民革命事业,创造独自的民族文化和文学。德·科斯特把16世纪弗兰德(比利时古名)民间传说中的乌连希匹格尔,写成反西班牙的民族解放战争中的战士。书中有西班牙人侵略弗兰德人民的现实画面。书中主要形象,如勇敢而爱劳动的炭工克拉斯,他的忠实的妻子索特金,他们的儿子、具有人民报仇之念的乌连希匹格尔,诗意的涅尔,快乐的大吃家外号"弗兰德的大肚子"的拉姆·葛札克。他们体现了人民性格的各方面。尤其是乌连希匹格尔,具有对生活的热烈的爱和乐观主义,是解放祖国的坚强战士。作者德·科斯特能够把他的英雄写在积极的行动之中,在人民中看到历史的决定力量。

梅特林克(1862—1949):比利时用法文写作的象征主义作家。他的哲学和美学的基础是唯心论,主张人生的神秘的非合理性、一切事物的必灭性,否认理性和科学的作用。他的悲观主义表现在下列剧本中:《马伦公主》(1889)、《盲人》(1890)、《披勒亚斯和麦里桑德》(1892)、《腾达日尔之死》(1894)等。20世纪初的作品越表现对资产阶级的顺从和驯服。1908年的剧本《青鸟》,用童话的形式象征性地表示人间对幸福的无结果的追寻,曾得1911年诺贝尔文学奖金。梅特林克晚年更坠入反民主的阵营。

范尔哈伦(1855—1916)：比利时用法文写作的诗人、戏剧家、文艺评论家，生于安特威普附近。在根特念中学。在卢凡上大学念法科，同时办杂志《周刊》。后在布鲁塞尔工作，接近《青年比利时》的作家们，从此开始文学活动。

范尔哈伦继承德科斯特的传统，他的诗很多是歌颂比利时人民反对外国征服者的斗争，热爱祖国的自然、人民的风俗和艺术。他在批判资本主义时，接近了社会主义的结论。但他不能塑造有意识的无产阶级革命者的形象；这是受了当时机会主义的影响。

他的最初诗集《弗兰德风景》(1883)，描写乡村丰富而自由的生活。但其中的《农民》和《乞丐》二诗已暴露当时乡村的艰苦命运。随后的诗集《夜晚》(1887)、《毁灭》(1888)、《黑色火炬》(1891)，描写资本主义城市充满悲惨、死亡、毁灭的形象。但颇带象征主义。

比利时的工人运动的高涨使范尔哈伦的作品有所转变。1892年他参加了比利时工人党。90年代的诗和戏剧《黎明》揭露了社会矛盾。诗集《虚幻的村庄》(1895)描写破产农民的悲剧，他们涌进城市来寻求工作。诗集《城市侵略乡村》(1896)写城市吞灭了附近的乡村。范尔哈伦不知道工厂是无产阶级革命力量的中心，他只描写个别的愤怒的工人。只有诗集《暴动》(1891)、《起义》、《喉舌》和戏剧《黎明》，才描写了人民自发的起义暴动，表达了人民的革命情绪。但仍是象征主义的而不是现实主义的。甚至在1902年的诗集《暴动的力量》中，有《银行家》《船长》等诗，把银行家和帝国主义侵略者的形象加以美化。

在第一次世界大战前夕发表的诗集《统治力量》(1910)和《全弗兰德》(1904—1911)中，范尔哈伦涉及为民族独立的战争时，没有联系到革命的社会改造的战争，而后退到沙文主义的立场。1915年的书《血染的比利时》，1916年的《鲜红的战争两翼》，哀悼被德帝国主义者所征服的祖国。

总的说来，范尔哈伦还是进步的，他反对资本主义，希望社会主义胜利。

康喜恩斯(1812—1883)：比利时用弗兰德文写作的作家，生于安特威普。父亲是拿破仑的下级军官，1815年拿破仑失败后，他失去职务而开旧书店，年少的康喜恩斯饱读各种书籍。后迁往乡间，得接近大自然。八岁时丧母。十四五岁时即自谋生计，利用父亲教的法语在各校教法语等。1830年比利时独立战争兴起，安特威普的炮声使他进入新生活，他参加了义勇军。1836年辞去军职回家，开始写作，先用法文写，后改用弗兰德文写。由于父亲反对，康喜恩斯遂离家来到安特威普，专心写作。1837年出版了第一本历史小说《惊异之年》，人民因其用本国语文写成而大表欢迎。1839年出版《弗兰德的狮子》,是他初期的杰作,写1302年法国国王腓利普四世侵占弗兰德时,弗兰德人打败法军的历史事实,唤醒弗兰德人的自豪感和爱国心,本书大为成功。1847年又发表《百姓战争》等小说。

此后康喜恩斯转而写农村小说:《母亲所苦的事情》(1843)、《征兵》(1850)、《盲目的罗莎》(1850)、《里克体克塔克》(1851)、《衰朽了的绅士》(1851)、《守财奴》(1853)等。《征兵》是代表作,描写农村两个男女青年发生爱情,忽然男的被征兵入营,久后女的得到来信,说男的盲目了,女的不通知双方家长,独自长途跋涉四天,来到兵营,把男的扶回家乡,到家之前男的眼病忽然好了,皆大欢喜而告终。

四、丹 麦

安徒生(1805—1875):丹麦的以童话闻名世界的作家,生于奥登斯的一个穷皮鞋匠之家。父亲想要改变命运,去参加拿破仑的战争,结果得了肺病回家,不久死去。母亲再嫁。1819年安徒生十五岁的时候,从母亲那里拿到三塔列尔的钱,便只身上都城哥本哈根。过了若干年辛苦流浪的生活,到处旅行,也随时学习写作。到1827年他发表旅行记《从霍尔曼运河到阿马格的东角的步行记》,同时也发表一个喜剧和一本诗集。过后他又到欧陆作长途旅行,1834年到了罗马。1835年初发表小说《即兴诗人》,是以意大利的自然和生活为背景的童贞恋爱故事。同年他的初期的《童话集》又在哥本哈根出版。1837年又发表小说《提琴手》。1840年发表散文诗集《没有图画的画册》。以后又继续出了好些《童话集》。1847年6月他初访英国,回国时英国大作家狄更斯也来送行。这时安徒生已有世界的声名。1848年出版小说《两个男爵夫人》。1857年又出版长篇小说《存在或不存在》。直到晚年仍继续写童话。

安徒生虽然各种文体都写,但他的代表作是童话,一生写了一百五六十篇童话,其中为全世界儿童们所喜爱的也有三四十篇,又以《卖火柴的小女孩》和《皇帝的新衣》二篇最为有名,充满人道主义和民主精神。《卖火柴的小女孩》写圣诞节时家家户户都在快乐地过节,唯有卖火柴的女儿在饥寒中死去。《皇帝的新衣》写一个愚蠢的皇帝喜爱华丽的新衣,有两个人便来迎合意旨,要替他新作一件非常华丽的衣服,但说不称职的人是看不见这件衣服的。于是人人都不敢说看不见这衣服,唯恐被撤职。所以当皇帝裸体游街时,人人都说假话,都说看见了这件衣服。只有一个天真的小孩,无得失之念,说了真话"他什么也没穿啊"!

勃兰兑斯(1842—1927):丹麦文学批评家和进步美学家,生于哥本哈根的犹太人之家。幼时身体瘦弱,十七岁时入哥本哈根大学念法科,后转哲学和美学,其实多半在自学研究,尤喜欢读黑格尔的书。1862 年他写了论文《古代的运命论》,得到金牌奖章。1864 年大学毕业。1866 年写《我国最近哲学中的二元论》,以反驳当时尼尔生的"妥协哲学"。同年欲访欧洲各国,先访巴黎,会见文学史家泰纳,颇受泰纳文学三要素说(种族、环境、时代)的影响,后在 1870 年写了《现代法国的美学》。1868 年访柏林,自 1870 年以来历访斯德哥尔摩、巴黎、伦敦、罗马,会见勒南、穆勒等人。1871 年回国,任哥本哈根大学讲师,讲演"19 世纪文学主潮",对欧洲 19 世纪前半法英德诸国的文学作比较的研究。他认为法国大革命以后的反动时期已被克服,欧洲自由思想又已勃兴,反对本国的非现实的浪漫主义文学,主张为人生的文学,开展人道主义。这些演讲就成为他陆续发表的大作《欧洲 19 世纪文学主潮》。他在哥本哈根住了六年之后,又去柏林,在柏林住了七年,从事各种研究和写作,写了很多有关欧洲各国作家的论文。1883 年又回到哥本哈根,继续写了很多论文。

从 1884 年起,勃兰兑斯参加了自由党(左派),并积极参加工作。80 年代中期他受了尼采的反动哲学的影响,对资产阶级的颓废派文学艺术表示同情,但他也重视无产阶级文学在丹麦的出现。

第一次世界大战期间,勃兰兑斯从事人物研究:《歌德研究》(1914—1915)、《服尔泰研究》(1916—1917)、《该撒研究》(1918)、《米开朗基罗研究》(1921)。1920 年巴比塞起草法国左翼团体"光明团"保卫年轻的苏维埃共和国宣言,勃兰兑斯也在上面签了字。这说明勃兰兑斯终于还是向前进步的。

五、挪　　威

易卜生(1828—1906):挪威的戏剧家,19 世纪后期欧洲现实主义大作家之一。父亲原为富商,在易卜生八岁时破了产。易卜生十六岁时便独立谋生,去作药店学徒。1848 年巴黎二月革命爆发,全欧响应。丹麦因国境遭受德国侵略而抗战,易卜生这时向国王献诗,要求挪威、瑞典起来支持兄弟国丹麦。1850 年他赴首都格里士泰阿那(现名奥斯陆),一方面希望入大学,一方面作剧本的试演,但都失败。这时适逢卑尔根新设剧场来首都招聘剧作家,易卜生应聘,遂于 1851 年底往卑尔根就职。在卑尔根六年,也写了些戏剧上演,但都没有显著成功。1858年又应邀回首都挪威剧院任监督,过后剧院失败关门,易卜生陷于绝境。后得友人帮助,才于1864年4月离开挪威,流浪外国。先到意大利,后到德国,从此在这两国轮住二十八年,只偶尔回到挪威。就在60年代到80年代的一段时期中,他写了他的最优秀的剧本,大都反映19世纪中挪威资产阶级民主的特性,即带有小农民和小市民那种"反封建争自由"的性质。1891年7月胜利回挪威。1906年死去。

易卜生的作品可分为三期:

第一期,浪漫主义时期,这一期的作品和挪威反瑞典的民族解放斗争有关,易卜生参加过这斗争。他50年代的浪漫英雄主义的剧本,大多以挪威民歌和挪威历史为题材,唤醒国人的民族的和民主的精神。1866年写的《布朗德》是一本诗剧,用象征的形式对周围生活的贫乏提出抗议。可是这本诗剧仍有他早年的个人主义和无政府主义的倾向。主角牧师布朗德有坚决如钢的意志,认为世界上最坚强的人就是最孤独的人,有名的口号"宁缺毋滥"(All or nothing)就是他提出来的。

第二期,现实主义时期,资本主义的上升使易卜生的浪漫的幻想趋于消灭。70年代初的社会政治情况,如普法战争与巴黎公社等,加强了易卜生对资产阶级社会的反感。70年代中期,易卜生的作品表现了强烈的现实主义倾向。1877年的剧本《社会栋梁》、1879年的《傀儡家庭》、1881年的《群鬼》,暴露了资产阶级道德的丑恶、小市民家庭生活的虚伪。

第三期,象征主义时期,80年代中社会矛盾尖锐化,易卜生受了衰落的资产阶级意识的影响,他的正面理想暗淡起来了。他对资产阶级现实所作的个人主义抗议,已带上反民主的性质,例如1882年的《国民公敌》。此后,他作品中的反现实主义的倾向加强了,抗议的战斗调子低沉了,象征主义的因素发展起来了,如1884年的《野鸭》和1886年的《罗士米尔家》。作品的重心移到主角的孤独的心理发展上去了,如1888年的《海上夫人》和1890年的《海达·加布拉》。神秘主义也出现了,如1892年的《建筑师索勒斯》。但易卜生并未完全转变成颓废派,他在作品中还保有人道主义的志向,如1896年的《约翰·加必列·波克曼》和1899年的《我们死人再醒时》。

六、瑞　典

斯特林堡(1849—1912):瑞典杰出作家,生于斯德哥尔摩的一个商人家庭。

1867年进乌普撒拉大学,中途因无钱退学,1870年再继续。毕业后曾作教师、演员、电报员、新闻记者等。他的最初的重要作品,有历史剧《在罗马》(1870)、《被放逐者》(1871)、《迈斯特·乌拉夫》(1878),反对宗教狂热和王权。他的小说《红屋子》(1879)、《新王国》(1882),讽刺官吏的贪污,揭穿地主和资本家的丑恶、文艺和新闻的被收买、庸俗的婚姻、宗教和慈善事业的虚伪。斯特林堡的主角们是艺术家和学者,他们被迫过穷苦的生活,向资本家求职,却不知道向资产阶级制度斗争。他的历史著作《瑞典人民》(1882)、《老斯德哥尔摩》(1882),表达了他的民主观点。政府和官方新闻的压迫使他从1883年离开瑞典。1896年才回国。在80年代他注意卢梭和托尔斯泰的学说,喜欢车尔尼雪夫斯基的著作。他的小说《岛民》(1887)诗化了原始生活方式。他的小说集《实际中的乌托邦》(1885)写傅立叶的乌托邦的社会主义。他的小说《女仆之子》(1886—1887)、《一个灵魂的发展》(1886—1909)具有自传性质,并反映他在这段时期的世界观的矛盾。他的小说集《结婚悲喜剧》(1884—1886)反映资产阶级家庭的崩溃,反对妇女解放。他的戏剧三部曲《父亲》(1887)、《尤利小姐》(1888)、《债主》(1889),长篇小说《痴人的告白》(1887—1888)认为妇女只有暴虐的本能。80年代和90年代他从民主思想转入尼采思想,从现实主义方法转入自然主义甚至神秘主义,如《地狱》(1897)、《传说》(1898)和戏剧三部曲《走向大马色》(1899—1904)。斯特林堡虽有尼采思想,但在作品中仍不隐瞒资产阶级代表人物的自我主义。

从19世纪末到20世纪初,斯特林堡受了工人运动高涨的影响,克服了尼采思想和神秘主义,又回到民主思想。他在历史剧《厄里赫十四世》(1899)、《古斯塔夫·阿朵尔夫》(1900)等中,又从人民利益的观点来说明历史。这些年来,他为现实主义而奋斗,反对"学院派",反对颓废派的"为艺术而艺术",如《蓝皮书》(1907—1912)。反动派也批评他的作品的民主和社会的倾向。斯特林堡的文学深受人民大众的欢迎,1912年他六十三寿辰时,斯德哥尔摩的群众游行庆祝的盛况就可说明这点。

七、奥 地 利

格里尔巴尔泽尔(1791—1872):奥地利杰出的戏剧家,生于维也纳的一个小职员之家。他于1807年进维也纳大学法科,但两年之后他父亲去世,他是长子,不得不寻求职业。初作私人教师,后作过一些政府部门的小差事,但这些都不合他的性格。

他生当法国大革命及拿破仑时代,奥地利皇帝在惊骇之余,大加镇压自由革命思想。1815 年拿破仑失败,欧洲各国君主结成反动的"神圣同盟",以奥地利首相梅特涅为主持人。欧洲,尤其是奥地利处于极端专制压迫之下,很不自由,直到 1848 年的欧洲各国的革命风潮,才把"神圣同盟"和梅特涅打倒。格里尔巴尔泽尔在这样反动统治的年代开始他的文学活动。1816 年以浪漫的"命运悲剧"的形式写出了戏剧《女祖先》,次年在维也纳剧场上演,获得成功。剧中把资产阶级文化和家长制生活的破灭之间的矛盾,认为是无法控制的命运,甚至认为有一个超人的力量在支配人的命运。1817 年写的、次年上演的《萨芙》,认为诗人的创作和现实的幸福是不能两全的。1825 年的历史剧《奥托卡尔王的荣华和最后》,反对霸权和侵略战争。1828 年的历史剧《主君的忠臣》反对梅特涅体系,引起检察官的追究,遭到奥地利皇帝的禁止。格里尔巴尔泽尔在日记中写道,"看不见的锁链在我手上鸣响。我必须要么离开祖国,要么永远放弃在现代诗人间占一位置的希望"。由于避免检察官的麻烦,他写了一些恋爱和悲观的戏剧,如《海波与恋波》(1831)、《梦即人生》(1834)。

格里尔巴尔泽尔 40 年代的作品反映了 1848—1849 年革命前夕的社会动荡,转到了现实主义的实际,如戏剧《托勒多的犹太姑娘》(1872,死后发表)。戏剧《利布萨》以捷克传说为题材,描写人民的力量是最大的社会力量。在这剧的末尾,在建立布拉格城的插曲中,鲜明地体现了对于更完善的新社会的愿望。

1848 年的革命使梅特涅和反动时代成为过去,格里尔巴尔泽尔的剧又在维也纳上演,获得盛大的称赞。他八十岁诞辰时得到奥地利甚至全德意志的人民的庆祝。

勒劳(1802—1850):奥地利的重要诗人,生于匈牙利。他父亲是布达佩斯的官吏,1807 年死去,他母亲于 1811 年再嫁。勒劳于 1819 年到维也纳去上大学,过后学法律,又学过医,但均无成,终于从事写诗。他 30 年代的诗即充满反封建及反天主教的情绪。波兰革命发生,他写诗响应,诗中对波兰人民充满了同情,如《波兰之歌》(1832)。从 1832 到 1833 年他住在美国,这时期他写的诗和信都强烈反对美国资产阶级的商人气息。1833 年他回到德国,此后有时住斯图加特,有时住在维也纳。1836 年他写的无神论的剧诗《浮士德》,带有反叛的个人主义和"世界苦"的意味,表现他反对教会的尖锐思想。1837 年他发表诗系《约翰·热日克》,给中世纪捷克胡斯宗教改革之战以新的解释,认为此战是最重要的社会活动。40 年代初社会高潮时期,他写了叙事、抒情诗系《阿尔比城教派》(1842),他用宗教的形式写 13 世纪法国阿尔比城乡人民的反封建运动,并号召人民为争取和平与解除贫苦而战斗。他的好诗与德国 40 年代的革命诗歌有紧密的关系。

八、匈 牙 利

裴多菲(1823—1849):匈牙利的伟大的人民诗人,1848—1849 年匈牙利革命的显著活动家。他生于一个不富裕的屠户之家,生日正巧是元旦。裴多菲十五岁时家道更穷,学校未念完,去奥、匈军队中当兵,过后参加流浪剧团作演员。由于贫困与流浪,裴多菲更接近贫苦人民大众,了解他们在奥、匈统治集团之下的苦难遭遇。当时匈牙利是奥地利帝国的构成部分,而上头是全欧反动的"神圣同盟"的主持人梅特涅。奥地利帝国中除德意志人是主体外,还有很多种民族:匈牙利人(马札尔人)、捷克人、波兰人、塞尔维亚人、霍尔瓦提人、意大利人等。奥地利帝国是各民族的监狱,各族人民都受到很大的压迫。

裴多菲的穷困的年代,正是他艰苦自学的年代。1842 年他便开始写诗,他的诗简明纯洁,能打中普通人的心。他的诗的主题大致可分两类,一类叙述民间的疾苦和贫富的悬殊,一类鼓吹匈牙利的独立革命。前者如《冬天》(1845),兹摘录其中数行于下:

……在摇篮里,
婴儿正在哭泣,它的声音压过了
凄惨的风雪的狼嚎。
现在有谁是幸福的? 只有那些阔佬,
坐在温暖的房间里,酒醉饭饱。

后者如《国歌》(1848,即当时的战歌),兹摘录数行于下:

马札尔人,站起来吧! 祖国正在号召!
选择吧,莫把时间拖得太迟了:
安于奴隶的命运呢,
还是走自由自在的大道?

裴多菲在 1848 年 3 月 15 日参加革命起义,和佩斯的工人、学生在一起战斗。他是民族解放战争的组织人之一,他为建立一个独立的匈牙利共和国而战斗,为争取农民解放和民主改革而奋斗。裴多菲自身参加了革命的军队,参加作战,最后在 1849 年 7 月 31 日战死在战场上。

九、捷　　克

扬·聂鲁达(1834—1891):捷克的杰出的现实主义作家。他生当 19 世纪后半,正是捷克人民民族运动兴起的时期,这时的进步作家们都和民族运动有关。扬·聂鲁达发展了民族文化的进步传统,他在作品中代表捷克的广大民主阶层,向社会的不平与民族的压迫提出抗议。他在无产阶级中看到了新的社会力量,号召他们起来改变现存社会制度,如论文《1890 年 5 月 1 日》。

他的重要的诗有社会题材的民歌和抒情诗,如诗集《墓地之花》(1858)、《诗歌之书》(1867)、《宇宙之歌》(1878)、《民歌与抒情诗》(1883)、《纯真的动机》(1883)、《星期五之歌》(1896,死后出版)。

他也出有中篇和短篇小说集,如《小品集》(1864)、《不大奇异的小说》(1878)等,其中描写布拉格的小市民的风俗习惯,嘲笑政府官僚机构,也创造劳动人民的正面形象。他在 1872 年的小说《流浪者》中,描写了城市贫民的代表人物。还有小说集《民众的各种形象》和《群众》都是以社会问题为题材的。

他也写剧本。悲剧《弗朗切斯卡·得·里米尼》和其他的喜剧,直到他死后仍很流行。第一次世界大战时,捷克士兵都在背囊里装着他的剧本,在战壕朗诵,在野营演出。

他也主编进步文艺刊物。《生活图画》(1859—1860)、《百花》(1866 年创刊)、《卢米尔》(1872 年创刊)等。他在这些刊物中发表批评文章,为现实主义而奋斗,为捷克的文学与艺术的民族独立性而奋斗。

十、波　　兰

密茨凯维支(1798—1855):波兰的人民诗人,著名的民族解放运动活动家,生于诺伏格鲁德克(现在白俄罗斯境内)的一个没落小贵族之家。在维尔纳大学念书,后在科夫诺中学任教师。这时波兰民族独立运动兴起,他参加秘密的波兰爱国青年组织,被沙皇政府逮捕,送往俄国内地(1824)。

他早年就接受祖国古典文学的优秀遗产,并发展创造为新的诗歌,为民族的进步事业而奋斗。1820年的《青年之歌》充满革命热情,号召社会改造。1822年的《民歌与浪漫曲》奠定波兰革命的浪漫主义文学的基础,以人民诗歌唤起被压迫的人民起来要求解放。

1824—1829年他居留在俄国,先后在彼得堡、奥德萨、莫斯科,他会见了十二月党人和普希金,他成为俄国和波兰的革命家,反对专制政治,歌颂各民族的友谊。俄国文学的现实主义影响了他的作品,写了一些现实主义的诗歌。

1830年波兰革命时,密茨凯维支在外国,不得参加。他到了韦马,会见歌德,过后到意大利,历访米兰、威尼斯、佛罗伦萨,最后住在罗马。他完成了他的长诗《祖先们》和《潘·塔得乌斯》,后者被认为是他的杰作,是现实主义的作品,真实地描写了波兰农村的生活习惯,诗中充满了对祖国和祖国的山河的热爱。

1832年密茨凯维支离开罗马到巴黎,在巴黎过着穷困的生活。1840年他在法兰西学院讲授斯拉夫语言和文学,直到1844年。这时他坠入唯心论的神秘主义之中。

1848年的革命使他重新作政治活动,再走上革命民主派的立场。他组织波兰兵团,反对奥地利。他在巴黎办《人民论坛报》(1849),宣传他的社会主义的见解,批判乌托邦的社会主义,主张欧洲各国人民联合起来,组成革命联盟,以打倒专制主义。

1855年他到君士坦丁堡去,组织波兰侨民成立新军,结果死在那里。

显克微支(1846—1916):波兰的杰出的作家,生于一个小贵族之家。他在华沙大学念哲学。他的创作道路很复杂,具有深刻的矛盾。早在70年代和80年代,他已开始写现实主义的短篇小说,以同情的态度反映波兰农民的苦境,如《木炭画》(1877)描写古老农村的黑暗和绝望,《乐师·扬可》(1879)描写农民出身的乐师所处的不利情况;他也反映抵抗外敌入侵的爱国主义,如《勇士巴尔狄克》(1882)。

显克微支去美国住了两年(1876—1878)之后,他写了《路灯清擦者》,描写波兰侨民的悲惨命运;他也写了些暴露美国资产阶级生活方式的小说,如《为了面包》(1880)。

80年代后期,他写了历史三部曲:《火与剑》(1884)写1647—1651年乌克兰地方的波兰人和哥萨克人之战,《洪水》(1886)写1652—1657年波兰人抵抗瑞典人的势如洪水的侵入,《英雄伏罗得也夫斯基》(1888)写1670—1674年波兰人打退土耳其人的侵略。这三部曲被认为是波兰的爱国小说。

1891年的长篇小说《没有教义》写波兰贵族的道德败坏。1895年的长篇小说《波兰涅茨基家族》写资产阶级企业家的狭小自私。1894—1896年的长篇小说《你往何处去?》写多神教的罗马和基督教的斗争,书中把原始的基督徒理想化了。据说1905年给他的诺贝尔奖金就是由于这本小说。1897年的长篇历史小说《带十字章的骑士》,写14世纪和15世纪之交的波兰人生活和他们对德意志侵略者的斗争。1910年的长篇小说《漩涡》反对1905—1907年的俄国革命,强调人道主义。1918年所发表的长篇历史小说《军团》是死后被发表的,小说未写完,内容是写拿破仑战争时期的事。显克微支的历史小说虽有时背离历史事实,但总的说来,他仍不失为一个现实主义的作家。

十一、罗马尼亚

爱米涅斯库(1850—1889):罗马尼亚大诗人,生于莫尔达维亚的依波得希迪村,父亲是出身农民的不富裕的地主。他在布哥维纳的中学上学,后随旅行剧团工作,1869—1874年之间,他先后在维也纳大学和柏林大学念哲学。过后做教师、校长、报馆工作人员。由于贫困,他和人民很接近,熟悉人民语言。

他青年时代的诗,如《希望》(1866)、《可爱的罗马尼亚,我祝福你》(1867),很接近19世纪前半的浪漫派的诗。讽刺诗《堕落的青年》(1869),揭露那些脱离人民生活的"黄金青年",发展了民族诗歌的进步传统。他的诗《天使和恶魔》(1873)利用了浪漫诗的传统形象,以概括和诗人同时的社会现象。受了1871年法国巴黎公社的影响而写的诗《皇帝与无产阶级》(1871),首先在罗马尼亚文学里塑造了工人形象,虽然诗人还不理解无产阶级的历史使命。

他的抒情诗,歌颂自然之美好与爱情之真纯,如《森林的故事》(1878)、《菩提树的故事》(1878)、《孤独的白杨》(1883)、《树木,你为何摇荡?》(1883)、《丘上的黄昏》(1885)。

他的大作是哲学诗《晚空的星》(1883),用童话的题材来表达天才的悲剧的命运。

十二、保加利亚

波特夫(1848—1876):保加利亚的诗人和民族解放的革命家,生于卡罗菲尔城的一个有名的学者之家。波特夫生当保加利亚民族起来反对土耳其的五百年统治的时候,他本人即亲自参加这一战斗。

波特夫少年时代在本地念中学之后,于1866年曾到俄罗斯的奥得萨等地,深受革命宣传的影响。次年回国后,即在本乡青年中宣传民族解放的革命思想。后又到邻国罗马尼亚去办报,在侨民中宣传民族革命,并组织武装反抗土耳其统治,终于1876年战死,正如他在1868年写的一诗《告别》那样:

> 我们的义勇军动身了;
> 它的道路是艰巨的,但是光荣的!
> 很可能,我要战死在沙场,
> 但是会得到那样的报偿,
> 人民总有一天会说:
> 可怜的人,他战死是为了真理,
> 为了真理,也是为了自由!

波特夫的诗不多,但都是人民之歌,民族解放战争之歌,如《义勇军》(1871)、《战斗》(1871)、《哈吉·季米特里》(1873)、《农奴自由日》(1873)、《华西里·列夫斯基的死刑》(1874)等。传说上的民族英雄哈吉·季米特里,在波特夫的诗里有所反映,兹录数行于下:

> 谁在可怕的战场上为自由而战死,
> 那他就是不朽:天地为之痛哭,
> 山河鸟兽也要为之哀恸,
> 而人民也要为他编写诗歌。

伐佐夫(1850—1921):保加利亚的现实主义大作家,生于索波特城(现名伐佐夫城)的商人之家。1874年参加秘密革命团体,其目的在于从土耳其统治之下解放保加利亚。他受土耳其警察追查,逃到罗马尼亚,参加侨民解放祖国工作。1877—1878年斯韦希托夫城为俄军解放,他曾任该城官吏。1887—1889年住在俄国奥德萨。祖国独立后,被选为1895年国会的议员。1897年曾任斯托伊洛夫内阁的教育部长。不久就专心于文学工作。

他的文学活动开始于保加利亚反土耳其的民族解放战争的前夕。他早年的抒情诗是描写爱情的和感伤的。到了70年代,他转而写爱国的革命诗歌,如诗集《旗子与竖琴》(1876)、《保加利亚的忧愁》(1877)、《解放》(1878)等。他的爱国革命诗的顶峰是诗集《被遗忘的史诗》(1881)。他在抒情诗中描写农民的艰苦、对祖国的爱、祖国风光、保加利亚人民的光荣史,如《王子的传说》(1910)。他也描写1885年保加利亚和塞尔维亚的战争。他的20世纪初期的诗集也描写第二次巴尔干战争的景况和沙文主义带给祖国的灾难。

伐佐夫也写中篇和长篇小说。其中最有名的是《轭下》(1889—1890),描写1876年4月保加利亚人民反土耳其的民族解放战争的英雄事迹,即有名的四月起义。伐佐夫写道,"我的目的是要描写保加利亚人在过去不久的奴役日子里的生活,并显示四月起义的革命精神。"

十三、希　腊

里加斯(1757—1798):近代希腊的杰出的革命诗人,希腊反土耳其的民族解放战士。他生于维勒斯蒂农城的富裕之家。里加斯从青年时代起,就参加反土耳其压迫的武装斗争。他受到土耳其的追查,不得不离开希腊。从1790年起,他住在布加勒斯特,过后又住在维也纳。他由于民族战争的影响,和18世纪法国大革命的影响,写了不少爱国诗歌,如《东方与西方》、《火焰之歌》,后者被称为希腊的《马赛曲》。1795年他组织第一次秘密结社,组织希腊爱国志士以推翻土耳其的统治,以解放希腊。1797年他发表爱国诗歌。他号召巴尔干半岛一切受奴役的人民,团结起来反对土耳其的奴役。1797年末,他为了直接领导国内起义,从第里雅斯特回希腊,但被奥地利警察逮捕,并移交给土耳其当局,终于在1798年6月被杀死在贝尔格来德监狱。

十四、阿　根　廷

埃切维里亚(1805—1851):阿根廷诗人。1837年他参加反对独裁总统罗萨斯的斗争,又参加1839年的起义,失败后于1840年侨居乌拉圭。他的民主的著作有《象征的语言》(1837)、《社会主义的信条》(1846)。他在理论著作中保卫浪漫主义原则,主张要有民族特性和作品的自由。

他的长诗有《爱尔维亚,或拉普拉特的未婚妻》(1832)。他也有著名的爱国诗集和爱情诗集,如《安慰》(1834)、《诗歌集》(1837)、拜伦式的长诗《女俘虏》等。还有长诗《1839年布宜诺斯艾利斯南方各省的起义》(1839,1854年发表),还有剧本《波拉》都是歌颂自由战士。短篇小说《屠场》是阿根廷第一本以人民生活为题材的现实主义作品,揭露总统罗萨斯的残暴独裁,甚至在拉丁美洲文学中都有很高的地位。

十五、巴　　西

贡萨加(1744—1807):巴西诗人,生于葡萄牙,1763 年来巴西。他参加巴西反葡萄牙的民族独立战争,也是这时期最大的文学家。他的笔名叫狄尔色,他的爱情的和社会的诗集《狄尔色的马里利亚》(1792,死后发表于 1810 年),是人民的诗歌集。他和其他一些参加民族独立运动的人一道被捕,并流放到非洲的安哥拉(1792),并死在那里。他的诗集的第二卷是在监狱中写的,充满了对自由的怀念和坚强不屈的精神。

十六、古　　巴

马尔迪(1853—1895):古巴诗人、政论家、民族独立的领导人之一。他青年时代即参加古巴独立活动,反对西班牙的统治,几次被流放到西班牙。他身虽不在古巴,但仍组织人员和武装,准备革命,并于 1892 年组成古巴革命党。1895 年回国领导古巴独立战争,于战斗中牺牲。古巴人民纪念他,认为他是民族英雄。

马尔迪的作品不少。他的诗剧《阿布达拉》号召人民起来为自由和独立而战。他的诗集《普通诗集》(1891)和《无韵诗集》等,显示作者是民族革命诗歌的战士,以人民艺术的传统为基础。

马尔迪也在政论中揭穿美帝国的合并古巴的扩张政策,并揭露美帝国想把拉丁美洲人民作为美帝国的工具。他虽不是社会主义者,却研读马克思的著作。

十七、墨　西　哥

英克兰(1816—1875):墨西哥作家,出身农民之家。他开设印刷所,用以印刷人民艺术的作品。他自己的长篇小说《狡猾,带马刀的弟兄们的指挥者,或拉玛的骑马走私贩》(1865),是根据"欺骗"型的传统文学而写的,广泛地使用了墨西哥的民歌。这部小说一方面有浪漫因素,一方面真实地表现了墨西哥农村的风俗习惯,对社会的不平作讽刺的批评。

第二十五章 奥斯曼土耳其文学

一、历 史 概 况

(1) 奥斯曼帝国的形成和发展(1300—1566):

土耳其即中国史书上所说的突厥,原来居于中央亚细亚及中国西北;自汉唐以来,世受匈奴、汉族及蒙古族的压力,分批西迁。最初有一支迁至小亚细亚,建塞尔柱突厥国家,12世纪末,渐至衰弱。这时又有一支同族人受蒙古人的压迫而迁至小亚细亚,最初在塞尔柱收容之下暂时生存。到1300年,后来者的酋长奥斯曼夺取了塞尔柱的政权,自立为苏丹,这就是奥斯曼帝国的开头。迨1453年攻下东罗马的君士坦丁堡,迁都于此,改名伊斯坦布尔,以次略地欧、亚、非三洲,到16世纪遂成一强大之封建大帝国。

(2) 奥斯曼帝国开始衰落(1566—1789):

二百年的军事侵略给苏丹和贵族带来了大量财富,王公贵族便习于奢侈;同时因为加重人民的捐税,妨碍商业的发展。加之,美洲和绕道非洲的印度新航路的发现,主要商道之原经土耳其者,也转移到大西洋去了,土耳其的国外贸易也衰微不振了。1571年奥斯曼土耳其和西班牙、威尼斯的联合舰队在勒般多地方一战,土军大败,从此土耳其开始衰微。同时,西面的奥地利和北面的俄罗斯也相继崛起,先后从土耳其收回了不少失地,这又加重了土耳其的衰弱。到18世纪,土耳其反成了欧洲列强侵略的对象了。

(3) "东方问题"时期(1789—1876):

这时期的土耳其的资产阶级也想改革图强,建立新制,模仿欧洲,尤其仿效法国。但仍不超出封建统治的范围,人民和封建主的矛盾加深,因而时常有起义发生。外交方面,则欧洲列强在土耳其形成了竞争的焦点,发生了若干次战争,如克里米亚战争、俄土战争等。另一方面,国内的各种民族的独立运动蜂起,而又牵涉到欧洲列强的外交路线。总之,这时的土耳其以积弱之势,处内忧外患之时,只好陷于多事之秋了。

(4) 半殖民地时期(1876—1922):

列强侵略,屡次战败,土耳其终于成了欧洲列强的半殖民地,国土也被分割。国内曾先后发生了少年土耳其运动和1908年的革命,但都是上层的资产阶级的运动,并不能把土耳其从封建制度和半殖民地关系中解放出来,苏丹反而实行沙文主义和反动统治,压迫非土耳其各民族,引起一再的巴尔干战争;终于在第一次世界大战中参加德国方面而失败,帝国也因此消灭。

二、文 学 概 况

奥斯曼土耳其的文学前后共六百年,前期模仿波斯以及阿拉伯,后期模仿欧洲,尤其法国。兹按照其政治时代划分,亦分为四期叙述;

(1) 1300—1566:奥斯曼盛时文学模仿东方,主要模仿波斯和阿拉伯,到15世纪末及16世纪,遂成为奥斯曼土耳其文学上的"黄金时代"。此期作家主要有:

舍雅德·哈姆西(13—14世纪):写有爱情长诗《优素伏与秀列哈》。

苏丹维勒(1226—1312):他用塞尔柱土耳其文写了一本诗集《琵琶之书》,盛行于奥斯曼一世之时(1290—1326)。

阿希克·帕沙(1271—1332):是苏菲派道德诗人,留有长诗《异地流浪者之书》,被称为《诗集》。兹录一首:

颂诗
整个宇宙显然是伟大的奇迹;
神拥有无人知晓的亿万兆创造性的行为:
不论妖魔和人类,都没有谁看见过它们,
也没有谁从那远离视界的王国带来消息。
你的心思和智力达不到那一彼岸,
那个国度的国王的姓名,也不可言传。
他的每一个虚空都用生命来体现,
他的统治之下也没有丝毫的麻烦。
十万八千个世界,全部算完,
也不能超越他的一粒原子的界限。

雍努斯·恩姆莱(13—14世纪)：土耳其人民诗歌的奠基人，多写农民的苦难，但也用民间歌谣的题材而写些神秘的抒情诗。

布·西瓦斯基(14世纪)：是写战争的诗人。

舍克·札达(15世纪前半)：据说他曾搜集编成了有名的故事集《四十大臣故事集》，并呈献给苏丹穆拉德二世。《四十大臣故事集》的主题是谴责一个王后对国王的不贞。故事是叙述一个老国王死了前妻，前妻遗下太子。国王又讨了一个年轻的妻子，这年轻的王后爱上了太子，勾引太子而太子不从，她恼羞成怒，便执意要陷害太子，每夜在国王面前说太子调戏她的事，并要求国王杀死太子以除后患。太子由于师傅占了天文，太子将有灾难，师傅吩咐太子四十天内不可张口说话，才可免去灾难，如果一张口说话，灾难便马上临头。因此，年轻王后勾引他的事，他闭口不讲；国王盛怒责备他并要杀他，他也闭口不辩。但国中有四十名大臣，他们知道太子被诬陷，来劝国王别杀太子。因此，国王每夜听了年轻王后的谗言，第二天早晨便要杀太子；而大臣们每天向国王讲一个别听女人谗言的故事，国王又把太子的命延长一天。这样反复了四十昼夜，太子的灾期满了，太子的师傅也来了，师傅叫太子讲话，太子便把一切经过讲出来。国王于是大怒，将年轻王后绑在驴尾上，驱使驴子奔驰，这样将她撕成碎片。

阿赫麦德·帕沙(？—1497)：抒情诗人，兹录其一首：

抒情诗

希望接吻红唇的人，他的灵魂将不能平静；
希望尝到黑发的香甜的人，他必须低头隐忍。
看见她有人保护，不会欲火攻心；
寻求她的面孔的人，不会满足于天上的百花园庭。
她脸上的细毛围着那个甜蜜的嘴唇，
想寻找玫瑰花而不受刺痛，哪有这样的人？
你想快乐吗？就要跳入爱之海波下，潜入深沉；
要入水探求珍珠的人，必须熟知海洋本身。
她虽然嘲笑阿赫麦德的过失，那有什么要紧？
要寻求十全十美的朋友的人，他不会得到一个友人。

汉姆迪(1448—1509)：浪漫诗人，写有《勒丽和麦吉农》诗。

杰马里(与汉姆迪同时)：浪漫诗人。

涅贾迪(1460—1509)：优秀的抒情诗人。他的题材是春天、爱情、忧愁、恋人的别离等。兹录二首于下：

春天之歌

现在，早春时节又使地上笑逐颜开，
甚至像和情人会面一样，安慰了爱人的悲伤。
他们说："现在是酒杯季节，现在是快乐时节"；
你要知道，别满不在乎，以致浪费了这一时光。
郁金香花把糖蜜放在红宝石的瓶子里：
请看草原上的流走的小河的闪光，蛇样的细长。
小河穿过平原向前流去，弯弯曲曲，甜蜜地歌唱着，
在一株柏树的可爱的脚下，摩擦它的面庞。
主啊！但愿这幸福和大地的愉快结合，
像爱之太阳的季节一样，或像耶稣的生命一样，永远长享！
但愿欢欣和快乐，尽如人意，留存永久，
就像伟大的库斯列夫①，或耶姆喜②的光荣王朝一样。

四行诗

手巾啊！我差遣你——到那个优美的少女那儿去吧；
我把我的睫毛绕着你的边缘，作为装饰的花；
我要调合我眼上的黑毛，用它来绘画；
到那个风流的美人儿那里去吧——去抚摸她的面颊。

手巾啊！去捉住那可爱的人的手，吻她香甜的唇，
吻她的脸，那脸比苹果和橘子还更喜人；
如果在她幸福的心上会忽然落下一点灰尘，

---

① 库斯列夫指波斯萨桑王朝的名王库斯罗斯(近代波斯语作库斯劳)第一(531—579)。
② 耶姆喜指波斯古代传说中黄金时代的名王。

你就俯伏在她的脚前,向她的凉鞋的鞋底接吻。

手巾啊!你要表现出我的血泪全洒,
这些血泪忽然之间就会开出千万朵红花;
我这样忧愁痛苦,你总要陪伴着她;
我就没有生命了,如果事情永远没有变化。

米赫莉(?—1514):女诗人。歌颂现世爱情,主张诗歌的现世性质,反对神秘派。兹录其抒情诗一首:

抒情诗

我原希望你对我是一位忠实而仁爱的朋友;
谁会想到在你身上看见一位如此凶残的暴君?
你是天国乐园里的刚开放的玫瑰花,
你却爱一切芒刺和荆棘——这怎么合乎人情?
我不诅咒你,但我要向我主、最高的神祷告——
你要爱上一位像你那样威严的无情的人。
哀哉,我现在处于苦境,以致诅咒者向他的敌人说:
"愿你的命运黑暗无光,甚至像米赫莉的命运!"

则涅布(与米赫莉同时):女诗人。兹录其一首:

抒情诗

抛开你的面纱,把天地打扮得光艳夺目:
把这可怜的乱世布置得和天堂一样显著!
张开你的嘴唇,使克塞池中的微波起伏!
解开你的芳香的发卷,把香气传到大地各处!
你脸毛边有芳香的地方,让微风去完成任务:
"赶快,用这芳香去把中国和震旦的王国征服!"
心啊!如果你的本分不是生命的甘露,
你就会永久追求亚历山大的阴暗的道路。

则涅布啊！对女人的尘世虚荣之爱，决不回顾；
勇敢地前进吧，只凭一颗心，不用繁华的装束！

麦细希(？—1512)：诗人，与女诗人米赫莉的诗体和主张均相同。特别歌颂春天、爱情与欢乐。兹录其一首：

春天之歌

春水的云雾每天早晨在群花的面孔上摇动不停，
把它们的眼睛从懒洋洋的睡眠中唤醒。
新的生命都充满了草原上的所有树木，
柏树的脚如果没被钉牢，它也会起而跳舞。
雨点与微波在清静的河面上画出线条，
描出玫瑰花的美丽的面颊，说出它们所有的美妙。
当春天的新鲜雨点降落在湖面上的辰光，
你可以说，银色的耳环悬挂在光亮的水的耳朵上。
高踞在柏树上的斑尾林鸽，既然唱出了它的颂辞，
如果他为它而感到忧愁和相思，那还有什么稀奇？
……
高尚的尼山基·帕沙啊！你是语言方面的王子，
思想之箭永远不能射中你的仁慈的标记。
当诗人们拿着你的诗章作为花冠放在他们的手里，
他们作着附和的连祷："我祈求我主的恩赐。"

基玛尔·帕沙·札达(通称为伊本·基玛尔。约当1500年后，活动于苏丹塞利姆世之时)：遗有浪漫长诗歌唱优素伏和祖勒哈的爱情。

他是贤明的老人，能干的青年：
是啊，他的剑经常胜利，他的话经常正确果断。
像阿色夫的智慧，是军队的骄傲；
他不需要大臣，在战争中他不需要指挥官。
他的舌是匕首，他的手是剑；

　　　　他的手臂是光辉的戈矛；他的手指是箭。
　　　　在很短的时间内，他完成了很多高尚的事业；
　　　　他的能力的余荫，笼罩世界皆遍。
　　　　他是白天的太阳，但太阳已在白天结束的时间，
　　　　抛出长长的影子，已不能长久看见。
　　　　君王们夸耀王座和王冠，
　　　　但光辉的王座和王冠，却因他而感到体面。
　　　　剑和生命的撞击声邀请他去赴宴，
　　　　在那宴会上，他的心会感觉喜欢。
　　　　在功业中使用宝剑，在筵席上也是同然，
　　　　在他臣僚们的头上，决不降落他老年的天成的视线：
　　　　他赶赴盛筵——是太阳，光明灿烂！
　　　　他横扫宝剑之场——是狮子在作战！
　　　　每当战场上擒捉的喊声回荡遥远，
　　　　流血的宝剑就在把那狮子的名声宣传。
　　　　　　哀哉！苏丹塞利姆！哀哉！我的灾难！
　　　　　　让笔和剑带着眼泪为你哀叹！

列瓦尼(？—1524)：抒情诗人。
拉米伊(？—1531)：抒情诗人。兹录其《春天》一首：

　　　　在这愉快、欢乐、高兴的时辰，
　　　　大地无力在它本身控制它的灵魂。
　　　　玫瑰花像黎明一样撕破了自己的衣领；
　　　　夜莺从心底叹息它自己的命运。
　　　　松树和柏树像天体星辰在跳舞；
　　　　万国由于欢乐都充满了音乐的旋律。
　　　　流走的小河用柔软的低声温柔歌唱；
　　　　群鸟带着有节奏的声音在高空飞翔。
　　　　青色和柔媚的树枝在欢乐中游戏，
　　　　它们全体一致发出金银色的光辉。

西风赶快奔逃,像飞奔的信使,
不论白天或夜晚,一刻也不休息。
春天一到,玫瑰花苞用黄金充满它的储藏,
郁金香也使它的小匣子充满了新鲜的麝香。
月亮取得了一个装银币的口袋,色白如银;
早晨的和风把龙涎香充满本身;
太阳赢得了一个红色的金盘,
天空用无数发光的珍珠把它的口袋装满:
穷人们得到了水果和绿叶;
世上所有的人都有一些奖品可得。

伊沙克·契列比(？—1537):抒情诗人。录其一首:

抒情诗

我忧愁得要死,我的无情的月亮啊！你在哪里？
我的灾难带来的悲哀哭泣达到天空,啊！你在哪里？
除了在你玫瑰色的卧室,夜莺这颗心无处可以栖息;
姿态美如摇荡的柏树,面孔像玫瑰,啊！你在哪里？
玫瑰花通过你的嘴唇,在心灵的筵席上滴下甜蜜;
我的鹦鹉,你甜蜜的声音发出爱情,啊！你在哪里？
虽然伊沙克渴望得要死,但他能活,只要她说一句:
"我可怜的人啊,你忧患狂欲,啊！你在哪里？"

札迪(？—1546):优秀的抒情诗人。兹录其一首:

先知穆罕默德

无所不包的他的果园之美,即是你的形式！
是一棵由阳光构成的柏树,照得地面毫无影子。
虽然凝视着约瑟夫的美丽的人,割破了他们的手指,
但当月亮观看你光辉如日的面貌时,月亮的手掌也分割为二。
一个人去世以后,在永生的市场上,他得到的东西,

是用光荣的钱财购得的爱情,那是珍藏的欢喜。
我希望那棵柏树在天堂的荫所中荫蔽札迪,
并把一切真正的信徒荫蔽在他的幸福的影子里。

哈雅里(希雅里,? —1557):抒情诗人。兹录其一首:

把我的灵魂作为永远的王国;你将何云?
抛弃一切世上的帝国的虚荣;你将何云?
我的身体因痛苦的叹息和呻吟而瘦成一发,为了爱情,
在美人的发辫里安居,以求得休息;你将何云?
黄金色面孔的群鸟,在水银般华丽的森林:
猛鹰,即我的欲念,会冲出来抓住它们;你将何云?
用那天上九颗绿宝玉的大酒杯,干杯痛饮,
然而仍尝不到大醉的芳芬;你将何云?
上天已把希雅里的面颜变成秋叶般的枯纹;
作为一件礼品献给美丽的春天;你将何云?

弗斯里(? —1563):奥斯曼土耳其四大诗人之一,生于巴格达。父亲是一个有教养的人,因此弗斯里受到很好的教育。弗斯里曾研究各种学问、希腊和阿拉伯哲学、天文学、数学、医学等。他除了祖传的亚塞尔拜疆语之外,又掌握了波斯语和阿拉伯语。他终生住在巴格达,土耳其苏丹苏里曼一世征服巴格达,他才成为土耳其臣民,因此他的文字是波斯式的土耳其文。

弗斯里生当土耳其人侵略之时,深受其封建压迫之苦,劳动人民处于贫穷和破产之境。他接近人民大众,在作品中反映他们的思想感情,他得到了广泛的声誉,为人民所喜爱。他的作品有诗歌《伦德与札希德》《西哈与马拉兹》《麻与酒》《果子的谈话》,政治讽刺《控诉书》,浪漫长诗《麦斯涅维》,哲学论文《信念的复活》。

弗斯里的代表作是浪漫长诗《麦斯涅维》。诗中主角凯斯是天才的诗人和有学问的自由思想家,他认为幸福不在于财富和高位,而在于自由的心心相爱。凯斯热爱一个显贵封建主的美丽女儿勒丽,但是伊斯兰教却反对自由恋爱,宣布凯斯为麦吉农(疯人)。麦吉农离开了社会而到自然中去求安慰。麦吉农和勒丽都

具有高尚的道德。勒丽是一个典型的无权的姑娘,虽受伊斯兰教严厉法规的压迫,要她与不爱的人结婚,但她仍然忠于麦吉农。麦吉农也不屈服于古老的传统习惯。勒丽在丈夫死后,他们有可能结合并得到幸福,但麦吉农的受了折磨的命运拒绝了这可能的幸福。兹录两首麦吉农的抒情诗于下:

> 别把灵魂交给爱情之苦,爱情使灵魂到猛烈的热度;
> 全世界都知道,爱情使灵魂痛楚。
> 从爱情之苦的疯狂幻想里,根本别寻找什么好处;
> 从爱情之苦的疯狂幻想里,产生的尽是忧愁痛苦。
> 每一道弯弯的蛾眉都是杀你的刀剑,沾满血污;
> 每一条乌黑的卷发都是致命的毒蛇,使你中毒。
> 如月的少女的身姿确实美丽夺目——
> 美丽夺目,但是啊!结果却是苦痛的悲伤无数。
> 因此我知道得很清楚,极度的痛苦就在爱情深处,
> 正在恋爱的人,充满了叹息,来回踱步。
> 别想念那美丽的黑眼的少女的眼珠,
> 想着"我是男子汉";别受欺骗,她们是喝血之徒。
> "美人之中确有真诚的",虽然弗斯里如此宣布,
> 但别受骗,"诗人的话全是虚假,这事人人清楚"。

> 我向人们寻求真理,却得到痛苦的轻视;
> 在这无信的世界中,我信靠人们,却是徒劳无益。
> 我向人们诉说苦难,想从中得到一点安慰,
> 但我自己更被淹没,下沉到更深更惨的痛苦里。
> 没有人把残酷的忧愁驱逐出我痛苦的心底,
> 欢乐时的朋友们,其感情也是虚伪。
> 生命把它的脸转开,虽然我抓住了它的外衣;
> 我成了被虐待的情人,虽然我从镜中望到了诚实。
> 我把脚伸向希望之门,困难却伸手来阻止,
> 哀哉!每当我捉住希望之绳,在我手中却成了蛇尾。
> 天空向我显示阴暗命运之星,已经百次;

每当我占星算命时,我看到的总是最黑最深的污迹。
弗斯里,如果我把脸转离了人群,你别觉得惭愧;
为什么?我所看到的人,显然只有忧伤的道理。

寓言长诗《麻与酒》和《果子的谈话》,批判王公们的虚荣心、自我主义、贪心、残忍。自传式的作品《控诉书》,谴责官吏们的横暴和贪污,以及土耳其侵略者苏丹苏里曼治下的不公平。弗斯里其他的诗歌颂劳动、理智和公平,认为是生活的基本,虽有时反映一些中世的宗教的神秘主义,但仍有对人生的热爱,如《玫瑰与夜莺》。

《玫瑰与夜莺》是一首约五千行的长诗。玫瑰象征公主,夜莺象征穷苦的诗人。诗人经过千辛万苦,终于在春季的东风优待之下,得和公主相爱。但时节一变,冬季来临,爱遂不能久长。诗末大发盛衰无常、祸福相循的议论。兹录其第五十八章如下:

玫瑰和夜莺的快乐不能久长

就这样,玫瑰和夜莺,
很多天开着宴会,
直到命运的狂暴的残忍
把他们的爱情变为可怜的悲剧。
玫瑰成为一切大风的俘获品,
夜莺也倒落到泥尘里,
命运的路途已为他们决定
要他们喝尽荒凉的酒杯。
被同伴的笑脸相迎的人
决不会无限地贫乏到底,
同时,诡计多端的世界,
用阴谋的伎俩和尖刀骗人而已。
当碗碟送蜂蜜给我们的嘴唇时,
死亡的毒药就潜藏在碗底。
如果我们一时相信了酒杯,
它就杀死我们,直到血流不止。

哪有两天同样平安
而第二天不出祸事？
哪有既得了最高的幸福
而最后不来悲剧的道理？
财宝是一条蛇，黄金只如粪土，
温柔只是败叶，芳草行将枯萎，
痛苦只是欢乐的结尾，
生命转化为零，只如气体。
大流士、亚历山大，曾经征服各国，
现在他们却在哪里？
他们两者都把生命的光荣
转成悲伤，悲伤而至于死。
所罗门的王座摆遍高加索的群峰
现在这位君王又在哪里？
他的宝座成为大风的游戏，
东吹西飘，直到天边地极。
最后，大风吹走了崇高的王座，
所罗门在今天只剩下一个名字。
耶姆喜的深谋要把世界捏成活体，
而今天哪里有耶姆喜？
甚至他的天才随风幻灭，
而一旦化为尘土的是他自己。
费利敦是世界之王、万王之王，
但辉煌的费利敦今天又在哪里？
他也把他的权力交给了掠夺者，
而被抛在地上，和尘土混在一起。
仍然在这间屋子里迟留的，
只有唯一的永生永世的上帝。
这个世界只有两道大门，
它们远远地分开彼此，
人们从一道门进来，

又从另一道门出去。
连圣贤也要离开，
谁能永远快乐地停留在这屋子？
既然他不能迟留在这屋子里，
你怎能认为你的命运永远在此？
弗斯里啊，你认为世界是什么？
它只是骆驼队过夜的逆旅。
那么，你别相信它是永恒的东西，
埋伏兵就是在它外面等着的。
那么，别相信它，因为它不能久存，
藐视它吧，因为它对你无益。

巴基(1526—1599)："土耳其抒情诗之王"，生于君士坦丁堡。他写有不少好诗，包括对苏里曼一世的挽诗。兹录抒情诗两首《秋天》《苏丹苏里曼一世挽诗》：

抒情诗

多年来，我一直躺在你走的路上，受你践踏；
你芳香的卷发像圈套一样，绕着我的双脚抛撒。
我的公主啊！别因你的面貌之美而自夸，
因为那不过是太阳，很快就要西下！
爱人儿的身材很高，她的形态像桧树，美丽如画，
像一棵苗条的树衬映着一群优美的玫瑰花。
她的姿态像我的神圣的诗篇，整齐优雅，
她的纤腰就像这诗篇的微妙思想，难于推察。
巴基啊，那么就别渴望这悲惨的不幸的爱之负担吧；
因为，你的灵魂也许没有力量去负担它。

抒情诗

流光从你那美丽的光辉太阳而来；
现在是如何地豪华啊，你那透明的玻璃酒杯！
你的朋友是酒杯，而酒杯是你的同侪；

你为什么把我同渣滓一样抛弃在外?
渴望你的美丽的心,不能抵赖;
看啊,没有谁能受得住眩耀夺目的光彩!
爱人们时而结合,时而又要分开;
这世界有时是快乐,有时却是祸灾。
巴基受了你那卷发的锁链的魅力之害,
君王啊!他疯狂了,而他们对疯人却表示恩爱。

秋天

哦罗,春天的美丽的痕迹一点也不留存;
树叶都落在花园中,它们的光荣现在都成虚名。
果园中的树木寒冷孤立,都穿着破烂如托钵僧;
秋风折断了树枝,态度严峻。
它们从山边各处吹来,在园中树脚下撒满黄金,
同时,小河也希望从这当中得到点厚恩。
别留在花坛里,让它在羞愧中发抖受惊:
让灌木也刮个精光,今天让果叶等一点儿也不剩。
巴基啊!花园中很多落叶积存;
它们躺在那儿,好像对命运之风诉说不平。

苏丹苏里曼一世挽诗(七章之二、七)

(二)

真的,他是高贵和伟大荣耀的光辉,
一个君王,依斯坎达为加冕,具有达拉的军国之地
全世界在他脚下的尘土前,低头屈膝
他皇官亭子的大门是地上的敬神的庙宇。
他的最少的赐与可使最穷的乞丐变为王子
非常富有、非常仁慈的一位全能的皇帝!
他的帝王的光荣朝廷,至高无比,
那是一个中心,有圣者和诗人的希望在那里。
他虽然服从于永恒命运的统治,

但他是一位帝王,和命运一样强大有力!
你别认为他厌倦了这忧愁而多变的尘世:
他辞去他的荣华富贵,为了要靠近上帝。
如果我们不再看见生命和世界,那有什么稀奇!
他的光辉仍和日月一样照耀着世界,他非常美丽。
  如果人们望着光辉的太阳,他们的眼睛就饱含热泪;
  看见太阳,那如月的面貌就要在人们心中升起。
  (七)
巴基啊,你看,那帝王的壮丽,心中的欢欣!
你看,那真主造物的镜子,那正义的主人!
那亲爱的老人为忧愁的埃及、为世界殒命;
你看,那年轻的王子,像光明的约瑟那样机灵!
太阳已经升起,灰色的黎明已达到它的边境;
你看,那库斯劳的可爱面孔,他有光耀的灵魂!
现在,这一行列把当代的伯朗姆送进了坟茔;
你直接到埃尔德舍国王那儿,在他官中去负责任!
命运的旋风把苏里曼的王座吹得飞纷;
苏丹塞利姆汗握有伊斯坎达的权柄!
战峰的老虎已经去睡眠安寝;
现在狮子正在光荣的高山上守卫值勤!
伊甸园的壮丽的孔雀已向天上的花园飞进;
你看,那高高的光焰,那愉快的飞腾!
  愿高天的库斯劳有永远的光荣!
  愿大王的灵魂和精神幸福——祝你安宁!

(2) 1566—1789:17 世纪的土耳其文学是"讽刺时期"的文学;由于政治、社会风气败坏,诗人们多写讽刺诗。18 世纪,由于奥斯曼帝国的衰弱,宫廷文学又逐渐让位于道德的教训文学了。本期作家如下:

雅希雅·贝格(约 17 世纪初):写有《国王与乞丐》一诗。兹录其片段如下:

国王与乞丐（片段）

鹦鹉啊，甜蜜的声音，现在请大放歌声！
在爱情烈火中，你所有的话语都炼得真纯！
一切爱情的细节，所有的书本都已指明；
一切爱情的细节，光明的太阳已经照临。
时间、空间，真的在一滴爱情之中沉沦；
阴阳两个世界，真的在一粒爱情之中消沉。
由于纯洁光明的爱情，人变成了人，
受人尊敬的教师，真理的明灯。
由于爱情之光，人得到一切，成为万物之灵，
太阳的光线也把黑石变成红宝石，闪亮晶莹。
……
正在恋爱的人要依靠神；
他要不断地继续高升。
有一天他会发现一切秘密详情，
爱情使灵魂从睡梦中睁开眼睛；
万物要向他公开展示原形，
甚至神的天幕也要被抛个干净。

维西（？—1628）：诗人。写诗以揭露当时道德的堕落，如《向斯坦布尔的忠告》《梦》等。

涅甫伊（1582—1635）：写讽刺诗的大诗人，奥斯曼土耳其四大诗人之二。他的诗集《命运之矢》，不仅揭露了贵族们的罪恶，而且揭露到苏丹的罪恶，因此贵族们谗告于苏丹穆拉德四世，苏丹便把诗人杀了。兹录其短诗一首：

抒情诗

要聪明，要深思，甚至要像托钵僧那样自由的脑筋；
别作无信仰、无慈悲的异教徒，别作坚定的穆斯林。
虽然你是当代的柏拉图，你也不可骄傲自负；
当你遇见学者和正直的人，你要谦虚如像学徒。
你要像举世尊敬的太阳那样，在尘土中俯首擦脸；

你要用你的灾星压倒世界,却不可让你的星宿出现。
别随着基撒尔烦恼,宁可像涅甫伊的心那样前进,
在慈悲的生命之流的河渠里,满足地放怀痛饮。

纳伊里(稍晚于涅甫伊):诗人。兹录其短曲一首于下:

让尖刺作我的衣服!让坚硬的石头作我的床!
让忧伤的茅屋作我的家!让灾祸的眼泪作我的食粮!
　让痛苦的呻吟作我的专业本行!
让我流血的全身充满残酷的敌人的仇恨的创伤!
让那些使我的痛苦的灵魂呻吟的人心中欢畅!
　让那些使我的痛苦的心受苦遭难的人们长乐永康!
　让那些诅咒我"一切希望落空"的人们幸福无疆。

纳比(1632—1712):是道德的教训诗人。写有训子诗集《海里耶》,尖锐批评当时的道德败坏、风俗浅薄。纳比生于罗哈,在苏丹穆罕默德四世时(1649—1687)来到伊斯坦布尔。后以随员身份到莫勒,并由此到麦加和麦地那朝圣,过后在哈勒颇住了若干年,后回伊斯坦布尔并死在那里。他寄居在哈勒颇时写给他儿子阿布尔·海里的教训诗,集为《给阿布尔·海里的教训》,即《海里耶》。其中共二十首散文诗,大都用伊斯兰教义发挥为人处世的道德,反对一切恶事。第十七首是戒谎言和伪善,兹录于下:

啊,你听取我的教训,在经验训练场里吸取教训,你决不可养成谎言和伪善的习惯,它们会破坏和谐的基础。你心中不要沾上欺骗;要单纯、坦率,不要狡猾。谎言和欺骗是污浊的东西,它们只会产生欺骗和混乱。魔鬼罪行的先行者们,他们把罪犯们抛入永恒的囚牢之中。他们理应被人们憎恨,只能产生悲惨的结局。

言不及义、用诡辩来激起不和,还有什么比这更可怕?成了格言的一句话:背信弃义的人死于忧愁之中。他们所能得到的唯一好处就是臭名;他们的生命消耗在悲惨和忧愁之中。背信弃义、恶习惯、谎言、伪善、刚愎任性、心情的堕落;所有这些都是可诅咒的性格,它们不会成为真实的信仰。宗

教的伟大导师说过：真正的穆斯林,他的手和舌不应该是可怕的。啊,你既要寻求幸福,你不应当把名誉、生命和所有信徒们的财富看作神圣的宝库吗?

此外再录其短诗一首于下:

抒情诗

现在已没有一个角落,可作哀伤的夜莺之巢;
现在已没有一棵棕榈树,在其荫蔽下可以消除疲劳。
为了医治我受伤的心,我昼夜寻求止痛的香油膏;
现在在苍天之下却得不到一点医疗。
从天源到各地,我都已白白地寻找;
现在在幸福的仁爱之泉里,已没有一滴泉水了。
空空的泥土烧成的壶里,被认为有丰富珍贵的珠宝;
现在在市场上,没有一只天秤能测量价值的多少。
现在让穷人们藏在地下,纳比,你走开快跑;
现在在权利的堡垒上,已没有塔楼可靠。

萨米(与纳比同时或稍晚):是模仿纳比的诗人。兹录其短诗一首于下:

抒情诗

我的泪河又一次汹涌澎湃,甚至像冲击的洪波,
即使少数几点,也会流成千万条尼罗河。
虽然回忆她的面颊,就会像灯塔那样发光指路,
但我的眼泪的汹涌波涛,仍把我心中脆弱的小船淹没。
在愚蠢的人看来,我用笔写的东西,
就像瞎子的指南针,要把敌人辨视。
乞丐的饭碗可能成为一顶王冠,
如果颠倒过来,它又好似真正的皇家冠冕。
灵魂虽然粗如蒲席,它却是恩惠的中心,
就像树枝编的篮子,它却自由地用面包招待客人。
吹牛皮的情敌说道:"我抱过那个细腰",

但她并没有细腰——他吹牛的真理细如一毛。
你这浮夸的人啊！你看，忧伤给宁禄①头上带来的
只是蚊子的一叮，但它却长大得如象的鼻子。
萨米啊，你想把你的八双对句和天堂相比，
你的对句焕发着艳如鲜花的修辞。

涅丁姆(1681—1730)：是奥斯曼土耳其四大诗人之三，他的诗优美莹洁，独创和谐，他抛开洗炼的宫廷诗而写清新的感情诚挚的爱情抒情诗，颇接近人民大众的语言。他有一个《诗集》和其他翻译的作品。兹录其抒情诗一首于下：

异教姑娘，你是否名叫赫拉古？你破坏了我的忍耐王廷。
异教姑娘，你是否燃烧的火焰？你把整个世界烧尽。
你的温柔是少女的温柔，你的声音却是胜利的英雄的声音；
异教姑娘，你是灾难，我不知道，你是少女，还是年轻的暴君？
请告我，那些潜存的秘密的叹息、眼泪和哀伤，是什么事情？
异教姑娘，你是否某个欢乐漂亮的流浪汉的悲泣的情人？
你为什么常常把你的眼光抛向那优美的明镜？
异教姑娘，你是否疯狂颠倒于你自己的美丽的风韵？
我听说，可怜的涅丁姆已被残酷的异教姑娘迷住灵魂——
异教姑娘，你是否信仰的凶残的压迫者，真理的敌人？

伯里格(18世纪后半)：诗人。兹录其《一个舞女》：

当一个美丽的舞女拿起她伴奏的响板的时候，
如果日月看见了她，各自会分裂为二，表示嫉妒。
她一开始跳舞，我的耐心就从灵魂里赶走；
我的心和她一道跳动；我的眼光模糊，看不清楚。
当月亮看见了她，月亮的心岂不会烧焦难受？
那儿美丽如月的人，把她的红裙看成光环的圆周。

---

① 古时英雄名。见《圣经》。《创世记》第十章八节。

在她活动的时候,在她休息的时候,多少美态都有!
就和水银一样,她的可爱的身躯迅速发抖!
她活动时十分快乐,鼓声似雷声般地怒吼;
铃鼓敲响它的胸膛,铃声开始哀伤和控诉。
当她像仙女那样来向人群求钱求救,
人们如有一百条性命,也会欣然全部投入她的铃鼓。
伯里格啊!在节日把她打扮出来,牵着她的手;
那宝石般的偶像,耗尽我的灵魂,用火热的痛苦。

涅甫勒斯(18世纪后半):诗人。兹录其抒情诗一首:

在你的红唇之旁,我从不向玫瑰色的酒低头,
在马吉族的僧侣面前,我从不躲避饮酒。
它有时使我成为流浪的犯人,有时成为痛苦的密友,
我不知道怎么办,对于我的苦命不知如何着手!
甚至和平的家,对我也变成灾难房子,又小又丑,
由于渴望你的黑痣,我在闪姆全境行走。
既然需要我在人群中行动和居留,
如果时代于我不宜,我也要向时代迁就。
你的香甜的语言,决不会向涅甫勒斯发出恶口;
那么,请你说吧,因为我愿把一切责备接受。

舍克·加里布(1757—1798):是奥斯曼土耳其四大诗人之四。他的诗作《美与爱》优美而富于幻想。兹录其《爱情之歌》六段于下:

那些时刻是甜蜜的,当时有愉快的内心,
和灵魂的王国,华装欢乐的宫廷;
那些时候的思想,现在还在我的精神里游行,
神的慈悲啊!天啊!祈求!怜悯!
　　我曾经日日夜夜地富贵尊荣。

美丽的花园就是我的灵魂的天堂；
其中的每一朵玫瑰花都像伊甸园里的花房；
但是别离之时来到，一切都成荒凉，
现在我心中一无所有，只有回忆还在发光。
　　我曾经喝过光荣的美酒，饱醉如狂。

那时，我不曾发出祷告文，祷告上天；
我所有的宴会、音乐、欢乐，都在眼前；
我的美丽的柏树，摇动在我身边；
当时我的秘密和失望还没被发现。
　　我曾经被光明的春天所艳羡。

现在，我跌倒在痛苦和灾祸的面前；
像早春的夜莺，我不断地呻唤。
我通过火网，我飘向海岸，
像打碎的玻璃一样，被抛到地面。
　　我曾经薄饮浊酒，受美人的侮慢。

啊！哀哉！那些快乐的时光已经去了：
春天已经去了；玫瑰、鲜花，也都去了；
她恩待过花房，她的笑颜已经去了；
只留下枯燥的灵魂，甘霖已经去了。
　　我曾经和她一道痛饮过醇醪。

我曾经和我的爱人共同摆过筵席，
那时我狂野如旋涡，奔跳游戏；
在酒筵上我衣服穿得很华丽，
由于我的歌声，夜莺也感到丧气。
　　我曾经因欢乐而幸福，和加里布相似。

(3) 1789—1876：奥斯曼由盛而衰，成为半殖民地。这时期资产阶级文学抬头,主张启蒙,反对封建,模仿欧洲尤其法国的文学,摆脱波斯和阿拉伯文学的影响,文字也趋独立。创作面向现实生活,面向人间,面向社会。体裁也有新种:戏剧、长篇小说、短篇小说等。作家有:

依卜拉欣·申纳西(1826—1871):作家与社会活动家,生于伊斯坦布尔。1845—1850年在法国学习,认识拉马丁、雷南和其他法国作家。回国后任政府公职。他曾参加秘密活动,反对苏丹阿布杜尔·麦吉德(1839—1861),失败后又侨居法国(1864—1870),1870年再回国。

1859年他曾出法国诗译集,1862年出《申纳西诗集》。1860年出的现实主义喜剧《诗人的结婚》,讽刺土耳其的封建习俗,也是土耳其文学中的第一个剧本。

费特·阿里(19世纪中叶):他写有《法官》一剧,描写19世纪初土耳其的司法界黑暗情况,和抬头的资产阶级争取独立人格。剧中情节:一个大商人死了,遗下一个非婚情妇和一个妹妹。遗产六万托曼(土耳其币),据遗嘱给予唯一的继承人。这唯一的继承人按法律是妹妹,但情妇则向法院申请她应有承继权,因而两人相争,各请律师辩护,向法院起诉。情妇的辩护律师联合妹妹的辩护律师共同作伪,想使法院把这六万托曼判给情妇,而辩护律师们可分得一半,并且情妇的律师(年已老)还想娶情妇为妻,可以全部吞掉遗产。于是这位律师为情妇假借一个婴儿,硬要情妇承认是自己的儿子,以使这婴儿继承财产。他并买通所有双方的证人,要他们证明情妇在商人死前一月确实生了一个婴儿。但到了法院开庭时,证人们却说出真实情况并揭露律师收买他们的过程。于是事情当场大白,遗产判归妹妹,妹妹遂和未婚夫胜利结婚。剧中还插入一段:妹妹的姑母要把妹妹嫁给一个富有而卑劣的商人,经过妹妹和她的未婚夫的共同坚决反对,终于胜利。

锡亚·帕沙(1825—1880):散文家。

吉夫得特·帕沙(与锡亚·帕沙同时):散文家。

拉梅克·基玛尔(1840—1888):19世纪中叶最有名的作家和社会活动家。他曾经参加秘密团体,希图在苏丹土耳其治下,按西欧国家制度实行资产阶级的自由主义的改革。曾在巴黎、伦敦、布鲁塞尔、维也纳住过四年,从1867到1871,主要在侨民中办报鼓吹自由民主。他热烈攻击专制,提倡为社会服务的新文学,对当代作家起了很大影响。他的爱国历史剧《祖国》(1873)最有名,他因此被监禁。此外有长篇小说《觉醒,或阿里伯事件》(1873),和风俗剧《穷孩子》(1873)。

麦赫麦德·特夫飞克(1843—1898)：擅长民歌,写民间逸话,如《在伊斯坦布尔之年》(1881—1883),写旧伊斯坦布尔的人民风俗、娱乐,分季节写,预计十二月,但只写了五卷。

阿赫麦德·米德哈特(1844—1913)：擅长民歌,有广大的读者。

勒介札德·艾克兰(1847—1913)：最初应用欧洲诗体于土耳其的诗人。有诗集行世。

阿布兹·锡亚·特夫飞克(1848—1913)：资产阶级启蒙作家之一。

舍姆塞丁·萨米(1850—1906)：曾写长篇小说《塔拉特与费特纳特的爱情》。

阿布杜尔哈克·哈米德(1851—1937)：也是最初模仿欧洲诗歌的诗人。

(4) 1876—1922：此时期又分为两个阶段：

第一阶段(1876—1908)：19世纪70年代之末,苏丹停止仅有之君主立宪宪法,禁止一切文学戏剧活动。到了80年代末与90年代初,才有点文学气息出来；文学批评杂志《知识宝库》创刊,成了此时的文学中心。国内资本主义因素的向前发展,国外帝国主义之加紧压迫,土耳其之变为半殖民地；由于这些历史条件的变化,许多矛盾都反映到《知识宝库》社中来,因此其中作家也有批判现实的,也有悲观颓废的。

第二阶段(1908—1922)：1901年《知识宝库》被迫停刊,文学活动停止。直到1908年"青年土耳其"革命后,才有转机。最初,新老作家们组织《费治里》社,但一年之间即告解散。1909—1910年形成一些文学趋向,即和内外国政都发生关系。有些人主张文艺要恢复奥斯曼帝国的光荣,有些人主张要和人民、民族发生关系,有些人又把民族主义弄成泛土耳其主义因而形成了沙文主义。五花八门,斗争复杂。

此时期土耳其的作家可分成如下诸群：

①《知识宝库》派作家之具有批判现实倾向者,他们批判社会的不平,如妇女、金钱、小人物的命运等问题：

哈里德·锡亚·乌沙克累吉尔(1866—1945)：散文作家。他是《知识宝库》的批判现实的代表作家之一,虽然他有些"为艺术而艺术"的倾向。他的作品大都触及当时的迫切的题材,谴责反动的、封建的传统和习惯、家庭和社会,批判伊斯坦布尔的上层社会的风尚,描写人民大众的悲惨生活。他的作品有长篇小说《蓝与黑》(1897)、《被禁止的爱情》(1900)、《被损坏的生活》(1901),短篇小说集

《一个夏天的故事》(1900)等。

麦赫麦德·勒乌弗(1874—1931)：散文作家。

侯赛因·贾喜德(1874—1957)：散文作家。

特夫飞克·菲克勒特(1867—1915)：此时期最大的诗人。他是《知识宝库》的作家,也是该杂志一个时期的编辑。在20世纪初他发表诗集《被损坏了的琵琶》,其中占主要地位的还是东方诗的传统形象。到了苏丹阿布杜尔·哈米德的专制统治时代(1876—1909),菲克勒特的抒情诗就严厉地反对暴政了,如著名的诗《雾》(1901)和《停滞的瞬间》(1900)等。在俄罗斯1905—1907年的革命的影响之下,菲克勒特写了诗《当早晨开始时》(1905)。在1908年的资产阶级"青年土耳其"革命后,菲克勒特作品中的暴露性加强,如诗《回到九十五年》(1910)、《强盗政权》(1912)等,强烈地攻击统治者。他说明诗的社会作用,写了一诗《琵琶的回答》(1911)。菲克勒特的较好的长诗《古代史》(1914),主题反战,在1923年才得以在苏联的巴库出版。

菲克勒特具有高度的爱国主义和人道主义,在土耳其文学中最具有批判现实的倾向,他本人也是民主的斗士。

麦赫麦德·艾明(1869—1944)：土耳其民族的、人民的诗人,用大众语言写诗。作品有《安纳托里亚》《不幸者》《国家在危险中》。

侯赛因·拉赫米(1864—1944)：他写讽刺长篇小说,讽刺无知、迷信、盲目崇外。

②《知识宝库》作家之有悲观色彩和幻想者：

杰纳布·沙哈别丁(1874—1934)：诗人。

杰拉尔·萨希尔(1885—1935)：诗人。

费克·阿里(1875—1950)：诗人。

③"青年土耳其"革命后,作家之有恢复奥斯曼光荣的倾向者,他们主张"为艺术而艺术",歌颂过去的光荣,保持过去文学的"美和高尚"：

阿赫麦德·哈希姆(1885—1933)：象征主义的诗人。

亚希亚·基玛尔(1885—1950)：诗人。

④"青年土耳其"革命后,作家之有民族民歌倾向者,但主要是指文字方面：

赛菲·阿尔罕(1890—?)：诗人。

优素福·锡亚(1895—1967)：诗人。

哈里德·发赫里(1891—?)：诗人。

法鲁克·纳菲兹(1898—?)：诗人。

勒菲克·哈里德(1888—?)：他的作品《关于国家的短篇小说》，写中部安纳托里亚地方的官吏们的专横。

阿卡·贡丢兹(1885—1958)：写战时的农村。

峨默·赛福丁(1884—1920)：写讽刺故事，以讽刺"青年土耳其"派、僧侣、复古主义者。赛福丁初期的作品，颇有资产阶级民族主义的泛土耳其倾向，对保加利亚人和马其顿人充满敌意。但在第一次世界大战期间，他的作品已开始批判泛土耳其主义，并反对帝国主义对土耳其的态度。这时他就讽刺资产阶级"青年土耳其"派对西方文明的奴隶式的模仿了。晚年他的作品和语言都接近人民大众。

⑤ "青年土耳其"革命后，作家之有沙文主义、即泛土耳其主义的倾向者：

阿赫麦德·希克梅特(1870—1926)：诗人。写有《金帐汗》。

哈里德·艾狄布(1883—1964)：女作家。写有长篇小说《艾尼·土朗》。

锡亚·郭克·阿尔普(1875—1924)：诗人、政论家。他当初曾参加"青年土耳其"运动，1920年后变为基玛尔的政府党员，最主张反动的泛土耳其主义，他的诗集《红苹果》(1912)、《新生活》(1918)、《金色的光线》(1920)，都宣传这一反动主义。

第二十六章 近代波斯文学

一、历 史 概 况

(1) 沙法维王朝(1500—1736);那狄尔王朝(—1747);桑德王朝(—1779):波斯在15世纪初,帖木尔侵略之后,又成为封建割据局面。西北方阿塞尔拜疆民族的封建主们,利用此种局势而逐渐长大,其首领伊士玛尔于1502年攻下大不里士,自立为伊朗王,是为沙法维王朝之始。此王朝之名来自远祖赛赫·沙菲丁(1254—1334)之名。此后相继占领伊朗中部、西部、东部,于17世纪初成为强大帝国,是中央集权制的封建国家。

阿拔斯一世(1587—1629)死后,国势渐衰,西和奥斯曼土耳其战,东和乌兹别克诸汗相争,内部则封建主各图独立,而劳苦人民时起反抗。印度莫卧儿帝国侵占东部城镇,荷兰人也占领波斯湾中岛屿……

18世纪初,阿富汗人长期入侵,那狄尔(1688—1747)起自波斯行伍,驱逐阿富汗人,统一伊朗,重建帝国。但那狄尔死后,宫廷内争,国家处于无政府状态。

到1760年,一个部落酋长卡利姆·汗·桑德(1750—1779),才稍稍统一全伊朗,是为桑德王朝,但他死后,伊朗又成为封建主争夺的战场。

(2) 卡贾尔王朝(1794—1925):卡贾尔族首领阿加·穆罕默德(1794—1797在位)平定各族,统一伊朗,建都德黑兰,是为卡贾尔王朝。百余年中,波斯逐渐沦为次殖民地。19世纪中,发生过农民大起义,1905—1911年又发生过反帝反封建的资产阶级民主革命。第一次世界大战中,波斯中立,但成了各国交战的战场。

近代波斯文学,也按政治时代划分为二期叙述。

二、沙法维王朝、那狄尔王朝、桑德王朝的文学

狂热的什叶派僧侣过于干预国事,国家的文化生活也受影响。文学与诗歌,

尽管有很多诗人与文学家,却没有一点新的或独创的东西,千篇一律,堆砌辞藻。僧侣、迷信、愚昧,束缚了文学,充满神秘思想。整个沙法维时期都是如此。作家们也爱模仿印度的文体,所以此时期也称为"印度体"时期。此期作家有如下几位:

加萨里(？—1572):在印度宫廷培养的波斯诗人。

乌尔菲(1456—1591):写抒情诗,有名的诗是《法尔哈德和希林》。他也是印度宫廷培养的波斯诗人。

法伊迪(？—1595):也是印度宫廷培养的波斯诗人,写有浪漫诗《纳尔和达曼》,对四行诗输入了新生命。

苏拉里(16世纪后期—17世纪初期):在波斯本国的作家。写有长篇小说《苏丹穆罕默德和他的亲信阿雅兹》(1592),在东方为很多人阅读。

萨艾布(？—1678):波斯本国诗人,他创造了抒情诗的一种新体。在他的诗中反映了对封建、僧侣的压迫不满。

阿里·哈辛(18世纪中期):波斯作家,写有回忆录《塔兹吉拉特·奥尔·阿赫瓦尔》(1742),反映了阿富汗人入侵、沙法维王朝灭亡、封建内讧,加剧了人民的贫苦。

哈迪夫(？—1785):诗人。他写优美而味深的诗歌。他极力模仿萨迪(中古波斯诗人)。

三、卡贾尔王朝文学

18世纪末,封建内讧渐息,卡贾尔王朝建立了封建君主制;国家暂呈平静,城市生活转苏,给文学带来了一些生气;诗体转趋平易,诗人离弃"印度体"而采古典体,上述哈迪夫之模仿萨迪,即其先河。

19世纪前半的特点,在于文学语言和体裁的改良。19世纪后半的特点,在于介绍外国作品,如俄国的、法国的、阿塞尔拜疆的。

19世纪末,波斯变为次殖民地,人民大众中民族解放的情绪兴起,文学中响起了更尖锐的社会、政治呼声。

1905—1911年的资产阶级革命,在波斯文学中起一新阶段:诗歌中有更鲜明的社会、政治性质,主张民族自由与独立;人民的长篇小说得到更广泛的传播。

这时期的作家主要有如下几位:

凯姆·玛卡姆(1779—1835):波斯作家和政治活动家。在1826年他免除宫廷职务,被派到前方去和俄国作战。他用笔名谢赖写诗,但他以文章家出名,他写了很多书信,最早的在1823年。他改良波斯文体,抛弃华丽辞藻,接近人民大众的生动语言。他为波斯国王穆罕默德沙(1835—1848)所杀。俄国驻波斯公使兼作家格利鲍耶陀夫(1795—1829),认为凯姆·玛卡姆是当时波斯最有教养的人之一。

列查·库里·汗·赫达雅(1803—1871):诗人。具有诗才并善于运用诗的技巧。他写了很多诗,大多模仿古代作家。他的最有价值的劳作,是他的波斯诗选《美辞集》(1878年出版)和《认识的牧场》(1888年出版)。两书中,除了诗歌艺术的模范作品以外,对古今诗人作家还有详细的传记介绍。他还对波斯诗人的作品写有评论,还编一本详解大辞典。此外他还写历史书等。

米尔札·玛尔孔·汉(1833—1908):戏剧家和政治活动家。他曾在德黑兰创建一个反对现行制度的社会"昏聩王家",类似"互济会集会所",因此波斯国王把他"光荣流放",送出波斯,到伦敦去作公使。不久,由于他和波斯政治侨民的关系,他被免去了职务。从1890年起,他在伦敦创办月刊《法律》,出了四十一期。他在月刊中尖锐攻击波斯国王的专横独裁,以及波斯国王对外国资本家的让步。玛尔孔·汉宣传君主立宪制,维护人权和私有财产,主张在波斯实行资产阶级的改良。这对1905—1911年的革命起了重要作用。

他写过一些讽刺剧本,抨击波斯国王政府与官吏的非法与贪污,并嘲笑波斯王宫制度。

赛恩·奥尔·阿别丁·麦拉格(1838—1910):波斯作家,出生于富有商人之家。他长期住在俄国,雅尔达。他的唯一的作品是三卷本的长篇小说《伊卜拉欣·伯克的旅行日记,或他对祖国的热爱》(1888—1909)。这书在建立20世纪的波斯艺术散文方面起了很大的作用。最有意义的是1888年在斯坦布尔匿名发表的第一卷,其中尖锐批判波斯的半封建制度、高官们的贪污和专横、僧侣们的跋扈和寄生生活。但他的正面主张没有超出君主立宪制度。第二卷和第三卷就没有第一卷中的那些批判和讽刺了。

麦拉格是阿塞尔拜疆人,用波斯文写作。

阿布德·奥尔·拉希姆·塔里波夫(1855—1910):波斯作家,生于大不里士,在俄国受教育。他也是阿塞尔拜疆人而用波斯文写作的。他最重要的作品有以下三本。《阿赫玛德之书》,是父子对话讨论科学问题,文体浅显通俗,儿童也能理解。《生活问题》(1906),是少年儿子和他的亲友之间的继续对话,讨论社会政治问题。《正直人的旅行》，是一群年轻人为了科学目的而去德马文德山旅行的故事。他的书有启蒙的作用。

阿加·汗·基尔·玛尼(1885—)：波斯反帝作家。逃到土耳其,但被引渡回波斯,死于狱中。他在狱中写诗,表达了爱国主义与反殖民主义情绪。

阿狄布·奥尔·麦玛列克(1861—1917)：1905—1911年革命时期的诗人。

阿里·阿克巴尔·得赫·荷达(1879—1956)：1905—1911年革命时期的讽刺散文作家。他是这时的文学异彩。

玛列克·奥施·索阿拉·伯哈尔(1886—1951)：波斯诗人,呼罗珊诗人萨布里之子。1905—1911年波斯革命期间,他接近民主党,参加该党机关报《新伊朗》,积极活动。他参加政治活动,写爱国诗文反对国内的反动统治,并反对殖民主义者的侵略,因此他遭受迫害。他写过波斯文学和语言史书《文章论》等。1933年他准备出《诗集》,被检查官禁止。1941年伊朗民族解放运动兴起,他发行政治报纸《新春》,他在报上发表一系列论文《唯一之路》,保卫民主主义和社会主义思想。他是伊苏友好协会组织人之一。他翻译了许多普希金的诗成波斯文。1945年他去苏联旅行后,他的世界观有很明显的发展,他的诗《伯哈尔在巴库》即可证明。他组织并领导伊朗的保卫世界和平委员会。

第二十七章 近代印度文学

一、历 史 概 况

(1) 莫卧儿帝国前期(1526—1707)：

印度德里苏丹的末期，已是各地割据，不成为国，苏丹之命令仅及于京城。此种情形当然便于外族侵略。当时阿富汗的卡布尔的王是巴卑尔(1483—1530)，他的母系是成吉思汗的后裔，而自己又是帖木尔的六世孙。巴卑尔占有阿富汗后，于1526年率二万名士兵侵入印度，征服了北印度，建莫卧儿帝国。他的子孙不断地扩大版图，到亚格伯时代(1556—1605)，除南端一角外，统一了全印度，实行中央集权，分全国为十五省，省设省长。这是莫卧儿朝的鼎盛时代。到奥朗则布在位时(1658—1707)，袒护回教徒而压迫印度教徒，造成混乱，及他死后，地方官各霸一方，又成封建割据的局面。

(2) 莫卧儿帝国后期(1707—1858)：

奥朗则布死后，全国卷入封建内讧。大封建主跋扈，苏丹只是傀儡。在这全国混乱情况之下，西欧的殖民者侵入了，葡、西、荷、法、英相继侵入，而以英国的东印度公司为最甚。多年的侵略使印度人的物质精神饱受压迫，因而发生1857年的土兵起义，实系全印反英运动，但终为英国镇压下去，而于1858年竟沦印度为殖民地。

(3) 殖民地时期(1858—1917)：

1857年土兵起义以前，印度人民对英国的反抗始终不曾停止过；在这次起义被镇压之后，印度人对英国的反抗仍未停止，农民起义不断爆发。同时印度轻工业亦开始出现。1885年全印度第一个资产阶级政党国民大会(国大党)成立，领导民族独立运动，但不彻底。1905年俄国的革命也影响到印度，1905—1908年印度产生了反英运动，但仍被英国镇压下去。

第一次世界大战期间，英国为要取得印度的人力物力以支持它对德国的胜利,所以许下了一些诺言,让印度在战后自治,但战后英国又自食其言,认为要再等十年才考虑,而对印度人民的要求竟用武力镇压。

第一次世界大战期间,英国在印度市场上失去垄断地位,促进了印度民族工业的迅速发展,因而印度的工人阶级也成长起来。苏联的十月革命对印度的工人阶级和进步人民起了很大的影响,从此印度的民族解放运动走入了新的阶段。

印度近代文学也按政治时期划为三期叙述:

二、文　　学

(1) 莫卧儿帝国前期的文学:

印度自中世纪末期以来,尤其是德里苏丹以来,由于回教的输入,阿拉伯和波斯的文学在印度颇有影响。直到莫卧儿帝国的亚格伯时代,波斯文学仍为印度模仿的文学之一,或者印度文学用波斯文字书写。

同时,古典文学的梵文传统也因之而受排挤,以致逐渐成了死文学。但同时,作为印度人民大众的语言以代替封建统治阶级的梵文,印度各地方语言诞生了。作为印度的民族语言以反抗外族的波斯语言,印度各地方语言产生了。所以,总的说来,近代的印度文学就是各地方语言文学的总和。而各地方语言为数之多也到了难于计算的程度,以重要的来说也不下于下列的十几种:印地语、乌尔都语、孟加拉语、阿萨密语、旁遮普语、克什米尔语、泰鲁古语、泰米尔语、马拉雅兰语、坎那大语、奥利亚语、多格尔语、拉伊斯坦语等。此期代表作家如下:

卡比尔(1440—1518):诗人,也是宗教改革家,生于贝尔纳斯一个穷织工的家庭。传说他母亲是印度教徒,他生后被弃置在池边,为穆斯林教徒所发现并收养长大。所以他后来主张两教统一,同信一神。这是后来锡克教的先驱。他的诗主要是宗教诗,用印地语和旁遮普语写成,收集在后来锡克教的圣典中。他的诗用普通人民易懂的语言写成,人人能诵,至今仍为许多印度人吟诵。如"诚实的行为莫过于真理;滔天的罪恶莫过于虚伪;心中有真理,这心就是我的家"。"湿婆城在东方,麦加城在西方;但要寻找你自己的心,心中有罗摩和阿拉。""每一个天生的男女都和你自己一样。"他主张人人平等,反对种姓制度和偶像崇拜,在当时有反封建作用。

苏尔达斯(约1483—约1563):是一位盲诗人,被称为"阿格拉的盲歌者"。他用西印地语以及各种方言歌唱,他的最有名的长歌《苏尔诗海》据说有六万行,歌唱牧神黑天和他的爱人牧女罗达的故事,也描述农村生活之美、人民的生活和自然风景,详细描述恋爱和亲子间的感情。

杜尔西达斯(多罗悉陀沙,1532—1623):用印地语写诗的大诗人,出身婆罗门家庭。他在幼年即离开父母,向贫穷婆罗门学习,精通印度教义与梵文文学。他过着吟游诗人的生活。他放弃人民不懂的梵文而用人民易懂的印地语写诗。他写过十来本书,最有名的是《罗摩功行之湖》(1575),用四十年才写成,用东印地语根据民歌写的,书中生动地描写罗摩的形象、战争与离别之苦、农民和下层阶级的苦难。这书为人民大众所喜爱,人民在祷告、祭祀时都诵读它,被称为印度的"千百万人民的一本圣书"。

克里希纳达斯·卡维拉吉(1517—?):用孟加拉语写诗的诗人。作品有《柴坦尼亚的传记》。

谋康达朗姆·恰克拉瓦尔迪(16世纪):用孟加拉语写诗的诗人,有"孟加拉的克莱布"之称。他的作品写孟加拉的社会和经济情况,名篇如《斯里曼塔发现他的父亲》。

唐生(16世纪):他是亚格伯皇帝(1556—1605)的宫廷诗人和音乐家,他的对印度自然的颂诗,至今仍悦人耳。

岂沙瓦·达斯(1580年前后):诗法家。用印地语写作。

哈瓦西(17世纪30—40年代):莫卧儿帝国以外、南方德干高原、用印地语写诗的诗人。写有两首故事诗和若干短诗。

宋达尔(17世纪前半):是沙贾汗(1628—1658)治下的诗人,用印地语(?)写诗,被沙贾汗封为"诗人之王"。

比哈里拉尔(17世纪中叶):印地语诗人,生活于皇帝沙贾汗时代(1628—1658)和奥朗则布时代(1659—1707)。他写有《七百首诗集》,由726首对句构成,而这些对句并不互相连接,只偶然排列起来。他的诗被认为是"印度任何语言中的最优秀的艺术作品之一"。

玛哈拉贾·贾斯万特·辛格(17世纪):印地语诗人。

瓦利(17世纪末—18世纪初):用乌尔都语写诗的诗人。由于他的作品,乌尔都语在北印度才有了地位。

韦曼拉(17世纪、18世纪之交):用泰米尔语的诗人。

萨玛尔·布哈特(18世纪):用古贾拉迪语写作的作家。写有《萨玛尔·拉特纳玛尔》。

土卡·拉姆:用马拉特赫语写诗的诗人。曾受马拉特赫建国者施瓦治的庇护。他的诗至今仍为马拉特赫人所爱读。

(2) 莫卧儿帝国后期的文学：

由于莫卧儿帝国后期的混乱、封建势力的割据和欧洲人的侵略，18世纪的印度文学走入衰途。只有各地方语言文学还产生一些作品，作为反抗外族侵略和保卫祖国的信号。到了19世纪前半，作家仍用生动的地方语言，对西方殖民者开始表示不满。略举几位作家于下：

米尔·安曼(1745—1806)：用乌尔都语写短篇小说的散文作家。写有《花园与春天》(1801)。

米尔·塔基(1722—1810)：用乌尔都语写作的诗人。他的诗肯定现实生活，反对贫富的悬殊。

拉鲁·拉尔(1763—1825)：用印地语写作的大散文家，写有《爱情之洋》(1803)，写传统的关于黑天的神话题材，是印地语文学语言的散文之祖。

纳齐尔(1740—1830)：用乌尔都语写作的诗人。他的诗富于现实主义，写印度社会各阶层的人民的日常生活习惯，宣传对财富的轻视，号召人民团结。他是伊斯兰教徒，但在印度教徒中也颇有声望。他的诗大多带道德性质，但富于艺术手法。他留下有六千个对句，一个《粮谷商人的故事》。他的《人的赞词》歌颂人类平等。

拉姆·莫罕·拉伊(1772—1833)：用孟加拉语写作的散文家，杰出的社会活动家和翻译者，出生于孟加拉地主婆罗门之家。他是印度社会所产生的新思潮的先驱。他主张印度学取资产阶级的欧洲文化，他创立一种宗教、哲学体系，反对阶级的不平和妇女地位的低下，主张一神教而反对偶像崇拜。他被称为现代孟加拉文学之父。他创建第一个印度民族印刷社，并创办报纸。他把印度古代梵文作品译成孟加拉语，并写出孟加拉语法书，证明语言必须适应于新孟加拉文学的要求。

迦利布(1796—1869)：用波斯语和乌尔都语写作的诗人。生活在德里。他的《书信集》(1869)用人民大众的语言，很通俗易懂。他也写过很多抒情诗和哲学诗，有《迦利布诗集》，这使他出名。后来他也写散文，写当时印度的现实和人民，写1857—1859年印度人民反英帝国的民族解放起义，宣传民族团结。

(3) 殖民地时期的文学：

19世纪后半期，随着资本主义的抬头，随着民族国家之形成和地方的及全印度的民族解放运动的发展，印度文学出现了新的现象。出现了历史的和现实色彩的社会、风俗小说和世俗诗歌。此期代表作家如下：

丁纳般图·米特罗(1829—1873)：用孟加拉语写作的作家。剧本《靛蓝园之镜》(1860)反映了英国靛蓝种植主的残酷,对农民表示同情。

玛杜苏丹·杜特(1824—1873)：用孟加拉语写作的诗人和剧作家。他早期用英语写作,受西方影响。后来他回头用祖国语言孟加拉语写诗,最好的诗如《麦格赫那德的毁灭》。他是有名的抒情诗人,他用孟加拉语写无韵诗和十四行诗。《麦格赫那德的毁灭》取材于《罗摩衍那》。麦格赫那德是罗凡拉的英勇儿子,在战场牺牲；他的妻子普拉米罗在他的火葬柴堆上自杀了。

般金·查特吉(1838—1894)：用孟加拉语写作的作家。他最初的中篇小说是《要塞司令官的女儿》(1865)。他是孟加拉小说的创始人,也是民族解放的战士。他的小说和政论都表现了对外族的愤恨。但他的爱国主义有时采取宗教形式,如《阿难陀寺》(1882),反映当时一部分知识分子的意见,认为印度教可以保证印度的安全。他那多方面的活动不仅在孟加拉文学发展上起重大作用,而且影响及于印度其他民族语言。他那《阿难陀寺》中所包括的颂歌《歌颂你,祖国母亲》,歌颂人民力量的伟大,已成为印度人民争取解放的战歌。

以他当时的题材所写的作品,如《毒树》(1872)和《科莫拉根多》(1875),描写英国殖民者统治下的孟加拉人民的痛苦。此外他还写了一些历史小说和妇女问题小说。

赫姆·昌德拉·般纳吉：与般金·查特吉同时期的孟加拉诗人。他的史诗《杀死弗立特拉》,写达德喜其牺牲生命以杀死妖怪弗立特拉,以拯救人们。

纳棱·昌德拉·森：与泰戈尔同时期的孟加拉诗人。他的史诗《普拉西之战》写孟加拉人对英国殖民者的反抗。

沙尔夏尔(1846—1902)：乌尔都语长篇小说家,生于勒克脑的小资产家庭。他的最有名的作品是长篇小说《阿萨得的故事》(1880)。他不提出重大社会问题,却描写社会各阶层的生活场面。

哈利希昌德拉(1850—1885)：用印地语写作的进步作家、诗人、剧作家、政论家。他写有十八个剧本,其中最优秀的是《印度的艰苦局势》。他的诗充满了对祖国之爱和对征服者之恨。

托鲁·杜特(1856—1877)：孟加拉女诗人,用英文写作。她出生在印度加尔各答一位高级知识分子的家庭,少年时随父游历英、法,并在英、法求学,她的英、法文都很流利,能用以写诗歌和小说。她的诗歌题材有欧洲的,也有印度的。

她写的印度民歌,有些有爱国抗英情绪,有些带东方色彩。兹译其《信都》一诗的第一段:

> 在森林之荫的深处,居住着
> 　一个隐士和他的妻子,
> 盲目、白发、体弱,每小时他们都感到
> 　他们的生命奄奄一息。
>
> 他们没有朋友,没有帮助或支持,
> 　身边只有唯一的一个童子,
> 是一个明眼的儿童,他的欢乐的笑声
> 　使他们的茅屋充满了欢喜。
>
> 小心、尽责、可爱、和气,
> 　富于思考、安静、闲逸,
> 他侍候着他的盲目的父母,
> 　他们的日子就像一首圣诗。
>
> 他在森林中巡游,采取香甜的果子,
> 　他为他们运回来清洁的水,
> 他为他们烧煮菜根的食物,
> 　过着卑微的生活,非常满意。
>
> 对于充满怒气的问题,
> 　他总温和地回答,从不发气,
> 如果他们责备他,他只微笑,
> 　他愿意作他们的奴隶。
>
> 不是他们对他特别严厉,
> 　而是他们愁苦,又上了年纪,
> 他是他们心中的宝贝,

没有谁能代替他的职位。

他们叫他的名字为信都,
　　他们的口中常唤他的名字,
而他不爱富贵荣华,
　　和自己的亲人住在一起。

一圈木麻黄树绕着周围,
　　围着这矮小粗陋的屋子,
如果世界上能够找到和平,
　　和平就在这种孤寂里。

　　泰戈尔(1861—1941):用孟加拉语写作的印度大作家,生于加尔各答的地主之家。在受家庭教育和本乡教育之后,他于1877—1878年在英国受教育。回国后从事文学及社会活动。他在19世纪后半所写的优秀的短篇小说中,反对阶级制度,谴责封建残余,呼吁妇女解放,倡导民族解放,而民族解放是他一切作品的主线。

　　他早期的长篇小说《眼中的小沙子》和《沉船》,展开了人的内心世界。长篇小说《戈拉》(1909)以书中主人公命名,描写孟加拉知识界的精神探索。长篇小说《家庭与世界》(1915)是印度1905—1908年民族解放运动兴起的反映,其中反映了泰戈尔的同情,同时也有他的"自我完成"的说教,和对于武力斗争方式的反对。

　　泰戈尔的诗歌显示了他的哲学和美学的矛盾。他的很多诗都具有对人群、劳动、多难的祖国的爱。1881年诗集《暮歌》的出版,给他带来了荣誉。诗集《幽玄集》《瞬间集》《吉檀迦利》《园丁集》等,擅长于对自然的诗情感受、哲学的深邃和澄明、对生命的喜悦。

　　1921年他创办国际大学。1924年他来访中国,写了《在中国的谈话》。1930年他访问苏联,写了《俄国书简》,赞扬苏联的成就。

　　泰戈尔的世界观中有不少矛盾。创作道路也很复杂,作品中有现实主义的,有浪漫主义的,也有象征主义的。以《两亩地》和《生辰集》第十首为较进步的作品,同情劳动人民,并进而承认未来是劳苦人民当家作主。兹录石真所译两作于下:

《两亩地》(1894)

我只有两亩地,别的一切都在债务中失去。
王爷吩咐我:知道么?巫宾,我要买你的这块地!
我说:王爷呀,您是大地的主人,您的土地无边无际,
我呢,我只剩下了这小小一块站脚地。
王爷听了说:孩子,你知道我正在修造花园,
加上这两亩地,就会长宽相等,四四方方的,
别啰唆,你只有把这块地给了我才合道理。
我含泪哀求:请保留下穷人家这一小块土地,
那是我家的一块金子,七代相传,在这里成了家,立了业,
我不能因为贫困,便辱没祖先,把大地母亲卖去,
王爷一听红了眼,半晌儿没言语,
最后才狞笑一声:好!我等着你。

一个半月过后,我从自己的家里被赶了出去,
法庭判决了。我卖光了一切,偿还那假造的借据。
王爷的双手偷去了穷人的所有,
唉,在这世界里,谁越贪得无厌谁就越富裕。
知道,在欺诈贪婪的面前,上帝是无法保护我的,
我只好画了押,把我的整个世界——两亩地捧了出去。
我换上苦行者的衣履,变成了出家人的徒弟,
走遍了高山、海洋、城镇和乡村,
看见过无数惊人的豪华,多少美丽的景致,
日日夜夜忘不了的还是那两亩地。
在市场、在旷野、在路上度过了十五年,十六年,
终于有一天在渴望中回到了故乡的园地。

顶礼,顶礼,顶礼!美丽的母亲孟加拉大地,
恒河岸边柔和的凉风,是你轻轻的呼吸,
你脚下的尘土,那苍天低吻着的原野一望无际,
浓荫下,静谧的小村庄,像鸟巢般躺在你的怀里。

枝叶茂密的芒果林,牧牛童子在那儿游戏,
静止无底的潭水,凉夜一般的深黑、碧绿。
胸脯丰满的孟加拉妇女汲了水正走回家去,
心里多么渴望叫她一声"孩子啊",我眼睛滚落了泪滴。
两天过后,正午时分,
我走进了自己的村庄,
经过了烧陶工人的家、车棚、谷仓、走近庙宇——
来到了自家的门旁,终止了多年来的牵记。

可耻,可耻,一千个可耻啊,你不贞的土地,
一会儿是这个人的,一会儿又听别人作主。
曾经有过那一天,你是穷人家的主妇,
衣襟里兜满了鲜花、水果和菜蔬。
如今,你在蛊惑谁呢?你穿了华丽的衣服,
裙裾上绣满了绚烂的枝叶,头发上插戴着花朵。
我为你到处流浪,丢掉了家,失去了欢乐,
你却在那里笑容满面,悠闲地把时光虚度。
为了赢得富人的宠爱,你失去了自尊心,
多么大的改变啊,一点过去的影子也找不出。
唉,你也曾经是幸福、繁荣的化身,赶走了饥饿,把甘露给了我们,
如今你只会笑,只会打扮;昔日的女神,现在变成了奴隶。

撕碎了的心不安地四处眺望,
啊,那棵芒果树依旧贴近短墙。
坐在树底下,痛苦在泪水中逐渐宁息,
童年的往事,一件一件地爬上记忆,——
最忘不掉六月风暴中的不眠之夜,
忘不掉清早起来兴高采烈地去拾芒果,
还有那多么宁静的正午,逃学的滋味又是多么甜蜜!
唉,从什么地方才能找回那样的岁月?
忽然微风叹息着摇动了芒果树的枝丫,

两只熟透的芒果落在我的脚下。
噢,母亲,你毕竟认出了自己的儿子,
捧起了这深情的赐予,我一再虔诚地叩下头去。

这时,园丁像阎罗的使者一般突然跑来,
他头顶上飘着一撮短发;扯开了喉咙高声辱骂。
我说:这样大吵大闹干什么?
我不声不响地交出了一切,难道要两只芒果的权利也没有?
园丁的肩头上抗着木棍,把我拖到主人那儿去,
王爷正钓鱼,侍从簇拥着,如同一片乌云,
听了园丁的报告,王爷怒骂一声:我宰了你!
王爷这样一说,侍从的叫骂更是百般无理。
我说:王爷,就这么两只芒果,我求你施舍。
王爷笑着说:这家伙披着袈裟,原来却是个惯窃。
我听了只有哭笑,眼睛里滚出泪水,
你,王爷,如今是位圣贤,我倒成了盗贼。

《生辰集》第十首(摘录,1941)

农民在田间挥锄,
纺织工人在纺织机上织布,
渔民在撒网——
他们形形色色的劳动散布在四方,
是他们推进整个世界在前进。
从我上等社会地位的祭坛上,
从我荣誉的永久流放所的窄小窗口
我并不能全部看到他们。
有时我也曾走进他们住所的围墙,
却没有那种勇气跨进他们的院子。
如果一位诗人不能走进他们的生活,
他的诗歌的篮子里装的全是假货。
因此,我必须羞愧地接受这种责难——

我的诗歌的旋律有着缺陷。
我知道,我的诗歌,
虽然传布四方,却没有深入到每个角落。
因此,我在等待着一位诗人——
他是农民生活中的同伴,
他是他们工作、谈话中的亲人,
他和土地更加亲近。
在文学的盛宴中
让他来供献我不能奉献的一切。
让他不要只用空虚的形式来欺骗人们的眼睛。
只盗窃文学的荣誉而不报以真正的价值是要不得的。

第二十八章　近代中国文学(存目)

[编者注]原著此章叙述明清两朝文学,共二十七页。因本书篇幅限制,兹从略。

第二十九章　近代日本文学

日本早在室町时代末期，城市手工业与商业已有相当发展，工商业者（町人）已具相当势力，他们希望政权统一集中，有利于贸易；加以海外贸易由明朝扩及西欧诸国如荷兰等，也加强了工商业者的社会地位和势力。战国以后的安土、桃山时代，织田信长和丰臣秀吉的统一运动就反映了这种愿望。直到德川家康把政权统一在江户幕府，便事实上实现了这一愿望；尽管政权的性质还是封建专制，但在很大程度上反映了工商业者与平民的愿望。

德川幕府的二百余年是工商业者逐渐发展扩大的过程。到了明治维新（1867），便体现了工商业者的进一步的巨大改革，资产阶级在旧封建机构的基础上建起新的政权，可以说实现了由上而下的、和封建势力妥协的资产阶级革命。明治维新的变革，不曾达到资产阶级民主主义革命，而在半封建的土地制度的基础上形成了片面的资本主义。工人阶级在苦痛之中，大多数的农民也没得到解放，而大土地所有者和财阀资本主义却拥有专制的权力，并由他们所支持的官僚以构成绝对主义的天皇制国家。

反抗这一方向而以资产阶级民主主义为战斗目标的自由民权运动，其推动力乃是旧武士的急进分子集合而成的自由党，吸收地方资产阶级、一部分地主、农民、尤其是广泛的贫农层的革命力量而在各地兴起暴动事件，但这推动力为绝对主义所收买，资产阶级、地主叛变，这运动宣告失败，于是钦定宪法公布，绝对主义的天皇制的法律的和思想的措置于是完成。

日本资本主义的侵略性格引起了日本侵华战争（1894），战争的胜利使日本资本主义武装化日益加紧，而支配阶级为了准备下一次的侵略战争，在物质精神两方面都在激进。

另一方面，工人阶级的力量虽还薄弱，但是工人对资本家也开始斗争，工人运动也有些成长。

日本侵华战争以后所产生的思想团体中，由左翼人士所组织的社会主义研究会在工人运动中生了根,在大众的基础上组成了社会民主党,可是支配阶级把它禁止了。然而,这次组党引起了人民对社会主义的关心,所以很有意义。

1905年的日俄战争把《平民新闻》所代表的非战、和平的声浪压了下去。战争的胜利使日本资本主义的帝国主义的性格愈益加强,然而担负战费和战税的人民大众的生活却因战争而更恶化。绝对主义的国家权力压制了《平民新闻》,禁止了日本社会党,但是在足尾、别子铜山的暴动中出现的工人阶级的不满情绪加大了,工人阶级和社会主义者结合了;政府恐惧这些情况,便制造"大逆事件",以恐怖的手段来加强人民的奴隶化,使趋于彻底。

第一次世界大战给了日本资本主义以飞跃发展的机会。日本参战,加入英法一边,但战争只限于局部,日本帝国主义乘机独占了远东的市场。国内方面也成了资本的独占体制。但是大战一结束,矛盾便加深,阶级斗争空前激化。帝国主义者又回来争夺远东的市场了。于是日本经济发生了恐慌,社会的危机也尖锐化。同时战争也带来了英法的民主主义思潮,尤其是苏联十月社会主义革命的影响、米骚动、阶级斗争激化所表现的大工业工人同盟大罢工的波涛,从民主主义思想发展到社会主义思想。

总之,日本近代史就是资产阶级在封建社会母体内发生、发展、独立而帝国主义化的过程。

基于此的上层建筑的文化,也是由封建贵族文化、封建武士文化、而达到封建资产阶级的所谓"平民文化";在文学上表现了平民文学的抬头,即多种多样的民众文学形式的出现、民众作家和描写平民生活的作品的大量出现。其中的17世纪亦称为文艺复兴。

近代文学可分为两个时期来叙述:

一、江户(德川)幕府时期(1603—1866)的文学

日本史学家井上清说,"商业的发达和拥有财力的市民阶级的抬头,江户、大阪等城市人口的增大,特别是大阪的市民的独立自主精神等等,这一切就产生了灿烂的元禄文化,这是市民的文化。"江户时期是工商业者(平民)发生、发展的时期,平民文学以各种形式出现,颇有雨后春笋之观。兹将各种文学形式归纳为诗歌、小说、戏剧三类,略予介绍:

诗歌:江户时期的和歌仍照旧,无甚新奇。此时期特殊发达者是俳谐。俳谐亦称俳句,由和歌发展而来,将和歌的五七五七七共三十一音节,截去末尾的

两个七音节,剩下前面的五七五共十七音节。俳谐本产生于室町末期,但到江户前期始再复兴,而到松尾芭蕉(1644—1694)遂达顶点。芭蕉出身平民,少年时曾作侍臣,随主人学习俳谐;成年以后,生活穷苦,同时努力于俳谐的创作。中年曾在江户寄寓门人家中,庭间植芭蕉一株,号芭蕉庵。此后创作,内省加深。1682年芭蕉庵火灾被焚,顿悟无常之理,遂各地旅行漂泊,沿途写作,大量生产。1694年死于大阪门人家,是中菌毒。

　　芭蕉的俳谐,随时代而变化作风,但其旨归在于人生和自然的融合浑一,而人生与自然之中存有流转与不变二相,此二相又合致而归于"诚"。井上清论说,"松尾芭蕉完全逃避了人生,游浪在自然的世界。他认为人生就是流年似水。因此,人的劳动、男女间的爱情和财富等不是为芭蕉所关心的。他只是注意自然并想从这里找出自己可以寄托的地方。这是为封建的重压所败北的人,抛弃人生的战场,在自然世界中来观察人生的凄情的思想情绪。因此,在他的俳句中看到的都是主观的风景,而不是与农耕生产相联系的景象。"

　　芭蕉的俳谐集中在《俳谐七部集》。兹译若干于下:

　　　　寻常乌可憎,喜见雪朝来。(《雪朝之乌》)
　　　　秋风真猛烈,吹走野猪群。(《秋风》)
　　　　蝉声鸣不已,安有死亡时。(《蝉》)
　　　　怒海涌银河,流来佐渡岛。(《银河》)
　　　　秋日夕阳时,乌栖枯树上。(《枯枝之乌》)
　　　　自从新月起,直待到今宵。(《中秋之月》)
　　　　有人不爱子,花不为伊开。(《厌子之人》)
　　　　青蛙跃入池,古池发清响。(《古池》)
　　　　月明堪赏玩,终夜绕清池。(《明月》)
　　　　我骑行道上,马食道旁花。(《道旁朝颜花》)
　　　　但见樱花开,令人思往事。(《樱花》)
　　　　寻春春已归,追至和歌浦。(《春归》)
　　　　旅途今卧病,梦见在荒原。(《旅途卧病》)
　　　　七景雾中藏,钟鸣三井寺。(《近江八景》)
　　　　我室蚊虫小,宜哉待客人。(《小虫》)
　　　　萤虫如昼出,红颈小昆虫。(《昼萤》)

齐集夏时雨,汹汹最上川。(《最上川》)
　　　拙匠画牵牛,牵牛花亦美。(《牵牛花》)
　　　扇携富士风,送礼回江户。(《富士之风》)
　　　蝉声似静幽,但可穿岩石。(《蝉声》)
　　　掩在春霞里,无名山也奇。(《春霞》)

　　芭蕉死后,俳风堕落,至18世纪末,俳谐复兴,其间以与谢芜村(1716—1783)为代表。芜村亦出身平民,少年到江户学俳谐,后到各地游历,晚年定居京都,并长于作画。他平生所写俳谐,据云达十万八千句,他和他的门人的作品收在《芜村七部集》中。他与芭蕉同为俳谐史上代表作家,唯芭蕉作风具主观倾向,而芜村作风则具客观的态度。芜村的名作是《春风马堤曲》,用俳谐和五言汉诗相间联成的长曲。兹将其中俳谐部分译成五言汉诗,共成古诗一首:

　　　余一日问耆老于故园。渡淀水过马堤。遇逢女归省乡者。先后行数里。相顾语。容姿婵娟痴情可怜。因制歌曲十八首。代女述意。题曰春风马堤曲。

　　　假日归宁去,浪花长柄川,春风吹长堤,堤长家尚远,堤下摘芳草,荆与棘塞路,荆棘何无情,裂裙且伤股,溪流石点点,踏石撮香芹,多谢水上石,教侬不沾裙,一间茶店前,柳树今已老,茶店老婆子,见侬殷勤道,贺侬今无恙,羡侬春衣好,店中有二客,能解江南语,酒钱掷二缗,迎我让榻去,古驿三两家,猫呼雌不至,呼雏篱外鸡,篱外草满地,雏飞欲越篱,篱高随三四,春草三叉路,捷径迎我去,蒲公英开花,三三又五五,记得白间黄,去年由此路,可怜蒲公茎,茎短却多乳,昔日母乳恩,频频念慈母,慈母之怀抱,别来数径春,春至春成长,川中白浪生,梅白如浪花,桥边财主家,春情能学得,风流是浪花,辞乡又别弟,只身又三春,忘本而取末,梅花接木荣,故乡春日深,行行又行行,杨柳长堤道,暮色渐来临,矫首初遥望,故园家尚存,黄昏倚户者,白发老年人,抱弟待我归,一春又一春。

　　芜村死后,俳谐式微,至19世纪初期又呈兴隆之象,其间以小林一茶(1763—1827)为代表。一茶出身平民,身世悲惨,俳谐直抒胸臆,与芭蕉、芜村势成鼎立。兹录其俳句若干首于下:

人生如朝露，朝露一时晞。(《忆亡儿》)
樱花花影下，谁是异乡人。(《上野远望》)
关山飞渡鸟，相助莫栩争。(《飞渡之鸟》)
私语已无人，今宵空有月。(《明月与亡妻》)
试问南飞雁，何年不倦飞。(《雁》)
公侯皆下马，为此赏樱花。(《樱花》)
山中明月夜，独照盗花人。(《山月》)
朝露须臾散，不居浊世中。(《消散之露》)
鸣虫且毋悲，双星也别离。(《鸣虫》)
勿踏草边地，萤虫昨夜飞。(《萤》)
金钱到年终，长翅高飞去。(《钱》)
蜗牛虽缓慢，能登富士山。(《蜗牛》)
此处遭逢我，初萤莫返飞。(《初萤》)
蟋蜂有鸣朋，现已去何处。(《蟋蟀》)
小儿不住啼，欲取空中月。(《明月与小儿》)
瘦蛙莫认输，有我一茶在。(《瘦蛙》)
孤独无亲雀，来与我同游。(《无亲之雀》)
樱花开不开，与我无关系。(《樱花》)
纸屏小孔望，美丽见银河。(《银河》)

小说：平民小说种类繁多，大体分为三类：

① 假名草子：江户初期，平民阶级抬头，但一般民众知识尚低，为此而写的通俗文学，统称假名草子，即用假名写的通俗文艺，以与汉字写的佛书汉籍对称。假名草子上接御伽草子，下启浮世草子，流行于17世纪中叶。内容也多是恋爱、战记、教训、怪谈、名所、笑话等。代表者有如儒子的《可笑记》(1636)、《百八町记》(1655)，铃木正三(1578—1655)的《因果物语》(1661)、《两个比丘尼》(1663)，山冈元邻(1630—1672)的《他我身之上》(1657)、《小厄》(1660)、《百物语评判》(1688)，浅井了意(1612—1691)的《东海道名所记》(1658)、《江户名所记》(1662)、《堪忍记》(1660)、《浮世物语》(1664)、《伽婢子》(1666)、《狗张子》(1692)。其中以浅井了意和他的《伽婢子》为最有名。

② 浮世草子：继承假名草子而尤重其描写世态人情方面的，称为浮世草子，

即现世小说之意。日文"浮世"有广狭二义,狭义指花街柳巷生活,广义指现世人生。文学史上是指广义。此种浮世草子流行于17世纪末到18世纪初。代表作家是井原西鹤(1642—1693)。井上清说,"井原西鹤是大阪的商人,发财后晚年从事文学。他的作品主要描写市民生活。他说,比起传统的权威和神,倒是以人的劳动和创造来发财为可贵,西鹤对于忠孝等封建道德是讥笑的,并率直地主张人的物欲和爱情并不是肮脏的,而是人类本来的姿态,是生活的动力。西鹤是最初的以日本文学全面地和现实主义地描述了平民的生活。"井原西鹤写的浮世草子,以写实主义的文学直写当时的世态人情,他的小说开始摆脱宗教和道德的羁绊。他写的《好色一代男》《日本永代藏》《世间费心机》等是代表作,他的精细锐利的观察和圆熟的笔致,把当代町人生活的享乐和营利的两方面都详细地描写出来了。他的全部作品可分为三类:好色物类,如《好色一代男》(1682)、《好色二代男》(1684)、《好色五人女》(1686)、《好色一代女》(1686);武家物类,如《武道传来记》(1687)、《武家义理物语》(1688)、《新可笑记》(1688);町人物类,如《日本永代藏》(1688)、《世间费心机》(1692)、《西鹤织留》(1694)。

井原西鹤之外,有西泽一风(1664—1731)的《色缩缅百人后家》(1718)、《乱胫三本枪》(1718);锦文流的《棠大门屋敷》(1705)、《当世乙女织》(1706)、《熊谷女编笠》(1706);北条团水(1662—1711)的《昼夜用心记》(1707)、《一夜船》(1712);月寻堂的《镰仓比事》(1708)、《傥偶用心记》(1713);都之锦(1701年二十七岁)的《元禄曾我物语》(1702)、《御前伽婢子》(1701)、《冲津白波》(1702)等。

③ 读本、黄表纸、洒落本、合卷、滑稽本、人情本:江户时代的小说,由初期的假名草子、浮世草子,发展到后期的读本、洒落本、滑稽本等。体裁形式虽变化多样,本质却都是平民的通俗小说。下面分别简单介绍。

读本:基本上仿照中国的通俗演义小说而来。在上方(京阪)方面,有冈岛冠山(1674—1728)的《通俗忠义水浒传》(1757)、伊丹春园的《女水浒传》(1783)、建部绫足的《本朝水浒传》(1773)等。在江户方面,有山东京传的《善知乌安方忠义传》(1806),曲亭马琴(1767—1848)的《月冰奇缘》(1803)、《三七全传南柯梦》(1808)、《劝善常世物语》(1806)、《南总里见八犬传》(1814—1841)等。其中以曲亭马琴的《南总里见八犬传》为最有名,流传也很广,但其实只不过宣传尊王的忠义与武士道精神而已。

黄表纸:主要是发展于江户的小说,最初为赤本、黑本、青本等妇儿小说,黄表纸乃成人的娱乐读物,与合卷共称"草双纸"(杂册子)。黄表纸流行于1772—

1810 约三十年间,代表作家和作品有恋川春町的《金金先生荣华梦》(1775),朋诚堂喜二三的《长生见度记》(1783),山东京传的《江户生艳气桦烧》(1785)等,而以山东京传为最著。

洒落本:是和黄表纸同时流行的小说。洒落本多写实地描写花柳生活,又称为情史或艳史,流行于 1750—1840 年间。主要有多田爷的《游子方言》(1770)、梦中散人寝言先生的《南闺杂话》(1773)、山东京传的《娼妓绢筛》(1791)、式亭三马的《辰巳妇言》(1798)等。

合卷:其性质与黄表纸相同(共称"草双纸"),唯因受册数的限制而乃改为合卷;所以合卷可称为黄表纸的延长。1815 年前,两者并行,1820 年时合卷独行矣,盛行一直到 1870 年左右。主要有式亭三马的《雷太郎强恶物语》(1807)、山东京传的《松竹梅取物语》、曲亭马琴的《倾城水浒传》(1835)和《新编金瓶梅》(1847)、柳亭种彦的《修紫田舍源氏》(1829—1842),而以柳亭种彦为最著。

人情本:人情本和滑稽本,都是从洒落本分离出来的小说。人情本流行于1818—1866 年的五十年间。主要有十返舍一九的《清谈峰之初花》、鼻山人的《风俗粹好传》(1825)、曲山人的《女大学》(1830)、为永春水的《春色梅儿誉美》(1832)和《春色惠之花》(1836),而以后者为最著。

滑稽本:是以滑稽为宗旨的江户时期的通俗小说,流行于 1752—1870 年间。主要有风来山人的《风流志道轩传》(1763)、十返舍一九的《道中膝栗毛》(1802—1809)、式亭三马的《浮世澡堂》(1809—1813)和《浮世床》(1812—1814)、泷亭鲤丈的《花历八笑人》(1820—1834)、假名垣鲁文的《滑稽富士诣》(1860)等。其中以式亭三马的《浮世澡堂》为最著名。他以写实的态度,把江户市民的社交场的澡堂作为舞台,来描写江户人的气质。澡堂是人生世相的缩影。人情风俗一目了然,他描写这儿出入的人物,巧妙地显示出各阶层的人的典型性格。而且他的观察力多半集中在人们的缺点和弱点上。他的笔是无比的武器。兹录二段:

《浮世澡堂》大意

仔细观察起来,没有比澡堂更富于直接教益的了。何以言之呢,贤愚邪正贫富贵贱,一进水池就是裸体,这是天地自然的道理,不论释迦、孔子、婢女、仆人,都现出产生时的姿态,什么欲望都去西方,干脆成了无欲望的状态。洗清了欲垢和烦恼,到清水中去入浴,不论老爷、仆人,谁都是一般的裸形。从诞生时洗产儿的水,到死时洗尸的水,正如晚上是喝醉了的红颜,第二天早上一入浴就成了清醒的白脸一样,生死一轮,呜呼哀哉。还有,即使不信佛的老人,一入澡堂就不知不觉地念起佛来,即使好色的壮夫,一成裸体就遮住前面,自觉知耻,猛勇的武士的颈项一泡进水中,就只好忍耐着和人群在一起,手臂上画着看不见的鬼神像的侠客,也对不起,在澡堂入口处也得屈下身来付钱入浴。存心有私的人,在无心的澡池里也变成无私的了。譬如,人在澡池中秘密地放了屁,池水便咕噜咕噜地响,马上浮出泡来。绿林豪杰暗中来到澡池,对着澡池的公心也会知耻。总之,澡池之水有五常(仁义礼智信)之道。以热水和身、去垢、治病、消除疲劳,此类则仁也。浴桶没空时也不去拿别人的桶,别人专用的桶我也不随便去拿用,或者急忙出空自己的桶让与别人,此类则义也。口称自己是粗人、有冷病、请原谅,或说你早、你先用,或说请安闲地洗、请舒畅地洗,此类则礼也。用糠洗粉、轻石、丝瓜皮去垢,用石子去毛,此类则智也。人说太热,你就给添冷水,人说不够热,你就给添热水,并互相擦背,此类则信也。……

《家产花光的浪子》

名叫八兵卫的男子,满头冒着热气,用手巾当作围裙,系在腰间,在抖擞衣服。

名叫松右卫门的男子,旧式地把丁字带的直条夹在下巴底下,在系带子,手巾却是团作一团,搁在头顶上。

松右卫门:"八兵卫,你看那个。戴着深沿草笠,穿着碰一下就要撕开了的外褂,在那里走着的讨人厌的那个人,那就是原来有三十所的地产的地主的现形呀。"

八兵卫:"是那拐角的浪荡么?"

松右卫门:"正是呀。说可怜也是可怜。心术不好的话,便都是那个样子呀。"

八兵卫:"在那时候,可不是撒呀撒呀,天王老爷那副样子么?"

松右卫门:"他的老头儿从伊势出来,在一代里成了功。可是,精明得很哩。总之是不请人吃喝的。今天市上鱼很多,想给店里用人们吃一顿,便在大盘子上边,若是醋煎大鲲鱼便是五条,头尾整齐地排着,像是依照小笠原流的仪式,规规矩矩地躺在那里。若是小鳑鱼呢,今天买来烧好,明朝一早自己提了筐子,走到鱼市去。鱼市场团团地走上一转,出不起价钱,买了些泥萝卜的折断了的来,把昨天烧的小鲦鱼一条条地放进去,做成红烧圆片萝卜,这便是正菜。家里虽是有好些老妈子使女,菜总是老太太出来,很仔细地来盛好。老太爷把那小鲦鱼拿来,嘎吱嘎吱地从头咬了吃,说道鱼的鲜味是在头里,所以四五十个伙计徒弟也没有办法,都只好从鱼头吃起。而且在那里什么都不会过时。一年到头,早上是茶粥,中午只是酱酒,晚饭是黄萝卜,而且咸得要命,只要两片,连吸白开水的菜也就有了。今日说是佛爷的日子,八杯豆腐在碗当中悠悠然地游着泳。搁了木鱼片的酱汤,只在财神节和生日那时候才有。三顿饭之外所吃的东西是,冷饭晒干的干粮的盐炒,中间加入从乡下送来的煮黄豆,可是你知道,那豆的数目是,要打锣敲鼓去找才找得到哩。这个炒米之外,便是自造的甜酒了。老太太是上总地方的出身,只是做叫作萨摩炒米这种点心。此外什么吃喝的东西,全都没有。因为对于祖先尊重,往来的人也用心使唤,所以家私当然就长起来了。金银生利息,抵押的房产收进来,生意上又赚钱。在一时间就成了大财主了。"

八兵卫:"的确,我也听我们父亲讲过他的故事。总之酒是只在财神节才有,平常有客来的时候,叫两碗面来,放在鼻子面前,说道请请,不要客气地请吧!可是只有两碗,客人只好吃了一碗就走。这之后,主人便叫奶奶呀,那么我们分吃了吧,你也来吃一点,于是一人一半的吃了。那么样,钱自然就积下来了呀。"

松右卫门:"第一他是运气好。只在三十年间,就有地产三十二三处,土藏三十,地窖二十五六,加上往来的人数算来,那真是了不起的人家了。"

八兵卫:"这些就只有两三年,都花光了。"

戏剧:江户时期的戏剧分净琉璃和歌舞伎二种:

净琉璃:净琉璃之名,在日本文献上相当古老,但它发展成为近代乐剧,却是17世纪末的事。1685年2月,竹本义太夫在大阪设立竹本座(净琉璃因此称为义太夫剧),专采各种戏剧之长,而集中演技、音曲、文学三要素于舞台之上,即开新净琉璃之时代;与竹本座合作的净琉璃作家,是近松门左卫门。同时丰竹若太夫也设立丰竹座,并请纪海音为净琉璃作者。两座在1705—1735年代互相竞争,形成净琉璃史上的黄金时代。

近松门左卫门(1653—1724):井上清说,"近松门左卫门主要的作品是说恋爱这一人的真情与人世的义理这一封建道德是相矛盾的,但这一真情苦于不能突破封建道德来贯彻人性,结果就只得在内心解决。固然,他也有'不管武士或是市民,人毕竟是人'的这种进步思想,但却没有像西鹤那样肯定现实的明朗性,而在相当程度上屈服于封建性。"近松身世,说法不一。他在五十岁前的作品,多不留名,且从事狂言写作,五十岁以后与竹本座合作之后、即生涯最后二十年,所写的净琉璃剧,才是他的代表作。他的作品多达百数十篇,可分为时代物与世话物二类。时代物是采用过去作材料的史剧,组织分为五段:发端、葛藤的诱因、葛藤的顶点、转换、解决。内容多是非常的事件,人物都是类型的,善恶都很夸张,很多时候是用超人的力量来救助善人。时代物中最有名的是《国姓爷合战》(1715,演郑成功复国记)、《曾我会稽山》(1718)、《关八州系马》(1724)等。世话物是以当时平民社会为题材的社会剧,人物是现实的平民,很多时候是市上发生的恋爱情死事件,义理和人情在内心发生纠葛,颇为缠绵,一方面赞扬人情之美,一方面又认为义理不可动摇。世话物的杰作有《曾根崎情死》(1703)、《心中宵庚申》(1722)等。世话物多是悲剧,组织则分三段:发端、葛藤、解决。

纪海音(1662—1742):出身平民,曾学和歌与俳谐,并曾出过家,后还俗学医。晚年六十岁许为丰竹座写净琉璃剧本,与近松齐名。作品也分时代物和世话物二类。时代物有《富仁亲王嵯峨锦》(1709)、《镰仓三代记》(1718)、《东山殿室町合战》(1722)等。世话物有《椀久末松山》(1708)、《笠物三胜二十五年忌》(1719)等。

1735—1755年的二十年间,是净琉璃的完成期。竹本、丰竹两座的竞争日益剧烈,因而技艺更加进步。此时期净琉璃的作者,在竹本座方面有松田和吉,竹田出云、三好松洛;在丰竹座方面有并木宗辅、安田蛙文、浅田一鸟。1756—1800年的四十余年间,是净琉璃的衰颓期。

歌舞伎与狂言本:歌舞伎是一种民众的娱乐剧,它具有跳舞、音乐、科白的三要素。跳舞的由来自然很久,但发展成为有此三要素的歌舞伎,则是1688—1735年的四五十年之间的事。歌舞伎除有重要的演员而外,剧本(狂言本)具有决定性的意义。从文学的角度来看,则应重视狂言本的作者。江户方面的代表是三升屋兵库(1659—1704),他写有《兵根元曾我》(1697)、《源平雷传记》(1698)、《小栗十二段》(1703)等。上方(京阪)方面仍是近松门左卫门,近松壮年时期主要写狂言本,现存著名者有《百夜小町》(1684)、《今源氏六十帖》(1688)、《水木辰之助钱振舞》(1690)等。近松兼为狂言本和净琉璃的作者,因而使两者相互接近,近松而后,两者几乎成了共通状态了。

1705—1755年间,净琉璃隆盛,歌舞伎为之压倒。但1755—1800年间,歌舞伎在京阪江户均入于隆盛期。此期的狂言本作者,在上方方面有并木正三,他写有《三十石艠始》(1758)、《三千世界商往来》(1772)等,还有奈河龟辅,写有《加加见山廓写本》(1780)等。江户方面则有津打治兵卫、藤本斗文、金井三笑、并木五瓶等;并木五瓶写有《江户砂子庆曾我》、《隅田春妓女容性》(1796)等。

1804—1829年间,歌舞伎独盛于江户,是为烂熟期(此后为颓废期),有鹤屋南北(1754—1829)的《东海道四谷怪谈》(1825)、《独道中五十三驿》(1827)等。还有河竹新七(古河默阿弥,1816—1893)的《三人吉三廓初买》(1860)、《劝善惩恶司见机关》(1862)、《富士三升扇曾我》(1866)、《水天宫利生深川》(1885),则属于颓废期了。

二、明治、大正时期(1867—1917)的文学

1867年明治维新,日本资本主义在封建基础上建立起来,而且在19世纪末、20世纪初走上了帝国主义阶段。自明治维新到十月革命的五十年间,日本资本主义文化及其文学,也经历了好几个阶段:

① 启蒙文学阶段(1867—1885):明治维新之初,思想上极力吸收欧美资产阶级民权思想,形成一个启蒙运动;反映在文学上的,是翻译文学的流行和政治小说的兴起。

翻译小说:如笛福的《鲁滨孙全传》(1872)、《鲁滨孙漂流记》(1883),《伊索寓言》(1873),汤马斯·摩尔的《良政府谈》(《乌托邦》,1882),《全世界一大奇书》(《天方夜谭》,1883),莎士比亚的《人肉质入裁判》(《威尼斯商人》,1883)、《该撒奇谈自由太刀余波锐锋》(《该撒大将》,1884),歌德的《狐狸的裁判》(1884),大仲马的《自由之凯歌》(《夺取巴士底狱》的前半,1882)、《西洋血潮小风暴》(《医师之回忆》的冒头部分,1882),席勒的《哲尔自由谭》(《威廉退尔》,1882)。此外还有描写俄国虚无党的《鬼啾啾》(1884,原作者斯特普尼雅克)等。

政治小说:如户田钦堂的《民权演义情海波澜》(1880)、武田交来的《冠松真土夜暴动》(1880)、杂贺柳香的《席旗群马嘶》(1881)、矢野龙溪的《经国美谈》(1883)、东海散士的《佳人之奇遇》(1885)等。

② 写实小说阶段(1885—1895):这时期的特点是"欧化"主义,文学也模仿欧洲的写实小说。自前期的翻译小说和政治小说而发展成为纯粹的写实主义文

学。作家有：

坪内逍遥(1859—1935)：他在1885年发表《小说神髓》，是一本主张现实主义文学的理论书，他反对把小说作为劝善惩恶的工具，强调"小说的主眼是人情、是社会风俗"，他主张小说要"模拟"现实。同年他发表小说《当世书生气质》，是体现他的主张的现实主义作品。他又是莎士比亚全集的日译者。

二叶亭四迷(1860—1909)：是日本近代文学中现实主义的开路人。他自幼学习俄文，很喜欢冈察洛夫、屠格涅夫、果戈里、陀思妥也夫斯基以及别林斯基。他首先介绍俄国作家到日本，开批判现实主义之端。他在1887—1889年的三年间发表了有名的小说《浮云》，描写现实社会中的一个小官吏的遭遇，反映天皇专制政治下，小资产阶级知识分子对现实不满，又不知变革的方向，因而彷徨苦闷。主人公内海文三是一个小公务员知识分子，因不善吹捧而被裁汰，受到寄居处的叔母阿政的奚落和堂妹阿势的冷遇，但终不屑向卑躬屈膝的本田升那样的人学习，终于彷徨无主。《浮云》很好地反映了时代的本质，主人公不愿抛弃人生的真实，不能和专制主义的现实妥协，以致被摈于现实的幸福之外。二叶亭把内海文三描写成真正的人，要贯彻自己的真实，要像人那样生活，但在明治官僚的专制主义社会中却无法实现。《浮云》是通过彻底批判明治社会而开展的现实主义小说。

尾崎红叶(1867—1903)与砚友社：尾崎红叶1885年还在东京大学预科作学生时，和山田美妙、石桥思案等共同组织文学团体砚友社，其后又加入川上眉山、江见水荫、岩谷小波等人。1888年发行同人杂志《我乐多文库》，在当时文坛上起了很大的影响。后又加入广津柳浪、泉镜花、德田秋声等。其中山田美妙主张纯欧化文学，不久即退出。其余的人都以江户文学为中心，对井原西鹤、式亭三马备致倾倒。砚友社的文学虽主张不带"政事倾向"，但对文学平民化仍有贡献。尾崎红叶的代表作有《两个比丘尼色忏悔》(1889)、《伽罗枕》(1890)、《二人女房》(1891)、《三人妻》(1892)、《多情多恨》(1896)、《金色夜叉》(1897)等。山田美妙(1868—1910)有《嘲戒小说天狗》(1886)、《武藏野》(1887)、《蝴蝶》(1889)等。

幸田露伴(1867—1947)：是所谓理想派的代表，与写实派的尾崎红叶同时并称而齐名。幸田露伴的小说多是以过去时代为背景的架空小说，其中人物是作者的理想，都带封建观念，所谓理想也是逃避现实，理想也是空洞的。他的代表作有《露团团》(1889)、《风流佛》(1889)、《一口剑》(1890)、《五重塔》(1891)等。

森鸥外(1862—1922)：是当时留学德国归来的学生,从事介绍西欧文学。但他和坪内逍遥不同。坪内主张小说中不必要主观的理想,只要像莎士比亚那样写现实就行了,而森鸥外却主张要有主观的理想。当时两人论战很久。森鸥外除了介绍翻译外也有创作,代表作是以留德期中的浪漫生活为背景的三篇小说,其中以《舞姬》(1890)为著名。森鸥外的创作可以说是资产阶级文学的典型,也可以说是此写实时期的反动。《舞姬》的内容,是主人公太田丰太郎在柏林大学留学期间,逐渐自我觉悟,希望要像真正自我那样生活,自由恋爱,但结果不能贯彻自己的真实,屈服于天皇的专制主义社会,把已受孕的爱人艾里斯抛弃了而独自回到日本。

北村透谷(1868—1894)：是反对现实、追求理想的作家。他反对封建道德、功利主义的资产阶级思想、表面的近代化。但自从自由民权运动失败后,日本专制主义国家体制已经确立,资本主义的发展已趋显著。民众生活日益悲惨,民众反抗横遭压迫。透谷的自由和解放的呼声已经落空,不能突破现实的束缚,于是灵肉分离,只强调精神自由而陷入观念论之中。他曾和一些同人办了一个文学杂志《文学界》,提出"内部生命论",认为文学的本路是追求自由和解放,所以以往的文学史把他算作浪漫派。

樋口一叶(1872—1896)：与二叶亭四迷可以同称批判现实主义者的女作家。她的作品描写了封建压迫下的女性的痛苦和悲哀、专制主义的社会黑暗。她的作品贯穿着对民众的热爱、对专制主义的愤恨。她总在追求真实之中来建立她的艺术。她在短短的四五年中便写下了很多好的小说,其中以1895年的《浊江》和《青梅竹马》为最有名,到今天还有千百万的读者,还有巨大的生命力和感染力。

③ 浪漫主义阶段(1895—1905)：日本在甲午之战中得胜,在经济上加强了日本资产阶级的势力。文学上亦产生了追求人的个性、独立和自由的浪漫主义。浪漫主义的文学主要是抒情诗,而其划时代的作品是1897年岛崎藤村(1872—1943)出的诗集《若菜集》,这时他才二十六岁。到了1904年,藤村为了纪念他的青春时代而把已出的四册诗集合成《藤村诗集》而出版,这是浪漫主义的开花时期。藤村的诗引出了抒情诗的黄金时代。这一黄金时代的主力是与谢野晶子(1878—1942),她在1900年创刊杂志《明星》,1901年她在这刊物上发表了有名的诗《乱发》,这是浪漫主义的最高峰,也是新诗体的划时代的时期。同时与此《明星》派对立的还有根岸派,根岸派以正冈子规(1867—1902)为中心,他于1898

年出刊物《子规》,主要发表新俳句。兹将岛崎藤村、与谢野晶子、正冈子规三人的诗歌略录点滴于下:

《若(幼)菜集》题诗　　　　　　　　　　　　　　　　　　　岛崎藤村

没有感情的诗歌的调子
就像一串葡萄,
如果怀着爱情去摘它
就会酿成丰富的美酒。

葡萄虽然密茂地挂着
如果没有红紫色的葡萄呢,
只在有感情的人的爱情的
荫蔽之下的串串葡萄才会茁壮。

因为这些诗歌很幼稚
味道和颜色都很浅,
大家可以嚼着尝尝
是打瞌睡时的梦中的空话。

《乱发》选录　　　　　　　　　　　　　　　　　　　　　　　与谢野晶子

春美日将暮,邻家住画师,今朝闻幼鸟,棠棣发花时。
小伞手中握,朝来汲水尝,油油麦穗绿,细雨遍村庄。
小道旁开遍,红花不识名,何须行路急,小伞独持人。
四百八十寺,鸣钟一寺垂,而今江北岸,云雨正低迷。
春风吹不住,吹落樱花多,层塔斜阳影,群鸠振羽歌。
若狭从空望,遥遥在北边,行云载我去,载去西京山。

俳句摘录　　　　　　　　　　　　　　　　　　　　　　　　正冈子规

幼鸟健飞时,双亲已不在。(《幼鸟》)
速流最上川,盛夏已流去。(《最上川》)
渡船春雨至,船上伞高低。(《春雨与渡船》)

舟与岸相谈,昼长无事做。(《日永》)
秋空高无比,鸦鸢皆觉低。(《秋空》)
何其凉爽哉,腋下如生翼。(《凉爽》)
纸鸢飞空中,真鸢不敢近。(《大纸鸢》)
杜鹃啼鸣时,黄莺已老丑。(《老莺》)
杨贵妃睡起,容颜如牡丹。(《牡丹》)
暑日炎天热,遂思富士山。(《暑日》)
病中思往事,樱花思念多。(《樱花》)
如月如新月,劝君且达观。(《致生子夭折之人》)
春天在旅途,始有此春晓。(《春晓》)
一匙冰琪琳,使我得苏生。(《冰琪琳》)
值此夜中雪,忽思废谪儿。(《夜雪》)
海盗汲村水,遂成干旱年。(《干旱》)
罂粟开花日,风吹即飘零。(《罂粟花》)
晚蝉鸣不已,老爷聋不闻。(《蝉》)
云雀踏云飞,吸霞兼吐雾。(《云雀》)

与浪漫主义同时,还有些社会小说作家。据1897年2月《早稻田文学》对社会小说所下的界说,社会小说共分五类,其中第一类"社会小说是为贫民和劳动社会吐气的一种倾向小说",其他四类也大都是和社会有关的小说。内田鲁庵(1868—1927)是最有代表性的社会小说家,他的代表作有《暮之二十八日》(1898)、《落红》、《电影》、《血樱》(1899)、《铁道国有》(1900)、《社会百面相》(1902)等。德富芦花(1868—1927)的小说《不如归》(1900)描写封建家庭中的婚姻悲剧,当时在社会上极为流行;他的小说《黑潮》(1903)反对明治维新初期那批新官僚,如藤泽伯爵(即指伊藤博文),还有萨摩、长洲藩的封建人物,反对他们的荒淫自私,但反对的立场是站在旧幕府的立场(如东三郎老头儿),没有新兴阶级的味道;《黑潮》还暴露明治社会中妇女的奴隶地位,如喜多川伯爵夫人的自杀。川上眉山和泉镜花二人是日本侵华战争后的观念小说家,观念小说即主题小说之意,用离奇内容以表现社会问题。广津柳浪是日本侵华战争后的写悲惨和深刻的小说家,所描写的悲惨和深刻大都具有不寻常的畸形的、不健康的变态的、异常趣味。

④ 自然主义阶段(1905—1917)：日俄之战，日本获胜，便利了资产阶级，却苦了工人、手工业者和农民，人民以前的幻想破灭，现实的苦难当前。文学上的浪漫主义已不能反映现实的苦痛，于是有认识现实的要求，便产生了自然主义。长谷川天溪在《现实暴露的悲哀》(1908)一文里所说的"我等深刻感觉的是幻灭的悲哀，现实暴露的痛苦。而最能代表这痛苦的是所谓自然派文学"，可以说明自然主义。岛村抱月在《文艺上的自然主义》(1908)一文中也主张"描写赤裸裸的人间、野性、丑，则最近于真，最为痛切"。田山花袋的《露骨的描写》(1904)一文中，也主张不问美丑而赤裸裸地描写，乃是自然主义的手法。原来，由于日本资本主义的性格，社会劳工运动及其思想早已激烈产生，时代要求敏锐的现实精神，把这种现实原原本本地加以认识，遂开始了客观主义的摸索，便是自然主义。其后由于岛崎藤村、田山花袋、国木田独步等人的努力，自然主义的文学于以大成。

自然主义的最初的划时代的代表作，是岛崎藤村的《破戒》(1906)。通过主人公濑川丑松及其周围的人群，暴露天皇制下的封建身份关系的脚镣手铐的罪恶和不合理，反映日本统治阶层对于下层阶级的非人待遇。这书要求人权解放，是从广泛的社会观点出发的优秀的问题小说。但书中结尾把希望寄托于到美国得克萨斯州去开辟日本新村，仍是幻想，没有正确的解决办法。岛崎藤村另外还写有小说《春》(1908)、《家》(1910)等。

田山花袋(1871—1930)作为自然主义文学家而出名的是他的小说《蒲团》(1907)。但他的代表作应是《乡村教师》(1909)，可说是自然主义小说的一顶点。主人公林清三出身贫民之家，好容易中学毕业后，作了小学教师。抱着大志和理想以及对文学的热情，而现实却是一无所成的生活，徘徊苦闷，借酒消愁，不惜身体，终于病夭。田山花袋的其他作品还有《一兵卒》(1908)、《生》(1908)、《妻》(1909)、《缘》(1910)等。

二叶亭四迷(1864—1909)的小说《面影》(1906)、《平凡》(1907)，也是自然主义时期的作品。《面影》的主人公小野哲也因求学费用困难而成为人家的赘婿，以至大学毕业并成为教师。但他对妻子时子没有爱情，对小姨小夜子却发生了爱情。但他在天皇封建制的养子(赘婿)制度的压迫下，不能采取叛逆态度，即使采取了也不坚决，终成悲剧。只有那个无耻的叶村才能在那种社会中飞黄腾达。《平凡》大概是作者的自传体小说。对当时的社会十分不满，作者觉得世间最真诚的只有祖母、双亲和他的那条狗"小花"。但他的可爱的小花被人打死了，他愤慨地写道："我十分后悔，我为什么没有训练小花，使它瞧见人就认为是恶魔，并且一生瞪大眼睛警惕着这个世界？"

木下尚江(1869—1937)的社会主义小说《火柱》(1904)，反映对日俄战争的反战、非战、和平情绪。《火柱》的中心在描写一位资产阶级小姐和社会主义者的恋爱，以日俄战争为背景，暴露资本主义社会和国家官僚机构的丑恶内幕，另一方面也描写一批献身于社会主义运动的非战论者。木下尚江的另一小说《良人的告白》是在分析资本主义支配机构(警察、法院、新闻社)的罪恶和宗教的欺骗性。其他也谈到制丝女工的解放问题。

长冢节(1879—1915)的小说《泥土》(1910)，写主人公贫农勘次和他的妻女，生于泥土死于泥土的贫农生活，可算是农民文学。以长冢节自身的农村生活为基础，用精细的客观手法，鲜明地写出了农民的实体，是自然主义文学运动的潮流中所产生的一个高峰。

石川啄木(1885—1912)是由浪漫主义而自然主义而社会主义的诗人。自然主义到后来陷入"盲目、无自觉、绝望"的泥沼中。起而批判并超越自然主义的人就是石川啄木。石川啄木从实际人生方面来认真考察时代的现状，对自然主义的要点加以批评，批评的代表作是《可吃的诗》《文学与政治》《玻璃窗》等。评论文则有《时代闭塞的现状》，作者在文中号召"我们一齐奋起，首先和这个时代闭塞的现状宣战"。1910年所谓"大逆事件"发生，政府以无政府主义阴谋的罪名把幸德秋水杀死，石川啄木的思想以此为契机而起大变化，终于成为社会主义者。石川啄木的作品主要是诗歌，是年轻逝世的革命诗人。兹录他的诗《无边的议论之后》于下：

  我们一边读着，一边在争发议论，
  我们的眼中完全闪耀着光辉，
  比五十年前的俄罗斯的青年并不差劲。
  我们在议论着应该怎么办。
  但是，握紧着拳头在桌上敲打
  而大呼"到民间去"的人却一个也没有。

  我们知道我们所追求的是什么，
  我们也知道民众所追求的是什么，
  我们也完全知道我们应该做些什么。

实在比五十年前的俄罗斯青年知道得更多。
但是,握紧着拳头在桌上敲打
而大呼"到民间去"的人却一个也没有。

在这儿集会的都是青年,
时常为世间作出新事物的青年,
我们完全知道,老人即死,我们必胜。
看啊,我们眼中的光辉,我们激烈的议论。
但是,握紧着拳头在桌上敲打
而大呼"到民间去"的人却一个也没有。

啊,蜡烛已经换了三次,
茶杯里已浮起了小飞蛾的死尸,
年轻的妇人的热心服务虽然仍旧,
她的眼里在这无边的议论之后已现疲劳。
但是,握紧着拳头在桌上敲打
而大呼"到民间去"的人却仍然一个也没有。

1911.6.15,东京

⑤ 与自然主义同时的诸派别:有以夏目漱石为首的现实派,以森鸥外为首的高踏派,以永井荷风、谷崎润一郎为首的享乐派,以有岛武郎、志贺直哉、武者小路实笃为首的白桦派,以菊池宽、芥川龙之介为首的新思潮派。兹将各派中重要作家介绍如下:

夏目漱石(1867—1916):他虽受自然主义的影响,但却有独自的道路。1905年他发表有名的《我是猫》,其中充满幽默,却最富于讽刺精神,对于有钱人及其上层社会大加攻击,这在日本文学中还是少见的。他的其他作品还有《伦敦塔》(1905)、《草枕》(1906)、《虞美人草》(1907)、《门》(1910)、《彼岸过迄》(1912)、《行人》(1913)、《明暗》(1917)等。兹录胡雪、由其译的《我是猫》中一段于下:

哎呀,这一事件,原来又是他的策略,资本家的势力真是了不起。叫烧剩下来的煤渣样的主人上火的是资本家的势力;叫主人苦闷得脑袋变成苍蝇都要摔跤的险地——光秃秃起来的,叫那颗脑袋陷入和艾斯基勒斯同样的命运的,原来也都是资本家的势力!我虽然不知道是什么作用使得地球老围绕着地轴旋转,但我现在明白了使得世间一切事物运动的,确确实实是金钱。能够充分认识金钱的功用,并且能够灵活发挥金钱的威力的,除了资本家诸君之外,再没有其他的人物了。太阳能够平平安安地从东方出来,平平安安地落到西方去,看来也完全托了资本家的洪福。一向被养在不懂人事的穷措大家里的我,过去竟没有能够体会到资本家的好处,实在是老大的失策。然而我想,这一回,冥顽不灵的主人,也总不至于再没有一些觉悟了吧。倘使事到如今,还要任着性儿冥顽不灵下去,可就危险了,主人最珍爱的性命也要遭到危险了。……

有岛武郎(1878—1923):是白桦派中年龄最大的作家。所谓白桦派是以杂志《白桦》为中心的几位作家。他们敏感地反映大正时期的人性世相,寻求理想的人道主义。有岛武郎看透了近代文明的虚伪,转而采取社会主义的看法。在他的《两条道路》《一个宣言》里可以看出一些倾向。他在恋爱问题上也表现出当时知识分子的苦恼和诚实。《与幼者》(1918)是有岛武郎写给他的孩子们的诚恳的话,鲁迅在其中"觉得很有许多好的话",并认为有岛武郎"是一个觉醒的"人。兹录鲁迅译《与幼者》一段于下:

  时间不住的移过去。你们的父亲的我,到那时候,怎样映在你们(眼)里;那是不能想象的了。大约像我在现在,嗤笑可怜那过去的时代一般,你们也要嗤笑可怜我的古老的心思,也未可知的。我为你们计,但愿这样子。你们若不是毫不客气的拿我做一个踏脚,超越了我,向着高的远的地方进去,那便是错的。
  人间很寂寞。我单能这样说了就算么?你们和我,像尝过血的兽一样,尝过爱了。去罢,为要将我的周围从寂寞中救出,竭力做事罢。我爱过你们,而且永远爱着。这并不是说,要从你们受父亲的报酬,我对于"教我学会了爱你们的你们"的要求,只是受取我的感谢罢了……像吃尽了亲的死尸,贮着力量的小狮子一样,刚强勇猛,舍了我,踏到人生上去就是了。
  我的一生就令怎样失败,怎样胜不了诱惑;但无论如何,使你们从我的足迹上寻不出不纯的东西的事,是要做的,是一定做的。你们该从我的倒毙的所在,跨出新的脚步去。但那里走,怎么走的事,你们也可以从我的足迹上探索出来。

幼者啊! 将又不幸又幸福的你们的父母的祝福,浸在胸中,上人生的旅路罢。前途很远,也很暗。然而不要怕。不怕的人的面前才有路。

走罢! 勇猛着! 幼者啊!

志贺直哉(1883—1971):是白桦派中最精彩的作家。他的非妥协的文学态度是少有的,他的诚实、洁癖、自信力、决不虚言,在文学上有最高的表现。他的代表作有《大津顺吉》(1915—1916)、《和解》(1917)、《暗夜行路》(1921)等。《暗夜行路》的主人公经过青春的彷徨而追求自我完成的道路。

菊池宽(1889—1948):是所谓通俗大众文学作家,拥护资产阶级文学而攻击无产阶级文学,站在艺术至上主义的立场而否认文学与政治的关系,后来竟成了法西斯的走卒。他的作品有《忠直卿行状记》(1918)、《恩仇之外》(1919)、《真珠夫人》(1920)等。

芥川龙之介(1892—1927):是近代日本文学的殿军。他所处的时代正是社会激烈变动时期,他却站在这潮流之外,构成自己的艺术世界,达到艺术至上主义的顶点。但他又不能否定近代知识觉醒的时代潮流,自封在凄惨的苦闷和失败感之中。他的耳朵听到了新时代的声音,无产阶级的脚步声也逐渐响起来,他以知识分子的良心和诚实来理解了现实,但终于未能赶上现实而失败,最后自杀。他的作品有《罗生门》(1915)、《鼻》(1916)、《芋粥》(1916)、《戏作三昧》(1917)、《地狱变》(1918)、《大道寺信辅的半生》、《某阿呆的一生》、《侏儒的言论》等。兹从《侏儒的言论》中摘录数条于下:

星

太阳之下没有新事物,这是古人已经道破了的话。然而,没有新事物,不独是太阳之下的情形。

根据天文学家的说法,武仙座星群所发的光,达到我们的地球,要三万六千年。而即使武仙座的星群也不能永久光亮。总有一个时候,像冷灰一样,失去美丽的光。不单此也,死亡总到处孕育着新生。失去光的武仙座星群,在无边的天空彷徨的时候,如果遇到正巧的机会,也会变成一团的星云吧。如果这样,那么,新的星又在空中陆续产生出来了。

比起宇宙之大来,太阳也不过是一点磷火。更何况我们这个地球。但是,远在宇宙之极、在银河那儿发生的事物,和这个泥团上所发生的事物,实在也没有什么不同。在运动的法则下,生死不断地循环。想到这点,对于散在天上的无数星星,不禁有些同情。而且,一明一灭的星光似乎也表达了和我们相同的感情。这点,诗人已经老早高声地歌唱过了。

在沙样无数的星星中,有向我发光的星。

但是,说星星像我们一样地流转循环——这总不免是无聊的话。

人生

人生像一箱火柴。慎重对待它,就很无聊。不慎重对待它,就很危险。

亲子

母亲对于孩子的爱,是最无利己心的爱。但是,没有利己心的爱,不一定最适于养育孩子。这种爱对于孩子的影响——至少影响的大半,是成为暴君,或成为弱者。

人生悲剧的第一幕,始于亲子关系。

古来很多父母都反复地说着这样的话。——"我毕竟是失败者。但必须使这个儿子成功。"

艺术家的幸福

最幸福的艺术家,是晚年得名的艺术家。国木田独步如果想到这点,他就不一定是不幸的艺术家了。

男子

男子由来尊重工作甚于恋爱。如果怀疑这一事实,读读巴尔扎克的信好了。巴尔扎克给汉斯加伯爵夫人写道,"这封信如果换算成稿费,要超过很多法郎。"

幼儿

我们到底为什么喜爱年幼的孩子呢?一半的理由,至少是,毫不担心幼孩会骗人。

自然

我们爱自然的原因——至少是原因之一,因为自然不像人们那样嫉妒和欺骗。

命运

命运与其说是偶然,不如说是必然。"命运在性格之中",这句话决不是等闲而发的。

第三十章　近代朝鲜文学

一、历　史　概　况

(1) 封建关系发生危机的时代(1598—1866)：壬辰战争以后，文武两班官僚夺取农民的土地日益增多，农民日益沦为佃农，农民经济破产，稻米等农作物减产，封建的生产关系阻碍了生产力的发展。

17世纪和18世纪时发展起来的商业与手工业也陷于停滞，此时有个别的执政者采取改良的革新，亦遭到两班们的反抗。于是农民与城市贫民的活动和起义日益增多。

(2) 半殖民地时代(1866—1910)：法、美、日本等帝国主义相继侵入朝鲜，订立不平等条约，沦朝鲜为半殖民地。东学党起而活动。1893—1894年农民起而暴动。日本侵华战争与日俄战争使朝鲜遭受损害。1905—1907年俄国革命对朝鲜人民的解放斗争起了影响。但在1910年朝鲜被日本帝国主义暂时合并，到1945年才又独立。

二、文　　学

许筠(1569—1618)：小说家。青年时代与友人等共同从事文学活动。后因社会矛盾尖锐化，遂起而反对封建专制的李氏王朝，但失败被杀。他的长篇小说《洪吉童传》，叙述宰相之子洪吉童，成了农民领袖，在各地打富济贫，成立"活贫党"。这书反映了反封建的地主、官僚而起义的农民斗争，也表现出受历史限制的理想王国。

尹善道(1587—1671)：大诗人，最善于描写自然的田园诗歌。《山中五友歌》中歌颂岩石的一首："为何花易凋谢，为何绿草快变黄？唯有岩石永不变！"他的代表作还有《渔夫四时辞》《山中新曲》等。他的作品主要用"时调"写成，在"时调"上有很大突破。留下有《孤山遗稿》。

金万重(1637—1692):小说家。《九云梦》写一僧人和八仙女的恋爱,富于浪漫色彩和反封建的意义。《谢氏南征记》写贵族家庭的妻妾纠纷,揭露封建贵族的生活。两书都表现了要求从上层社会和专制制度解放个性的意向。

金天泽(18世纪)编《青邱永言》、金长寿(18世纪)编《海东歌谣》,都在整理丰富的诗歌遗产,在文学史上有其地位。这些诗歌都是用"时调"写的,因此他们可以说保存了"时调"文学遗产。

朴趾源(号燕岩,1737—1805):卓越的现实主义的作家和诗人,唯物主义的先进学者,"实学"的思想家和社会改革者。他在清朝乾隆中曾出使中国,眼见中国当时的强大和富庶,更坚定了他的改革思想。他提出了一系列的反封建的开明主张,成为他的"实学"的内容。

朴趾源的作品是用汉文写的,充满了人道主义和爱国主义。

收录在《放璚阁外传》中的,有《闵翁传》《两班传》《秽德先生传》等。

《闵翁传》攻击两班:"吾见钟楼塡道者皆蝗耳。长者皆七尺余,头黔目荧,口大运拳,咿哑偶旅,跰接尻连,损稼残谷,无如是曹。吾欲捕之,恨无大匏。"他把这些两班官僚看作蝗虫。

《两班传》写一素不劳动的两班,欠官粮,不能偿,叩头向"贱民"阶层的富有者出卖两班权利。讽刺寄生虫的穷途,预示其将让位新阶级。

《秽德先生传》写粪车夫之高尚,宣扬"贱民"的崇高,两班的无耻。

收录在《热河日记》中的,有《虎叱》和《许生传》等。

《虎叱》写封建士大夫北郭先生与寡妇通奸,讽刺士大夫之无耻,并预示封建帝王必将灭亡。

《许生传》以农民起义为题材,对"边山群盗"表示莫大的同情。群盗说的"有妻有田,何苦为盗?",说出了人民在封建统治下无以为生、铤而走险。许生给群盗娶妻买牛,带他们到无人岛,建设一块乐土。其中尊长爱幼,人人平等,无阶级门阀和租税赋役。这是朴趾源的乌托邦,这反映了作者的局限性。

朴趾源的著作多反对封建统治阶级,死后被列为禁书。1916年,朝鲜汉诗人金泽荣上海选印了《燕岩三卷集》。1931年,在朝鲜出了《燕岩集》共六卷。

丁若镛(号茶山,1762—1836):汉诗诗人,开明政治家。因政治思想进步而被放逐十八年。主著为《牧民心书》四十九卷及《茶山集》等。他的政治主张:实行村落土地共有制的"闾田制",发展工商业,减少官吏,平均赋税,改善交通;书中并揭露封建统治的暴虐和罪恶。他的诗歌如《饥民诗》《夏日对酒》《述志》《猎虎行》等。

夏日对酒

西北常摧眉,庶孽多痛哭,落落数十家,世世吞国禄,就中析邦朋,杀伐互翻覆,弱肉强之食,豪门余五六。以兹为卿相,以兹为岳牧,以兹司喉舌,以兹寄耳目,以兹为庶官,以兹监狱庶。

述志

嗟哉我邦人,辟如处囊中,三方绕圆海,北方纥高嵩,四体常拳曲,气志何由充,圣贤在万里,谁能豁此蒙。

金笠(号炳渊,1807—1863):谐谑诗人。以他的流浪生活和谐谑诗为人民所熟悉。他的诗如《嘲两班儿》《是是非非歌》。

申在孝(1812—1884):诗人。作《春香传》的歌辞"清唱"台本,开唱剧的先河。19世纪后半期为反对外来侵略和封建专制而斗争。写有《乙支文德传》《姜邯赞传》《李舜臣传》等爱国传记。翻译有《瑞西建国志》《爱国妇女传》《噶苏士传》《彼得大帝传》。他又写"新小说""唱歌"等流行作品,如《劝学歌》等。

劝学歌一段

当此生存竞争之时,
国家兴亡在于我们。
想起列强对我们的态度,
将不免沦为奴隶的耻辱。
三千万同胞,我们的兄弟!
此时是何时,此日是何日,
观六大洲大陆的情况,
尽是弱肉强食、优胜劣败。
维护国权,救济同胞,
是负在我们双肩上的义务。
……

18世纪和19世纪,在李朝封建专制之下,农民和市民受压迫,发而为小说和说唱台本的作品很多,如《兔子传》《雄雉传》《沈清传》《兴夫(甫)传》《春香传》等,它们表达人民要求从封建桎梏下解放,具有优秀的民族形式。

《沈清传》,18世纪的优秀长篇小说,作者失传。写女孩沈清为使盲父复明而卖身,成了祭海神的牺牲,后复活,父女团圆。显示妇女的优良品质,富浪漫色彩。

《兴夫(甫)传》,描写剥削者的自私无情,纯朴农民的生活困苦。

《春香传》,写艺妓的女儿春香和翰林的儿子李梦龙的恋爱故事,暴露李朝官僚的腐败专横,歌颂人民反封建的斗争。本书成于18世纪和19世纪之交,后由申在孝改编成唱剧。

《春香传》产生背景历史及版本:

汉文本:

①《水山广寒楼记》成书于18世纪末,仿《西厢记》用汉文写成的八幕剧本,作者名海叟;其中提到《春香传》成于14世纪。

②《汉文春香传》《谚文春香传》。

朝文本:

③ 京版《春香传》。

④ 全州土版《烈女春香守节歌》《小春香歌》;《古本春香传》(信文馆版)。

黄色本:

⑤《狱中花》《狱中香》《狱中佳人》《乌鹊桥》。

以上版本中,京版本和全州土版本流传最久。京版本内容贫乏。《古本春香传》的手抄本是优秀的,但信文馆增删许多,以致面目全非。《烈女春香守节歌》是具有古典作品面貌最多的一本。

《春香传》的故事梗概:

湖南(全罗道)胜地南原府有两班娶退妓所生女名春香,很美。李翰林出任南原府使,其子李梦龙以二八之贵公子,见春香而爱之,遂订终身。府使忽调京官,二人只好洒泪而别。

新府使卞学道欲强纳春香为妾,春香不从,被下狱;她在狱中念李梦龙,作《望夫词》,即《长叹歌》。时李梦龙已中文科状元,钦命为全罗御史,下府巡视。他化装入狱,探望春香,但未露声色。次日,卞学道做寿,李在宴会上投下一首诗:"金樽美酒千人血,玉盘佳肴万姓膏,烛泪落时民泪落,歌声高处怨声高。"各客惊知御史驾到,一哄而散;卞学道狂醉,仍呼出春香。这时御史真相出现,罢免卞学道,把冤犯放出,李和春香一起进京团圆。

兹将《长叹歌》(据《春香传》改编)抄录于下:

我身在深闺犯了什么罪,
无缘无故受灾殃?
我饥来没有偷国谷,
为何刑杖把我伤?
我没有杀人做强盗,
为何披枷戴锁睡刑床?
我没有触犯纲常忤逆罪,
何为要我把命丧?
我没有冶容去诲淫,
为何要严刑拷打在公堂?
我愿那三纲之水化为墨汁,
把我的冤情写做青词奏玉皇。
我嘘气成风情似火,
乘风吹火一意想情郎。
雪里青松能经千载,
我虽无望还能比那孤菊傲秋霜。
我和李郎两情都不变,
我若是青松李郎就是那菊花黄。
我叹息之声化为一阵清风起,
那飘飘细雨就是我的眼泪水汪汪。
清风细雨迎风去,
雨打风吹惊醒我那李家郎。
天上虽有银河阻,
年年七夕织女会牛郎。
我与李郎没有穷山恶水来相隔,
为甚不见音书来自那汉阳?
我生时虽见不着情郎的面,

死后的幽魂必然常在郎身旁。
此时我不愿生但愿死，
死了化做一只杜鹃啼血在空山，
在那李花寂寞的三更夜，
我声声不绝唤情郎。
我愿化做一只鸳鸯鸟，
呼群唤侣游来游去供郎欣赏在池塘，
我愿化做一只花蝴蝶，
春光明媚翩翩飞过墙，
身上带着香花粉，
轻轻粘上郎衣裳。
我愿化做清宵一轮月，
清光皎洁正射着我情郎。
我愿用我的肝脏鲜红血，
画出情郎俏面庞，
为了出出入入都能看得见，
我把画像挂在房门联柱上。
我为郎君守贞节，
绝世的佳人好不凄凉：
我好比桐林凤凰陷入荆和棘，
我好比衡山白玉埋在尘土不生光，
我好比灵芝杂在荒草里，
哪里还有气芳香。
从古圣贤无罪过，
有时也不免遭凄惶。
圣贤的帝王江山稳，
圣贤无比要数尧舜到禹汤。
你道那禹汤是千古圣贤主，
传到桀纣把国亡。
你道周朝相传八百载，
那明德爱民的周文王不免在羑里牢中住一场。

大成至圣孔夫子，
为了面似阳虎受辱野人匡。
无罪之人总有翻身日，
抱屈的春香何日见阳光？
但愿郎君早把高官做，
搭救我春香出牢房。
我记得"夏云多奇峰"的古诗句，
郎君不来莫非被那云峰挡？
金刚山上上峰有朝变成平地，
那时能否来至我身旁？
屏风上的黄鸡四更一点拍翅来报晓，
郎君是不是要在那个时候才光降？
啊伊咕，啊伊咕！我的心儿真个要碎了，
伸手打开竹叶窗，
我春香孑然一身囚在此，
月光怜我寂寞照进在囚房。
明月啊明月你照着我，
我问你可曾照着我的有情郎？
我愿你也把我的情郎照，
告诉我，他这时，是坐着观书还是斜躺在牙床？
只要我能再见情郎一次面，
我满怀的愁苦化汪洋。

第三十一章　近代越南文学

一、历 史 概 况

(1) 封建衰弱时期(1527—1802)：

南北朝之乱：1527年权臣莫登庸篡位,以河内为首都,割据北方；原黎朝官吏大多逃往清化,以阮淦为首,支持黎宁为王,控制南方。史称"南北朝"(1527—1592)。

北郑(黎)、南阮两封建集团的战争时期：1592年黎氏部将郑松战败莫氏,夺回河内,重新统一。但因郑松操纵政权,阮淦之子阮潢不满。1600年阮潢回到南部,进攻郑氏,失败后退居顺化,自称广南王。从此,越南又处于北郑(黎)、南阮的分裂状态中(17世纪)。

从北到南不断的农民起义时期：1740年阮名芳起义,建立政权,坚持到1750年。同年,黄文质起义,得到农民的支持,坚持了二十八年。1743年,阮有求起义,转战南北,坚持到1751年(18世纪)。

西山农民起义(三阮或新阮)建立政权时期：1771年,归仁府西山村阮文岳、阮文吕、阮文惠三兄弟领导农民大起义,纪律严明,深受广大农民拥护。1775、1786年先后消灭了阮氏和郑氏的割据政权；1789年正式收复新龙,建立政权(1771—1802)。

(2) 封建投向法国时期(1802—1917)：

阮氏(福映)王朝名义上独立时期(1802—1885)：阮福映依靠法帝,灭三阮政权,统一越南,自号嘉隆王。

阮氏王朝投靠法国时期(1885—1917)：失国。

二、文　　学

邓陈琨(1710—1745)：汉文诗《征妇吟曲》长达477句,写郑、阮内战时人民的痛苦。

> 使星天门催晓发，
> 行人重法轻别离。
> 弓箭兮在腰，
> 妻拿兮别袂。
> ……
> 送君处兮心悠悠，
> 君登途兮妾恨不如驹；
> 君临流兮妾恨不如舟。
> 清清流水不洗妾心愁，
> 青青芳草不忘妾心忧。
> ……
> 锦帐君王知也无，
> 艰难谁为念征夫。
> ……
> 古时征战人，
> 性命轻如草。
> ……
> 君有老亲鬓如霜，
> 君有婴儿年且孺。
> 老亲兮倚门，
> 婴儿兮待哺。
> 供亲食兮妾为男，
> 课儿书兮妾为父。
> 供亲课子此一身，
> 伤妾思君今几度。
> ……

阮氏点(1705—1748)：译《征妇吟曲》为字喃。妻子们在家里望穿秋水，不见丈夫们从军队中写回来的信："愁上额头，怨出闺门。"

黎贵惇(1726—1784)：所作赋中有反对封建礼教的句子：

"娘啊,孩儿要出嫁！"
"孩子,娘的心里正和你一样。"

阮嘉绍(1741—1798)：是郑主的外孙,自幼生长在郑宫中,对宫女们的悲惨生活非常熟悉。他写的《宫怨吟曲》便是描写宫女们的悲惨和王室摧残宫女的罪行。他用一个宫女的口气,自述十六岁起进入宫中以后的一生的悲剧。

阮辉似(1743—1790)：有字喃诗集《花笺记》。

阮攸(1765—1890)：有字喃长诗体小说《金云翘传》。

胡春香(18—19世纪)：有字喃诗集《春香诗集》,其中如《秋千》《扇子咏》《织布机》《波罗蜜》,多是反对封建礼教、为妇女鸣不平的诗。

阮友求(18世纪)：是农民起义领袖,也能写诗。他在狱中曾写过一首颇有气魄的诗：

一笼天地藏身小,
万里风云举目频。
试问为何垂泪几尘？
有才高飞惜身桑蓬。
何时振翼分羽？
喊声天纵出牢笼。
彼莺奋飞北篱,
此鸾群栖枝。
管你东语西谈,
等待风便,挣脱樊笼。
直冲万重霄汉。
破重围与金乌为伴,
江山客亦知乎？

阮庭炤(1822—1888)：反法帝的爱国诗人。

高伯适(1809—1854)、阮文超(19世纪)、阮劝(1835—1909)：19世纪到20

世纪初的作家。

陈济昌(1870—1907)：反帝反封建的讽刺诗人。

阮攸和他的《金云翘传》：

1. 阮攸的生平、时代和创作：阮攸字素如，号清轩。他出身显宦之家。时值黎朝末世，南阮北郑分裂混战。三阮兄弟领导农民武装起义，阮攸站在黎氏王朝方面，"勤王"讨三阮。阮攸失败后沦于亡命客的苦境。从以下数诗可见其大概：

山居

南去长安千里余，群峰深处野人居，
柴门昼静山云闭，药圃春寒陇竹疏，
一片闲心蟾影下，经年别泪雁声初，
故乡弟妹音书绝，不见平安一纸书。

漫兴二首

百年身世委风尘，旅舍江津又海津，
高兴已无黄阁梦，虚名未放白头人，
三春积病贫无药，卅载浮名患有身，
遥忆家山千里外，泽居段马愧东邻。

行脚无根任转蓬，江南江北一囊空，
百年穷死文章里，六尺浮生天地中，
万里黄冠将暮景，一头白发散西风，
无穷今古伤心事，依旧青山夕照红。

幽居

十载风尘去国赊，萧萧白发寄人家，
长途日暮新游少，一室春寒旧病加，
坏壁月明蟠蜥蜴，荒池水涸出虾蟆，
行人莫颂登楼赋，强半光明在海涯。

读小青记

西湖梅苑尽成墟,独吊窗前一纸书,
脂粉有神怜死后,文章无命累焚如,
古今恨事天难问,风韵奇冤我自居,
不知三百余年后,天下何人哭素如。

杂咏

枕畔束书扶病骨,灯前斗酒起衰颜,
灶头终日无烟火,窗外黄色秀可餐。

1802年,阮福映在法帝支持之下,灭三阮,统一越南,号"嘉隆王",征阮攸出仕。1813年,阮攸担任入贡清朝正使,曾用中国题材表示对越南阮朝暴政的不满。如《湘潭吊三闾大夫》二首:

好修人去几千载,此地犹闻兰茝香,
宗国三年悲放逐,楚辞万古擅文章,
鱼龙江上无残骨,杜若洲边有众芳,
极目伤心何处是,秋风落叶过沅湘。

楚国英魂葬此中,烟波一望渺无穷,
直教宪令行天下,安有离骚继国风,
千古谁人怜独醒,四方何处托孤忠,
近时每好为奇服,佩上椒兰便不同。

阮攸有汉、越文作品多种,但《金云翘传》独全。

2.《翘传》的渊源:清顺治、康熙间有清心才人者,写《金云翘传》(《双奇梦》),共二十回(此书现有日本"内阁文库"藏本),演明嘉靖临清妓女王翠翘事。阮攸据以改编成越文长诗,即《翘传》,或称《翘》。

3.结构:用越南民歌六八体,全诗共三千二百五十四行,分十二卷。1—3卷写王翠翘家世,大姐翠翘,二姐翠云,翠翘的爱人金重(金云翘之名以此)。4—6卷写王家被诬入狱,翠翘卖身赎父,坠入青楼。7—8卷写她从良作妾、为尼。9

卷写她由尼庵为黑暗势力迫入妓馆。遇海上英雄徐海,从之,为王夫人;风云儿女,爱憎恩仇。10卷写翠翘劝徐海投降官军,徐海被骗受害,翠翘亦受辱投江自杀。11—12卷写金重会试高中,补官上任,江边祭奠;觉缘指引,翠翘被救,共庆团圆。

4. 进步意义:① 暴露封建社会统治阶级罪恶。② 高度的人道主义精神。③ 歌颂高尚纯洁的爱情。

5. 艺术成就:① 结构谨严、完整、首尾呼应。② 文字集中越文文学语言,高度完美地熔铸在诗句里。形象性格、鲜明突出。③ 音乐气氛浓厚。

兹节录黄轶球译《金云翘传》第九卷于下:

> 她漫度过清风明月的时光,
> 一个边疆客人,忽然来勾栏游荡。
> 他生得虎须、燕颔、蚕眉,
> 阔肩膀,体貌轩昂。
> 雄姿英发,
> 精通拳棍,更兼才略高强。
> 顶天立地男子汉,
> 他名唤徐海,原在越东生长。
> 他惯在江湖间,恣意流浪,
> 半肩琴剑,一把桨,漂过高山与海洋。
> 他听说过翠翘的才色出众,
> 女儿心也倾慕英雄。
> 名帖送上妆楼,
> 眼角传情,两颗心微微跳动。
> 徐海道:"我们心腹相期,
> 非贪图片时的放纵。
> 久慕绝代娇容,
> 俗子难邀恩宠。
> 世上英雄几许?
> 眼底下,池鱼凡鸟,到处平庸。"
> 翠翘回答:"官人过奖,

卑微身世,岂敢议论短长。
耿耿此心,
谁能鉴谅?
万千过客,
向谁申诉衷肠?"
徐说:"吐属大方,
平原君肚量。
让我亲近丰仪,
略叙平生志向。"
翠翘道:"威名之下,
他日,晋阳功业堪夸。
倘垂念野草闲花,
全凭大树阴遮。"
……
开堂鼓还未响完,
已点名,传呼人犯。
徐公说:"恩怨无偏,
处刑轻重,授你全权。"
翠翘道:"蒙你指示周全,
我应报德为先,
雪仇且留待后面。"
……
从此后,战果连连,
徐公兵威震远。
立朝廷,称霸南天,
分文武,界划山川。
气象万千,
举脚踏破南疆五县。
风尘多事,宝剑如虹,
看官军,酒囊饭袋可怜虫。
使他经划从容,

多少侯王一手封。
旗开处,谁敢争雄?
五年称霸,沿海推崇。
……
信使进入中军帐,
徐公还未定主张。
自念一手造成基业,
纵横吴楚称王。
如今低头受缚,
降臣面子无光。
衣冠成扫地,
公侯赐爵,奔走趋跄。
怎比独羁边疆,
说不定谁弱谁强。
嘘气震摇天地,
更无人居我上。
……

附 录

杨烈先生的学术思想

林骧华

杨烈先生生前是复旦大学外文系老教授,以讲授"世界文学史"出名。他的著述与翻译以严谨为特点,朴实而言之有物,精心独创而有新意,文采飞扬但绝无浮华之气。他留给我们的佳作,既充实遗产宝库,又值得我们反复研读。他的学术思想大致在三个方面。

(一)"一统天下"——《世界文学史》的学术思路

外国文学史的著述在中国已有近百年历史。在其初期阶段,多从高等院校教学开始,授课教师积讲稿为著作,间有出版。但因"世界"实在太大,语言种类繁多,著者多数只通一国外文,故成稿大多是国别文学史,或地区文学史。至20世纪50年代起至80年代,外国文学史研究、著述、教学都采用"统一"方法,其结构范式都脱胎于欧美学术界的文学史著述方式,例如威廉·朗(William Long)的《英国文学史》(*English Literature*)和《美国文学史》(*American Literature*),而立场与观点却来自苏联学术界的定式,即"国别—断代—时代背景—创作流派—作家生平—主要作品内容简介—概括分析"的结构和阶级分析方法(范本是阿尼克斯特的《英国文学史纲》)。这一类方法稍显单一,但或许有其学术合理性,所以被沿用至今。然而其中的缺陷也明显可鉴,例如:缺乏世界性的观照;论述的语言和原则高度教条化;游离于对作品的直接鉴赏(为此还必须配套另编对应的"作品选");对文学本身只是参观式的(像是在动物园看一种种动物那样)而不是体验式的(获得感受)。就这些方面而言,杨烈先生的《世界文学史》是克服上述缺陷的尝试,而且成果可喜可赞。

歌德曾经提出"世界文学"的概念,得到全世界文学界有识之士的一致认可,但在中国以著作方式付诸实现,却在两百余年之后。筚路蓝缕的著作是郑振铎先生的四卷本《文学大纲》(1927年上海商务印书馆出版),其内容自"古希腊罗马、诗经、楚辞"至 20 世纪初,分四十六章,插图七百余幅,图文并茂,但内容简单。杨烈先生的《世界文学史》从最早的古埃及文学写起,原拟书名《世界文学史纲》,从 1939 年起撰写书稿并用于课堂讲授,历经四十多年时间不断修改、补充,于 1986 年脱稿,共三十一章,八十万字。1993 年初次出版时书名为《世界文学史话》,但其并非"史话"体裁(这可能是杨烈先生谦逊之故),所以这次列入复旦大学出版社的"复旦百年经典文库",由我校订全书,将书名改定为确切的《世界文学史》。

杨烈先生的世界文学史研究与著述有以下明显的特点:

1. 将全世界的文学看作一个整体。

杨烈先生的《世界文学史》将全世界看成一个不应分割的整体,纵向分古代、中世纪、近代、现代四个时期,按国别文学产生的先后,依次叙述。内在的断代体制有助于比较文学史的研究。他揭示了文学史的本质,认为"世界文化原是一个整体,国别之间、民族之间的文化以及文学原本是互相影响、互有关系,甚至是同出一源的"。他自叙撰写《世界文学史》的目标,"也就在于向广大的读者介绍作为一个整体的全世界的文学概况,从而使大家去读更多的作品,了解人类各地各民族的思想感情,互相了解,互相帮助,共同携起手来为全人类的理想而奋斗"。这在当时,已是一种超越式的襟怀。时至今日,无论那些一知半解的学者们对于文学本身及其前途产生了多少背离的、歪曲的、否定的、悲观的、讥讽的等等错误观点,文学的理想和精神不应该也不会改变。

1986 年,南开大学朱维之教授主编的全国统编教材《外国文学史(亚非部分)》(1988,南开大学出版社)在北戴河召开审稿会议,杨烈先生应邀担任主审。以全世界文学作统观历史,朱维之与杨烈可称并辔。所不同者,朱维之的著作将"欧美"与"亚非"两大板块分卷叙述,编成"外国文学史",而杨烈先生的著作将欧美、亚非、中国三大板块融为一体,终成"世界"文学史。

值得一提的是,杨烈先生除了擅长英文、日文之外,还通德文、法文、俄文、希腊文、拉丁文,更兼中国古典文学根基扎实,所以视野开阔,在撰写外国文学历史时,大多依靠第一手的外文文献资料。

2. 叙述文学史与介绍作品两者合成整体。

在一般的教学体系中,"文学史"和"作品选读"分作两门课程,于是"文学史"中少见原作品身影。最近三十年来,各种外国文学史教材和著作多如过江之鲫,但杨烈先生的《世界文学史》在其中仍然独显特色。在叙述文学史时,文学史的史实(时代背景、文学思潮与流派、作家生平)和对作品的评论在杨烈先生的著作中简明扼要,虽然着墨不多,却提纲挈领,一语中的。各章篇幅里大量列举作品原文,用以实证作家与作品的创作倾向与特点,此种写法别具一格,体现"用作品说话"的文学史叙事方式,因此,选文也成为文学史著的有机构成部分。而在对作品的选择性介绍中,既坚持文学的标准,又不乏著者鲜明的立场和态度——正义、道德、善、同情。真正懂文学的人都知道,这是文学的灵魂。

3. 充满作者对文学作品的深刻体会,对生命和人生的感悟。

一部文学史著作,自身也是一部完整的作品,而其优秀者,必然处处体现著者的旨趣,即坚持以一种文学观统摄全书,否则仅仅罗列文学史现象,无异于一处"百货商场"。凡是高明的文学史著,当体现文学的根本,即表达文学"是什么"和"为了什么"。

杨烈先生一生经历丰富,中间有二十二年身处完全的逆境,这使他对政治、历史、社会有深刻的认识和体会,而当他落笔写文学史时,就将这种体验融入对文学的理解,自非一般。文学是对生命的表现,感受文学就是感悟人生的本质,把握文学的本质就是把握对人类生命的理解。没有人生阅历,对文学作品的理解是不会深刻的。

杨烈先生的《世界文学史》对世界各国文学的阐释,不是简单地讲"文学",而是通过选文,通过分析和归纳,讲"人类理想的文学"。读者循着这一思路,沉浸其中,自然会明白著者的苦心孤诣究竟为何。

4. 作品选文精当,皆系经典。

杨烈先生在讲课和著史时,尽量多地介绍各国各时期的重要作家,这与一般"外国文学史"突出"重点作家"、略述少数"重要作家"的写法不同。从杨烈先生的《世界文学史》中可以读到比在一般的外国文学史著作中更多的作家和作品,但原则是"非经典不选"。值得注意的是,他特别关注一般文学史著作不注意介绍的国家如越南、朝鲜、波斯(伊朗)、北欧、东欧等许多国家和地区的作家与作品。其中有许多篇是连专治外国文学史的学者都未必读到过的。例如全书开篇第一章和第二章,以选择和介绍古埃及、古巴比伦文学作品的方式,披露了珍贵的历史与文学史实。

杨烈先生精心选择作品,包括其中由他亲自翻译的大部分作品,无不经过反复磨练,以至成书过程长达四十多年。杨烈先生对这些经典的作品烂熟于心,讲课时胸有成竹,徐徐展开,内容异常清晰。更有甚者,杨烈先生每讲一课,必先在黑板上脱手画出课上要讲的某国、某地区历史地图的轮廓,堪称一绝。(作为教研室同事,互相听课时,我曾带着《世界地图册》去对照,屡试不爽。)

(二)"以诗译诗"——关于翻译莎士比亚作品的见解与实践

杨烈先生也是一名莎士比亚戏剧翻译与研究的杰出专家。他曾说:"莎翁剧和中国的元曲、京戏,该有许多共同之点的。如果能用元曲、京戏那种有韵的长短句来翻译莎翁诗剧成中文,该是很有意义的事。"于是他在"50年代初便动手翻译起来。到50年代末,译完了四大悲剧。翻译方式,即希图用元曲、京戏的有韵腔调。"从译事角度,他认为"翻译莎翁诗剧,也要使其通俗易懂、有韵易颂"。

杨烈先生所译莎士比亚剧本共十二种,其中"四大悲剧"《汉姆来提》《麦克白斯》《李尔王》《阿塞罗》已经出版,而尚未出版的还有八种:《辛比林》《特洛伊鲁和克丽西达》《提吐斯·安德罗尼库斯》《安东尼与克柳巴塔》《柯略兰努斯》《伯利克利》《亨利第五》《约翰王》。

诗(包括诗剧)本来是不可翻译的,但为了让不懂外文的读者读到外国诗歌,很多翻译家绞尽脑汁,设计翻译方案,以求"以诗译诗",并且表达出原诗的音韵之美,这是一种难度极高的艺术追求。

1984年,杨烈先生曾经自述翻译和研究莎士比亚的四点旨趣:

(1)通俗易懂,押韵易诵。把莎士比亚的原诗剧译成易懂、易诵的中文诗剧;这需要掌握诗句原义,并熟谙中国韵文。译文尽量明白易懂,每行或每间行必须押韵,有时依照莎士比亚原句在行中断句并押韵。

(2)尽量译出诗味来。莎士比亚是诗人,他写的剧是诗剧,随处充满人生的哲理,每句每行都有诗味。如果只译出其情节故事而未译出其诗味,殊为可惜。

(3)在中国普及莎士比亚。普及莎士比亚的最好方法是多演出莎士比亚的剧本。但要演出,首先要组织剧团,训练人才,练习排演,凡此等等费时费事,而且很难有足够的剧团以遍布穷乡僻壤。如果用通俗有韵的戏文,可以传播到任何角落,只要能识字,而且乐于阅读,这样就可以很好地起到普及作用。

(4)提高。有了普及,就有了提高的基础。在广大的读者中间,逐渐会有一些专精研读的人出现,进而精读原文诗剧,阐述其时代意义和艺术价值,发扬光大,精益求精,将来随着精神文化生活的提高,有一天会形成人人热爱莎士比亚、多人专门研究莎士比亚的局面。

不言而喻,这些见解至今仍然有重要意义。

(三)"东洋诗经"——关于《古今和歌集》和《万叶集》的翻译

除了上述两个方面,杨烈先生的第三件大事是翻译和研究日本古代诗歌,在这一方面堪称成就卓著。

杨烈先生为人耿直率真,得罪了宵小之徒,于"反右"运动中被打成"右派",之后二十二年,在冷眼和寂寞中自撰对联"独著青衿居闹市,高烧红烛照残篇",埋首于外国文学学术研究与翻译。除了撰写《世界文学史》、从事莎士比亚研究与翻译之外,他的另外一部分精力用于翻译日本古典文学,在20世纪60年代先后译完《万叶集》和《古今和歌集》。

《万叶集》成书于日本天平宝字三年(公元759年),时值日本奈良时代后期,编者收集了此前四百年的四千五百余首和歌,其风格总体上显现雄浑凝重,歌体粗犷豪放,地位相当于中国的《诗经》。《古今和歌集》成书于平安时代前期的延喜五年(公元905年),收集了自奈良时期到平安初期的和歌一千多首,由于承平日久,日本朝野上下习于奢华享乐,因此和歌的内容和形式都显示出精细和优雅。杨烈先生熟谙文学翻译的"文体学"之道,他研究透了《万叶集》和《古今和歌集》的文学风格,又因为日本古诗本来就源于中国古诗,遂决定用中国古诗中风格相同的五言古体、五言绝句、七言古体来翻译,即,或以雄浑、或以典雅的文辞,精准地传达出原诗的韵味,完美地体现了日本古代君民上下的思想感情、人情风俗,令人读来如诵《诗经》,如吟《玉台新咏》。全译本《万叶集》和《古今和歌集》对于研究日本文化史、日本文学史无疑具有极大的价值。如此成就,令人除了感佩,更无须多言。

该说的一切,其实都在杨烈先生的著作和译作中。以上数语,是我对杨烈先生之学术的理解,也是对杨烈先生人格的理解。杨烈先生辞世已经十七年,诸多思念,言说不尽。如今有幸整理、校订杨烈先生的《世界文学史》,于我只是一份绵薄的情义,谨以此向这位昔日同事、长辈学者和翻译家致敬。

2017年8月1日于复旦大学

杨烈先生学术年表

林骧华　杨东霞

1912 年

三月初一(4 月 17 日),生于四川省自贡市,原名杨升奎。

自幼家境贫寒,饱尝生活苦难。但因读书成绩优秀,每考必得第一,获得先生们赏识,赞之为"心同莲子苦,文比浙江潮",并有先生自掏腰包资助完成学业。

1925 年

在北伐革命的时代浪潮中,度过了初中三年的学习生活。初二时,由于英文成绩优秀,被批准跳级去初三年级听英文课。从蔡元培先生领导编辑的教科书中得到思想启示,影响了此后的人生道路。

1928 年

在师长们的鼓励和帮助下,去成都继续求学,就读华西协合高级中学。学习成绩依旧独占鳌头。在国文教师帮助下,打下了古文和旧体诗的扎实基础。

1929 年

与同学共组"推挽社",读进步书刊。读日本马克思主义者河上肇所著《新经济学大纲》(陈豹隐译),开始信仰马克思主义。

1930 年

读高二时就去报考师范大学,用了一位姓杨名烈的高三同学的名字去报考,考入成都师范大学英文系,从此便用"杨烈"之名。

1931 年

因生活所迫,投考邮务员,以第一名被录取。

1932 年

进入邮局工作,开始半工半读的生活。

成都师范大学并入国立四川大学。

1934 年

毕业于国立四川大学外文系。

与几位同学合作创办文艺月刊《金沙》。发表数篇文艺论文,理论来源系普列汉诺夫的文艺学观点。

1935 年

赴日本留学。考入东京帝国大学研究生院,成为那一年进入东京帝国大学文学部的唯一的中国籍研究生。

1936 年

留学期间,与同学一起组织"社会问题座谈会"。

担任东京"留东同学文化团体联合会"主席,至 1937 年。

1937 年

"七七事变"后回国。

1938 年

在成都创办"文华补习学校",任校长,不取报酬。

1940 年

是年起,在大后方四川大学、西北大学、同济大学等校任英语教授。

1944 年

在四川李庄同济大学(战时迁川)任教时,组织左翼学生和助教成立核心小组,推动全校读书活动。

1947 年

抗战胜利后随同济大学迁至上海。

译著《文学名著研究》在成都协进出版社出版。此书系选编并翻译日本著名文学评论家秋田雨雀等人的文学评论文章。

1948 年

作为教授代表参加同济大学"一·二九运动"。

春夏之交,上海交通大学学生召集公审大会,公审国民党市长吴国桢。公审大会聘请陈叔通、许广平、史良、杨烈、芦芒五人担任"公审员"。

1949 年

5 月,由上海军管会主任陈毅任命为同济大学校务委员会常务委员兼秘书长。1951 年辞去此职。

1951 年

调至华东师范大学外文系任教。

1952 年

院系调整时,调至复旦大学外文系,任外国文学教授。先后教授外文系、新闻系、中文系的俄苏文学、欧美文学、亚非文学等课程。

1955 年

复旦大学外文系组成"莎士比亚小组",由林同济教授、戚叔含教授、孙大雨教授、杨烈教授四人组成,"欲将莎氏全部诗剧用汉诗译出。旋遭 1957 年之变事遂瓦解"(杨烈先生语)。

1958 年

在"反右运动"中被错划为"右派分子",被剥夺上讲台的权利。

1962 年

摘除"右派分子"帽子。重返讲台。

1966 年

"文革"初期遭批斗。此后数年埋头从事文学翻译。后来在《古今和歌集》汉译本(复旦大学出版社,1983 年 6 月)的"译者序"里自述:"我在 60 年代先后译完《古今和歌集》和《万叶集》。60 年代对我来说是寂寞的年代,住在斗室之中以翻译吟咏为事,每每译出得意的几首,便在室内徘徊顾盼,自觉一世之雄,所有寂寞悲哀之感都一扫而光。"

1973 年

在复旦大学外文系资料室做资料整理工作。由于工作极其认真、仔细、负责,受到好评。

1974 年

被安排在复旦大学生物系教"公共英语"课程。

1976 年

年初,"希腊罗马文学史稿""古波斯文学史稿"两章成稿。

1978 年

为复旦大学外文系青年教师进修班讲授"世界文学史",每周两次,每次两课时,历时一年。

是年起,执教复旦大学新闻系"外国作家与作品"课程。

11 月,外国文学教研室制订学术规划,杨烈先生申报个人项目:(1)"莎士比亚四大悲剧";(2)撰写《世界文学史话》。

1979 年

赴桂林,出席"东方文学研究会"成立大会,被聘为学会顾问。

11 月,外国文学教研室会议确定教学计划,杨烈先生从 1980 年起执教复旦大学新闻系"外国文学"课程。

翻译《万叶集》完毕并定稿。

1982 年

赴济南,出席"印度文学研讨会"。

是年起,业余时间在家中义务教复旦大学外文系硕士生、博士生学希腊文、拉丁文、莎士比亚原著、中国古典诗文,听课的学生一批接着一批,并组成诗社,创作旧体诗,多有唱和。每次教学完毕,必包饺子聚餐,故杨烈先生将诗社戏称"饺子(骄子)社",意为学生都是"天之骄子"。诗社持续近二十年,直至杨烈先生去世。此一事迹曾被上海市教育工会评选为"老有所为"范例之一,并刊载于上海市教育工会主办的报刊。

1983 年

译作《古今和歌集》出版(复旦大学出版社)。

1984 年

发表诗译莎士比亚悲剧《麦克白斯》,并撰"《麦克白斯》译后记"(发表于《莎士比亚专辑》,复旦大学出版社,1984)。

译作《万叶集(上)(下)》诗体汉译本出版(湖南人民出版社,1984)。

1986 年

《世界文学史话》定稿。

赴北戴河,参加由南开大学朱维之教授主编的全国高校统编教材《外国文学史(亚非部分)》审稿会议,并应邀担任主审。

1990 年

赴杭州,出席"和歌俳句研究会成立大会"。

是年离休。

1993 年

《世界文学史话》出版(黑龙江人民出版社,版权页记作 1992 年 10 月)。

1996 年

主译《莎士比亚精华》出版(复旦大学出版社,1996)。内中收有杨烈先生所译莎士比亚四大悲剧《汉姆来提》《麦克白斯》《李尔王》《阿塞罗》。

2001 年

前后三次住院,最终因心脏衰竭,于 11 月 18 日去世。享年九十岁。

身后

由"饺子诗社"成员为杨烈先生整理、出版《杨烈诗钞》(学林出版社,2008),收集杨烈先生自 1949 年至去世前的几乎全部旧体诗作。诗社施小炜先生题诗一首,是对杨烈先生的最好纪念:

壮阔波澜九十年,

浮名富贵等云烟。

春风事业传桃李,

秋水丹心托杜鹃。

皆浊独清屈夫子,

先忧后乐范仲淹。

诗魂乘鹤今朝去,

归卧东篱五柳边。

未出版遗稿

(1) 莎士比亚八个剧本:

《辛比林》《特洛伊鲁和克丽西达》《提吐斯·安德罗尼库斯》《安东尼与克柳巴塔》《柯略兰努斯》《伯利克利》《亨利第五》《约翰王》

(2) 奥斯曼帝国文学作品选(三十五万字)

短诗一百二十一首;《玫瑰与夜莺》(长诗);《四十大臣故事集》;《穆罕默德升天记》(散文诗);《海里耶》(散文诗);《法官》(剧本);寓言

诗人杨烈与他的浪漫主义情怀

童真在

杨烈教授是我的外公,《世界文学史话》是我十几岁时的启蒙教材。犹记得每个周六早晨,睡眼惺忪的我,被他一声"真真,读书喽!"召唤,乖乖坐在四方书桌前,闻着淡淡茶香,一边醒盹儿一边念诗的情景。

我读"青青河边草,绵绵思远道",对诗歌的韵律节奏有了最初的感性认识;读"安得广厦千万间",浅尝诗人胸中的家国天下之意味;也读杨教授用自己的语言为无数本欧洲的经典文学作品写的提要和概梗,领略"古典""现实""批判现实"的些许风格。作为杨烈教授大概是最不成器的弟子,这本"教材"对于我个人的启蒙意义,大过了之后求学路上的任何一本经典名著。它向我展现了文学之美,文学与历史的互相映照,甚至文学之于人类精神世界巨大的支撑和传承的意义。它虽然是一部叙事体的讲稿,却裹挟着杨教授对于诗歌,对于文学,对于人类文明至诚的热爱和敬畏,将美和浪漫的文学种子,种在我,也种在每一个这门课的听众,这本书的读者的心中。

我想,杨教授之所以对文学、对诗歌有如此之热情,与他个人一生的经历不无关系。他生于民国元年,父亲早逝,家境贫苦。我们今日理所当然之入学升学,在他却意味向母亲为难地解释为何不能早早做学徒赚钱贴补家用,意味着苦苦筹措学费的各种挣扎与无望。然而所幸从小就是"学霸"的他,一路上遇到许多爱才、惜才的师长,为他申请奖学金,甚至自掏腰包贴补学费,更在生活上无微不至地关心这个只身在外一心求学的小少年,甚至有"深夜捉虱子"这样温情的桥段。他的中学语文老师,写诗"心同莲子苦,文比浙江潮"赠他。作为与杨教授一起生活、受他教诲多年的家人,我个人觉得再也没有比这两句诗更贴切的形容词了。

他的求学路,为"求知"这一单纯之念想所牵引,一路如捡拾珍珠一般,将所有能接触到的学问都变成了自己身上的各种"功夫"。在中学阶段教会学校所学的拉丁文,他一直坚持自学,为日后研究贯通整个欧洲文学体系打下深厚的基础;他在登上去日本留学的轮船之前日文基础并不好,却在两年留学生涯之后翻译《古今和歌集》《万叶集》,对日本的诗歌文学体系做深入研究,进而成为东亚文学的专家。他从高小老师那里初学中国诗词格律之后,作诗填词就成了他几十年间抒发心绪、表情言志的重要手段。他过世以后,一生所写的古体诗词集结成《杨烈诗钞》。时至今日,每每翻阅,还能体味到他当日挥毫时刻的种种喜怒哀乐,耳边仿佛又听见那个倔强又天真的老小孩开口说话了一般。斯人已逝,所思所想却通过一本诗集穿过时空与我们对话。这种纸上相逢的知心,不正是诗歌的魅力所在吗?

也许正是因为感念诸位师长对自己不计回报的付出,杨教授学成归来之后,不假思索地做了教师。他并不是爱夸夸其谈的人,旁征博引、引经据典才是他的风格。以前在复旦外文系,资料室的管理员们都知道这位"言必称希腊罗马"的杨教授,开课的阶梯教室总是坐得满满。这本《世界文学史话》,就是他给青年教师们开课而收集、整理而成的一部教案。除了材料丰富,内容经过反复考证之外,也带有许多朴素动人的"杨氏真理"。此书成于1984年尾,然而字里行间许多看似不经意地流露出的思想,在今天看来,丝毫不觉得过时。譬如他在序言的第二段所写:"人间最普通的几个字:弟兄、母亲、父亲,从印度的梵文,西经古波斯的《阿维斯特经》文,再西进入欧洲的古希腊文、拉丁文、德文而至于英文,它们的发音都是相近的……从这点看来,从南亚、西亚到东南欧、西北欧,都有共同的民族和文化的根源,这就是一般所说的印欧民族(亚利安民族)及其文化。""今日世界各国交通方便,交际频繁的时代,把全世界作为一个整体的看法实在是太需要了。""我们写《世界文学史话》的目标,也就在于向广大的读者介绍作为一个整体的全世界的文学概况,从而使大家去读更多的作品,了解人类各地各民族的思想感情,互相了解,互相帮助,共同携起手来为全人类的理想而奋斗。"

在他写下这段话三十年之后的今天,我重读全书以及这篇序言,掩卷深思,依然为这扑面而来的理想主义而动容。今时今日,我们身处所谓的"互联网+时代",信息铺天盖地,知识成为碎片。我们已经太习惯于在朋友圈里看几首古诗,喝几碗心灵鸡汤,习惯于在知乎上快速搜索某个问题的答案,收藏"谢邀"党的帖子以备不时之需。我们每天被各种推送包围,能第一时间知道地球的另一端发生了什么;稍加留心,我们就能知道谁是诺贝尔文学奖的候选人,因为微博上有各种专题竞猜,知乎上有各种实时讨论,最后无论是谁胜出,亚马逊上马上就会推出该作家的全套作品,并且用推送广告让书的封面第一时间出现在我们的 Kindle 屏幕上。这些碎片化了的知识,随信息时代的巨浪翻卷而来,令我们只有招架之功,再无还手之力。在这巨浪之下,我们不再从古读到今,从印度梵文、古波斯经文,读到希腊罗马拉丁,我们更习惯于靠从经典里摘抄的片言只语配上一幅不知哪里来的油画发朋友圈了事;我们不再自《诗经》而起,读《汉乐府十九首》,研习唐诗宋词既往而开来之局面,而更愿意想起某首诗的上句去百度搜出下句,或者在给孩子起名字的时候直接搜索"有哪些从《诗经》里来的好听的名字?"作为 80 后,我并不是独善其身,我也是这碎片化浪潮中的一员。这也是为什么这次重读《世界文学史话》,我的感触如此之深。我仿佛又被当年那个胸中有无限热情的杨教授带回那个还能够高举理想主义大旗的时代,那个能够豪迈地喊出"携起手来为全人类的理想而奋斗"而不被人嘲笑、揶揄的时代,那个还有人仰观宇宙之大、纵观历史未来、埋首书斋却心有江湖的时代。我仿佛又坐在外公的四方小书桌边,聆听他春风化雨般的教诲,随他重走一遍世界文学的瑰丽长廊,再品尝一次贯通中西、融合古今的这杯甘洌美酒。我依然深深沉醉。而作为一个已然成为典型的"低头手机族",一个时髦的"精致的利己主义者",一个时不时对他人的埋头苦干与理想主义嗤之以鼻,对各种知识碎片乐此不疲的媚俗现代人,我的内心深处也是惭愧的。学术作品即是人品,学术风格即是人格。在品格这一点上,也许我,也许我们这一代人,都有太多需要学习,需要再修炼与进步的地方。这大概就是《世界文学史话》在今天,在学术范畴之外的一点价值。

最后借此机会感谢复旦大学出版社决定再版此书,并对林骧华老师多年来在出版杨教授译作上的倾力协助给予最诚挚的谢意。

2017 年 7 月 16 日,于上海

复旦百年经典文库书目

第一辑

修辞学发凡　文法简论	陈望道著/宗廷虎、陈光磊编
宋诗话考	郭绍虞著/蒋　凡编
中国传叙文学之变迁　八代传叙文学述论	朱东润著/陈尚君编
诗经直解	陈子展著/徐志啸编
文献学讲义	王欣夫著/吴　格编
明清曲谈　戏曲笔谈	赵景深著/江巨荣编
中国古代土地关系史稿　中国土地制度史	陈守实著/姜义华编
中国经学史论著选编	周予同著/邓秉元编
西方史学史散论	耿淡如著/张广智编
中外历史论集	周谷城著/姜义华编
中国问题的分析　荒谬集	王造时著/章　清编
中国思想研究法　中国礼教思想史	蔡尚思著/吴瑞武、傅德华编
长水粹编	谭其骧著/葛剑雄编
古代研究的史料问题　五十年甲骨文发现的总结　五十年甲骨学论著目　殷墟发掘	胡厚宣著/胡振宇编
《法显传》校注　我国古代的海上交通	章　巽著/芮传明编
滇缅边地摆夷的宗教仪式　中国帆船贸易与对外关系史论集　男权阴影与贞妇烈女：明清时期伦理观的比较研究	田汝康著/傅德华编
哲学与中国古代社会论集	胡曲园著/孙承叔编
《浮士德》研究　席勒	董问樵著/魏育青编

第二辑

古史新探	杨　宽著/高智群编
诸子学派要诠　秦史	王蘧常著/吴晓明编
西洋哲学小史　宇宙发展史概论	全增嘏著/黄颂杰编
儒道佛思想散论	严北溟著/王雷泉编
谈艺录　中国画论研究　欧洲文论简史	伍蠡甫著/林骧华编
形态历史观　丹麦王子哈姆雷的悲剧	林同济著/林骧华编
世界文学史	杨　烈著/林骧华编

图书在版编目(CIP)数据

世界文学史/杨烈著;林骧华编. —上海:复旦大学出版社,2018.4
(复旦百年经典文库)
ISBN 978-7-309-13462-9

Ⅰ.世… Ⅱ.①杨…②林… Ⅲ.世界文学-文学史 Ⅳ.I109

中国版本图书馆 CIP 数据核字(2017)第 325775 号

世界文学史
杨 烈 著 林骧华 编
责任编辑/朱莉芝

复旦大学出版社有限公司出版发行
上海市国权路 579 号 邮编:200433
网址:fupnet@fudanpress.com http://www.fudanpress.com
门市零售:86-21-65642857 团体订购:86-21-65118853
外埠邮购:86-21-65109143 出版部电话:86-21-65642845
浙江新华数码印务有限公司

开本 787×1092 1/16 印张 36.75 字数 588 千
2018 年 4 月第 1 版第 1 次印刷

ISBN 978-7-309-13462-9/I·1089
定价:95.00 元

如有印装质量问题,请向复旦大学出版社有限公司出版部调换。
版权所有 侵权必究